Andersen · Märchen

HANS CHRISTIAN ANDERSEN

Märchen

MIT ILLUSTRATIONEN VON
THEODOR HOSEMANN, GRAF POCCI,
RAYMOND DE BAUX, LUDWIG RICHTER,
OTTO SPECKTER

ÜBERSETZUNG VON
HEINRICH DENHARDT

AUSWAHL UND NACHWORT VON
LEIF LUDWIG ALBERTSEN

PHILIPP RECLAM JUN. STUTTGART

Die Illustrationen sind der folgenden Ausgabe entnommen:
H. C. Andersens Märchen. Herausgegeben von Karl Martin Schiller. Leipzig: F. W. Hendel, 1927.

Universal-Bibliothek Nr. 690

Gesamtherstellung: Reclam, Ditzingen. Printed in Germany 2003

ISBN 3-15-000690-2

www.reclam.de

Inhalt

Das Feuerzeug

Dort kam ein Soldat auf der Landstraße einhermarschiert: »Eins, zwei! Eins, zwei!« Er hatte seinen Tornister auf dem Rücken und einen Säbel an der Seite, weil er im Kriege gewesen war, doch nun sollte es heimwärts gehen. Da begegnete er auf der Landstraße einer alten Hexe; sie war entsetzlich garstig, die Unterlippe hing ihr bis auf die Brust hinab. Sie sagte: »Guten Abend, Soldat! Was für einen zierlichen Säbel und großen Tornister du doch hast! Du bist ein echter Soldat! Nun sollst du so viel Geld bekommen, wie du haben willst!«
»Schönen Dank, alte Hexe!« sagte der Soldat.
»Siehst du dort den großen Baum?« sagte die Hexe und zeigte auf einen Baum, der ihnen zur Seite stand. »Er ist im Innern ganz hohl. Wenn du ihn bis zum Gipfel ersteigst, erblickst du ein Loch, durch das du hinabgleiten und bis tief in den Baum hinunterkommen kannst. Ich werde dir einen Strick um den Leib binden, um dich wieder heraufziehen zu können, sobald du mich rufst!«
»Was soll ich denn da unten im Baume?« fragte der Soldat.
»Geld holen!« sagte die Hexe. »Du mußt wissen, sobald du auf den Boden des Baumes hinunterkommst, so befindest du dich in einem langen Gange; dort ist es ganz hell, weil da über hundert Lampen brennen. Dann gewahrst du drei Türen. Du kannst sie öffnen, der Schlüssel steckt darin. Gehst du in die erste Kammer hinein, so erblickst du mitten auf dem Fußboden eine große Kiste, auf der ein Hund sitzt. Er hat ein Paar Augen so groß wie ein Paar Tassen, aber darum darfst du dich nicht kümmern! Ich gebe dir meine blaukarierte Schürze, die kannst du auf dem Fußboden ausbreiten; geh dann schnell hin und packe den Hund, setze ihn auf meine Schürze, öffne die Kiste und nimm so viel Geld du willst. Es ist alles lauter

Kupfer; willst du aber lieber Silber haben, so mußt du in das nächste Zimmer hineintreten; dort sitzt ein Hund, der Augen hat so groß wie Mühlräder; aber darum brauchst du dich nicht zu kümmern, setze ihn nur auf meine Schürze und nimm dir von dem Gelde. Willst du dagegen Gold haben, so kannst du es auch bekommen, so viel wie du nur zu tragen vermagst, wenn du in die dritte Kammer hineingehst. Allein der Hund, der hier auf der Geldkiste sitzt, hat zwei Augen, jedes so groß wie ein runder Turm. Glaub's, das ist ein richtiger Hund. Aber darum brauchst du dich nicht zu kümmern. Setze ihn nur auf meine Schürze, so tut er dir nichts, und nimm aus der Kiste so viel Gold du willst.«

»Das ist gar nicht so übel!« sagte der Soldat. »Aber was soll ich dir geben, du alte Hexe? Denn etwas, kann ich denken, willst du wohl auch haben!«

»Nein«, sagte die Hexe, »nicht einen einzigen Pfennig will ich haben! Mir sollst du nur ein altes Feuerzeug holen, das meine Großmutter vergaß, als sie zum letztenmal unten war!«

»Gut«, sagte der Soldat, »knüpfe mir dann den Strick um den Leib.«

»Hier ist er«, sagte die Hexe, »und hier ist meine blaukarierte Schürze!«

So kletterte denn der Soldat den Baum hinauf, glitt durch das Loch hinunter und stand nun, wie die Hexe gesagt, unten in dem großen Gange, wo die vielen hundert Lampen brannten.

Nun öffnete er die erste Tür. Uh! da saß der Hund mit Augen so groß wie Tassen und glotzte ihn an.

»Du bist ein netter Bursch!« sagte der Soldat, setzte ihn auf die Schürze der Hexe und nahm so viel Kupfergeld, wie nur immer in seine Taschen ging, verschloß dann die Kiste, setzte den Hund wieder hinauf und ging in das andere Zimmer. Potztausend! da saß der Hund mit Augen so groß wie Mühlenräder.

»Du solltest mich nicht so starr ansehen!« sagte der Soldat, »du könntest sonst Augenweh bekommen!« und damit setzte er den Hund auf die Schürze der Hexe; als er aber das viele Silbergeld in der Kiste gewahrte, warf er alles Kupfergeld fort und füllte sich die Taschen und den

Tornister mit lauter Silber. Nun ging er in die dritte Kammer hinein. Nein, war das gräßlich! Der Hund darin hatte wirklich zwei Augen so groß wie ein runder Turm, und die liefen im Kopfe wie Räder umher.

»Guten Abend!« sagte der Soldat und griff an den Tschako, denn einen solchen Hund hatte er nie zuvor gesehen; als er ihn sich aber eine Zeitlang betrachtet hatte, dachte er bei sich: Nun kann es genug sein! hob ihn auf den Fußboden herunter und öffnete die Kiste. Nein, Gott bewahre! Was war da für eine Menge Gold! Dafür konnte er ganz Kopenhagen und die Zuckerferkelchen der Kuchenweiber, alle Zinnsoldaten, Peitschen und Schaukelpferde in der ganzen Welt kaufen. Ja, da war einmal Geld! Nun warf der Soldat alles Silbergeld, womit er seine Taschen und seinen Tornister gefüllt hatte, fort und nahm

statt dessen Gold, ja alle Taschen, der Tornister, der Tschako und die Stiefel wurden angefüllt, so daß er kaum gehen konnte. Nun hatte er Geld! Den Hund setzte er auf die Kiste hinauf, schlug die Tür zu und rief dann durch den Baum hinauf: »Ziehe mich nun empor, alte Hexe!«
»Hast du denn auch das Feuerzeug?« fragte die Hexe.
»Wahrhaftig«, sagte der Soldat, »das hatte ich rein vergessen«, und nun ging er und nahm es. Die Hexe zog ihn empor, und da stand er wieder auf der Landstraße, die Taschen, Stiefel, Tornister und Tschako bis obenran voll Geld.
»Was willst du denn mit dem Feuerzeug?« fragte der Soldat.
»Das geht dich nichts an!« sagte die Hexe, »du hast ja Geld bekommen, gib mir jetzt nur das Feuerzeug.«
»Larifari!« sagte der Soldat; »gleich sagst du mir, was du damit willst, oder ich ziehe meinen Säbel und schlage dir den Kopf ab!«
»Nein!« sagte die Hexe.
Da schlug ihr der Soldat den Kopf ab. Nun lag sie da! Er aber band all sein Geld in ihre Schürze, nahm sie wie ein Bündel auf den Rücken, steckte das Feuerzeug in die Tasche und ging geradeswegs nach der Stadt.
Es war eine schmucke Stadt, und in dem schmucksten Wirtshause kehrte er ein, verlangte die allerbesten Zimmer und die Speisen, die er am liebsten aß, denn nun war er reich, da er so viel Geld hatte.
Dem Hausknecht, der ihm die Stiefel putzen sollte, schien es freilich, als wären es recht sonderbare alte Stiefel, die ein so reicher Herr hätte, aber er hatte sich noch keine neuen gekauft. Den nächsten Tag bekam er aber Stiefel, die sich sehen lassen konnten, und extrafeine Kleider. Nun war aus dem Soldaten ein vornehmer Herr geworden, und man erzählte ihm von allen Herrlichkeiten der Stadt und von dem Könige und was für eine reizende Prinzessin seine Tochter wäre.

»Wo kann man sie zu sehen bekommen?« fragte der Soldat.

»Man kann sie eben gar nicht zu Gesicht bekommen!« lautete die Antwort. »Sie wohnt in einem großen kupfernen Schlosse, ringsum durch viele Mauern und Türme geschützt. Niemand außer dem Könige darf bei ihr aus und ein gehen, weil geweissagt ist, daß sie mit einem ganz gemeinen Soldaten verheiratet werden wird, und das kann der König nicht dulden.«

Ich möchte sie wohl sehen! dachte der Soldat, aber dazu konnte er ja eben keine Erlaubnis erhalten.

Nun lebte er lustig in den Tag hinein, ging fleißig ins Theater, fuhr in des Königs Garten und gab den Armen viel Geld, und das war brav. Er wußte ja noch von früheren Tagen her, wie schlimm es wäre, nicht einen Heller zu besitzen. Nun war er reich, hatte feine Kleider und bekam viel Freunde, die alle sagten, er wäre ein guter Junge, ein echter Kavalier, und das behagte dem Soldaten gar sehr. Da er aber jeden Tag nur Geld ausgab und nie etwas einnahm, so hatte er zuletzt nur noch zwei Pfennige übrig und mußte aus den prächtigen Zimmern, die er bisher bewohnt hatte, hoch oben in ein kleines Giebelstübchen dicht unter dem Dache ziehen, mußte sich seine Stiefel selbst bürsten und mit einer Stopfnadel zusammennähen, und keiner seiner Freunde kam zu ihm, weil man so viele Treppen zu ihm hinaufzusteigen hatte.

Es war ein ganz dunkler Abend, und er konnte sich nicht einmal ein Licht kaufen; aber da erinnerte er sich plötzlich, daß sich noch ein Lichtstumpf in dem Feuerzeuge befinden müßte, das er aus dem hohlen Baume mitgenommen hatte, in den ihm die Hexe hinuntergeholfen. Er holte das Feuerzeug und das Lichtstümpfchen hervor, aber gerade als er Feuer schlug und die Funken aus dem Feuerstein flogen, sprang die Tür auf und der Hund, der Augen hatte so groß wie ein Paar Tassen und den er unten

unter dem Baume gesehen hatte, stand vor ihm und sagte: »Was befiehlt mein Herr?«
»Was ist das!« sagte der Soldat, »das ist ja ein drolliges Feuerzeug, wenn ich dadurch bekommen kann, was ich nur haben will! Schaffe mir etwas Geld«, sagte er zum Hunde, und fips war er fort! fips war er wieder da und hielt einen großen Beutel voll Geld in seinem Maule.
Nun wußte der Soldat, was das für ein prächtiges Feuerzeug war. Schlug er einmal, so kam der Hund, der auf der Kiste mit dem Kupfergeld saß; schlug er zweimal, so kam der, welcher das Silbergeld hatte, und schlug er dreimal, so kam der, welcher das Gold hatte. – Nun zog der Soldat wieder in die prächtigen Zimmer hinunter, zeigte sich in guten Kleidern, und da erkannten ihn gleich alle seine guten Freunde und hielten große Stücke auf ihn.
Da dachte er einmal: Es ist doch wirklich auffallend, daß man die Prinzessin nicht zu sehen bekommt! Sie soll außerordentlich schön sein, behauptet jedermann, aber was kann das helfen, wenn sie immer in dem großen Kupferschloß mit den vielen Türmen sitzen muß. Kann ich sie denn gar nicht zu sehen bekommen? – Wo ist nur mein Feuerzeug? Nun schlug er Feuer, und fips! kam der Hund mit Augen so groß wie Tassen.
»Es ist zwar mitten in der Nacht«, sagte der Soldat, »aber ich möchte doch gar zu gern die Prinzessin sehen, nur einen kleinen Augenblick!«
Der Hund war gleich aus der Tür, und ehe es der Soldat dachte, sah er ihn schon mit der Prinzessin wieder. Sie saß und schlief auf des Hundes Rücken und war so schön, daß jedermann sehen konnte, daß es eine wirkliche Prinzessin war. Der Soldat konnte sich nicht enthalten, sie zu küssen, denn er war ein echter Soldat.
Der Hund lief darauf mit der Prinzessin wieder zurück; als es aber Morgen wurde, und der König und die Königin beim Frühstück saßen, sagte die Prinzessin, sie hätte in der Nacht einen ganz wunderlichen Traum von einem

Hunde und einem Soldaten gehabt. Sie wäre auf dem Hunde geritten, und der Soldat hätte sie geküßt.

»Das wäre wahrlich eine schöne Geschichte!« sagte die Königin.

Nun sollte eine der alten Hofdamen in der nächsten Nacht am Bette der Prinzessin wachen, um zu sehen, ob es ein wirklicher Traum wäre, oder was es sonst sein könnte.

Der Soldat sehnte sich ganz erschrecklich danach, die schöne Prinzessin wiederzusehen, und so kam denn der Hund in der Nacht, nahm sie und lief, was er nur immer konnte, allein die alte Hofdame zog Wasserstiefel an und lief ebenso schnell hinterher. Als sie nun sah, daß sie in einem großen Hause verschwanden, dachte sie: Nun weiß ich, wo es ist! und zeichnete mit einem Stück Kreide ein großes Kreuz an die Tür. Darauf ging sie heim und legte sich nieder, und auch der Hund kam mit der Prinzessin wieder. Als er aber sah, daß ein Kreuz auf die Tür, wo der Soldat wohnte, gezeichnet war, nahm er ebenfalls ein Stück Kreide und machte auf alle Türen der ganzen Stadt Kreuze. Und das war klug getan, denn nun konnte ja die Hofdame die richtige Tür nicht finden, da an allen Kreuze waren.

Frühmorgens kam der König und die Königin, die alte Hofdame und alle Offiziere, um zu sehen, wo die Prinzessin gewesen war.

»Da ist es!« sagte der König, als er die erste mit einem Kreuz bezeichnete Tür erblickte.

»Nein dort ist es, liebes Männchen!« sagte die Königin, als sie die zweite Tür mit dem Kreuzeszeichen bemerkte.

»Aber da ist eins und dort ist eins!« riefen sie sämtlich; wohin sie sahen, waren Kreuze an den Türen. Da sahen sie denn wohl ein, daß alles Suchen vergeblich wäre.

Aber die Königin war eine außerordentlich kluge Frau, die mehr verstand, als in einer Karosse einherzufahren. Sie nahm ihre große goldene Schere, zerschnitt ein großes Stück Seidenzeug und nähte dann einen kleinen niedlichen

Beutel, den füllte sie mit feiner Buchweizengrütze, band ihn der Prinzessin auf den Rücken und schnitt darauf ein kleines Loch in den Beutel, so daß die Grütze den ganzen Weg, den die Prinzessin passierte, bestreuen konnte.
Nachts kam der Hund wieder, nahm die Prinzessin auf seinen Rücken und lief mit ihr zu dem Soldaten, der sie so herzlich liebhatte und so gern ein Prinz gewesen wäre, um sie heimführen zu können.
Der Hund merkte durchaus nicht, wie die Grütze über den ganzen Weg vom Schlosse bis zu dem Fenster, wo er mit der Prinzessin die Mauer hinauflief, verstreut wurde. Nun sahen es des Morgens der König und die Königin deutlich, wo ihre Tochter gewesen war, und da nahmen sie den Soldaten und warfen ihn ins Gefängnis.
Da saß er nun. Ach, wie finster und langweilig war es darin! Auch sagte man ihm: »Morgen wirst du gehängt werden!« Das war just nicht vergnüglich zu hören, und dazu hatte er sein Feuerzeug daheim im Wirtshause gelassen. Am Morgen konnte er durch das Eisengitter vor seinem kleinen Fenster sehen, wie das Volk aus der Stadt herbeieilte, ihn hängen zu sehen. Er hörte die Trommeln und sah die Soldaten marschieren. Alle Leute waren auf den Beinen; dabei war auch ein Schusterjunge mit Schurzfell und Pantoffeln; er galoppierte so eilig, daß ihm ein Pantoffel abflog und gerade gegen die Mauer, hinter welcher der Soldat saß und durch das Eisengitter hinausschaute.
»Höre einmal, Schusterjunge! Du brauchst dich nicht so zu beeilen«, sagte der Soldat zu ihm, »es wird doch nichts daraus, bevor ich komme. Willst du aber in meine frühere Wohnung laufen und mir mein Feuerzeug holen, so sollst du vier Groschen bekommen. Aber lauf und nimm die Beine in die Hand!« Der Schusterjunge wollte gern die vier Groschen haben und eilte pfeilgeschwind nach dem Feuerzeuge, gab es dem Soldaten und – – ja nun werden wir es zu hören bekommen.

Außerhalb der Stadt war ein großer Galgen aufgemauert, ringsum standen die Soldaten und viele hunderttausend Menschen. Der König und die Königin saßen auf einem prächtigen Throne den Richtern und dem ganzen Rate gerade gegenüber.

Schon stand der Soldat oben auf der Leiter, als man ihm aber den Strick um den Hals legen wollte, sagte er, daß man ja stets einem armen Sünder, bevor er seine Strafe erduldete, einen unschuldigen Wunsch erfüllte. Er möchte so gern eine Pfeife Tabak rauchen, es wäre ja die letzte Pfeife, die er in dieser Welt bekäme!

Das wollte ihm nun der König nicht abschlagen, und so nahm der Soldat sein Feuerzeug und schlug Feuer, ein-, zwei-, dreimal. Siehe! da standen alle Hunde da, der mit Augen so groß wie Tassen, der mit den Augen wie Mühlräder, und der, welcher Augen hatte so groß wie ein runder Turm.

»Helft mir, daß ich nicht gehängt werde!« sagte der Soldat, und da stürzten sich die Hunde auf die Richter und den ganzen Rat, ergriffen den einen bei den Beinen, den anderen bei der Nase und warfen sie viele Klafter hoch in die Luft, so daß sie beim Niederfallen in Granatstücke zerschlagen wurden.

»Ich will nicht!« sagte der König, aber der größte Hund nahm sowohl ihn wie die Königin und warf sie allen anderen nach. Da erschraken die Soldaten und alles Volk schrie: »Lieber Soldat, du sollst unser König sein und die schöne Prinzessin haben!«

Darauf setzte man den Soldaten in des Königs Karosse, und alle drei Hunde tanzten voran und riefen: »Hurra!«, und die Jungen pfiffen auf den Fingern, und die Soldaten präsentierten. Die Prinzessin kam aus dem kupfernen Schlosse heraus und wurde Königin, und das konnte ihr gar wohl gefallen! Die Hochzeit dauerte acht Tage lang, und die Hunde saßen mit bei Tafel und machten große Augen.

Der kleine Klaus und der große Klaus

In einem Dorfe lebten zwei Männer, die beide denselben Namen hatten. Beide hießen Klaus, aber der eine besaß vier Pferde, der andere nur ein einziges Pferd. Um sie nun voneinander unterscheiden zu können, nannte man den mit den vier Pferden den großen Klaus und denjenigen, der nur ein einziges Pferd hatte, den kleinen Klaus. Nun wollen wir hören, was sich mit den beiden ereignete, denn es ist eine wahre Geschichte.
Die ganze Woche mußte der kleine Klaus für den großen Klaus pflügen und ihm sein einziges Pferd leihen; darauf half ihm der große Klaus wieder mit allen seinen vieren, jedoch nur einmal in der Woche, und das war des Sonntags. Hussa! wie knallte der kleine Klaus mit seiner Peitsche über alle fünf Pferde hin, sie waren ja nun den einen Tag so gut wie sein. Die Sonne schien so herrlich, und alle Glocken auf dem Kirchturme läuteten zur Kirche, die Leute waren so geputzt und gingen mit dem Gesangbuche unter dem Arme hin, um die Predigt anzuhören, und sie sahen nach dem kleinen Klaus, der pflügte mit fünf Pferden, und er war so vergnügt, daß er wieder mit der Peitsche knallte und rief: »Hopp, alle meine Pferde!«
»Das darfst du nicht sagen«, meinte der große Klaus, »es gehört dir ja nur das eine Pferd!«
Aber als wieder jemand nach der Kirche vorbeiging, vergaß der kleine Klaus, daß er es nicht sagen durfte, und da rief er: »Hopp, alle meine fünf Pferde!«
»Nun muß ich aber bitten, es bleiben zu lassen«, sagte der große Klaus, »denn sagst du es noch einmal, so schlage ich dein Pferd vor den Kopf, daß es tot liegen bleibt; dann ist es vorbei mit ihm!«
»Ich will es gewiß nicht mehr sagen«, antwortete der kleine Klaus; als aber Leute vorbeikamen und ihm einen

guten Tag zunickten, wurde er so vergnügt, und es dünkte ihm so schön auszusehen, daß er fünf Pferde hätte, sein Feld zu pflügen, daß er mit der Peitsche knallte und rief: »Hottehü, alle meine Pferde!«

»Ich werde deine Pferde behottehüen«, sagte der große Klaus und nahm einen Spannpflock und schlug des kleinen Klaus einziges Pferd vor den Kopf, so daß es umfiel und mausetot war.

»Ach, nun habe ich gar kein Pferd mehr!« sagte der kleine Klaus und begann zu weinen. Darauf häutete er das Pferd ab und ließ das Fell gut am Winde trocknen, steckte es dann in einen Sack, den er auf den Rücken nahm, und ging nach der Stadt, um seine Pferdehaut zu verkaufen.

Er hatte einen langen Weg zu gehen, mußte durch einen großen, dunkeln Wald, und nun wurde es entsetzlich schlechtes Wetter; er verirrte sich völlig, und ehe er wieder auf den rechten Weg kam, war es Abend und allzu weit, um vor Einbruch der Nacht die Stadt zu erreichen oder wieder nach Hause zu kommen.

Dicht am Wege lag ein großer Bauernhof; die Laden waren draußen vor den Fenstern geschlossen, aber das Licht konnte doch darüber hinausscheinen. Dort erlaubt man mir vielleicht zu übernachten, dachte der kleine Klaus, ging hin und klopfte an.

Die Bauernfrau öffnete, als sie aber hörte, was er wollte, sagte sie, er sollte seiner Wege gehen, ihr Mann wäre nicht daheim, und sie nähme keinen Fremden auf.

»Nun, so muß ich draußen liegen bleiben«, sagte der kleine Klaus, und die Bauernfrau riegelte ihm die Tür vor der Nase zu.

Dicht dabei stand ein großer Heuschober, und zwischen ihm und dem Hause war ein kleiner Schuppen mit flachem Strohdache gebaut.

»Da oben kann ich liegen«, sagte der kleine Klaus, als er das Dach wahrnahm, »das ist ja ein vortreffliches Bett; der Storch wird wohl nicht herunterfliegen und mich in die

Beine beißen.« Denn ein lebendiger Storch stand oben auf dem Dache, wo er sein Nest hatte.
Nun kletterte der kleine Klaus auf den Schuppen hinauf, wo er sich niederlegte und hin und her drehte, um in die rechte Lage zu kommen. Die hölzernen Fensterladen schlossen oben nicht, und so konnte er gerade in die Stube hineinsehen.
Darin war ein großer Tisch gedeckt, und mitten darauf Wein und Braten und ein delikater Fisch. Die Bauernfrau und der Küster saßen bei Tische und sonst kein anderer, und sie schenkte ihm ein, und er machte sich über den Fisch her, denn das war etwas für seinen Schnabel.
»Wer doch auch etwas davon abbekommen könnte!« sagte der kleine Klaus und reckte den Kopf gerade gegen das Fenster. Potztausend, welch herrlichen Kuchen er da konnte stehen sehen! Ja, das war ein Schmaus!
Plötzlich hörte er, wie jemand von der Landstraße auf das Haus zu geritten kam; es war der Mann der Bauernfrau, der nach Hause kam.
Es war soweit ein ganz guter Mann, aber er hatte die wunderliche Schwachheit, daß er den Anblick eines Küsters nicht vertragen konnte. Kam ihm ein Küster vor Augen, wurde er ganz rasend. Das war auch die Ursache, warum der Küster hingegangen war, der Frau guten Tag zu sagen, denn er wußte, daß ihr Mann nicht zu Hause war, und die gute Frau setzte ihm deshalb die herrlichsten Speisen vor, die sie hatte. Als sie nun den Mann kommen hörten, erschraken sie sehr, und die Frau bat den Küster, in eine große, leere Lade, die in einer Ecke stand, hineinzukriechen. Das tat er auch, denn er wußte ja, daß der arme Mann den Anblick eines Küsters nicht vertragen konnte. Die Frau versteckte hurtig all das herrliche Essen und den Wein in ihren Backofen, denn hätte es der Mann zu sehen bekommen, so hätte er doch gewiß gefragt, was das zu bedeuten hätte.

»Ach ja!« seufzte der kleine Klaus oben auf dem Schuppen, als er all das Essen verschwinden sah.
»Ist jemand da oben?« fragte der Bauer und sah zu dem kleinen Klaus hinauf. »Weshalb liegst du da? komm lieber mit in die Stube hinein.«
Da erzählte der kleine Klaus, wie er sich verirrt hätte, und bat bei ihm übernachten zu dürfen.
»Ja freilich«, sagte der Bauer, » aber nun müssen wir erst etwas zu leben haben.«
Die Frau empfing sie beide außerordentlich freundlich, deckte einen langen Tisch und gab ihnen eine große Schüssel Grütze. Der Bauer war hungrig und aß mit großem Appetit, aber der kleine Klaus konnte nicht aufhören, an den delikaten Braten, Fisch und Kuchen zu denken, die, wie er wußte, im Backofen standen.
Unter den Tisch zu seinen Füßen hatte er den Sack mit der Pferdehaut hingelegt, denn wir wissen ja, daß er sich ihretwegen auf den Weg gemacht hatte, um sie in der Stadt zu verkaufen. Die Grütze wollte ihm gar nicht schmekken. So trat er denn auf seinen Sack, und die trockne Haut im Sacke knarrte laut.
»Pst!« sagte der kleine Klaus zu seinem Sacke, trat jedoch zugleich wieder auf den Sack, daß er noch lauter als zuvor knarrte.
»Sieh! was hast du denn in deinem Sacke?« fragte der Bauer.
»Oh, es ist ein Zauberer«, sagte der kleine Klaus, »er sagt, wir sollten keine Grütze essen; er hätte den ganzen Ofen voll Braten, Fisch und Kuchen gehext!«
»Nicht möglich!« sagte der Bauer und öffnete schnell den Ofen, wo er all die herrlichen Speisen erblickte, die seine Frau darin versteckt hatte, die aber, wie er nun glaubte, der Zauberer im Sacke für sie hineingehext hatte. Die Frau durfte nichts sagen, sondern setzte sogleich die Speisen auf den Tisch, und so aßen sie sowohl vom Fische, als

auch vom Braten und Kuchen. Gleich trat der kleine Klaus wieder auf den Sack, daß die Haut knarrte.

»Was sagt er nun?« fragte der Bauer.

»Er sagt«, antwortete der kleine Klaus, »er hätte für uns auch drei Flaschen Wein hergehext; sie ständen ebenfalls im Ofen!« Nun mußte die Frau den Wein, den sie versteckt hatte, hervorholen, und der Bauer trank und wurde gar lustig; einen solchen Zauberer, wie der kleine Klaus im Sacke hatte, den hätte er gar zu gern gehabt.

»Kann er auch wohl den Teufel herhexen?« fragte der Bauer; »den möchte ich gern sehen, denn nun bin ich lustig!«

»Ja«, sagte der kleine Klaus, »mein Zauberer kann alles, was ich verlange. Nicht wahr, du?« fragte er und trat auf den Sack, daß es knarrte. »Hörst du? Er sagt ja! Aber der Teufel sieht häßlich aus; es ist nicht der Mühe wert, ihn zu sehen.«

»Oh, mir ist gar nicht bange! Wie mag er wohl aussehen?«

»Ja, er will sich wie ein leibhaftiger Küster zeigen!«

»Hu!« sagte der Bauer, das wäre freilich häßlich! Ihr müßt wissen, daß ich den Anblick eines Küsters nicht vertragen kann. Aber das tut nichts, ich weiß ja, daß es der Teufel ist, so werde ich mich wohl besser darein finden. Nun habe ich Mut, aber er darf mir nicht zu nahe kommen!«

»Paß auf! Jetzt werde ich meinen Zauberer fragen«, sagte der kleine Klaus, trat auf den Sack und hielt sein Ohr hin.

»Was sagt er?«

»Er sagt, Ihr könntet hingehen und die Lade, die in der Ecke steht, aufschlagen, so würdet Ihr den Teufel darin hocken sehen; aber Ihr müßtet den Deckel in der Hand behalten, damit der Böse nicht echappierte.«

»Wollt Ihr ihn mir halten helfen?« sagte der Bauer und ging zu der Lade hin, in der die Frau den wirklichen

Küster versteckt hatte, der nun darin saß und vor Angst mit den Zähnen klapperte.

Der Bauer hob den Deckel ein wenig empor und guckte hinein. »Hu!« schrie er und sprang zurück. »Ja, nun habe ich ihn gesehen, er sah vollkommen aus, als ob es unser Küster wäre! Nein, das war schrecklich!«

Darauf mußte man trinken, und so tranken sie noch bis tief in die Nacht hinein.

»Den Zauberer mußt du mir verkaufen«, sagte der Bauer; »verlange für ihn alles, was du willst! Ja, ich gebe dir gleich einen ganzen Scheffel Geld!«

»Nein, das kann ich nicht!« sagte der kleine Klaus; »bedenke doch, wie viel Nutzen ich von diesem Zauberer haben kann!«

»Ach, ich möchte ihn gar zu gern haben!« sagte der Bauer und hörte nicht auf, ihn zu bitten.

»Nun«, sagte der kleine Klaus endlich, »da du so gut gewesen bist, mir heute nacht Obdach zu gewähren, so mag es meinetwegen sein. Du sollst den Zauberer für einen Scheffel Geld bekommen, aber ich will ihn gehäuft voll haben.«

»Das sollst du bekommen«, sagte der Bauer, »aber die

Lade dort mußt du mit dir nehmen, ich will sie nicht eine Stunde länger im Hause behalten, denn man kann nicht wissen, ob er nicht noch darin sitzt!«
Der kleine Klaus gab dem Bauer seinen Sack mit der trocknen Haut und bekam einen ganzen Scheffel Geld bis oben heran voll für denselben. Der Bauer verehrte ihm sogar noch einen großen Schubkarren, um das Geld und die Lade darauf fortzufahren.
»Lebe wohl!« sagte der kleine Klaus, und darauf fuhr er mit seinem Gelde und der großen Lade, worin der Küster noch immer saß, seiner Wege.
Auf der anderen Seite des Waldes war ein großer, tiefer Bach; das Wasser schoß so rauschend dahin, daß man kaum gegen den Strom schwimmen konnte. Man hatte eine neue Brücke darüber gebaut; mitten auf derselben hielt der kleine Klaus still und sagte ganz laut, damit es der Küster in der Lade hören konnte: »Was soll ich nur mit der dummen Lade anfangen? Sie ist so schwer, als ob Steine darin wären! Ich werde ganz matt, wenn ich sie noch weiterfahre. Ich will sie lieber in den Bach werfen; schwimmt sie dann zu mir nach Hause, so ist es gut, und tut sie es nicht, so verschlägt es auch nicht viel.«
Nun packte er die Lade mit der einen Hand an und hob sie ein wenig auf, just als ob er sie in das Wasser stürzen wollte.
»Nein, laß sein!« rief der Küster in der Kiste; »laß mich nur erst hinaus!«
»Hu!« sagte der kleine Klaus und tat, als finge er sich zu fürchten an. »Er sitzt noch darin! Schnell mit ihm in den Bach hinein, damit er ertrinkt!«
»O nein, o nein!« rief der Küster, »tue es nicht und ich will dir einen ganzen Scheffel Geld geben!«
»Ja, das ist eine andere Sache!« sagte der kleine Klaus und öffnete die Lade. Der Küster kroch sogleich heraus, stieß die leere Lade in das Wasser und ging nach Hause, wo der kleine Klaus einen ganzen Scheffel Geld erhielt. Einen

hatte er ja schon vorher von dem Bauer erhalten, nun hatte er den ganzen Schubkarren voll Geld!

Sieh, das Pferd bekam ich recht gut bezahlt! sagte er zu sich selbst, als er zu Hause angekommen war und in seiner Stube alles Geld mitten auf dem Fußboden zu einem großen Haufen aufschüttete. Das wird den großen Klaus ärgern, wenn er erfährt, wie reich ich durch mein einziges Pferd geworden bin, aber ich will es ihm doch nicht geradeheraus sagen.

Nun schickte er einen Jungen zum großen Klaus und ließ um ein Scheffelmaß bitten.

Was er nur damit will! dachte der große Klaus und bestrich den Boden desselben mit Teer, damit von dem, was gemessen wurde, etwas daran hängen bleiben könnte. Und so geschah es auch, denn als er den Scheffel zurückerhielt, klebten drei große neue Silbermünzen daran.

»Was ist das?« sagte der große Klaus und lief sofort zu dem kleinen. »Wo hast du alles das Geld herbekommen?«

»Oh, das ist für meine Pferdehaut, die ich gestern abend verkaufte.«

»Potztausend, das war gut bezahlt!« sagte der große Klaus, lief nach Hause, ergriff eine Axt und schlug alle seine vier Pferde vor den Kopf. Darauf zog er ihnen die Haut ab und fuhr mit ihnen nach der Stadt.

»Häute, Häute! Wer kauft Häute!« rief er durch die Straßen.

Alle Schuhmacher und Gerber kamen angelaufen und fragten, was er für sie verlangte.

»Einen Scheffel Geld für jede«, sagte der große Klaus.

»Bist du närrisch?« sagten alle, »glaubst du, wir hätten das Geld scheffelweis?«

»Häute, Häute! Wer kauft Häute!« rief er wieder, aber allen, die nach dem Preise fragten, antwortete er: »Einen Scheffel Geld.«

»Er will uns zum besten haben!« riefen alle, und nun

ergriffen die Schuhmacher ihre Spannriemen und die Gerber ihre Schurzfelle und fingen an, auf den großen Klaus loszuprügeln.
»Häute, Häute!« spotteten sie ihm nach; »wart, du sollst von uns eine Haut bekommen, die grün und gelb gezeichnet ist. Heraus mit ihm aus der Stadt!« riefen sie, und der große Klaus mußte aus Leibeskräften laufen. So gründlich war er noch nie durchgeprügelt worden.
»Wart!« sagte er, als er nach Hause kam, »dafür soll der kleine Klaus mir büßen; ich schlage ihn tot!«
Aber zu Hause beim kleinen Klaus war die alte Großmutter gestorben. Sie war zwar stets sehr heftig und böse gegen ihn gewesen, aber er war doch recht betrübt, nahm die tote Frau und legte sie in sein warmes Bett, in der Hoffnung, er könne sie dadurch wieder zum Leben zurückbringen. Dort sollte sie die ganze Nacht liegen, er selbst wollte sich in einen Winkel setzen und auf einem Stuhle schlafen, wie er schon vorher getan hatte.
Als er nun nachts so dasaß, ging die Tür auf und der große Klaus trat mit seiner Axt herein. Er wußte schon, wo des kleinen Klaus Bett stand, ging gerade auf dasselbe los und schlug nun die tote Großmutter vor den Kopf, weil er glaubte, daß es der kleine Klaus wäre.
»Da hast du es!« sagte er, »nun wird es dir vergehen, dich über mich lustig zu machen!« Und darauf ging er wieder nach Hause.
»Das ist doch ein schlimmer, böser Mann«, sagte der kleine Klaus; »da dachte er mich totzuschlagen. Es war doch für die alte Mutter gut, daß sie schon tot war, sonst hätte er ihr das Leben genommen!«
Nun zog er der alten Großmutter ihre Sonntagskleider an, lieh sich von dem Nachbar ein Pferd, spannte es vor den Wagen und setzte die alte Großmutter auf den hintersten Sitz, so daß sie beim Fahren nicht herausfallen konnte, und so rollten sie vorwärts durch den Wald. Als die Sonne

aufging, befanden sie sich schon vor einem großen Kruge, wo der kleine Klaus stillhielt, um zu frühstücken.
Der Wirt hatte viel, viel Geld, er war auch ein sehr guter Mann, aber hitzig, als wenn Pfeffer und Tabak in ihm wären.
»Guten Morgen!« sagte er zum kleinen Klaus, »du hast dich heute früh in die Sonntagskleider geworfen?«
»Ja!« sagte der kleine Klaus, »ich will mit meiner alten Großmutter nach der Stadt, sie sitzt draußen auf dem Wagen; ich kann sie nicht in die Stube hineinbekommen. Wollt Ihr derselben nicht ein Glas Met bringen? Ihr müßt aber recht laut schreien, denn sie kann nicht gut hören.«
»Ja, das soll geschehen!« sagte der Wirt und schenkte ein großes Glas Met ein, mit dem er zur toten Großmutter, die aufrecht im Wagen saß, hinausging.
»Hier ist ein Glas Wein von Ihrem Sohne!« sagte der Wirt, aber die tote Frau erwiderte nicht ein einziges Wort, sondern saß ganz still.
»Hört Ihr nicht?« schrie der Wirt so laut er nur konnte; »hier ist ein Glas Met von Ihrem Sohne!«
Noch einmal rief er dasselbe und dann noch einmal, da sie sich aber durchaus nicht von der Stelle rührte, wurde er zornig und warf ihr das Glas gerade ins Gesicht, so daß ihr der Met über die Nase hinunterströmte und sie im Wagen hintenüber fiel, denn sie war nur aufrecht hingesetzt, aber nicht festgebunden.
»Holla!« rief der kleine Klaus, sprang zur Tür hinaus und faßte den Wirt an der Brust, »du hast meine Großmutter getötet! Schau hin, da hat sie ein großes Loch in der Stirn!«
»Oh, was für ein Unglück!« rief der Wirt und schlug die Hände über dem Kopfe zusammen; »das kommt alles von meiner Hitze! Süßer kleiner Klaus, ich will dir einen ganzen Scheffel Geld geben und deine Großmutter begraben lassen, als wenn sie meine eigene wäre, aber schweige nur

still, sonst schlagen sie mir den Kopf ab, und das ist so häßlich!«

So erhielt der kleine Klaus einen ganzen Scheffel Geld, und der Wirt begrub die alte Großmutter, als wäre es seine eigene gewesen.

Als der kleine Klaus mit dem vielen Gelde wieder nach Hause kam, sandte er gleich seinen Jungen zum großen Klaus hinüber, um denselben zu bitten, ob er ihm nicht ein Scheffelmaß leihen wollte.

»Was ist das?« sagte der große Klaus; »habe ich ihn denn nicht totgeschlagen? Da muß ich selbst einmal nachsehen!« Und so ging er selbst mit dem Scheffel zum kleinen Klaus hinüber.

»Nein! Wo hast du all das Geld herbekommen?« fragte er und riß die Augen beim Anblick des neuen Geldhaufens gewaltig auf.

»Nicht mich, sondern meine Großmutter hast du erschlagen!« sagte der kleine Klaus; »ich habe sie nun verkauft und einen Scheffel Geld für sie erhalten.«

»Das ist wahrhaftig gut bezahlt!« sagte der große Klaus und eilte heim, nahm eine Axt und schlug sogleich seine alte Großmutter tot, legte sie auf den Wagen, fuhr nach der Stadt, wo der Apotheker wohnte, und fragte, ob er einen toten Menschen kaufen wollte!

»Wer ist es und wo habt Ihr ihn herbekommen?« fragte der Apotheker.

»Es ist meine Großmutter!« sagte der große Klaus, »ich habe sie totgeschlagen, um sie gegen einen Scheffel Geld zu verkaufen.«

»Gott bewahre uns!« sagte der Apotheker. »Ihr müßt in Fieberhitze sprechen! Redet nicht dergleichen Zeug, sonst könntet Ihr den Kopf verlieren!« Und nun las er ihm gründlich den Text, setzte ihm auseinander, was für eine entsetzliche Schandtat er begangen hätte und welch ein schlechter Mensch er wäre und daß er Strafe verdiente. Der große Klaus erschrak darüber so sehr, daß er direkt aus der Apotheke auf den Wagen sprang, auf die Pferde einhieb und heimfuhr. Aber der Apotheker und alle Leute glaubten, er wäre verrückt, und ließen ihn deshalb fahren, wohin er wollte.

»Das will ich dir vergelten!« sagte der große Klaus, als er draußen auf der Landstraße war; »ja das sollst du mir bezahlen, kleiner Klaus!« und nun nahm er, sobald er nach Hause gekommen war, den größten Sack, den er finden konnte, ging zum kleinen Klaus hinüber und sagte: »Nun hast du mich wieder zum besten gehabt. Erst schlug ich meine Pferde tot, dann meine alte Großmutter! Das ist bloß deine Schuld, aber nie sollst du mich wieder zum besten haben!« und dann packte er den kleinen Klaus um den Leib und steckte ihn in seinen Sack, nahm ihn auf den Rücken und rief ihm zu: »Jetzt gehe ich und ertränke dich!«

Man mußte eine lange Strecke gehen, bis man zum Bache kam, und der kleine Klaus war nicht so leicht zu tragen. Der Weg führte dicht an der Kirche vorüber, die Orgel spielte, und die Leute sangen so schön darin; da setzte der große Klaus seinen Sack mit dem kleinen Klaus dicht neben der Kirchtür nieder und dachte, es würde ganz gut sein, wenn er erst hineinträte und ein Lied mitsänge, ehe er weiterginge: der kleine Klaus könne ja nicht entwischen und alle Leute wären in der Kirche. So ging er denn hinein.

»O weh, o weh!« seufzte der kleine Klaus inwendig im Sacke; er drehte sich und drehte sich, aber es war ihm nicht möglich, die Bande zu lösen. In dem Augenblick kam der alte Kuhhirt, mit schneeweißem Haar und einem großen Stock in der Hand, vorüber; er trieb eine ganze Herde Kühe und Stiere vor sich her; sie liefen gegen den Sack, in dem der kleine Klaus saß, so daß er umfiel.

»O weh!« seufzte der kleine Klaus, »ich bin noch so jung und soll schon ins Himmelreich!«

»Und ich Armer«, sagte der Kuhhirt, »bin schon so alt und kann noch immer nicht dahinkommen!«

»Binde den Sack auf!« rief der kleine Klaus, »krieche statt meiner hinein, so kommst du sogleich ins Himmelreich!«

»Ja, das will ich mit Freuden tun!« sagte der Kuhhirt und band dem kleinen Klaus den Sack auf, der nun sofort heraussprang.

»Willst du nun auf das Vieh aufpassen?« sagte der alte Mann und kroch in den Sack hinein, den der kleine Klaus zuband und dann mit allen Kühen und Stieren seines Weges ging.

Unmittelbar danach kam der große Klaus aus der Kirche und nahm seinen Sack wieder auf den Rücken. Freilich kam es ihm vor, als ob derselbe gar leicht geworden wäre, denn der alte Kuhhirt war kaum halb so schwer als der kleine Klaus. »Wie leicht er jetzt zu tragen ist! Das ist der Lohn dafür, daß ich ein Kirchenlied mit angehört habe!« So ging er zu dem Bache, der tief und groß war, warf den Sack mit dem alten Kuhhirten in das Wasser und rief ihm nach, denn er glaubte ja, daß es der kleine Klaus wäre: »Sieh! Nun sollst du dich nicht mehr über mich lustig machen!«

Darauf ging er heimwärts; als er aber an den Kreuzweg kam, begegnete er dem kleinen Klaus, der all sein Vieh vor sich hertrieb.

»Was ist das!« rief der große Klaus, »habe ich dich nicht ertränkt?«

»Ja!« sagte der kleine Klaus, »du warfst mich ja vor kaum einer halben Stunde in den Bach!«

»Aber wo hast du all das schöne Vieh herbekommen?« fragte der große Klaus.

»Das ist Seevieh!« sagte der kleine Klaus. »Ich will dir die ganze Geschichte erzählen und will mich auch bestens bedankt haben, daß du mich ertränktest, denn nun bin ich obenauf, bin ordentlich reich, das kannst du mir glauben!

Mir war so bange, als ich im Sacke steckte und mir der Wind um die Nase pfiff, so bange, als du mich von der Brücke hinunter in das kalte Wasser warfst! Ich sank sogleich auf den Grund, stieß mich aber nicht, denn da unten wächst das feinste weiche Gras. Darauf fiel ich und sogleich wurde der Sack geöffnet, und die schönste Jungfrau in schneeweißen Kleidern und mit einem grünen Kranze um das Haar nahm mich bei der Hand und sagte: Bist du da, kleiner Klaus? Da hast du für das erste einiges Vieh. Eine Meile weiter auf dem Wege steht noch eine ganze Trift, die ich dir ebenfalls verehren will. Nun bemerkte ich, daß der Bach eine große Landstraße für das Meervolk war. Unten auf dem Grunde gingen und fuhren Leute gerade von der See her mitten in das Land hinein bis zur Quelle des Baches. Wie reizend war es da, wie viele Blumen und frisches Gras gab es überall. Die Fische, die im Wasser schwammen, schossen mir blitzschnell an den Ohren vorüber, wie hier die Vögel in der Luft. Was waren da für schmucke Leute und nun erst das Vieh, das an Gräben und Hecken weidete.«

»Aber warum bist du denn gleich wieder zu uns heraufgekommen?« fragte der große Klaus. »Das hätte ich nicht getan, wenn es da unten wirklich so schön ist.«

»Je nun!« sagte der kleine Klaus, »das ist just sehr pfiffig von mir. Du hörst ja doch, wie ich dir erzähle: Die Seejungfrau sagte, eine Weile weiter auf dem Wege – unter dem Wege versteht sie ja den Bach, da sie nirgends anders hinkommen kann – stände noch eine ganze Trift Vieh für mich. Wie ich nun weiß, macht der Bach bald hier, bald da Krümmungen. Das ist ja ein schrecklicher Umweg. Nein, da kürzt man doch viel ab, wenn man hier auf das Land emporsteigt und querüber wieder nach dem Bache treibt. Dabei spare ich ja fast eine halbe Meile und komme eher zu meinem Seevieh!«

»Oh, du bist ein glücklicher Mann!« sagte der große Klaus. »Denkst du, ich würde ebenfalls Seevieh bekommen, wenn ich auf den Grund des Baches hinunterkäme?«

»Ja, das sollte ich meinen!« sagte der kleine Klaus, »aber ich kann dich nicht im Sacke bis an den Bach hintragen; dazu bist du mir zu schwer. Willst du aber selbst dahin gehen und dann in den Sack kriechen, so will ich dich mit dem größten Vergnügen hineinwerfen.«

»Besten Dank!« sagte der große Klaus, »bekomme ich aber kein Seevieh, wenn ich hinunterkomme, dann prügle ich dich tüchtig durch. Darauf kannst du dich verlassen.«

»O nein. Sei nicht so schlimm!« Nun gingen sie zum Bache hin. Als das Vieh, welches durstig war, das Wasser sah, lief es so schnell es konnte zur Tränke hinunter.

»Sieh, wie eilig es hat!« sagte der kleine Klaus, »es sehnt sich danach, wieder auf den Grund hinunterzukommen!«

»Ja, hilf mir nur erst!« sagte der große Klaus, »denn sonst bekommst du Prügel«, und dann kroch er in einen großen Sack, der quer über dem Rücken eines der Stiere gelegen hatte. »Lege einen Stein hinein, denn sonst befürchte ich, daß ich nicht untersinke!« sagte der große Klaus.

»Es geht schon!« sagte der kleine Klaus, legte aber doch einen großen Stein in den Sack, zog das Band fest zu und stemmte sich dann dagegen. Plumps! Da lag der große Klaus im Bache und sank sogleich auf den Grund.

»Ich fürchte, ich fürchte, er findet am Ende das Vieh doch nicht!« sagte der kleine Klaus und trieb dann mit dem, was er hatte, heimwärts.

Die Prinzessin auf der Erbse

Es war einmal ein Prinz, der wollte eine Prinzessin heiraten, aber es sollte eine wirkliche Prinzessin sein. Nun reiste er die ganze Welt umher, um eine solche zu finden, aber überall stand etwas im Wege. Prinzessinnen waren schon genug da, aber ob es auch wirkliche Prinzessinnen waren, dahinter konnte er durchaus nicht kommen: immer war etwas da, das nicht stimmte. So kam er denn wieder nach Hause und war ganz betrübt, denn er wollte so gern eine wirkliche Prinzessin haben.
Eines Abends entstand ein furchtbares Unwetter; es blitzte und donnerte, der Regen strömte hernieder, es war geradezu entsetzlich. Da klopft es an das Stadttor und der alte König ging hin, um zu öffnen. Es war eine Prinzessin, die draußen vor demselben stand. Aber, mein Gott, wie sah sie von dem Regen und dem bösen Wetter aus! Das Wasser triefte ihr von den Haaren und Kleidern herunter und lief in die Schuhspitzen hinein und aus den Hacken wieder heraus, und sie sagte, daß sie eine wirkliche Prinzessin wäre.
Nun, das wollen wir bald genug herausbekommen! dachte die alte Königin, sagte aber nichts, ging in das Schlafzimmer, nahm alle Betten heraus und legte eine Erbse auf den Boden der Bettstelle. Darauf nahm sie zwanzig Matratzen, legte sie auf die Erbse, und dann noch zwanzig Eiderdaunenbetten oben auf die Matratzen.
Da sollte die Prinzessin nun des Nachts liegen.
Am Morgen fragte man sie, wie sie geschlafen hätte.
»Oh, entsetzlich schlecht!« sagte die Prinzessin, »ich habe fast die ganze Nacht kein Auge zutun können! Gott weiß, was in meinem Bette gewesen ist? Ich habe auf etwas Hartem gelegen, so daß ich am ganzen Körper braun und blau bin! Es ist wahrhaft entsetzlich!«
Daran konnte man denn sehen, daß sie eine wirkliche

Prinzessin war, da sie durch die zwanzig Matratzen und die zwanzig Eiderdaunenbetten die Erbse gefühlt hatte. So feinfühlig konnte nur eine wirkliche Prinzessin sein! Da nahm der Prinz sie zur Frau, denn nun wußte er, daß er eine wirkliche Prinzessin hatte, und die Erbse kam auf die Kunstkammer, wo sie noch zu sehen ist, wenn sie niemand genommen hat.

Seht, das war eine wirkliche Geschichte.

Die Blumen der kleinen Ida

»Meine armen Blumen sind ganz welk!« sagte die kleine Ida. »Gestern abend waren sie noch so schön, und nun hängen alle Blumen vertrocknet da! Warum tun sie es?« fragte sie den Studenten, der im Sofa saß. Sie hielt große Stücke auf ihn; er wußte die prächtigsten Geschichtchen und schnitt die drolligsten Bilder aus: Herzen mit kleinen Mädchen darin, welche tanzten; Blumen und große Schlösser, deren Türen sich öffnen ließen. Ja, es war ein lustiger Student! »Warum sehen die Blumen heute so farblos aus?« fragte sie wieder und zeigte ihm einen ganzen Strauß, der völlig verwelkt war.

»Ja, weißt du, was ihnen fehlt?« sagte der Student; »die Blumen sind heute nacht auf dem Ball gewesen, und deshalb lassen sie die Köpfe hängen.«

»Aber die Blumen können ja nicht tanzen?« sagte die kleine Ida.

»O ja!« sagte der Student, »sobald es dunkel wird und wir anderen schlafen, dann springen sie lustig umher; fast jede Nacht haben sie Ball.«

»Kann denn kein Kind mit auf den Ball kommen?«

»Ja«, sagte der Student, »die kleinen niedlichen Gänseblümchen und Maiblümchen.«

»Wo tanzen die schönen Blumen?« fragte die kleine Ida.

»Bist du nicht öfters vor dem Tore bei dem großen Schlosse gewesen, wo der König im Sommer wohnt und der schöne Garten mit den vielen Blumen ist? Du hast ja die Schwäne gesehen, die auf dich zuschwimmen, wenn du ihnen Brotkrümchen geben willst. Dort findet wirklich Ball statt, das kannst du mir glauben!«

»Erst gestern war ich mit meiner Mutter draußen im Garten!« sagte Ida, »aber alle Blätter waren von den Bäumen und es waren gar keine Blumen mehr da! Wo sind sie? Im Sommer sah ich so viele!«

»Die sind drinnen im Schlosse!« sagte der Student. »Du mußt wissen, sobald der König und alle Hofleute wieder in die Stadt ziehen, dann laufen die Blumen sofort aus dem Garten auf das Schloß und sind lustig. Das solltest du einmal sehen. Die beiden reizendsten Rosen setzen sich auf den Thron und sind dann König und Königin. Die großen Hahnenkämme stellen sich alle an der Seite auf und stehen und verneigen sich. Das sind die Kammerjunker. Nun kommen die niedlichsten Blumen, und dann ist da großer Ball. Die blauen Veilchen stellen kleine Seekadetten vor, sie tanzen mit Hyazinthen und Krokus, die sie Fräulein anreden. Die Tulpen und Feuerlilien, das sind Matronen, die passen auf, daß recht schön getanzt wird und alles fein ordentlich hergeht.«

»Aber«, fragte die kleine Ida, »ist denn niemand da, der die Blumen dafür bestraft, daß sie in des Königs Schlosse tanzen?«

»Es ist niemand da, der darüber etwas Genaues wüßte!« sagte der Student. »Mitunter kommt des Nachts freilich der alte Schloßverwalter, der da draußen die Aufsicht zu führen hat. Sobald aber die Blumen seinen großen Schlüsselbund rasseln hören, verhalten sie sich ganz still, verstecken sich hinter den langen Vorhängen und stecken den

Kopf hervor. Mein Geruch sagt es mir, es sind hier Blumen im Saale! sagt der alte Schloßverwalter, aber sehen kann er sie nicht.«

»Das ist drollig«, sagte die kleine Ida und klatschte in die Hände. »Aber könnte ich denn die Blumen auch nicht sehen?«

»O ja!« sagte der Student, »vergiß nur nicht, sobald du wieder hinauskommst, durch das Fenster zu schauen, dann siehst du sie sicher. Das tat ich heute, da lag eine lange Narzisse im Sofa und dehnte sich; das war eine Hofdame.«

»Kommen auch die Blumen aus dem Botanischen Garten da hinaus? Können sie den weiten Weg machen?«

»Jawohl!« sagte der Student, »denn sobald sie wollen, können sie fliegen. Hast du nicht schon die herrlichen Schmetterlinge gesehen, die roten, gelben und weißen? Sie sehen fast wie Blumen aus und sind es auch gewesen. Sie sind vom Stengel hoch hinauf in die Luft gesprungen und haben dann mit ihren Blättern wie mit kleinen Flügeln geschlagen, und nun flogen sie. Da sie sich gut aufführten, durften sie auch am Tage fliegen, brauchten nicht wieder nach Hause zu kommen und still auf dem Stengel zu sitzen, und so wurden diese Blätter schließlich wirkliche Flügel. Das hast du ja selbst gesehen! Möglich wäre es indes, daß die Blumen im Botanischen Garten noch nie draußen im Schlosse des Königs gewesen wären, oder auch nicht wüßten, daß es dort nachts so lustig zugeht. Darum will ich dir jetzt etwas sagen, worüber der Professor der Botanik, der hier gleich nebenan wohnt – du kennst ihn ja wohl? – in nicht geringe Verwunderung geraten würde. Wenn du in seinen Garten kommst, mußt du einer der Blumen erzählen, daß draußen auf dem Schlosse großer Ball ist. Dann sagt sie es allen anderen wieder und sie fliegen von dannen. Kommt dann der Professor in seinen Garten hinaus, so ist nicht eine einzige

Blume darin, und es ist ihm unfaßbar, was aus ihnen geworden ist.«
»Wie kann denn aber die Blume es den anderen erzählen? Die Blumen können ja nicht sprechen!«
»Nein, genau genommen können sie es nicht!« antwortete der Student, »aber sie verständigen sich durch Zeichen! Hast du nicht schon gesehen, daß sich die Blumen, sobald ein linder Windhauch weht, verneigen und alle die grünen Blätter sich bewegen? Das ist ebenso deutlich, als ob sie sprächen.«
»Versteht denn der Professor diese Zeichensprache?« fragte Ida.
»O gewiß! Eines Morgens ging der Professor in seinen Garten hinunter und bemerkte, wie eine große Brennessel einer prächtigen roten Nelke mit den Blättern Zeichen machte; sie sagte: Du bist sehr niedlich und ich habe dich von Herzen lieb! Aber dergleichen kann der Professor durchaus nicht leiden. Deshalb schlug er der Brennessel über die Blätter, denn das sind ihre Finger, aber da verbrannte er sich, und seit der Zeit rührt er keine Brennessel mehr an!«
»Das ist drollig!« sagte die kleine Ida und lachte.
»Wie kann man einem Kinde dergleichen vorreden!« sagte der mürrische Kanzleirat, der zum Besuch gekommen war und im Sofa saß. Er konnte den Studenten gar nicht leiden und brummte stets, wenn er ihn die komischen lustigen Bilder ausschneiden sah: bald einen Mann, der an einem Galgen hing und ein Herz in der Hand hielt, denn er war ein Herzensdieb; bald eine alte Hexe, die auf einem Besen ritt und ihren Mann auf der Nase hatte. Das konnte der Kanzleirat nicht leiden, und dann sagte er immer wie in diesem Augenblicke: »Wie kann man einem Kinde dergleichen vorreden! Das ist dummes Zeug!«
Aber der kleinen Ida kam es doch ganz lustig vor, was ihr der Student von ihren Blumen erzählte, und sie dachte viel daran. Die Blumen ließen die Köpfe hängen, weil sie vom

nächtlichen Tanze müde waren; sie waren gewiß krank. Da ging sie mit ihren Blumen zu all ihrem anderen Spielzeug hin, das auf einem hübschen kleinen Tische stand, und das ganze Schubfach war voll Puppenstaat. Im Puppenbette lag ihre Puppe Sophie und schlief, aber die kleine Ida sagte zu ihr: »Du mußt leider aufstehen, Sophie, und damit fürliebnehmen, heute nacht im Schubfache zu liegen; die armen Blumen sind krank und da müssen sie in deinem Bette liegen; vielleicht werden sie dann wieder frisch und wohl!« Damit nahm sie die Puppe heraus, die sehr ärgerlich aussah und kein einziges Wort sagte, denn es verdroß sie, daß sie nicht ihr Bett behalten durfte.
Dann legte Ida die Blumen in das Puppenbett, zog die kleine Decke ganz über sie fort und sagte, sie sollten nun hübsch stille liegen, sie würde ihnen dann Tee kochen, damit sie wieder wohl und frisch werden und morgen wieder aufstehen könnten. Die Vorhänge zog sie dicht um das kleine Bett, damit die Sonne ihnen nicht in die Augen scheinen sollte.
Den ganzen Abend hindurch konnte sie sich nicht enthalten, an das zu denken, was ihr der Student erzählt hatte. Als sie nun selbst zu Bett sollte, huschte sie erst hinter die Gardinen vor den Fenstern, wo die prächtigen Blumen ihrer Mutter, Hyazinthen und Tulpen, standen, und flüsterte ihnen ganz leise zu: »Ich weiß es nun, ihr sollt heute nacht auf den Ball!« Aber die Blumen taten, als verständen sie nichts, und rührten kein Blatt, allein die kleine Ida wußte doch, was sie wußte.
Als sie nun zu Bett gegangen war, lag sie noch lange und dachte, wie hübsch es doch sein müßte, die herrlichen Blumen draußen auf dem Schlosse des Königs tanzen zu sehen. »Ob meine Blumen wohl wirklich mit dabei gewesen sind?« Dann fiel sie aber in Schlaf. In der Nacht erwachte sie wieder. Sie hatte von den Blumen und dem Studenten geträumt, den der Kanzleirat ausgezankt und dabei gesagt hatte, er wollte ihr bloß etwas weismachen.

In der Schlafkammer, wo Ida lag, war es ganz still; die Nachtlampe brannte auf dem Tische, und ihr Vater und ihre Mutter schliefen.

Ob meine Blumen jetzt wohl in Sophiens Bett liegen? sagte sie bei sich selbst; ich möchte es doch gar zu gern wissen! Sie richtete sich ein wenig auf und blickte nach der Tür. Sie war nur angelehnt, und drinnen lagen die Blumen und all ihr Spielzeug. Sie lauschte und da war es ihr, als hörte sie drinnen in der Stube auf dem Klavier spielen, aber ganz leise und so hübsch, wie sie nie zuvor gehört hatte.

»Jetzt tanzen gewiß alle Blumen drinnen!« sagte sie; »ach, wie gern möchte ich es doch sehen!« aber sie durfte nicht aufstehen, weil sie sonst Vater und Mutter geweckt hätte. »Wenn sie doch nur hereinkommen wollten!« sagte sie; aber die Blumen kamen nicht. Als nun die hübsche Musik immer weiterspielte, konnte sie es nicht länger mehr aushalten, denn es war zu herrlich. Unhörbar kletterte sie aus ihrem kleinen Bette, ging ganz leise nach der Tür und sah in die Stube hinein. Nein, war das drollig, was sie nun zu sehen bekam!

Eine Nachtlampe brannte nicht darin, aber gleichwohl war es ganz hell; der Mond schien durch das Fenster mitten auf den Fußboden, so daß es fast tageshell war. Alle Hyazinthen und Tulpen standen in zwei langen Reihen auf dem Boden, am Fenster waren keine mehr zu sehen, da standen die leeren Töpfe. Auf dem Boden tanzten die Blumen ganz niedlich umeinander herum, bildeten ordentliche Ketten und hielten einander an den langen grünen Blättern, wenn sie sich herumschwenkten. Am Klavier saß eine große Feuerlilie, welche die kleine Ida bestimmt im Sommer gesehen hatte, denn sie erinnerte sich noch ganz wohl, daß der Student gesagt hatte: »Seht nur, wie sie dem Fräulein Lina ähnelt!« Damals hatten ihn alle ausgelacht, aber jetzt kam es Ida wirklich auch so vor, als ob die lange gelbe Blume dem Fräulein gliche. Sie war selbst beim Spielen ihr treues Ebenbild, bald neigte sie ihr langes gelbes Gesicht auf die eine Seite, bald auf die andere, und nickte den Takt zu der schönen Musik. Die kleine Ida blieb völlig unbemerkt. Nun sah sie einen großen blauen Krokus mitten auf den Tisch springen, auf

dem das Spielzeug stand, direkt auf das Puppenbett zugehen und die Vorhänge auf die Seite schieben. Da lagen die kranken Blumen, aber sie richteten sich sofort empor und nickten den anderen auf dem Fußboden zu, daß sie auch mittanzen wollten. Der alte Herr auf dem Räucherkästchen, dem die Unterlippe abgebrochen war, stand auf und verneigte sich vor den hübschen Blumen. Sie sahen gar nicht mehr krank aus, hüpften unter die anderen hinunter und waren recht vergnügt.

Horch! War es nicht, als ob etwas vom Tische herunterfiele? Ida schaute hin. Es war die Fastnachtsrute, die heruntersprang. Sie schien ebenfalls mit zu den Blumen zu gehören. Sie war auch sehr niedlich, und oben in der

Spitze saß eine kleine Wachspuppe, die einen genau ebenso breiten Hut auf dem Kopfe hatte, wie ihn der Kanzleirat trug. Die Fastnachtsrute hüpfte auf ihren drei roten Stelzfüßen mitten unter die Blumen und stampfte, weil sie Mazurka tanzte, laut den Boden. Den Tanz verstanden die anderen Blumen nicht, denn sie waren gar leicht und konnten nicht aufstampfen.
Die Wachspuppe auf der Fastnachtsrute wurde plötzlich groß und lang, schwang sich hoch über die Papierblumen empor und rief ganz laut: »Wie kann man einem Kinde dergleichen vorreden! Das ist dummes Zeug!« und da ähnelte die Wachspuppe dem Kanzleirate mit seinem breiten Hute auf das täuschendste; sie sah gerade ebenso gelb und brummisch aus. Aber die Papierblumen schlugen ihn an die dünnen Beine, und da schrumpfte er wieder zusammen und wurde eine winzig kleine Wachspuppe. Das war ein zu komischer Anblick! Die kleine Ida konnte sich des Lachens nicht enthalten. Die Fastnachtsrute hörte nicht auf zu tanzen, und der Kanzleirat mußte mittanzen, es half ihm nichts, ob er sich groß und lang machte oder die kleine gelbe Wachspuppe mit dem großen, schwarzen Hute wurde. Da baten die anderen Blumen für ihn, besonders die, welche im Puppenbette geschlafen hatten, und da ließ ihn die Fastnachtsrute endlich in Ruhe. In demselben Augenblicke klopfte es ganz laut inwendig in dem Schubfache, wo Idas Puppe, Sophie, bei vielem anderen Spielzeuge lag. Das Männchen auf dem Räucherkästchen lief bis an die Kante des Tisches, legte sich der Länge nach auf den Bauch und fing an den Schubkasten ein wenig herauszuziehen. Da richtete sich Sophie empor und sah sich ganz verwundert um. »Hier ist ja Ball!« sagte sie, »warum hat mir es denn niemand gesagt?«
»Willst du mit mir tanzen?« sagte das Räuchermännchen.
»Fürwahr, das stände mir gerade an, mit dir zu tanzen!« sagte sie und wandte ihm den Rücken. Hierauf setzte sie

sich auf das Schubfach und dachte, es würde schon eine oder die andere Blume kommen und sie engagieren, aber es kam keine. Nun hustete sie, hm, hm, hm, aber gleichwohl kam keine. Das Räuchermännchen tanzte ganz allein und gar nicht so unübel.

Da nun keine der Blumen Sophie zu sehen schien, ließ sie sich vom Schubfach gerade auf den Boden herabgleiten, so daß ein großer Lärm entstand. Alle Blumen umringten sie auch gleich und fragten, ob sie sich keinen Schaden getan hätte, und sie benahmen sich alle sehr zuvorkommend gegen sie, besonders die Blumen, die in ihrem Bette gelegen hatten. Aber sie hatte keinen Schaden genommen, und alle Blumen Idas dankten ihr für das prächtige Bett und bewiesen ihr große Zuneigung. Sie zogen sie mit sich bis mitten auf den Boden, wo der Mond schien, tanzten mit ihr, und alle anderen Blumen schlossen einen Kreis um sie. Nun war Sophie fröhlich und sagte, sie möchten getrost ihr Bett behalten, sie läge ebensogern im Schubfache.

Aber die Blumen sagten: »Empfange unseren besten Dank, allein wir können nicht mehr lange leben; morgen sind wir tot; sage aber der kleinen Ida, sie möchte uns draußen im Garten, dort wo der Kanarienvogel liegt, begraben. Dann erhielten wir im Sommer neues Wachstum und würden noch weit schöner!«

»Nein, ihr dürft nicht sterben!« sagte Sophie und küßte dann die Blumen. In dem Augenblicke ging die Saaltür auf und eine große Menge prachtvolle Blumen tanzte herein. Ida konnte sich gar nicht denken, woher sie gekommen waren; es waren gewiß die Blumen draußen vom Schlosse des Königs. An der Spitze gingen zwei herrliche Rosen und trugen kleine Goldkronen, das war ein König und eine Königin. Darauf folgten die niedlichsten Levkojen und Nelken, die nach allen Seiten hin grüßten. Sie hatten Musik mit sich, große Mohnblüten und Päonien bliesen auf Erbsenschoten, so daß sie ganz rot im Gesicht waren.

Die blauen Glockenblumen und die kleinen weißen Schneeglöckchen klingelten, als ob sie Schellen trügen. Das war eine komische Musik. Dann kamen gar viele andere Blumen und tanzten allesamt, die blauen Veilchen und die roten Tausendschön, die Gänseblümchen und Maiblümchen. Und alle Blumen küßten einander, was sehr niedlich anzusehen war.

Schließlich sagten die Blumen einander gute Nacht. Da schlich sich denn auch die kleine Ida in ihr Bett, wo sie von allem, was sie gesehen hatte, träumte.

Als sie am nächsten Morgen aufstand, ging sie sogleich zu dem kleinen Tische, um zu sehen, ob die Blumen noch dort wären. Sie zog den Vorhang vor dem kleinen Bette zur Seite, ja, da lagen sie sämtlich, aber sie waren ganz welk, weit mehr als gestern. Sophie lag im Schubfache, wohin sie sie gelegt hatte; sie sah sehr schläfrig aus.

»Kannst du dich auf das besinnen, was du mir sagen solltest?« fragte die kleine Ida, allein Sophie sah ganz dumm aus und sagte auch nicht ein einziges Wort.

»Du bist gar nicht artig«, sagte Ida, »und doch tanzten sie sämtlich mit dir.« Dann nahm sie ein Papierschächtelchen, das mit niedlichen Vögeln bemalt war, öffnete es und legte die toten Blumen hinein. »Das soll euer hübscher Sarg sein«, sagte sie, »und wenn später die nordischen Vettern kommen, da sollen sie bei dem Begräbnisse draußen im Garten mit zugegen sein, damit ihr im Sommer wieder wachsen könnt und noch weit schöner werdet!«

Die nordischen Vettern waren zwei frische Knaben, sie hießen Jonas und Adolf, ihr Vater hatte ihnen zwei neue Flitzbogen geschenkt, die sie bei sich hatten, um sie Ida zu zeigen. Sie erzählte ihnen von den armen Blumen, die gestorben waren, und dann durften sie dieselben begraben. Beide gingen mit den Flitzbogen auf den Schultern voran, und die kleine Ida folgte ihnen mit den toten Blumen in der niedlichen Schachtel. Draußen im Garten wurde ein kleines Grab gegraben. Ida küßte erst die Blumen, setzte sie dann mit der Schachtel in die Erde, und Adolf und Jonas schossen mit den Flitzbogen über das Grab, denn sie hatten keine Gewehre oder Kanonen.

Däumelieschen

Es war einmal eine Frau, die gar zu gern ein kleines Kind haben wollte, aber sie wußte gar nicht, wo sie es herbekommen sollte. Da ging sie zu einer alten Hexe und sagte zu ihr: »Ich möchte doch gar zu gern ein kleines Kind haben; kannst du mir nicht sagen, wo ich eins herbekommen soll?«

»O ja, das soll nicht schwerhalten!« sagte die Hexe. »Da hast du ein Gerstenkorn; das ist nicht etwa von der Art, wie es auf einem Bauernfelde wächst, oder womit die Hühner gefüttert werden. Lege es in einen Blumentopf, dann wirst du etwas zu sehen bekommen!«

»Besten Dank!« sagte die Frau und gab der Hexe ein Silberstück, ging dann heim, pflanzte das Gerstenkorn, und sogleich wuchs eine große herrliche Blume hervor, die vollkommen einer Tulpe glich, aber die Blätter schlossen sich fest zusammen, als ob sie noch in der Knospe wären.

»Das ist eine schöne Blume!« sagte die Frau und küßte sie auf die herrlichen roten und gelben Blätter, aber wie sie sie noch küßte, tat die Blume einen großen Knall und öffnete sich. Es war, wie man nun sehen konnte, eine wirkliche Tulpe; aber mitten in der Blüte, auf dem grünen Blumengriffel, saß ein winzig kleines Mädchen, fein und lieblich. Sie war nicht größer als ein Daumen, und deswegen wurde sie Däumelieschen genannt.

Eine prächtige, lackierte Walnußschale erhielt sie zur Wiege, blaue Veilchenblätter waren ihre Matratze und ein Rosenblatt ihr Deckbett. Darin schlief sie des Nachts, aber am Tage spielte sie auf dem Tische. Die Frau hatte einen Teller darauf gestellt, um den sie einen ganzen Kranz Blumen gelegt hatte, deren Stengel in das Wasser reichten. Hier schwamm ein großes Tulpenblatt und auf diesem durfte Däumelieschen sitzen und von der einen Seite des Tellers bis zur anderen schwimmen. Zum Rudern hatte sie zwei weiße Pferdehaare. Das sah unbeschreiblich niedlich aus. Sie konnte auch singen, o so fein und lieblich, wie man nie zuvor gehört hatte.

Eines Nachts, als sie in ihrem hübschen Bettchen lag, kam durch das Fenster, in dem eine Scheibe zerbrochen war, eine häßliche Kröte hereingehüpft. Die Kröte war entsetzlich garstig, groß und naß; sie hüpfte gerade auf den Tisch hernieder, wo Däumelieschen lag und unter dem roten Rosenblatte schlief.

»Das wäre eine schöne Frau für meinen Sohn!« sagte die Kröte, und dann ergriff sie die Walnußschale, in der Däumelieschen schlief, und hüpfte mit ihr durch die Scheibe in den Garten hinunter.

Da floß ein großer, breiter Bach; aber dicht am Ufer war es sumpfig und morastig; hier wohnte die Kröte mit ihrem Sohne. Hu, der war ebenso garstig und häßlich, das ganze Ebenbild seiner Mutter. »Koax, koax, breckekekex!« war alles, was er sagen konnte, als er das hübsche kleine Mädchen sah.

»Schwatz nicht so laut, sonst wacht sie auf!« sagte die alte Kröte, »sie könnte uns sonst noch entlaufen, denn sie ist so leicht wie ein Eiderflaum! Wir wollen sie in den Bach hinaus auf eins der breiten Wasserlilienblätter setzen, das ist für sie, die so leicht und klein ist, wie eine Insel. Da kann sie nicht entlaufen, während wir den Festsaal unten tief unter dem Sumpfe, wo ihr wohnen und leben sollt, instand setzen.«

Nach der Mitte des Baches zu wuchsen gar viele Wasserlilien mit ihren breiten, grünen Blättern. Sie gewährten einen Anblick, als ob sie auf dem Wasser schwämmen. Das Blatt, das am weitesten hinausragte, war auch das allergrößte. Zu ihm schwamm die alte Kröte hinaus und setzte die Walnußschale mit Däumelieschen darauf.

Das arme kleine Mädchen erwachte beim ersten Morgengrauen, und da es wahrnahm, wo es war, fing es gar bitterlich an zu weinen, denn Wasser umgab von allen Seiten das große grüne Blatt; es war ihr unmöglich, an das Land zu kommen.

Die alte Kröte saß unten im Sumpfe und schmückte ihr Zimmer mit Schilf und gelben Wasserlilien, denn für die neue Schwiegertochter sollte alles auf das feinste hergerichtet werden. Darauf schwamm sie mit dem garstigen Sohne zu dem Blatte hinaus, wo Däumelieschen stand. Sie wollten ihr niedliches Bett holen, welches in das Brautgemach gesetzt werden sollte, ehe sie selbst dessen Schwelle übertrat.

Die alte Kröte verneigte sich vor ihr bis tief ins Wasser hinein und sagte: »Hier stell ich dir meinen Sohn vor, der dein Mann sein soll. Ihr werdet unten im Sumpfe ganz prächtig wohnen.«

»Koax, koax, breckekekex!« war alles, was der Sohn sagen konnte.

Nun nahmen sie das stattliche kleine Bett und schwammen damit fort; Däumelieschen aber saß ganz allein und weinte heiße Tränen auf das grüne Blatt hinab, denn sie wollte weder bei der häßlichen Kröte wohnen, noch ihren häßlichen Sohn zum Manne haben. Die kleinen Fische, die unten im Wasser schwammen, hatten die Kröte recht wohl gesehen und gehört, was sie sagte. Sie streckten deshalb alle die Köpfe in die Höhe, sie wollten doch auch das kleine Mädchen sehen. Kaum hatten sie es gesehen, so fanden sie dieselbe so allerliebst, daß es ihnen leid tat, daß sie zur häßlichen Kröte hinunter sollte. Nein, das durfte nie geschehen! Sie versammelten sich unten im Wasser, rings um den grünen Stengel, der das Blatt hielt, worauf es stand, nagten mit den Zähnen den Stiel ab, und nun schwamm das Blatt mit Däumelieschen hinab, weit, weit fort, wohin die Kröte nicht gelangen konnte.

Däumelieschen segelte an gar vielen Städten vorüber, und die kleinen Vögel saßen in den Büschen, sahen sie und sangen: »Welch niedliches kleines Mädchen!« Weiter und immer weiter schwamm das Blatt mit ihr; so reiste denn Däumelieschen ins Ausland.

Ein allerliebster kleiner weißer Schmetterling wurde nicht müde, sie zu umflattern, und schwebte endlich auf das Blatt hernieder, denn er konnte Däumelieschen gar wohl leiden. Diese war hoch erfreut, denn die Kröte konnte sie jetzt nicht mehr erreichen, und es war so köstlich, wo sie segelte. Die Sonne schien auf das Wasser, und dieses glänzte wie schimmerndes Gold. Da nahm sie ihren Gürtel, schlang das eine Ende desselben um den Schmetterling und befestigte das andere am Blatte. Das glitt jetzt weit schneller das Wasser hinunter und sie mit, denn sie stand ja auf dem Blatte.

Plötzlich kam ein großer Maikäfer angeflogen, der sie gewahrte und augenblicklich seine Klauen um ihren schlanken Leib schlug und mit ihr auf einen Baum flog. Aber das grüne Blatt schwamm den Bach hinab, und der Schmetterling flog mit, denn er war an das Blatt gebunden und konnte sich auch nicht befreien.

Gott, wie sehr erschrak das arme Däumelieschen, als der Maikäfer mit ihr auf den Baum hinaufflog! Am meisten betrübte sie jedoch der Gedanke an den schönen weißen Schmetterling, den sie an das Blatt gebunden hatte. Konnte er nicht loskommen, mußte er ja rettungslos verhungern. Aber das rührte den Maikäfer durchaus nicht. Er setzte sich mit ihr auf das größte grüne Blatt des Baumes, speiste sie mit dem Blütenhonig und sagte, sie wäre sehr schön, obgleich sie einem Maikäfer in keinem Stücke ähnelte. Später kamen alle die anderen Maikäfer, die den Baum bewohnten, zu Besuch; sie beguckten Däumelieschen von allen Seiten, und die Maikäferfräulein rümpften die Fühlhörner und sagten: »Sie hat ja nur zwei Füße; das sieht doch zu jämmerlich aus!« – »Sie hat keine Fühlhörner!« spotteten andere. – »Wie schlank sie um die Hüften ist! Pfui, sie sieht einem Menschen sprechend ähnlich! Wie häßlich sie ist!« sagten alle Maikäferfrauen, und trotzdem war Däumelieschen so schön. So kam sie auch dem Maikäfer vor, der sie entführt hatte, da aber alle anderen darin übereinstimmten, sie wäre häßlich, so glaubte er es zuletzt ebenfalls und wollte sie nun gar nicht haben; sie konnte gehen, wohin sie wollte. Sie flogen mit ihr vom Baume hinunter und setzten sie auf ein Gänseblümchen. Da weinte sie, weil sie so häßlich wäre, daß sie nicht einmal die Maikäfer unter sich dulden wollten, und doch war sie über alle Vorstellung schön, fein und klar, wie das herrlichste Rosenblatt.

Während des ganzen Sommers lebte Däumelieschen ganz allein in dem großen Walde. Sie flocht sich ein Bett aus Grashalmen und hing es unter einem großen Klettenblatte auf, so daß sie gegen den Regen geschützt war. Blütenhonig war ihre Speise, und ihren Durst stillte sie an dem Tau, der morgens auf den Blättern stand. So verstrich Sommer und Herbst, aber nun kam der Winter, der kalte, lange Winter. Alle Vögel, die ihr so schön vorgesungen hatten, flogen ihrer Wege, die Bäume und Blumen welkten dahin; das große Klettenblatt, unter dem sie gewohnt hatte, schrumpfte zusammen, und es blieb nur ein gelber vertrockneter Stengel. Sie fror bitterlich, ihre Kleider waren zerrissen, und sie selbst war gar fein und klein; das arme Däumelieschen mußte erfrieren. Es begann zu schneien und jede Schneeflocke, die auf sie fiel, tat dieselbe Wirkung, als wenn man auf uns eine ganze Schaufel voll wirft, denn wir sind groß, sie aber war nur einen Daumen lang.

Da hüllte sie sich in ein verwelktes Blatt, aber das erwärmte sie nicht; sie zitterte vor Kälte.
Hart am Saume des Waldes, wohin sie jetzt gelangt war, lag ein großes Kornfeld, allein das Korn war längst eingeerntet, nur die nackten, trockenen Stoppeln ragten aus der gefrornen Erde hervor. Ihr kamen sie wie ein großer Wald vor, den sie zu durchwandern hatte, und sie klapperte nur so vor Kälte. Da kam sie vor die Tür der Feldmaus. Ihr ganzes Reich bestand in einer kleinen Höhle unter den Kornstoppeln. Dort wohnte die Feldmaus geschützt und behaglich, hatte die ganze Stube voll Korn und eine prächtige Küche und Speisekammer. Das arme Däumelieschen stellte sich an die Tür, gerade wie jedes andere arme Bettelmädchen, und bat um ein kleines

Stückchen Gerstenkorn, denn sie hatte seit zwei Tagen nicht das geringste zu essen bekommen.

»Du arme Kleine!« sagte die Feldmaus, denn es war im Grunde genommen eine gute, alte Feldmaus, »komm in meine warme Stube herein und iß mit mir!«

Da sie nun Gefallen an Däumelieschen fand, sagte sie: »Du kannst getrost den Winter über bei mir bleiben, aber du mußt mir die Stube hübsch sauber halten und mir Geschichten erzählen, denn das ist meine Lust!« Däumelieschen tat, was die gute, alte Feldmaus verlangte, und hatte es ganz vortrefflich bei ihr.

»Nun bekommen wir gewiß bald Besuch!« sagte die Feldmaus. »Mein Nachbar pflegt mich täglich zu besuchen. Der hat noch mehr vor sich gebracht als ich, hat große Säle und geht in einem herrlichen, schwarzen Samtpelze einher. Könntest du den zum Manne bekommen, dann wärest du gut versorgt. Er kann aber nicht sehen. Du mußt ihm die allerschönsten Geschichten erzählen, die du weißt!«

Aber darum kümmerte sich Däumelieschen nicht, sie mochte den Nachbar gar nicht haben, denn er war ein Maulwurf. Er kam und machte in seinem schwarzen Samtpelze seine Aufwartung. Er wäre sehr reich und sehr gelehrt, sagte die Feldmaus. Seine Wohnung war auch in der Tat zwanzigmal größer als die der Feldmaus, und Gelehrsamkeit besaß er, aber die Sonne und die herrlichen Blumen konnte er gar nicht leiden; über sie wußte er nur Schlimmes zu erzählen, weil er sie nie gesehen hatte. Däumelieschen mußte singen und sie sang sowohl: »Maikäfer fliege!« als auch: »Der Pfarrer geht ins Heu!« Wegen ihrer schönen Stimme verliebte sich der Maulwurf in sie, sagte aber noch nichts; oh, er war ein sehr besonnener Mann!

Er hatte sich vor kurzem einen langen Gang von seinem bis zu ihrem Hause durch die Erde gegraben; in ihm durfte die Feldmaus und Däumelieschen mit seiner Erlaubnis nach Herzenslust spazieren. Er bat sie aber, sich nicht vor dem toten Vogel zu erschrecken, der im Gange läge. Es war ein ganzer Vogel mit Federn und Schnabel, der erst ganz kürzlich beim Beginn des Winters gestorben sein konnte und nun gerade da begraben war, wo er seinen Gang angelegt hatte.

Der Maulwurf nahm ein faules Stück Holz in das Maul, weil es im Dunkeln wie Feuer schimmert, ging dann voran und leuchtete ihnen in dem langen, finsteren Gange. Als sie zu der Stelle gelangten, wo der tote Vogel lag, drückte der Maulwurf mit seiner breiten Nase gegen das Gewölbe und stieß die Erde auf, so daß ein großes Loch entstand, durch welches das Licht hereinschimmerte. Mitten auf dem Boden lag eine tote Schwalbe, die schönen Flügel fest an die Seite gedrückt, die Beine und den Kopf unter die Federn gezogen. Der arme Vogel war sicher vor Kälte gestorben. Däumelieschen hatte inniges Mitleid mit ihr, sie liebte alle die kleinen Vögel, hatten sie ihr doch den ganzen Sommer hindurch so schön etwas vorgesungen und vorgezwitschert, aber der Maulwurf stieß ihn mit seinen kurzen Beinen und sagte: »Nun pfeift er nicht mehr! Es muß doch jämmerlich sein, als kleiner Vogel geboren zu werden! Gott sei Lob, daß es keines meiner Kinder wird. Außer seinem ›Quivit‹ hat ja ein solcher Vogel durchaus nichts und muß im Winter elendiglich verhungern!«

»Ja, das könnt Ihr als ein vernünftiger Mann wohl sagen!« entgegnete die Feldmaus. »Was hat ein Vogel für all sein Quivit, wenn der Winter kommt? Er muß hungern und frieren, doch das wird wohl etwas vorstellen sollen.«

Däumelieschen sagte nichts, als aber die beiden anderen dem Vogel den Rücken wandten, neigte sie sich hinab, schob die Federn, die über seinem Kopfe lagen zur Seite und küßte ihn auf die geschlossenen Augen. Vielleicht war er es, der mir im Sommer so schön etwas vorsang, dachte sie, wie viel Freude hat er mir verschafft, der liebe, schöne Vogel.

Der Maulwurf stopfte nun das Loch, durch welches das Tageslicht hineinschien, wieder zu und begleitete die Damen nach Hause. Aber in der Nacht konnte Däumelieschen schlechterdings nicht schlafen. Da erhob sie sich von ihrem Bette und flocht aus Heu einen großen, schönen Teppich, trug ihn hinunter, breitete ihn über den toten Vogel aus und legte weiche Baumwolle, die sie im Zimmer der Feldmaus gefunden hatte, dem Vogel zur Seite, damit er warm liegen möchte in der kalten Erde.
»Lebe wohl, du schöner lieber Vogel!« sagte sie, »lebe wohl und Dank für deinen herrlichen Gesang im Sommer, als alle Bäume grün waren und die Sonne auf uns so warm herniederschien!« Dann legte sie ihr Köpfchen an des Vogels Brust, fuhr aber sogleich erschrocken zusammen, denn es war fast, als ob etwas in derselben klopfte. Das war des Vogels Herz. Der Vogel war nicht tot, er lag nur in Betäubung, war jetzt erwärmt worden und bekam wieder Leben.
Im Herbste fliegen alle Schwalben nach den warmen Ländern, verspätet sich aber eine, so friert sie so, daß sie wie tot zur Erde fällt und liegenbleibt, wohin sie fällt, und der kalte Schnee seine Decke über sie breitet.
Däumelieschen schauderte ordentlich, so war sie erschreckt worden, denn der Vogel war ihr gegenüber, die kaum Daumeslänge hatte, ja so erschrecklich groß, aber sie faßte doch wieder Mut, legte die Baumwolle dichter um die Schwalbe und holte ein Krauseminzblatt, dessen sie sich selbst als Deckbettes bedient hatte, und legte es über den Kopf des Vogels.
In der nächsten Nacht schlich sie sich wieder zu ihm hinunter und nun war er lebendig, aber so matt, daß er nur einen kurzen Augenblick seine Augen zu öffnen und Däumelieschen anzusehen vermochte, die, weil sie kein anderes Lämpchen haben konnte, mit einem Stückchen faulen Holzes in der Hand neben ihm stand.
»Herzlichen Dank, du niedliches kleines Kind!« sagte die

kranke Schwalbe zu ihr, »ich bin vortrefflich erwärmt! Bald erhalte ich meine Kräfte wieder und kann dann draußen im warmen Sonnenschein umherfliegen.«

»Ach!« sagte sie, »es ist draußen gar kalt, es schneit und friert! Bleib du in deinem warmen Bettchen, ich werde dich schon pflegen!«

Darauf brachte sie der Schwalbe Wasser in einem Blumenblatte, und diese trank und erzählte ihr, wie sie sich an einem Dornbusche ihren einen Flügel verletzt hätte, was sie verhinderte, so schnell wie die anderen Schwalben zu fliegen, als dieselben weit, weit fort nach den warmen Ländern flogen. Endlich war sie auf die Erde gefallen, aber an Weiteres konnte sie sich nicht mehr erinnern, und sie war völlig unwissend darüber, wie sie hierher gekommen war.

Den ganzen Winter blieb sie nun da unten, und Däumelieschen nahm sich ihrer auf das beste an und hatte sie lieb. Weder der Maulwurf noch die Feldmaus erfuhr das geringste davon, weil sie die arme Schwalbe nicht mochten.

Sobald der Frühling kam und die Sonne die Erde erwärmte, sagte die Schwalbe Däumelieschen Lebewohl, die nun das Loch öffnete, welches der Maulwurf in der Decke gemacht hatte. Die Sonne schien herrlich auf sie hernieder, und die Schwalbe fragte, ob sie sie begleiten wollte, sie könnte auf ihrem Rücken sitzen, und dann wollten sie weit hinaus in den grünen Wald fliegen. Aber Däumelieschen wußte, daß es die alte Feldmaus betrüben würde, wenn sie sie auf solche Art verließ.

»Nein, ich kann nicht!« sagte Däumelieschen. »Lebe wohl, lebe wohl! du gutes, schönes Mädchen!« sagte die Schwalbe und flog hinaus in den Sonnenschein. Däumelieschen sah ihr nach, und die Tränen traten ihr in die Augen, denn sie hatte die Schwalbe gar lieb.

»Quivit, quivit!« sang der Vogel und flog hinein in den grünen Wald.

Däumelieschen war sehr betrübt. Sie erhielt nie Erlaubnis, in den warmen Sonnenschein hinauszugehen. Das Korn, das auf dem Acker über dem Hause der Feldmaus ausgesät war, wuchs auch hoch in die Luft empor; für das arme kleine Mädchen, das kaum Daumeslänge hatte, war es ein völlig undurchdringlicher Wald.

»Während des Sommers sollst du nun an deiner Aussteuer nähen!« sagte die Feldmaus zu ihr, denn nun hatte der Nachbar, der langweilige Maulwurf in dem schwarzen Samtpelze, sich um sie beworben. »Du sollst sowohl Wollen- wie Leinenzeug haben. Ich will dir Tisch- und Bettzeug mitgeben, wenn du nun die Frau des Maulwurfs wirst!«

Däumelieschen mußte nun die Spindel drehen, und die Feldmaus nahm vier Spinnen in Lohn, die Tag und Nacht spinnen und weben mußten. Jeden Abend kam der Maulwurf auf Besuch und sprach nur immer davon, daß, wenn der Sommer vergangen, die Sonne nicht mehr so warm scheinen würde – jetzt brannte sie ja die Erde fest wie einen Stein – ja, wenn der Sommer endlich vorbei wäre, dann wollte er mit Däumelieschen Hochzeit feiern. Sie war aber gar nicht vergnügt, denn sie hatte den langweiligen Maulwurf keineswegs lieb. Jeden Morgen, wenn die Sonne aufging, und jeden Abend, wenn sie unterging, schlich sie sich zur Tür hinaus, und sobald der Wind die Kornähren auseinanderwehte, daß sie den blauen Himmel sehen konnte, dachte sie daran, wie hell und schön es hier draußen wäre, und wünschte so sehr, die liebe Schwalbe wiederzusehen; aber die kam nie wieder, die war gewiß weit fort in den schönen grünen Wald geflogen.

Als es nun Herbst wurde, hatte Däumelieschen ihre ganze Aussteuer fertig.

»In vier Wochen sollst du Hochzeit halten!« sagte die Feldmaus zu ihr. Aber Däumelieschen weinte und sagte, sie wollte den langweiligen Maulwurf nicht haben.

»Schnickschnack!« sagte die Feldmaus, »sei nur nicht

widerspenstig, sonst muß ich dich mit meinen weißen Zähnen beißen. Es ist ja ein ganz vortrefflicher Mann, den du erhältst. Solchen schwarzen Samtpelz hat selbst die Königin nicht. Seine Küche und sein Keller sind wohl bestellt. Sage du Gott Dank für ihn!«

Nun sollte Hochzeit sein. Der Maulwurf war schon gekommen, Däumelieschen zu holen. Sie sollte bei ihm tief unten unter der Erde wohnen, sollte nie in die warme Sonne hinauskommen, weil er sie nicht ausstehen konnte. Das arme Kind war sehr betrübt, sie sollte nun der schönen Sonne Lebewohl sagen, die sie bei der Feldmaus doch wenigstens von der Tür aus hatte sehen dürfen.

»Lebe wohl, du klarer Sonnenstrahl!« sagte sie und streckte die Ärmchen hoch empor und ging auch eine kurze Strecke vom Hause der Feldmaus fort, denn nun war das Korn geerntet, und nur die dürren Stoppeln standen noch da. »Lebe wohl, lebe wohl!« sagte sie und schlang ihre Ärmchen um eine kleine rote Blume, die daneben stand. »Grüße die liebe Schwalbe von mir, wenn du sie zu sehen bekommst!«

»Quivit, quivit!« ertönte es in demselben Augenblicke über ihrem Kopfe. Sie blickte auf, es war die Schwalbe, die gerade vorüberflog. Sobald sie Däumelieschen gewahrte, wurde sie sehr froh. Sie erzählte derselben, wie ungern sie den garstigen Maulwurf zum Manne nähme und daß sie nun tief unter der Erde wohnen sollte, wo das Sonnenlicht nie hineinschiene. Sie konnte ihrer Tränen dabei sich nicht erwehren.

»Nun kommt der kalte Winter«, sagte die Schwalbe, »ich fliege mit nach den warmen Ländern fort. Willst du mich begleiten? Du kannst auf meinem Rücken sitzen! Binde dich nur mit deinem Gürtel fest, dann fliegen wir fort von dem garstigen Maulwurf und seiner finstern Stube, weit fort über die Berge nach den warmen Ländern, wo die Sonne schöner scheint als hier, wo es immer Sommer ist, wo immer schöne Blumen blühen. Fliege nur mit mir, du süßes, kleines Däumelieschen, die du mir das Leben gerettet hast, als ich erfroren in dem finstern Schoße der Erde lag!«

»Ja, ich ziehe mit dir«, sagte Däumelieschen und setzte sich auf des Vogels Rücken, mit den Füßen auf seine ausgebreiteten Flügel, band ihren Gürtel an einer der stärksten Federn fest, und nun erhob sich die Schwalbe hoch in die Lüfte, über Wälder und Seen, hoch hinauf über die großen Gebirge, wo immer Schnee liegt. Däumelieschen fror in der kalten Luft, verbarg sich aber unter den warmen Federn des Vogels und hielt nur das Köpfchen hervor, um die herrliche Gegend unter sich zu betrachten.

Endlich kamen sie nach den warmen Ländern. Dort schien die Sonne weit heller als hier, der Himmel war doppelt so hoch, und an Gräben und Hecken wuchsen die herrlichsten grünen und blauen Weintrauben. In den Wäldern hingen Zitronen und Apfelsinen, Myrten und Krauseminze erfüllten alles mit ihrem Duft, und auf den Landstraßen sprangen die hübschesten Kinder und spielten mit großen, bunten Schmetterlingen. Aber die Schwalbe flog immer noch weiter, und es wurde schöner und schöner. Unter den prachtvollsten grünen Bäumen an dem blauen See stand seit alten Zeiten ein weißes Marmorschloß. Weinreben rankten sich um hohe Säulen; an der äußersten Spitze waren viele Schwalbennester und in einem derselben wohnte die Schwalbe, welche Däumelieschen trug.

»Hier ist mein Haus!« sagte die Schwalbe. »Suche du dir aber selbst eine der prächtigsten Blumen aus, die da unten wachsen, und ich will dich dann hinaufsetzen, und dein Los wird so glücklich sein, als du nur irgend wünschen kannst!«

»O wie herrlich!« sagte sie und klatschte in die kleinen Händchen.

Da lag eine große, weiße Marmorsäule, die zur Erde gesunken und in drei Stücke zerborsten war, zwischen ihnen aber wuchsen die schönsten großen, weißen Blumen. Die Schwalbe flog mit Däumelieschen hinunter und setzte sie auf eines der breiten Blätter. Aber wer malt ihr Erstaunen: mitten in der Blume saß ein kleiner Mann, so weiß und durchsichtig, wie wenn er von Glas wäre. Die niedlichste goldene Krone hatte er auf dem Kopfe und die prächtigsten hellen Flügel an den Schultern. Er selbst war nicht größer als Däumelieschen. Es war der Engel der Blumen. In jeder Blume wohnte so ein kleiner Mann oder eine Frau, dieser aber war der König über alle.

»Gott, wie schön er ist!« raunte Däumelieschen der Schwalbe zu.

Der kleine Prinz erschrak gewaltig vor der Schwalbe, denn gegen ihn, der so klein und fein war, schien sie ein wahrer Riesenvogel zu sein. Als er aber Däumelieschen gewahrte, ward er gar froh, war sie doch das allerschönste Mädchen, das er bis jetzt gesehen hatte. Deshalb nahm er die Goldkrone von seinem Haupte und setzte sie ihr auf, fragte, wie sie hieße und ob sie seine Gemahlin sein wollte, dann sollte sie Königin über alle Blumen werden. Potztausend! Das war doch ein anderer Mann als der Sohn der Kröte und der Maulwurf mit dem schwarzen Samtpelz. Sie gab deshalb dem schönen Prinzen das Jawort, und von jeder Blume kam eine Dame oder ein Herr, so allerliebst, daß es eine Lust war. Jedes brachte Däumelieschen ein Geschenk, aber das beste von allen waren ein Paar schöne Flügel von einer großen weißen Fliege. Sie wurden Däumelieschen am Rücken befestigt, und nun konnte auch sie von Blume zu Blume fliegen. Überall herrschte darüber Freude, und die Schwalbe saß oben in ihrem Neste und sang ihnen etwas vor, so gut sie vermochte, aber im Herzen war sie gleichwohl betrübt, denn sie hatte Däumelieschen gar lieb und würde sich nie von ihr getrennt haben.

»Du sollst fortan nicht mehr Däumelieschen heißen!« sagte der Engel der Blumen zu ihr, »das ist ein häßlicher

Name und du bist so schön. Wir wollen dich Maja nennen!«

»Lebe wohl, lebe wohl!« sagte die Schwalbe und zog wieder fort aus den warmen Ländern, weit fort nach unserem kalten Himmelsstriche. Dort hatte sie ein kleines Nest oben an dem Fenster, wo der Mann wohnt, der Märchen erzählen kann. Dem sang sie ihr »Quivit, quivit« vor. Davon haben wir die ganze Geschichte.

Der unartige Knabe

Es war einmal ein alter Dichter, ein wirklich guter alter Dichter. Eines Abends erhob sich, während er zu Hause saß, draußen ein entsetzliches Unwetter; der Regen strömte hernieder, aber der Dichter saß warm und gemütlich an seinem Kachelofen, in dem das Feuer brannte und die Äpfel brieten.

»Da bleibt kein trockner Faden an den Armen, die in dem Wetter draußen sind!« sagte er, denn er war ein gutmütiger Dichter.

»Oh, öffne mir! Ich friere und bin so naß!« rief plötzlich draußen ein kleines Kind. Es weinte und klopfte an die Tür, während der Regen niederströmte und der Sturm an allen Fenstern raste.

»Du armes Ding!« sagte der alte Dichter und stand auf, die Tür zu öffnen. Da stand ein kleiner Knabe; er war ganz nackt, und das Wasser triefte ihm aus dem langen, blonden Haar. Er zitterte vor Kälte; wäre er nicht hineingekommen, hätte er in dem schlimmen Wetter sicherlich umkommen müssen.

»Du armer Kleiner!« sagte der alte Dichter und nahm ihn bei der Hand. »Komm nur zu mir, ich will dich schon

erwärmen! Wein und einen Apfel sollst du auch bekommen, denn du bist ein prächtiger Junge!«
Das war er auch. Seine Augen sahen wie zwei helle Sterne aus, und obgleich ihm das Wasser aus dem blonden Haar floß, kräuselte es sich doch auf das anmutigste. Er sah wie ein kleiner Engel aus, war aber bleich vor Kälte und zitterte am ganzen Körper. In der Hand hielt er einen prachtvollen Bogen, der aber vom Regen völlig verdorben war; die Farben der hübschen Pfeile liefen bei dem nassen Wetter alle ineinander.
Der alte Dichter setzte sich wieder an den Kachelofen, nahm den kleinen Knaben auf den Schoß, drückte ihm das Wasser aus dem Haar, wärmte die Hände desselben in seinen eigenen und kochte ihm süßen Wein. Da erholte er sich, bekam rote Wangen, sprang auf den Fußboden hinunter und tanzte um den alten Dichter herum.
»Du bist ein lustiger Knabe!« sagte der Alte. »Wie heißt du denn?«
»Ich heiße Amor!« antwortete er, »kennst du mich nicht? Dort liegt mein Bogen. Mit dem verstehe ich zu schießen! Sieh, nun wird das Wetter draußen wieder gut; der Mond scheint!«
»Aber dein Bogen ist verdorben!« sagte der Dichter.
»Das wäre schlimm!« sagte der kleine Knabe, nahm ihn auf und untersuchte ihn. »Oh, er ist schon trocken und hat gar nicht gelitten. Die Sehne sitzt ganz stramm! Nun werde ich ihn probieren!« Damit spannte er ihn, legte einen Pfeil darauf, zielte und schoß ihn dem guten alten Dichter gerade ins Herz. »Nun kannst du sehen, daß mein Bogen nicht verdorben war!« sagte er, lachte laut auf und lief seiner Wege. Der unartige Knabe! So nach dem alten Dichter zu schießen, der ihn so freundlich in seine warme Stube aufgenommen hatte, so gut gegen ihn gewesen war und ihm so schönen Wein und den besten Apfel gegeben hatte.
Der gute Dichter lag auf dem Fußboden und weinte, er

war gerade in das Herz geschossen. »Pfui!« sagte er, »was für ein unartiger Knabe dieser Amor ist. Allen guten Kindern will ich es erzählen, damit sie sich vor ihm hüten können und nie mit ihm spielen, denn er fügt ihnen nur Unheil zu.«

Alle guten Kinder, Mädchen und Knaben, denen er es erzählte, nahmen sich auch vor dem schlimmen Amor in acht, aber er überlistete sie dennoch, denn er ist zu durchtrieben und schlau. Kommen die Studenten aus den Vorlesungen, so geht er ihnen zur Seite, in einem schwarzen Rocke und mit einem Buche unter dem Arme. Sie erkennen ihn nicht und fassen ihn deshalb unter, weil sie ihn auch für einen Studenten halten, aber dann bohrt er ihnen den Pfeil in die Brust. Wenn die Mädchen vom Prediger kommen und wenn sie in der Kirche stehen, immer ist er auch hinter ihnen. Ja, er ist zu allen Zeiten hinter den Leuten her. Er sitzt in dem großen Kronleuchter im Theater und brennt lichterloh, daß die Leute glauben, es wäre eine Lampe, aber später merken sie schon, daß es etwas anderes war. Er läuft in des Königs Park und auf den Wällen umher, ja er hat einmal deinem eigenen Vater und deiner eigenen Mutter gerade in das Herz geschossen. Frage sie nur, dann wirst du ja hören, was sie sagen. Ja, es ist ein schlimmer Knabe, dieser Amor, mit dem mußt du nie etwas zu tun haben. Hinter allen Leuten ist er her. Denke nur, er schoß sogar einmal einen Pfeil nach der alten Großmutter. Freilich ist's schon lange her, aber das vergißt sie nie. Pfui, der schlimme Amor! Aber nun kennst du ihn! Merke, was für ein unartiger Knabe er ist!

Der Reisekamerad

Der arme Johannes war sehr traurig, denn sein Vater war sehr krank und dem Tode nahe. Niemand außer den beiden war in der kleinen Stube. Die Lampe auf dem Tische war dem Verlöschen nahe, und es war spät am Abend.
»Du warst ein guter Sohn, Johannes!« sagte der kranke Vater. »Unser Herr wird dir in der Welt schon forthelfen!« Er sah ihn mit ernsten, milden Augen an, atmete tief auf und war tot. Es war, als ob er schliefe. Aber Johannes weinte, nun hatte er niemanden in der ganzen Welt, weder Vater noch Mutter, weder Schwester noch Bruder. Der arme Johannes! Er lag vor dem Bette auf den Knien, küßte des toten Vaters Hand und weinte viel heiße Tränen, bis sich endlich seine Augen schlossen und er mit dem Kopfe auf dem harten Bettpfosten einschlief.
Da hatte er einen wunderlichen Traum; er sah, wie Sonne und Mond sich vor ihm neigten, und er sah seinen Vater wieder frisch und gesund und hörte ihn lachen, wie er immer lachte, wenn er so recht vergnügt war. Ein allerliebstes Mädchen mit einer goldenen Krone auf seinem langen, schönen Haar reichte Johannes die Hand, und sein Vater sagte: »Siehst du, was du für eine Braut bekommen hast? Sie ist die schönste in der ganzen Welt!« Da erwachte er, und all das Liebliche seines Traumes war verschwunden, sein Vater lag tot und kalt im Bette, kein einziger war bei ihm; der arme Johannes!
Eine Woche später wurde der Tote begraben; Johannes ging dicht hinter dem Sarge und konnte den guten Vater, der ihn so liebgehabt hatte, nicht mehr von Angesicht zu Angesicht sehen. Er hörte, wie man die Erdschollen auf den Sarg hinunterwarf, sah jetzt den äußersten Rand desselben, der auch bei der nächsten Schaufel Erde, die hinuntergeworfen wurde, verschwand, und es war ihm, als sollte ihm vor Trauer das Herz zerspringen. Ein Choral

wurde darauf gesungen, und der klang so schön, daß Johannes die Tränen in die Augen traten; er weinte, und das tat ihm in seiner Trauer wohl. Die Sonne schien auf die grünen Bäume so herrlich hernieder, als ob sie sagen wollte: »Du darfst nicht traurig sein, Johannes! Sieh nur, wie schön blau der Himmel ist. Dort oben ist jetzt dein Vater und bittet den lieben Gott, daß es dir allezeit wohlgehen möge!«

»Ich will immer gut sein«, sagte Johannes, »dann komme ich auch zu meinem Vater in den Himmel, und was wird das für eine Freude werden, wenn wir einander wiedersehen! Wie viel ich ihm da werde zu erzählen haben, und er wird mir wieder so mancherlei zeigen, wird mich über die Herrlichkeit des Himmels belehren, gerade wie er mich hier auf Erden belehrte. Oh, was wird das für eine Freude werden!«

Johannes stellte sich das so deutlich vor, daß er dabei unwillkürlich lächelte, während ihm die Tränen noch über die Wangen herniederströmten. Die kleinen Vögel saßen oben in den Kastanienbäumen und zwitscherten: »Quivit, quivit!« Sie waren lustig, obwohl sie doch auch mit bei dem Begräbnisse waren, aber sie wußten wohl, daß der tote Mann jetzt oben im Himmel war, Flügel hatte, weit schönere und größere als ihre eigenen, daß er nun glücklich war, weil er hienieden gut gewesen, und darüber waren sie so fröhlich. Johannes sah, wie sie von den grünen Bäumen weit hinaus in die Welt flogen, und bekam auch Lust, mit ihnen zu fliegen. Aber erst schnitt er ein großes hölzernes Kreuz zurecht, um es auf das Grab seines Vaters zu setzen. Als er es am Abend dahin brachte, siehe! da war das Grab mit Sand und Blumen geschmückt. Das hatten fremde Leute getan, denn sie hatten alle den lieben Vater, der nun tot war, so gern gehabt.

Früh am nächsten Morgen packte er sein kleines Bündel zusammen, verwahrte in seinem Gürtel sein ganzes Erbteil, das aus fünfzig Talern und einigen Groschen bestand, und damit wollte er hinaus in die Welt wandern. Aber zuerst ging er nach dem Friedhofe zu dem Grabe seines Vaters, betete sein »Vaterunser« und sagte: »Lebe wohl, du lieber Vater, ich will immer ein guter Mensch sein; bitte deshalb den lieben Gott, daß er mir's wohlergehen lasse!«

Draußen auf dem Felde, wo Johannes ging, standen alle Blumen frisch und herrlich in dem warmen Sonnenschein, und sie nickten im Winde, gerade als ob sie sagen wollten: »Willkommen im Grünen! Ist es hier nicht hübsch?« Aber Johannes drehte sich noch einmal zurück, um den letzten Blick auf die alte Kirche zu werfen, wo er als kleines Kind getauft, wo er jeden Sonntag mit seinem alten Vater im Gottesdienst gewesen war und sein Lied gesungen hatte. Da gewahrte er plötzlich hoch oben in einem der Schallöcher des Turmes den Kirchengeist mit seinem roten, spitzen Mützchen; er beschattete sein Gesicht mit dem gekrümmten Arme, da ihm sonst die Sonne in die Augen schien. Johannes nickte ihm Lebewohl zu, und der Geist schwang sein rotes Mützchen, legte die Hand auf das Herz und warf ihm viele Kußfinger zu, um ihm zu zeigen, wie viel Gutes er ihm wünschte und vor allen Dingen eine recht glückliche Reise.

Johannes dachte daran, wie viel Schönes er nun in der großen prächtigen Welt würde zu sehen bekommen, und ging weiter und weiter fort, so weit, wie er nie zuvor gewesen war; er kannte weder die Städte, durch die er kam, noch die Menschen, denen er begegnete; er war weit draußen in der Fremde.

Die erste Nacht mußte er sich auf einen Heuschober mitten auf freiem Felde schlafen legen; ein anderes Bett hatte er nicht. Aber das kam ihm gerade hübsch vor; kein König, meinte er, könnte es feiner haben. Das ganze Feld mit dem Bache, der Heuschober und dann der blaue Himmel darüber, das war gerade ein hübsches Schlafzimmer. Das grüne Gras mit den kleinen roten und weißen Blumen war der Fußteppich, die Fliederbüsche und die wilden Rosenhecken waren Blumensträuße, und statt eines Waschbeckens hatte er den ganzen Bach mit dem klaren, frischen Wasser vor sich, wo sich die Binsen hin und her neigten und ihm guten Abend und guten Morgen wünschten. Der Mond war eine ungeheuer große Nachtlampe, hoch oben unter der blauen Luft, bei der die Vorhänge nicht Gefahr liefen, in Brand zu geraten. Johannes konnte ganz unbesorgt schlafen, und er tat es auch. Er erwachte erst, als die Sonne aufging und alle die kleinen Vögel um ihn sangen: »Guten Morgen, guten Morgen! Bist du noch nicht auf?«

Die Glocken läuteten zur Kirche, es war Sonntag. Die Leute gingen zur Predigt und Johannes folgte ihnen, sang den Choral mit und hörte Gottes Wort. Es kam ihm gerade so vor, als wenn er sich in seiner eigenen Kirche befände, in der er getauft war und so oft mit seinem Vater die Kirchenlieder mitgesungen hatte.

Draußen auf dem Friedhofe war eine große Menge Gräber, und auf mehreren wuchs hohes Gras. Da dachte Johannes an seines Vaters Grab, das einst auch so aussehen könnte wie diese, da er es nicht säubern und schmükken konnte. Deshalb setzte er sich nieder und riß das Gras ab, richtete die umgesunkenen Holzkreuze wieder auf und legte die Kränze, die der Wind von Gräbern geweht hatte, wieder auf ihre Stelle, indem er dachte: Vielleicht tut jemand dasselbe an meines Vaters Grab, da ich es nicht tun kann!

Vor der Kirchhofstür stand ein alter Bettler und stützte sich auf seine Krücke. Johannes gab ihm die paar Groschen, die er hatte, und ging dann glücklich und fröhlich immer weiter, hinaus in die weite Welt.

Gegen Abend wurde ein erschrecklich schlimmes Wetter. Johannes beeilte sich, unter Dach und Fach zu kommen, allein es wurde bald stockfinstere Nacht. Da erreichte er endlich eine kleine Kirche, die ganz einsam auf einem

Hügel lag. Die Pforte war zum Glück nur angelehnt, und er schlüpfte hinein. Hier wollte er das böse Wetter abwarten.
»Ich will mich in einen Winkel setzen!« sagte er, »ich bin ganz ermüdet und habe die Ruhe wohl verdient!« Dann setzte er sich, faltete seine Hände, sprach sein Abendgebet, und ehe er sich dessen bewußt wurde, schlief er ein und träumte, während es draußen donnerte und blitzte.
Als er erwachte, war es mitten in der Nacht, jedoch hatte sich das Gewitter verzogen, und der Mond schien durch die Fenster zu ihm herein. Mitten im Schiff der Kirche stand ein offener Sarg mit einem toten Manne, denn er war

noch nicht begraben. Johannes, der ein gutes Gewissen hatte, fürchtete sich nicht; auch wußte er wohl, daß die Toten niemandem etwas zuleide tun. Lebende böse Leute sind es, die uns Böses zufügen. Von dieser Art lebenden bösen Leuten standen zwei dicht neben dem toten Manne, den man vor seiner Beerdigung in der Kirche niedergesetzt hatte. Dem wollten sie ein rechtes Leid zufügen, ihn nicht in seinem Sarge liegen lassen, sondern ihn vor die Kirchentür hinauswerfen, den armen toten Mann.

»Weshalb wollt ihr das tun?« fragte Johannes; »das ist böse und schlecht, laßt ihn in Jesu Namen ruhn!«

»Oh, schnickschnack«, sagten die beiden häßlichen Menschen, »er hat uns hinter das Licht geführt; er schuldet uns Geld und konnte es nicht zurückbezahlen. Da er nun seine Rechnung durch den Tod quittiert hat, bekommen wir keinen Heller. Deshalb wollen wir uns rächen; wie ein Hund soll er draußen vor der Kirchentür liegen!«

»Ich habe nicht mehr als fünfzig Taler!« sagte Johannes, »das ist mein ganzes Erbteil, das will ich euch gern geben, wenn ihr mir ehrlich versprechen wollt, den armen toten Mann in Frieden zu lassen. Ich werde auch wohl ohne das Geld durchkommen, denn ich habe gesunde starke Glieder, und der liebe Gott wird mir stets helfen!«

»Ja«, sagten die häßlichen Menschen, »wenn du in der Tat seine Schuld bezahlen willst, so wollen wir ihm gewiß nichts tun, dessen kannst du sicher sein!« Darauf nahmen sie das Geld, welches ihnen Johannes gab, lachten ihn wegen seiner Gutmütigkeit aus und gingen ihrer Wege. Johannes aber legte den Toten in seinem Sarge wieder zurecht, faltete die Hände desselben, sagte ihm Lebewohl und ging dann guten Mutes und zufriedenen Sinnes weiter durch den großen Wald.

Ringsumher, wo nur immer der Mond durch die Bäume hineinscheinen konnte, sah er die lieblichsten kleinen Elfen lustig miteinander spielen. Sie ließen sich nicht stören, wußten sie doch, daß er ein guter, unschuldiger

Mensch war. Nur die bösen Leute bekommen die Elfen nicht zu sehen. Einige von ihnen waren nicht größer als ein Finger und hatten ihr langes blondes Haar mit goldenen Kämmen aufgeheftet. Zu zweien schaukelten sie sich auf den großen Tautropfen, die auf den Blättern und dem hohen Grase lagen. Bisweilen rollte ein Tropfen hinab und blieb zwischen den langen Grashalmen hängen, und dann erhob sich stets lautes Gelächter und Lärmen unter dem kleinen Völkchen. Das war gar zu drollig! Sie sangen, und Johannes erkannte ganz deutlich alle die hübschen Melodien, die er als kleiner Knabe gelernt hatte. Große, bunte Spinnen mit silbernen Kronen auf dem Haupte mußten von der einen Hecke zur anderen lange Hängebrücken und Paläste spinnen, die, sobald der feine Tau darauf fiel, wie schimmerndes Glas im klaren Mondscheine aussahen. So ging es bis Sonnenaufgang ununterbrochen fort. Dann verkrochen sich die kleinen Elfen in die Blumenknospen, und der Wind riß ihre Brücken und Schlösser mit fort, daß sie wie große Spinnweben durch die Luft flogen.

Johannes war eben aus dem Walde herausgekommen, als eine starke Männerstimme hinter ihm herrief: »Holla, Kamerad! Wo geht die Reise hin?«

»Hinaus in die weite Welt!« sagte Johannes. »Ich habe weder Vater noch Mutter, bin ein armer Bursche, aber der liebe Gott hilft mir wohl!«

»Ich will auch in die weite Welt hinaus!« sagte der fremde Mann. »Wollen wir beide in Gesellschaft reisen?«

»Ei freilich!« sagte Johannes, und so gingen sie denn zusammen. Sie faßten bald Zuneigung zueinander, denn sie waren alle beide gute Menschen. Allein Johannes merkte wohl, daß der Fremde weit klüger war als er. Er hatte fast die ganze Welt durchreist und wußte von allem möglichen zu erzählen.

Die Sonne stand bereits hoch, als sie sich unter einen großen Baum setzten, um ihr Frühstück zu verzehren. Plötzlich schritt eine alte Frau daher. Sie war steinalt und ging ganz gebückt. Sie stützte sich auf einen Krückstock und hatte auf ihrem Rücken ein Bündel Brennholz, das sie im Walde gesammelt hatte. Ihre Schürze war aufgesteckt und Johannes bemerkte, daß drei große Ruten von Farnkraut und Weidenreisern daraus hervorragten. Dicht vor ihnen glitt ihr Fuß aus, sie fiel und stieß einen lauten Schrei aus, denn sie hatte ein Bein gebrochen, die arme, alte Frau. Johannes sprach sogleich den Wunsch aus, sie möchten beide Hand anlegen und sie nach ihrer Wohnung tragen, aber der Fremde öffnete sein Ränzel, holte eine Büchse hervor und sagte, er hätte da eine Salbe, die ihr Bein sofort ganz und heil zu machen vermöchte, so daß sie selbst nach Hause gehen könnte, als ob sie nie das Bein gebrochen hätte. Dafür verlangte er aber auch, sie sollte ihm die drei Ruten schenken, die sie in ihrer Schürze hätte.

»Das wäre gut bezahlt!« sagte die Alte und nickte dabei ganz sonderbar mit dem Kopfe. Sie wollte sich von ihren Ruten nicht gern trennen, aber es war auch nicht gerade etwas Angenehmes, mit gebrochenem Beine dazuliegen. So gab sie ihm endlich die Ruten, und sobald er ihr das Bein mit der Salbe eingerieben hatte, richtete sich auch die alte Mutter empor und ging viel rüstiger als zuvor. Das vermochte die Salbe zu verrichten. Die war aber auch nicht in der Apotheke zu bekommen.

»Was willst du mit den Besen?« fragte Johannes seinen Reisekameraden.

»Das sind drei hübsche Kräuterbesen!« sagte er, »die kann ich gut leiden, denn ich bin ein komischer Kauz!«

Nun gingen sie noch eine tüchtige Strecke.

»Sieh, welch ein Wetter heraufzieht!« sagte Johannes und zeigte gerade vor sich hin. »Das ist ein furchtbar dickes Gewölk!«

»Nein!« sagte der Reisekamerad, »das ist kein Gewölk, das ist ein Gebirge, ein herrliches großes Gebirge, wo man hoch über die Wolken hinaufsteigt in die freie Bergesluft hinein! Wie herrlich ist es dort! Morgen sind wir sicherlich schon hoch in den Bergen!«

Es war nicht so nahe, als es aussah. Sie mußten einen ganzen Tag tüchtig ausschreiten, ehe sie das Gebirge erreichten, wo die schwarzen Wälder ihre Gipfel gen Himmel erhoben, und wo es Felsen gab, so groß wie eine ganze Stadt. Das ging gewiß nicht ohne Schweißtropfen ab, da hinüberzukommen, deshalb ging aber auch Johannes und sein Reisekamerad in ein Wirtshaus, um erst gehörig auszuruhen und Kräfte zum morgenden Marsche zu sammeln.

Unten in der großen Schenkstube des Wirtshauses waren gar viele Leute versammelt, denn ein Puppenspieler war da. Er hatte gerade sein kleines Theater aufgestellt, und die Leute saßen ringsumher, um sich die Komödie anzusehen. Den obersten und allerbesten Platz hatte ein alter, dicker Fleischer eingenommen; sein großer Bullenbeißer – o wie bissig und grimmig schaute der drein – saß ihm zur Seite und riß die Augen auf, wie alle die anderen.

Nun begann das Schauspiel, und das war ein gar hübsches Schauspiel mit einem Könige und einer Königin, die saßen auf einem Samtthrone, hatten goldene Kronen auf dem Haupte und lange Schleppen an den Kleidern, denn das erlaubten ihnen ihre Mittel. Die niedlichen Holzpuppen mit Glasaugen und großen Knebelbärten standen an allen Türen und machten sie auf und zu, um der frischen Luft Zutritt in die Stube zu geben. Es war gerade ein wunderschönes Stück und gar nicht traurig, aber gerade als die Königin sich erhob und den Fußboden entlang schritt, da – ja Gott mag wissen, was sich eigentlich der große Bullenbeißer dabei dachte – da machte er, als der dicke Fleischer ihn nicht hielt, einen Satz in das Theater hinein und packte die Königin um ihren schlanken Leib, so daß man ein deutliches »Knickknack« hörte. Es war ganz entsetzlich.

Der arme Mann, dem das Puppenspiel gehörte, erschrak

sehr und war über seine Königin höchst betrübt, weil es die allerniedlichste Puppe war, die er besaß und nun hatte ihr der häßliche Bullenbeißer den Kopf abgebissen. Als aber die Leute endlich fortgingen, sagte der Fremde, derselbe, der mit Johannes gekommen war, er wollte sie wieder instand setzen. Darauf holte er seine Büchse hervor und bestrich die Puppe mit der Salbe, mit der er der armen alten Frau, als sie den Fuß gebrochen, geholfen hatte. Sobald die Puppe bestrichen war, wurde sie sofort wieder ganz, ja sie konnte sogar selbst alle ihre Glieder bewegen, man brauchte gar nicht mehr an der Schnur zu ziehen. Die Puppe war wie ein lebendiger Mensch. Der Mann, dem das kleine Puppentheater gehörte, wurde sehr froh. Nun brauchte er die Puppe nicht mehr zu halten, sie konnte selbst tanzen. Das konnte keine der anderen.

Als es endlich Nacht geworden war und alle Leute im Wirtshause ihr Bett aufgesucht hatten, siehe, da war jemand, der so erschrecklich tief seufzte und so unermüdlich darin war, daß sich alle wieder erhoben, um nachzusehen, wer das sein könnte. Der Mann, der die Komödie aufgeführt hatte, ging zu seinem Theater, denn aus dem tönten die Seufzer heraus. Alle Holzpuppen lagen untereinander, der König und alle Trabanten, und sie waren es, die so erbärmlich seufzten und mit ihren großen Glasaugen stierten, denn sie wollten gar zu gern wie die Königin auch ein wenig mit Salbe bestrichen werden, damit sie ebenfalls die Gabe erhielten, sich von selbst zu bewegen. Die Königin sank gerade auf die Knie und hielt ihre herrliche Goldkrone in die Höhe, während sie bat: »Nimm sie von mir an, aber salbe meinen Gemahl und meine Hofleute ein!« Da konnte sich der arme Mann, dem die Komödie und alle Puppen gehörten, nicht enthalten, in Tränen auszubrechen, denn er bedauerte sie aufrichtig. Er versprach dem Reisekameraden sogleich, er wollte ihm alles Geld geben, das er für die Vorstellung am nächsten Abende erhalten würde, wenn er nur vier bis fünf seiner prächtigsten Puppen einsalbte. Aber der Reisegefährte erwiderte, er verlangte nichts anderes als den großen Säbel, den er an seiner Seite trüge, und als er ihn erhielt, bestrich er sechs Puppen, die sogleich zu tanzen begannen, und zwar so niedlich, daß alle Mädchen, die lebendigen Menschenmädchen, die es mit ansahen, der Tanzlust nicht widerstehen konnten. Der Kutscher und die Köchin tanzten, der Kellner und das Stubenmädchen, alle Fremden und die Feuerschaufel und die Feuerzange. Aber diese beiden fielen um, gleich als sie die ersten Sprünge machten. Ja, das war eine lustige Nacht.

Am nächsten Morgen schied Johannes mit seinem Reisekameraden von ihnen allen, stieg empor zu den hohen Bergen und ging durch die mächtigen Tannenwälder. Sie kamen so hoch hinauf, daß die Kirchtürme tief unter ihnen zuletzt nur noch wie kleine rote Beeren unten in all dem Grünen aussahen. Sie konnten weit hinausschauen, viele, viele Meilen weit, wo sie nie gewesen waren! So viel Herrlichkeit in der schönen Welt hatte Johannes nie auf einmal gesehen, und die Sonne schien so warm aus der frischen blauen Luft, er hörte auch die Jäger zwischen den Bergen das Waldhorn blasen, so schön und lieblich, daß ihm Freudentränen in die Augen traten und er unwillkürlich in die Worte ausbrach: »Du guter, lieber Gott! Ich möchte dich küssen, weil du so gut gegen uns alle bist und uns allen die vielen Herrlichkeiten in der Welt geschenkt hast!«

Auch der Reisekamerad stand mit gefalteten Händen da und schaute hinaus über die Wälder und Städte in den warmen Sonnenschein. Plötzlich ertönte es wunderbar lieblich über ihren Häuptern. Sie blickten auf: ein großer weißer Schwan schwebte in der Luft. Er war so schön und sang, wie sie nie einen anderen Vogel hatten singen hören. Aber der Gesang wurde schwächer und schwächer; der Schwan neigte sein Haupt und sank ganz langsam zu ihren Füßen nieder, wo er tot liegen blieb, der schöne Vogel.

»Zwei so schöne Flügel«, sagte der Reisekamerad, »so weiß und groß, wie dieser Vogel hat, sind Geldes wert; die will ich doch mitnehmen. Nun wirst du einsehen, wie gut es war, daß ich den Säbel bekam!« Darauf hieb er die beiden Flügel des toten Vogels, die er behalten wollte, mit einem Schlage ab.
Sie reisten nun viele, viele Meilen über das Gebirge weiter, bis sie endlich eine große Stadt mit mehr als hundert Türmen, die wie Silber im Sonnenscheine schimmerten, vor sich sahen. Mitten in der Stadt war ein prächtiges Marmorschloß, mit glänzendem Golde gedeckt, und hier wohnte der König.
Johannes und der Reisekamerad wollten nicht sogleich in die Stadt hineingehen, blieben aber in einem außerhalb gelegenen Wirtshause, damit sie sich erst putzen konnten, denn sie wollten doch stattlich aussehen, wenn sie sich auf den Straßen zeigten. Der Wirt erzählte ihnen, der König wäre ein lieber, guter Mann, der keinem Menschen etwas zuleide täte, aber seine Tochter, ja Gott bewahre uns! das wäre eine schlimme Prinzessin. An Schönheit fehlte es ihr nicht, im Gegenteil, niemand könnte so schön und liebreizend sein wie sie, aber was hülfe das, sie wäre eine schlimme böse Hexe und schuld daran, daß gar viele herrliche Prinzen ihr Leben verloren hätten. Allen Leuten stände es frei, sich um sie zu bewerben. Jeder könnte kommen, gleichviel ob er Prinz oder Bettler wäre. Nur müßte er drei Dinge raten, nach denen sie fragte. Könnte er es, so wollte sie sich mit ihm verheiraten, und er sollte nach dem Tode ihres Vaters König über das ganze Land werden. Könnte er aber die drei Dinge nicht erraten, so ließe sie ihn hängen oder köpfen, so schlimm und böse wäre die Prinzessin. Ihr Vater, der alte König, wäre sehr traurig darüber, könnte es ihr aber nicht verbieten, so böse zu sein, weil er einmal gesagt hätte, er wollte mit ihren Freiern nicht das geringste zu tun haben; sie könnte selbst tun, wie ihr gut dünkte. Jedesmal, wenn ein Prinz

käme und raten sollte, um die Prinzessin zu erhalten, vermöchte er es nicht, und dann würde er gehängt oder geköpft. Man hätte ihn ja beizeiten gewarnt, er hätte vom Freien abstehen können. Der alte König wäre so betrübt über alle die Trauer und das Elend, daß er jährlich einen ganzen Tag auf den Knien läge mit allen seinen Soldaten und betete, daß die Prinzessin doch gut werden möchte, aber das wollte sie durchaus nicht. Die alten Frauen, die Branntwein tränken, färbten ihn aus Trauer, ehe sie ihn tränken, ganz schwarz, und mehr könnten sie nicht tun.

»Die garstige Prinzessin!« sagte Johannes, »sie sollte wirklich die Rute bekommen, das würde ihr gut tun. Wäre ich der alte König, sollte es ihr an harten Züchtigungen nicht fehlen!«

In diesem Augenblicke hörten sie das Volk draußen Hurra rufen. Die Prinzessin kam vorbei, und sie war wirklich so schön, daß alle Leute vergaßen, wie böse sie war, deswegen riefen sie Hurra! Zwölf schöne Jungfrauen, alle in weißen Seidenkleidern, in der Hand eine goldene Tulpe, ritten auf kohlschwarzen Rossen ihr zur Seite; die Prinzessin ritt ein schneeweißes Pferd, mit Diamanten und Rubinen geschmückt, ihr Reitkleid war von lautrem Golde und die Peitsche, die sie in der Hand hatte, sah aus, als wäre sie ein Sonnenstrahl. Die goldene Krone auf ihrem Haupte war wie kleine Sterne vom Himmelsgewölbe, und ihr Mantel war aus mehr als tausend prächtigen Schmetterlingsflügeln zusammengesetzt; gleichwohl war sie schöner als alle ihre Kleider.

Als Johannes sie erblickte, errötete er bis an die Stirn und vermochte nicht ein einziges Wort zu sprechen. Die Prinzessin ähnelte ja sprechend dem schönen Mädchen mit der goldenen Krone, von dem er in der Nacht, da sein Vater gestorben war, geträumt hatte. Er fand sie so schön, daß er sich augenblicklich in sie verliebte. Das wäre gewiß nicht wahr, sagte er, daß sie eine böse Hexe wäre, welche die Leute hängen und köpfen ließe, wenn sie nicht erraten könnten, was sie von ihnen verlangte. »Jedermann hat ja Erlaubnis, um sie zu freien, sogar der ärmste Bettler; ich will wirklich auch nach dem Schlosse gehen, denn ich kann nicht anders!«

Alle sagten, er sollte es nicht tun, es würde ihm gewiß wie allen anderen ergehen. Der Reisekamerad riet ihm auch davon ab, aber Johannes meinte, es würde schon gut gehen, bürstete sich Schuhe und Rock, kämmte sich das schöne blonde Haar und ging dann ganz allein in die Stadt hinein und auf das Schloß.

»Herein!« sagte der alte König, als Johannes an die Tür klopfte. Johannes öffnete, und der alte König, in Schlafrock und gestickten Pantoffeln, kam ihm entgegen; die goldene Krone hatte er auf dem Haupte, das Zepter in der einen Hand und den Reichsapfel in der anderen. »Wart einen Augenblick!« sagte er und nahm den Reichsapfel unter den Arm, um Johannes die Hand reichen zu können. Als er aber vernahm, er wäre ein Freier, fing er so zu weinen an, daß sowohl Zepter wie Reichsapfel auf die Erde fielen und er sich die Augen mit seinem Schlafrocke abtrocknen mußte. Der arme, alte König!

»Laß es sein!« sagte er, »es geht dir bitterböse wie allen anderen. Du wirst es leider sehen!« Darauf führte er Johannes in den Lustgarten der Prinzessin hinaus. Da sah es entsetzlich aus! Im Gipfel eines jeden Baumes hingen drei, vier Königssöhne, die um die Prinzessin gefreit, jedoch die Sachen nicht hatten raten können, die denselben von ihr aufgegeben waren. Sowie sich der Wind erhob, klapperten alle Totengebeine, daß die Vögelchen erschraken und sich nimmer in den Garten hineintrauten; alle Blumen waren an Menschenknochen aufgebunden, und in den Blumentöpfen standen Totenköpfe und grinsten. Das war ein absonderlicher Garten für eine Prinzessin.

»Hier kannst du es sehen!« sagte der alte König, »es wird

dir gerade wie all den anderen ergehen, die du hier siehst; laß es deshalb lieber sein. Du machst mich wirklich unglücklich, denn es geht mir so unendlich nahe!«
Johannes küßte dem guten alten Könige die Hand und sagte, es würde gewiß gut gehen, denn er liebte die Prinzessin so heiß.
In diesem Augenblicke kam die Prinzessin mit allen ihren Damen in den Schloßhof hineingeritten. Sie gingen deshalb zu ihr hinaus und boten ihr guten Tag. Sie war in der Tat wunderbar schön, reichte Johannes die Hand, und er verliebte sich noch mehr als vorher in sie. Sie konnte doch gewiß keine böse, schlimme Hexe sein, wie alle Leute von ihr sagten. Sie gingen darauf in den Saal hinauf, und die Edelknaben reichten ihm Eingemachtes und Pfeffernüsse, aber der alte König konnte vor Trauer gar nichts essen, und die Pfeffernüsse waren ihm auch zu hart.
Es wurde nun abgemacht, daß Johannes am nächsten Morgen wieder auf das Schloß kommen sollte, wo die Richter und der ganze Rat versammelt sein würden, um zu hören, wie er die Probe bestände. Riete er richtig, so sollte er noch zweimal kommen; bis jetzt war aber noch niemand dagewesen, der die Probe das erstemal bestanden hatte, und darum waren alle um das Leben gekommen.
Johannes war durchaus nicht darüber beunruhigt, wie es ihm ergehen würde, er war im Gegenteile vergnügt, dachte nur an die wunderschöne Prinzessin und vertraute ganz sicher darauf, daß ihm der liebe Gott helfen würde, aber wie, das wußte er freilich nicht und wollte lieber gar nicht daran denken. Er tanzte die Landstraße förmlich entlang, als er nach dem Wirtshause, wo ihn der Reisekamerad erwartete, zurückkehrte.
Johannes konnte kein Ende finden zu erzählen, wie freundlich die Prinzessin gegen ihn gewesen und wie wunderschön sie wäre. Er sehnte sich schon unendlich nach dem nächsten Tage, wo er auf dem Schlosse sein Glück mit Raten versuchen sollte.

Aber der Reisekamerad schüttelte den Kopf und war sehr betrübt. »Ich habe dich lieb!« sagte er, »wir hätten noch lange zusammenbleiben können, und nun soll ich dich schon verlieren! Du armer, lieber Johannes, die Tränen sind mir nahe, aber ich will, vielleicht am letzten Abend, den wir zusammen sind, deine Freude nicht stören. Wir wollen lustig sein, recht lustig; morgen, wenn du fort bist, kann ich mich ausweinen!«

Alle Leute in der Stadt hatten sofort erfahren, daß ein neuer Freier um die Prinzessin angekommen wäre, und es herrschte deshalb große Trauer darin. Das Theater blieb geschlossen, alle Kuchenfrauen banden schwarzen Flor um ihre Zuckerpuppen, der König und die Priester lagen in den Kirchen auf den Knien; wohin man blickte, sah man Zeichen aufrichtiger Trauer, denn es konnte ja Johannes unmöglich besser ergehen, als es all den anderen Freiern ergangen war.

Gegen Abend bereitete der Reisekamerad eine große Bowle Punsch und sagte zu Johannes, sie wollten nun recht lustig sein und auf das Wohl der Prinzessin trinken. Als aber Johannes zwei Glas getrunken hatte, wurde er so schläfrig, daß es ihm nicht länger möglich war, die Augen offenzuhalten, und er schlief ein. Der Reisekamerad hob ihn ganz leise vom Stuhl auf und legte ihn in sein Bett, und als es dann stockfinstere Nacht wurde, nahm er die beiden großen Flügel, die er dem Schwane abgehauen hatte, und knüpfte sie sich fest an die Schultern. Die größte der Ruten, die er von der alten Frau bekommen hatte, steckte er in die Tasche und flog dann über die Stadt gerade nach dem Schlosse hin, wo er sich in einen Winkel unter das Fenster setzte, das in das Schlafzimmer der Prinzessin hineinging.

Es war in der ganzen Stadt völlig still. Nun schlug die Uhr dreiviertel auf zwölf, das Fenster öffnete sich und die Prinzessin flog in einem großen, weißen Mantel und mit langen, schwarzen Flügeln über die Stadt weg zu einem großen Berge hinaus. Aber der Reisekamerad machte sich unsichtbar, so daß sie ihn nicht sehen konnte, flog hinter ihr her und peitschte die Prinzessin mit seiner Rute dermaßen, daß das Blut hervorquoll, wohin er schlug. Was war das für eine Fahrt durch die Luft! Der Wind setzte sich in ihren Mantel, der sich nach allen Seiten ausbreitete, gleich einem großen Schiffssegel, und der Mond schien durch ihn hindurch.

»Wie es hagelt! Wie es hagelt!« sagte die Prinzessin bei jedem Schlage, den sie von der Rute erhielt, und das hatte sie wohl verdient. Endlich erreichte sie den Berg und klopfte an. Mit donnergleichem Gepolter öffnete sich der Berg, und die Prinzessin ging hinein. Der Reisekamerad folgte hart hinterher, denn niemand konnte ihn sehen, er war ja unsichtbar. Sie gingen durch einen großen, langen Gang, wo die Wände ganz absonderlich schimmerten; es waren über tausend glühende Spinnen, welche die Mauer auf und ab liefen und gerade wie Feuer leuchteten. Nun kamen sie in einen großen, von Silber und Gold erbauten Saal. Blumen, so groß wie Sonnenblumen, rote und blaue, funkelten an den Wänden, aber niemand konnte die Blumen pflücken, denn die Stengel waren häßliche, giftige Schlangen, und die Blumen waren Feuer, das ihnen aus dem Rachen flammte. An der Decke flimmerten Leuchtkäfer und himmelblaue Fledermäuse, die mit den dünnen Flügeln schlugen. Das sah ganz sonderbar aus! Mitten auf der Erde stand ein Thron, der von vier Pferdegerippen getragen wurde, die Zaumzeug von den roten Feuerspinnen hatten. Der Thron selbst war von milchweißem Glase, und das Polster desselben bestand aus kleinen, schwarzen Mäusen, die einander in den Schwanz bissen. Über demselben war ein Thronhimmel von rosenroten Spinngeweben, mit den niedlichsten kleinen grünen Fliegen besetzt, die wie Edelsteine funkelten. Mitten auf dem Throne saß ein alter Zauberer mit einer Krone auf dem garstigen Kopfe und einem Zepter in der Hand. Er küßte die Prinzessin auf die Stirn, ließ sie an seiner Seite auf dem kostbaren Throne Platz nehmen, und nun begann die Musik. Große, schwarze Heuschrecken bliesen die Mundharmonika, und die Eule schlug sich auf den Bauch, denn sie hatte keine Trommel. Es war ein drolliges Konzert. Kleine, winzige Kobolde, mit einem Irrlichte auf der Mütze, tanzten im Saale umher. Den Reisekameraden konnte niemand sehen, er hatte sich gerade hinter dem Thron aufgestellt und sah und hörte alles. Die Hofleute, die nun auch erschienen, waren gar zierlich und vornehm, aber wer richtig sehen konnte, merkte wohl, wie es mit ihnen stand. Besenstiele waren es, mit Kohlköpfen oben darauf, nichts anderes. Der Zauberer hatte nur Leben in sie hineingehext und ihnen gestickte Kleider gegeben. Aber das war ja auch gleichgültig, sie wurden doch nur zum Staate gebraucht.

Nachdem nun eine Zeitlang getanzt war, erzählte die Prinzessin dem Zauberer, daß sie einen neuen Freier bekommen hätte, und fragte deshalb, woran sie wohl denken sollte, um ihn am nächsten Morgen danach zu fragen, wenn er nach dem Schlosse käme.

»Höre!« sagte der Zauberer, »ich will dir etwas sagen! Du sollst etwas ganz Leichtes wählen, dann verfällt er gewiß nicht darauf. Denke an deinen einen Schuh. Das errät er nicht. Laß ihm dann den Kopf abhauen, vergiß aber nicht, mir, wenn du morgen nacht wieder zu mir herauskommst, seine Augen mitzubringen, denn die will ich essen.«

Die Prinzessin verneigte sich sehr tief und sagte, sie würde die Augen nicht vergessen. Der Zauberer öffnete darauf den Berg, und sie flog wieder nach Hause, aber der Reisekamerad folgte ihr und prügelte sie mit der Rute so nachdrücklich, daß sie über das heftige Hagelwetter ganz tief aufseufzte und sich nach Kräften beeilte, durch das Fenster in ihre Schlafkammer zu gelangen. Der Reisekamerad flog jedoch nach dem Wirtshause zurück, wo Johannes

immer noch schlief, band seine Flügel ab und legte sich darauf auch auf das Bett, denn er konnte wohl ermüdet sein.
Es war noch früh am Morgen, als Johannes erwachte; der Reisekamerad erhob sich ebenfalls und erzählte, er hätte in der Nacht einen sehr sonderbaren Traum von der Prinzessin und ihrem einen Schuh gehabt, und bat ihn deshalb, doch ja zu fragen, ob die Prinzessin nicht an ihren einen Schuh gedacht hätte. Denn das hatte er ja von dem Zauberer im Berge gehört, doch davon wollte er Johannes nichts erzählen.
»Ich kann dies ebensogut wie etwas anderes fragen«, sagte Johannes, »vielleicht ist das ganz richtig, was du geträumt hast, denn ich vertraue fest darauf, daß mir der liebe Gott helfen wird. Ich will dir aber doch Lebewohl sagen, denn rate ich falsch, so bekomme ich dich nie mehr zu sehen!«
Dann küßten sie einander, und Johannes ging in die Stadt hinein aufs Schloß. Der ganze Saal wimmelte von Menschen, die Richter saßen in ihren Lehnstühlen und hatten Kissen von Eiderdaunen hinter dem Kopfe, denn sie hatten so viel zu denken. Der alte König erhob sich und trocknete sich die Augen an einem weißen Taschentuche. Nun trat die Prinzessin herein; sie war noch viel schöner als gestern und grüßte alle Anwesenden auf das freundlichste, Johannes aber gab sie die Hand und sagte: »Guten Morgen, mein Lieber!«
Nun sollte Johannes erraten, woran sie gedacht hätte. O Gott, wie freundlich sah sie ihn an, aber kaum hatte sie ihn das eine Wort »Schuh« sagen hören, so wurde sie kreideweiß im Gesicht, und ein Schauder überflog ihren ganzen Körper, aber es konnte ihr nichts helfen, denn er hatte richtig geraten.
Potztausend, wie froh wurde der alte König! Er schlug einen Purzelbaum vor Wonne, und alle Leute klatschten

ihm und dem Johannes, der nun zum erstenmal richtig geraten hatte, lauten Beifall zu.
Der Reisekamerad strahlte vor Freude, als er hörte, wie gut es abgelaufen war, Johannes aber faltete die Hände und dankte dem lieben Gott, der ihm gewiß auch die beiden anderen Male helfen würde. Am nächsten Tage sollte schon wieder geraten werden.
Der Abend verging wie der gestrige. Als Johannes schlief, flog der Reisekamerad hinter der Prinzessin her nach dem Berge und prügelte sie noch stärker als das erstemal, denn nun hatte er zwei Ruten genommen. Niemand bekam ihn zu sehen, und er hörte alles. Die Prinzessin wollte an ihren Handschuh denken, und das erzählte er Johannes, als ob es ein Traum wäre. Johannes hatte da gut richtig raten, und es entstand die lebhafteste Freude auf dem Schlosse. Der ganze Hof schlug nun Purzelbäume, wie sie es vom Könige das erstemal gesehen hatten, aber die Prinzessin lag auf einem Sofa und vermochte nicht ein einziges Wort zu sagen. Nun kam es darauf an, ob Johannes noch das drittemal richtig raten konnte. Ging es gut, sollte er ja die schöne Prinzessin bekommen und das ganze Königreich erben, sobald der alte König starb; riet er aber falsch, so sollte er sein Leben verlieren, und der Zauberer wollte seine schönen, blauen Augen essen.
Den Abend vorher ging Johannes früh zu Bett, sprach sein Abendgebet und schlief dann ruhig ein; aber der Reisekamerad band seine Flügel an den Rücken, gürtete den Säbel an seine Seite und nahm alle drei Ruten mit sich, und dann flog er zum Schlosse.
Es war stockfinstere Nacht; es stürmte, daß die Ziegel von den Dächern flogen und sich im Garten die Bäume, an denen die Gerippe hingen, bei jedem Windstoße wie ein Rohr bogen; es blitzte unaufhörlich, und der Donner rollte die ganze Nacht hindurch, als ob es nur ein einziger Schlag wäre. Nun öffnete sich das Fenster, und die Prinzessin flog heraus. Sie war bleich wie der Tod, aber sie

lachte über das böse Wetter, es kam ihr noch nicht wild und stürmisch genug vor, und ihr weißer Mantel wirbelte wie ein großes Schiffssegel in der Luft umher. Aber der Reisekamerad peitschte sie mit seinen drei Ruten dergestalt, daß das Blut auf die Erde tröpfelte und sie zuletzt kaum weiterfliegen konnte. Endlich erreichte sie aber doch den Berg.

»Es hagelt und stürmt«, sagte sie, »nie bin ich in einem solchen Wetter im Freien gewesen!«

»Man kann auch des Guten zu viel haben«, sagte der Zauberer. Nun erzählte sie ihm, daß Johannes auch das zweitemal richtig geraten hätte; täte er es auch morgen, dann hätte er gewonnen, und sie könnte nie mehr zu ihm nach dem Berge hinauskommen, könnte nie mehr solche Zauberkünste wie früher ausführen; deshalb wäre sie ganz betrübt.

»Er soll es nicht erraten können!« sagte der Zauberer, »es wird mir schon etwas einfallen, woran er nie gedacht hat! Oder er müßte ein noch größerer Zauberer sein als ich. Aber nun wollen wir lustig sein!« Damit nahm er die Prinzessin bei beiden Händen, und sie tanzten mit all den kleinen Kobolden und Irrwischen, die im Zimmer waren, im Kreise umher; die roten Spinnen sprangen an den Wänden ebenso lustig auf und nieder, daß es wie funkelnde Feuerblumen aussah. Die Eulen trommelten, die Grillen zirpten und die schwarzen Heuschrecken bliesen die Mundharmonika. Es war ein lustiger Ball.

Als sie nun lange genug getanzt hatten, mußte die Prinzessin an die Heimkehr denken, denn sonst konnte sie im Schlosse vermißt werden; der Zauberer sagte, er würde sie begleiten, damit sie so lange wie möglich beisammen wären.

Dann brachen sie in dem bösen Wetter auf, und der Reisekamerad zerschlug seine drei Ruten auf beider Rücken. Nie war der Zauberer in einem solchen Hagelwetter ausgewesen. Vor dem Schlosse verabschiedete er sich von der

Prinzessin und flüsterte ihr dabei zu: »Denk an meinen Kopf!« Aber der Reisekamerad hörte es wohl und in demselben Augenblicke, wo die Prinzessin durch das Fenster in ihr Schlafzimmer schlüpfte und der Zauberer seinen Rückweg antreten wollte, ergriff er denselben bei seinem langen schwarzen Barte und hieb ihm mit dem Säbel seinen garstigen Zauberkopf dicht an den Schultern ab, so daß ihn der Zauberer selbst nicht einmal zu sehen bekam. Den Körper warf er hinaus in den See zu den Fischen, aber den Kopf tauchte er nur in das Wasser und band ihn darauf in sein seidenes Taschentuch, nahm ihn mit nach seinem Wirtshause und legte sich schlafen.

Am nächsten Morgen gab er Johannes das Taschentuch, sagte aber, er dürfte es nicht eher aufknüpfen, als bis die Prinzessin nach dem Gegenstande fragte, an den sie gedacht hätte.

Es waren so viele Menschen in dem kleinen Schloßsaale, daß sie so dicht wie Radieschen in einem Bündel nebeneinander standen. Der Rat saß in seinen Stühlen mit den weichen Kopfkissen, und der alte König hatte neue Kleider an, die goldene Krone und das Zepter waren geputzt, was sich sehr prächtig ausnahm. Aber die Prinzessin war auffallend blaß und hatte ein kohlschwarzes Kleid an, als sollte sie zu einem Begräbnisse.

»Woran habe ich gedacht?« sagte sie zu Johannes, und sogleich knüpfte er das Taschentuch auf und erschrak selbst heftig, als er das häßliche Zauberhaupt gewahrte. Schauder überfuhr bei diesem entsetzlichen Anblicke alle Menschen, aber die Prinzessin saß gerade wie ein Steinbild da und konnte nicht ein einziges Wort hervorbringen. Endlich erhob sie sich und reichte Johannes die Hand, denn er hatte ja richtig geraten. Sie sah weder ihn noch einen anderen an, sondern seufzte ganz laut: »Nun bist du mein Herr! Heute abend wollen wir Hochzeit halten!«

»So gefällt es mir!« sagte der alte König, »so wollen wir es haben!« Alle Leute riefen Hurra, die Wachtparade machte auf den Straßen Musik, die Glocken läuteten, und die Kuchenweiber nahmen den schwarzen Flor von ihren Zuckerpuppen, denn nun herrschte überall Freude. Drei ganze gebratene Ochsen, mit Enten und Hühnern gefüllt, wurden mitten auf dem Markte aufgetragen, wovon sich ein jeder ein Stück abschneiden konnte. In den Wasserkünsten sprang der herrlichste Wein, und kaufte man sich beim Bäcker eine Dreierbrezel, so bekam man als Zugabe sechs große Wecken, und die Wecken noch dazu mit Rosinen.

Am Abend war die ganze Stadt erleuchtet, und die Soldaten schossen mit Kanonen und die Knaben mit Knallerbsen, und oben auf dem Schlosse wurde gegessen und getrunken, angestoßen und gesprungen, alle die vornehmen Herren und schönen Fräulein tanzten miteinander; weithin erschallte ihr Gesang:

»Hier ist zum lust'gen Hochzeitsreigen
Der schönsten Mädchen reicher Kranz,
Nun flink, ihr Herrn, hört auf die Geigen,
Dreht hurtig, Mädchen, euch im Tanz.
Tanzet und stampfet im lustigen Tollen,
Solange die Schuhe nur halten wollen.«

Aber die Prinzessin war ja noch eine Hexe und hatte Johannes gar nicht lieb, das kam dem Reisekameraden in den Sinn, und deshalb gab er Johannes drei Federn aus den Schwanenflügeln und ein Fläschchen, das nur wenige Tropfen enthielt. Darauf gab er ihm den Rat, er sollte ein mit Wasser gefülltes Faß vor das Bett der Prinzessin setzen lassen und derselben beim Einsteigen in das Bett einen kleinen Stoß versetzen, so daß sie in das Wasser fiele. Dreimal sollte er sie dann untertauchen, nachdem er vorher die Federn und Tropfen hineingetan hätte; dann würde der Zaubergeist von ihr weichen und sie ihm recht gut werden.

Johannes tat alles, was der Reisekamerad angeraten hatte. Die Prinzessin schrie laut auf, als er sie unter das Wasser tauchte, und zappelte ihm als ein großer, kohlschwarzer Schwan mit sprühenden Augen unter den Händen. Als er zum zweitenmal aus dem Wasser auftauchte, war der Schwan weiß, mit Ausnahme eines einzigen schwarzen Ringes um den Hals. Johannes betete fromm zu Gott und ließ den Vogel zum drittenmal vom Wasser überfluten, und in demselben Augenblicke verwandelte er sich in die schönste Prinzessin. Sie war noch hübscher als vorher und dankte ihm mit Tränen in ihren schönen Augen, daß er ihre Bezauberung gehoben hätte.

Am nächsten Morgen kam der alte König mit seinem ganzen Hofstaate, und da hatte des Glückwünschens kein Ende; zu allerletzt kam noch der Reisekamerad, er hatte seinen Stock in der Hand und den Ranzen auf dem Rükken. Johannes küßte ihn vielmals und sagte, er dürfte nicht fortreisen, er müßte bei ihm bleiben, denn er wäre ja die Ursache seines ganzen Glückes. Aber der Reisekamerad schüttelte mit dem Kopfe und sagte gar mild und freundlich: »Nein, nun ist meine Zeit um. Ich habe nur meine Schuld bezahlt. Kannst du dich des toten Mannes erinnern, dem die bösen Leute Leid zufügen wollten? Du gabst alles, was du besaßest, damit er im Grabe Ruhe finden könnte. Der Tote bin ich!«

Im selben Augenblicke war er verschwunden.

Die Hochzeitsfeier dauerte einen ganzen Monat; Johannes und die Prinzessin hatten einander herzlich lieb, und der alte König verlebte viel frohe Tage und ließ ihre allerliebsten, kleinen Kinder auf seinen Knien reiten und mit seinem Zepter spielen; Johannes aber wurde König über das ganze Reich.

Die kleine Seejungfrau

Weit hinaus im Meere ist das Wasser so blau wie die Blätter der prächtigsten Kornblume und so klar wie das reinste Glas, aber es ist außerordentlich tief, tiefer als irgendein Ankertau reicht; viele Kirchtürme müßten übereinandergestellt werden, um vom Grunde bis über das Wasser emporzureichen. Dort wohnt das Meervolk.

Nun muß man aber nicht etwa glauben, daß dort der nackte, weiße Sandboden sei; o nein, da wachsen die wunderbarsten Bäume und Pflanzen, die im Stengel und in den Blättern so biegsam und geschmeidig sind, daß sie sich bei der geringsten Wasserströmung wie lebendige Wesen bewegen. Alle Fische, kleine und große, schlüpfen zwischen den Zweigen hindurch, gerade wie hier oben die Vögel in der Luft. An der allertiefsten Stelle liegt das Schloß des Meerkönigs; die Wände sind von Korallen und die hohen, spitzen Fenster von dem allerdurchsichtigsten Bernstein, das Dach besteht aus Muschelschalen, die sich nach der Strömung des Wassers öffnen und schließen. Das gewährt einen prachtvollen Anblick, denn in jeder liegen strahlende Perlen, schon eine einzige würde ein herrlicher Schmuck in der Krone einer Königin sein.

Der Meerkönig dort unten war seit vielen Jahren verwitwet, aber seine alte Mutter leitete den Haushalt. Sie war eine kluge Frau, jedoch sehr stolz auf ihren Adel, weshalb sie als Ordensschmuck zwölf Austern auf dem Schwanze trug, während sich andere Vornehme mit sechs begnügen mußten. Sonst verdiente sie alles Lob, vorzüglich weil sie die größte Sorgsamkeit und Liebe für die kleinen Meerprinzessinnen, ihre Enkelinnen, an den Tag legte. Es waren sechs bildschöne Kinder, aber die jüngste war doch die schönste von allen, ihre Haut war so durchsichtig und fein wie ein Rosenblatt, ihre Augen so blau wie das tiefste

Meer, aber wie alle die anderen hatte sie keine Füße, der Körper ging in einen Fischschwanz aus.

Den ganzen lieben Tag konnte sie unten im Schlosse in den großen Sälen spielen, wo lebendige Blumen aus den Wänden hervorwuchsen. Die großen Bernsteinfenster wurden geöffnet, und dann schwammen die Fische zu ihnen herein, gerade wie bei uns die Schwalben hereinfliegen, wenn wir die Fenster aufmachen. Allein die Fische schwammen zu den kleinen Prinzessinnen hin, fraßen ihnen aus der Hand und ließen sich streicheln.

Draußen vor dem Schlosse war ein großer Garten mit feuerroten und dunkelblauen Bäumen, die Früchte strahlten wie Gold und die Blumen wie glühendes Feuer, während sich Stengel und Blätter unaufhörlich bewegten. Die Erde selbst war der feinste Sand, aber blau wie eine Schwefelflamme. Über dem Ganzen ruhte ein eigentümlicher blauer Schimmer. Eher hätte man vermuten können, man stände hoch droben in der Luft und hätte nur Himmel über und unter sich, als daß man sich auf dem Meeresgrunde befände. Bei Windstille konnte man die Sonne gewahren, die wie eine Purpurblume aussah, aus deren Kelch alles Licht ausströmte.

Jede der kleinen Prinzessinnen hatte ihr besonderes Plätzchen im Garten, wo sie nach Herzenslust und eigenem Gutdünken graben und pflanzen konnte. Die eine gab ihrem Blumenbeete die Gestalt eines Walfisches; eine andere zog es vor, daß das ihrige einer Seejungfrau gliche; aber die jüngste machte das ihrige rund wie die Sonne und hatte nur Blumen, die rot wie diese schimmerten. Sie war überhaupt ein eigentümliches Kind, still und sinnend, und als die anderen Schwestern sich mit den merkwürdigen Sachen putzten, die sie aus gestrandeten Schiffen erhalten hatten, wollte sie außer den rosenroten Blumen, die der Sonne da droben glichen, nur eine schöne Bildsäule haben, die einen wunderhübschen Knaben darstellte. Sie war aus weißem, klaren Marmor gehauen und beim Stranden auf den Meeresgrund gesunken. Sie pflanzte neben die Bildsäule eine rosenrote Trauerweide; sie wuchs herrlich und hing mit ihren frischen Zweigen weit über dieselbe hinweg bis auf den blauen Sandboden hinunter, wo der Schatten violett erschien und sich wie die Zweige unablässig bewegte. Es sah aus, als ob der Wipfel und die Wurzeln miteinander spielten und sich küßten.

Keine größere Freude gab es für sie, als von der Menschenwelt dort droben zu hören. Die alte Großmutter mußte alles, was sie von Schiffen und Städten, Menschen und Tieren wußte, erzählen. Am wunderbarsten und herrlichsten erschien es ihr aber, daß die Blumen oben auf der Erde dufteten, was sie auf dem Meeresgrunde nicht taten, und daß die Wälder grün wären und die Fische, die sich dort zwischen den Zweigen blicken ließen, so laut und lieblich singen könnten, daß es eine Lust wäre. Es waren die kleinen Vögel, welche die Großmutter Fische nannte, denn sonst konnte sie sich ihren Enkelinnen, da dieselben noch keinen Vogel gesehen hatten, nicht verständlich machen.

»Sobald ihr euer fünfzehntes Jahr erreicht habt«, sagte die Großmutter, »werdet ihr Erlaubnis bekommen, aus dem Meere emporzutauchen, im Mondscheine auf den Klippen zu sitzen und die großen Schiffe euch anzusehen, die vorbeisegeln; Wälder und Städte werdet ihr erblicken!«

Im nächsten Jahre wurde die eine der Schwestern fünfzehn Jahre, aber die anderen – ja da war die eine immer ein Jahr jünger als die andere, so daß der jüngsten noch volle fünf Jahre fehlten, ehe sie vom Meeresgrunde aufsteigen und sehen durfte, wie es bei uns aussieht. Aber die eine gelobte der anderen, ihr zu erzählen, was sie erblickt und ihr am ersten Tage am herrlichsten gefallen hätte; denn ihre Großmutter erzählte ihnen lange nicht genug, es gab noch so vieles, worüber sie gern Aufschluß gehabt hätten.

Keine aber war so voller Sehnsucht wie die Jüngste, gerade

sie, die noch am längsten zu warten hatte und die so still und gedankenvoll war. Manche Nacht stand sie am offenen Fenster und schaute empor durch das dunkelblaue Wasser, wie die Fische mit ihren Flossen und Schwänzen dasselbe peitschten. Mond und Sterne konnte sie sehen; allerdings schienen sie ganz bleich, sahen aber dafür durch das Wasser ungleich größer aus als vor unseren Augen. Glitt dann etwas unter ihnen wie eine schwarze Wolke hin, so wußte sie, daß es entweder ein Walfisch war, der über ihr schwamm, oder auch ein Schiff mit vielen Menschen. Sie dachten schwerlich daran, daß eine schöne Seejungfrau auf dem Grunde stünde und ihre weißen Hände gegen den Kiel emporstreckte.

Nun war die älteste Prinzessin fünfzehn Jahre alt und durfte über den Meeresspiegel emporsteigen.

Als sie zurückkam, hatte sie hunderterlei Dinge zu erzählen; das Schönste aber, sagte sie, wäre doch: im Mondschein auf einer Sandbank an der ruhigen See zu liegen und die unmittelbar an der Küste gelegene große Stadt zu betrachten, wo die Lichter wie Hunderte von Sternen funkelten, die Musik und den Lärm und das Geräusch von Wagen und Menschen zu hören, die vielen Kirchtürme und Türmchen zu sehen und auf das Glockengeläute zu lauschen. Gerade weil die Jüngste noch nicht hinaufkommen konnte, war sie am meisten von Sehnsucht nach all diesem erfüllt.

Mit welcher Aufmerksamkeit lauschte sie auf diese Erzählungen, und wenn sie später des Abends am offenen Fenster stand und durch das dunkelblaue Wasser emporschaute, waren alle ihre Gedanken nur auf die große Stadt mit all dem Lärm und Geräusch gerichtet, und dann kam es ihr vor, als hörte sie das Läuten der Kirchenglocken bis zu sich heruntertönen.

Ein Jahr darauf erhielt die andere Schwester Erlaubnis, durch das Wasser emporzusteigen und zu schwimmen, wohin sie wollte. Gerade bei Sonnenuntergang tauchte sie auf und dieser Anblick war ihrer Ansicht nach das Schönste. Der ganze Himmel hätte wie Gold ausgesehen, sagte sie, und die Wolken, ja deren Pracht könnte sie nicht genug beschreiben! Rot und veilchenblau wären sie über ihr dahingesegelt, aber weit geschwinder als sie flog gleich einem langen, weißen Schleier ein Zug wilder Schwäne über das Wasser hin der scheidenden Sonne nach. Sie schwammen ihr entgegen, diese aber sank, und der Rosenschimmer erlosch auf dem Meeresspiegel und den Wolken.

Im nächsten Jahre stieg die dritte Schwester hinauf; sie war die beherzteste von allen und schwamm deshalb einen breiten Fluß aufwärts, der sich in das Meer ergoß. Herrliche grüne Hügel, mit Weinreben bedeckt, erblickte sie; Schlösser und Meierhöfe schauten durch prächtige Wälder hervor. Sie hörte, wie alle Vögel sangen, und die Sonne schien so warm, daß sie oftmals untertauchen mußte, um ihr brennendheißes Antlitz zu kühlen. In einer kleinen Bucht traf sie einen ganzen Schwarm niedlicher Menschenkinder; ganz nackt liefen sie umher und plätscherten im Wasser. Sie wollte mit ihnen spielen, aber erschrocken liefen sie fort, und da kam ein kleines schwarzes Tier, das war ein Hund, aber sie hatte vorher nie einen Hund gesehen; der bellte sie so wütend an, daß ihr ganz ängstlich zumute wurde und sie wieder die offene See aufsuchte. Aber nimmer konnte sie die prächtigen Wälder, die grünen Hügel und die kleinen Kinder vergessen, die schwimmen konnten, obgleich sie keinen Fischschwanz hatten.

Die vierte Schwester war nicht so mutig, sie blieb draußen mitten auf dem wilden Meere und erzählte, daß es gerade dort am schönsten wäre. Man könnte viele Meilen ringsumher überschauen und der Himmel stände wie eine Glasglocke darüber. Schiffe hatte sie gesehen, aber nur weit entfernt, sie sahen wie Strandmöven aus; die drolligen Delphine hatten Purzelbäume geschlagen und die großen Walfische Wasser aus ihren Nasenlöchern in die Höhe gespritzt, daß es ausgesehen hätte, wie Hunderte von Wasserkünsten ringsumher.

Nun kam die fünfte Schwester an die Reihe. Ihr Geburtstag war gerade mitten im Winter und deshalb sah sie, was die anderen das erstemal nicht gesehen hatten. Die See nahm sich ganz grün aus, und ringsumher schwammen da große Eisberge, von denen ihrer Erzählung nach jeder wie eine Perle aussah und doch weit größer war als die Kirchtürme, welche die Menschen bauen. In den merkwürdigsten Gestalten zeigten sie sich und schimmerten wie Diamanten. Sie hatte sich auf einen der größten gesetzt, und alle Segler kreuzten erschrocken draußen herum, wo sie saß und den Wind mit ihrem langen Haare spielen ließ. Allein gegen Abend überzog sich der Himmel mit Wolken, es blitzte und donnerte, während die schwarze See die großen Eisblöcke hoch in die Höhe hob und sie bei dem starken Wetterleuchten erglänzen ließ. Auf allen Schiffen zog man die Segel ein, da war eine Angst, ein Entsetzen, sie aber saß ruhig auf ihrem schwimmenden Eisberge und sah, wie die blauen Blitzstrahlen im Zickzack in die weißschäumende See hinunterfuhren.

Sobald eine der Schwestern zum erstenmal über das Wasser kam, war eine jede über das Neue und Schöne, das sie wahrnahm, entzückt; da sie jetzt aber als erwachsene Mädchen die Erlaubnis hatten, nach eigenem Belieben emporzusteigen, wurde es ihnen gleichgültig, sie sehnten sich wieder nach der Heimat, und nach Verlauf eines Monats sagten sie, daß es bei ihnen da unten doch am allerschönsten wäre und da wäre man hübsch zu Hause.

In mancher Abendstunde schlangen die fünf Schwestern die Arme umeinander und stiegen in einer Reihe über das Wasser empor. Herrliche Stimmen hatten sie, schöner als irgendein Menschenkind, und wenn ein Sturm heraufzog, so daß sie vermuten durften, es würden Schiffe untergehen, dann schwammen sie vor den Schiffen her und sangen lieblich von den Schönheiten auf dem Meeresgrunde und baten die Seeleute, sich nicht zu fürchten, dort hinunterzukommen. Diese konnten aber die Worte nicht verstehen, sie dachten, es wäre der Sturm, und sie bekamen auch die Herrlichkeiten da unten nicht zu sehen, denn wenn das Schiff sank, ertranken die Menschen und kamen nur als Leichen zu dem Schlosse des Meerkönigs.

Wenn am Abend so die Schwestern Arm in Arm durch das Meer hoch emporstiegen, dann blieb die kleine Schwester ganz allein zurück und schaute ihnen nach, und es war ihr, als ob sie weinen müßte, aber eine Seejungfrau hat keine Tränen, und so leidet sie ungleich mehr.

»Ach, wäre ich doch erst fünfzehn Jahre alt!« sagte sie, »ich weiß, daß gerade ich die Welt dort oben und die Menschen, die darauf bauen und wohnen, recht liebhaben werde!«

Endlich war sie fünfzehn Jahre alt.

»Sieh, nun bist du uns entwachsen«, sagte ihre Großmutter, die alte Königin-Witwe. »Komm nun und laß mich dich schmücken wie deine anderen Schwestern!« Nun setzte sie ihr einen Kranz von weißen Lilien auf das Haar, aber jedes Blumenblatt war die Hälfte einer Perle; und die alte Mutter ließ acht große Austern sich im Schwanze der Prinzessin festklemmen, um ihren hohen Stand kundzutun.

»Das tut weh!« sagte die kleine Seejungfrau.

»Ja, Hoffart will Zwang haben!« sagte die Großmutter.

Oh, sie würde gern auf alle diese Pracht verzichtet und den schweren Kranz abgelegt haben! Ihre roten Gartenblumen kleideten sie ungleich besser, aber das half nun weiter nichts. »Lebewohl!« sagte sie und stieg leicht und klar durch das Wasser empor.

Eben war die Sonne untergegangen, als sie den Kopf über den Meeresspiegel erhob, aber alle Wolken schimmerten noch wie Rosen und Gold, und mitten in der blaßroten Luft strahlte der Abendstern hell und herrlich, die Luft war mild und frisch, und kein Windhauch kräuselte das Meer. Dort lag ein großer Dreimaster, nur ein einziges Segel war aufgezogen, denn kein Lüftchen rührte sich, und ringsumher saßen im Tauwerk und auf dem Toppmast Matrosen. Da war Musik und Gesang, und als die Dunkelheit des Abends zunahm, wurden Hunderte von farbigen Laternen angezündet; sie sahen aus, als ob die Flaggen aller Nationen in der Luft wehten. Die kleine Seejungfrau schwamm bis an das Kajütenfenster, und jedesmal, wenn das Wasser sie emporhob, konnte sie durch die spiegelhellen Fensterscheiben hineinschauen, wo viele geputzte Menschen standen, aber der Schönste war doch der junge Prinz mit den großen schwarzen Augen. Er war gewiß nicht viel über sechzehn Jahre alt, sein Geburtstag wurde gerade gefeiert, und deshalb herrschte all diese Pracht. Die Matrosen tanzten auf dem Verdecke, und als der Prinz zu ihnen hinaustrat, stiegen über hundert Raketen in die Luft empor. Sie leuchteten wie der helle Tag, so daß sich die kleine Seejungfrau entsetzte und aus Furcht unter das Wasser tauchte. Aber sie streckte den Kopf bald wieder hervor, und da war es ihr, als ob alle Sterne des Himmels zu ihr herniederfielen. Nie hatte sie ein solches Feuerwerk gesehen. Große Sonnen drehten sich zischend im Kreise, prächtige Feuerfische schwangen sich in die blaue Luft empor, und von allem zeigte sich ein flimmernder Widerschein in der klaren, stillen See. Auf dem Schiffe selbst war es so hell, daß man auch das kleinste Tau bemerken konnte, geschweige die Menschen. Wie schön der junge Prinz doch war, und er drückte den Leuten die Hände unter freundlichem Lächeln, während die Musik durch die herrliche Nacht erklang.

Es wurde spät, aber die kleine Seejungfrau konnte die Augen nicht von dem Schiffe und dem schönen Prinzen abwenden. Die farbigen Laternen erloschen, die Raketen stiegen nicht mehr in die Luft, keine Kanonenschüsse donnerten mehr, aber tief unten im Meere summte und brummte es. Mittlerweile saß die kleine Seejungfrau auf dem Wasser und schaukelte auf und nieder, so daß sie in die Kajüte hineinschauen konnte. Aber hurtiger schoß das Schiff durch die Wellen, ein Segel nach dem anderen breitete sich aus, stärker schlugen die Wogen, ein schwarzes Gewölk zog sich zusammen, es wetterleuchtete in der Ferne. Oh, ein entsetzliches Unwetter sollte losbrechen! Deshalb refften die Matrosen die Segel ein. Das große Schiff schaukelte in fliegender Fahrt auf der wilden See; großen schwarzen Bergen gleich schäumte das Wasser empor, das sich über die Masten zu wälzen drohte, aber das Schiff tauchte wie ein Schwan zwischen den hohen Wogen hinunter und ließ sich wieder auf die aufgetürmten Wasser heben. Der kleinen Seejungfrau kam es gerade wie eine Lustfahrt vor, aber als eine solche betrachteten es die Seeleute nicht, das Schiff stöhnte und krachte, die dicken Planken bogen sich bei den heftigen Stößen, welche die See gegen das Schiff führte, der Hauptmast brach mitten durch, als wenn er ein Rohr wäre, und das Schiff legte sich auf die Seite, während das Wasser in den Raum eindrang. Nun sah die kleine Seejungfrau, daß die Seeleute in Gefahr schwebten, sie mußte sich selbst vor den Balken und Schiffstrümmern, die auf dem Wasser trieben, in acht nehmen. Einen Augenblick war es so stockfinster, daß sie nicht das geringste wahrnehmen konnte, wenn es dann aber blitzte, wurde es wieder so hell, daß die kleine Seejungfrau alle auf dem Schiffe erkannte. Jeder tummelte sich, so gut er konnte. Vorzüglich schaute sie sich nach dem jungen Prinzen um und sah ihn, als das Schiff barst, in die tiefe See versinken. Im ersten Augenblicke war sie sehr froh, denn nun kam er zu ihr hinunter, dann aber fiel ihr ein, daß ja die Menschen im Wasser nicht leben können und daß er also nur tot zum Schlosse des Meerkönigs gelangen könnte. Nein, sterben durfte er nicht! Deshalb schwamm die kleine Seejungfrau zwischen den Balken und Planken, die auf dem Meere trieben, hindurch, vergaß völlig die eigene Gefahr, tauchte tief unter das Wasser und stieg wieder hoch zwischen den Wogen empor. Zuletzt erreichte sie so den jungen Prinzen, der kaum noch länger in der erregten See schwimmen konnte. Seine Arme und Beine begannen zu ermatten, die schönen Augen schlossen sich, er hätte sterben müssen, wäre sie

nicht hinzugekommen. Sie hielt seinen Kopf über das Wasser empor und ließ sich dann mit ihm von den Wogen treiben, wohin sie wollten.
Gegen Morgen war das Unwetter vorüber. Vom Schiffe war auch nicht ein Span mehr zu sehen. Rot und glühend erhob sich die Sonne aus dem Wasser; es war gerade, als ob des Prinzen Wangen dadurch Leben bekämen, doch blieben seine Augen geschlossen. Die kleine Seejungfrau küßte seine hohe, schöne Stirn und strich sein nasses Haar zurück. Es kam ihr fast vor, als gliche er dem Marmorbilde dort unten in dem kleinen Garten. Sie küßte ihn

wieder und wieder und wünschte, er möchte doch leben bleiben.

Nun tauchte das feste Land auf; hohe blaue Berge, auf deren Gipfeln der weiße Schnee flimmerte, als wären es Schwäne, die dort lägen. Unten an der Küste waren prächtige grüne Wälder, und im Vordergrunde lag eine Kirche oder ein Kloster, man konnte es noch nicht recht unterscheiden, aber ein Gebäude war es. Zitronen- und Apfelsinenbäume wuchsen da im Garten, und vor dem Eingang standen hohe Palmbäume. Das Meer bildete hier eine kleine Bucht, in der das Wasser ganz still, aber sehr tief war, und die von einer Klippe begrenzt wurde, wo der feine weiße Sand angespült war. Hierher schwamm die kleine Seejungfrau mit dem schönen Prinzen, legte ihn in den Sand und trug dabei hauptsächlich Sorge, daß sein Haupt hoch im warmen Sonnenscheine lag.

Da läuteten die Glocken in dem großen, weißen Gebäude, und darauf wandelten viele junge Mädchen durch den Garten. Da schwamm die kleine Seejungfrau weiter hinaus hinter einige hohe Steine, die aus dem Wasser hervorragten, bedeckte Haar und Busen mit Schaum des Meeres, so daß niemand ihr liebliches Gesicht bemerken konnte, und gab nun acht, wer zu dem armen Prinzen kommen würde.

Es währte nicht lange, bis ein junges Mädchen dorthin kam. Es erschrak, wie es schien, heftig, aber nur einen Augenblick, dann holte es mehrere Menschen, und die kleine Seejungfrau sah, daß der Prinz wieder zu sich kam und alle ringsumher anlächelte, aber zu seiner Retterin lächelte er nicht hinaus, er wußte ja auch nicht, daß er ihr das Leben zu verdanken hatte. Sie fühlte sich so betrübt, daß sie, als er in das große Gebäude geführt wurde, traurig unter das Wasser tauchte und zum Schlosse ihres Vaters zurückkehrte.

Sie war immer still und sinnend gewesen, aber nun wurde sie es noch mehr. Die Schwestern fragten sie, was sie das erstemal dort oben gesehen hätte, aber sie erzählte ihnen nichts.

Manchen Abend und Morgen stieg sie zu der Stelle empor, wo sie den Prinzen verlassen hatte. Sie sah, wie die Früchte des Gartens reiften und abgepflückt wurden, sie sah, wie der Schnee auf den hohen Bergen schmolz, aber den Prinzen sah sie nicht, und immer trauriger kehrte sie deshalb wieder heim. Ihr einziger Trost war es, in ihrem Gärtchen zu sitzen und ihre Arme um das schöne Marmorbild zu schlingen, das dem Prinzen ähnelte, aber ihre Blumen pflegte sie nicht, sie wuchsen wie in einer Wildnis über die Steige hinaus, und ihre langen Stengel und Blätter verflochten sich mit den Zweigen der Bäume, so daß es dort ganz dunkel war.

Endlich konnte sie es nicht länger aushalten, sondern erzählte es einer ihrer Schwestern, und da erfuhren es gleich alle anderen, aber beileibe niemand weiter als diese und ein paar andere Seejungfrauen, die es aber nur ihren nächsten Freundinnen erzählten. Eine von ihnen konnte über den Prinzen Auskunft geben, sie hatte auch die Geburtstagsfeier auf dem Schiffe mit angesehen, wußte, woher er war und wo sein Königreich lag.

»Komm, Schwesterchen!« sagten die anderen Prinzessinnen, und einander die Arme um die Schultern schlingend, stiegen sie in einer langen Reihe aus dem Meere empor, dort wo das Schloß des Prinzen lag.

Dieses war aus einer hellgelben, glänzenden Steinart aufgeführt, mit großen Marmortreppen, deren eine gerade in das Meer hinabführte. Prächtige vergoldete Kuppeln erhoben sich über dem Dache, und zwischen den Säulen, welche das ganze Gebäude umgaben, standen Marmorbilder, die wie lebende Wesen aussahen. Durch das helle Glas in den hohen Fenstern sah man in die prächtigsten Säle hinein, wo kostbare seidene Vorhänge und Tapeten aufgehängt und alle Wände mit großen Gemälden geschmückt waren, daß es eine wahre Lust war, das alles

anzuschauen. Mitten in dem größten Saale plätscherte ein hoher Springbrunnen, seine Strahlen erhoben sich bis zur Glaskuppel an der Decke, durch welche die Sonne auf das Wasser und die schönen Pflanzen herabschien, die in dem großen Becken wuchsen.
Nun wußte sie, wo er wohnte, und dort zeigte sie sich manchen Abend und manche Nacht auf dem Wasser; sie schwamm weit näher an das Land heran, als irgendeine andere gewagt hatte, ja sie ging den schmalen Kanal ganz hinauf, bis unter den prächtigen Marmoraltan, der einen langen Schatten über das Wasser warf. Hier saß sie und betrachtete den jungen Prinzen, der allein in dem klaren Mondschein zu weilen glaubte.
Sie sah ihn manchen Abend in seinem prächtigen, mit Flaggen geschmückten Boote unter Musik dahinsegeln; sie schaute zwischen dem grünen Schilf hervor, und wenn der Wind ihren langen, silberweißen Schleier erfaßte und es jemand sah, so dachte er, es wäre ein Schwan, welcher die Flügel ausbreitete.
Sie hörte manche Nacht, wenn die Fischer bei Fackelschein auf der See fischten, daß sie viel Gutes von dem jungen Prinzen erzählten, und es freute sie, daß sie ihm das Leben gerettet hatte, als er halbtot auf den Wogen umhertrieb, und sie dachte daran, wie fest sein Haupt an ihrer Brust geruht und wie innig sie ihn da geküßt hatte. Davon wußte er gar nichts, konnte von ihr nicht einmal träumen.
Mehr und mehr begann sie die Menschen zu lieben, mehr und mehr wünschte sie zu ihnen emporsteigen und unter ihnen wandeln zu dürfen, deren Welt ihr weit größer als die ihrige zu sein schien. Sie konnten ja auf Schiffen über das Meer fliegen, auf den hohen Bergen hoch über die Wolken emporsteigen, und die Länder, die sie besaßen, erstreckten sich mit ihren Wäldern und Feldern weiter, als sie zu überblicken vermochte. Da war so vieles, was sie zu wissen wünschte, doch waren die Schwestern nicht

imstande, ihr auf alles Antwort zu geben, weshalb sie die alte Großmutter danach fragte, welche die höhere Welt, wie sie die Länder über dem Meere sehr richtig nannte, gar wohl kannte.

»Wenn die Menschen nicht ertrinken«, fragte die kleine Seejungfrau, »können sie dann ewig leben, sterben sie nicht, wie wir hier unten auf dem Meeresgrunde?«

»O ja«, sagte die Alte, »sie müssen ebenfalls sterben, und ihre Lebenszeit ist sogar noch kürzer als die unsrige. Wir können dreihundert Jahre alt werden, aber wenn wir zu sein aufhören, verwandeln wir uns nur in Schaum und haben hier unten nicht einmal ein Grab unter unseren Lieben. Wir haben keine unsterbliche Seele, werden nie mehr zum Leben erweckt, wir gleichen dem grünen Schilf, das, einmal abgeschnitten, nie wieder grünen kann! Die Menschen dagegen haben eine Seele, die ewig lebt, lebt, nachdem der Körper wieder zu Erde geworden. Sie schwingt sich durch den Äther empor, hinauf zu all den glänzenden Sternen! Gerade wie wir aus dem Meere emportauchen und der Menschen Länder schauen, so erheben auch sie sich zu unbekannten herrlichen Stätten, die wir nie zu sehen bekommen.«

»Weshalb erhielten wir keine unsterbliche Seele?« fragte betrübt die kleine Seejungfrau. »Gern wollte ich alle meine Hunderte von Jahren, die ich zu leben habe, dahingeben, um nur einen Tag Mensch zu sein und dann an der himmlischen Welt Anteil zu erhalten!«

»Daran darfst du nicht denken!« sagte die Alte, »wir haben es viel glücklicher und besser als die Menschen da droben!«

»Ich werde also sterben und als Schaum auf dem Meere dahinfließen, werde der Wogen Musik nicht mehr hören, die schönen Blumen und die rote Sonne nicht mehr sehen! Kann ich denn gar nichts tun, um eine ewige Seele zu gewinnen?«

»Nein!« sagte die Alte, »nur wenn dich ein Mensch so

liebgewönne, daß du ihm mehr als Vater und Mutter wärest, wenn er mit all seinen Gedanken und seiner Liebe an dir hinge und begehrte, daß der Geistliche seine rechte Hand in die deinige legte mit dem Gelübde der Treue hier und in alle Ewigkeit, dann flösse seine Seele in deinen Körper über und auch du erhieltest Anteil an dem Glücke der Menschen. Er gäbe dir Seele und behielte doch seine eigene. Aber das kann nie geschehen! Was gerade hier im Meere für schön gilt, dein Fischschwanz, finden sie oben auf der Erde häßlich! Es fehlt ihnen nun einmal das richtige Verständnis, dort muß man ein paar unbeholfene Säulen haben, die sie Beine nennen, um für schön zu gelten!«

Da seufzte die kleine Seejungfrau und sah betrübt auf ihren Fischschwanz.

»Laß uns fröhlich sein!« sagte die Alte, »hüpfen und springen wollen wir in den uns vergönnten dreihundert Jahren, das ist fürwahr hinlängliche Zeit, nachher kann man um so unbekümmerter ausruhen. Heute abend werden wir Hofball haben!«

Es war auch eine Pracht, wie man sie auf Erden nie erblickt. Wände und Decke des großen Tanzsaales waren von dickem, aber durchsichtigem Glase. Mehrere hundert kolossale Muschelschalen, rosenrote und grasgrüne, standen reihenweise an jeder Seite mit einer blau brennenden Flamme, die den ganzen Saal erleuchtete und selbst durch die Wände hindurchschien, so daß die See ringsumher in einem Lichtmeere schwamm. Man konnte alle die unzähligen Fische, große und kleine, wahrnehmen, wie sie auf die Glasmauern zuschwammen; auf einigen blinkten purpurrote Schuppen, auf anderen glänzten sie goldig und silbern.

Mitten durch den Saal floß ein breiter, sanft dahinrieselnder Strom, und auf diesem tanzten die Meermänner und Seejungfrauen nach ihrem eigenen lieblichen Gesange. So schöne Stimmen haben die Menschen auf Erden nicht. Die

jüngste Prinzessin sang am schönsten von allen, man klatschte ihr Beifall, und für einen Augenblick fühlte sie Freude in ihrem Herzen, denn sie wußte, daß sie die schönste Stimme von allen auf Erden und im Meere hatte. Aber bald begann sie wieder der Welt über sich zu gedenken. Sie konnte den schönen Prinzen und ihren Schmerz, keine unsterbliche Seele, wie er, zu besitzen, nicht vergessen. Deshalb schlich sie sich aus dem Schlosse ihres Vaters hinaus, und während drinnen alles Gesang und Jubel war, saß sie betrübt in ihrem Gärtchen. Da hörte sie plötzlich ein Waldhorn durch das Wasser zu ihr herniedertönen, und sie dachte: Jetzt segelt er gewiß dort oben, er, den ich mehr als Vater und Mutter liebe, er, an dem ich mit allen Gedanken hänge und in dessen Hand ich so gern mein Lebensglück legen möchte. Alles will ich wagen, um ihn und eine unsterbliche Seele zu gewinnen! Während meine Schwestern drinnen im Schlosse meines Vaters tanzen, will ich zur Meerhexe gehen. Bisher habe ich immer ein Grausen vor ihr gehabt, aber vielleicht kann sie mir Rat und Hilfe gewähren.
Nun trat die Prinzessin aus ihrem Garten hinaus und eilte zu dem brausenden Strudel, hinter dem die Hexe wohnte. Den Weg hatte sie nie zuvor betreten; hier wuchs keine Blume, kein Seegras, nur der nackte graue Sandboden erstreckte sich bis zu dem Strudel, wo das Wasser wie brausende Mühlräder schäumend wirbelte und alles, was es ergriff, mit sich in die Tiefe hinunterriß. Mitten zwischen diesen alles zerschmetternden Wirbeln mußte sie hindurchschreiten, um das Gebiet der Meerhexe zu erreichen, und hier gab es eine große Strecke lang keinen anderen Weg als über warmen, schwankenden Schlamm, den die Hexe ihr Tiefmoor nannte. Dahinter lag ihr Haus mitten in einem seltsamen Walde. Alle Bäume und Büsche waren Polypen, halb Tier und halb Pflanze, sie sahen aus wie hundertköpfige Schlangen, die aus der Erde hervorwuchsen; alle Zweige waren lange, schlammige Arme, mit

Fingern gleich gelenkigen Würmern, und Glied für Glied bewegte sich von der Wurzel bis zum äußersten Gipfel. Alles, was sie im Meere ergreifen konnten, umschlangen sie unlösbar und ließen es nie wieder los. Die kleine Prinzessin blieb erschrocken vor diesem Walde stehen; ihr Herz klopfte vor Angst; beinahe wäre sie umgekehrt, aber da dachte sie an den Prinzen und die zu gewinnende Menschenseele und faßte wieder Mut. Ihr langes, frei hinabwallendes Haar band sie fest um den Kopf, damit sie die Polypen nicht daran ergreifen konnten, beide Hände kreuzte sie über die Brust und eilte dann vorwärts, wie der Fisch nur immer durch das Wasser schießen kann, zwischen den widrigen Polypen hindurch, die ihre gelenkigen Arme und Finger hinter ihr herstreckten. Sie bemerkte, wie jeder von ihnen einen Gegenstand, den er ergriffen hatte, mit Hunderten von kleinen Armen, wie mit starken Eisenbanden, gepackt hielt. Menschen, die in der See umgekommen und hinabgesunken waren, schauten als weiße Gerippe aus den Armen der Polypen hervor. Schiffsruder und Kisten hielten sie umklammert, Gerippe von Landtieren, und was ihr fast das Schrecklichste war, eine Seejungfrau, die sie gefangen und erstickt hatten.

Nun kam sie zu einem großen, fast überall mit Schleim überzogenen Platz im Walde, wo große, fette Wasserschlangen sich ringelten und ihren garstigen weißgelben Bauch zeigten. Mitten auf dem Platze war ein Haus aus den weißen Knochen schiffbrüchiger Menschen errichtet; dort saß die Meerhexe und ließ eine Kröte aus ihrem Munde fressen, wie die Menschen ein Kanarienvögelchen Zucker naschen lassen. Die häßlichen fetten Wasserschlangen nannte sie ihre niedlichen Küchelchen und ließ dieselben sich auf ihrem großen, schwammigen Busen umherwälzen.

»Ich weiß schon, was du willst!« sagte die Meerhexe, »dumm genug! Indes sollst du deinen Willen bekommen, denn er wird dich ins Unglück stürzen, mein holdes Prinzeßchen. Du möchtest deinen Fischschwanz los werden und dafür zwei Stummel wie die Menschen zum Gehen haben, damit sich der junge Prinz in dich verliebt und du ihn und eine unsterbliche Seele erhalten kannst!« Dabei lachte die Hexe so laut und häßlich, daß die Kröte und die Schlangen auf die Erde fielen und sich dort umherwälzten. »Du konntest zu keiner bessern Zeit eintreffen. Morgen, wenn die Sonne aufgeht, könnte ich dir nicht helfen, bis wieder ein Jahr verstrichen ist. Ich werde dir einen Trank kochen, mit dem du noch vor Sonnenaufgang an das Land schwimmen, dich an das Ufer setzen und ihn austrinken mußt; dann schrumpft dein Schwanz zu dem zusammen, was die Menschen niedliche Beine nennen, aber es tut weh, es ist als wenn ein scharfes Schwert dich durchbohrte. Alle, die dich erblicken, werden sagen, du seist das schönste Menschenkind, das sie gesehen! Du behältst deinen schwebenden Gang, keine Tänzerin kann einherschweben wie du, aber bei jedem Schritt, den du tust, ist es, als ob du auf ein scharfes Messer trätest, daß dein Blut fließen möchte. Willst du dies alles aushalten, dann will ich dir helfen!«

»Ja!« sagte die kleine Seejungfrau mit bebender Stimme und dachte an den Prinzen und die zu gewinnende Seele.

»Aber merk wohl«, sagte die Hexe, »wenn du einmal menschliche Gestalt erhalten hast, kannst du nie wieder eine Seejungfrau werden! Du kannst nie wieder durch das Wasser zu deinen Schwestern und dem Schlosse deines Vaters hinuntersteigen, und gewinnst du nicht die Liebe des Prinzen, so daß er Vater und Mutter um deinetwillen vergißt, mit all seinen Sinnen an dir hängt und dem Geistlichen befiehlt, daß derselbe eure Hände ineinanderlege, so daß ihr Mann und Frau werdet, dann bekommst du keine unsterbliche Seele! Am ersten Morgen nach seiner Verheiratung mit einer anderen wird dir das Herz brechen, und du wirst zu Schaum auf dem Wasser.«

»Ich will es!« sagte die kleine Seejungfrau und war bleich wie der Tod.

»Du mußt mich aber auch bezahlen!« sagte die Hexe, »und es ist nicht wenig, was ich verlange. Du hast die schönste Stimme von allen hier unten auf dem Meeresboden, mit der hoffst du ihn zu bezaubern, aber die Stimme mußt du mir geben. Das Beste, was du besitzest, will ich für meinen köstlichen Trank! Mein eigen Blut muß ich ja dazu geben, damit der Trank scharf wird wie ein zweischneidig Schwert!«

»Aber wenn du mir meine Stimme nimmst«, sagte die kleine Seejungfrau, »was behalte ich denn übrig?«

»Deine schöne Gestalt«, sagte die Hexe, »deinen schwebenden Gang und deine sprechenden Augen, womit du schon ein Menschenherz betören kannst. Nun, hast du den Mut verloren? Streck deine kleine Zunge heraus, dann schneide ich sie für meine Bemühung ab und du bekommst den kräftigen Trank!«

»Es geschehe!« sagte die kleine Seejungfrau, und die Hexe setzte den Kessel auf, um den Zaubertrank zu kochen. »Reinlichkeit ist das halbe Leben!« sagte sie und scheuerte den Kessel mit den Schlangen aus, die sie in einen Knoten gebunden hatte. Nun ritzte sie sich selber die Brust und ließ ihr schwarzes Blut hineintröpfeln. Der Dampf bildete die seltsamsten Gestalten, so daß einem angst und bange werden mußte. Jeden Augenblick tat die Hexe neue Sachen in den Kessel, und als es recht kochte, war es gerade, als wenn ein Krokodil weinte. Endlich war der Trank fertig; er sah aus wie das klarste Wasser.

»Da hast du ihn!« sagte die Hexe und schnitt der kleinen Seejungfrau die Zunge ab; sie war nun stumm, konnte weder singen noch sprechen.

»Falls dich die Polypen ergreifen sollten, wenn du wieder durch meinen Wald zurückkehrst«, sagte die Hexe, »so besprenge sie nur mit einem einzigen Tropfen dieses Trankes, dann zerspringen ihre Arme und Finger in tausend

Stücke!« Aber das hatte die Prinzessin nicht nötig, die Polypen zogen sich erschreckt vor ihr zurück, als sie den funkelnden Trank sahen, der in ihrer Hand wie ein strahlender Stern leuchtete. So kam sie bald durch den Wald, das Moor und den Strudel.

Sie konnte das Schloß ihres Vaters erblicken; die Fackeln im großen Tanzsaale waren erloschen; sie schliefen drinnen sicher schon alle, aber sie wagte gleichwohl nicht, sie aufzusuchen, jetzt wo sie stumm war und auf immer von ihnen scheiden wollte. Es war, als ob ihr das Herz vor Trauer brechen sollte. Sie schlich sich in den Garten hinein, brach eine Blume von jedem Beete ihrer Schwestern, warf dem Schlosse Tausende von Kußfingern zu und stieg durch die dunkelblaue See empor.

Die Sonne war noch nicht aufgegangen, als sie das Schloß des Prinzen gewahrte und die prächtige Marmortreppe hinaufschritt. Der Mond schien wunderbar klar. Die kleine Seejungfrau trank den brennend scharfen Trank, und es war, als ob ein zweischneidig Schwert ihren feinen Körper durchdrang, sie verlor die Besinnung und lag wie tot da. Als die Sonne über die See hin schien, erwachte sie und fühlte einen heftigen Schmerz, aber dicht vor ihr stand der holde junge Prinz, der seine kohlschwarzen Augen auf sie heftete, so daß sie die ihrigen niederschlagen mußte, wobei sie bemerkte, daß ihr Fischschwanz verschwunden war und sie die niedlichsten, kleinen weißen Beinchen hatte, die ein hübsches Mädchen nur haben kann. Sie war aber ganz nackend, weshalb sie sich in ihr starkes, langes Haar einhüllte. Der Prinz fragte, wer sie wäre und wie sie hierhergekommen, und sie sah ihn mit ihren dunkelblauen Augen gar mild und doch auch so traurig an, denn sprechen konnte sie ja nicht. Da nahm er sie bei der Hand und führte sie in das Schloß. Bei jedem Schritt, den sie tat, war es ihr, wie ihr ja die Hexe vorausgesagt hatte, als wenn sie auf spitze Nadeln und scharfe Messer träte, aber das ertrug sie gern. An der Hand des

Prinzen stieg sie so leicht wie eine Wasserblase die Treppe hinauf, und er sowohl wie alle anderen bewunderten ihren anmutigen schwebenden Gang.

Kostbare Kleider von Seide und Musselin wurden ihr nun gereicht, im Schlosse war sie die Schönste von allen, aber sie war stumm, konnte weder singen noch reden. Schöne Sklavinnen, in Seide und Gold gekleidet, kamen hervor und sangen vor dem Prinzen und seinen königlichen Eltern. Eine sang lieblicher als alle die anderen, und der Prinz klatschte Beifall und lächelte sie an; da wurde die kleine Seejungfrau betrübt, sie wußte, daß sie selbst weit schöner gesungen hätte. Oh! sprach sie bei sich selbst, wenn er nur wüßte, daß ich, um bei ihm zu sein, meine Stimme für alle Ewigkeit dahingegeben habe!

Nun tanzten die Sklavinnen reizende, schwebende Tänze zur herrlichsten Musik; da erhob die kleine Seejungfrau ihre schönen weißen Arme, stellte sich auf die Fußspitzen und schwebte über den Fußboden, tanzend, wie noch keine getanzt hatte. Bei jeder Bewegung trat ihre Schönheit mehr hervor, und ihre Augen redeten inniger und tiefer zum Herzen als der Sklavinnen Gesang.

Alle waren davon bezaubert, besonders der Prinz, der die Prinzessin sein liebes Findelkind nannte; und sie tanzte ununterbrochen, obgleich es ihr, so oft ihr Fuß die Erde berührte, vorkam, als ob sie auf scharfe Messer träte. Der Prinz sagte, sie sollte immer um ihn sein, und sie erhielt sogar die Erlaubnis, vor seiner Tür auf einem Samtkissen zu schlafen.

Er ließ ihr eine Männertracht anfertigen, damit sie ihn auch zu Pferde begleiten könnte. Sie ritten durch die duftenden Wälder, wo die grünen Zweige ihre Schultern streiften und die Vöglein hinter den frischen Blättern sangen. Sie erkletterte mit dem Prinzen die hohen Berge, und obgleich ihre zierlichen Füßchen sichtlich bluteten, lachte sie doch darüber und folgte ihm, bis sie die Wolken tief unter sich segeln sahen, als ob es ein Vogelschwarm wäre, der nach fremden Ländern zöge.

Daheim im Schlosse des Prinzen ging sie, wenn in der Nacht die anderen schliefen, auf die breite Marmortreppe hinaus und kühlte ihre brennenden Füße im kalten Seewasser, und dabei gedachte sie der Ihrigen in der Tiefe.

In einer Nacht kamen ihre Schwestern Arm in Arm; sie sangen, während sie über das Wasser dahinschwammen, gar traurige Weisen. Sie winkte ihnen, und sie erkannten sie und erzählten, wie tief sie sie alle betrübt hätte. Seitdem besuchten sie sie jede Nacht, und in einer Nacht gewahrte sie in weiter Ferne die alte Großmutter, die schon seit vielen Jahren nicht zur Oberfläche emporgestiegen war, und den Meerkönig mit seiner Krone auf dem Haupte. Sie streckten die Hände nach ihr aus, wagten sich aber beide nicht so nahe an das Land wie die Schwestern.

Tag für Tag gewann sie der Prinz lieber, er liebte sie, wie man nur ein gutes, holdes Kind lieben kann, aber sie zur Königin zu machen, das fiel ihm nicht im entferntesten ein, und seine Gemahlin mußte sie doch werden, sonst bekam sie keine unsterbliche Seele, sondern mußte an seinem Hochzeitsmorgen zu Schaum auf dem Meere werden.

»Hast du mich nicht am liebsten von allen?« schienen die Augen der kleinen Prinzessin zu sagen, wenn er sie in seine Arme nahm und auf die schöne Stirn küßte.

»Ja, du bist mir die Liebste!« sagte der Prinz, »denn du hast das beste Herz von allen, du bist mir am meisten ergeben und ähnelst einem jungen Mädchen, das ich einmal sah, aber wohl schwerlich wiederfinden werde. Ich war auf einem Schiffe, welches scheiterte; die Wogen trieben mich in der Nähe eines heiligen Tempels, in dem mehrere junge Mädchen den Dienst verrichteten, an das Land. Das jüngste derselben fand mich dort am Ufer und rettete mir das Leben; nur zweimal sah ich dasselbe. Es wäre die einzige Jungfrau, die ich in dieser Welt lieben könnte, aber du ähnelst ihr, du verdrängst fast ihr Bild in meiner Seele. Sie gehört dem heiligen Tempel an, und deshalb hat dich mir mein gutes Glück gesandt; niemals wollen wir uns voneinander trennen!«

Ach, er weiß nicht, daß ich ihm das Leben gerettet habe! dachte die kleine Prinzessin, ich trug ihn über die See zu dem Walde hin, wo der Tempel steht; ich sah ihn hinter dem Schaume und schaute aus, ob kein Mensch ihm nahen würde. Ich sah das schöne Mädchen, das er mehr liebt als mich! Die kleine Seejungfrau seufzte tief, weinen konnte sie nicht. Das Mädchen gehört dem heiligen Tempel an, hat er gesagt; nie kommt es in die Welt hinaus, sie begegnen einander nicht mehr, ich bin bei ihm, sehe ihn jeden Tag, ich will ihn pflegen, ihn lieben, ihm mein Leben opfern!

Aber nun sollte der Prinz sich verheiraten und die Tochter des Nachbarkönigs zur Frau bekommen; deshalb rüstete man ein Schiff so prächtig aus. Der Prinz reist, um die Länder des Nachbarkönigs kennen zu lernen, heißt es zwar, aber eigentlich geschieht es, um sich die Tochter des Nachbarkönigs anzusehen; ein großes Gefolge soll er mitnehmen. Die kleine Seejungfrau schüttelte das Köpfchen und lächelte; sie kannte die Gedanken des Prinzen weit besser als alle anderen. »Ich muß reisen!« hatte er zu ihr gesagt, »ich muß mir die schöne Prinzessin ansehen; meine Eltern verlangen es, aber sie als meine Braut heimzuführen, dazu wollen sie mich nicht zwingen. Ich kann sie nicht lieben! Sie ähnelt nicht dem schönen Mädchen im Tempel, dem du ähnelst. Sollte ich einmal eine Braut wählen, so würde die Wahl eher auf dich fallen, mein stummes Findelkindchen mit den redenden Augen!« Dabei küßte er sie auf ihren roten Mund, spielte mit ihrem langen Haar und legte sein Haupt an ihr Herz, daß es lebhafter von Menschenglück und einer unsterblichen Seele träumte.

»Du fürchtest dich doch nicht vor dem Meere, du stummes Kind?« fragte er, als sie auf dem prächtigen Schiffe standen, das ihn nach dem Lande des Nachbarkönigs führen sollte, und er erzählte ihr von Stürmen und von Windstille, von merkwürdigen Fischen in der Tiefe und was die Taucher dort erblickt hätten, und sie lächelte bei seiner Erzählung, denn sie wußte ja besser als irgendein anderer auf dem Meeresgrunde Bescheid.

In der mondhellen Nacht, als alle schliefen, nur der Steuermann an seinem Ruder nicht, da saß sie am Rande des Schiffes und starrte durch das klare Wasser hinunter, und es kam ihr vor, als erblickte sie das Schloß ihres Vaters; auf dem höchsten Turme desselben stand die alte Großmutter mit der Silberkrone auf dem Haupte und schaute unverwandt durch den reißenden Strom zum Kiele des Schiffes empor. Da tauchten ihre Schwestern aus dem Wasser hervor, sahen sie wehmütig an und rangen ihre weißen Hände. Sie winkte ihnen zu, lächelte und wollte erzählen, daß alles gut und glücklich ginge, aber der Schiffsjunge näherte sich ihr, und die Schwestern tauchten unter, so daß er wähnte, das Weiße, was er gesehen hatte, wäre nur Schaum auf der See.

Am folgenden Morgen segelte das Schiff in den Hafen der prächtigen Hauptstadt des Nachbarkönigs. Alle Kirchenglocken läuteten, und von den hohen Türmen erklangen Posaunen, während die Soldaten mit wehenden Fahnen und blitzenden Bajonetten in Parade aufmarschiert standen. Jeder Tag wurde festlich begangen. Bälle und Gesellschaften folgten einander, aber die Prinzessin war noch nicht da, sie würde weit entfernt in einem heiligen Tempel erzogen, hieß es, wo sie alle königlichen Tugenden erlernte. Endlich traf sie ein.

Die kleine Seejungfrau brannte vor Begierde, ihre Schönheit zu sehen, und mußte eingestehen, daß sie eine liebreizendere Gestalt nie erblickt hätte. Ihre Haut war fein und durchsichtig, und hinter den langen, dunklen Augenwimpern lächelten ein Paar schwarzblaue, treue Augen.

»Du bist es!« rief der Prinz freudig, »du, die mich gerettet hat, als ich wie tot am Strande lag!« und er drückte sie als seine errötende Braut in seine Arme. »Oh, ich bin zu glücklich!« sagte er zur kleinen Seejungfrau. »Das Beste, das ich nie zu erlangen glaubte, ist mir erfüllt. Du wirst dich über mein Glück freuen, denn du hast mich am liebsten von allen!« Die kleine Seejungfrau küßte ihm die Hand, und es war ihr jetzt schon, als fühlte sie ihr Herz brechen. Des Prinzen Hochzeitsmorgen sollte ihr ja den Tod geben und sie in Schaum auf dem Meere verwandeln.

Alle Kirchenglocken läuteten, die Herolde ritten in der Stadt umher und verkündeten die Verlobung. Auf allen Altaren brannte duftendes Öl in kostbaren Silberlampen. Die Priester schwangen die Rauchfässer, und Braut und Bräutigam reichten einander die Hand und empfingen den Segen des Bischofs. Die kleine Seejungfrau stand in Seide und Gold und hielt die Schleppe der Braut, aber ihr Ohr hörte nicht die festliche Musik, ihr Auge sah nicht die heilige Handlung, sie gedachte ihrer Todesnacht, dachte an alles, was sie in dieser Welt verloren hatte.

Noch an demselben Abende gingen Braut und Bräutigam an Bord des Schiffes; die Kanonen donnerten, alle Flaggen wehten, und mitten auf dem Schiffe war ein königliches Zelt von Gold und Purpur errichtet und mit den herrlichsten Polsterkissen ausgestattet, wo das Brautpaar in der stillen, kühlen Nacht ruhen sollte.

Der Wind schwellte die Segel, und das Schiff glitt leicht und ohne heftiges Schwanken über die klare See dahin.

Als die Dämmerung hereinbrach, wurden farbige Lampen angezündet, und die Seeleute tanzten lustige Tänze auf dem Verdeck. Die kleine Meerprinzessin erinnerte sich dabei jenes Abends, als sie zum erstenmal aus dem Meere aufgetaucht war und dieselbe Pracht und Freude gesehen hatte, und nun wirbelte sie mit im Tanze, schwebend, wie die Schwalbe schwebt, wenn sie verfolgt wird, und alle jubelten ihr Bewunderung zu, nie hatte sie so herrlich getanzt. Wie scharfe Messer schnitt es in ihre zarten Füße, aber sie fühlte es nicht, schmerzlicher schnitt es ihr noch durch das Herz. Sie wußte, daß es der letzte Abend war, wo sie ihn sah, für den sie Freundschaft und Heimat verlassen, ihre herrliche Stimme dahingegeben und täglich unendliche Schmerzen erlitten hatte, ohne daß er auch nur eine Ahnung davon hatte. Es war die letzte Nacht, wo sie dieselbe Luft wie er einatmete, das tiefe Meer und den sternblauen Himmel sah. Eine ewige Nacht ohne Denken und Träumen wartete ihrer, die keine Seele hatte und nimmer eine gewinnen konnte. Alles war Freude und Lustbarkeit auf dem Schiffe, weit über Mitternacht hinaus; sie lächelte und tanzte mit Todesgedanken in ihrem Herzen. Der Prinz küßte seine schöne Braut, und sie spielte mit seinem schwarzen Haare, und Arm in Arm gingen sie in das prächtige Zelt zur Ruhe.

Es wurde ruhig und still auf dem Schiffe, nur der Steuermann stand am Ruder; die kleine Seejungfrau legte ihre weißen Arme auf den Schiffsrand und schaute gegen Osten nach der Morgenröte aus. Der erste Sonnenstrahl war, wie sie wußte, ihr Todesbote. Da sah sie ihre Schwestern aus dem Meere emporsteigen, sie waren bleich wie sie selber, ihr langes schönes Haar flatterte nicht mehr im Winde, es war abgeschnitten.

»Wir haben es der Hexe gegeben, damit sie Hilfe bringe und du diese Nacht nicht sterben mußt! Sie hat uns ein Messer gegeben, hier ist es! Siehst du, wie scharf es ist? Bevor noch die Sonne aufgeht, mußt du es dem Prinzen in das Herz stoßen, und wenn sein warmes Blut auf deine Füße spritzt, dann wachsen deine Füße zu einem Fischschwanze zusammen und du wirst wieder eine Seejungfrau, kannst in das Wasser zu uns herniedersteigen und deine dreihundert Jahre leben, ehe du der tote salzige Seeschaum wirst. Eile, eile! Er oder du mußt vor Sonnenaufgang sterben. Unsere alte Großmutter trauert, so daß ihr

ihr weißes Haar ausgefallen ist, wie das unsrige vor der Schere der Hexe gefallen. Töte den Prinzen und komm zurück! Beeile dich, siehst du den roten Streifen am Himmel? In wenigen Minuten erhebt sich die Sonne, und du mußt sterben!« Und sie stießen einen eigentümlichen, tiefen Seufzer aus und sanken in die Wogen zurück.

Die kleine Seejungfrau zog den Purpurvorhang vor dem Zelte fort, und sie sah die schöne Braut mit ihrem Haupte an der Brust des Prinzen ruhen, und sie neigte sich hinab, küßte ihn auf seine schöne Stirn, schaute zum Himmel empor, wo die Morgenröte immer glühendere Farben annahm, sah das scharfe Messer an und heftete dann wieder ihre Blicke auf den Prinzen, der im Traum den Namen seiner Braut rief, sie allein lebte in seinen Gedanken und das Messer zitterte in der Hand der kleinen Seejungfrau – – aber dann warf sie es weit hinaus in die Wogen, die, wo es hinfiel, rot aufleuchteten; es sah aus, als spritzten Blutstropfen aus dem Wasser in die Höhe. Noch einmal schaute sie den Prinzen mit halbgebrochenem Blick an, stürzte sich vom Schiff in das Meer hinunter und merkte, wie ihr Körper sich in Schaum auflöste.

Jetzt stieg die Sonne aus dem Meere empor, mild und warm fielen ihre Strahlen auf den todeskalten Meeresschaum und die kleine Meerprinzessin fühlte nichts vom Tode. Sie erblickte die Sonne und dicht über ihr schwebten Hunderte von durchsichtigen, herrlichen Wesen; sie vermochte durch sie hindurch die weißen Segel des Schiffes und die roten Wolken am Himmel wahrzunehmen. Ihre Stimme war wie Sphärenklang, aber so geistig, daß kein menschliches Ohr sie vernehmen, wie auch kein irdisches Auge diese himmlischen Wesen erblicken konnte. Ohne Flügel schwebten sie vermöge ihrer eigenen Leichtigkeit durch die Luft. Die kleine Seejungfrau sah, daß sie einen Körper wie sie hatte, der sich mehr und mehr aus dem Schaume erhob.

»Zu wem komme ich?« fragte sie, und ihre Stimme klang

wie die der anderen Wesen, so geistig, daß keine irdische Musik sie wiedergeben kann.
»Zu den Töchtern der Luft!« antworteten die anderen. »Eine Seejungfrau hat keine unsterbliche Seele, kann sie nie erhalten, wenn es ihr nicht gelingt, eines Menschen Liebe zu gewinnen! Von einer fremden Macht hängt ihr ewiges Dasein ab. Die Töchter der Luft haben auch keine unsterbliche Seele, aber sie können sich selbst eine durch gute Handlungen verschaffen. Wir fliegen nach den warmen Ländern, wo der brodelnde Atem der Pestluft die Menschen tötet; dort fächeln wir Kühlung. Wir breiten den Duft der Blumen durch die Luft aus und senden Erquickung und Genesung. Haben wir dreihundert Jahre lang gestrebt, das Gute zu tun, was wir vermochten, dann empfangen wir eine unsterbliche Seele und nehmen an dem ewigen Glücke der Menschen teil. Du arme Seejungfrau, du hast von ganzem Herzen nach demselben Ziele wie wir gestrebt, hast gelitten und geduldet, hast dich nun zur Welt der Luftgeister erhoben, jetzt kannst du dir selbst nach drei Jahrhunderten eine unsterbliche Seele durch gute Taten schaffen!«
Die kleine Seejungfrau hob ihre lichten Arme zu Gottes Sonne empor, und zum erstenmal fühlte sie Tränen. – Auf dem Schiffe herrschte wieder Lärm und Leben; sie bemerkte, wie der Prinz mit seiner schönen Braut nach ihr suchten, wehmütig hefteten sie ihre Blicke auf den wallenden Schaum, als ob sie wüßten, daß sie sich in die Wogen gestürzt hätte. Unsichtbar küßte sie die Stirn der Braut, lächelte ihn an und stieg mit den anderen Kindern der Luft zu der rosenroten Wolke empor, die in der Luft einherschwamm.
»Nach dreihundert Jahren schweben wir so in Gottes Reich hinüber!«
»Sogar noch früher können wir hineingelangen!« flüsterte einer der Luftgeister. »Unsichtbar schweben wir in die Häuser der Menschen hinein, wo es Kinder gibt, und für

jeden Tag, an dem wir ein gutes Kind finden, das seinen Eltern Freude macht und ihre Liebe verdient, verkürzt uns Gott unsere Prüfungszeit. Das Kind weiß nicht, wann wir durch das Zimmer fliegen, und sobald wir aus Freude über dasselbe lächeln, werden die dreihundert Jahre um eins vermindert, sehen wir aber ein unartiges und böses Kind, so müssen wir Tränen der Trauer weinen, und jede Träne legt unserer Prüfungszeit einen Tag zu!«

Des Kaisers neue Kleider

Vor vielen Jahren lebte einmal ein Kaiser, der so große Stücke auf hübsche neue Kleider hielt, daß er all sein Geld ausgab, um nur immer recht geputzt einherzugehen. Er kümmerte sich nicht um seine Soldaten, kümmerte sich nicht um Theater und Waldpartien, außer wenn es galt, seine neuen Kleider zu zeigen. Für jede Tagesstunde hatte er einen besonderen Rock, und wie man von einem Könige sagt: »Er befindet sich im Rat«, so sagte man hier immer: »Der Kaiser ist im Kleiderzimmer!«

In der großen Stadt, in der er residierte, ging es sehr lustig zu; jeden Tag kamen dort viele Fremde an. Eines Tages erschienen auch zwei Betrüger, die sich für Weber ausgaben und behaupteten, daß sie das schönste Zeug, das man sich denken könnte, zu weben verständen. Nicht allein wären die Farben und das Muster schon ungewöhnlich schön, sondern die Kleider, die man von diesem Zeuge anfertigte, hätten auch die wunderbare Eigenschaft, daß sie jedem Menschen, der für seinen Beruf nicht taugte oder unerlaubt dumm wäre, unsichtbar blieben.

Das wären ja herrliche Kleider! dachte der Kaiser, wenn ich solche Röcke anhätte, könnte ich ja dahinterkommen, welche Männer in meinem Reiche zu dem Amte, das sie bekleiden, nicht taugen; ich könnte die Klugen von den Dummen scheiden! Ja, das Zeug muß gleich für mich gewebt werden! Und er gab den beiden Betrügern ein reiches Handgeld, damit sie ihre Arbeit beginnen möchten.

Sie stellten auch zwei Webstühle auf, stellten sich, als ob sie arbeiteten, hatten aber nicht das geringste auf dem Stuhle. Im Verlangen waren sie jedoch nicht faul; sie begehrten die feinste Seide und das prächtigste Gold. Das steckten sie in die eigene Tasche und arbeiteten an den leeren Webstühlen, und zwar bis tief in die Nacht hinein.

Nun möchte ich doch wohl wissen, wie weit sie mit dem Zeuge sind! dachte der Kaiser, aber es war ihm doch ein wenig bänglich um das Herz bei dem Gedanken, daß derjenige, welcher dumm oder für sein Amt schlecht geeignet wäre, es nicht zu sehen vermöchte. Er glaubte zwar wohl, daß er seinetwegen nicht ängstlich zu sein brauchte, er zog es aber doch vor, erst einen anderen zu senden, um nachzusehen, wie es stände. Alle Leute in der ganzen Stadt wußten, was für eine wunderbare Kraft das Zeug hätte, und waren sehr gespannt zu sehen, wie töricht oder dumm sein Nachbar wäre.

Ich will meinen alten, ehrlichen Minister zu den Webern schicken! dachte der Kaiser, er kann am besten unterscheiden, wie sich das Zeug ausnimmt, denn er hat Verstand, und niemand ist besser als er für sein Amt geeignet!

Nun ging der alte, gutherzige Minister in den Saal hinein, in dem die beiden Betrüger an den leeren Stühlen saßen und arbeiteten. Gott behüte uns! dachte der alte Minister und sperrte die Augen weit auf, ich kann ja gar nichts sehen! Aber das sagte er nicht.

Die beiden Betrüger ersuchten ihn näherzutreten und fragten, ob es nicht ein schönes Muster und prächtige Farben wären. Damit zeigten sie auf den leeren Webstuhl, und der arme Minister wurde nicht müde, die Augen aufzureißen, aber er konnte nichts wahrnehmen, denn es war nichts da. Mein Gott! dachte er, sollte ich dumm sein? Das habe ich nie geglaubt, und das darf kein Mensch erfahren! Sollte ich für mein Amt nicht taugen? Nein, es geht nicht an, daß ich erzähle, ich könne das Zeug nicht sehen!

»Nun, Sie sagen ja nichts dazu!« äußerte der eine am Webstuhle.

»Oh, es ist vortrefflich, ganz allerliebst!« sagte der alte Minister und schaute durch seine Brille, »dieses Muster und diese Farben! Ja, ich werde dem Kaiser berichten, daß es mir außerordentlich gefällt!«

»Nun, das freut uns!« sagten beide Weber, und darauf bezeichneten sie die Farben mit Namen und erläuterten das eigentümliche Muster. Der alte Minister lauschte aufmerksam zu, damit er dasselbe sagen könnte, wenn er zum Kaiser zurückkäme, und so tat er.

Nun verlangten die Betrüger mehr Geld, mehr Seide und Gold, das sie alles noch zum Gewebe brauchten. Sie steckten alles in ihre eigenen Taschen, auf den Webstuhl kam nicht ein Faden, aber sie fuhren wie vorher fort, an den leeren Stühlen zu arbeiten.

Der Kaiser sandte bald wieder einen anderen gutmütigen Beamten hin, um zu revidieren, wie es mit dem Weben ginge, und ob das Zeug bald fertig wäre. Es ging ihm genau wie dem Minister, er guckte und guckte, da aber außer dem leeren Webstuhle nichts da war, konnte er auch nichts sehen.

»Nicht wahr, das ist ein schönes Stück Zeug?« sagten die beiden Betrüger und zeigten und erklärten das schöne Muster, das gar nicht da war.

Dumm bin ich doch eben nicht! dachte der Mann, es ist demnach mein gutes Amt, zu dem ich nicht tauge. Das wäre doch sonderbar, doch darf man es wenigstens nicht merken lassen! So rühmte er denn das Zeug, welches er nicht sah, und versicherte ihnen seine Freude über die

schönen Farben und das vortreffliche Muster. »Ja, es ist ganz allerliebst!« sagte er zum Kaiser.
Alle Leute in der Stadt sprachen nur von dem prächtigen Zeuge.
Nun wollte der Kaiser selbst es sehen, solange es noch auf dem Webstuhle wäre. Mit einer ganzen Schar auserwählter Männer, unter denen sich auch die beiden alten, grundehrlichen Beamten befanden, die vorher dort gewesen waren, begab er sich zu den beiden listigen Betrügern, die nun aus Leibeskräften webten, aber ohne Faser und Faden.
»Ja, ist das nicht wahrhaft kostbar?« sagten die beiden grundehrlichen Beamten. »Geruhen Eure Majestät nur zu bewundern, was für ein Muster, was für Farben!« und dabei wiesen sie auf den leeren Webstuhl, denn sie dachten, die anderen könnten das Zeug doch sehen.
Was ist das! dachte der Kaiser, ich sehe ja gar nichts! Das ist ja entsetzlich! Bin ich dumm? Tauge ich nicht zum Kaiser? Das wäre das Schrecklichste, was mir passieren könnte. »Oh, es ist ganz hübsch!« sagte der Kaiser darauf laut, »es hat meinen allerhöchsten Beifall!« und er nickte zufrieden und betrachtete den leeren Webstuhl; er wollte nicht gestehen, daß er nichts sehen könnte. Das ganze Gefolge, das er mit sich hatte, guckte und guckte, bekam aber nicht mehr heraus als alle die anderen; gleichwohl sprachen sie alle dem Kaiser nach: »Oh, es ist ja ganz hübsch!« und sie rieten ihm, diese neuen Kleider aus diesem herrlichen Stoffe zum erstenmal bei dem feierlichen Aufzuge zu tragen, der bevorstand. »Reizend, herrlich und wundervoll!« ging es von Mund zu Munde, und alle waren innig froh darüber. Der Kaiser verlieh den beiden Betrügern ein Ritterkreuz in das Knopfloch zu hängen und den Titel »Geheime Hofweber«.
Die ganze Nacht vor dem Vormittage, an dem der Aufzug stattfinden sollte, brachten die Betrüger wachend zu und hatten mehr als sechzehn Lichte angezündet. Alle Leute

konnten sehen, wie beschäftigt sie mit der Anfertigung der neuen Kleider des Kaisers waren. Sie stellten sich, als ob sie das Zeug von den Webstühlen nähmen, schnitten mit großen Scheren in der Luft herum, nähten mit Nähnadeln ohne Faden und sagten endlich: »Sieh, nun sind die Kleider fertig!«

Der Kaiser kam mit seinen vornehmsten Hofleuten selbst zu ihnen, und beide Betrüger hoben den einen Arm in die Höhe, als ob sie etwas hielten, und sagten: »Seht, hier sind die Beinkleider! hier ist der Rock! hier der Mantel! und so weiter. Es ist so leicht wie Spinnewebe! Man sollte meinen, man trüge nichts auf dem Körper, aber das ist gerade der Vorzug dabei!«

»Ja!« sagten alle Hofleute, konnten aber nichts sehen, denn es war nichts da.

»Geruhen Eure Kaiserliche Majestät nun allergnädigst Hochdero Kleider abzulegen«, sagten die Betrüger, »dann wollen wir Hochdemselben hier vor dem großen Spiegel die neuen anziehen.«

Der Kaiser legte seine Kleider ab, und die Betrüger taten, als ob sie ihm jedes Stück der neuen Kleider, die angefertigt sein sollten, anzögen; und sie faßten ihn um die Hüften und stellten sich, als ob sie etwas festbänden, das sollte die Schleppe sein, und der Kaiser wandte und drehte sich vor dem Spiegel.

»Wie himmlisch sie kleiden, wie herrlich sie sitzen!« riefen alle. »Welches Muster, welche Farben! Das ist ein kostbarer Anzug!«

»Draußen stehen sie mit dem Thronhimmel, welcher über Eure Majestät im feierlichen Zuge getragen werden soll!« meldete der Oberzeremonienmeister.

»Nun, ich bin in Ordnung!« sagte der Kaiser. »Sitzt es nicht gut?« Und dann wandte er sich noch einmal gegen den Spiegel, denn es sollte so aussehen, als ob er seinen Putz recht betrachtete.

Die Kammerherren, welche die Schleppe tragen sollten,

langten mit den Händen gegen den Fußboden, als wenn sie die Schleppe aufhöben. Sie gingen und hielten die Hände steif vor sich in der Luft; sie durften es sich nicht merken lassen, daß sie nichts sahen.

So ging denn nun der Kaiser bei dem feierlichen Umzuge unter dem prächtigen Thronhimmel, und alle Leute auf den Straßen und in den Fenstern riefen: »O Himmel, wie unvergleichlich sind doch des Kaisers neue Kleider! Welch herrliche Schleppe trägt er am Rocke! Wie vortrefflich sitzt alles!« Niemand wollte sich merken lassen, daß er nichts sähe, denn sonst hätte er ja nicht zu seinem Amte getaugt oder wäre schrecklich dumm gewesen. Keines der kaiserlichen Kleider hatte bisher solches Glück gemacht.

»Aber er hat ja gar nichts an!« rief plötzlich ein kleines Kind. »O Himmel, hört die Stimme der Unschuld!« sagte der Vater; und einer flüsterte dem anderen zu, was das Kind gesagt hatte.

»Er hat gar nichts an, ein kleines Kind ist dort, das behauptet, er habe gar nichts an!«

»Er hat ja gar nichts an!« rief endlich das ganze Volk. Das wurmte den Kaiser, denn es schien ihm selbst, als ob das Volk recht hätte, aber er dachte: »Jetzt hilft nichts als standhaft auszuhalten!« Er nahm eine noch stolzere Haltung an, und die Kammerherren gingen und trugen die Schleppe, die gar nicht da war.

Die Galoschen des Glücks

1. *Ein Anfang*

In einem der Häuser der Oststraße zu Kopenhagen, unweit des Königsneumarktes, war einmal eine große Gesellschaft, wie es der gegenseitige Umgang mit sich bringt. Geschehen mußte es doch einmal, nun war es getan und gewährte die angenehme Aussicht, wieder Einladungen zu erhalten. Die eine Hälfte der Gesellschaft saß bereits an den Spieltischen, und die andere Hälfte wartete darauf, was aus der Aufforderung der Wirtin: »Nun schlagen Sie gefälligst vor, was wir beginnen wollen!« herauskommen würde. So weit war man, und das Gespräch war ziemlich lebhaft. Unter anderem kam auch die Rede auf das Mittelalter. Einige hielten es für ungleich besser als unsere Zeit, ja der Justizrat Knap verteidigte diese Meinung so eifrig, daß die Hausfrau ihm sogleich beistimmte, und beide dann gegen Oersteds Artikel in der Zeitschrift über alte und neue Zeiten, in dem unserem Zeitalter im wesentlichen der Vorrang erteilt wird, heftig zu Felde zogen. Der Justizrat hielt die Zeit des dänischen Königs Hans für die schönste und glücklichste.

Während all diesem Hin- und Herreden, das nur für einen Augenblick durch die Ankunft der Zeitung unterbrochen wurde, die aber auch nichts Lesenswertes enthielt, wollen wir uns einmal im Vorzimmer umsehen, wo die Überzieher, Stöcke, Regenschirme und Überschuhe ihr Unterkommen gefunden hatten. Hier saßen zwei Mädchen, ein junges und ein altes; man konnte glauben, daß sie gekommen waren, ihre Herrschaften, ein oder das andere alte Fräulein oder eine Witwe, abzuholen. Sah man jedoch genauer zu, so merkte man bald, daß sie keine gewöhnlichen Dienstmädchen sein konnten, dazu waren ihre Hände zu zart, ihre Haltung und ganze Bewegung zu königlich und ihre Kleider von zu eigentümlichem Schnitt. Es waren zwei Feen, die jüngste war nicht die Glücksgöttin selbst, aber eins der Kammermädchen ihrer Kammerfrauen, welche die geringern Glücksgaben austeilen; die andere sah unendlich ernst aus, es war die Trauer; sie betreibt ihre Geschäfte immer selbst in höchsteigener Person, dann weiß sie, daß sie wohl ausgeführt werden.

Sie erzählten einander, wo sie diesen Tag gewesen wären; die, welche das Kammermädchen der Kammerfrau der Glücksgöttin war, hatte nur unbedeutende Aufträge ausgeführt; sie hatte, wie sie berichtete, einen neuen Hut gegen einen Regenschauer geschützt, einem ehrlichen Manne einen Gruß von einer vornehmen Null verschafft und mehr dergleichen, was ihr jedoch noch zu tun übrigblieb, war etwas völlig Ungewöhnliches.

»Ich muß dir nur erzählen, daß heute mein Geburtstag ist, und dem zu Ehren sind mir ein Paar Galoschen anvertraut, die ich der Menschheit überbringen soll. Die Galoschen haben die Eigenschaft, daß jeder, der sie trägt, augenblicklich sich an die Stelle oder in die Zeit versetzt sieht, wo er am liebsten sein will. Jeglicher Wunsch in Hinsicht auf Zeit oder Ort wird sofort erfüllt und der Mensch also endlich einmal glücklich hienieden.«

»Magst du das glauben!« sagte die Trauer, »ich nicht, nein, er wird unendlich unglücklich und segnet den Augenblick, wo er von den Galoschen wieder erlöst sein wird!«

»Was für Gedanken!« erwiderte die andere. »Jetzt stelle ich sie hier an die Tür her, einer vergreift sich und wird der Glückliche.«

2. *Wie es dem Justizrat ging*

Es war spät. Der Justizrat Knap, ganz in die Zeit des Königs Hans vertieft, wollte nach Hause aufbrechen, und der Zufall lenkte es so, daß er statt seiner Galoschen die des Glücks erhielt und mit ihnen auf die Oststraße hinaustrat; aber durch die Zauberkraft der Galoschen war er in die Zeit des Königs Hans zurückversetzt, und deshalb fand sein Fuß auf der Straße nichts als Schlamm und Morast, da es in jenen Zeiten noch kein Steinpflaster gab.

»Das ist ja entsetzlich, wie schmutzig es hier ist!« sagte der Justizrat. »Das ganze Trottoir ist wie verschwunden und alle Laternen sind erloschen!«

Der Mond war noch nicht hoch genug gestiegen, ein leichter Nebel hatte sich außerdem niedergesenkt, so daß bei der herrschenden Finsternis wenig zu unterscheiden war. An der nächsten Ecke hing indes eine Laterne vor einem Bilde der heiligen Jungfrau, aber die Beleuchtung war so

gut wie keine, so daß er sie erst bemerkte, als er gerade darunter stand und seine Augen ganz erstaunt auf das gemalte Bild mit der Mutter und dem Kinde fielen.
Hier muß gewiß, dachte er, ein Kunstkabinett zu sehen sein, wo sie vergessen haben, das Schild herabzunehmen!
Ein paar Leute, in der Tracht der damaligen Zeit, gingen an ihm vorüber.
»Wie sahen die denn aus! Sie kommen wohl von einem Maskenball!«
Plötzlich ließ sich Trommelschlag und Pfeifenklang vernehmen, Fackelglanz kam näher und näher. Der Justizrat stutzte und sah nun einen seltsamen Zug vorüberziehen. Voraus marschierte ein ganzer Trupp Trommelschläger, die einen ordentlichen Wirbel zu schlagen verstanden, ihnen folgten Trabanten mit Bogen und Armbrüsten. Der Vornehmste im Zuge war ein hoher Geistlicher. Erstaunt fragte der Justizrat, was dieses zu bedeuten hätte und wer dieser Mann wäre?
»Das ist der Bischof von Seeland!« antwortete man.
»Herrgott, was ist dem Bischof nur in den Sinn gekommen?« seufzte der Justizrat und schüttelte den Kopf. Der Bischof konnte es doch unmöglich sein. In tiefem Grübeln darüber und ohne nach rechts oder links zu sehen, ging der Justizrat durch die Oststraße und über den Hohenbrückenplatz. Die Brücke, die auf den Schloßplatz führt, war nicht zu finden. In schwachen Umrissen zeigte sich ihm nur ein flaches Ufer, und er stieß endlich auf zwei Männer, die in einem Boote saßen.
»Will der Herr nach dem Holm übergesetzt werden?« fragten sie.
»Nach dem Holm hinüber?« erwiderte der Justizrat, der ja nicht wußte, in welchem Zeitalter er seinen abendlichen Spaziergang machte, »ich will nach Christianshafen hinaus in die kleine Torfgasse.«
Die Männer sahen ihn verwundert an.

»Sagt mir nur, wo die Brücke ist!« hob er von neuem an. »Es ist schändlich, daß hier keine Laterne brennt, und dann ist hier ein Kot und Schlamm, als ginge man in einem Sumpfe!«
Je länger er mit den Bootsleuten sprach, desto unverständlicher wurden sie ihm.
»Ich verstehe euer Bornholmisch nicht!« versetzte er endlich ärgerlich und wandte ihnen den Rücken. Die Brücke konnte er nicht finden, ein Geländer war auch nicht da. »Pfui, es ist eine Sünde und Schande, wie es hier aussieht!« sagte er. Nie hatte er sein Zeitalter erbärmlicher gefunden als diesen Abend. Am besten ist, ich nehme mir eine Droschke! dachte er; aber wo mochten die Droschken halten? Keine war zu sehen. Ich muß mich entschließen, bis nach dem Königsneumarkt zurückzugehen, dort werden wohl Wagen halten, sonst komme ich wohl nie nach Christianshafen hinaus!
Nun ging er wieder nach der Oststraße und hatte sie fast schon der Länge nach durchschritten, als der Mond hervorbrach.
»Mein Gott, was ist denn das für ein merkwürdiges Gestell, das man dort aufgerichtet hat!« rief er beim Anblick des Osttores aus, das zu jener Zeit den Platz am Ende der Oststraße einnahm
Endlich entdeckte er doch ein offenes Pförtchen und gelangte durch dasselbe nach unserem Neumarkt, der aber damals noch ein großer Wiesengrund war. Einzelnes Buschwerk ragte hervor und quer durch die Wiese ging ein breiter Kanal oder Strom. Einige elende Holzbuden für holländische Schiffer, nach denen der Ort »Hollandsau« benannt wurde, lagen auf dem jenseitigen Ufer.
»Entweder sehe ich eine wirkliche Fata Morgana, wie man es nennt, oder ich bin betrunken!« jammerte der Justizrat. »Was ist doch das? Was ist doch das?«
Er wandte sich wieder um, in dem festen Glauben, daß er

krank wäre. Während er wieder in die Straße einbog, betrachtete er sich die Häuser genauer, die meisten waren von Fachwerk, und viele hatten nur ein Strohdach.

»Nein, mir ist entsetzlich unwohl!« seufzte er, »und ich trank doch nur ein einziges Glas Punsch; aber ich kann ihn nicht vertragen! Es war auch in der Tat ein sonderbarer Gedanke, uns Punsch und warmen Lachs vorzusetzen. Ich werde es unserer Frau Wirtin auch sagen. Ob ich wohl zurückkehre und erzähle, wie ich mich befinde? Aber das würde doch eingermaßen abgeschmackt aussehen, und wer weiß auch, ob sie noch auf sind!«

Er sah sich jedoch trotzdem nach dem Hause um, konnte es aber nirgends entdecken.

»Es ist doch entsetzlich! Ich kann die Oststraße nicht wiedererkennen! Nicht ein Laden ist da! Alte, elende, baufällige Hütten erblicke ich, als ob ich mich in einer Landstadt befände. Ich bin krank; ich brauche keine Umstände zu machen. Aber wo in aller Welt ist meines Wirtes Haus geblieben? Es ist nicht mehr dasselbe! Aber drinnen sind wenigstens noch Leute wach. Ach, ich bin sicherlich krank!«

Endlich stieß er auf eine angelehnte Tür, wo das Licht durch eine Ritze fiel. Es war eine der in jener Zeit üblichen Herbergen, eine Art Bierhaus. Das Zimmer hatte das Ansehen der holsteinschen Dielen. Ziemlich viel den bessern Ständen angehörige Leute, Seeleute, Kopenhagener Bürger und auch einige Gelehrte saßen in lebhaftem Gespräche bei ihren Krügen und gaben auf den Eintretenden nur wenig acht.

»Verzeihen Sie!« sagte der Justizrat zu der Wirtin, die ihm entgegenkam, »es ist mir plötzlich sehr unwohl geworden. Wollten Sie nicht die Güte haben, mir eine Droschke nach Christianshafen hinaus zu besorgen?«

Die Frau maß ihn vom Kopf bis zu den Füßen und zuckte mit den Achseln. Darauf redete er sie in deutscher Sprache an. Der Justizrat nahm an, daß sie nicht Dänisch verstände

und wiederholte seinen Wunsch deshalb auf deutsch. Dies, sowie seine Kleider bestärkte die Frau darin, daß er ein Ausländer wäre. Daß er sich unwohl befände, merkte sie bald und brachte ihm deshalb einen Krug Wasser, das freilich einen eigentümlichen Beigeschmack, fast wie nach Seewasser, hatte, obgleich es erst draußen aus dem Brunnen geholt worden war.
Der Justizrat stützte den Kopf auf seine Hand, holte tief Atem und grübelte über all das Seltsame um sich her.
»Ist das die heutige Abendzeitung?« fragte er, um doch etwas zu sagen, als er sah, daß die Frau ein großes Stück Papier fortlegte.
Sie verstand nicht, was er meinte, reichte ihm aber das Blatt hinüber. Es war ein Holzschnitt, der eine Lufterscheinung, die sich in der Stadt Köln gezeigt hatte, darstellte.
»Der ist sehr alt!« sagte der Justizrat und gewann seine gute Laune darüber wieder, daß er durch Zufall ein so altes Exemplar entdeckt hatte. »Wie sind Sie nur zu diesem seltenen Blatte gekommen? Es ist sehr interessant, obgleich dasselbe nur eine Fabel ist. Man erklärt dergleichen Lufterscheinungen heutigestags durch Nordlichter, die man gesehen hat; wahrscheinlich entstehen sie durch die Elektrizität.«
Diejenigen, die ihm zunächst saßen und seine Rede gehört hatten, sahen ihn erstaunt an, und einer von ihnen erhob sich, nahm ehrfurchtsvoll den Hut ab und sagte mit der allerernsthaftesten Miene: »Ihr seid gewiß ein höchst gelehrter Mann, mein Herr!«
»O nein!« antwortete der Justizrat, »ich kann nur von dem einen und dem anderen mitreden, was man gerade verstehen muß!«
»Bescheidenheit ist eine schöne Tugend!« sagte der Mann, »übrigens muß ich hinsichtlich Eurer Rede bekennen, daß ich über jenen Punkt anders denke, doch will ich mich mit meinem Urteile nicht vordrängen!«

»Darf ich wohl fragen, mit wem ich das Vergnügen zu reden habe?« fragte der Justizrat.
»Ich bin Bakkalaureus der Heiligen Schrift!« antwortete der Mann.
Diese Antwort genügte dem Justizrat vollkommen, Titel und Tracht entsprachen einander. Es ist vermutlich, dachte er, ein alter Dorfschulmeister, eine ganz besondere Menschenklasse, wie man sie hier und da noch eben in Jütland antreffen kann!
»Hier ist wohl eigentlich nicht der Ort zur Behandlung gelehrter Streitfragen, doch bitte ich, Sie wollen geneigtest das Wort ergreifen. Sie sind in den Alten gewiß sehr bewandert!«
»O allerdings!« antwortete der Justizrat, »ich lese alte, nützliche Schriften sehr gern, aber ich bin auch ein Freund der neueren, nur nicht der ›Alltagsgeschichten‹, von denen wir in der Wirklichkeit gerade genug haben!«
»Alltagsgeschichten?« fragte der Bakkalaureus.
»Ja, ich meine diese vor kurzem erschienenen neuen Romane.«
»Oh«, lächelte der Mann, »es leuchtet doch viel Geist aus ihnen hervor, auch werden sie bei Hofe eifrig gelesen. Der König liebt besonders den Roman von Herrn Tvent und Herrn Gaudian, der vom König Artur und den Helden seiner Tafelrunde handelt. Er hat selbst mit seinen hohen Herren darüber gescherzt!«*
»Ja, den habe ich noch nicht gelesen!« sagte der Justizrat, »es muß ein ganz neuer sein, den Heiberg verlegt hat!«
»O nein«, antwortete der Mann, »er ist nicht bei Heiberg, sondern bei Gottfried von Ghemen erschienen!«

* Holberg erzählt in seiner Reichsgeschichte Dänemarks, daß König Hans eines Tages, als er in dem Romane von König Artur gelesen hatte, zu dem bekannten Otto Nud, den er sehr liebte, scherzweise gesagt hätte: »Herr Tvent und Herr Gaudian sind vortreffliche Ritter gewesen; solche Ritter findet man heutzutage nicht mehr!« worauf Otto Nud versetzte: »Wenn es noch solche Könige gäbe, wie König Artur, dann würden sich auch noch solche Ritter finden, wie Herr Tvent und Herr Gaudian.«

»Also der ist der Verfasser!« sagte der Justizrat, »das ist ein sehr alter Name; er ist ja der erste dänische Buchdrucker!«

»Ja, es ist unser erster Buchdrucker!« sagte der Mann. Bis dahin ging es ganz gut. Nun begann einer der guten Bürgersleute von der furchtbaren Pest zu reden, die vor einigen Jahren gewütet hatte und meinte darunter die im Jahre 1484. Der Justizrat nahm an, es wäre von der Cholera die Rede, und so ging die Unterredung ganz gut. Der Seeräuberkrieg 1490 lag so nahe, daß er berührt werden mußte. Die englischen Seeräuber, hieß es, hätten Schiffe auf der Reede genommen. Der Justizrat, der sich so recht in die Begebenheiten von 1801 hineingelebt hatte, stimmte gegen die Engländer vortrefflich mit ein. Die übrige Unterhaltung ging dagegen nicht so gut, alle Augenblicke verfiel man gegenseitig in den Schulmeisterton; der gute Bakkalaureus war doch gar zu unwissend, und die einfachsten Äußerungen des Justizrats klangen ihm wieder zu gewagt und zu gottlos. Sie maßen einander mit den Blicken, und konnten sie sich gar nicht verständigen, dann sprach der Bakkalaureus Lateinisch, um besser begriffen zu werden, aber es half doch nicht.

»Wie ist Ihnen zumute?« fragte die Wirtin und zupfte den Justizrat am Ärmel. Jetzt kam er wieder zur Besinnung, denn in der Hitze des Gesprächs hatte er alles Vorausgegangene vergessen.

»Herrgott, wo bin ich!« sagte er, und ihm schwindelte, wenn er daran dachte.

»Claret wollen wir trinken! Met und Bremer Bier!« rief jetzt einer der Gäste, »und Ihr müßt mittrinken!«

Zwei Mädchen, von denen die eine eine auffallende Haube trug, traten herein; sie schenkten ein und verneigten sich. Dem Justizrat lief es eiskalt über den Rücken.

»Was ist das doch, was ist das doch!« sagte er, aber er mußte mit ihnen trinken, er mochte wollen oder nicht. Er war ganz verzweifelt, und als einer von ihnen sagte, er

wäre betrunken, zweifelte er durchaus nicht an dem Worte des Mannes. Wenn er sie aber dann bat, ihm doch eine Droschke zu verschaffen, so glaubten sie, er spräche Russisch.

Nie war er in einer so rohen und gemeinen Gesellschaft gewesen; man sollte fast glauben, meinte er, daß das Land ins Heidentum zurückgesunken wäre. »Es ist der schrecklichste Augenblick in meinem Leben!« aber in diesem

Augenblicke kam er auf den Gedanken, sich unter den Tisch hinabzubücken, nach der Tür zu kriechen und so zu entrinnen. Als er sich aber eben schon beim Ausgange befand, merkten die anderen sein Vorhaben, ergriffen ihn bei den Füßen, und zu seinem Glücke gingen dabei die Galoschen ab und – mit diesen die ganze Verzauberung.

Der Justizrat erblickte ganz deutlich vor sich eine brennende Laterne, und hinter dieser ragte ein stattliches Gebäude empor; er erkannte es ebenso wie die Nachbarhäuser; es war die Oststraße, so wie sie jetzt dasteht, er lag mit den Beinen gegen die Haustür, und gerade gegenüber saß der Wächter und schlief.

»Du mein Schöpfer, habe ich hier auf der Straße gelegen und geträumt!« sagte er. »Ja, es ist die Oststraße! Wie köstlich hell und belebt! Es ist doch schrecklich, wie das Glas Punsch auf mich gewirkt haben muß!«

Zwei Minuten später saß er in einer Droschke, die ihn nach Christianshafen hinausfuhr; er dachte an die ausgestandene Angst und Not und pries von Herzen die glückliche Gegenwart, unsere Zeit, die mit allen ihren Mängeln doch weit besser wäre als die, in der er sich vor kurzem befunden hatte, und seht, das war vernünftig vom Justizrat.

3. *Das Abenteuer des Wächters*

»Potztausend, da liegen ja ein Paar Galoschen!« sagte der Wächter. »Die gehören gewiß dem Leutnant, der dort oben wohnt. Sie lagen gerade neben der Haustür!«

Gern hätte der ehrliche Mann die Glocke gezogen und sie ihm eingehändigt, denn es brannte noch Licht, aber er wollte die anderen Leute im Hause nicht wecken, und deshalb unterließ er es.

»Das muß einem recht warm und behaglich vorkommen, ein Paar solcher Dinge anzuhaben. Sie haben so weiches

Leder! Sie passen mir wirklich wie angegossen. Wie närrisch es doch in dieser Welt zugeht! Der da oben könnte sich nun in sein warmes Bett legen, aber ob er es wohl tut! Nein, er rennt auf den Dielen auf und ab. Was ist das doch für ein glücklicher Mensch! Er hat weder Frau noch Schreihälse! Jeden Abend ist er in Gesellschaft. Ach, wäre ich doch an seiner Stelle, dann wäre ich ein glücklicher Mann!«

Indem er den Wunsch aussprach, wirkten die Galoschen, die er inzwischen angezogen hatte; der Wächter ging vollständig in die Person und Denkweise des Leutnants über. Da stand er oben im Zimmer und hielt zwischen den Fingern ein kleines rosenfarbenes Papier, worauf ein Gedicht geschrieben stand, ein Gedicht von dem Herrn Leutnant selbst. Denn wer wäre in seinem Leben nicht schon dichterisch gestimmt gewesen, und schreibt man dann seine Gedanken nieder, so geht's ohne Verse nicht ab. Auf dem Papiere stand geschrieben:

»O wär' ich reich!«

»O wär' ich reich!« so hab ich oft gefleht,
So war als Knabe schon mein heiß Gebet.
O wär' ich reich, dann würd' ich Offizier,
Trüg' Degen, Federhut und Ordenszier.
Die Zeit erschien, ich ward ein Offizier,
Doch Reichtum kehrt' nicht ein. Sei mir, o Vater,
Schutz und Berater!

Jung, frisch und froh saß ich an einem Abend,
An eines jungen Mädchens Kuß mich labend,
Denn ich war reich an Märchenduft und Sang,
Zwar hört' ich leider nie des Goldes Klang,
Doch nur nach Märchen war dem Kinde bang;
An ihnen war ich reich, du weißt's, o Vater,
Du mein Berater!

»O wär' ich reich!« hab inn'ger ich gefleht,
Seit jenes Kind als Jungfrau vor mir steht.
Sie ist so schön, so seelengut, so rein,

O daß ihr Blick wie lichter Sonnenschein,
Das Märchen mir verriete: »Ich bin dein!«
Doch ich bin arm, still drum; du willst's, o Vater,
Du mein Berater!

»O wär' ich reich« an Trost und Herzenruh,
O winkt' Erhörung mir dein Auge zu!
Du, die ich liebe, kennest du mein Herz?
Lies dies Gedicht, der Jugend Lust und Schmerz,
Doch besser ist's, du kennest nicht mein Herz,
Nacht ist's, was vor mir liegt: Tröst sie, o Vater,
Du mein Berater!

Ja, solche Verse schreibt man, wenn man verliebt ist, aber ein besonnener Mann läßt sie nicht drucken. Leutnant, Liebe und Not, das ist ein Dreieck oder ebensogut die Hälfte des zerbrochenen Würfels des Glücks. Das fühlte auch der Leutnant, und deshalb lehnte er das Haupt gegen den Fensterrahmen und seufzte tief auf.

»Der arme Nachtwächter da draußen auf der Straße ist weit glücklicher als ich. Er fühlt nicht, was ich Mangel nenne. Er hat einen geordneten Hausstand, hat Weib und Kinder, die mit ihm weinen, wenn er weint, sich mit ihm freuen, wenn er fröhlich ist. Oh, ich wäre glücklicher als ich bin, könnte ich mich an seine Stelle versetzen, denn er ist glücklicher als ich bin!«

Im selben Augenblicke war der Wächter wieder Wächter, denn durch die Galoschen des Glücks war er Leutnant geworden, aber wie wir sahen, fühlte er sich da noch weit weniger zufrieden und gab seinem eigentlichen Wesen den Vorzug. So war denn der Wächter wieder Wächter.

»Das war ein häßlicher Traum!« sagte er, »aber seltsam genug. Es schien mir, als wäre ich der Leutnant da oben, was mir aber gar kein Vergnügen machte. Mir fehlte meine Frau und die kleinen Schreihälse, die gar nicht müde werden können, mich immer von neuem abzuküssen.«

Er setzte sich wieder und nickte; der Traum wollte ihm nicht aus den Gedanken kommen, die Galoschen hatte er

immer noch an den Füßen. Eine Sternschnuppe zog in glänzendem Streifen den Himmel entlang.
»Dort ging sie hin!« sagte er; »nun es gibt noch genug! Ich hätte wohl Lust, mir die Dinger einmal etwas näher anzusehen, vorzüglich den Mond, denn dann könnte er einem nicht unter den Händen fortkommen. Wenn wir sterben, fliegen wir, wie der Student sagt, dem meine Frau die Wäsche besorgt, von einem Stern zum anderen. Es ist eine Lüge, müßte aber gewiß hübsch sein. Könnte ich nur einen kleinen Satz hinauf machen, dann könnte der Körper meinetwegen auf der Treppe liegenbleiben!«
Seht, man darf nun den Teufel nicht an die Wand malen, aber ganz besondere Vorsicht ist nötig, wenn man die Galoschen des Glücks an den Füßen hat. Hört nur, wie es dem Wächter ging!
Was uns Menschen anlangt, so kennen wir ja fast alle die Geschwindigkeit der Dampfreisen, wir haben sie entweder auf den Eisenbahnen oder auf einem Schiffe über das Meer hin erprobt. Allein dieser Flug ist wie die Wanderung des Faultiers oder der Gang der Schnecke gegen die Geschwindigkeit des Lichtstrahls. Er fliegt neunzehnmillionenmal schneller als der beste Wettrenner, und doch ist die Elektrizität noch schneller. Der Tod ist ein elektrischer Stoß, den wir ins Herz erhalten; auf den Schwingen der Elektrizität erhebt sich die freigewordene Seele. Acht Minuten und einige Sekunden bedarf das Sonnenlicht zu einer Reise von mehr als zwanzig Millionen Meilen; mit der Schnellpost der Elektrizität bedarf die Seele noch weniger Minuten, um denselben Flug auszuführen. Der Raum zwischen den Weltkörpern ist für sie nicht größer als für uns die Entfernung von unseren Freunden in den Häusern derselben Stadt, selbst wenn diese ganz nahe beieinander liegen. Indessen raubt uns dieser elektrische Herzensstoß den Gebrauch des Körpers hienieden, falls wir nicht, wie hier der Wächter, die Galoschen des Glücks anhaben.

In einigen Sekunden hatte der Wächter die 52000 Meilen bis zum Monde zurückgelegt, der, wie bekannt, von einem leichteren Stoffe als unsere Erde geschaffen und weich wie frischgefallener Schnee ist. Er befand sich auf einem der unzählig vielen Ringgebirge, die wir aus Dr. Mädlers großer Mondkarte kennen; denn die kennst du doch? Nach innen zu fiel das Ringgebirge ganz steil ab und bildete einen meilenweiten Kessel. Darin lag eine Stadt von eigentümlichem Aussehen. Denket euch ein Glas Wasser, in welches Eiweiß geschlagen ist. Ebenso weich war die Stadt, und ähnliche Gebilde zeigten sich darin mit Türmen und Kuppeln und segelförmigen Altanen, durchsichtig und in der dünnen Luft schwebend. Unsere Erde schwebte wie eine große feuerrote Kugel über seinem Haupte.

Da gab es gar viele Geschöpfe, und sicherlich alle solche, die wir Menschen nennen, aber sie sahen ganz anders aus als wir. Sie hatten auch eine Sprache, aber niemand kann ja verlangen, daß die Seele des Wächters sie verstehen sollte; gleichwohl konnte sie es.

Die Seele des Wächters verstand sehr wohl die Sprache der Mondbewohner. Sie unterhielten sich über unsere Erde, und bezweifelten, daß sie bewohnt sein könnte, die Luft müßte daselbst viel zu dicht sein, als daß ein vernünftiges Mondgeschöpf darauf leben könnte. Nur den Mond hielten sie für fähig, als Wohnplatz lebendiger Wesen zu dienen; er wäre der eigentliche Weltkörper, wo die alten Weltbürger wohnten.

Aber wir dürfen die Oststraße nicht vergessen und wollen nachsehen, wie es dem Körper des Wächters erging.

Leblos saß derselbe auf der Treppe, der Wächterspieß war seiner Hand entfallen, und seine Augen schauten zum Monde empor, wo sich jetzt gerade seine ehrliche Seele erging.

»Wieviel Uhr ist es, Wächter?« fragte ein Vorübergehender. Aber wer nicht antwortete, war der Wächter; deshalb zupfte ihn derselbe ganz sacht an der Nase; aber nun war es vorbei mit dem Gleichgewichte. Der Körper lag, so lang er war, da; der Mensch war tot. Da überfiel den Zupfenden ein großer Schrecken; der Wächter war tot und tot blieb er. Man machte Meldung davon und besprach den Vorfall, und am Morgen trug man den Körper nach dem Krankenhause hinaus.

Das hätte nun ein schöner Spaß für die Seele werden können, falls sie zurückgekommen und wahrscheinlich ihren Körper in der Oststraße gesucht, aber nicht gefunden hätte. Vermutlich wäre sie nun zuerst auf das Polizeiamt gelaufen und hätte dann in der Abteilung für verlorene Gegenstände nachgefragt, bis sie endlich nach dem Hospitale hinausgelangt wäre. Wir können uns indes damit trösten, daß die Seele am klügsten ist, wenn sie auf eigene Hand verfährt; ihre Torheiten werden nur durch den Körper herbeigeführt.

Wie gesagt, der Körper des Wächters kam nach dem Krankenhause, wurde in das Reinigungszimmer gebracht, und das erste, was man tat, war natürlich, die Galoschen auszuziehen, und nun mußte die Seele zurückkehren. Sie nahm sofort die Richtung nach dem Körper, und im Augenblick kam Leben in den Mann. Er versicherte, es wäre die schrecklichste Nacht seines Lebens gewesen; nicht für viel Geld möchte er noch einmal solche Empfindungen haben. Allein nun sei es ja glücklich überstanden.

Noch den nämlichen Tag durfte er das Krankenhaus verlassen, aber die Galoschen blieben in demselben zurück.

4. *Ein Hauptmoment*

Ein Stück, gut zum Vortragen geeignet.
Eine höchst ungewöhnliche Reise

Ein jeder Kopenhagener weiß, wie der Eingang zum Friedrichs-Hospital in Kopenhagen aussieht, da aber diese Geschichte vermutlich auch einige Nicht-Kopenhagener lesen werden, müssen wir eine kurze Beschreibung davon geben.

Das Hospital ist von der Straße durch ein ziemlich hohes Gitter getrennt, in dem die dicken Eisenstäbe so weit voneinander entfernt stehen, daß, wie ein offenes Geheimnis ist, sich viele dünne Bewohner dieser Anstalt hindurchgedrückt und dann außerhalb ihre kleinen Besuche abgestattet haben. Der Körperteil, der am schwierigsten hindurchzupraktizieren war, blieb der Kopf. Hier, wie oft in der Welt, waren also die kleinen Köpfe die glücklichsten. Dies muß als Einleitung genügend sein.

Einer der jungen Beamten, von dem nur in körperlicher Hinsicht gesagt werden kann, daß er einen dicken Kopf hatte, mußte gerade an diesem Abende die Wache übernehmen. Der Regen goß in Strömen hernieder, aber dieser beiden Hindernisse ungeachtet mußte er hinaus, nur ein Viertelstündchen. Es schien durchaus nicht wert, es erst dem Türschließer anzuvertrauen, sobald man sich durch die Eisenstangen hindurchschmiegen konnte. Dort lagen nun die Galoschen, die der Wächter vergessen hatte. Nicht im geringsten kam es ihm in den Sinn, daß es die des Glücks wären; sie konnten ihm in diesem Wetter vortreffliche Dienste leisten. Er zog sie an. Nun galt es den Versuch, ob er sich würde hindurchdrängen können; er hatte nie zuvor eine Probe gemacht. Da stand er nun.

»Gott gebe, daß ich erst den Kopf hinausgezwängt habe!« sagte er, und sogleich glitt er, obwohl er sehr groß und dick war, leicht und glücklich hindurch, das mußten die

Galoschen verstehen. Aber nun mußte der Körper auch mit hinaus; hier stand er.
»Ach, ich bin zu dick!« sagte er. »Meiner Ansicht nach war der Kopf das Schlimmste! Ich komme nicht hindurch.«
Nun wollte er schnell den Kopf zurückziehen, aber es ging nicht. Den Hals konnte er bequem bewegen, aber das war auch alles. Die erste Empfindung war, daß er ärgerlich wurde, die zweite, daß seine Laune unter Null sank. Die Galoschen des Glücks hatten ihn in diese schreckliche Lage gebracht, und unglücklicherweise kam er nicht auf den Gedanken, sich frei zu wünschen, nein, er handelte, und so kam er nicht von der Stelle. Stromweise stürzte der Regen hernieder, nicht ein einziger Mensch war auf der Straße zu sehen. Die Türklingel konnte er nicht erreichen, wie sollte er sich nun befreien. Er sah voraus, daß er hier bis zur Morgenstunde stehen könnte, dann müßte man erst einen Schmied holen lassen, um die Eisenstäbe zu zerfeilen, aber das ging nicht so schnell, die ganze Knabenschule gerade gegenüber würde auf die Beine kommen, alle Insassen der Anstalt würden sich versammeln, um ihn am Pranger zu sehen, es würde ein unerhörter Auflauf entstehen. »Oh, das Blut steigt mir in den Kopf, um wahnsinnig werden zu können. Ja, ich werde wahnsinnig. Oh, wäre ich doch wieder los, dann ginge es wohl vorüber!«
Seht, das hätte er früher sagen sollen; augenblicklich, sowie der Gedanke ausgesprochen war, hatte er den Kopf frei und stürzte nun hinein, ganz betäubt von dem Schrekken, den ihm die Galoschen des Glücks bereitet hatten.
Denket nicht etwa, daß das Ganze hiermit vorbei war, o nein, es wird noch schlimmer.
Die Nacht verging und auch der folgende Tag, ohne daß Nachfrage nach den Galoschen geschehen wäre.
Des Abends fand eine Vorstellung auf einem bekannten Liebhabertheater statt. Das Haus war bis auf den letzten

Platz besetzt. Unter den Vorträgen befand sich auch ein neues Gedicht, »Die Brille der Tante« betitelt. Schaute man durch dieselbe, so erschienen einem die Menschen wie Kartenblätter, und man konnte aus ihnen die Ereignisse des kommenden Jahres prophezeien.

Das Gedicht wurde vortrefflich hergesagt, und der Deklamator erntete reichlichen Beifall. Unter den Zuschauern befand sich auch unser junger Hospitalbeamter, der sein gestriges nächtliches Abenteuer rein vergessen zu haben schien. Die Galoschen hatte er angezogen, denn sie waren nicht abgeholt worden, und da es auf der Straße sehr schmutzig war, so konnten sie ihm gute Dienste tun.

Das Gedicht gefiel ihm. Er beschäftigte sich lebhaft mit dem Gedanken, welche Vorteile es böte, solche Brille zu besitzen. Vielleicht könnte man, wenn man sie richtig gebrauchte, den Leuten in das Herz hineinschauen. Das, meinte er, wäre noch ungleich fesselnder, als nur zu sehen, was im nächsten Jahre geschehen würde, denn das erführe man doch, das andere dagegen nie. »Ich stelle mir so die ganze Reihe von Herren und Damen auf der ersten Bank vor, wollte man ihnen gerade in die Brust hineinsehen, ja, dann müßte da eine Öffnung, eine Art Laden sein! Bei jener Dame dort würde ich gewiß einen großen Modehandel entdecken, bei dieser nur eine leere Halle, doch wäre eine Reinigung derselben sicherlich gut angewandt! Würden sich denn aber auch gute Läden vorfinden? Ach ja!« seufzte er, »ich kenne einen, in dem ist alles vorzüglich, aber darin herrscht schon ein Ladendiener, das ist allein das Böse im ganzen Laden! Aus dem einen und dem anderen würde man den Ruf vernehmen: Haben Sie die Güte einzutreten! Ja, ich möchte schon eintreten, möchte wie ein niedlicher kleiner Gedanke durch die Herzen hindurchwandern.«

Seht, das genügte für die Galoschen; der ganze junge Beamte schrumpfte zusammen und trat eine höchst ungewöhnliche Reise mitten durch die Herzen der ersten

Zuschauerreihe an. Das erste Herz, das er durchwanderte, gehörte einer Dame an; aber augenblicklich glaubte er in einem orthopädischen Institute zu sein, wie man das Haus nennt, in dem die Ärzte die Menschen von ihren Auswüchsen befreien und sie wieder gerade machen; er glaubte sich in dem Zimmer zu befinden, wo die Gipsabgüsse der verwachsenen Glieder an den Wänden hängen, doch bestand der Unterschied darin, daß sie im Institut beim Eintritt in dasselbe genommen werden, aber hier im Herzen waren sie nach dem Austritt der guten Leutchen abgenommen und aufbewahrt worden. Es waren Abgüsse von Freundinnen, Abgüsse ihrer körperlichen und geistigen Gebrechen, die hier aufbewahrt wurden.

Schnell war er in einem anderen weiblichen Herzen, aber dies erschien ihm wie eine große heilige Kirche. Der Unschuld weiße Taube flatterte über dem Hochaltare. Wie gern wäre er nicht auf die Knie gesunken, aber weiter mußte er, in das nächste Herz hinein, doch hörte er noch die Orgeltöne, und er selbst schien ein neuer, besserer Mensch geworden zu sein, er selbst fühlte sich nicht unwürdig, das nächste Heiligtum zu betreten, das ihm eine dürftige Giebelstube mit einer kranken Mutter zeigte. Aber durch das offene Fenster schien Gottes warme Sonne, prächtige Rosen nickten aus dem kleinen Holzkästchen auf dem Dache, und zwei himmelblaue Vögel sangen von kindlicher Freude, während die kranke Mutter Gottes Segen auf ihre Tochter herabflehte.

Nun kroch er auf Händen und Füßen durch einen überfüllten Schlächterladen, er stieß nur auf Fleisch und immer wieder Fleisch, es war das Herz eines reichen, angesehenen Mannes, dessen Name in jedermanns Munde war.

Nun war er im Herzen seiner Gemahlin, das einen alten, verfallenen Taubenschlag vorstellte. Das Bild des Mannes diente nur als Wetterhahn; dieser stand mit den Türen in Verbindung, und so gingen diese auf und zu, sobald der Mann sich drehte.

Darauf gelangte er in ein Spiegelzimmer, wie manche Schlösser aufzuweisen haben, aber die Spiegel vergrößerten in unglaublichem Maßstabe. Mitten auf dem Fußboden saß, wie ein Dalai-Lama, das unbedeutende Ich der Person, erstaunt seine eigene Größe zu bewundern.
Hierauf bildete er sich ein, in einer engen Nadelbüchse voll spitzer Nadeln zu stecken. Das ist bestimmt das Herz einer alten unverheirateten Jungfer, dachte er unwillkürlich bei sich selbst. Aber das war nicht der Fall, es war im Gegenteile ein ganz junger Soldat mit mehreren Orden, kurzum, wie man zu sagen pflegt: ein Mann von Geist und Herz.
Ganz betäubt kam der junge Beamte aus dem letzten Herzen in der Reihe heraus; er vermochte seine Gedanken nicht zu ordnen, sondern glaubte, daß ihm seine erregte Einbildungskraft einen Streich gespielt hätte.
»Herrgott«, seufzte er, »ich habe bestimmt Anlage, verrückt zu werden! Es ist aber auch unverzeihlich heiß hier drinnen! Das Blut steigt mir zu Kopfe!« Und nun erinnerte er sich der großen Begebenheit des vorhergehenden Abends, wie er seinen Kopf nicht aus dem Eisengitter vor dem Hospitale habe zurückbringen können. »Dabei habe ich es mir gewiß zugezogen!« meinte er. »Ich darf das nicht vernachlässigen. Ein russisches Bad würde mir gut tun. Läge ich nur schon auf dem obersten Brette.«
Und da lag er auf dem obersten Brette im Dampfbade, aber er lag mit allen Kleidern, mit Stiefeln und Galoschen da. Die heißen Wassertropfen träufelten ihm gerade ins Gesicht.
»Hu!« schrie er auf und fuhr hinunter, um ein Sturzbad zu erhalten. Der Aufwärter stieß ebenfalls einen lauten Schrei beim Anblick des angekleideten Menschen aus.
Der junge Beamte gewann indes schnell so viel Fassung, um demselben zuzuflüstern: »Es gilt eine Wette!« Aber das erste, was er nach seiner Heimkunft tat, war, sich ein großes spanisches Fliegenpflaster in den Nacken und eins

auf den Rücken zu legen, damit die Verrücktheit herausziehen könnte.
Am nächsten Morgen hatte er einen blutigen Rücken; das war sein Gewinst von den Galoschen des Glücks.

5. *Die Verwandlung des Schreibers*

Der Wächter, dessen wir uns gewiß noch erinnern werden, gedachte mittlerweile der Galoschen, die er gefunden und mit nach dem Hospitale gebracht hatte. Er holte sie ab, da sich aber weder der Leutnant noch irgendein anderer Bewohner der Straße dazu bekennen wollte, wurden sie auf die Polizei abgeliefert.
»Sie sehen wie meine eigenen Galoschen aus!« sagte einer der Herren Schreiber, während er den Fund betrachtete und sie an die Seite der seinigen stellte. »Dazu gehört mehr als ein Schuhmacherauge, sie zu unterscheiden!«
»Herr Schreiber!« rief ein Diener, der mit einigen Papieren hereintrat.
Der Schreiber wandte sich um, sprach mit dem Manne, und als die Unterredung beendet war und er wieder die Galoschen betrachtete, war er in großer Ungewißheit, ob ihm die zur Linken oder die zur Rechten gehörten.
Es müssen die sein, die naß sind! dachte er; aber er hatte gerade unrichtig gedacht, denn es waren die des Glücks. Aber warum sollte nicht auch die Polizei irren können? Er zog sie an, steckte einige Papiere in die Tasche und nahm andere unter den Arm, die zu Hause durchgelesen und abgeschrieben werden sollten. Allein es war gerade Sonntagvormittag und das Wetter schön. Ein Spaziergang nach Friedrichsberg, dachte er, würde mir gewiß gut tun, und so machte er sich denn auf den Weg.
Niemand konnte stiller und fleißiger als dieser junge Mann sein, und wir wollen ihm deshalb seine Lustpartie von Herzen gönnen; nach dem vielen Sitzen war sie eine

wahre Wohltat für ihn. Anfangs schlenderte er nur gedankenlos einher und deshalb hatten die Galoschen keine Gelegenheit, ihre Zauberkraft zu beweisen.

In dem großen Baumwege, der nach dem Schlosse führte, begegnete er einem Bekannten, einem jungen Dichter, der ihm erzählte, daß er am nächsten Tage seine Sommerreise antreten würde.

»Also soll es schon wieder fortgehen!« sagte der Schreiber, »Sie sind doch ein glücklicher, freier Mensch. Sie können hinausfliegen, wohin Sie wollen, wir anderen haben eine Kette am Fuße!«

»Wohl wahr! Sie sind angekettet, aber an einen Brotbaum!« sagte der Dichter. »Sie brauchen nicht für den morgenden Tag zu sorgen, und werden Sie alt, so erhalten Sie ein reichliches Ruhegeld.«

»Sie haben es doch am besten!« sagte der Schreiber. »Dazusitzen und zu dichten, muß doch ein Vergnügen sein! Die ganze Welt sagt Ihnen Angenehmes, und dann sind Sie Ihr eigener Herr! Sie sollten nur einmal den Versuch machen, im Gericht bei den langweiligen Sachen zu sitzen!«

Der Dichter schüttelte den Kopf, der Schreiber schüttelte auch den Kopf, ein jeder behielt seine Meinung, und darauf trennten sie sich.

»Es ist doch ein eigenes Völkchen, diese Dichter!« sagte der Schreiber. »Ich wünschte wohl, in eine solche Natur mich einmal versetzen zu können und selbst ein Dichter zu werden. Ich bin dessen sicher, daß ich nicht solches Gewinsel von Versen wie die anderen schreiben würde. Heute ist ein rechter Frühlingstag für einen Dichter, die Luft ist so ungewöhnlich klar, die Wolken so schön, und hier ist ein Duft im Grünen, mir ist so wohl und glücklich, wie ich mich seit Jahren nicht gefühlt habe!«

Wir können schon merken, daß er ein Dichter geworden ist; in die Augen fallend war es freilich nicht, denn es wäre eine törichte Vorstellung, sich einen Dichter anders als die gewöhnlichen Menschenkinder zu denken, unter denen sich oft weit dichterischere Naturen befinden mögen, als es selbst manche gefeierte Dichter sind. Der Unterschied besteht nur darin, daß der Dichter ein besseres geistiges Gedächtnis besitzt, er weiß die Ideen und Gefühle festzuhalten, bis sie sich klar und deutlich zum Worte gestaltet haben, und das vermögen die anderen nicht. Aber aus einer Alltagsnatur sich in eine begabte hineinzuversetzen, ist und bleibt ein schwerer Übergang, und den hatte der Schreiber gemacht.

»Der köstliche Duft!« sagte er, »wie lebhaft er mich an die Veilchen der guten Tante erinnert! Ja, damals war ich noch ein kleiner Knabe. Mein Gott, wie lange ich daran nicht gedacht habe! Das gute alte Mädchen, es wohnte dort herum hinter der Börse. Immer hatte die gute Tante eine Pflanze oder ein paar junge Triebe im Wasser, mochte der Winter so streng sein, wie er wollte. Die Veilchen dufteten, während ich die erwärmten Kupferdreier gegen die gefrorne Fensterscheibe hielt und Gucklöcher machte. Sie gewährten einen hübschen Durchblick. Draußen im Kanale lagen die Schiffe eingefroren, verlassen von der ganzen Mannschaft, eine schreiende Krähe bildete die ganze Besatzung. Wenn aber die milden Frühlingslüfte zu wehen begannen, dann regte sich neues Leben. Unter Gesang und Hurraruf zersägte man das Eis, die Schiffe wurden geteert und aufgetakelt und segelten dann nach fremden Ländern. Ich bin hiergeblieben und muß immer dableiben, muß immer in der dumpfen Polizeistube sitzen und mit ansehen, wie sich die anderen Pässe nach dem Auslande nehmen; das ist mein Los. Ach ja!« seufzte er, aber dann stockte er plötzlich. »Mein Gott, was geht denn in mir vor! So habe ich ja früher nie gedacht oder gefühlt! Das muß die Frühlingsluft machen! Es ist beängstigend und doch so angenehm!« Er griff nach seinen Papieren in die Tasche. »Diese werden mich auf andere Gedanken bringen!« sagte er und ließ die Augen über die erste Seite hingleiten. »Frau Sigbrith, Trauerspiel in fünf Akten«, las er. »Was ist denn das? Und das ist ja meine eigene Handschrift! Habe ich denn das Trauerspiel verfaßt? ›Die List auf dem Walle oder Der Buß- und Bettag, ein Lustspiel.‹ – Aber wie bin ich dazu gekommen? Man muß mir es in die Tasche gesteckt haben. Hier ist ja auch ein Brief.« Nun, der war von einem Schauspieldirektor, die Stücke waren verworfen und der Brief durchaus nicht höflich gehalten. »Hm, hm!« sagte der Schreiber und ließ sich auf eine Bank nieder; viele Gedanken stürmten auf ihn ein, sein Herz war weich gestimmt, unwillkürlich pflückte er eine der nächsten Blumen ab. Es war ein einfaches Gänseblümchen; was uns die Naturforscher nur in vielen Vorlesungen sagen können, verkündete es in einer einzigen Minute: es erzählte die Geschichte seiner Geburt, es erzählte von der belebenden Kraft der Sonnenstrahlen, die seine feinen Blätter ausbreiteten und sie zu duften zwangen; da gedachte er der Lebenskämpfe, die ebenfalls die Gefühle in unserer Brust erweckten. Luft und Licht brächten liebkosend die Blume zur Blüte, aber das Licht wäre der Günstling unter diesen Nebenbuhlern, ihm neigte sie sich zu, verschwände es, dann rollte es ihre Blätter zusammen und entschlummerte sanft unter den Umarmungen der Luft. »Es ist das Licht, das mir den Schmuck verleiht!« sagte die Blume; »aber die Luft läßt dich atmen!« flüsterte die Dichterstimme.

Dicht daneben stand ein Knabe und schlug mit seinem Stock in einen sumpfigen Graben, daß die Wassertropfen bis zu den grünen Zweigen hinaufspritzten. Da gedachte der Schreiber der Millionen von unsichtbaren Tierchen, die in jedem Tropfen in eine Höhe geschleudert wurden, die ihnen im Verhältnis zu ihrer Größe wolkenhoch erscheinen mußte. Während der Schreiber sich mit diesen Gedanken trug und über die Veränderung, die mit ihm vorgegangen war, nachdachte, lächelte er: »Ich schlafe und träume; gleichwohl ist es merkwürdig, wie lebhaft man träumen und sich doch dessen bewußt sein kann, daß es nur ein Traum ist! Möchte ich mich nur morgen beim Erwachen seiner noch erinnern. Ich scheine ganz ungewöhnlich aufgelegt zu sein! Alles steht klar und deutlich vor meiner Seele, ich fühle mich so aufgeweckt, und doch bin ich davon überzeugt, daß ich mich morgen meines Traumbildes nur dunkel und verworren entsinnen kann, wie mir das früher schon oft begegnet ist! Es geht einem mit all dem Klugen und Prächtigen, das man im Traume hört und sieht, wie mit dem Golde der unterirdischen Zwerge: wenn man es empfängt, ist es reich und herrlich, besieht man es aber beim Tageslichte, so sind es nur Steine und welke Blätter. Ach«, seufzte er recht wehmütig und betrachtete die zwitschernden Vögel, die munter und lustig von Zweig zu Zweig hüpften. »Die haben es viel besser als ich! Fliegen ist eine herrliche Kunst, und glücklich, wem sie angeboren ist! Ja, vermöchte ich mich in irgend etwas zu verwandeln, dann möchte ich so eine niedliche Lerche sein!«

In demselben Augenblicke breiteten sich seine Rockschöße und Ärmel als Flügel aus, die Kleider wurden zu Federn und die Galoschen zu Krallen. Er bemerkte es sehr wohl und lachte innerlich. »So, nun kann ich wenigstens sehen, daß ich träume, aber so närrisches Zeug ist mir nie zuvor im Traume vorgekommen!« Er flog in die grünen Zweige hinauf und sang, aber seinem Gesange fehlte der hohe Gedankenflug, denn die Dichternatur war fort. Die Galoschen konnten, wie jeder, der seine Sache versteht, nur ein Ding auf einmal verrichten, er wollte Dichter werden und wurde es, jetzt wollte er wieder ein kleiner Vogel sein, aber während er die Natur desselben annahm, hörte die vorige Eigentümlichkeit auf.

»Das ist doch lustig«, sagte er, »am Tage sitze ich auf der Polizei unter den langweiligsten Verhandlungen, und nachts träume ich als Lerche im Friedrichsburger Parke umherzufliegen. Es ließe sich fürwahr ein ganzes Lustspiel darüber schreiben!« Darauf flog er in das Gras hinab, drehte den Kopf nach allen Seiten und pickte mit dem Schnabel nach den schwankenden Grashalmen, die ihm im Verhältnis zu seiner gegenwärtigen Größe so hoch wie die Palmenzweige Nordafrikas vorkamen.

Das währte nur einen kurzen Augenblick, und dann wurde es plötzlich kohlschwarze Nacht um ihn her. Ein seinem Dünken nach ungeheurer Gegenstand wurde über ihn geworfen, es war eine große Mütze, die ein Knabe aus der Nachbarschaft über ihn geworfen hatte. Eine Hand faßte darunter und ergriff den Schreiber am Rücken und den Flügeln, so daß er piepte. Im ersten Schrecken rief er laut: »Du unverschämter Bengel! Ich bin Polizeibeamter!« Allein dem Knaben klang es nur wie piepiepiep! Er schlug den Vogel auf den Schnabel und wanderte weiter.

Auf dem Rückwege traf er mit zwei Schulkameraden aus einer höheren Klasse zusammen, die ihm den Vogel für wenige Groschen abkauften. Auf diese Weise kam der Schreiber nach Kopenhagen zu einer Familie in der Gotenstraße.

»Es ist gut, daß ich träume!« sagte der Schreiber, »sonst würde ich jetzt wirklich böse werden! Erst war ich ein Dichter, jetzt wieder eine Lerche. Nur durch meine dichterische Begabung kann meine Verwandlung in dies Tierchen vor sich gegangen sein. Es ist doch ein elend jämmerlich Ding, zumal wenn man einigen Jungen in die Hände fällt. Ich bin doch neugierig, wie das ablaufen wird!«

Die Knaben trugen ihn in ein sehr reich ausgestattetes Zimmer. Eine dicke, lächelnde Frau empfing sie, war aber gar nicht zufrieden damit, daß sie den einfachen Feldvogel, wie sie die Lerche nannte, mit hereinbrachten. Für heute wollte sie es jedoch erlauben, und sie mußten ihn in einen leeren Vogelbauer, der am Fenster stand, setzen. »Darüber wird Papchen vielleicht seine Freude haben!« fügte sie hinzu und schaute lächelnd zu einem großen, grünen Papagei hinüber, der sich in seinem prächtigen Messingbauer vornehm in dem Ringe schaukelte. »Heut ist Papchens Geburtstag!« sagte sie scherzend, »deshalb will ihm der kleine Feldvogel Glück wünschen!«

Papchen antwortete nicht ein einziges Wort, sondern schaukelte sich nur vornehm hin und her, dagegen begann ein hübscher Kanarienvogel, der im letzten Sommer aus seinem warmen, duftenden Vaterlande herübergebracht worden war, laut zu schlagen.

»Schreihals!« sagte die Frau und warf ein weißes Taschentuch über den Käfig.

»Piep, piep!« seufzte er, »das muß ein schreckliches Schneewetter sein!« und mit diesem Seufzer verstummte er.

Der Schreiber, oder, wie die Frau sagte, der Feldvogel, kam in einen kleinen Käfig dicht neben dem Kanarienvogel, unweit des Papageies. Die einzige Redensart, welche Papchen plaudern konnte, und die oft recht drollig herauskam, war: »Nein, laßt uns nun Menschen sein!« Sein übriges Geschrei war ebenso unverständlich wie das Gezwitscher des Kanarienvogels, nur nicht für den Schreiber, der jetzt selbst ein Vogel war und seine Kameraden sehr gut verstand.

»Ich flog unter der grünen Palme und dem blühenden Mandelbaume!« sang der Kanarienvogel. »Ich flog mit meinen Brüdern und Schwestern hin über die prächtigen Blumen und den spiegelhellen See, wo sich die Pflanzen auf dem Grunde wiegten. Ich sah auch viele herrliche Papageien, welche die lustigsten Geschichten erzählten, so lange und so viele!«

»Das waren wilde Vögel«, versetzte der Papagei, »ihnen fehlte Bildung. Nein, laßt uns Menschen sein. – Weshalb lachst du nicht? Wenn unsere Herrin und alle Fremde darüber lachen können, so kannst du es auch. Es ist ein großer Mangel, wenn einem der Sinn für das Lustige fehlt. Nein, laßt uns nun Menschen sein!«

»Oh, gedenkst du noch der schönen Mädchen, die unter dem ausgespannten Zelte neben den blühenden Bäumen tanzten? Gedenkst du noch der süßen Früchte und des kühlenden Saftes in den wild wachsenden Kräutern?«
»O ja!« sagte der Papagei, »aber hier habe ich es weit besser! Ich habe mein gutes Essen und vortreffliche Behandlung; ich weiß, ich bin ein guter Kopf, und mehr verlange ich nicht. Laßt uns nun Menschen sein! Du bist eine Dichterseele, wie sie es nennen, ich habe gründliche Kenntnisse und Witz, dir fehlt es nicht an Geist, aber an Besonnenheit, versteigst dich bis zu den höchsten Naturlauten, und deshalb bedecken sie dich. Das wagt man nicht mir zu bieten, o nein, denn ich habe ihnen etwas mehr gekostet. Ich flöße ihnen mit meinem Schnabel Achtung und Rückhaltung ein und kann einen Witz reißen. Nein, laßt uns nun Menschen sein!«
»O mein warmes, blühendes Vaterland!« sang der Kanarienvogel. »Singen will ich von deinen dunkelgrünen Bäumen, von deinen stillen Meeresbuchten, wo die Zweige den klaren Wasserspiegel küssen, singen von dem Jubel aller meiner schimmernden Brüder und Schwestern, wo ›der Wüsten Pflanzenquellen‹* wachsen!«
»Höre doch nur endlich mit deinen Klagetönen auf!« sagte der Papagei. »Sage etwas, worüber man lachen kann! Gelächter ist das Kennzeichen des höchsten geistigen Standpunktes. Sage selbst, ob ein Hund oder ein Pferd lachen kann. Nein, weinen können sie, aber lachen, das ist allein dem Menschen gegeben.« Ho, ho, ho! lachte Papchen und fügte seinen Witz hinzu: »Laßt uns nun Menschen sein!«
»Du kleiner, grauer einheimischer Vogel!« sagte der Kanarienvogel, »du bist also auch ein Gefangener geworden! In deinen Wäldern ist es sicher kalt, aber dort

* Kaktus.

wohnt die Freiheit; fliege hinaus! Man hat deinen Bauer zu schließen vergessen; das oberste Fenster steht offen. Fliege, fliege!«
Und das tat der Schreiber, husch war er aus dem Bauer. In demselben Augenblicke knarrte die angelehnte Tür, die in das Nebenzimmer führte, und geschmeidig, mit grünen funkelnden Augen schlich sich die Hauskatze herein und machte auf ihn Jagd. Der Kanarienvogel flatterte im Bauer, der Papagei schlug mit den Flügeln und rief: »Laßt uns nun Menschen sein!« Der Schreiber fühlte den tödlichsten Schreck und flog zum Fenster hinaus, über Häuser und Straßen; endlich mußte er ein wenig ausruhen. Das gegenüberliegende Haus hatte etwas Heimisches für

ihn, ein Fenster stand offen, er flog hinein – es war sein eigenes Zimmer; er setzte sich auf den Tisch.
»Laßt uns nun Menschen sein!« sprach er gedankenlos dem Papagei nach, und in demselben Augenblick war er wieder der Schreiber, saß aber auf dem Tische.
»Behüte Gott!« sagte er, »wie bin ich hier herauf gekommen und dann in Schlaf gefallen? Das war ein unruhiger Traum, den ich hatte. Nichts als dummes Zeug war die ganze Geschichte!«

6. *Das Beste, was die Galoschen brachten*

Früh am folgenden Tage klopfte es, als der Schreiber noch im Bette lag, an seine Tür. Es war ein Nachbar in demselben Stockwerk, ein Student der Theologie, der hereintrat.
»Leihe mir deine Galoschen!« sagte er, »es ist im Garten sehr naß, dabei scheint aber die Sonne so herrlich, daß ich unten eine Pfeife rauchen möchte.«
Er zog die Galoschen an und war bald unten im Garten, der einen Pflaumen- und einen Birnbaum enthielt. Selbst so ein kleines Gärtchen, wie dieses, gilt in Kopenhagen für eine große Herrlichkeit.
Der Student spazierte im Gange auf und nieder; die Uhr war erst sechs; draußen von der Straße tönte ein Posthorn herüber.
»O reisen, reisen!« sprach er endlich laut; »das ist doch das Glücklichste, was die Welt bieten kann, das ist das höchste Ziel meiner Wünsche! Da würde sich die Unruhe legen, die ich in mir fühle. Aber weit fort müßte es sein! Ich möchte die herrliche Schweiz sehen, Italien durchreisen und . . .«
Ja, gut war es, daß die Galoschen im Augenblicke wirkten, sonst wäre er sowohl für sich als auch für andere doch gar zu weit umhergekommen. Er reiste. Er war mitten in

der Schweiz, allein er war mit acht anderen in das Innere einer Postkutsche eingepackt; er hatte Kopfweh, fühlte sich im Nacken ganz steif, und das Blut war ihm in die Füße gesunken, die angeschwollen waren und ihm in den zu engen Stiefeln heftig schmerzten. Er befand sich in einem halbwachen Zustande. In seiner rechten Tasche trug er das Papiergeld, in seiner linken steckte sein Paß, und in einem Lederbeutelchen auf der Brust hatte er etliche festgenähte Goldstücke. In jedem Traume hatte er die beängstigende Vorstellung, daß eines oder das andere dieser Kostbarkeiten verloren wäre, und deshalb fuhr er alle Augenblicke fieberartig in die Höhe, und die erste Bewegung, die seine Hand machte, war ein Dreieck von der Rechten zur Linken und gegen die Brust hinauf, um zu fühlen, ob er seine Sachen noch hätte oder nicht. Regenschirme, Stöcke und Hüte schaukelten im Netze oben an der Wagendecke und benahmen die Aussicht, die wahrhaft entzückend war, fast ganz. Trotzdem gelang es ihm hin und wieder, einige verstohlene Blicke danach zu werfen, und in seinem Herzen regten sich dichterische Gedanken.

Groß, ernst und finster war die ganze Natur ringsumher. Wie Heidekraut erschienen die Tannenwälder auf den hohen Felsen, deren Gipfel sich im Wolkenschleier verloren. Jetzt begann es zu schneien; ein schneidender Wind erhob sich.

»Ach!« seufzte er, »wären wir doch schon auf der anderen Seite der Alpen, dann herrschte Sommer um uns, und ich könnte meine Wertpapiere umsetzen. Die Angst, die ich um ihretwillen ausstehe, bewirkt, daß ich die Schweiz nicht zu genießen vermag. Oh, möchte ich doch erst auf der anderen Seite sein!«

Und da war er auf der anderen Seite, mitten im Herzen Italiens war er, zwischen Florenz und Rom. Der Trasimenische See lag in Abendbeleuchtung, wie flammendes Gold, zwischen den dunkelblauen Bergen. Hier, wo

Hannibal den Flaminius schlug, reichten nun die Weinranken einander friedlich ihre grünen Finger. Anmutige, halbnackte Kinder hüteten eine Schar kohlschwarzer Schweine unter einer Gruppe duftender Lorbeerbäume am Wege. Verständen wir nur dies Gemälde in voller Farbenpracht wiederzugeben, alle würden dann jubeln: »Herrliches Italien!« Aber das sagte weder der Theologe noch ein einziger seiner Reisegefährten im Wagen des Vetturinos.

Myriadenweise schwärmten giftige Fliegen und Mücken zu ihnen hinein, vergebens schlugen sie mit einem Myrtenzweige um sich, die Fliegen stachen nach wie vor. Alle schauten sich mit durch die Bisse aufgeschwollenen und blutigen Gesichtern an. Die armen Pferde konnte man fast nicht wiedererkennen, klumpenweise saßen die Fliegen auf denselben, und nur für einen Augenblick half es, daß der Kutscher abstieg und die Tiere abschabte. Jetzt ging die Sonne unter, eine kurze, aber eisige Kälte ging durch die Natur, es war nichts weniger als behaglich; aber ringsumher nahmen die Berge einen herrlichen grünen Ton an, so klar, so schimmernd – – ja, geh nur selbst hin und schau es dir an, das ist besser, als die Beschreibung davon zu lesen! Es war ein Anblick ohnegleichen, aber – der Magen war leer, der Körper müde, alle Sehnsucht des Herzens drehte sich nur um ein Nachtquartier, aber, aber – was stand davon wieder zu erwarten? Man schaute weit sehnlicher danach aus als nach der schönen Natur.

Der Weg führte durch einen Olivenwald, es war fast, als führe man in der Heimat zwischen knorrigen Weiden, und hier lag das einsame Wirtshaus. Ein halb Dutzend bettelnder Krüppel hielt die Tür desselben belagert. Der gesundeste derselben sah aus, »wie des Hungers ältester Sohn, der das Alter seiner Mündigkeit erreicht hat«, die anderen waren entweder blind, hatten vertrocknete Beine und krochen auf den Händen, oder ihre Arme waren abgezehrt und ihre Hände verstümmelt. Da schaute das

Elend ungeschminkt aus seinen Lumpen hervor. »Erbarmen, gnädige Herren, Erbarmen!« seufzten sie und zeigten auf ihre kranken Glieder. Die Wirtin selbst mit bloßen Füßen, ungekämmtem Haar und nur mit einem schmutzigen Kittel bekleidet, empfing die Gäste. Die Türen waren mit Bindfaden zusammengebunden; den Fußboden in den Zimmern stellte ein halbaufgerissenes Pflaster von Ziegelsteinen vor. Fledermäuse flogen unter der Decke hin, und der Geruch in den Stuben – – –

»Deckt nur lieber unten im Stalle!« sagte einer der Reisenden, »da weiß man wenigstens, was man einatmet!«

Die Fenster wurden geöffnet, um etwas frische Luft hineinzulassen, aber schneller als diese drangen die vertrockneten Arme und das ewige Gejammer: »Erbarmen, gnädige Herren!« in die Zimmer. Auf den Wänden standen viele Inschriften, von denen die Hälfte gegen das schöne Italien gerichtet war.

Das Essen wurde aufgetragen. Es gab Wassersuppe, mit Pfeffer und ranzigem Öl gewürzt. Auch der Salat hatte einen reichlichen Teil desselben Öles erhalten. Faule Eier und gebratene Hahnenkämme waren die Hauptgerichte. Selbst der Wein mußte seinen Beigeschmack haben, es war eine richtige Arznei.

Zur Nacht wurden die Koffer gegen die Tür aufgestellt; einer der Reisenden hatte die Wache, während die anderen schliefen. Der Theologe war der Wachthabende. Oh, wie stickig war es nicht hier drinnen. Die Hitze drückte nieder, die Mücken summten und stachen, die Krüppel draußen jammerten sogar noch im Schlaf.

»Ja, Reisen wäre schon gut!« seufzte der Student, »hätte man nur keinen Körper! Könnte dieser ruhen und der Geist dagegen fliegen. Überall, wohin ich komme, findet sich ein Mangel, der das Herz bedrückt. Nach etwas Besserem als dem Augenblicklichen steht mein Begehr; ja nach etwas Besserem, nach dem Besten – aber wo und was ist es? Ich weiß im Grunde wohl, was ich will, ich will zu einem glücklichen Ziele, dem glücklichsten von allen!«

Und wie das Wort ausgesprochen war, sah er sich in die Heimat versetzt; die langen, weißen Vorhänge hingen vor dem Fenster herab und mitten auf dem Fußboden stand der schwarze Sarg. In diesem lag er in seinem stillen Todesschlafe, sein Wunsch war erfüllt, der Körper ruhte, der Geist reiste. »Niemand ist vor seinem Tode glücklich zu preisen«, war Solons Sprichwort, und hier wurde es bekräftigt.

Jede Leiche ist die Sphinx der Unsterblichkeit, auch die Sphinx hier vor uns in dem schwarzen Sarge gibt uns Antwort auf das, was der Lebende zwei Tage vorher niedergeschrieben hatte:

Du starker Tod, nur Graun ist dein Begleiter!
Durch Gräber führt nur deine finstre Spur!
Nimmst du dem Geist auch seine Jakobsleiter?
Soll ich wie Gras vergehn auf deiner Spur?

Oft sieht die Welt nicht unsre größte Angst!
Du, der hienieden keinen Freund bekommen,
Viel leichter als die Not, vor der du bangst,
Wird dir die Erde, die dich aufgenommen!

Zwei Gestalten bewegten sich im Zimmer; wir kennen sie beide: es war die Fee der Trauer und die Botin des Glücks; sie beugten sich über den Toten hin.

»Siehst du«, sagte die Trauer, »was für ein Glück brachten deine Galoschen wohl der Menschheit?«

»Sie brachten wenigstens dem, der hier schläft, ein bleibendes Gut!« versetzte die Freude.

»O nein«, sagte die Trauer; »selbst ging er fort, er wurde nicht abberufen! Seiner geistigen Kraft wurde hier nicht Stärke genug gegeben, um die Schätze zu heben, die er seiner Bestimmung nach heben muß. Ich will ihm eine Wohltat erzeigen!«

Und damit zog sie ihm die Galoschen von den Füßen; da war der Todesschlaf zu Ende und der Wiederbelebte richtete sich empor. Die Trauer verschwand, aber zugleich auch die Galoschen; sie hat sie gewiß als ihr Eigentum betrachtet.

Das Gänseblümchen

Nun merke auf!
Draußen auf dem Lande, hart am Wege, lag ein Landhaus; du hast es sicher selbst schon einmal gesehen! Vor demselben befindet sich ein Blumengärtchen mit schön angestrichenem Gitter. Dicht daneben wuchs auf einem Grabenrande, inmitten des üppigsten grünen Grases ein Gänseblümchen. Die Sonne schien auf dasselbe ebenso warm und schön wie auf die großen, reichen Prachtblumen drinnen im Garten, und deshalb wuchs es zusehends. Eines Morgens stand es mit seinen glänzend weißen Blättchen, die wie Strahlen rings um die inwendige gelbe Sonne sitzen, völlig entfaltet da. Es fiel ihm gar nicht ein, daß kein Mensch es im Grase dort bemerkte und daß es ein armes, verachtetes Blümchen wäre; o nein, es war ganz froh, wandte sich der warmen Sonne gerade entgegen, schaute zu ihr empor und lauschte auf die Lerche, die in den Lüften sang.
Das Gänseblümchen fühlte sich so glücklich, als ob es ein hoher Festtag wäre, und doch war es ein Montag; alle Kinder waren in der Schule. Während diese auf ihren Bänken saßen und lernten, saß jenes auf seinem kleinen, grünen Stengel und lernte gleichfalls von der warmen Sonne und von allem ringsumher, wie gütig Gott wäre, und es kam ihm ganz in der Ordnung vor, daß die kleine Lerche

alles, was sie im stillen fühlte, so klar und schön sang. Das Gänseblümchen sah mit einer Art Ehrfurcht zu dem glücklichen Vogel empor, der singen und fliegen konnte, und war selbst gar nicht betrübt, daß es selbst dies nicht vermochte. Ich sehe und höre ja! dachte es, die Sonne bescheint mich und der Wind küsset mich! Oh, wie reich bin ich doch begabt worden!

Innerhalb des Staketenzaunes standen viele steife, vornehme Blumen; je weniger Duft sie hatten, desto stolzer erhoben sie ihr Haupt. Die Sonnenrosen blähten sich, um größer als die Rosen zu erscheinen, aber auf die äußere Größe kommt es wenig an. Die Tulpen hatten die allerschönsten Farben, und das wußten sie auch und richteten sich kerzengerade auf, um sich bemerkbarer zu machen. Das eben erst aufgeblühte Gänseblümchen übersahen sie ganz, desto mehr aber beobachtete dieses sie und dachte: Wie reich und schön sie sind! Ja, zu ihnen fliegt gewiß der prächtige Vogel hernieder und besucht sie. Gottlob, daß ich so nahe dabeistehe, so kann ich doch die Herrlichkeit zu sehen bekommen. Und gerade während sie das überlegte, »Quirrevit!« da kam die Lerche geflogen, aber nicht zu den Sonnenrosen und Tulpen hernieder, nein, hernieder in das Gras zu dem armen Gänseblümchen, das aus lauter Freude so erschrak, daß es gar nicht wußte, was es denken sollte.

Der kleine Vogel tanzte rings um dasselbe her und sang: »Wie weich doch das Gras ist! Sieh, welch allerliebstes Blümchen mit Gold im Herzen und Silber auf dem Kleide!« Das gelbe Pünktchen in der Gänseblume leuchtete auch wie Gold und die kleinen Blätter ringsumher blinkten silberhell.

Wie glücklich das Gänseblümchen war, nein, das übersteigt jede Vorstellung. Der Vogel küßte es mit seinem Schnabel, sang vor ihm und erhob sich dann wieder in die blaue Luft. Es währte ganz gut eine Viertelstunde, ehe sich das Blümchen wieder erholen konnte. Halb verschämt und doch innig froh, sah es sich nach den Blumen drinnen im Garten um. Sie hatten ja die Ehre und Glückseligkeit, die ihm widerfahren war, mit angesehen, sie mußten ja begreifen, welche Freude das war. Aber die Tulpen richteten sich noch einmal so steif empor wie vorher und waren im Gesicht ganz spitz und rot, denn sie hatten sich geärgert. Die Sonnenrosen waren ganz dickköpfig. Hu! es war gut, daß sie nicht reden konnten, sonst würden sie dem Gänseblümchen ordentlich die Wahrheit gesagt haben. Das arme Blümchen konnte wohl sehen, daß ihnen die gute Laune vergangen war, und das tat ihm aufrichtig leid. Zu gleicher Zeit trat ein Mädchen in den Garten mit einem scharfen, weithin blitzenden Messer. Es schritt durch die Tulpen hindurch und schnitt eine nach der anderen ab. »Ach!« seufzte das Gänseblümchen, »das war ja erschrecklich, nun ist es mit ihnen vorbei!« Dann ging das Mädchen mit den Tulpen fort; das Gänseblümchen war froh darüber, daß es draußen im Grase stand und nur ein armes Blümchen war. Es fühlte sich so recht dankbar, und als die Sonne unterging, faltete es seine Blätter, entschlief und träumte die ganze Nacht von der Sonne und dem kleinen Vogel.

Als am Morgen die Blume wieder alle ihre weißen Blätter wie kleine Ärmchen der Luft entgegenstreckte, erkannte sie des Vogels Stimme, aber was er sang, war gar traurig. Ja, die arme Lerche hatte guten Grund dazu, denn sie war gefangen worden und saß jetzt in einem Käfige dicht neben dem offenen Fenster. Sie sang von der Herrlichkeit, frei und glücklich umherfliegen zu können, sang von der jungen, grünen Saat auf dem Felde und von der schönen Reise, die sie auf ihren Schwingen hoch hinauf in die Luft machen konnte. Der arme Vogel war nicht guter Laune, gefangen saß er da im Bauer.

Das Gänseblümchen wünschte so gern zu helfen, allein wie sollte dasselbe es anfangen? Ja, es war schwer, das Richtige zu finden. Es vergaß ganz und gar, wie schön alles ringsumher stand, wie warm die Sonne schien und wie herrlich seine eigenen Blättchen erglänzten. Ach, es vermochte nur an den gefangenen Vogel zu denken, für den es gar nichts tun konnte.

In diesem Augenblicke kamen zwei kleine Knaben aus dem Garten, der eine von ihnen hatte ein Messer in der Hand, groß und scharf wie dasjenige, mit dem das Mädchen die Tulpen abgeschnitten hatte. Sie gingen gerade auf das Gänseblümchen los, das gar nicht begreifen konnte, was sie vorhatten.

»Hier können wir für die Lerche ein herrliches Rasenstück ausschneiden!« sagte der eine Knabe und begann in einem Vierecke um das Gänseblümchen tief hineinzuschneiden, so daß dasselbe mitten in dem Rasenstück zu stehen kam.

»Reiße die Blume ab!« sagte der andere Knabe, und das Gänseblümchen schauderte ordentlich vor Angst, denn abgerissen zu werden, hieße ja das Leben verlieren, und gerade jetzt wünschte es erst recht zu leben, da es mit dem Rasenstücke zu der gefangenen Lerche in den Käfig kommen sollte.

»Nein, laß sie sitzen!« sagte der andere Knabe, »sie putzt so niedlich!« Und so blieb das Gänseblümchen sitzen und kam mit zu der Lerche in den Käfig hinein.

Aber der arme Vogel klagte laut über seine verlorene Freiheit und schlug mit den Flügeln gegen das Drahtgeflecht des Vogelbauers. Das Gänseblümchen konnte nicht reden, konnte nicht ein einziges tröstendes Wort sagen, so gern es auch wollte. Auf diese Weise verging der ganze Vormittag.

»Hier ist kein Wasser!« sagte die gefangene Lerche. »Sie sind alle ausgegangen und haben vergessen, mir einen Tropfen Wasser hinzusetzen. Meine Kehle ist trocken und brennend heiß. Bald glühe ich vor Hitze, bald zittere ich vor Frost, und die Luft ist so schwer! Ach, ich muß sterben, muß mich trennen von dem warmen Sonnenscheine, von dem frischen Grün, von all der Herrlichkeit, die Gott geschaffen hat!« Und dann bohrte sie ihren kleinen Schnabel in das kühle Rasenstück, um sich daran ein wenig zu erfrischen. Da fielen ihre Augen auf das Gänseblümchen, und der Vogel nickte ihm zu, küßte es mit seinem Schnabel und sagte: »Auch du mußt hier drinnen verwelken, du armes Blümchen! Dich und das grüne Grasfleckchen hat man mir für die ganze Welt, die ich draußen hatte, gegeben! Jeder kleine Grashalm soll mir ein grüner Baum, jedes deiner weißen Blätter eine duftende Blume sein! Ach, ihr erzählt mir nur, wie viel ich verloren habe!«

Wer ihn doch trösten könnte! dachte das Gänseblümchen, konnte aber kein Blatt bewegen; allein der Duft, den die feinen Blätter aushauchten, war weit stärker, als er sich sonst bei dieser Blume vorfindet. Das entging auch dem Vogel nicht, und obwohl er vor Durst verschmachtete und in seiner Angst die grünen Grashalme abriß, rührte er die Blume gar nicht an.

Es wurde Abend, und noch erschien niemand und brachte dem armen Vogel einen Tropfen Wasser. Da breitete er seine schönen Flügel aus, zuckte noch einmal krampfhaft zusammen, sein Gesang war ein wehmütiges Piep, Piep, das Köpfchen neigte sich gegen die Blume und sein Herz brach vor Mangel und Sehnsucht. Da konnte auch die Blume nicht wie am Abend vorher ihre Blätter zusammenfalten und einschlafen. Krank und traurig hing sie auf die Erde nieder.

Erst am nächsten Morgen kamen die Knaben und weinten, als sie den Vogel tot sahen, weinten viele Tränen und gruben ihm ein niedliches Grab, das mit Blumenblättern ausgeschmückt wurde. Des Vogels Leiche wurde in eine rote, schöne Schachtel gelegt, königlich sollte er begraben werden, der arme Vogel! Als er lebte und sang, vergaßen sie ihn, ließen ihn im Bauer sitzen und Not leiden, jetzt

wurde für ihn großer Aufwand getrieben, und reichliche Tränen wurden ihm nachgeweint.
Aber das Rasenstück mit dem Gänseblümchen wurde hinaus in den Staub der Landstraße geworfen. Niemand gedachte der Blume, die doch am meisten für den Vogel gefühlt hatte und ihn so gern trösten wollte.

Der standhafte Zinnsoldat

Es waren einmal fünfundzwanzig Zinnsoldaten, die alle Brüder waren, da man sie aus einem und demselben alten Zinnlöffel gegossen hatte. Das Gewehr hielten sie im Arm, das Gesicht vorwärts gegen den Feind gerichtet; rot und blau, kurzum, herrlich war die Uniform. Das allererste, was sie in dieser Welt hörten, nachdem der Deckel von der Schachtel, in der sie lagen, abgenommen wurde, war das Wort: »Zinnsoldaten!« Das rief ein kleiner Knabe und klatschte vor Wonne in die Hände. Er hatte sie zu seinem Geburtstage bekommen und stellte sie nun auf den Tisch in Schlachtordnung auf. Der eine Soldat glich dem anderen auf das genaueste, nur ein einziger war etwas verschieden: er hatte nur ein Bein, denn da er zuletzt gegossen worden, hatte das Zinn nicht mehr ausgereicht; doch stand er auf seinem einen Beine ebenso fest wie die anderen auf ihren beiden, und gerade er sollte sich durch sein denkwürdiges Schicksal besonders auszeichnen.
Auf dem Tische, wo sie aufgestellt wurden, stand noch viel anderes Spielzeug; aber dasjenige, das am meisten Aufmerksamkeit auf sich zog, war ein hübsches Schloß von Papier. Durch die kleinen Fenster konnte man inwendig in die Säle hineinschauen. Vor demselben standen kleine Bäume, ringsum ein Stück Spiegelglas, das einen

See vorstellen sollte. Schwäne von Wachs schwammen auf demselben und spiegelten sich darin. Das war wohl alles niedlich, aber das niedlichste blieb doch ein kleines Mädchen, das mitten in dem offenen Schloßportale stand. Es war ebenfalls aus Papier ausgeschnitten, hatte aber ein seidenes Kleid an und ein kleines, schmales, blaues Band über den Schultern; mitten auf diesem saß ein funkelnder Stern, so groß wie ihr ganzes Gesicht. Das kleine Mädchen streckte ihre beiden Arme anmutig in die Höhe, denn sie war eine Tänzerin, und dann erhob sie das eine Bein so hoch, daß es der Zinnsoldat gar nicht entdecken konnte und dachte, daß sie, wie er, nur ein Bein hätte.
Die paßte für mich als Frau! dachte er, aber sie ist zu vornehm für mich, sie wohnt in einem Schlosse, und ich habe nur eine Schachtel, die ich mit vierundzwanzig teilen muß, das ist keine Wohnung für sie. Doch will ich zusehen, ob ich ihre Bekanntschaft machen kann! Dann legte er sich der Länge nach hinter eine Schnupftabaksdose, die auf dem Tische stand. Von hier konnte er die kleine feine Dame, die nicht müde wurde, auf einem Bein zu stehen, ohne das Gleichgewicht zu verlieren, genau beobachten.
Als es Abend wurde, legte man die übrigen Zinnsoldaten in ihre Schachtel und die Leute im Hause gingen zu Bette. Nun begann das Spielzeug zu spielen, bald »Heut kommt Besuch«, bald »Räuber und Stadtsoldaten« oder »Versteck«. Die Zinnsoldaten rasselten in ihrer Schachtel, weil sie gerne mit dabei gewesen wären, sie vermochten aber den Deckel nicht aufzuheben. Der Nußknacker schlug Purzelbäume und der Griffel fuhr lustig über die Tafel hin. Es entstand ein Lärm, daß der Kanarienvogel aufwachte und seinen Gesang mit hineinschmetterte, aber nur in Versen. Die beiden einzigen, die sich nicht von der Stelle bewegten, waren der Zinnsoldat und die kleine Tänzerin. Sie stand kerzengerade auf der Zehenspitze und hatte beide Arme erhoben; er war auf seinem einen Beine

ebenso standhaft, nicht einen Augenblick wandte er seine Augen von ihr ab.
Jetzt schlug es Mitternacht und klatsch! sprang der Deckel von der Schnupftabaksdose, aber nicht etwa Schnupftabak war darin, nein, sondern ein kleiner schwarzer Kobold; das war ein Kunststück.
»Zinnsoldat!« sagte der Kobold, »du wirst dir noch die Augen aussehen!«
Aber der Zinnsoldat tat, als ob er es nicht hörte.
»Ja, warte nur bis morgen!« sagte der Kobold.
Als es nun Morgen ward und die Kinder aufstanden, wurde der Zinnsoldat in das offene Fenster gestellt, und war es nun der Kobold oder ein Zugwind, gleichviel, plötzlich flog das Fenster auf, und der Soldat fiel aus dem dritten Stockwerke häuptlings hinunter. Das war ein schrecklicher Sturz, er streckte sein eines Bein gerade in die Luft und blieb auf dem Helme, das Bajonett nach unten, zwischen den Pflastersteinen stecken.
Die Dienstmagd und der kleine Knabe liefen sogleich hinunter, um ihn zu suchen; aber obgleich sie beinahe auf ihn getreten hätten, konnten sie ihn doch nicht erblicken. Hätte der Zinnsoldat gerufen: »Hier bin ich!« so würden sie ihn gewiß gefunden haben, da er aber in Uniform war, hielt er es nicht für passend, so laut zu schreien.
Nun begann es zu regnen; Tropfen folgte auf Tropfen, bis es ein tüchtiger Platzregen wurde; als er vorüber war, kamen zwei Straßenjungen dorthin.
»Sieh, sieh!« sagte der eine, »da liegt ein Zinnsoldat, der muß hinaus und segeln!«
Nun machten sie ein Boot aus Zeitungspapier, setzten den Zinnsoldaten mitten hinein und ließen ihn den Rinnstein hinuntersegeln. Beide Knaben liefen nebenher und klatschten in die Hände. Hilf Himmel, was für Wellen erhoben sich in dem Rinnstein und welch reißender Strom war da! Ja, es mußte der Regen stromweise herniedergerauscht sein. Das Papierboot schwankte auf und nieder und bis-

weilen drehte es sich im Kreise, daß den Zinnsoldaten ein Schauer überlief. Trotzdem blieb er standhaft, verfärbte sich nicht, sah nur vorwärts und behielt das Gewehr im Arm.

Plötzlich trieb das Boot unter eine lange Rinnsteinbrücke; hier herrschte eine gleiche Finsternis wie in seiner Schachtel.

Wo mag ich jetzt nur hinkommen? dachte er. Ja, ja, das ist des Kobolds Schuld! Ach, säße doch das kleine Mädchen hier im Boote, dann könnte es getrost noch einmal so finster sein!

In diesem Augenblicke erschien eine große Wasserratte, die unter der Rinnsteinbrücke ihre Wohnung hatte.

»Hast du einen Paß?« fragte die Ratte. »Her mit dem Passe!«

Aber der Zinnsoldat schwieg still und hielt sein Gewehr nur noch fester. Das Boot fuhr weiter und die Ratte hinterher. Hu! wie sie mit den Zähnen knirschte und den Spänen und dem Stroh zurief: »Haltet ihn auf, haltet ihn auf! Er hat keinen Zoll bezahlt, er hat seinen Paß nicht vorgezeigt!«

Aber die Strömung wurde stärker und stärker; der Zinnsoldat konnte, schon ehe er das Ende des Brettes erreichte, den hellen Tag erblicken, aber er hörte zugleich einen brausenden Ton, der auch eines tapferen Mannes Herzen erschrecken konnte. Denkt euch, der Rinnstein stürzte am Ende der Brücke gerade in einen großen Kanal hinab, was ihm gleiche Gefahr bringen mußte als uns, einen großen Wasserfall hinunterzusegeln.

Er war jetzt schon so nahe dabei, daß er nicht mehr anzuhalten vermochte. Das Boot fuhr hinab, der arme Zinnsoldat hielt sich, so gut es gehen wollte, aufrecht. Niemand sollte ihm nachsagen können, daß er auch nur mit den Augen geblinkt hätte. Das Boot drehte sich drei-, viermal um sich selbst und füllte sich dabei bis zum Rande mit Wasser, es mußte sinken. Der Zinnsoldat stand bis

zum Halse im Wasser, und tiefer und tiefer sank das Boot. Mehr und mehr löste sich das Papier auf; jetzt ging das Wasser schon über des Soldaten Haupt – da dachte er an die kleine, niedliche Tänzerin, die er nie mehr erblicken sollte; und es klang vor des Zinnsoldaten Ohren:

»Morgenrot, Morgenrot,
Leuchtest mir zum frühen Tod!«

Nun zerriß das Papier, und der Zinnsoldat fiel hindurch, wurde aber in demselben Augenblicke von einem großen Fische verschlungen.

Nein, wie finster war es da drinnen; da war es noch schlimmer als unter der Rinnsteinbrücke und vor allen Dingen sogar eng. Gleichwohl war der Zinnsoldat standhaft und lag, so lang er war, mit dem Gewehre im Arme.

Der Fisch fuhr umher und machte die entsetzlichsten Bewegungen; endlich wurde es ganz still, und wie ein Blitzstrahl fuhr es durch ihn hin. Dann drang ein heller Lichtglanz hinein und jemand rief laut: »Der Zinnsoldat!« Der Fisch war gefangen worden, auf den Markt gebracht, verkauft und in die Küche hinaufgekommen, wo ihn die Magd mit einem großen Messer aufschnitt. Sie faßte den Soldaten mitten um den Leib und trug ihn in die Stube hinein, wo sämtliche einen so merkwürdigen Mann sehen wollten, der im Magen eines Fisches umhergereist war; der Zinnsoldat war jedoch darauf gar nicht stolz. Man stellte ihn auf den Tisch und da – nein, wie wunderlich kann es doch in der Welt zugehen, befand sich der Zinnsoldat in der nämlichen Stube, in der er vorher gewesen war, er sah die nämlichen Kinder und das nämliche Spielzeug stand auf dem Tische: das herrliche Schloß mit der niedlichen kleinen Tänzerin. Sie hielt sich immer noch auf dem einen Beine und hatte das andere hoch in der Luft, sie war ebenfalls standhaft. Das rührte den Zinnsoldaten so, daß er beinahe Zinn geweint hätte, aber das schickte sich

nicht. Er sah sie und sie sah ihn an, aber sie sagten einander nichts.
Plötzlich ergriff der eine der kleinen Knaben den Zinnsoldaten und warf ihn gerade in den Ofen, obwohl er gar keinen Grund dazu hatte. Sicherlich trug der Kobold in der Dose die Schuld daran.
Der Zinnsoldat stand ganz beleuchtet da und fühlte eine erschreckliche Hitze, ob sie aber die Folge des wirklichen Feuers oder seiner übergroßen Liebesglut war, das konnte er nicht unterscheiden. Alle Farbe war von ihm gewichen; ob dies auf der Reise geschehen oder ob es von seinem tiefen Grame herrührte, wußte niemand zu sagen. Er sah das kleine Mädchen an und dies sah ihn an. Er fühlte, daß er schmölze, aber noch stand er standhaft mit dem Gewehre im Arm. Da ging eine Tür auf, der Wind ergriff die Tänzerin, und sie flog wie eine Sylphide ebenfalls gerade in den Kachelofen zum Zinnsoldaten hin, loderte in hellen Flammen auf und war verschwunden. Da schmolz der Zinnsoldat zu einem Klumpen zusammen, und als die Magd am nächsten Tage die Asche herausnahm, fand sie ihn als ein kleines Zinnherz. Von der Tänzerin war dagegen nur der Stern übrig und der war kohlschwarz gebrannt.

Die wilden Schwäne

In weiter Ferne von hier, da, wohin die Schwalben, ehe unser Winter eintritt, fliegen, wohnte ein König, der elf Söhne und eine Tochter, Elise, hatte. Die elf Brüder, Prinzen waren sie natürlich, gingen mit dem Stern auf der Brust und dem Säbel an der Seite in die Schule. Sie schrieben auf goldene Tafeln mit Diamantgriffeln und lasen und lernten gleichgut auswendig; man konnte es ihnen sogleich anhören, daß sie Prinzen waren. Ihre Schwester Elise saß auf einem Stühlchen von Spiegelglas und hatte ein Bilderbuch, welches das halbe Königreich gekostet hatte.

Oh, die Kinder hatten es gar gut, aber so sollte es leider nicht immer bleiben!

Ihr Vater, der König über das ganze Land war, verheiratete sich mit einer bösen Königin, welche die armen Kinder gar nicht liebhatte. Schon den ersten Tag konnten sie es ganz deutlich merken. Im Schlosse war ein großes Fest, und da spielten die Kinder: »Es kommt Besuch«; aber während sie sonst alle Kuchen und Bratäpfel, die nur irgend aufzutreiben waren, erhielten, gab sie ihnen nur Sand in einer Tasse und sagte, sie könnten ja so tun, als ob es etwas wäre.

In der folgenden Woche übergab sie die kleine Elise einer Bauernfamilie auf dem Lande, und es dauerte nicht lange, bis sie dem Könige so viel über die armen Prinzen in den Kopf gesetzt hatte, daß er sich nun gar nicht mehr um sie kümmerte.

»Fliegt hinaus in die Welt und sorgt für euch selber!« sagte die böse Königin; »fliegt als große Vögel, ohne Stimme.« Aber so schlimm, wie sie beabsichtigte, konnte sie es doch nicht ausführen: sie verwandelten sich in elf herrliche, wilde Schwäne. Mit einem seltsamen Schrei flogen sie zu den Schloßfenstern hinaus über den Park und den Wald hinweg.

Es war noch ganz früh, als sie an jenem Bauernhause, in dem ihre Schwester gerade im Bette lag und schlief, vorbeikamen. Hier schwebten sie über dem Dache, drehten ihre langen Hälse hin und her und schlugen mit den Flügeln, aber niemand sah oder hörte es. Sie mußten wieder weiter, hoch zu den Wolken empor, fort in die weite Welt, wo sie bis zu einem großen finstern Wald flogen, der sich bis an den Meeresstrand erstreckte.

Die arme kleine Elise stand in der Bauernstube und spielte

mit einem grünen Blatte, denn anderes Spielzeug hatte sie nicht. Sie stach ein Loch in das Blatt, schaute durch dasselbe zur Sonne hinauf, und dann war es ihr gerade, als wenn sie die hellen Augen ihrer Brüder erblickte, und so oft die warmen Sonnenstrahlen auf ihre Wangen schienen, gedachte sie aller ihrer Küsse.

Ein Tag verlief wie der andere. Wehte der Wind durch die großen Rosenhecken draußen vor dem Hause, dann flüsterte er den Rosen zu: »Wer kann schöner sein als ihr?« aber die Rosen schüttelten den Kopf und sagten: »Elise ist es!« Und saß am Sonntage die alte Hausmutter vor der Tür und las in ihrem Gesangbuch, dann schlug der Wind die Blätter um und sagte zu dem Buche: »Wer ist frömmer als du?« – »Elise ist es!« sagte das Gesangbuch, und es war die reine Wahrheit, was die Rosen und das Gesangbuch sagten.

Als sie fünfzehn Jahre alt war, sollte sie nach Hause zurückkehren. Kaum hatte aber die Königin ihre überraschende Schönheit gesehen, als das Herz derselben von Zorn und Haß gegen sie erfüllt wurde. Gern hätte sie auch ihre Stieftochter, wie die Brüder derselben, in einen wilden Schwan verwandelt, doch durfte sie es nicht sogleich wagen, da ja der König seine Tochter sehen wollte.

Früh des Morgens ging die Königin in das Bad, das von Marmor erbaut und mit weichen Kissen und den schönsten Decken ausgestattet war, nahm drei Kröten, küßte sie und sagte zu der einen: »Setze dich, wenn Elise in das Bad kommt, auf ihren Kopf, damit sie träge wird wie du!« – »Setze dich auf ihre Stirn!« sagte sie zu der anderen, »damit sie häßlich wird wie du, damit sie ihr Vater nicht erkennt!« – »Ruhe an ihrem Herzen!« flüsterte sie der dritten zu, »laß sie einen bösen Sinn bekommen, damit sie dadurch Pein erleidet!« Darauf setzte sie die Kröten in das klare Wasser, das sofort eine grünliche Farbe annahm, rief Elise, entkleidete sie und ließ sie in das Wasser hinuntersteigen. Während dieselbe nun untertauchte, setzte sich ihr die eine Kröte in das Haar, die andere auf die Stirn und die dritte auf den Busen, Elise schien es aber gar nicht zu bemerken. Als sie sich wieder emporrichtete, schwammen drei rote Mohnblumen auf dem Wasser. Wären die Tiere nicht giftig gewesen und hätten sie nicht von der Hexe einen Kuß erhalten, so wären sie in rote Rosen verwandelt worden, Blumen aber wurden sie trotzdem, weil sie auf ihrem Haupte und an ihrem Herzen geruht hatten. Sie war zu fromm und unschuldig, als daß die Zauberkunst Gewalt über sie zu gewinnen vermochte.

Als das die böse Königin sah, rieb sie Elise mit Walnußsaft ein, so daß sie ganz dunkelbraun wurde, bestrich ihr schönes Gesicht mit einer stinkenden Salbe und ließ das schöne Haar sich verwirren. Es war unmöglich, die hübsche Elise wiederzuerkennen.

Als ihr Vater sie in diesem Zustande erblickte, erschrak er deshalb sehr und erklärte, das wäre seine Tochter nicht. Niemand wollte sie, außer dem Kettenhunde und den Schwalben, wiedererkennen, das waren aber arme Tiere und hatten nichts mitzusprechen.

Da weinte die arme Elise und gedachte ihrer elf Brüder, die alle verschwunden waren. Betrübt schlich sie sich aus dem Schlosse hinaus und ging den ganzen Tag über Feld und Sumpf bis in den großen Wald hinein. Sie wußte zwar nicht, wohin sie wollte, aber in ihrer Betrübnis sehnte sie sich nach ihren Brüdern, die gewiß, ebenso wie sie, in die Welt hinausgejagt waren. Diese wollte sie suchen und hoffte sie auch zu finden.

Nur kurze Zeit war sie im Walde gewesen, als die Nacht hereinbrach. Sie war vollständig vom Wege abgekommen. Da legte sie sich denn auf das weiche Moos, betete ihr Abendgebet und lehnte ihr Köpfchen gegen einen Baumstumpf. Dort war es so still, die Luft war so mild, und ringsumher im Grase und auf dem Moose funkelten wie in grünlichem Feuer mehr als hundert Leuchtkäferchen. Als sie einen Zweig leise mit der Hand berührte, fielen die leuchtenden Insekten wie Sternschnuppen zu ihr hernieder.

Die ganze Nacht träumte sie von ihren Brüdern; sie spielten wieder als Kinder, schrieben mit Diamantgriffeln auf goldene Tafeln und besahen sich das schöne Bilderbuch, welches das halbe Reich gekostet hatte. Aber auf die Tafeln schrieben sie nicht, wie sonst, nur Nullen und Striche, sondern die kühnen Taten, die sie ausgeführt, alles, was sie erlebt und gesehen hatten. Im Bilderbuche war alles lebendig, die Vögel sangen und die Menschen traten förmlich aus dem Buche hervor und sprachen mit Elisen und ihren Brüdern, wenn sie aber umblätterte, sprangen sie sogleich wieder hinein, damit keine Verwirrung unter die Bilder käme.

Als sie erwachte, stand die Sonne schon hoch. Allerdings konnte sie dieselbe nicht sehen, denn die hohen Bäume breiteten ihre Zweige dicht und fest aus, aber die Strahlen spielten dort oben wie ein wehender Goldflor. Ein köstlicher Duft entströmte dem Grünen, und die Vögel waren so zutraulich, daß sie sich Elisen fast auf die Schultern setzten. Sie hörte das Wasser plätschern, das kam aus vielen, reichen Quellen, die alle in einen Teich mündeten, in dem der herrlichste Sandboden war. Zwar wuchs hier dichtes Gebüsch ringsherum, doch hatten an einer Stelle die Hirsche eine große Öffnung gebildet, und nach dieser Richtung hin ging Elise zum Wasser. Es war so klar, daß sie, wenn der Wind nicht die Zweige und Büsche bewegt hätte, fast hätte glauben können, sie wären auf den Boden gemalt, so deutlich spiegelte sich jedes Blatt darin ab.

Als sie ihr eigenes Angesicht erblickte, erschrak sie auf das heftigste, so braun und häßlich war es. Kaum aber hatte sie ihr kleines Händchen naß gemacht und sich Augen und Stirn damit gerieben, so schien auch die weiße Haut wieder hervor. Da legte sie alle ihre Kleider ab und stieg in das frische Wasser. Ein schöneres Königskind als sie fand sich nirgends in dieser Welt.

Als sie sich wieder angekleidet und ihr langes Haar geflochten hatte, ging sie zu der sprudelnden Quelle, trank aus ihrer hohlen Hand und wanderte tiefer in den Wald hinein, ohne selbst zu wissen wohin. Sie dachte an ihre Brüder, dachte an den lieben Gott, der sie gewiß nicht verlassen würde. Und er, der die wilden Waldfrüchte wachsen ließ, zeigte auch ihr einen Baum, dessen Zweige sich unter ihren Früchten beugten. Dort hielt sie ihr Mittagsmahl, stützte die beladenen Zweige und ging dann in den dunkelsten Teil des Waldes hinein. Dort war es so still, daß sie ihre eigenen Fußtritte hörte und jedes welke Blatt, das sich unter ihren Füßen bog. Nicht ein Vogel war dort zu sehen, nicht ein Sonnenstrahl konnte durch die großen, dichten Baumzweige hindurchdringen. Die hohen Stämme standen so dicht nebeneinander, daß es ihr, wenn sie geradeaus sah, vorkam, als umschlösse sie ein einziges dichtes Balkengitter. Oh, hier war eine Einsamkeit, wie sie sie nie zuvor gekannt hatte.

Die Nacht wurde gar finster. Nicht ein einziges Leuchtkäferchen funkelte aus dem Moose hervor; betrübt legte sie sich zum Schlafe nieder. Da schien es ihr, als beugten sich die Baumzweige über ihr zur Seite und der liebe Gott sähe mit milden Augen auf sie hernieder und kleine Engel guckten über seinem Haupte und unter seinen Armen hervor.

Als sie am anderen Morgen erwachte, wußte sie nicht, ob sie es nur geträumt hätte oder ob es Wirklichkeit gewesen wäre.

Sie war erst wenige Schritte gegangen, als sie einer alten Frau, die Beeren in ihrem Korbe trug, begegnete. Die Alte schenkte ihr einige derselben. Elise fragte, ob sie nicht elf Prinzen hätte durch den Wald reiten sehen.

»Nein«, sagte die Alte, »aber gestern sah ich elf Schwäne mit goldenen Kronen auf dem Kopfe den Bach hinabschwimmen.«

Sie führte Elisen eine Strecke weiter bis zu einem Abhange, an dessen Fuße ein Bach vorüberrauschte. Die Bäume an seinen Ufern hatten ihre blätterreichen Wipfel miteinander verschlungen, und wo sie infolge ihres natürlichen Wuchses nicht zusammenreichen konnten, da hatten sie ihre Wurzeln aus dem Erdboden losgerissen und hingen, in den Zweigen miteinander verflochten, über das Wasser hinaus.

Elise sagte der Alten Lebewohl und ging dann den Bach bis zu seiner Mündung entlang.

Das ganze herrliche Meer lag nun vor dem jungen Mädchen ausgebreitet da. Aber nicht ein Segel zeigte sich darauf, nicht ein Boot war zu sehen, auf dem sie hätte weitergelangen können. Sie betrachtete die unzähligen kleinen Steine am Strande; das Wasser hatte sie alle rundgeschliffen. Glas, Eisen, Steine, alles, was hier herangespült war, hatte die Gestalt des Wassers angenommen, das doch weit weicher war als ihre feine Hand. »Unermüdlich rollt es und rollt es und so ebnet sich das Harte; ich will ebenso unermüdlich sein! Dank für eure Lehre, ihr klaren, rollenden Wogen! Einmal, das sagt mir mein Herz, werdet ihr mich zu meinen Brüdern tragen!«

Auf dem angespülten Seegrase lagen elf weiße Schwanenfedern; sie sammelte sie zu einem Strauß. Wassertropfen lagen auf ihnen, ob es Tau war oder Tränen, konnte niemand sehen. Einsam war es dort am Strande, aber sie fühlte es nicht, denn das Meer bot eine ewige Abwechslung dar, ja binnen wenigen Stunden mehr, als die süßen Binnenseen in einem ganzen Jahre aufzuweisen vermögen. Kam da eine große, schwarze Wolke, so war es, als wollte die See sagen: »Ich kann auch finster aussehen!« und erhob sich dann der Wind, so kräuselten sich die Wellen und zeigten sich in einem Kleide von Schaum. Erglühten aber die Wolken rot und legte sich der Wind, dann erschien das Meer wie ein Rosenblatt; bald war es grün, bald weiß, wie still es aber ruhen mochte, zeigte sich doch am Strande eine leise Bewegung; das Wasser hob sich schwach, wie die Brust eines schlafenden Kindes.

Als die Sonne eben untergehen wollte, gewahrte Elise elf wilde Schwäne mit goldenen Kronen auf dem Kopfe, die dem Lande zuflogen; einer schwebte hinter dem anderen, es sah wie ein langes, weißes Band aus. Da stieg Elise den Abhang hinauf und versteckte sich hinter einem Busch. Die Schwäne ließen sich unmittelbar in ihrer Nähe nieder und schlugen mit ihren großen, weißen Flügeln.

Als die Sonne unter das Wasser tauchte, sanken plötzlich die Schwanenhüllen, und elf herrliche Prinzen, Elisens Brüder, standen da. Sie stieß einen lauten Schrei aus, denn hatten sie sich auch sehr verändert, so wußte sie doch, daß sie es waren, fühlte, daß sie es sein mußten; und sie sprang in ihre Arme, rief sie bei Namen, und sie wurden unendlich glücklich, als sie ihr Schwesterchen, das jetzt so groß und schön war, sahen und erkannten. Sie lachten und weinten und hatten sich bald darüber verständigt, wie böse ihre Stiefmutter gegen sie alle gehandelt hätte.

»Wir Brüder«, sagte der älteste, »fliegen als wilde Schwäne, solange die Sonne am Himmel steht; ist sie untergegangen, erhalten wir unsere menschliche Gestalt wieder. Unsere Hauptsorge muß es deshalb sein, beim Sonnenuntergang festen Grund und Boden unter unseren Füßen zu haben, denn fliegen wir dann noch zwischen den Wolken, müssen wir, als Menschen, in die Tiefe hinabstürzen. Hier wohnen wir nicht; es liegt ein ebenso schönes Land als dieses am jenseitigen Meeresufer; der Weg dahin ist weit, wir müssen über das große Meer, und keine Insel liegt auf unserem Wege, auf der wir übernachten könnten; nur eine einsame kleine Klippe ragt inmitten desselben hervor. Sie ist gerade groß genug, daß wir Seite an Seite dicht nebeneinander ruhen können. Ist die See bewegt, so spritzt das Wasser hoch über uns; aber trotzdem danken wir Gott für dieselbe. Dort übernachten wir in unserer Menschengestalt; ohne sie könnten wir unser teures Vaterland nie wiedersehen, denn zwei der längsten Tage des Jahres gebrauchen wir zu unserem Fluge. Nur einmal jährlich ist es uns vergönnt, unsere väterliche Heimat zu besuchen. Elf Tage dürfen wir hier weilen, über diesen großen Wald hinfliegen, von wo wir das Schloß erblicken können, wo wir geboren sind und wo unser Vater wohnt, dürfen sehen den hohen Turm der Kirche, in der unsere Mutter begraben liegt. Hier scheinen uns Bäume und Büsche mit uns verwandt zu sein, hier jagen die wilden Pferde über die weiten Steppen hin, wie wir es in unserer Kindheit sahen; hier singt der Kohlenbrenner die alten Weisen, nach denen wir als Kinder so oft getanzt, hier ist unser Vaterland, hierher zieht uns unser Herz, und hier haben wir dich, du liebes Schwesterchen, gefunden. Noch zwei Tage dürfen wir hierbleiben, dann müssen wir über das Meer nach einem herrlichen Lande aufbrechen, das aber doch nicht unser Vaterland ist. Allein, wie werden wir es machen, um dich mitzunehmen? Wir haben weder Schiff noch Boot.«

»Was kann ich tun, um euch zu erlösen?« fragte die Schwester.

Sie unterhielten sich fast die ganze Nacht, nur wenige Stunden senkte sich der Schlummer auf ihre Augen.

Elise erwachte durch das Rauschen der Schwanenflügel, die über sie hinsausten. Die Brüder waren wieder versammelt und flogen in großen Kreisen und zuletzt weit fort, doch blieb wenigstens einer von ihnen, der jüngste, zurück. Der Schwan legte seinen Kopf in ihren Schoß und sie streichelte seine Schwingen; den ganzen Tag waren sie beisammen. Gegen Abend kamen die anderen zurück, und als die Sonne untergegangen war, standen sie in ihrer natürlichen Gestalt da.

»Morgen fliegen wir von hier fort und dürfen vor einem ganzen Jahr nicht zurückkommen; aber dich können wir unmöglich so verlassen! Hast du Mut, uns zu begleiten? Mein Arm ist stark genug, dich durch den Wald hindurch-

zutragen, sollten da unser aller Flügel nicht Kraft genug haben, mit dir über das Meer zu fliegen?«
»Ja, nehmt mich mit!« sagte Elise.

Die ganze Nacht brachten sie damit zu, aus der geschmeidigen Weidenrinde und dem zähen Schilf ein starkes Netz zu flechten; auf dieses legte sich Elise, und als nun die Sonne sich erhob und die Brüder in wilde Schwäne verwandelt wurden, ergriffen sie das Netz mit ihren Schnäbeln und flogen mit ihrer teuren Schwester, die noch im süßen Schlummer lag, hoch zu den Wolken empor. Die Sonnenstrahlen schienen ihr gerade ins Antlitz, weshalb einer der Schwäne über ihrem Haupte einherschwebte, um sie mit seinen breiten Flügeln zu beschatten.
Sie waren schon weit vom Lande, als Elise erwachte. Sie glaubte noch zu träumen, so wunderbar kam es ihr vor, über das Meer hoch durch die Luft getragen zu werden.

Ihr zur Seite lag ein Zweig mit herrlichen reifen Beeren und ein Bund wohlschmeckender Wurzeln. Diese hatte der jüngste der Brüder gesammelt und für sie hingelegt, und dankbar lächelte sie ihn an, denn sie erkannte, daß er es war, der über ihrem Haupte einherflog, und sie mit den Flügeln beschattete.

Sie schwebten so hoch, daß das erste Schiff, das sie unter sich erblickten, ihnen wie eine Möve vorkam, die auf dem Wasser lag. Eine große Wolke stand hinter ihnen, bergehoch übereinander getürmt, und auf dieser gewahrte Elise ihren eigenen Schatten und den der elf Schwäne, der in Riesengröße ihren eilenden Flug begleitete. Es war ein Gemälde, desgleichen sie nie zuvor gesehen hatte. Aber allmählich, wie die Sonne höher stieg und die Wolke weit hinter ihnen zurückblieb, verschwand das schwebende Schattenbild.

Den ganzen Tag flogen sie ohne Unterbrechung fort, wie ein sausender Pfeil durch die Luft fährt, aber doch ging es jetzt, wo sie die Schwester zu tragen hatten, bedeutend langsamer als sonst. Da zog sich ein Unwetter zusammen und der Abend näherte sich. Ängstlich sah Elise die Sonne mehr und mehr sinken, und noch immer war die einsame Klippe im Meere nicht zu erblicken. Es kam ihr vor, als ob die Schwäne stärkere Flügelschläge machten. Ach, und sie trug die Schuld, daß sie nicht schnell genug vorwärtskamen! Sobald die Sonne untergegangen war, mußten sie Menschen werden, ins Meer stürzen und ertrinken. Da betete sie aus Herzensgrunde zum lieben Gott, aber noch entdeckte sie keine Klippe. Die schwarze Wolke kam näher und näher, die starken Windstöße verkündeten einen Sturm. Die Wolken hatten sich zu einer einzigen großen, unheildrohenden Masse zusammengeballt, die sich bleiförmig vorwärtsschob. Blitz leuchtete auf Blitz.

Jetzt hatte die Sonne den Meeresspiegel erreicht. Elisen klopfte das Herz. Da schossen die Schwäne hinab, so schnell, daß sie zu fallen vermeinte. Aber jetzt schwebten sie wieder. Die Sonne war schon zur Hälfte unter das Wasser getaucht, da bemerkte sie erst die kleine Klippe unter sich. Sie sah nicht größer als ein Seehund aus, der den Kopf aus dem Wasser erhebt. Die Sonne sank schnell; nur ein schmaler Streifen blitzte noch über dem Wasser hervor, da berührte ihr Fuß festen Boden. Das Sonnenlicht erlosch wie der letzte Funken eines brennenden Papiers. Arm in Arm sah sie die Brüder um sich stehen, aber mehr Platz, als unabweislich für diese und sie erforderlich war, fand sich auch nicht. Die See schlug gegen die Klippe und ergoß sich wie ein Regenguß über sie; der Himmel leuchtete, als wenn er in Flammen stände, und der Donner rollte Schlag auf Schlag. Aber Schwester und Brüder hielten einander an den Händen und sangen Choräle, woraus sie Trost und Mut schöpften.

Als der Tag graute, war die Luft rein und still. Sobald die Sonne sich erhob, flogen die Schwäne mit Elisen von der Insel fort. Das Meer ging noch hoch, so daß es, als sie hoch in der Luft schwebten, ihnen vorkam, als ob der weiße Schaum auf der dunkelgrünen See Millionen Schwäne wären, die sich auf dem Wasser schaukelten.

Als die Sonne höher stieg, erblickte Elise, halbschwimmend in der Luft, ein Bergland vor sich, mit schimmernden Eismassen auf den Felsen, und mitten auf denselben dehnte sich ein wohl meilenlanges Schloß aus mit einem kühnen Säulengange über dem anderen. In der Tiefe wogten Palmenwälder und prächtige Blumen wie Mühlräder groß. Sie erkundigte sich, ob dies Land das Ziel ihrer Reise wäre, aber die Schwäne schüttelten den Kopf, denn was sie sah, war das herrliche, beständig wechselnde Wolkenschloß der Fee Fata Morgana. Dort hinein durfte man keinen Menschen bringen. Elise blickte es unverwandt an. Da stürzten plötzlich Berge, Wälder und das Schloß selbst zusammen, und nun standen zwanzig stolze Kirchen da, alle einander gleich, mit hohen Türmen und Spitzbogenfenstern. Sie glaubte den Orgelklang zu vernehmen, aber was sie hörte, war nur das Meer. Schon war sie den Kirchen ganz nahe, als sie sich in eine Flotte verwandelten, die unter ihr dahinsegelte. Sie schaute aufmerksamer hin, und es war nur der Meeresnebel, der sich über das Wasser hinwälzte. Ja, eine ewige Abwechslung bot sich ihren Blicken dar, und nun gewahrte sie auch das wirkliche Land, dem sie zueilten. Dort erhoben sich herrliche blaue Berge mit Zedernwäldern, Städten und Schlössern. Lange vor Sonnenuntergang saß sie auf dem Felsen vor einer großen Höhle, die mit feinen grünen Schlingpflanzen bewachsen war; sie nahmen sich wie gestickte Teppiche aus.

»Nun wollen wir sehen, was du heute nacht hier träumen wirst!« sagte der jüngste Bruder und zeigte ihr das Schlafzimmer.

»Oh, möchte ich doch träumen, wie ich euch erlösen kann!« erwiderte sie. Dieser Gedanke beschäftigte sie so lebhaft, sie bat Gott so innig um seine Hilfe, ja selbst im Schlafe betete ihr Geist weiter, daß es ihr endlich vorkam, als flöge sie hoch in die Luft zu Fata Morganas Wolkenschlosse, und die Fee käme ihr entgegen, schön und glänzend. Und doch glich sie auch wieder der alten Frau, die ihr im Walde Beeren gegeben und von den Schwänen mit den goldenen Kronen erzählt hatte.

»Deine Brüder können erlöst werden!« sprach sie, »hast du aber auch Mut und Ausdauer? Wohl ist das Meer weicher als deine feinen Hände und formt doch die harten Steine um, aber es fühlt nicht den Schmerz, den deine Finger fühlen werden; es hat kein Herz, leidet nicht die Angst und Qual, die du aushalten mußt. Siehst du diese Brennessel, die ich in meiner Hand halte? Von derselben Gattung wachsen viele um die Höhle, in welcher du schläfst. Nur diese und solche, die aus den Gräbern des Friedhofs hervorsprossen, sind anwendbar. Merke das; diese mußt du pflücken, wenn sie deine Hand auch voll

Blasen brennen werden. Brichst du nun die Nesseln mit deinen Füßen, so erhältst du Flachs, aus dem du elf Panzerhemden mit langen Ärmeln flechten und binden mußt; wirf diese über die elf Schwäne, so ist der Zauber gelöst. Aber sei dessen wohl eingedenk, daß du von Beginn bis Beendigung dieser Arbeit, und sollten Jahre dazwischen liegen, nicht sprechen darfst; das erste Wort, das über deine Lippen geht, fährt wie ein tötender Dolch in das Herz deiner Brüder; an deiner Zunge hängt ihr Leben. Merke dir dies alles!«

Zugleich berührte sie Elisens Hand mit der Nessel; diese brannte wie glühendes Feuer, so daß die Prinzessin vor Schmerz erwachte. Es war heller, lichter Tag, und dicht neben der Stelle, wo sie geschlafen hatte, lag eine Nessel gleich der, die sie im Traume gesehen hatte. Da fiel sie auf ihre Knie, dankte dem lieben Gott und trat aus der Höhle, um sofort ihre Arbeit zu beginnen.

Mit ihren feinen Händen griff sie hinunter in die häßlichen Nesseln, die sich wie Feuer anfühlten. Große Blasen brannten sie an ihren Händen und Armen, aber gerne wollte sie dies erleiden, konnte sie ihre lieben Brüder dadurch erlösen. Sie brach jede Nessel mit ihren nackten Füßen und flocht den grünen Flachs.

Als die Sonne untergegangen war, kamen die Brüder und erschraken, als sie sie stumm fanden. Zunächst hielten sie es für eine neue Bezauberung ihrer bösen Stiefmutter, als sie aber ihre Hände sahen, begriffen sie, was sie um ihretwillen täte. Der jüngste Bruder weinte und wohin seine Tränen fielen, da fühlte sie keinen Schmerz, da verschwanden die brennenden Blasen.

Die Nacht brachte sie bei ihrer Arbeit zu, denn es ließ ihr keine Ruhe, ehe sie die lieben Brüder erlöst hatte. Den ganzen folgenden Tag saß sie, während die Schwäne fort waren, in ihrer Einsamkeit, aber nie war ihr die Zeit so schnell verflogen. Ein Panzerhemde war schon fertig und nun begann sie das zweite.

Da ließ sich zwischen den Bergen der Klang eines Jagdhorns vernehmen. Sie wurde ängstlich, der Ton kam immer näher; sie hörte Hundegebell. Erschreckt zog sie sich in die Höhle zurück, band die Nesseln, die sie gesammelt und gehechelt hatte, in ein Bund und setzte sich darauf.

Plötzlich kam ein großer Hund aus dem Gesträuch hervorgesprungen und unmittelbar darauf wieder einer und noch einer. Es verstrichen nur wenige Minuten, bis alle Jäger vor der Tür standen. Der schönste von ihnen war unstreitig der König des Landes, der nun auf Elise zutrat. Nie hatte er ein schöneres Mädchen gesehen.

»Wo bist du hergekommen, du herrliches Kind?« redete er sie an. Elise schüttelte den Kopf, sie durfte ja nicht reden, denn es galt ihrer Brüder Leben und Erlösung. Ihre Hände verbarg sie unter der Schütze, damit der König nicht sähe, was sie zu leiden hätte.

»Begleite mich!« begann er von neuem; »hier darfst du nicht bleiben. Bist du ebenso gut, wie du schön bist, so will ich dich in Seide und Samt kleiden, dir die goldene Krone auf das Haupt setzen, und du sollst in meinem reichsten Schlosse wohnen!« Und damit hob er sie auf sein Pferd. Sie weinte und rang ihre Hände, aber der König sagte: »Ich will nur dein Glück, einst wirst du mir dafür danken!« Dann stürmte er vorwärts zwischen den Bergen hindurch, hielt sie vor sich auf dem Pferde, und die Jäger jagten hinterher.

Als die Sonne niedersank, lag die prächtige Königsstadt mit ihren Kirchen und Kuppeln vor ihnen, und der König führte sie in das Schloß hinein, wo in den hohen Marmorsälen große Wasserkünste plätscherten, wo Wände und Decken mit Gemälden verziert waren, aber sie hatte keine Augen dafür, sie weinte und trauerte. Willenlos duldete sie, daß die Frauen ihr königliche Kleider anlegten, ihr Perlen in das Haar flochten und feine Handschuhe über die verbrannten Finger zogen.

Als sie in aller ihrer Pracht dastand, war sie so blendend schön, daß sich der Hof noch tiefer vor ihr verneigte, und der König erwählte sie zu seiner Braut, obwohl der Erzbischof den Kopf schüttelte und flüsterte, das schöne Waldmädchen wäre sicher eine Hexe; sie verblendete ihre Augen und betörte das Herz des Königs.
Doch der König hörte nicht darauf, ließ die Musik erklingen, die köstlichsten Speisen auftragen, die anmutigsten Mädchen um sie tanzen, und sie wurde durch duftende Gärten in die prächtigsten Säle hineingeführt. Aber nicht ein Lächeln glitt über ihren Mund oder strahlte aus ihren Augen; in ihnen las man nur Trauer, als ihr ewiges Erbe und Eigentum. Nun öffnete der König ein kleines Zimmer dicht daneben, wo sie schlafen sollte. Es war mit köstlichen grünen Teppichen ausgeschmückt und ähnelte vollkommen der Höhle, in welcher der König sie gefunden hatte. Auf dem Fußboden lag das Bund Flachs, den sie aus den Nesseln gesponnen hatte, und unter der Decke hing das Panzerhemd, das schon fertig gestrickt war. Alles dies hatte einer der Jäger als Merkwürdigkeit aufgenommen.
»Hier kannst du dich in deine frühere Heimat zurückträumen!« sprach der König. »Hier ist die Arbeit, die dich dort beschäftigte. Jetzt, mitten in deiner Pracht, wird es dich unterhalten, an die vergangene Zeit zurückzudenken.«
Als Elise das erblickte, was ihrem Herzen so nahe lag, spielte ein Lächeln um ihren Mund und das Blut kehrte in ihre Wangen zurück; sie dachte an die Erlösung ihrer Brüder, küßte dem Könige die Hand, und er drückte sie an sein Herz und ließ durch alle Kirchenglocken das Hochzeitsfest verkündigen. Das schöne, stumme Mädchen aus dem Walde war die Königin des Landes.
Obwohl der Erzbischof dem Könige böse Worte ins Ohr flüsterte, drangen sie doch nicht in sein Herz ein; es blieb bei der Hochzeit, der Erzbischof selbst mußte ihr die

Krone auf das Haupt setzen, und in seinem Unwillen drückte er ihr den engen Reifen so fest auf die Stirn, daß es ihr Schmerzen verursachte. Doch ein schwererer Reifen legte sich um ihr Herz: die Trauer um ihre Brüder; dagegen mußte die körperliche Pein verschwinden.
Ihr Mund war stumm, hätte doch ein einziges Wort ihren Brüdern das Leben gekostet, allein ihre Augen spiegelten ihre innige Zärtlichkeit gegen den guten, schönen König wider, der alles tat, um sie zu erfreuen. Sie liebte ihn von Tag zu Tag heißer und aufrichtiger. Hätte sie sich ihm nur anvertrauen, ihm ihr Leiden gestehen dürfen! Nun aber mußte sie stumm sein, mußte stumm ihr Werk vollenden. Deshalb schlich sie sich nachts von seiner Seite, ging in ihr verstecktes Kämmerlein, das wie die Höhle ausgeschmückt war, und strickte ein Panzerhemd nach dem anderen fertig; als sie jedoch das siebente begann, hatte sie keinen Flachs mehr.
Wie sie wußte, wuchsen die Nesseln, die sie allein verwenden durfte, auf dem Friedhofe, aber sie mußte sie selbst pflücken; wie sollte sie das anfangen?
Oh, was hat der Schmerz an meinen Fingern gegen die Qual zu bedeuten, die mein Herz erleidet! dachte sie. Ich muß es wagen, der liebe Gott wird seine Hand nicht von mir abziehen! Mit einer Herzensangst, als hätte sie eine böse Tat vor, schlich sie sich in einer mondhellen Nacht in den Garten hinunter und ging durch die langen Baumwege und einsamen Straßen nach dem Friedhofe hinaus. Dort erblickte sie auf einem der breitesten Leichensteine einen Kreis häßlicher Hexen. Sie zogen ihre Lumpen aus, als ob sie baden wollten, und gruben dann mit ihren langen, mageren Fingern in die frischen Gräber hinein und holten das Fleisch der Leichen heraus. Elise mußte dicht bei ihnen vorüber, und sie hefteten ihre bösen Blicke auf sie, aber sie betete, sammelte die brennenden Nesseln und nahm sie mit sich nach dem Schlosse.
Ein einziger Mensch hatte sie allein gesehen, der Erz-

bischof; er war noch wach, wenn die anderen schliefen. Nun hatte sich seine Meinung doch bewährt, daß es mit ihr nicht stände, wie es mit einer Königin stehen sollte. Sie war eine Hexe, und darum hatte sie den König und das ganze Volk betört.

Bei der Beichte erzählte er dem Könige, was er gesehen hatte und was er befürchtete, und als seine Zunge diese harten Worte sprach, da schüttelten die geschnitzten Heiligenbilder ihre Köpfe, als ob sie sagen wollten: »Es ist nicht so, Elise ist unschuldig!« Der Erzbischof legte es jedoch anders aus, behauptete, daß sie gegen sie Zeugnis ablegten, daß sie über ihre Sünde die Köpfe schüttelten. Da rollten dem Könige zwei schwere Tränen über die Wangen herab, er ging mit Zweifel in seinem Herzen nach Hause. Er tat des Nachts, als ob er schliefe, aber es kam kein ruhiger Schlaf in seine Augen; er merkte, wie Elise aufstand, wie sie dieses jede Nacht wiederholte, und jedesmal ging er ihr leise nach und sah, daß sie in ihrer Kammer verschwand.

Tag für Tag wurde seine Miene finsterer. Elise sah es wohl, begriff aber nicht weshalb. Doch ängstigte sie dieses Benehmen, und was litt sie nicht erst in ihrem Herzen um ihrer Brüder willen? Auf den königlichen Samt und Purpur rannen ihre bitteren Tränen nieder; wie blitzende Diamanten lagen sie darauf, und alle, welche diese reiche Pracht sahen, wünschten Königin zu sein. Inzwischen war ihre Arbeit nun bald vollendet, nur ein Panzerhemd fehlte noch, aber sie hatte nun keinen Flachs mehr und nicht eine einzige Nessel. Einmal, nur dieses letzte Mal noch, mußte sie deshalb zum Friedhofe hinauswandern und einige Hände voll pflücken. Mit Angst dachte sie an diese einsame Wanderung, mit Angst an die schrecklichen Hexen, aber ihr Wille war ebenso unerschütterlich wie ihr Vertrauen auf den Herrn.

Elise ging, aber der König und der Erzbischof folgten ihr und sahen sie in die Kirchhofspforte hineintreten und verschwinden. Als sie sich derselben näherten, erblickten sie auf den Grabsteinen die Hexen, wie sie Elise erblickt hatte, und der König wandte sich ab, denn unter diesen vermutete er die, deren Haupt noch an diesem Abend an seiner Brust geruht hatte.

»Das Volk möge sie verurteilen!« sagte er, und das Volk verurteilte sie zum Scheiterhaufen.

Aus den prächtigen Königssälen wurde sie in ein finsteres, feuchtes Loch geschleppt, in welches der Wind durch das Gitterfenster hineinpfiff; anstatt des Samts und der Seide gab man ihr das Bund Nesseln, das sie gesammelt hatte, darauf konnte sie ihr Haupt legen. Die harten, brennenden Panzerhemden, die sie gestrickt hatte, sollten ihr statt Kissen und Decke dienen, doch konnte man ihr nichts Lieberes schenken. Sie nahm ihre Arbeit wieder auf und betete inbrünstig zu Gott. Draußen vor ihren Fenstern sangen die Gassenbuben Spottlieder auf sie, und keine Seele tröstete sie mit einem herzlichen Worte.

Da sauste gegen Abend dicht am Gitter ein Schwanenflügel: es war der jüngste der Brüder, der endlich die Schwester aufgefunden hatte. Laut schluchzte sie auf vor Freude, obgleich sie wußte, daß die kommende Nacht vielleicht die letzte war, die sie zu leben hatte. Aber jetzt war ihre Arbeit ja auch beinahe vollendet und ihre Brüder waren hier.

Der Erzbischof erschien, um die letzte Stunde mit ihr zuzubringen, das hatte er dem Könige versprochen, sie aber schüttelte den Kopf und bat ihn mit Blick und Mienen, wieder zu gehen. In dieser Nacht mußte sie ja ihre Arbeit vollenden, oder alles war vergeblich, vergeblich ihr Schmerz, ihre Tränen, ihre schlaflosen Nächte. Der Erzbischof schied mit bösen Worten von ihr, aber die arme Elise war sich ihrer Unschuld bewußt und arbeitete weiter.

Die kleinen Mäuse liefen über den Fußboden hin, schleppten die Nesseln bis zu ihren Füßen hin, um doch

auch ein wenig zu helfen, und die Drossel setzte sich an das Gitter des Fensters und sang so lustig sie konnte, damit sie den Mut nicht verlieren sollte.
Es begann gerade zu dämmern – erst in einer Stunde sollte die Sonne aufgehen – da standen die elf Brüder vor dem Portale des Schlosses und verlangten vor den König geführt zu werden. Das könnte nicht geschehen, erhielten sie aber zur Antwort, es wäre ja noch Nacht, der König schliefe und dürfte nicht geweckt werden. Sie baten, sie drohten, die Wache kam, ja selbst der König trat aus seinem Schlafzimmer und fragte, was das zu bedeuten hätte, aber in dem Augenblicke stieg strahlend die Sonne empor und nun war kein Bruder mehr zu sehen, aber über das Schloß hinweg flogen elf wilde Schwäne.
Aus dem Stadttor strömte das ganze Volk, um die Hexe verbrennen zu sehen. Ein elender Gaul zog den Karren, auf dem sie saß. Man hatte sie mit einem Kittel von grober Sackleinwand bekleidet; ihr herrliches, langes Haar wallte aufgelöst um das schöne Haupt, ihre Wangen waren leichenblaß, ihre Lippen bewegten sich leise, während ihre Finger den grünen Flachs flochten. Selbst auf ihrem Todeswege unterbrach sie die begonnene Arbeit nicht, die zehn Panzerhemden lagen zu ihren Füßen, an dem elften strickte sie; der Pöbel verhöhnte sie.
»Seht nur die Hexe an, wie sie vor sich hermurmelt; sie hat kein Gesangbuch in der Hand, nein, mit ihrem häßlichen Zauberwerk sitzt sie da. Reißt es ihr in tausend Stücke!«
Alle drängten auf sie ein und wollten es ihr zerreißen. Da kamen elf weiße Schwäne geflogen, die setzten sich rings um sie auf den Karren und schlugen mit ihren großen Schwingen. Da wich der Haufen erschrocken zur Seite.
»Das ist ein Zeichen vom Himmel! Sie ist sicherlich unschuldig!« flüsterten viele, wagten es aber nicht laut auszusprechen.
Nun ergriff der Büttel sie bei der Hand; da warf sie eiligst den Schwänen die elf Hemden über und plötzlich standen

elf stattliche Prinzen da, aber der jüngste hatte anstatt des einen Armes einen Schwanenflügel, denn seinem Panzerhemde fehlte ein Ärmel, den sie noch nicht fertig bekommen hatte.
»Nun darf ich sprechen!« rief sie aus, »ich bin unschuldig!«
Und das Volk, das sah, was geschehen war, verneigte sich vor ihr wie vor einer Heiligen, sie selbst aber sank leblos in die Arme ihrer Brüder, so hatten Spannung, Angst und Schmerz auf sie eingewirkt.
»Ja, unschuldig ist sie!« sagte der älteste Bruder und erzählte dann alles, was geschehen war, und während er sprach, verbreitete sich ein Duft wie von Millionen Rosen, denn jedes Stück Brennholz des Scheiterhaufens hatte Wurzel geschlagen und Zweige getrieben. Da stand eine duftende Hecke, hoch und groß mit roten Rosen; zu alleroberst aber wiegte sich eine Blume, weiß und leuchtend, die wie ein Stern erglänzte. Diese brach der König, steckte sie Elisen vor die Brust, und nun erwachte sie mit Frieden und Glückseligkeit in ihrem Herzen.
Alle Kirchenglocken läuteten von selbst, und die Vögel kamen in großen Schwärmen; es wurde ein Hochzeitszug zurück zum Schlosse, wie ihn noch kein König gesehen hatte.

Der Garten des Paradieses

Es war einmal ein Königssohn; niemand hatte so viele und so schöne Bücher als er. Alles, was je in dieser Welt geschehen war, konnte er darin lesen und in prächtigen Bildern abgebildet sehen. Über jedes Volk und jedes Land konnte er Auskunft erhalten, nur wo der Garten des Para-

dieses zu finden wäre, davon stand kein Wort darin. Aber das war es gerade, woran er am meisten dachte.
Seine Großmutter hatte ihm, als er noch ganz klein war, aber seinen Schulunterricht beginnen sollte, erzählt, daß jede Blume im Garten des Paradieses der süßeste Kuchen, die Staubfäden der feinste Wein wären. Auf einem stehe Geschichte, auf einem anderen Geographie oder Tabellen. Man brauchte den Kuchen nur zu speisen, so wüßte man seine Aufgabe schon, und je mehr man äße, desto mehr Geschichte, Geographie und Tabellen hätte man inne.
Damals glaubte er es; aber als er heranwuchs, mehr lernte und weit klüger wurde, begriff er wohl, daß die Herrlichkeit im Garten des Paradieses ganz anders beschaffen sein müßte.
»Oh, warum pflückte doch Eva vom Baume der Erkenntnis! Warum aß doch Adam von der verbotenen Frucht! Ich an seiner Stelle hätte mich nicht dazu verleiten lassen. Nie wäre die Sünde in die Welt gekommen!«
Das sagte er damals, aber er sagte es auch noch, als er siebzehn Jahre alt war. Nach dem Paradiesesgarten stand all sein Sinnen und Trachten.
Eines Tages ging er in den Wald; er ging allein, denn dieses war sein größtes Vergnügen.
Der Abend dämmerte, Wolken zogen sich zusammen, es wurde ein Regenwetter, als ob der Himmel eine einzige Schleuse wäre, aus welcher das Wasser stürzte. Es war stockfinstere Nacht. Bald glitt der Prinz auf dem nassen Grase aus, bald stolperte er über die nackten Steine, die aus dem Felsenboden hervorragten. Alles triefte vom Wasser, an dem armen Prinzen war auch nicht ein trockner Faden. Er mußte über große Steinblöcke förmlich hinfortkriechen, wo das Wasser aus dem hohen Moose heraussickerte. Er war matt zum Umsinken. Da hörte er ein eigentümliches Sausen und erblickte vor sich eine große, hell erleuchtete Höhle. Mitten in derselben loderte ein

Feuer, daß man einen ganzen Ochsen dabei hätte braten können, und zu einem ähnlichen Zwecke diente es auch. Der prächtigste Hirsch, mit stattlichem Geweih, war an einen Spieß gesteckt und wurde nun langsam zwischen zwei gefällten Tannen herumgedreht. Eine ältliche Frau, hohen und kräftigen Wuchses, als wäre sie ein verkleideter Mann, saß am Feuer und warf ein Stück Holz nach dem anderen hinzu.

»Komm nur näher!« redete sie ihn an, »setze dich ans Feuer, damit deine Kleider trocknen!«

»Hier herrscht ein unangenehmer Zug!« sagte der Prinz und setzte sich auf den Boden.

»Das wird noch schlimmer, sobald meine Söhne nach Hause kommen!« antwortete die Frau. »Du bist hier in der Höhle der Winde, meine Söhne sind die vier Winde der Welt. Vermagst du das zu begreifen?«

»Wo sind deine Söhne?« fragte der Prinz.

»Ein Narr kann mehr fragen, als zehn Weise beantworten können!« versetzte die Frau. »Meine Söhne sind selbständig und fragen nicht erst; sie spielen mit den Wolken Ball dort oben in dem Weltensaale!« Und dabei zeigte sie in die Höhe.

»So, so!« sagte der Prinz. »Übrigens fahrt Ihr mich etwas barsch an und redet nicht so mild wie die Frauen, die ich sonst um mich sehe!«

»Ja, die haben wohl nichts anderes zu tun! Ich aber muß barsch und hart sein, wenn ich meine Jungen in Zucht halten will. Doch das versteh ich, obwohl sie steife Nakken haben! Siehst du die vier Säcke, die dort an der Wand hängen? Vor denen haben sie ebensoviel Furcht wie du einst vor der Rute hinter dem Spiegel. Du kannst mir glauben, daß ich sie zu bändigen vermag, und dann müssen sie in den Sack hinein; da machen wir keine Umstände. Da sitzen sie, und ich lasse sie nicht eher hinaus, um sich wieder umherzutummeln, als bis ich es für gut finde. Aber da haben wir den einen!«

Es war der Nordwind, der mit einer wahren Eiseskälte hereintrat; große Hagelkörner fielen auf den Boden nieder, und Schneeflocken stoben um ihn her. Aus Bärenfell waren seine Beinkleider und die Jacke gefertigt; eine Mütze von Bärenfell reichte ihm bis über die Ohren. Lange Eiszapfen hingen ihm am Barte, und ein Hagelkorn nach dem anderen glitt ihm von seinem Jackenkragen hinunter.

»Gehen Sie nicht gleich an das Feuer!« sagte der Prinz, »Sie könnten sonst leicht Frostbeulen im Gesicht und an den Händen bekommen!«

»Frostbeulen!« entgegnete der Nordwind und lachte ganz laut. »Frost, der ist gerade mein größtes Vergnügen! Was bist denn du übrigens für ein Jammergestell! Wie kommst du in die Höhle der Winde?«

»Er ist mein Gast!« sagte die Alte, »und bist du mit dieser Erklärung nicht zufrieden, so kannst du in den Sack kommen. Du kennst nun meine Meinung!«

Sieh, das half, und der Nordwind erzählte, woher er kam und wo er fast einen ganzen Monat gewesen war.

»Vom Eismeer komme ich«, sagte er, »ich bin mit den russischen Walroßfängern auf der Bäreninsel gewesen. Ich saß und schlief auf dem Steuer, als sie vom Nordkap aus in das Meer segelten. Wenn ich bisweilen ein wenig aufwachte, flog mir der Sturmvogel um die Füße. Es ist ein drolliger Vogel, er macht einen schnellen Schlag mit den Flügeln, dann hält er sie unbeweglich ausgestreckt und fliegt trotzdem schnell dahin!«

»Erzähle nur nicht zu ausführlich!« sagte die Mutter der Winde. »Und dann kamst du also zur Bäreninsel!«

»Herrlich, herrlich ist es dort. Da ist ein Boden, wie geschaffen zum Tanzen, flach wie ein Teller, halb aufgetauter Schnee auf Moos. Scharfe Steine und Gerippe von Walrossen und Eisbären lagen da, die den Anblick von riesigen Armen und Beinen mit dem Moder grünlichen Schimmels gewährten. Man möchte glauben, daß die

Sonne sie nie beschienen hätte. Ich blies ein wenig in den Nebel hinein, damit man den ersehnten Schuppen entdekken könnte; es war ein Haus, von Schiffstrümmern errichtet und mit Walroßhäuten überzogen. Die innere Seite hatte man nach außen gekehrt, sie sah rot und grün aus. Auf dem Dache saß ein lebendiger Eisbär und brummte. Ich ging an den Strand, sah mich nach den Vogelnestern um und guckte mir die nackten Jungen an. Wenn sie schrien und nach Nahrung sperrten, blies ich ihnen in die Kehle, daß sie den Schnabel halten lernten. Ganz unten am Strande wälzten sich Walrosse wie Eingeweidewürmer oder Riesenmaden mit Schweinsköpfen und ellenlangen Zähnen!«

»Du erzählst gut, mein Söhnchen!« versetzte die Mutter. »Mir läuft beim bloßen Zuhören ordentlich das Wasser im Munde zusammen!«

»Nun ging es auf den Fang! Die Harpune wurde dem Walrosse in die Brust gebohrt, daß der dampfende Blutstrahl wie ein Springbrunnen über das Eis fortspritzte. Da gedachte auch ich meines Spieles. Ich zeigte meine Blasekunst und ließ meine Segler, die felsenhohen Eisberge, die Boote einklemmen. Hu, wie man pfiff und wie man schrie, doch ich pfiff lauter. Die Körper der getöteten Tiere, Kisten und Tauwerk, alles mußten sie auf das Eis auspacken! Ich schüttete die Schneeflocken über sie und ließ sie in den eingeklemmten Fahrzeugen mit ihrem Fange nach Süden treiben, um dort Salzwasser zu kosten. Sie kommen nie mehr nach der Näreninsel!«

»Dann hast du ja aber Böses getan!« sagte die Mutter der Winde.

»Das Gute, was ich getan habe, mögen die anderen erzählen!« sagte er; »aber da haben wir meinen Bruder vom Westen; ihn kann ich von allen am besten leiden, er schmeckt nach der See und bringt eine angenehme Kälte mit sich!«

»Ist das der kleine Zephir?« fragte der Prinz.

»Ja freilich ist das Zephir!« versetzte die Alte; »aber er ist nicht mehr so klein. In alten Zeiten war er ein hübscher Junge, aber nun ist das vorbei!«

Er sah wie ein wilder Mann aus und hatte einen Fallhut auf, um keinen Schaden zu erleiden. In der Hand trug er eine Keule von Mahagoniholz, in den amerikanischen Mahagoniwäldern gehauen. Mit Geringerem begnügte er sich nicht.

»Wo kommst du her?« fragte die Mutter.

»Aus den Urwäldern!« sagte er, »wo die dornigen Lianen eine undurchdringliche Wildnis zwischen den Bäumen bilden, wo die Wasserschlange in dem nassen Grase liegt und die Menschen überflüssig zu sein scheinen!«

»Was tatest du dort?«

»Ich betrachtete den tiefen Fluß, betrachtete, wie er sich von den Felsen stürzte, sich in Staub auflöste und bis zu den Wolken flog, um den Regenbogen zu tragen. Ich sah den wilden Büffel im Flusse schwimmen, aber der Strom riß ihn mit sich; er trieb mit einem Schwarme wilder Enten, die sich am Wasserfalle in die Luft erhoben, er aber mußte hinunter. Das war eine Lust, und ich blies einen Sturm, daß uralte Bäume entwurzelt wurden und zu Spänen zersplitterten!«

»Und sonst hast du nichts getan?« fragte die Alte.

»Ich habe Purzelbäume in den Savannen geschossen, ich habe die wilden Pferde gestreichelt und Kokusnüsse geschüttelt. Ja, ja, ich habe Geschichten zu erzählen, aber man muß nicht alles sagen, was man weiß. Das kennst du ja, lieb Mütterchen!« Und dabei küßte er seine Mutter so ungestüm, daß sie beinahe rücklings umgesunken wäre. Er war wirklich ein wilder Junge.

Nun kam der Südwind mit einem Turban und fliegenden Beduinenmantel.

»Hier ist es tüchtig kalt drinnen!« sagte er und warf Holz ins Feuer. »Man kann merken, daß der Nordwind zuerst gekommen ist!«

»Hier ist es so heiß, daß man einen Eisbären dabei braten könnte!« entgegnete der Nordwind.

»Du bist selbst ein Eisbär!« sagte der Südwind.

»Wollt ihr in den Sack gesperrt werden?« fragte die Alte. – »Setz dich auf den Stein dort nieder und erzähle, wo du gewesen bist!«

»In Afrika, liebe Mutter!« antwortete er. »Ich war mit den Hottentotten auf der Löwenjagd im Lande der Kaffern! Was für Gras da auf den Ebenen wächst, grün wie Oliven. Dort tanzte die Antilope, und der Strauß lief mit mir um die Wette, aber ich bin doch rascher auf den Füßen. Ich kam nach der Wüste zu dem gelben Sande, wo es aussieht wie auf dem Meeresgrunde. Ich traf eine Karawane; sie schlachteten gerade ihr letztes Kamel, um Trinkwasser zu erhalten, aber sie bekamen nur wenig. Die Sonne brannte von oben, und der Sand hauchte eine glühende Hitze von unten aus. Da wälzte ich mich in dem feinen losen Sande und wirbelte ihn in großen Säulen in die Höhe. Das war ein Tanz! Du hättest mit ansehen sollen, wie verzagt das Dromedar dastand und der Kaufmann sich den Kaftan über den Kopf zog. Er warf sich vor mir nieder, wie vor Allah, seinem Gotte. Nun sind sie begraben, über ihnen allen steht eine Sandpyramide. Wenn ich sie einmal fortblase, dann wird die Sonne ihre weißen Gebeine bleichen, da können die Reisenden sehen, daß hier auch schon früher Menschen gewesen sind, sonst könnte man es in der Wüste nicht glauben.«

»Also nur Böses hast du getan!« erwiderte die Mutter. »Marsch in den Sack!« und ehe er sich dessen versah, hatte sie den Südwind um den Leib gefaßt und in den Sack gesperrt. Er wälzte sich auf dem Fußboden umher, aber sie setzte sich auf ihn und da mußte er stilliegen.

»Du hast wirklich mutwillige Jungen!« sagte der Prinz.

»Ja freilich!« antwortete sie, »und ich bin imstande, sie zu züchtigen. Da haben wir den vierten!«

Es war der Ostwind, der in chinesischer Tracht erschien.

»Nun, kommst du von der Gegend?« sagte die Mutter; »ich glaubte, du wärest im Garten des Paradieses gewesen!«

»Dorthin fliege ich erst morgen!« sagte der Ostwind. »Morgen sind es gerade hundert Jahre, seitdem ich da war. Jetzt komme ich von China, wo ich um den Porzellanturm tanzte, daß alle Glöckchen klingelten. Unten auf der Straße bekamen die Mandarinen Prügel, die Bambusrohre wurden auf ihren Schultern zerschlagen, und doch waren es Beamte vom ersten bis zum neunten Grade. Sie schrien: Vielen Dank, mein väterlicher Wohltäter! Aber das sprachen sie nur, weil sie mußten, und ich klingelte mit den Glocken und sang: Tsing, tsang, tsu!«

»Du triebst deinen Mutwillen dabei!« sagte die Alte. »Es ist gut, daß du morgen nach dem Garten des Paradieses kommst; das wirkt nur wohltätig auf deine Bildung. Trinke dann tüchtig aus der Quelle der Weisheit und bringe mir ein Fläschchen von dem Wasser mit!«

»Das will ich!« sagte der Ostwind. »Weshalb hast du denn aber meinen Bruder vom Süden in den Sack gesteckt? Heraus mit ihm! Er soll mir vom Vogel Phönix erzählen; von ihm will die Prinzessin im Garten des Paradieses immer hören, so oft ich ihr jedes hundertste Jahr meinen Besuch abstatte. Öffne den Sack, dann bist du meine liebe, süße Mutter, und ich will dir auch zwei Taschen voll Tee schenken, so grün und frisch, wie ich ihn an Ort und Stelle selbst gepflückt habe!«

»Nun, des Tees halber und weil du mein Goldkind bist, will ich den Sack öffnen!« Sie tat es, und der Südwind kroch heraus, aber er sah ganz verlegen aus, weil der fremde Prinz zugegen gewesen war.

»Da hast du ein Palmenblatt für die Prinzessin!« sagte der Südwind. »Das Blatt hat der alte Vogel Phönix, der einzige, der in der Welt war, mir gegeben. Er hat mit seinem

Schnabel seine ganze Lebensbeschreibung hineingeritzt, die ganzen hundert Jahre seines Lebens. Nun kann sie es selbst lesen. Ich habe es mit angesehen, wie der Vogel Phönix selbst Feuer an sein Nest legte und darin saß und verbrannte, wie die Frau eines Hindu. Wie nur die dürren Zweige knisterten! Es war ein furchtbarer Rauch und Duft! Endlich loderte alles hoch auf und der alte Vogel Phönix wurde zu Asche; aber sein Ei lag rotglühend im Feuer, es zersprang unter einem großen Knall und das Junge flog heraus. Jetzt ist er der Regent über alle Vögel und der einzige Vogel Phönix in der Welt. Er hat in das Palmenblatt, das ich dir gab, ein Loch gebissen zum Gruß an die Prinzessin!«

»Nun laßt uns aber erst essen!« sagte die Mutter der Winde, und dann setzten sich alle heran, um von dem gebratenen Hirsche zu speisen. Der Prinz saß neben dem Ostwinde, weshalb sie bald gute Freunde wurden.

»Höre, sage mir einmal«, begann der Prinz die Unterredung, »was ist das für eine Prinzessin, von der hier so viel gesprochen wird, und wo liegt eigentlich der Garten des Paradieses?«

»Hoho!« entgegnete der Ostwind, »wenn du dorthin willst, nun so komme morgen mit mir; aber das muß ich dir freilich sagen, seit Adams und Evas Zeit ist dort kein Mensch gewesen. Die kennst du ja wohl aus deiner Biblischen Geschichte?«

»Ja freilich!« sagte der Prinz.

»Als sie damals verjagt wurden, versank der Garten des Paradieses in die Erde, doch behielt er seinen warmen Sonnenschein, seine milde Luft und alle seine Herrlichkeit. Die Feenkönigin wohnt darin; dort liegt die Insel der Glückseligkeit, wohin der Tod niemals dringt, wo es herrlich ist zu weilen! Setze dich morgen auf meinen Rücken, dann will ich dich mitnehmen. Ich denke, daß es sich machen lassen wird! Aber für heute genug davon, denn ich will schlafen!«

Und dann schliefen sie sämtlich.

In früher Morgenstunde erwachte der Prinz und war nicht wenig betroffen darüber, daß er sich schon hoch über den Wolken befand. Er saß auf dem Rücken des Ostwindes, der ihn behutsam festhielt. Sie schwebten so hoch in der Luft, daß Wälder und Felder, Flüsse und Seen sich wie auf einer Landkarte ausnahmen.

»Guten Morgen!« sagte der Ostwind, »du könntest getrost noch ein wenig schlafen, denn auf dem flachen Lande unter uns ist nicht viel zu sehen. Ausgenommen du hättest Lust, die Kirchen zu zählen. Wie Kreidepünktchen stehen sie auf dem grünen Brette da unten!« Es waren Felder und Wiesen, die er als grüne Bretter bezeichnete.

»Es war unartig, daß ich deiner Mutter und deinen Brüdern nicht Lebewohl gesagt habe!« äußerte der Prinz.

»Wenn man schläft, ist man entschuldigt!« sagte der Ostwind, und darauf flogen sie noch schneller weiter. Man konnte es in den Baumwipfeln der Wälder hören; wenn sie über dieselben dahinfuhren, rauschten alle Zweige und Blätter; man konnte es auf dem Meere und den Seen hören, denn wo sie immer flogen, gingen die Wellen höher und die großen Schiffe tauchten tief in das Wasser nieder wie schwimmende Schwäne.

Als es gegen Abend dunkelte, gewährten die großen Städte einen prächtigen Anblick. Bald hier, bald da erglänzten dort unten die Lichter. Es nahm sich geradeso aus, als wenn man ein Stück Papier angezündet hat und sieht die vielen kleinen Funken, die schnell wieder verschwinden, wie Kinder, die aus der Schule eilen. Der Prinz klatschte in die Hände, doch der Ostwind bat ihn, es zu unterlassen und sich lieber festzuhalten, sonst könnte er leicht hinunterfallen und an irgendeiner Kirchturmspitze hängenbleiben.

Der Adler in den schwarzen Wäldern flog zwar leicht, aber der Ostwind flog leichter. Der Kosak auf seinem

kleinen Pferde jagte ungestüm über die Ebenen, aber in sausenderem Ritt jagte der Prinz von dannen.
»Jetzt kannst du schon den Himalaja sehen!« sagte der Ostwind, »das ist das höchste Gebirge in Asien, bald werden wir nun den Garten des Paradieses erreichen!« Sie wandten sich mehr südwärts und der Duft von Gewürzen und Blumen stieg bald zu ihnen empor. Feigen und Granatäpfel wuchsen wild und die wilde Weinrebe trug blaue und rote Trauben. Hier ließen sich die beiden nieder und streckten sich in das weiche Gras, wo die Blumen dem Winde zunickten, als wollten sie sagen: »Willkommen bei deiner Rückkehr!«
»Sind wir jetzt im Garten des Paradieses?« fragte der Prinz.
»Nein, noch nicht!« erwiderte der Ostwind, »aber wir werden nun bald dorthin kommen. Gewahrst du dort die Felsenwand und die große Höhle, vor der die Weinranken wie große, grüne Vorhänge herniederhängen? Dort müssen wir hindurch. Hülle dich ja in deinen Mantel, denn so heiß hier die Sonne auch brennt, nur einen einzigen Schritt weiter und es ist eisig kalt. Der Vogel, der an der Seite vorüberstreift, hat den einen Flügel draußen im warmen Sommer und den anderen drinnen im kalten Winter!«
»Das ist also der Weg zum Garten des Paradieses?« fragte der Prinz.
Nun gingen sie in die Höhle hinein. Hu, wie war es darin so eisig kalt! Doch dauerte es nicht lange. Der Ostwind breitete seine Flügel aus und sie leuchteten wie glänzendes Feuer. Nein, was für eine Höhle! Die großen Steinblöcke, von denen das Wasser herniedertröpfelte, hingen in den seltsamsten Gestalten über ihnen. Bald war der Weg so eng, daß sie auf Händen und Füßen kriechen mußten, bald so hoch und ausgedehnt, wie in der freien Luft. Es sah aus wie Grabkapellen mit stummen Orgelpfeifen und versteinerten Fahnen.
»Wir gehen wohl den Todesweg zum Garten des Paradie-

ses?« meinte der Prinz, aber der Ostwind antwortete nicht ein Wort, zeigte nur vorwärts, und das herrlichste blaue Licht strahlte ihnen entgegen. Die Steinblöcke über ihnen lösten sich mehr und mehr in Nebel auf, der endlich so klar und durchsichtig wurde, wie eine weiße Wolke im Mondscheine. Jetzt befanden sie sich in der lieblichsten milden Luft, so frisch wie auf den Bergen, so duftend wie bei den Rosen des Tales.

Da strömte ein Fluß, hell wie die Luft selbst, und die Fische glänzten wie Silber und Gold; purpurrote Aale, aus denen bei jeder Bewegung blaue Feuerfunken sprühten, spielten unten im Wasser, und die breiten Blätter der Seerose hatten die Farben des Regenbogens, die Blume selbst war eine rötlich brennende Flamme, der das Wasser Nahrung gab, gerade wie die Lampe von dem Öle beständig ihre Nahrung empfängt. Eine feste Marmorbrücke, aber so künstlich und fein gearbeitet, als wäre sie von Spitzen und Glasperlen, führte über das Wasser zu der Insel der Glückseligkeit, wo der Garten des Paradieses blühte.

Der Ostwind nahm den Prinzen auf seine Arme und trug ihn hinüber. Da sangen die Blumen und Blätter die schönsten Weisen aus seiner Kindheit, aber so wunderbar herrlich, wie keine menschliche Stimme zu singen vermag.

Waren es Palmenbäume oder riesengroße Wasserpflanzen, die hier wuchsen? So saftige und große Bäume hatte der Prinz noch nie zuvor gesehen. In langen Blumengewinden hingen da die seltsamsten Schlingpflanzen, wie sie sich nur auf dem Rande alter Legendenbücher in Farben und Gold abgebildet finden oder sich durch die Anfangsbuchstaben hindurchschlingen. Es waren die sonderbarsten Zusammensetzungen aus Vögeln, Blumen und Schnörkeln. Im Grase dicht daneben stand ein Volk Pfauen mit ausgebreiteten strahlenden Schweifen. Ja, ja, das war wirklich so! Als sie aber der Prinz anrührte, merkte er, daß es nicht Tiere, sondern Pflanzen waren. Es waren die großen Kletten, die hier wie der prächtige

Schweif des Pfaues strahlten. Löwen und Tiger sprangen gleich geschmeidigen Katzen zwischen den grünen Hekken, die wie die Blüten des Ölbaumes dufteten, und Löwen und Tiger waren zahm; die wilde Waldtaube, flimmernd wie die schönste Perle, streifte mit ihren Flügeln die Mähne des Löwen, und die sonst so scheue Antilope stand und nickte mit dem Kopfe, als ob auch sie mitspielen wollte.

Jetzt kam die Fee des Paradieses; ihre Kleider strahlten wie die Sonne, und ihr Antlitz war mild wie das einer frohen Mutter, wenn sie über ihr Kind recht glücklich ist. Sie war jung und lieblich, und die schönsten Mädchen, jedes mit einem leuchtenden Stern im Haare, folgten ihr.

Der Ostwind gab ihr das geschriebene Blatt vom Vogel Phönix und ihre Augen strahlten vor Freude. Sie nahm den Prinzen bei der Hand und führte ihn in ihr Schloß, dessen Wände in Farben glänzten, wie das prächtigste

Tulpenblatt, wenn man es gegen die Sonne hält. Die Decke selbst war eine große strahlende Blume, und je länger man hineinschaute, desto tiefer schien ihr Kelch. Der Prinz trat an das Fenster und blickte durch eine der Scheiben. Da sah er den Baum der Erkenntnis mit der Schlange, und Adam und Eva standen dicht daneben. »Sind sie nicht vertrieben?« fragte er, und die Fee lächelte und erklärte ihm, die Zeit hätte auf jede Scheibe ihr Bild in dieser Weise eingebrannt. Aber nicht, wie man sonst Bilder zu sehen pflegt, nein, es war Leben darin, die Blätter der Bäume bewegten sich, die Menschen kamen und gingen wie in einem Spiegelbilde. Er sah durch eine andere Scheibe und erblickte dort Jakobs Traum, wo die Leiter bis in den Himmel ging, und die Engel mit großen Flügeln schwebten auf und nieder. Ja, alles, was in dieser Welt geschehen war, lebte und bewegte sich auf den Glasscheiben, so künstliche Gemälde konnte nur die Zeit einbrennen.

Die Fee lächelte und führte ihn in einen großen und hohen Saal, dessen Wände durchscheinende Gemälde zu sein schienen und auf denen ein Antlitz immer schöner als das andere war. Millionen Seliger waren darauf dargestellt, die lächelten und sangen, so daß es in eine Melodie zusammenfloß. Die allerobersten waren so klein, daß sie kleiner erschienen als die kleinste Rosenknospe, die nur durch ein Pünktchen angedeutet ist. Mitten im Saale stand ein großer Baum mit herniederhängenden üppigen Zweigen; goldene Äpfel, große und kleine, hingen wie Apfelsinen zwischen den grünen Blättern. Es war der Baum der Erkenntnis, von dessen Frucht Adam und Eva gegessen hatten. Von jedem Blatte tröpfelte ein leuchtender, roter Tautropfen. Es war, als weinte der Baum blutige Tränen.

»Laß uns nun in das Boot steigen!« sagte die Fee, »dort wollen wir auf dem wogenden Wasser Erfrischungen zu uns nehmen. Das Boot schaukelt, bewegt sich jedoch nicht von der Stelle, allein alle Länder der Welt gleiten vor unseren Augen vorüber.« Es war ein merkwürdiger

Anblick, die ganze Küste in Bewegung zu sehen. Dort kamen die hohen, schneebedeckten Alpen, mit Wolken und dunklen Tannenbäumen, das Alpenhorn erklang tief wehmütig, und der Hirt jodelte lustig im Tale. Nun wieder neigten die Bananenbäume ihre langen hängenden Zweige über das Boot hernieder, kohlschwarze Schwäne schwammen auf dem Wasser, und die eigentümlichsten Tiere und Blumen zeigten sich am Strande. Es war Neu-Holland, der fünfte Weltteil, der mit einer Aussicht auf die blauen Berge vorüberglitt. Man hörte den Gesang der Priester und sah den Tanz der Wilden beim Schalle der Trommeln und knöchernen Posaunen. Ägyptens Pyramiden, die bis in die Wolken ragten, umgestürzte Säulen und Sphinxe, halb im Sande begraben, eilten vorüber. Die Nordlichter flammten über den Gletschern des Nordens; es war ein Feuerwerk, das niemand nachahmen konnte. Der Prinz war glücklich, sah er doch hundertmal mehr, als wir hier erzählen.

»Und kann ich immer hierbleiben?« fragte der Prinz.

»Das hängt von dir selbst ab!« antwortete die Fee. »Falls du dich nicht wie Adam nach dem Verbotenen gelüsten läßt, kannst du immer hierbleiben!«

»Ich werde nie die Äpfel auf dem Baume der Erkenntnis anrühren!« sagte der Prinz. »Hier sind ja Tausende von Früchten, ebenso schön wie diese!«

»Prüfe dich selbst, und bist du nicht stark genug, so kehre wieder mit dem Ostwinde um, der dich hergebracht hat. Er fliegt nun zurück und kommt erst nach hundert Jahren wieder. Die Zeit wird dir an diesem Orte vergehen, als wären es nur hundert Stunden, aber für Versuchung und Sünde ist es doch eine lange Zeit. Jeden Abend, wenn ich mich von dir trenne, muß ich dir zurufen: ›Komm mit!‹, muß ich dir mit der Hand zuwinken, bleibe aber ja zurück. Geh nicht mit, denn mit jedem Schritte wird dein Verlangen wachsen; du kommst in den Saal, in dem der Baum der Erkenntnis wächst; ich schlafe unter den duftenden hängenden Zweigen desselben, du wirst dich über mich beugen und ich muß lächeln. Sowie du mir aber einen Kuß auf den Mund drückst, versinkt das Paradies tief in die Erde und ist für dich verloren. Der Wüste scharfer Wind wird dich umsausen, der kalte Regen aus deinem Haare träufeln. Trauer und Drangsal werden dein Erbteil!«

»Ich bleibe hier!« sagte der Prinz, und der Ostwind küßte ihn auf die Stirn und sprach: »Sei stark, so sind wir hier alle nach hundert Jahren wieder beisammen. Lebe wohl, lebe wohl!« Der Ostwind breitete seine großen Flügel aus; sie glänzten wie das Wetterleuchten in der Erntezeit oder wie das Nordlicht im kalten Winter. »Lebe wohl, lebe wohl!« riefen Blumen und Bäume. Störche und Pelikane flogen reihenweise wie flatternde Bänder und gaben ihm bis zur Grenze des Gartens das Geleite.

»Nun wollen wir unsere Tänze beginnen!« sagte die Fee. »Nach Beendigung derselben wirst du nach Untergang der Sonne sehen, daß ich dir winke, du wirst hören, daß ich dir zurufe: ›Folge mir!‹, tue es aber nicht. Hundert Jahre lang muß ich es jeden Tag wiederholen. Nach jedem Siege über dich selbst gewinnst du mehr Kraft, zuletzt denkst du gar nicht mehr daran. Heute abend geschieht es zum erstenmal; nun habe ich dich gewarnt!«

Die Fee führte ihn hierauf in einen großen Saal von weißen durchsichtigen Lilien, deren gelbe Staubfäden eine kleine Goldharfe bildeten, die mit Saitenspiel und Flötenton erklang. Die schönsten Mädchen, schwebend und schlank, in wogenden Flor gekleidet, so daß ihre anmutigen Glieder sichtbar hervortraten, schwebten im Tanze auf und ab und sangen, wie herrlich das Leben wäre, daß sie nimmer sterben würden und daß der Garten des Paradieses ewig blühte.

Die Sonne sank nieder, der ganze Himmel wurde ein Goldmeer, das den Lilien den glänzenden Schein der herrlichsten Rosen verlieh. Der Prinz trank von dem schäumenden Weine, den die Mädchen ihm darreichten, und er fühlte eine Glückseligkeit wie nie zuvor. Er bemerkte, wie der Hintergrund des Saales sich öffnete. Der Baum der Erkenntnis strahlte in einem Glanze, der seine Augen blendete. Der von dort herüberklingende Gesang war sanft und lieblich wie die Stimme seiner Mutter, und ihm war, als ob sie sänge: »Mein Kind, mein geliebtes Kind!«

Da winkte die Fee und rief zärtlich: »Folge mir! Folge mir!« Und er stürzte ihr nach, vergaß sein Versprechen, vergaß es schon den ersten Abend, und sie winkte und lächelte. Der Duft, der gewürzige Duft ringsumher wurde stärker, die Harfen klangen immer lieblicher, und es war, als ob Millionen lächelnder Köpfe im Saale, wo der Baum wuchs, nickten und sängen: »Alles muß man kennen, der Mensch ist der Herr der Erde!« Es waren nicht länger blutige Tränen, die von den Blättern des Baumes der Erkenntnis herniederfielen, es waren dem Anscheine nach rote funkelnde Sterne. »Folge mir! folge mir!« klangen die bebenden Töne, und bei jedem Schritte brannten des Prinzen Wangen heißer, pulsierte sein Blut heftiger. »Ich muß!« sagte er, »es ist ja keine Sünde, kann es nicht sein! Weshalb der Schönheit und Freude nicht folgen! Nur sehen will ich sie, wie sie schläft. Es ist damit ja noch nichts verloren, wenn ich mich nur nicht hinreißen lasse, sie zu küssen, und das tue ich nicht, ich bin stark und habe einen festen Willen!«

Die Fee warf ihr strahlendes Gewand ab, beugte die Zweige zurück und einen Augenblick später war sie darin verschwunden.

»Ich habe noch nicht gesündigt«, sagte der Prinz, »und will es auch nicht.« Aber er zog doch die Zweige zur Seite. Da schlief sie schon, liebreizend, wie es nur die Fee im Garten des Paradieses sein kann. Sie lächelte im Traume; er beugte sich über sie nieder und sah Tränen zwischen ihren Augenwimpern beben.

»Weinst du über mich?« flüsterte er. »Weine nicht, du herrliches Weib! Nun begreife ich erst des Paradieses Glück, es durchströmt mein Blut, durchströmt meine Gedanken. Des Cherubs Kraft und ewiges Leben fühle ich in meinem irdischen Körper. Möge ewige Nacht mich decken, aber eine Minute, wie diese, ist Reichtum genug.« Und er küßte die Tränen von ihren Augen, sein Mund berührte den ihrigen.

Da ertönte ein Donnerschlag, so tief, so schrecklich, wie niemand ihn je gehört, und alles stürzte zusammen: die schöne Fee, das blühende Paradies sank, sank tief und immer tiefer. Der Prinz sah es in schwarze Nacht versinken, wie ein kleiner schimmernder Stern strahlte es in weiter Ferne. Todeskälte durchschauerte seine Glieder, er schloß seine Augen und lag lange Zeit wie tot da.

Der kalte Regen schlug ihm ins Gesicht, der scharfe Wind blies um seinen Körper, so daß er endlich wieder zur Besinnung kam. »Was habe ich getan!« seufzte er, »ich habe gesündigt wie Adam, gesündigt, daß das Paradies vor mir versunken ist!« Er öffnete die Augen; den Stern in weiter Ferne, den Stern, der wie das versunkene Paradies strahlte, sah er noch – es war der Morgenstern am Himmel.

Er richtete sich empor und befand sich in dem großen Walde dicht bei der Höhle der Winde und die Mutter der Winde saß an seiner Seite. Sie sah zornig aus und hob ihren Arm in die Höhe.

»Schon den ersten Abend!« sagte sie. »Ja, das dachte ich wohl. Wärest du mein Sohn, so solltest du in den Sack hinein!«

»Da soll er auch hineinkommen!« sagte der Tod. Es war ein starker alter Mann mit einer Sense in der Hand und mit großen schwarzen Flügeln. »In den Sarg soll er gelegt werden, aber jetzt noch nicht. Ich will ihn nur kennzeichnen und lasse ihn dann noch eine Weile auf der Welt umherwandern, seine Sünde abbüßen, gut und besser werden! Ich komme unverhofft. Wenn er es am wenigsten vermutet, stecke ich ihn in den schwarzen Sarg, setze ihn auf meinen Kopf und fliege zu den Sternen empor. Auch dort blüht ein Garten des Paradieses, und ist er gut und fromm, so soll er hineintreten. Ist aber sein Dichten und Trachten böse und sein Herz noch voller Sünde, dann sinkt er mit dem Sarge tiefer als das Paradies gesunken, und nur alle tausend Jahre hole ich ihn wieder, damit er tiefer sinke oder auf den funkelnden Stern da oben versetzt werde.«

Der fliegende Koffer

Es war einmal ein Kaufmann, der so reich war, daß er die ganze Straße und beinahe noch ein Seitengäßchen mit lauter harten Talern pflastern konnte. Allein das tat er nicht, er wußte sein Geld anders anzuwenden. Gab er einen Dreier aus, bekam er einen Taler wieder. Ja, ein tüchtiger Kaufmann war er, aber er mußte doch sterben.

Der Sohn bekam nun all dies Geld, und er lebte lustig, ging jede Nacht auf Maskenbälle, machte Papierdrachen aus Talerscheinen und ließ Goldstücke statt Steine auf der Wasseroberfläche hüpfen. So konnte das Geld schon abnehmen und tat es auch. Zuletzt besaß er nicht mehr als wenige Groschen und hatte keine anderen Kleider als ein Paar Pantoffeln und einen alten Schlafrock. Nun bekümmerten sich seine Freunde nicht länger um ihn, da sie sich ja mit ihm zusammen nicht auf der Straße sehen lassen konnten, allein einer von ihnen, ein gutmütiger Mensch, sandte ihm einen alten Koffer und ließ ihm sagen: »Pack ein!« Ja, das war nun wohl recht gut, aber er hatte nichts einzupacken, und deshalb setzte er sich selbst in den Koffer.

Das war ein absonderlicher Koffer. Sobald man an das Schloß drückte, konnte er fliegen. Er tat es und husch! flog er mit ihm durch den Schornstein hoch hinauf über die Wolken, weiter und immer weiter fort. Mitunter knackte der Boden bedenklich, und er hatte dann große Furcht, daß der Koffer in Stücken gehen würde, denn das hätte einen ganz artigen Luftsprung abgegeben! Gott bewahre uns! Endlich kam er nach dem Lande der Türken. Den Koffer verbarg er im Walde unter dürren Blättern und ging dann in die Stadt hinein. Das konnte er recht wohl tun, denn bei den Türken ging ja alles wie er in Schlafrock und Pantoffeln. Da begegnete er einer Amme mit einem kleinen Kinde. »Höre du, Türkenamme!« sagte er, »was ist das für ein großes Schloß hier unmittelbar bei der Stadt, dessen Fenster so hoch sitzen?«

»Dort wohnt die Tochter des Königs!« sagte sie, »es ist ihr geweissagt worden, daß sie über einen Geliebten sehr unglücklich werden würde, und deshalb darf niemand zu ihr kommen, wenn nicht der König und die Königin zugegen sind!«

»Ich danke!« sagte der Kaufmannssohn, und dann ging er in den Wald hinaus, setzte sich in seinen Koffer, flog auf das Dach des Schlosses und kroch durch das Fenster zur Prinzessin hinein.

Sie lag auf dem Sofa und schlief; sie war so lieblich, daß er sie küssen mußte. Sie erwachte und erschrak heftig, er aber sagte, er wäre der Türkengott, der durch die Luft zu ihr gekommen wäre, und das schmeichelte ihr.

Da saßen sie nun Seite an Seite, und er erzählte ihr Geschichten von ihren Augen; das wären die herrlichsten, dunklen Seen und die Gedanken schwämmen darin gleich Meerweibchen. Er erzählte von ihrer Stirn, die wäre ein Schneeberg mit den prächtigsten Sälen und Bildern. Auch erzählte er vom Storche, der die niedlichen Kinderchen bringt.

Ja, das waren herrliche Geschichten! Dann freite er um die Prinzessin, und sie sagte sogleich ja.
»Aber Sie müssen den Sonnabend herkommen, da ist der König und die Königin bei mir zum Tee. Sie werden sehr stolz darauf sein, daß ich den Türkengott bekomme. Aber sorgen Sie dafür, daß Sie ein recht schönes Märchen erzählen können, denn das gewährt meinen Eltern die angenehmste Unterhaltung. Meine Mutter hört gern moralische und vornehme, und mein Vater lustige, über die man lachen kann.«
»Ja, ich bringe keine andere Brautgabe als ein Märchen!« und dann trennten sie sich; aber die Prinzessin gab ihm einen mit Goldstücken besetzten Säbel, und die konnte er besonders gebrauchen.
Nun flog er fort, kaufte sich einen neuen Schlafrock und saß dann draußen im Walde und dichtete ein Märchen. Das sollte bis zum Sonnabend fertig sein, und das war nicht so leicht.

Als er nun fertig war, siehe da war es gerade Sonnabend. Der König, die Königin und der ganze Hof warteten bei der Prinzessin mit dem Tee. Er wurde sehr freundlich empfangen.

»Wollen Sie nun ein Märchen erzählen!« sagte die Königin, »eins, das tiefsinnig und belehrend ist!«

»Aber worüber man auch lachen kann!« sagte der König.

»Jawohl!« sagte er und erzählte. Da muß man nun gut aufmerken.

»Es war einmal ein Bund Schwefelhölzer, die auf ihre hohe Abkunft sehr stolz waren. Ihr Stammbaum, das heißt die große Fichte, von der jedes ein kleines, kleines Stückchen war, war ein großer, alter Baum im Walde gewesen. Die Schwefelhölzer lagen nun auf dem Gesims zwischen einem Feuerzeuge und einem alten eisernen Topfe, und diesen erzählten sie von ihrer Jugend. Ja, als wir auf dem grünen Zweige waren, sagten sie, da waren wir wahrlich auf einem grünen Zweige. Jeden Abend und Morgen gab es Diamanttee, das war der Tau, den ganzen Tag hatten wir Sonnenschein, wenn nämlich die Sonne schien, und alle die kleinen Vögel mußten uns Geschichten erzählen. Wir konnten recht gut merken, daß wir auch reich waren, denn die Laubbäume waren nur im Sommer bekleidet, aber unsere Familie hatte die Mittel, für Sommer und Winter grüne Kleider anzuschaffen. Nun aber kamen Holzhauer und es entstand eine große Umwälzung; unsere ganze Familie zersplitterte sich. Der Stammherr erhielt als Hauptmast Platz auf einem prächtigen Schiffe, das die Welt umsegeln konnte, wenn es wollte. Den anderen Zweigen wurden andere Stellen eingeräumt, und wir haben nun die Aufgabe, der niederen Menge das Licht anzuzünden.

Ich weiß ein anderes Lied zu singen! sagte der Eisentopf, an dessen Seite die Schwefelhölzer lagen. Seit ich das Licht der Welt erblickte, bin ich vielmal gescheuert und gekocht worden. Ich sorge für das Dauerhafte und bin, eigentlich gesprochen, der erste hier im Hause. Meine einzige Freude ist, nach Tisch rein und fein auf dem Gesims zu liegen und mit den Kameraden vernünftig zu plaudern. Nehme ich aber den Wassereimer aus, der doch bisweilen auf den Hof hinunter kommt, so leben wir hier immer hinter zugemachten Türen. Unser einziger Neuigkeitsbote ist der Marktkorb, aber der redet zu aufrührerisch über die Regierung und das Volk. Fiel doch neulich ein alter Topf aus Schreck darüber auf den Boden und zerschlug sich in Stücke. Der ist gut gesinnt, kann ich euch versichern!

Nun sprichst du zu viel! sagte das Feuerzeug und der Stahl schlug gegen den Feuerstein, daß Funken sprühten. Wollen wir uns nicht einen lustigen Abend machen?

Ja, lasset uns davon sprechen, wer der Vornehmste ist! sagten die Schwefelhölzer.

Nein, ich spreche nicht gern von mir selber! versetzte der Tontopf. Ich schlage eine Abendunterhaltung vor. Ich will den Anfang machen und etwas erzählen; jeder teilt mit, was er erlebt hat. Da kann man sich so trefflich hineinfinden und es ist sehr lustig! Also hört: An der Ostsee bei den dänischen Buchten – – –!

Ein herrlicher Anfang! riefen alle Teller, das wird gewiß eine Geschichte, die allen gefällt!

Ja, dort brachte ich meine Jugend bei einer stillen Familie zu; die Möbel wurden poliert, der Fußboden aufgewischt und alle vierzehn Tage wurden neue Vorhänge aufgesteckt!

Wie anschaulich Sie doch erzählen! sagte der Haarbesen. Man kann gleich hören, daß ein Frauenzimmer erzählt; es zieht sich etwas Reinliches hindurch!

Ja, das fühlt man! sagte der Wassereimer und machte vor Freude einen Satz, daß es auf dem Boden nur so klatschte!

Der Topf fuhr fort zu erzählen, und das Ende entsprach dem Anfange.

Alle Teller klirrten vor Freude, und der Haarbesen zog grüne Petersilie aus dem Sandloche und bekränzte den Topf, weil er wußte, er würde die anderen dadurch ärgern, und bekränze ich ihn heute, dachte er, so bekränzt er mich morgen!

Nun will ich tanzen! sagte die Feuerzange und tanzte. Ja, Gott bewahre uns, wie konnte sie das eine Bein in die Höhe schwenken! Der Bezug des alten Stuhles dort in der Ecke platzte bei dem Anblick. Werde ich nun auch bekränzt? fragte die Feuerzange, und sie wurde es.

Das ist doch nur Pöbel! dachten die Schwefelhölzer.

Nun sollte die Teemaschine singen, aber sie entschuldigte sich mit Erkältung; auch könnte sie nur in kochendem Zustande singen, aber es geschah eigentlich aus lauter Vornehmtuerei; sie wollte nur auf dem Tisch drinnen bei der Herrschaft singen.

Im Fenster saß eine alte Feder, mit der die Magd zu schreiben pflegte. Es war nichts Bemerkenswertes an ihr, ausgenommen, daß sie zu tief in das Tintenfaß getaucht war, aber gerade darauf tat sie sich etwas zugute. Will die Teemaschine nicht singen, sagte sie, so mag sie es bleiben lassen. Draußen sitzt im Bauer eine Nachtigall, die singen kann; sie hat zwar nichts gelernt, aber gleichwohl wollen wir ihr das heute abend nicht übel auslegen!

Ich finde es im höchsten Grade unpassend, äußerte der Teekessel, der das Amt eines Küchensängers bekleidete und ein Halbbruder der Teemaschine war, daß ein fremder Vogel angehört werden soll. Ist das patriotisch? Ich fordere den Marktkorb auf, darüber sein Urteil abzugeben!

Ich ärgere mich nur! sagte der Marktkorb, ich ärgere mich so sehr, wie es sich niemand vorstellen kann! Ist das eine Art und Weise, den Abend zu verleben? Würde es nicht weit vernünftiger sein, das ganze Haus einmal auf den rechten Fleck zu setzen? Jeder sollte dann schon den ihm

gebührenden Platz erhalten, und ich würde die ganzen Anordnungen treffen!
Ja, laßt uns Lärm machen! riefen sie sämtlich. Plötzlich ging die Tür auf. Es war das Dienstmädchen, und nun standen sie still und wagten nicht Muck zu sagen. Aber da war kein Topf, der nicht ein Gefühl seiner Macht und Würde gehabt hätte. Ja, wenn ich nur gewollt hätte, dachte ein jeder, dann würde es sicher einen lustigen Abend gegeben haben!
Das Dienstmädchen nahm die Schwefelhölzer und machte Feuer mit ihnen an – Gott bewahre uns, wie sie sprühten und aufflammten!
Nun kann ein jeder sehen, daß wir die ersten sind! dachten sie. Welchen Glanz, welches Licht wir haben! – und nun waren sie ausgebrannt!«
»Das war ein herrliches Märchen!« sagte die Königin. »Ich fühlte mich im Geiste ganz zu den Schwefelhölzern in die Küche versetzt. Ja, nun sollst du unsere Tochter haben!«
»Jawohl!« sagte der König, »du sollst unsere Tochter den Montag bekommen!« denn nun sagte er zu ihm, als zu einem künftigen Familiengliede, Du.
Die Hochzeit war also festgesetzt, und den Abend vorher wurde die ganze Stadt erleuchtet. Wecken und Brezeln wurden verteilt, die Straßenjungen drängten sich auf den Gassen, riefen Hurra und pfiffen auf den Fingern; es war außerordentlich prachtvoll.
Ich muß wohl auch daran denken, mein Scherflein zu den Feierlichkeiten beizutragen! dachte der Kaufmannssohn, und nun kaufte er Raketen, Knallerbsen und alles erdenkliche Feuerwerk, legte es in seinen Koffer und flog damit in die Luft empor.
Rutsch! ging es in die Höhe und verpuffte unter vielem Lärm.
Alle Türken hüpften dabei in die Höhe, daß ihnen die Pantoffeln um die Ohren fuhren. Dergleichen Lufter-

scheinungen hatten sie niemals gesehen. Nun sahen sie ein, daß es der Türkengott selber war, welcher die Prinzessin bekommen sollte.
Sobald sich der Kaufmannssohn wieder mit seinem Koffer in den Wald hinabgelassen hatte, dachte er: Ich will doch in die Stadt gehen, um mir berichten zu lassen, wie es sich ausgenommen hat. Man kann sich wohl zusammenreimen, daß er Lust dazu hatte.
Nein, was ihm die Leute doch alles erzählten! Ein jeder, bei dem er sich erkundigte, hatte es in seiner Weise gesehen, aber einen prächtigen Eindruck hatte es auf alle gemacht.
»Ich sah den Türkengott selbst!« erzählte der eine, »er hatte Augen wie blitzende Sterne und einen Bart wie schäumendes Wasser!«
»Er flog in einem feurigen Mantel«, berichtete ein anderer. »Die lieblichsten Engelsköpfchen schauten unter den Falten hervor!«
Ja, das waren vortreffliche Sachen, die er zu hören bekam, und den Tag darauf sollte er Hochzeit haben.
Nun ging er nach dem Walde zurück, um sich in seinen Koffer zu setzen – aber wo war der? Der Koffer war verbrannt. Ein Funke war von dem Feuerwerk zurückgeblieben, der Feuer gefangen und den Koffer in Asche gelegt hatte. Er konnte nicht mehr fliegen, nicht mehr zu seiner Braut gelangen.
Sie aber stand den ganzen Tag auf dem Dache und harrte seiner. Sie wartet noch, er aber durchzieht die Welt und erzählt Märchen, die jedoch nicht mehr so lustig sind als das von den Schwefelhölzchen.

Die Störche

Auf dem letzten Hause eines kleinen Dörfchens befand sich ein Storchnest. Die Storchmutter saß im Neste bei ihren vier Jungen, die den Kopf mit dem kleinen schwarzen Schnabel, denn der war noch nicht rot geworden, hervorstreckten. Ein Stückchen davon stand auf dem Dachfirst starr und steif der Storchvater. Er hatte das eine Bein unter sich emporgezogen, um doch auch ein wenig Beschwerde zu haben, während er Schildwache stand. Man hätte meinen können, er wäre aus Holz gedrechselt, so stille stand er. Gewiß sieht es recht vornehm aus, daß meine Frau eine Schildwache bei dem Neste hat! dachte er. Man kann ja nicht wissen, daß ich ihr Mann bin, man glaubt sicherlich, daß ich hierher kommandiert bin. Es sieht wahrlich nach etwas Großem aus! Und er stand unermüdlich auf einem Beine.

Unten auf der Straße spielte eine Schar Kinder, und als sie die Störche erblickten, sang einer der dreistesten Knaben und allmählich alle zusammen einen Vers aus einem alten Storchliede, so gut sie sich dessen erinnern konnten:

Störchlein, Störchlein, fliege,
Damit ich dich nicht kriege,
Deine Frau, die liegt im Neste dein
Bei deinen lieben Kindelein:
Das eine wird gepfählt,
Das andere wird abgekehlt,
Das dritte wird verbrannt,
Das vierte dir entwandt!

»Höre nur, was die Jungen singen!« sagten die kleinen Storchkinder. »Sie sagen, wir sollen gebraten und verbrannt werden!«

»Daraus braucht ihr euch nichts zu machen!« sagte die Storchmutter. »Hört gar nicht danach hin, es geschieht euch nichts!«

Aber die Knaben wiederholten es immer von neuem und wiesen mit Fingern nach dem Storche. Nur ein Knabe, Peter mit Namen, sagte, es wäre eine Sünde und Schande, sich über die Tiere lustig zu machen, und nahm an ihrem Unfug nicht teil. Die Storchmutter tröstete ihre Kinder: »Kümmert euch doch nicht darum!« sagte sie; »seht nur, wie ruhig und unbekümmert euer Vater dasteht, und zwar auf einem Beine!«

»Uns ist so bange!« sagten die Jungen und zogen ihre Köpfe in das Nest zurück.

Als am nächsten Tage die Kinder wieder zum Spielen zusammenkamen und die Störche erblickten, begannen sie wieder ihr altes Lied:

»Das eine wird gepfählt,
Das andere wird abgekehlt –«

»Werden wir wohl gepfählt und verbrannt?« fragten die Storchkinder.

»Nein, sicher nicht!« erwiderte die Mutter. »Ihr sollt fliegen lernen; ich werde euch schon einüben! Dann geht es hinaus auf die Wiese und auf Besuch zu den Fröschen. Die verneigen sich vor uns im Wasser, singen: Koax, koax! und dann essen wir sie auf. Das soll eine wahre Lust werden!«

»Und was dann?« fragten die Storchkinder.

»Dann versammeln sich alle Störche, die hier im Lande wohnen, und darauf beginnt die große Herbstübung. Da muß man gut fliegen, das ist von großer Wichtigkeit, denn wer nicht fliegen kann, wird von dem General mit seinem Schnabel totgestochen. Lernt deshalb ja fliegen, wenn der Unterricht beginnt!«

»Dann werden wir ja aber doch gepfählt, wie die Knaben behaupteten, und höre nur, jetzt sagen sie es schon wieder!«

»Hört auf mich und nicht auf sie!« sagte die Storchmutter. »Nach der großen Übung fliegen wir nach den warmen

Ländern, weit fort von hier, über Berge und Wälder. Nach Ägypten fliegen wir, wo es dreieckige Steinhäuser gibt, die in einer Spitze zusammenlaufen und bis über die Wolken ragen. Sie heißen Pyramiden und sind älter als ein Storch sich vorstellen kann. Da ist auch ein Fluß, der aus seinen Ufern tritt und das ganze Land mit Schlamm überzieht. Man geht im Schlamm und ißt Frösche.«

»Oh!« riefen alle Jungen.

»Ja, da ist es wunderbar schön! Man tut den ganzen Tag nichts anderes als essen. Und während wir es so gut haben, ist hierzulande nicht ein grünes Blatt auf den Bäumen. Hier ist es so kalt, daß die Wolken in Stücke gefrieren und in kleinen weißen Läppchen herniederfallen!« Es war der Schnee, den sie meinte, aber nicht deutlicher zu erklären vermochte.

»Zerfrieren denn auch die unartigen Knaben in lauter Stücke?« fragten die Storchkinder.

»Nein, in Stücke zerfrieren sie nicht, aber es fehlt nicht viel daran, und sie müssen in der dunklen Stube und hinter dem Ofen sitzen. Ihr dagegen könnt in fremden Ländern umherfliegen, wo es Blumen gibt und warmer Sonnenschein herrscht!«

Inzwischen war schon einige Zeit verstrichen, und die Jungen waren so groß, daß sie im Neste aufrechtstehen und sich weit umschauen konnten. Der Storchvater kam jeden Tag mit wohlschmeckenden Fröschen, kleinen Schlangen und allen auffindbaren Storchleckereien geflogen. Und wie lustige Kunststücke machte er ihnen vor! Den Kopf verstand er gerade auf den Schwanz zu legen, mit dem Schnabel klapperte er, als wäre derselbe eine Knarre, und dann erzählte er ihnen Geschichten, allesamt vom Sumpfe.

»Hört, nun müßt ihr fliegen lernen!« sagte eines Tages die Storchmutter, und dann mußten alle vier Junge auf den Dachfirst hinaus. Oh, wie sie schwankten! Wie sie suchten, sich mit den Flügeln im Gleichgewicht zu erhalten, und doch nahe daran waren, hinunterzufallen.

»Seht nun auf mich!« sagte die Mutter. »So müßt ihr den Kopf halten! So müßt ihr die Beine setzen! Eins, zwei! eins, zwei! Das wird euch in der Welt vorwärtsbringen!« Darauf flog sie eine kurze Strecke und die Jungen machten einen kleinen, plumpen Satz. Bums! da lagen sie, denn sie waren noch zu schwerfällig.

»Ich will nicht fliegen!« sagte das eine Junge und kroch

wieder in das Nest hinein. »Ich mache mir nichts daraus, nach den warmen Ländern zu kommen.«

»So willst du also hier im Winter erfrieren? Sollen etwa die Knaben kommen und dich pfählen, abkehlen und verbrennen? Dann will ich sie rufen!«

»O nein!« sagte das Storchkind und hüpfte dann wieder auf das Dach zu den anderen. Den dritten Tag konnten sie schon ordentlich ein wenig fliegen, und nun meinten sie auch in der Luft schweben zu können. Das wollten sie, aber bums! da plumpsten sie nieder und mußten schnell wieder ihre Flügel in Bewegung setzen. Nun liefen die Knaben auf der Straße zusammen und sangen ihr Lied:

»Störchlein, Störchlein, fliege!«

»Sollen wir hinfliegen und ihnen die Augen aushacken?« fragten die Jungen.

»Nein, laßt das hübsch bleiben!« sagte die Mutter. »Hört nur auf mich, das ist weit wichtiger. Eins, zwei, drei! Nun fliegen wir rechts herum! Eins, zwei, drei! nun links um den Schornstein! Seht, das war sehr gut! Der letzte Flügelschlag war so hübsch und richtig, daß ihr Erlaubnis bekommen sollt, morgen mit mir in den Sumpf zu kommen. Dort kommen mehrere nette Storchfamilien mit ihren Kindern zusammen. Beweist mir nun, daß meine die wohlgezogensten sind, und haltet euch recht gerade, das sieht gut aus und gibt ein gewisses Ansehen!«

»Aber sollen wir denn an den unartigen Knaben keine Rache nehmen?« fragten die Storchjungen.

»Laßt sie schreien, was sie wollen! Ihr erhebt euch doch zu den Wolken und kommt nach dem Lande der Pyramiden, während sie frieren müssen und kein grünes Blatt noch einen süßen Apfel haben!«

»Ja, wir wollen uns rächen!« flüsterten sie einander zu, und dann wurde wieder fleißig geübt.

Von allen Knaben auf der Gasse war keiner ärger, das Spottlied zu singen, als gerade der, welcher es zuerst angestimmt hatte, und das war ein ganz kleiner Bursche, denn er zählte sicher nicht mehr als sechs Jahre. Die Storchkinder meinten freilich, er wäre hundert Jahre, weil er so viel größer als ihre Mutter und ihr Vater war. Was wußten sie davon, wie alt kleine und große Kinder sein können. Ihre ganze Rache sollte sich über diesen Knaben ergießen; er hatte ja mit dem Liede den Anfang gemacht und war dessen noch nicht müde geworden. Die jungen Störche waren sehr aufgebracht, und je größer sie wurden, desto weniger wollten sie es leiden. Die Mutter mußte ihnen zuletzt versprechen, daß sie ihnen Rache verschaffen wollte, aber erst am letzten Tage ihres Aufenthalts im hiesigen Lande sollte sie vollzogen werden.

»Wir müssen doch erst sehen, wie ihr euch bei der großen Übung bewähren werdet! Macht ihr eure Sache schlecht, so daß der General euch den Schnabel in die Brust bohren muß, dann haben die Knaben ja recht, wenigstens in einer Hinsicht! Laßt uns also erst sehen!«

»Ja, das sollst du!« sagten die Jungen, und gaben sich deshalb gerade recht viel Mühe. Sie übten sich jeden Tag und flogen so niedlich und leicht, daß es eine wahre Lust war.

Nun kam der Herbst. Alle Störche versammelten sich allmählich, um gegen Winter nach den warmen Ländern zu fliegen. Was für eine Übung ging voraus! Über Wälder und Städte mußten sie, nur um zu sehen, wie gut sie fliegen könnten, denn es war ja eine große Reise, die bevorstand. Unsere jungen Störche machten ihre Sache so hübsch, daß sie die Zensur »Ausgezeichnet gut mit Frosch und Schlange« erhielten. Das war das allerbeste Zeugnis, und den Frosch und die Schlange durften sie essen, und taten es auch.

»Nun müssen wir uns rächen!« sagten sie.

»Jawohl!« sagte die Storchmutter. »Was ich mir ausgedacht habe, das ist gerade das Richtige! Ich weiß, wo der Teich ist, in dem alle die kleinen Menschenkinder liegen, bis der Storch kommt und sie ihren Eltern bringt. Die niedlichen kleinen Kinder schlafen und träumen so süß, wie sie nachher nie mehr träumen. Alle Eltern wollen gern so ein kleines Kind haben, und alle Kinder wollen eine Schwester oder einen Bruder haben. Nun wollen wir nach dem Teiche hinfliegen und für jedes der Kinder eins holen, welche das arge Lied nicht gesungen und sich über die Störche nicht lustig gemacht haben.«

»Aber jener schlimme, häßliche Junge, der es zu singen angefangen hat, was machen wir mit ihm?«

»Im Teiche dort liegt ein kleines, totes Kind, das sich tot geträumt hat. Das wollen wir zu ihm hintragen, dann muß er weinen, weil wir ihm ein totes Brüderchen gebracht haben. Allein dem guten Knaben, den ihr gewiß noch nicht vergessen habt, dem, der meinte: Es ist eine Sünde und Schande, sich über die Tiere lustig zu machen, dem wollen wir sowohl ein Brüderlein als auch ein Schwesterlein bringen, und da der Knabe Peter heißt, so sollt ihr sämtlich Peter gerufen werden!«

Und wie sie es gesagt hatte, geschah es. Seitdem hießen alle Störche Peter und werden noch heute so genannt.

Das eherne Schwein

In der Stadt Florenz, unweit der Piazza del Granduca, läuft eine kleine Querstraße, die, wenn ich mich nicht irre, Porta Rossa genannt wird. In dieser, früher eine Markthalle, in welcher Grünzeug verkauft wurde, liegt ein künstlerisch vortrefflich gearbeitetes Schwein von Erz. Das frische, klare Wasser rieselt aus dem Maule des Tieres, das vor Alter völlig dunkelgrün aussieht. Nur der Rüssel blinkt, als ob er poliert wäre, und er ist es auch von den vielen Hunderten von Kindern und armen Leuten, die ihn mit ihren Händen umfassen und ihren Mund an das Maul des Tieres legen, um zu trinken. Es ist ein hübsches Bild, das wohlgeformte Tier von einem hübschen halbnackten Burschen umfaßt zu sehen, der seinen frischen Mund an den Rüssel desselben setzt.

Ein jeder, der nach Florenz kommt, braucht nur den ersten besten Bettler nach dem ehernen Schweine zu fragen, und er wird es sicher finden.

Es war spät abends im Winter, die Berge lagen mit Schnee bedeckt, aber es war Mondschein, und Mondschein in Italien gibt eine Beleuchtung, die sich einem dunklen Wintertag im Norden an die Seite stellen kann, ja, die besser ist, denn die Luft leuchtet, die Luft erhebt, während im Norden der kalte, graue, bleierne Tag uns zur Erde herniederdrückt, zu der kalten, nassen Erde, die einmal auf unseren Sarg drücken wird.

Im Schloßgarten des Großherzogs, unter dem Dache der Pinien, wo selbst zur Winterszeit Tausende von Rosen blühen, hatte ein kleiner zerlumpter Knabe den ganzen Tag gesessen, ein Knabe, der ein Bild Italiens vorstellen konnte, so schön, so lächelnd und doch so leidend sah er aus. Er war hungrig und durstig, niemand gab ihm einen Groschen, und als es dunkel wurde und der Garten geschlossen werden sollte, jagte der Pförtner ihn fort. Lange stand er träumend auf der Brücke, die über den Arno führt, und blickte die Sterne an, die zwischen ihm und der prächtigen Marmorbrücke im Wasser widerstrahlten.

Er schlug den Weg zu dem ehernen Schweine ein, kniete halb nieder, schlang seine Arme um den Hals desselben, setzte seinen kleinen Mund an dessen glänzenden Rüssel und trank das frische Wasser in großen Zügen. Dicht daneben lagen einige Salatblätter und ein paar Kastanien, diese dienten zum Abendbrot. Nicht ein einziger Mensch war auf der Straße; er war ganz allein, setzte sich auf den

Rücken des ehernen Schweines, lehnte sich vornüber, so daß sein kleines lockiges Köpfchen auf dem des Tieres ruhte, und ehe er sich dessen bewußt wurde, schlief er ein.

Es war Mitternacht, das eherne Schwein bewegte sich; er hörte, daß es ganz deutlich sagte: »Du kleiner Knabe, halte dich fest, denn nun laufe ich!« Darauf lief es mit ihm fort; es war ein selbsamer Ritt. Zuerst gelangten sie nach der Piazza del Granduca. Das eherne Pferd, das die Bildsäule des Herzogs trug, wieherte laut. Das bunte Wappen an dem alten Rathause leuchtete wie durchsichtig, und Michelangelos David schwang seine Schleuder. Es war ein eigentümliches Leben, das sich überall regte. Die Gruppen, die den Perseus und den Raub der Sabinerinnen darstellten, waren nur allzu lebendig. Ein Todesschrei erschallte von ihnen über den prächtigen, einsamen Platz.

An dem Palazzo degli Uffici, unter dem Bogengange, wo sich der Adel während der Fasten zum Karnevalscherz versammelt, machte das eherne Schwein halt.

»Halte dich fest!« sagte das Tier, »halte dich fest, denn nun geht es die Treppe hinauf.« Der Kleine sprach noch immer kein Wort, halb zitterte er, halb war er glückselig.

Sie traten in eine lange Galerie, die er recht wohl kannte; er war schon früher hier gewesen. Die Wände prangten mit Gemälden. Hier standen Bildsäulen und Büsten, alle im schönsten Lichte, gerade als wenn es lichter Tag wäre, aber am prächtigsten war es, als sich die Türen zu den Nebenzimmern öffneten. Ja, dieser Herrlichkeit erinnerte sich der Kleine, doch in dieser Nacht war alles in seinem schönsten Glanze.

Hier stand ein nacktes herrliches Weib, so schön, wie es nur die Natur und des Marmors größter Meister bilden konnte. Es bewegte die anmutigen Glieder, Delphine sprangen zu seinen Füßen, die Unsterblichkeit leuchtete

aus seinen Augen. Die Welt nennt es die Mediceische Venus. Zu ihren beiden Seiten prangten Marmorbilder, herrliche Männer. Der eine wetzte das Schwert, er wird der Schleifer genannt; die Ringkämpfer bildeten die andere Gruppe: das Schwert wurde gewetzt, die Kämpfer rangen um die Göttin der Schönheit.
Der Knabe war von all dem Glanze wie geblendet; die Wände strahlten in Farben, und alles war Leben und Bewegung. Doppelt zeigte sich das Bild der Venus, der irdischen Venus, so schwellend und feurig, wie Titian sie geschaut hatte. Zwei herrliche Frauenbilder! Die schönen unverschleierten Glieder streckten sich auf den weichen Polstern, die Brust hob sich und das Haupt bewegte sich, so daß die reichen Locken um die runden Schultern herabwallten, während die dunklen Augen glühende Gedanken aussprachen. Aber keines von allen Bildern wagte doch ganz aus dem Rahmen herauszutreten. Die Göttin der Schönheit selbst, die Ringkämpfer und der Schleifer blieben auf ihren Plätzen, denn die Glorie, die von der Madonna, von Jesus und Johannes ausstrahlte, hielt sie gefesselt. Die Heiligenbilder waren nicht Bilder länger, sondern die Heiligen selbst.
Welcher Glanz und welche Schönheit von Saal zu Saal! Und der Kleine sah alles; das eherne Schwein ging ja Schritt vor Schritt durch all die Pracht und Herrlichkeit. Ein Anblick verdrängte den anderen, aber nur ein Bild haftete völlig in seiner Seele fest und zumeist infolge der frohen, glücklichen Kinder, die sich darauf befanden und denen der Kleine schon einmal bei Tageslicht zugenickt hatte.
Viele gehen gewiß an diesem Bilde leicht vorüber und doch umschließt es einen Schatz von Poesie: es ist Christus, der in die Hölle niederfährt, aber es sind nicht die Verdammten, die man um ihn sieht, sondern die Heiden. Der Florentiner Angiolo Bronzino hat dies Bild gemalt; am herrlichsten ist die Gewißheit der Kinder darüber, daß

sie in den Himmel kommen sollen, ausgedrückt: zwei Kinder umarmen einander bereits, ein Kleiner reicht einem anderen, der noch in der Tiefe steht, die Hand und zeigt auf sich selbst, als ob er sagen wollte: »Ich soll in den Himmel!« Alle anderen stehen ungewiß, hoffend oder neigen sich demütig betend vor dem Herrn Jesus.
Dieses Bild schaute der Knabe länger als irgendein anderes an. Das eherne Schwein weilte lange still vor demselben. Ein leiser Seufzer ließ sich vernehmen. Kam er aus dem Bilde oder aus des Tieres Brust? Der Knabe erhob die Hand gegen die lächelnden Kinder. – Da jagte das Tier mit ihm von dannen, vorwärts durch den offenen Vorsaal.
»Dank und Segen dir, du treffliches Tier!« sagte der kleine Knabe und streichelte das eherne Schwein, das bums, bums! mit ihm die Treppen hinuntersprang.
»Dank und Segen dir selbst!« sagte das eherne Schwein, »ich habe dir geholfen und du hast mir geholfen, denn nur mit einem unschuldigen Kinde auf meinem Rücken erhalte ich Kräfte zum Laufen. Ja, siehst du, auch ich darf unter die Strahlen der Lampe vor dem Madonnenbilde treten. Ich kann dich überall hintragen, nur nicht in die Kirche hinein. Aber von außen kann ich, wenn du bei mir bist, durch das offene Portal hineinschauen. Steige nicht von meinem Rücken hinab, tust du es, dann liege ich tot, wie du mich am Tage in der Straße Porta Rossa siehst!«
»Ich bleibe bei dir, du freundliches Tier!« sagte der Kleine, und dann ging es in sausendem Lauf durch die Straßen von Florenz bis hinaus zu dem Platze vor der Kirche Santa Croce.
Die große Flügeltür sprang auf, die Lichter strahlten vom Altare durch die Kirche hinaus auf den einsamen Platz.
Ein eigentümlicher Lichtglanz strömte von einem Grabmonument in dem linken Seitengange aus, Tausende von beweglichen Sternen bildeten gleichsam einen Glorienschein um dasselbe. Ein Wappenzeichen prangte auf dem

Grabe, eine rote Leiter in blauem Felde, die wie Feuer zu glühen schien. Es war Galileis Grab; es ist ein einfaches Denkmal, aber die rote Leiter im blauen Felde ist ein bedeutungsvolles Wappenzeichen, es ist das, das jeglicher Kunst zukommt, denn hier führt der Weg immer auf einer glühenden Leiter aufwärts, aber zum Himmel. Alle Propheten des Geistes fahren zum Himmel auf wie der Prophet Elias.

Im Gange zur Linken schien jede Bildsäule auf den reichen Sarkophagen Leben erhalten zu haben. Hier stand Michelangelo, dort Dante mit dem Lorbeerkranz um die Stirn. Alfieri, Machiavelli, Seite an Seite ruhen hier diese Geisteshelden, der Stolz Italiens.* Es ist eine prächtige Kirche, weit schöner, wenn auch nicht so groß, als die von Marmor aufgeführte Domkirche zu Florenz.

Es war, als ob die Marmorbilder sich bewegten, als ob die großen Gestalten ihr Haupt immer höher erhöben und unter Gesang und harmonischen Klängen in nächtlicher Zeit hinschauten nach dem farbenreichen, strahlenden Altar, wo weißgekleidete Knaben goldene Rauchfässer schwangen. Der starke Weihrauchsduft strömte aus der Kirche bis auf den offenen Platz hinaus.

Der Knabe streckte seine Hand dem Lichtglanze entgegen, doch in demselben Augenblicke jagte das eherne Schwein von dannen; er mußte sich fest an dasselbe drükken, der Wind sauste ihm um die Ohren, er hörte die Kirchentüren sich knarrend um ihre Angeln drehen, während sie sich schlossen, aber zugleich schien ihn das

* Gerade dem Grabe Galileis gegenüber befindet sich das Michelangelos; auf dem Denkmale ist seine Büste und außerdem drei Figuren angebracht: die Skulptur, Malerkunst und Architektur. Dicht daneben ist Dantes Grab (der Leichnam selbst befindet sich in Ravenna); auf dem Denkmale gewahrt man die Italia, sie zeigt nach Dantes Kolossalstatue hin; die Poesie weint über den Verlorenen. Wenige Schritte hiervon ist Alfieris Grabmonument, welches mit Lorbeer, der Leier und Masken verziert ist. Die Italia weint über seinen Sarg gebeugt. Machiavelli beschließt hier die Reihe dieser großen Männer.

Bewußtsein zu verlassen, er fühlte eine eisige Kälte und schlug die Augen auf.

Es war Morgen; er saß halb von dem ehernen Schweine hinabgeglitten, das, wie immer, in der Straße Porta Rossa stand.

Furcht und Angst erfüllte den Knaben bei dem Gedanken an die, welche er seine Mutter nannte, an sie, die ihn gestern ausgeschickt hatte, Geld zu schaffen. Er hatte keins, hungrig und durstig war er. Noch einmal faßte er das eherne Schwein um den Hals, küßte es auf den Rüssel, nickte ihm zu und wanderte dann weiter nach einer der engsten Gassen, kaum breit genug für einen wohlbeladenen Esel. Eine große eisenbeschlagene Tür stand halb angelehnt, er ging eine steinerne Treppe mit schmutzigen Stufen und einem glatten Seile an Stelle des Geländers hinauf und kam in eine offene, mit Lumpen behängte Galerie. Eine Treppe führte von hier nach dem Hofe, wo vom Brunnen aus starke Eisendrähte nach allen Stockwerken des Hauses gezogen waren, und ein Wassereimer schwebte neben dem anderen, während die Winde knarrte und die Eimer in der Luft tanzten, daß das Wasser auf den Hof herniederplätscherte. Abermals ging es eine verfallene Treppe hinauf. Zwei Matrosen, Russen, sprangen lustig hinab und hätten den armen Jungen beinahe umgestoßen, sie kamen von ihrer nächtlichen Lustbarkeit. Eine nicht mehr junge, aber kräftig gebaute Frauengestalt mit üppigem, schwarzem Haare folgte hinterher. »Was bringst du nach Hause?« fragte sie den Knaben.

»Sei nicht böse!« bat er, »ich bekam nichts, gar nichts!« Er erfaßte den Rock der Mutter, als ob er denselben küssen wollte. Sie traten in das Zimmer hinein: wir wollen es nicht beschreiben, nur so viel sei gesagt, daß darin ein Henkeltopf mit Kohlenfeuer stand, marito, wie er genannt wird. Diesen nahm sie auf den Arm, wärmte die Finger und stieß den Knaben mit dem Ellbogen. »Gewiß hast du Geld!« schrie sie.

Das Kind weinte, sie stieß es mit Füßen, es jammerte laut. – »Willst du schweigen, oder ich schlage dir Schreihals den Kopf entzwei!« sagte sie und schwang den Feuertopf, den sie in der Hand hielt. Der Knabe duckte sich schreiend auf die Erde nieder. Da trat die Nachbarin zur Tür herein, ebenfalls mit ihrem marito auf dem Arme. »Felicita! Was machst du mit dem Kinde?«

»Es ist mein Kind!« antwortete Felicita. »Ich kann es totschlagen, wenn ich will, und dich mit, Gianina!« und sie schwang ihren Feuertopf. Die andere hob den ihrigen abwehrend in die Höhe und so fuhren beide Töpfe gegeneinander, daß Scherben, Feuer und Asche im Zimmer umherflogen; – – aber der Knabe war im Nu zur Tür hinaus, über den Hof und aus dem Hause. Der arme Junge lief, bis er zuletzt nicht mehr atmen konnte. Er machte bei der Kirche Santa Croce halt, bei der Kirche, deren Haupttür sich in der letzten Nacht vor ihm geöffnet hatte, und ging hinein. Alles strahlte! Er kniete neben dem ersten Grabe zur Rechten nieder; es war das Michelangelos, und bald schluchzte er laut. Leute kamen und gingen, die Messe wurde gelesen, und niemand bekümmerte sich um den Knaben. Nur ein ältlicher Bürger blieb stehen, betrachtete ihn und ging dann gleich den anderen fort. Hunger und Durst peinigten den Kleinen, er war krank und wie ohnmächtig. Er kroch in den Winkel zwischen der Wand und dem Marmordenkmal und fiel in Schlaf. Es war schon gegen Abend, als er dadurch erwachte, daß ihn jemand rüttelte. Er fuhr empor und der nämliche alte Bürger stand vor ihm.

»Bist du krank? Wo gehörst du zu Hause? Bist du den ganzen Tag hier gewesen?« so lauteten einige der vielen Fragen, die der Alte an ihn richtete. Sie wurden beantwortet, und der alte Mann nahm ihn mit sich nach einem kleinen Häuschen, das dicht daneben in einer der Seitenstraßen lag. Es war eine Handschuhmacherwerkstätte; sie traten hinein. Die Frau saß noch immer fleißig bei der

Arbeit und nähte bei ihrer Ankunft. Ein kleiner, weißer Bologneser, so kurz geschoren, daß man die rosenrote Haut sehen konnte, hüpfte auf den Tisch und machte dem kleinen Knaben seine Sprünge vor.

»Unschuldige Seelen erkennen einander«, sagte die Frau und streichelte den Hund und den Knaben. Die guten Leute setzten ihm zu essen und zu trinken vor und sagten, er dürfte auch über Nacht bei ihnen bleiben. Am nächsten Tag wollte dann Vater Giuseppe mit seiner Mutter reden. Er bekam ein kleines ärmliches Bettchen, aber für ihn, der oft auf dem harten Steinboden schlafen mußte, war es königlich prächtig. Er schlief trefflich und träumte von den reichen Bildern und von dem ehernen Schweine.

Vater Giuseppe ging am folgenden Morgen aus, und das arme Kind war keineswegs froh darüber, denn es wußte, daß dieser Gang in der Absicht geschah, es zu seiner Mutter zu bringen, und der Knabe weinte und küßte den kleinen muntern Hund, und die Frau nickte ihnen beiden zu.

Und was für einen Bescheid brachte Vater Giuseppe? Er redete viel mit seiner Frau, und sie nickte und streichelte den Knaben. »Es ist ein prächtiger Junge!« sagte sie. »Er kann ein so tüchtiger Handschuhmacher werden, wie du warst! Und Finger hat er, fein und geschmeidig! Die Madonna hat ihn zum Handschuhmacher bestimmt!«

Und der Knabe blieb im Hause, und die Frau lehrte ihn selbst nähen. Er aß gut, er schlief gut, er wurde munter und fing an, sich mit Bellissima, so hieß das Hündchen, herumzunecken. Die Frau drohte mit den Fingern, schalt und ward ärgerlich, und dem Knaben ging es zu Herzen. Gedankenvoll saß er in seiner kleinen Kammer, die nach der Straße hinaus lag, wo man Häute trocknete. Dicke Eisenstäbe waren vor den Fenstern, er konnte nicht schlafen, das eherne Schwein lag ihm im Sinne, und plötzlich hörte er draußen: Klatsch, klatsch! Ja, das mußte es sicherlich sein! Er sprang an das Fenster, aber es war nichts zu sehen, es war alles vorbei. .

»Hilf dem Herrn seinen Farbenkasten tragen!« sagte am Morgen die Frau zu dem Knaben, als der junge Nachbar, ein Maler, diesen selbst und ein großes Stück zusammengerollter Leinwand hereinschleppte. Das Kind nahm den Kasten, folgte dem Maler, und sie schlugen den Weg nach der Galerie ein, gingen dieselbe Treppe hinauf, die er von jener Nacht her kannte, wo er auf dem ehernen Schweine ritt. Er erkannte die Bildsäulen und die Gemälde wieder, die herrliche Marmor-Venus und alle die, welche damals in Farben lebten; er sah wieder die Madonna, Jesus und Johannes.

Nun blieben sie vor dem Gemälde von Bronzino stehen, auf dem Christus zur Hölle herniederfährt und die Kinder um ihn her in der süßen Gewißheit des Himmels lächeln. Das arme Kind lächelte auch, denn hier war es in seinem Himmel.

»Geh nun nach Hause!« sagte der Maler zu ihm, als er schon die ganze Zeit dagestanden, die jener gebraucht hatte, seine Staffelei aufzustellen.

»Darf ich Ihnen zusehen?« fragte der Knabe. »Darf ich sehen, wie Sie das Bild auf das weiße Stück Leinwand hinmalen?«

»Jetzt male ich noch nicht!« antwortete der Mann und zog seine schwarze Kreide hervor. Schnell bewegte sich die Hand, das Auge maß das große Bild, und ungeachtet nur ein dünner Strich zum Vorschein kam, stand doch bald Christus schwebend da wie auf dem farbenreichen Bilde.

»Aber so geh doch nun!« sagte der Maler, und der Knabe wanderte still heimwärts, setzte sich auf den Tisch und – lernte Handschuhe nähen.

Aber den ganzen Tag weilten seine Gedanken im Bildersaale, und deshalb stach er sich in die Finger und benahm sich ganz linkisch, aber mit Bellissima neckte er sich nicht mehr. Als es Abend wurde und die Straßentür gerade aufstand, schlich er sich hinaus. Es war kalt, doch sternenhell, schön und klar. Er wanderte vorwärts durch die Straßen, wo es schon still war, und bald stand er vor dem ehernen Schweine. Er neigte sich über dasselbe nieder, küßte dessen blanken Rüssel und setzte sich auf den Rükken desselben. »Du freundliches Tier«, sagte er, »wie habe ich mich nach dir gesehnt! Wir müssen heute nacht einen Ritt machen!«

Das eherne Schwein lag unbeweglich, und das frische Wasser sprudelte aus seinem Maule. Der Kleine saß wie ein Ritter da, als ihn jemand am Rocke zupfte. Er schaute zur Seite – Bellissima war es, die kleine nacktgeschorene Bellissima. Der Hund war mit aus dem Hause geschlüpft und war dem Kleinen gefolgt, ohne daß dieser es bemerkte. Bellissima bellte, als ob sie sagen wollte: »Siehst du, hier bin ich, weshalb setzest du dich hierher?« Kein feuerspeiender Drachen hätte den Knaben mehr erschrecken können, als das Hündchen auf dieser Stelle. Bellissima auf der Straße und noch dazu ohne angezogen zu sein, wie es die alte Mutter nannte, was sollte daraus werden? Der Hund kam zur Winterszeit niemals hinaus, ohne daß ihm ein geschornes und schön benähtes Lammfell umgelegt wurde. Das Fell konnte mit einem roten Bande am Halse, an dem Schleife und Schelle hing, befestigt werden; und ebenso wurde es unter dem Bauche zugebunden. Der Hund sah beinahe wie eine junge Ziege aus, wenn er zur Winterszeit in dieser Tracht mit der Signora ausgehen durfte. Nun war Bellissima mit und nicht angezogen; was sollte daraus werden? Alle Träume waren verschwunden, doch küßte der Knabe das eherne Schwein, nahm Bellissima, die vor Kälte zitterte, unter den Arm und lief so schnell er konnte nach Hause.

»Womit läufst du fort?« riefen zwei Gendarmen, denen er begegnete, und Bellissima bellte. »Wo hast du den schönen Hund gestohlen?« fragten sie und zogen ihn hervor.

»Oh, gebt mir ihn wieder!« jammerte der Knabe.
»Hast du ihn nicht gestohlen, dann kannst du zu Hause sagen, daß der Hund auf der Wache abgeholt werden kann«, und sie nannten den Ort und gingen mit Bellissima.
Das war eine Not und Jammer. Er wußte nicht, ob er in den Arno springen oder nach Hause gehen und alles gestehen sollte. Sie würden ihn gewiß totschlagen, dachte er. Aber ich will mich gern totschlagen lassen, dann komme ich zu Jesus und zur Madonna! Und er ging nach Hause, zumeist um totgeschlagen zu werden.
Die Tür war verschlossen, er konnte den Türhammer nicht erreichen und niemand war auf der Straße, aber ein Stein war locker und mit diesem donnerte er dagegen.
»Wer ist da?« rief man von innen.
»Ich bin es«, schrie er, »Bellissima ist fort! Öffnet mir und schlagt mich dann tot!«.
Das gab um der armen Bellissima willen einen Schrecken, besonders bei der Signora. Sie sah sofort nach der Wand, wo des Hundes Umhang aufbewahrt wurde, und das kleine Lammfell hing da.
»Bellissima auf der Wache!« rief sie gellend. »Du böses Kind! Wie hast du es angefangen, ihn hinauszulassen? Er friert tot! Das feine Tier unter den groben Soldaten!«
Und Vater mußte gleich von dannen! Die Frau jammerte und der Knabe weinte. Alle Leute im Hause liefen zusammen, der Maler mit. Er nahm den Knaben zwischen seine Knie, fragte ihn aus, und stückweise erfuhr er die ganze Geschichte von dem ehernen Schweine und der Gemäldegalerie. Recht verständlich war sie freilich nicht, aber der Maler tröstete den Kleinen, sprach der Alten gut zu, doch diese wurde nicht eher zufrieden, als bis Vater mit Bellissima kam, die unter den Soldaten gewesen war. Da war nun große Freude, und der Maler streichelte den armen Jungen und gab ihm eine Handvoll Bilder.
Was waren das für prächtige Stücke, welch komische

Köpfe! Aber vor allem war da das eherne Schwein selbst, wie es leibt und lebt. Nichts konnte herrlicher sein! Mit wenigen Strichen stand es auf dem Papiere, und selbst das Haus dahinter war angedeutet.
»Wer doch auch zeichnen und malen könnte! Dann könnte man sich die ganze Welt aneignen!«
Am nächsten Tage ergriff der Kleine in dem ersten einsamen Augenblicke den Bleistift und versuchte auf der weißen Seite eines der Bilder die Zeichnung des ehernen Schweines wiederzugeben; und es glückte! Ein wenig schief, ein wenig auf und nieder, ein Bein dick, ein anderes dünn, aber es ließ sich doch erkennen; er jubelte selbst darüber. Der Bleistift wollte nur nicht so recht gehen, wie er sollte, das merkte er wohl. Aber am nächsten Tage stand da ein ehernes Schwein neben dem anderen, und es war hundertmal besser; das dritte war so gut, daß es ein jeder auf den ersten Blick erkannte.
Aber mit dem Handschuhnähen sah es schlimm aus; in seinem Handwerk schritt er nur langsam vor; denn das eherne Schwein hatte ihn nun gelehrt, daß sich alle Bilder auf Papier übertragen ließen, und die Stadt Florenz ist ein ganzes Bilderbuch, wenn man nur darin blättern will. Da steht auf der Piazza della Trinita eine schlanke Säule und auf derselben die Göttin der Gerechtigkeit mit verbundenen Augen und der Wage; bald stand sie auf dem Papiere, und es war der kleine Knabe des Handschuhmachers, der sie auf dasselbe gebracht hatte. Die Bildersammlung wuchs, aber nur tote Dinge hatten bis jetzt den Stoff hergegeben. Da hüpfte eines Tages Bellissima vor ihm her. »Steh still!« rief er ihr zu, »dann sollst du verherrlicht werden und mit unter meine Bilder kommen!« Aber Bellissima wollte nicht stillstehen, darum mußte sie gebunden werden. Kopf und Schwanz wurden angebunden, er bellte und machte Sprünge, die Schnur mußte angespannt werden. Da kam die Signora.

»Du gottloser Junge! Das arme Tier!« war alles, was sie zu sagen vermochte. Sie stieß den Knaben in die Seite, trat ihn mit Füßen und wies ihn aus ihrem Hause, ihn, welcher der undankbarste Bösewicht, das gottloseste Kind war. Und weinend küßte sie ihre kleine, halberstickte Bellissima.

In diesem Augenblicke kam der Maler die Treppe herauf und --- hier ist der Wendepunkt der Geschichte.

Im Jahre 1834 war in Florenz in der Academia delle Arte eine Ausstellung; zwei nebeneinander aufgestellte Gemälde sammelten eine Menge Bewunderer um sich. Auf dem kleinsten Bilde war ein kleiner munterer Knabe dargestellt, der saß und zeichnete. Zum Modell hatte er einen weißen, kurzgeschorenen Mops, aber das Tier, das nicht stillstehen wollte, war deshalb an Kopf und Schwanz mit Bindfaden festgebunden. Es war ein Leben und eine Wahrheit darin, die einen jeden ansprechen mußte. Der Maler war, wie man erzählte, ein junger Florentiner, der als kleines Kind auf der Straße gefunden und von einem alten Handschuhmacher erzogen sein sollte. Das Zeichnen hatte er selbst gelernt. Ein jetzt berühmter Maler hätte das Talent entdeckt, als der Knabe fortgejagt werden sollte, weil er den Günstling der Frau, den kleinen Mops, gebunden und zum Modell gemacht hatte.

Der Handschuhmacherjunge war ein großer Maler geworden, das zeigte dies Bild, das zeigte insbesondere das nebenbeihängende größere Gemälde. Hier war nur eine einzige Figur, ein in Lumpen gehüllter, schöner Knabe, der auf der Straße saß und schlief. Er lehnte sich gegen das eherne Schwein an der Straße Porta Rossa. Alle Beschauer kannten die Stätte. Die Arme des Kindes ruhten auf dem Kopfe des Schweines; der Kleine schlief ganz sorglos, die Lampe vor dem Madonnabilde warf einen starken Lichtschein auf das bleiche, schöne Antlitz des Kindes. Es war ein prächtiges Gemälde; ein großer vergoldeter Rahmen umgab es, und über die Spitze des Rah-

mens hing ein Lorbeerkranz, aber zwischen den grünen Blättern flocht sich ein schwarzes Band und ein langer Trauerflor hing davon hinunter.
Der junge Künstler war in diesen Tagen – gestorben!

Der Freundschaftsbund

Wir haben neulich eine kleine Reise gemacht und haben Lust, eine größere zu unternehmen. Wohin? Nach Sparta! Nach Mykenä! Nach Delphi! wo es hundert Stätten gibt, bei deren Namen das Herz von Reiselust schlägt. Es geht zu Pferde steile Bergpfade empor, hin über Gebüsch und Gestrüpp; der einzelne Reisende bedarf zu seinem Fortkommen einer förmlichen Karawane. Er selbst reitet mit seinem Argojat voraus, ein Packpferd trägt Koffer, Zelt und Proviant, ein paar Soldaten folgen zu seinem Schutze nach. Kein Wirtshaus mit wohlgemachtem Bette erwartet ihn nach der ermüdenden Tagesreise. Das Zelt ist oftmals sein Dach in der großen wilden Natur; der Argojat kocht ihm ein Pilaf* zur Abendmahlzeit; Tausende von Mücken umsausen das kleine Zelt, es ist eine jämmerliche Nachtruhe. Am Morgen führt der Weg über angeschwollene Flüsse. Sitz fest auf deinem Pferde, daß dich die reißenden Gewässer nicht fortschwemmen!
Welcher Lohn wird einem nun für alle diese Beschwerlichkeiten? Der größte, der reichste! Die Natur offenbart sich hier in all ihrer Größe, jeder Fleck ist geschichtlich, Augen und Gedanken haben Genuß. Der Dichter kann davon singen, der Maler es in reichen Bildern darstellen, aber den Duft der Wirklichkeit, der in des Beschauers

* Er wird aus Hühnerfleisch und Reis zubereitet.

Sinnen und Denken eindringt und darin für ewig haften bleibt, vermögen sie nicht wiederzugeben.

Der einsame Hirt hoch oben im Gebirge würde durch eine einfache Erzählung einer der Begebenheiten seines Lebens vielleicht besser als ein Reisebeschreiber dir, der du in einzelnen Zügen das Land der Hellenen kennen lernen willst, das Auge öffnen.

Laß ihn denn erzählen! Von einer Sitte, einer schönen, eigentümlichen Sitte soll der Hirt dort auf den Bergen uns erzählen: von dem Freundschaftsbunde.

Unser Haus war aus Lehm zusammengeklebt, aber die Türpfosten bestanden aus kannelierten Säulen, die auf dem Bauplatze selbst gefunden waren. Das Dach stieß fast auf die Erde, es war jetzt schwarzbraun und häßlich, als es aber gelegt wurde, waren es blühender Oleander und frische Lorbeerzweige, hinter den Bergen hergeholt. Wenig Raum war dort um unser Haus, nackte Felsenwände ragten aufwärts und zeigten eine dunkle Farbe. Oft hingen Wolken an ihren Spitzen wie weiße, lebende Gestalten. Nie hörte ich hier einen Singvogel, nie tanzten die Männer hier nach dem Tone der Sackpfeifer, aber die Stätte war heilig seit uralten Zeiten, der Name selbst erinnert daran, Delphi wird sie ja genannt! Die dunklen, ernsten Berge lagen alle mit Schnee bedeckt; der höchste, der am längsten in der roten Abendsonne glänzte, war der Parnassus, der Bach in der Nähe unseres Hauses strömte von ihm hernieder, und auch er war einmal heilig, jetzt trübt der Esel ihn mit seinen Füßen, doch das Wasser rinnt weiter und wird wieder klar. Wie ich mich doch eines jeden Fleckchens und der heiligen, tiefen Einsamkeit desselben erinnere! Mitten in der Hütte wurde das Feuer angezündet, und wenn die heiße Asche hoch und glühend dalag, wurde das Brot darin gebacken. Lag der Schnee draußen rings um unsere Hütte, daß sie fast versteckt war, dann schien meine Mutter am frohesten, dann hielt sie meinen Kopf zwischen ihren Händen, küßte mich auf die Stirn und sang die Lieder, die sie sonst niemals sang, denn die Türken, unsere Herren, duldeten sie nicht. Sie sang: »Auf dem Gipfel des Olympos in dem niedrigen Tannenwalde saß ein alter Hirsch, dessen Augen schwer von Tränen waren. Rote, ja grüne und blaue weinte er, und ein Rehbock kam vorüber: Was fehlt dir doch, daß du so weinst, rote, grüne, ja blaue Tränen weinst? – Der Türke ist in unser Dorf gekommen, er hat wilde Hunde zu seiner Jagd, eine gewaltige Schar. – Ich jage sie über die Inseln, sagte der junge Rehbock, ich jage sie über die Inseln in das tiefe Meer. Aber ehe der Abend sich herniedergesenkt, war der Rehbock getötet, und ehe der Abend kam, war der Hirsch gejagt und tot!« Wenn meine Mutter so sang, wurden ihre Augen naß, und eine Träne hing in ihren langen Wimpern, aber sie verbarg sie und wandte unser schwarzes Brot in der Asche um. Dann ballte ich meine Hand und sagte: »Wir wollen den Türken erschlagen!« Aber sie wiederholte nur die Strophe: »Ich jage sie über die Inseln in das tiefe Meer; aber ehe der Abend sich herniedergesenkt, war der Rehbock getötet, und ehe der Abend kam, war der Hirsch gejagt und tot!« Mehrere Nächte und Tage waren wir einsam in unserer Hütte gewesen. Da kam mein Vater. Ich wußte, er brachte mir Muschelschalen aus dem Busen von Lepanto mit oder vielleicht sogar ein Messer, scharf und blitzend. Er brachte uns diesmal ein Kind, ein kleines, nacktes Mädchen, das er unter seinem Schafpelz hielt. Sie war in ein Fell eingewickelt und alles, was sie hatte, als sie daraus befreit in dem Schoße meiner Mutter lag, waren drei in ihr schwarzes Haar eingebundene Silbermünzen. Und der Vater erzählte von den Türken, die des Kindes Eltern getötet hatten, er erzählte uns so viel, daß ich die ganze Nacht davon träumte. – Mein Vater war selbst verwundet, die Mutter verband ihm den Arm, die Wunde war tief. Der von dem Blute benetzte, dicke Schafpelz war steif gefroren. Das kleine Mädchen sollte meine Schwester sein, sie war sehr schön, glänzend klar; die Augen meiner

Mutter waren nicht milder als die ihrigen. Anastasia, wie sie genannt wurde, sollte meine Schwester sein, denn ihr Vater war meinem Vater angeweiht nach einer alten Sitte, die wir noch halten. Sie hatten in ihrer Jugendzeit Brüderschaft geschlossen und das schönste und tugendhafteste Mädchen in der ganzen Gegend gewählt, um ihrem Freundschaftsbunde die Weihe zu geben. Ich hörte gar oft von dieser schönen und seltsamen Sitte.

Nun war die Kleine meine Schwester; sie saß auf meinem Schoße, ich brachte ihr Blumen und Federn der auf den Felsen nistenden Vögel, wir tranken zusammen von dem Quellwasser des Parnassus, wir schliefen Kopf neben Kopf unter dem Lorbeerdache der Hütte, während meine gute Mutter noch manchen Winter von den roten, grünen und blauen Tränen sang; aber ich begriff noch nicht, daß es mein eigenes Volk war, dessen tausendfältige Trauer sich in diesen Tränen abspiegelte.

Eines Tages kamen drei fränkische Männer, die anders gekleidet waren als wir; sie hatten ihre Betten und Zelte auf Pferden mit sich, und mehr als zwanzig mit Säbeln und Gewehren bewaffnete Türken gaben ihnen das Geleite, denn sie waren Freunde des Paschas und hatten Briefe von ihm. Sie kamen nur, um sich unsere Berge anzusehen, um in Schnee und Wolken den Parnassus zu besteigen und die eigentümlichen, schwarzen, steilen Felsen um unsere Hütte zu betrachten. Sie konnten in derselben nicht alle ein Unterkommen finden, konnten auch den Rauch nicht vertragen, der unter der Decke hin zur niedrigen Tür hinausging. Sie spannten ihre Zelte auf dem engen Platze vor unserer Hütte auf, brieten Lämmer und Vögel und tranken süße, starke Weine, aber die Türken durften nicht davon trinken.

Als sie abreisten, folgte ich ihnen eine Strecke Weges, und meine kleine Schwester Anastasia hing, in eine Ziegenhaut eingenäht, auf meinem Rücken. Einer der fränkischen Herren stellte mich gegen einen Felsen und zeichnete mich und sie ab, so leibhaftig, wie wir dastanden, wir sahen fast wie ein einziges Wesen aus. Nie hatte ich darüber nachgedacht, aber Anastasia und ich waren ja auch wie eins, immer lag sie auf meinem Schoße oder hing auf meinem Rücken, und träumte ich, so kam sie in meinem Traume vor.

Zwei Nächte später trafen andere Leute vor unserer Hütte ein, sie waren mit Messern und Gewehren bewaffnet. Es waren Albanesen, kecke Leute, wie meine Mutter sagte. Sie blieben nur kurze Zeit da; meine Schwester Anastasia saß auf dem Schoße des einen; als er fort war, hatte sie zwei und nicht drei Silbermünzen im Haare. Sie wickelten Tabak in Papierstreifen und rauchten auf diese Weise. Der Älteste sprach vom Wege, über den er in Ungewißheit zu schweben schien. »Speie ich aufwärts«, sagte er, »so fällt es mir ins Gesicht; speie ich abwärts, so fällt es mir in den Bart.« Aber ein Weg mußte gewählt werden; sie gingen, und mein Vater begleitete sie. Wenige Augenblicke darauf hörten wir Schüsse, es knallte wieder. Dann drangen Soldaten in unsere Hütte, sie ergriffen meine Mutter, mich und Anastasia. Die Räuber hätten bei uns einen Zufluchtsort gehabt, sagten sie, mein Vater hätte sie begleitet, deshalb müßten wir fort. Ich sah die Leichen der Räuber, ich sah meines Vaters Leiche und weinte, bis ich schlief. Als ich erwachte, waren wir im Gefängnis, aber das Zimmer war nicht elender als das in unserer eigenen Hütte. Ich bekam Zwiebeln und nach Harz schmeckenden Wein, den man aus einem beteerten Schlauche einschenkte; besser hatten wir ihn zu Hause auch nicht.

Wie lange wir gefangen waren, das weiß ich nicht; aber viele Nächte und Tage gingen darüber hin. Als wir aus dem Kerker kamen, war gerade unser heiliges Osterfest. Ich trug Anastasia auf meinem Rücken, denn meine Mutter war krank. Nur langsam konnte sie gehen, und es war weit, bis wir hinab zum Meere, zum Busen von Lepanto gelangten. Wir traten in eine Kirche hinein, die mit ihren

Bildern auf goldenem Grunde in vollem Glanze strahlte. Engel stellten dieselben vor, und gar schöne, aber die kleine Anastasia schien mir doch ebenso schön zu sein. Mitten auf dem Fußboden stand ein mit Rosen angefüllter Sarg. Es wäre der Herr Christus, der wie eine herrliche Blume daläge, sagte meine Mutter, und der Geistliche verkündigte: Christ ist erstanden! Alle Leute küßten einander, ein jeder hielt ein brennendes Licht in seiner Hand, ich bekam selbst eins, Anastasia eins; die Dudelsäcke erklangen, die Männer tanzten Hand in Hand aus der Kirche, und draußen brieten die Weiber das Osterlamm. Wir wurden eingeladen, ich saß am Feuer, ein Knabe, älter als ich, umarmte und küßte mich und sagte: »Christ ist erstanden!« So begegneten wir beide uns zum erstenmal, Aphtanides und ich.

Meine Mutter konnte Fischernetze flechten, was hier am Meerbusen einen guten Verdienst abwarf. Wir blieben lange Zeit am Meere, dem herrlichen Meere, das wie Tränen schmeckte und durch seine Farben an die Tränen des Hirsches erinnerte, bald war es ja rot, bald grün und abermals wieder blau.

Aphtanides verstand ein Boot zu lenken, und ich saß mit meiner kleinen Anastasia im Boote, das auf dem Wasser dahinfuhr wie eine Wolke durch die Luft. Wenn die Sonne dann sank, wurden die Berge immer dunkelblauer. Die eine Bergkette ragte über der anderen hervor, und am fernsten erhob sich der Parnassus mit seinem Schnee, in der Abendsonne glänzte sein Gipfel wie glühendes Eisen. Es sah aus, als ob der Schein von innen hervorstrahlte, denn er leuchtete lange in der blauen, schimmernden Luft, lange, nachdem die Sonne untergegangen war. Die weißen Seevögel schlugen mit ihren Flügeln den Wasserspiegel, sonst war es hier so still, wie zu Delphi zwischen den schwarzen Felsen. Ich lag im Boote auf dem Rücken, Anastasia saß auf meiner Brust, und die Sterne über uns leuchteten noch stärker als die Lampen in unserer Kirche.

Es waren die nämlichen Sterne, und sie standen genau an derselben Stelle über mir, an der ich sie zu Delphi vor unserer Hütte gesehen hatte. Zuletzt kam es mir vor, als wäre ich noch dort – da platschte etwas in das Wasser, und das Boot schwankte stark; – ich schrie laut auf, denn Anastasia war in das Wasser gefallen, aber Aphtanides war ebenso schnell und bald hob er sie zu mir empor. Wir zogen ihr die Kleider vom Leibe, wanden das Wasser aus und legten sie ihr dann wieder an. Dasselbe nahm Aphtanides an sich selbst vor, und wir blieben draußen, bis das Zeug wieder trocken war. Niemand erfuhr unseren Schreck über die kleine Pflegeschwester, an deren Leben Aphtanides ja nun auch seinen Anteil hatte.
Es wurde Sommer! Die Sonne brannte so heiß, daß die Laubbäume verwelkten; ich dachte an unsere kühlen Berge und an das frische Wasser in denselben. Meine Mutter sehnte sich auch danach, und eines Abends wanderten wir wieder zurück. Wie still und schweigend war es da! Wir gingen über den hohen Thymian, der doch noch duftete, obgleich die Sonne dessen Blätter vertrocknet hatte. Nicht einen Hirten trafen wir, nicht an einer Hütte kamen wir vorüber. Alles war still und einsam, nur die Sternschnuppe erzählte uns, daß sich Leben regte oben im Himmel. Ich weiß nicht, ob die klare, blaue Luft selbst leuchtete oder ob es der Sternenglanz war, aber wir sahen deutlich die Umrisse aller Berge. Meine Mutter machte Feuer an, briet die Zwiebeln, die sie mitgebracht hatte, und ich und die kleine Schwester schliefen in dem Thymian ein, ohne uns vor Gespenstern, geschweige vor Wölfen und Schakalen zu fürchten. Meine Mutter saß ja bei uns, und das hielt ich für genügenden Schutz.
Wir erreichten unsere Heimat, aber unsere Hütte war ein Trümmerhaufen, es mußte eine neue gebaut werden. Ein paar Frauen halfen meiner Mutter, und in wenigen Tagen waren die Mauern aufgerichtet und ein neues Dach von Oleander über sie ausgebreitet. Meine Mutter flocht aus

Leder und Bast viele Flaschenfutterale, und ich hütete der Geistlichen* kleine Herde. Anastasia und die kleinen Schildkröten waren meine Spielkameraden.
Eines Tages erhielten wir Besuch von dem lieben Aphtanides; er sehnte sich unendlich, uns wiederzusehen, erzählte er, und blieb ganze acht Tage bei uns.
Nach einem Monat kam er wieder und erzählte uns, daß er mit einem Schiffe nach Patras und Korfu segeln sollte. Uns müßte er jedoch erst Lebewohl sagen, und außerdem brachte er meiner Mutter einen großen Fisch mit. Er wußte gar vieles zu erzählen, nicht bloß von den Fischen unten im Meerbusen von Lepanto, sondern auch von Königen und Helden, die einmal in Griechenland geherrscht hatten, gerade wie jetzt die Türken.
Ich habe den Rosenstock eine Knospe ansetzen und diese in Tagen und Wochen eine entfaltete Blume werden sehen; sie wurde es, ehe ich darüber nachzudenken begann, wie groß, wie schön und rot sie wäre. Ebenso ging es mir auch mit Anastasia. Sie war ein herrliches, erwachsenes Mädchen; ich ein kräftiger Bursche. Die Wolfsfelle auf dem Bette meiner Mutter und Anastasias hatte ich selbst den Tieren abgestreift, die meine Büchse erlegt hatte. Jahre waren dahingegangen.
Da kam eines Abends Aphtanides, schlank wie ein Rohr, stark und braun. Er küßte uns alle und wußte von dem unermeßlichen Meere, von Maltas Festungswerken und den merkwürdigen Grabstätten Ägyptens zu erzählen. Es klang wunderbar, wie die Legenden der Heiligen. Ich schaute mit einer Art Ehrfurcht zu ihm auf.
»Wie viel du doch weißt!« sagte ich, »wie du erzählen kannst!«
»Du hast mir doch einmal das Schönste erzählt!« entgegnete er, »du hast mir erzählt, was mir nie wieder aus dem

* Ein Bauer, der lesen kann, wird oft Priester und Allerheiligster Herr genannt. Das Volk küßt den Boden, wenn es ihm begegnet.

Sinne gekommen ist, von jener schönen alten Sitte des Freundschaftsbundes. Dieser Sitte nachzukommen, dazu habe ich nun die größte Lust. Bruder, laß uns beide gleichfalls, wie einst dein und Anastasias Vater taten, zur Kirche gehen. Das schönste und unschuldigste Mädchen ist Schwester Anastasia, sie soll uns zusammenweihen. Niemand hat doch eine schönere Sitte als wir Griechen!«

Anastasia wurde rot wie das frische Rosenblatt, meine Mutter küßte Aphtanides.

Eine Stunde Weges von unserer Hütte, da wo die Felsen Dammerde tragen und einzelstehende Bäume Schatten geben, lag die kleine Kirche; eine silberne Lampe hing vor dem Altare.

Ich hatte meine besten Kleider an, das rote Wams saß eng und stramm, die Troddel auf meinem Fes war mit Silber verziert; in meinem Gürtel steckten Messer und Pistolen. Aphtanides hatte seine blaue Kleidung angezogen, wie sie griechische Seeleute zu tragen pflegen, eine Silberplatte mit der Mutter Gottes hing über seine Brust hinab, seine Schärpe war kostbar, wie sie nur reiche Herren tragen konnten. Jeder sah wohl, daß wir beide zu einem Feste gingen. Wir traten in die kleine einsame Kirche hinein, wo die Abendsonne durch die Tür auf die brennende Lampe und die bunten Bilder auf goldenem Grunde schien. Wir knieten vor den Stufen des Altars nieder und Anastasia stellte sich vor uns. Ein langes weißes Gewand hing lose und leicht um ihre schönen Glieder; ihr weißer Hals und ihre Brust waren mit einer starken Verkettung von alten und neuen Münzen, die förmlich einen großen Kragen bildeten, bedeckt. Ihr schwarzes Haar war oben auf dem Haupte in einen einzigen Knoten zusammengelegt, der durch ein Mützchen von Silber- und Goldmünzen, die man in den alten Tempeln aufgefunden hatte, gehalten wurde. Einen schöneren Putz hatte kein griechisches Mädchen. Ihr Antlitz leuchtete, ihre Augen waren wie zwei Sterne.

Alle drei hielten wir ein stilles Gebet; und nun fragte sie uns: »Wollt ihr Freunde sein im Leben wie im Tode?« Wir antworteten: »Ja!« – »Wollt ihr jeder, was auch immer geschehen möge, euch erinnern, mein Bruder ist ein Teil von mir, mein Geheimnis ist seines, mein Glück ist seines! Opfer, Ausdauer, alles übernehme ich für ihn wie für meine eigene Seele?« Und wir wiederholten unser Ja! und sie legte unsere Hände ineinander, küßte uns auf die Stirn, und wir beteten wiederum still. Da trat der Priester aus dem Altargitter hervor, segnete uns alle drei, und der Gesang der anderen allerheiligsten Herren tönte hinter dem Altare zu uns herüber. Der ewige Freundschaftsbund war geschlossen. Als wir uns emporrichteten, sah ich meine Mutter an der Kirchentür tief und bitterlich weinen.

Wie lustig es in unserer kleinen Hütte und an den Quellen Delphis war! Den Abend vor der Abreise meines Freundes saßen Aphtanides und ich gedankenvoll an einem Felsenabhange. Sein Arm war um meinen Leib geschlungen, der meinige um seinen Hals. Wir redeten von Griechenlands Not, von Männern, denen man Vertrauen schenken könnte. Jeder Gedanke in unserer Seele lag klar vor uns beiden da; da ergriff ich seine Hand: »– eins noch sollst du erfahren! Eins, was zu dieser Stunde nur Gott und ich weiß. Meine ganze Seele ist Liebe, eine Liebe stärker als zu meiner Mutter und zu dir – –!«

»Und wen liebst du?« fragte Aphtanides, und errötete im Gesicht und bis über den Hals.

»Ich liebe Anastasia!« erwiderte ich – und seine Hand zitterte in der meinigen, und er wurde blaß wie eine Leiche. Ich sah es, ich begriff es! Ich glaube, auch meine Hand bebte; ich neigte mich zu ihm hin, küßte ihn auf die Stirn und flüsterte: »Ich habe ihr es nie gesagt, sie liebt mich vielleicht nicht! – Bruder, erinnere dich dessen, ich sah sie täglich, sie ist an meiner Seite aufgewachsen, hineingewachsen in meine Seele!«

»Und dein soll sie sein!« entgegnete er, »dein! Ich kann und mag dich nicht belügen; auch ich liebe sie. – Aber morgen entferne ich mich! In einem Jahre sehen wir uns wieder, dann seid ihr verheiratet, nicht wahr? Ich habe etwas Geld, es ist deins! Du mußt es nehmen, du sollst es nehmen!« Still wanderten wir über den Felsen; es war der letzte Abend, an dem wir an der Hütte meiner Mutter standen.

Anastasia hielt uns die Lampe entgegen, als wir eintraten; die Mutter war es nicht. Sie sah Aphtanides eigentümlich wehmütig an. – »Morgen gehst du von uns!« sagte sie. »Wie sehr mich dies betrübt!«

»Betrübt es dich?« sagte er, und es kam mir vor, als läge ein tiefer Schmerz darin, groß, wie mein eigener. Ich konnte nicht reden, er aber ergriff ihre Hand und sagte: »Unser Bruder dort liebt dich, hast du ihn lieb? In seinem Schweigen liegt gerade seine Liebe!« Und Anastasia zitterte und brach in Tränen aus; da sah ich nur sie, dachte nur an sie; meinen Arm schlang ich um ihren Leib und sagte: »Ja, ich liebe dich!« Da drückte sie ihren Mund auf den meinen, ihre Hände ruhten um meinen Hals. Aber die Lampe war auf den Boden gefallen, es war finster um uns, wie in dem Herzen des lieben, armen Aphtanides.

Vor Tagesanbruch stand er auf, küßte uns alle zum Abschied und zog fort. Meiner Mutter hatte er all sein Geld für uns gegeben. Anastasia war meine Braut und wenige Tage darauf meine Frau.

Eine Rose von Homers Grab

In allen Liedern des Orients erklingt die Liebe der Nachtigall zur Rose; in den schweigenden, sternklaren Nächten bringt der beschwingte Sänger seiner duftenden Blume eine Serenade.

Nicht weit von Smyrna unter den hohen Platanen, wo der Kaufmann seine beladenen Kamele treibt, die stolz ihre langen Hälse erheben und schwerfällig auf einem Boden wandeln, der heilig ist, sah ich eine blühende Rosenhecke, wilde Tauben flogen zwischen den Zweigen der hohen Bäume hindurch, und ihre Flügel leuchteten, als wären sie von Perlmutter.

Auf der Rosenhecke war eine Blume die schönste unter allen, und ihr sang die Nachtigall ihren Liebesschmerz vor. Doch die Rose schwieg; nicht ein Tautropfen lag, wie eine Träne des Mitleids, auf ihren Blättern. Sie neigte sich mit dem Zweige hin über einige große Steine.

»Hier ruht der Erde größter Sänger!« sagte die Rose, »über seinem Grabe will ich duften, auf dieses will ich meine Blätter streuen, wenn der Sturm sie mir entreißt. Der Sänger der Iliade wurde Erde in der Erde, aus der ich sprosse. Ich, eine Rose von dem Grabe Homers, bin zu heilig, um für die arme Nachtigall zu blühen!«

Und die Nachtigall sang sich zu Tode!

Der Kameltreiber kam mit seinen beladenen Kamelen und seinen schwarzen Sklaven. Sein kleiner Knabe fand den toten Vogel; den kleinen Sänger bestattete er in dem Grabe des großen Homers; und die Rose bebte in dem Winde. Der Abend kam, die Rose faltete ihre Blätter dichter zusammen und träumte, träumte – es wäre ein herrlicher Sonnenscheintag; eine Schar fremder, fränkischer Männer kam, sie hatten eine Wallfahrt zum Grabe Homers unternommen. Unter den Fremden war ein Sänger aus dem Norden, aus der Heimat der Nebel und

Nordlichter. Er brach die Rose ab, preßte sie fest in ein Buch und führte sie so mit sich nach einem anderen Weltteil, nach seinem fernen Vaterlande. Und die Rose verwelkte aus Trauer und lag in dem engen Buche, das er in seiner Heimat öffnete. Dann sagte er: »Hier ist eine Rose vom Grabe Homers!«

Sieh, das träumte die Blume, und sie erwachte und schauderte im Winde. Ein Tautropfen fiel von ihren Blättern auf des Sängers Grab. Und die Sonne erhob sich, der Tag ward heiß, und die Rose erglühte schöner als zuvor, sie war ja in ihrem warmen Asien. Da ließen sich Fußtritte vernehmen, fremde Franken kamen, wie die Rose sie in ihrem Traume gesehen hatte, und unter den Fremden war ein Dichter aus dem Norden. Er brach die Rose, drückte einen Kuß auf ihren frischen Mund und führte sie mit sich nach der Heimat der Nebel und Nordlichter.

Wie eine Mumie ruht jetzt die Blumenleiche in seiner Iliade, und wie im Traume hört sie ihn das Buch öffnen und sagen: »Hier ist eine Rose vom Grabe Homers!«

Der Schlafgott

In der ganzen Welt gibt es niemand, der so viele Geschichten weiß, als der Schlafgott. Er versteht das Erzählen!

Gegen Abend, wenn die Kinder noch hübsch artig am Tische oder auf ihrer Hutsche sitzen, kommt der Schlafgott. Er kommt leise die Treppe herauf, denn er geht auf Socken; ganz leise öffnet er die Tür und husch! spritzt er den Kindern süße Milch in die Augen, so fein, so fein, aber doch immer genug, daß sie nicht länger die Augen aufzuhalten vermögen. Deshalb sind sie auch nicht imstande, ihn zu sehen. Er schlüpft gerade hinter sie, bläst ihnen sanft in den Nacken, und dann wird ihnen das

Köpfchen gar schwer. O ja, aber es tut ihnen nicht weh, denn der Schlafgott meint es mit den Kindern gerade gut. Er verlangt nur, daß sie ruhig sein sollen, und das sind sie am besten, wenn man sie zu Bette bringt. Sie sollen still sein, damit er ihnen Geschichten erzählen kann.
Sobald die Kinder nun schlafen, setzt sich der Schlafgott zu ihnen auf das Bett. Er geht stattlich einher, sein Frack ist von Seidenzeug, aber es ist unmöglich, die Farbe desselben zu bestimmen, denn er schillert grün, rot und blau, je nach welcher Richtung er sich dreht. Unter jedem Arm hält er einen Regenschirm, einen mit Bildern darauf, den er über die Kinder ausspannt, und dann träumen sie die ganze Nacht die herrlichsten Geschichten, und einen ohne irgendeine Zeichnung. Diesen stellt er über die unartigen Kinder, damit sie ganz bewußtlos schlafen. Wenn sie am Morgen aufwachen, haben sie dann nicht das allermindeste geträumt.
Nun wollen wir hören, wie der Schlafgott eine ganze Woche lang jeden Abend zu einem kleinen Knaben, der Hjalmar hieß, kam und was er ihm erzählte! Es sind im ganzen sieben Geschichten, weil es sieben Wochentage gibt.

Montag

»Höre einmal!« sagte der Schlafgott am Abend, als er Hjalmar zu Bett gebracht hatte, »nun will ich dir meinen ganzen Staat zeigen!« Da verwandelten sich alle Blumen in den Blumentöpfen zu großen Bäumen, die ihre langen Zweige unter der Decke hin und die Wände entlang streckten, so daß die ganze Stube wie das herrlichste Lusthaus aussah. Alle Zweige waren voll Blumen, und jede Blume war schöner als eine Rose, duftete balsamisch, und wollte man sie essen, war sie süßer als Eingemachtes. Die Früchte glänzten gerade wie Gold, und Wecken waren da, die vor lauter Rosinen platzten – es war unvergleichlich schön. Plötzlich aber ließ sich in dem Tischkasten, wo Hjalmars Schulbücher lagen, ein entsetzliches Jammern vernehmen.

»Was ist das nur?« fragte der Schlafgott und ging nach dem Tische und zog den Kasten aus. Es war die Tafel, in der es zerrte und zupfte, denn es hatte sich eine falsche Zahl in das Rechenexempel eingeschlichen, so daß die Zahlen auseinanderlaufen wollten. Der Griffel hüpfte und sprang an seiner Schnur, als stellte er einen kleinen Hund vor, der dem Rechenexempel helfen möchte, aber er war es nicht imstande. Und dann jammerte es auch in Hjalmars Schreibbuch, daß es ordentlich häßlich mit anzuhören war. Auf jeder Seite standen der Länge nach von oben nach unten sämtliche große Buchstaben, ein jeder mit einem kleinen zur Seite einer hinter dem anderen. Das bildete die Vorschrift, und neben dieser standen wieder einige Buchstaben, die sich einbildeten, ebenso auszusehen, weil sie aus Hjalmars eigener Feder herrührten. Aber o weh! sie sahen fast aus, als ob sie über die Linien, auf denen sie doch stehen sollten, gestolpert wären.

»Seht, so solltet ihr euch halten!« sagte die Vorschrift. »Seht, etwas schräg, aber mit kräftigem Schwung!«

»Oh, wir wollen gern«, sagten Hjalmars Buchstaben, »aber wir können nicht, wir sind so schlimm und unwissend!«

»Dann sollt ihr Kinderpulver bekommen!« sagte der Schlafgott.

»O nein!« riefen sie, und dann standen sie mit einem Male kerzengerade, daß es eine Lust war.

»Heute werden keine Geschichten erzählt!« sagte der Schlafgott. »Jetzt muß ich sie einexerzieren! Eins, zwei! eins, zwei!« Nun exerzierte er die Buchstaben ein, und sie standen so gerade und gesund da, wie nur eine Vorschrift immer stehen kann. Als aber der Schlafgott ging und Hjalmar am Morgen nachsah, da waren sie ebenso jämmerlich wie zuvor.

Dienstag

Sobald Hjalmar im Bette war, benetzte der Schlafgott mit seiner kleinen Zauberspritze alle Möbel in der Stube, und sofort begannen sie zu plaudern und plauderten sämtlich von sich selbst, mit Ausnahme des Spucknapfes, der schweigend dastand und sich darüber ärgerte, daß sie so eitel sein konnten, nur von sich zu reden, nur an sich zu denken und sich auch nicht mit einem einziegen Gedanken dessen zu erinnern, der doch so bescheiden in der Ecke stand und sich bespeien ließ.

Über der Kommode hing ein großes Gemälde in einem reichvergoldeten Rahmen, das eine Landschaft darstellte. Man sah hohe alte Bäume, Blumen im Grase und ein großes Wasser, durch das ein Fluß hindurchströmte, der sich um den Wald an vielen Schlössern vorüberschlängelte und sich fernab in das wilde Meer ergoß.

Der Schlafgott benetzte mit seiner Zauberspritze das Gemälde und dann begannen die Vögel darauf zu singen, die Baumzweige bewegten sich, und die Wolken flogen so natürlich, daß man ihren Schatten über die Landschaft konnte dahinschweben sehen.

Nun hob der Schlafgott den kleinen Hjalmar so hoch, daß derselbe seine Füße in den Rahmen hineinstellen konnte, und zwar gerade in das hohe Gras. Da stand er nun. Die Sonne schien durch die Zweige auf ihn hernieder. Er lief hin an das Wasser und setzte sich in ein kleines Boot, das dalag. Es war rot und weiß angestrichen, die Segel leuchteten wie Silber, und sechs Schwäne, alle mit goldenen Kronen, die vom Halse herniederhingen, und einem strahlenden blauen Sterne auf dem Kopfe, zogen das Boot an dem grünen Walde vorüber, wo die Bäume von Räubern und Hexen und die Blumen von den niedlichen kleinen Elfen und von dem erzählten, was ihnen die Schmetterlinge zugeflüstert hatten.

Die prächtigsten Fische mit silbernen und goldenen

Schuppen schwammen hinter dem Boote her; bisweilen schnellten sie sich über das Wasser empor, daß es plätscherte, und Vögel, rote und blaue, kleine und große, flogen in zwei langen Reihen hintennach, die Mücken tanzten und die Maikäfer brummten: bum, bum. Alle wollten Hjalmar folgen und jeder hatte eine Geschichte zu erzählen.

Das war allerdings eine Segelfahrt, wie sie sein mußte! Bald waren die Wälder dicht und dunkel, bald waren sie wie der herrlichste Park mit Sonnenschein und Blumen, und große Schlösser von Glas und Marmor lagen darin. Auf den Altanen standen Prinzessinnen, und alle waren kleine Mädchen, die Hjalmar recht wohl kannte, denn er hatte schon früher mit ihnen gespielt. Sie streckten die Hand aus und jede hielt ihm das reizendste Zuckerwerk hin, das nur je eine Kuchenfrau verkaufen konnte, und Hjalmar ergriff beim Vorübersegeln das eine Ende des Stücks Zuckerwerk und die Prinzessin hielt recht fest, so daß jedes seinen Teil erhielt, sie den kleinsten, Hjalmar den allergrößten. Bei jedem Schlosse standen kleine Prinzen Schildwache. Sie schulterten mit goldenen Säbeln und ließen Rosinen und Zinnsoldaten regnen. Das waren wirkliche Prinzen!

Bald segelte Hjalmar durch Wälder, bald gerade durch große Säle oder mitten durch eine Stadt. Er kam auch durch diejenige, in der sein Kindermädchen wohnte, das gute Mädchen, das ihn getragen hatte, als er ein ganz kleiner Knabe war, und das ihn so liebgehabt. Dasselbe nickte und winkte und sang den niedlichen Vers, den es selbst gedichtet und Hjalmar gesandt hatte:

Ich denke dein in mancher Stund',
Du süßes Kind, du Liebling mein!
Ich hab geküßt dir deinen Mund,
Die Stirne, Wangen, rot und fein!
Dein erstes Wort vernahm mein Ohr!

Doch mußt' ich fort, vergiß mein nicht!
Gott segne dich, den ich verlor,
Du Engel aus des Herren Licht!

Und alle Vögel sangen mit, die Blumen tanzten auf ihren Stengeln, und die alten Bäume nickten, als ob der Schlafgott auch ihnen Geschichten erzählte.

Mittwoch

Nein, wie der Regen herniederströmte! Hjalmar konnte es im Schlafe hören, und als der Schlafgott ein Fenster öffnete, stand das Wasser gerade bis an das Fenster hinauf. Ein ganzer See wälzte sich schon da draußen, und das prächtigste Schiff lag hart vor dem Hause.

»Willst du mitsegeln, kleiner Hjalmar?« fragte der Schlafgott, »dann kannst du heute nacht nach fremden Ländern reisen und morgen doch wieder hier sein!«

Im Nu stand da Hjalmar in seinen Sonntagskleidern mitten auf dem prächtigsten Schiffe, und sofort heiterte sich das Wetter auf, und sie segelten durch die Straßen, kreuzten um die Kirche, und nun war alles eine große, wilde See. Sie segelten so lange, bis kein Land mehr zu erblicken war. Sie bemerkten auch eine Schar Störche, die gleichfalls die Heimat verlassen hatten und nach den warmen Ländern wollten. Ein Storch flog dicht hinter dem anderen, und sie waren schon weit, weit geflogen. Einer derselben war so müde, daß ihn seine Flügel kaum noch länger zu tragen vermochten. Er war der allerletzte in der Reihe, und bald blieb er eine große Strecke zurück, endlich sank er mit ausgebreiteten Schwingen niedriger und niedriger, machte noch ein paar Flügelschläge, aber es half nichts. Jetzt berührte er mit seinen Füßen das Tauwerk des Schiffes, glitt das Segel hinunter und bums! da stand er auf dem Verdeck.

Da nahm ihn der Schiffsjunge und sperrte ihn in das Hüh-

nerhaus zu den Hühnern, Enten und Truthähnen. Der arme Storch stand ganz eingeschüchtert mitten unter ihnen.
»Seht ihr den nicht?« gackerten alle Hühner.
Der kalekutische Hahn blies sich aus Leibeskräften auf und fragte ihn, wer er wäre? Die Enten gingen rückwärts und stießen einander an: »Spute dich, spute dich!«
Der Storch erzählte von dem warmen Afrika, von den Pyramiden und vom Strauße, der wie ein wildes Pferd durch die Wüste dahinstürme, aber die Enten verstanden nicht, was er sagte, und darum stießen sie einander an: »Wir sind wohl einig darüber, daß er dumm ist?«
»Ja, er ist sicherlich dumm!« sagte der kalekutische Hahn und kollerte dann. Da schwieg der Storch ganz still und dachte an sein Afrika.
»Für dünne Beine sind die Eurigen ganz hübsch!« spottete der kalekutische Hahn. »Was kostet die Elle von ihnen?«
»Ha, ha, ha, ha!« grinsten alle Enten, aber der Storch tat, als ob er es gar nicht hörte.
»Ihr dürft dreist mitlachen!« sagte der kalekutische Hahn, »denn es steckt in Wahrheit viel Witz in meinen Worten; oder kamen sie Euch vielleicht zu seicht vor? Ja, ja, er ist nicht vielseitig. Wir wollen unsere Scherze für uns allein behalten!« Und dann gluckten die Hühner, und die Enten schnatterten: »Gikgak! Gikgak!« Es war erschrecklich, wie lustig sie ihre eigenen Späße fanden.
Aber Hjalmar ging hin zum Hühnerhause, öffnete die Tür, rief den Storch, und dieser hüpfte auf das Verdeck zu ihm hinaus. Nun hatte er sich ausgeruht, und es war gerade, als ob er Hjalmar zunickte, um sich bei ihm zu bedanken. Darauf breitete er seine Schwingen aus und flog nach den warmen Ländern, aber die Hühner gluckten, die Enten schnatterten, und der kalekutische Hahn wurde ganz rot am Kopfe.

»Morgen wollen wir Suppe von euch kochen!« sagte Hjalmar, und da erwachte er und lag in seinem Bettchen. Es war doch eine merkwürdige Reise, die der Schlafgott ihn diese Nacht hatte machen lassen.

Donnerstag

»Weißt du was?« sagte der Schlafgott, »fürchte dich nur nicht; hier wirst du eine kleine Maus gewahren!« und dabei hielt er ihm seine Hand mit dem leichten, niedlichen Tierchen hin. »Sie ist gekommen, dich zur Hochzeit einzuladen. Hier sind zwei Mäuschen, die heute nacht in den Ehestand treten wollen. Sie wohnen unter dem Fußboden in deiner Mutter Speisekammer.«

»Aber wie kann ich mich durch das kleine Mäuseloch im Fußboden hindurchdrängen?« fragte Hjalmar.

»Laß mich nur machen!« versetzte der Schlafgott. »Ich will dich schon klein genug bekommen!« Darauf benetzte er Hjalmar mit seiner Zauberspritze, der nun sofort kleiner und kleiner wurde, bis er zuletzt nur fingergroß war. »Nun kannst du dir vom Zinnsoldaten die Kleider borgen, ich denke, sie werden dir jetzt schon passen, und es nimmt sich gut aus, sich in Gesellschaft in Uniform zu zeigen.«

»Jawohl!« sagte Hjalmar, und dann war er im Augenblicke wie der niedlichste Zinnsoldat angekleidet.

»Wollen Sie nicht so freundlich sein, sich in Ihrer Frau Mutter Fingerhut zu setzen?« sagte die kleine Maus, »dann werde ich die Ehre haben, Sie zu ziehen!«

»O Himmel! Will sich das Fräulein selbst bemühen!« sagte Hjalmar, und so fuhren sie zur Mäusehochzeit.

Zuerst gelangten sie in einen weitläufigen Gang unter dem Fußboden, der nicht höher war, als daß sie ohne anzustoßen mit dem Fingerhut darin fahren konnten, und der ganze Gang war mit faulem Holz erleuchtet.

»Riecht es hier nicht prächtig?« sagte die Maus, die ihn zog, »der ganze Gang ist mit Speckschwarten eingerieben! Es kann nichts Vortrefflicheres geben!«

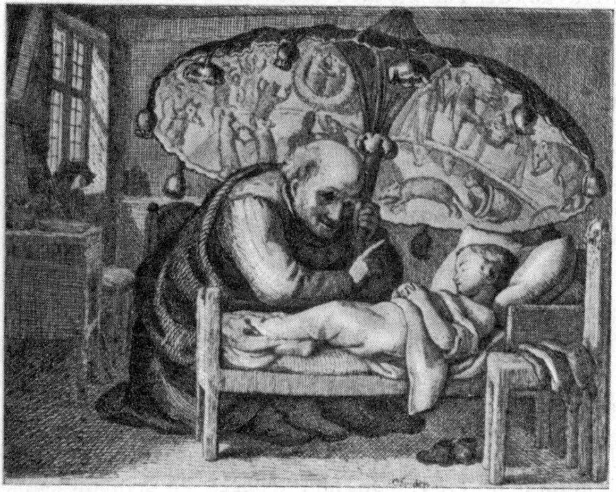

Nun kamen sie in den Brautsaal hinein; hier standen zur Rechten alle die kleinen Mäusefräulein, und die zischelten und tuschelten, als ob sie sich übereinander lustig machten. Zur Linken standen alle jungen Mäuseherren und strichen sich mit der Pfote den Schnauzbart; aber mitten im Kreise erblickte man das Brautpaar. Sie standen in einer ausgehöhlten Käserinde und küßten sich vor aller Augen ganz erschrecklich viel, denn sie waren ja nun Verlobte und sollten gleich Hochzeit halten.
Immer mehr und mehr Fremde erschienen; es fehlte nicht viel, so hätten die Mäuse einander totgetreten; dazu hatte sich das Brautpaar mitten in die Tür gestellt, so daß man weder hinein- noch hinausgelangen konnte. Wie der

Gang, so war auch das ganze Zimmer mit Speckschwarten eingerieben; das war die ganze Bewirtung; indes wurde zum Nachtisch eine Erbse vorgewiesen, in die eine kleine Maus aus der Familie die Namen des Brautpaares hineingebissen, das heißt die ersten Buchstaben. Es war etwas ganz Außerordentliches.

Alle Mäuse versicherten, es wäre eine ausgezeichnete Hochzeit und die Unterhaltung wäre sehr angeregt gewesen.

Dann fuhr Hjalmar wieder nach Hause. Er war zwar in vornehmer Gesellschaft gewesen, hatte aber auch gehörig zusammenkriechen, sich kleinmachen und in Zinnsoldatenuniform erscheinen müssen.

Freitag

»Es ist unglaublich, wie viele ältere Leute es gibt, die mich gern haben und festhalten möchten!« sagte der Schlafgott. »Es sind vorzüglich diejenigen, die etwas Böses getan haben. Guter, lieber Schlaf! sagen sie zu mir, kein Schlaf kommt in unsere Augen, und so liegen wir denn die ganze Nacht und sehen alle unsere schlechten Taten, die, wie kleine Kobolde, auf der Kante der Bettstelle sitzen und uns über und über mit heißem Wasser bespritzten. Komme doch und verjage sie, damit wir einmal recht fest schlafen können. Dann setzen sie tief aufseufzend hinzu: Wir wollen es gewiß gern bezahlen. Gute Nacht! Das Geld für dich liegt im Fenster! Aber für Geld tue ich es nicht!« sagte der Schlafgott.

»Was werden wir denn diese Nacht unternehmen?« fragte Hjalmar.

»Ich weiß nicht, ob du heute nacht wieder Lust hast, eine Hochzeit mitzumachen. Sie ist freilich anderer Art als die gestrige. Deiner Schwester große Puppe, die, welche wie ein Mann aussieht und Hermann heißt, soll sich mit der

Puppe Berta verheiraten, und da außerdem derselben Geburtstag ist, wird es an Geschenken nicht fehlen.«
»Ja, das kenne ich schon!« sagte Hjalmar, »sobald die Puppen neue Kleider gebrauchen, läßt sie meine Schwester ihren Geburtstag feiern oder Hochzeit halten. Das ist gewiß schon hundertmal geschehen!«
»Ja, aber heute nacht ist die hundertunderste Hochzeit, und wenn die hundertunderste aus ist, dann ist alles vorüber. Deshalb wird sie auch so unvergleichlich schön. Sieh einmal!«
Hjalmar sah nach dem Tische. Auf demselben stand das kleine Papphaus mit Licht in den Fenstern, und alle Zinnsoldaten präsentierten vor der Tür desselben das Gewehr. Das Brautpaar saß, ein jedes gegen einen Tischfuß gelehnt, ganz gedankenvoll da, und dazu hatte es auch Grund genug. Aber der Schlafgott, angetan mit der Großmutter schwarzem Rocke, vollzog die Trauung. Nach Beendigung derselben stimmten alle Möbel in der Stube folgendes Lied an, das der Bleistift gedichtet hatte. Es ging nach der Melodie des Zapfenstreichs:

Es brause unser Lied empor
Fürs teure Paar in hellem Chor.
Sie stehen beide wie ein Pflock,
Denn Handschuhleder ist ihr Rock!
:,: Hurra! Hurra! dem steifen Paar,
Das unsrer Stube Stolz stets war!:,:

Und nun überreichte man ihnen Geschenke, doch hatten sie sich alle Eßwaren verbeten, denn sie hatten an ihrer Liebe genug.
»Wollen wir nun das Landleben genießen oder eine Hochzeitsreise antreten?« fragte der Bräutigam. Darauf wurde die Schwalbe, die sich in vielen Ländern umgesehen, und die alte Hofhenne, die fünfmal Küchlein ausgebrütet hatte, zu Rate gezogen. Die Schwalbe erzählte von den schönen, warmen Ländern, wo die Weintrauben groß und schwer an den Stöcken hängen, wo die Luft so mild wäre

und die Berge Farben hätten, wie man sie hierzulande niemals an denselben sieht.
»Es fehlt ihnen aber doch unser Grünkohl!« sagte die Henne. »Ich brachte einen Sommer mit allen meinen Kücheln auf dem Lande zu. Dort war eine Sandgrube, in der wir umhergehen und scharren konnten. Auch hatten wir Zutritt zu einem Garten mit Grünkohl! Oh, wie grün der war! Ich kann mir nichts Schöneres denken!«
»Aber ein Kohlkopf sieht wie der andere aus«, sagte die Schwalbe, »und dann herrscht hier oft so unangenehme Witterung!«
»Oh, daran hat man sich schon gewöhnt!« sagte die Henne.
»Aber hier ist es kalt, es friert!«
»Das ist für den Kohl gerade dienlich!« sagte die Henne. »Übrigens kann es auch bei uns sehr warm sein. Hatten wir nicht vor vier Jahren einen Sommer, wo fünf Wochen lang eine solche Hitze war, daß man kaum atmen konnte? Dann leben aber bei uns auch keine giftigen Tiere, wie in jenen Ländern, und wir sind frei von Räubern! Ein Bösewicht kann der nur sein, welcher unser Land nicht für das schönste hält! Er verdiente wahrlich nicht, hier zu weilen!« Weinend unterbrach sich die Henne und setzte dann schluchzend hinzu: »Auch ich bin gereist! Ich bin einmal in einem Korbe über zwölf Meilen weit gefahren! Das Reisen gewährt schlechterdings kein Vergnügen!«
»Ja, die Henne ist eine vernünftige Frau!« sagte die Puppe Berta. »Ich halte nichts davon, eine Gebirgsreise zu unternehmen, denn kaum ist man oben, so geht es gleich wieder hinunter! Nein, wir wollen hübsch nach der Sandgrube hinausziehen und uns im Kohlgarten ergehen!«
Und dabei blieb es!

Sonnabend

»Erzählst du mir nun Geschichten?« fragte der kleine Hjalmar, sobald ihn der Schlafgott zu Bette gebracht hatte.
»Heute abend haben wir nicht Zeit dazu«, sagte der Schlaf und spannte seinen schönen Regenschirm über ihn auf. »Sieh nur die Chinesen an!« Der ganze Schirm glich einer großen chinesischen Schale mit blauen Bäumen und spitzen Brücken und kleinen Chinesen darauf, die dastanden und mit dem Kopfe nickten. »Wir müssen bis morgen die ganze Welt schön aufgeputzt haben«, sagte der Schlafgott, »es ist dann ja ein heiliger Tag, es ist Sonntag. Ich will auf den Kirchturm steigen, um nachzusehen, ob die kleinen Kirchengeister die Glocken putzen, damit ihr Geläute schön klingt. Auch will ich auf das Feld hinaus und untersuchen, ob die Winde den Staub von den Gräsern und Blättern blasen, und, was die allerschwierigste Arbeit ist, ich will alle Sterne herunterholen, um sie aufzupolieren. Ich nehme sie in meine Schürze, aber erst müssen sie numeriert werden und ebenso die Löcher, in denen sie da oben sitzen, damit sie ihren rechten Platz wiedererhalten können, sonst würden sie nicht festsitzen, und wir bekämen zu viel Sternschnuppen, indem einer nach dem anderen herabpurzelte!«
»Hören Sie, wissen Sie was, Herr Schlafgott!« begann ein altes Porträt, das an der Wand hing, an der Hjalmar schlief, »ich bin Hjalmars Urgroßvater. Ich danke Ihnen zwar, daß sie dem Knaben Geschichten erzählen, aber sie dürfen doch seine Begriffe nicht verwirren. Die Sterne können nicht heruntergeholt und geputzt werden! Die Sterne sind Weltkörper, geradeso wie unsere Erde, und das ist eben das Gute an ihnen.«
»Besten Dank, du alter Urgroßvater!« sagte der Schlafgott, »besten Dank! Du bist ja das Haupt der Familie, du bist das Urhaupt. Aber ich bin älter als du. Ich bin ein alter

Heide. Die Römer und Griechen nannten mich den Traumgott. Ich bin in die vornehmsten Häuser gekommen und komme noch hinein. Ich verstehe mit Niedrigen wie mit Großen umzugehen! Nun kannst du statt meiner erzählen!« Nach diesen Worten verließ der Schlafgott das Zimmer und nahm seinen Schirm mit.
»Nun darf man wohl seine Meinung nicht mehr sagen!« sagte das alte Porträt. – Und da erwachte Hjalmar.

Sonntag

»Guten Abend!« sagte der Schlafgott, und Hjalmar nickte, sprang aber dann schnell hin und wandte des Urgroßvaters Porträt gegen die Wand um, damit er nicht wie gestern mitplaudern könnte.
»Nun mußt du mir Geschichten erzählen: von den fünf grünen Erbsen, die in einer Schote wohnten, von Hahnenfuß, der Hennenfuß den Hof machte, und von der Stopfnadel, deren Spitze so fein war, daß sie sich einbildete, eine Nähnadel zu sein!«
»Man kann auch des Guten zuviel bekommen!« sagte der Schlafgott. »Ich zeige dir am liebsten etwas, wie du weißt! Ich will dir meinen Bruder zeigen, der auch Schlafgott heißt, aber er kommt zu niemand öfter als einmal. Tritt er zu jemand heran, so nimmt er ihn mit auf sein Pferd und erzählt ihm Geschichten. Er weiß nur zwei, die eine ist so unvergleichlich schön, wie sich niemand in der Welt vorstellen kann; und die andere ist über alle Beschreibung häßlich und abscheulich!« Darauf hob der Schlafgott den kleinen Hjalmar zum Fenster empor und sagte: »Dort wirst du meinen Bruder sehen, den anderen Schlafgott, den sie auch den Tod nennen. Siehst du, er sieht gar nicht so schlimm wie in den Bilderbüchern aus, wo man ihn immer als Knochengerippe malt! Nein, sein Rock ist mit Silberstickerei verziert, er trägt eine stattliche Husaren-

uniform; ein Mantel von schwarzem Samt flattert bis über das Pferd hinaus! Sieh, wie er im Galopp dahinjagt!«
Und Hjalmar sah, wie der Schlafgott vorwärtseilte und junge wie alte Leute auf sein Pferd nahm; einige setzte er vorn, andere hinten auf, aber immer fragte er erst: »Wie steht es mit dem Zensurbuche?« – »Gut!« sagten sie sämtlich. »Ja, laß mich nur selbst sehen!« erwiderte er, und dann mußten sie ihm das Buch zeigen. Alle nun, die »Sehr gut« und »Ausgezeichnet« hatten, kamen vorn auf das Pferd und ihnen erzählte er die herrliche Geschichte; doch diejenigen, die »Ziemlich gut« und »Mittelmäßig« hatten, mußten hinten auf und die häßliche Geschichte mit anhören. Sie schauderten und weinten, sie wollten vom Pferde springen, vermochten es aber nicht, denn sie waren sofort fest an demselben angewachsen.
»Aber der Tod ist ja der herrlichste Schlafgott!« sagte Hjalmar, »vor ihm fürchte ich mich gar nicht!«
»Das sollst du auch nicht!« sagte der Schlafgott, »sieh nur zu, daß du ein gutes Sittenzeugnis erhältst!«
»Ja, das ist lehrreich!« murmelte des Urgroßvaters Porträt. »Es hilft doch, wenn man seine Meinung sagt!« und dann freute er sich.
Sieh, das ist die Geschichte vom Schlafgott! Nun mag er dir selbst heute abend mehr erzählen.

Der Rosenelf

Mitten in einem Garten wuchs ein Rosenstock, der ganz voller Rosen war. In einer derselben, der schönsten von allen, wohnte ein Elf; er war so winzig klein, daß ihn kein menschliches Auge wahrnehmen konnte. Hinter jedem Rosenblatte hatte er eine Schlafkammer. Er war so wohl gebildet und schön, wie nur je ein Kind sein konnte, und von den Schultern bis zu den Füßen hatte er Flügel. Oh, welcher Duft erfüllte seine Zimmer und wie klar und schön waren die Wände derselben! Es waren ja die blaßroten, feinen Rosenblätter.

Den ganzen Tag belustigte er sich in dem warmen Sonnenschein, flog von Blume zu Blume, tanzte auf den Flügeln des fliegenden Schmetterlings und maß, wie viel Schritte er gehen mußte, um über alle Wege und Stege hinfort zu gelangen, die sich auf einem einzigen Lindenblatte befänden. Was wir in einem Blatte die Adern nennen, sah er für Landstraßen und Wege an. Ja, es waren sogar unermeßliche Wege für ihn, denn ehe er noch sein Ziel erreicht hatte, ging die Sonne unter. Er hatte seine Wanderung wohl zu spät angetreten.

Nun wurde es kalt, der Tau fiel und der Wind erhob sich. Jetzt war es wohl das beste, nach Hause zurückzukehren. Er beeilte sich, soviel er konnte, aber die Rose hatte sich geschlossen, er konnte nicht hineingelangen – nicht eine einzige Rose stand offen. Der arme kleine Elf erschrak im höchsten Grade. Nie hatte er zuvor eine Nacht draußen zugebracht, hatte immer süß hinter den warmen Rosenblättern geschlummert. Oh, das mußte sein Tod werden!

Am anderen Ende des Gartens stand, wie er wußte, eine Laube von schönen Kaprifolienstauden. Die Blüten glichen großen, bemalten Hörnern; in eine derselben wollte er hinabschlüpfen und bis zum Morgen schlafen.

Er flog dahin. Horch! Es waren zwei Menschen darin; ein junger, hübscher Mann und eine bildschöne Jungfrau saßen nebeneinander und wünschten, daß sie für immer so vereint bleiben könnten. Sie hatten einander gar lieb, noch lieber, als das beste Kind Vater und Mutter haben kann.

»Und dennoch müssen wir uns trennen!« sagte der junge Mann; »dein Bruder ist uns gram. Deshalb sendet er mich mit einem Auftrage so fern hinaus über Berge und Seen!

Lebe wohl, meine süße Braut, denn mein bist du und bleibst du doch!«

Dann küßten sie sich, und das junge Mädchen weinte und gab ihm eine Rose. Bevor sie ihm aber dieselbe hinreichte, drückte sie einen Kuß darauf, so fest und innig, daß die Blume sich öffnete. Da flog der kleine Elf in dieselbe hinein und lehnte sein Köpfchen an die feinen, duftenden Wände. Unbemerkt war er so Zeuge des zärtlichsten Abschieds und fühlte, daß die Rose ihren Platz an des jungen Mannes Brust erhielt. Oh, wie klopfte doch das Herz darin! Der kleine Elf konnte gar nicht einschlummern, so pochte es.

Doch nicht lange ruhte die Rose auf seiner Brust; der junge Mann nahm sie hervor, und während er einsam durch den dunklen Wald dahinschritt, küßte er die Blume, und so oft und stark, daß der kleine Elf in Gefahr geriet, erdrückt zu werden. Durch das Blatt konnte er es hindurchfühlen, wie des Mannes Lippen brannten, und die Rose selbst hatte sich geöffnet, wie bei der stärksten Mittagssonne.

Da kam ein anderer Mann einhergegangen, finster und zornig. Es war der böse Bruder des schönen Mädchens. Ein Messer, scharf und lang, zog er hervor, und während der andere die Rose küßte, stach ihn der böse Mann tot, schnitt ihm den Kopf ab und begrub ihn mit dem Körper in der weichen Erde unter dem Lindenbaume.

Nun ist er vergessen und verschwunden, dachte der böse Bruder; er kommt nimmermehr zurück. Eine weite Reise sollte er machen, über Berge und Seen, da kann er leicht das Leben verlieren, und so ist es ihm ergangen. Er kehrt nicht wieder, und mich darf meine Schwester niemals nach ihm fragen!

Dann scharrte er dürres Laub mit dem Fuße über die aufgewühlte Erde und ging in der dunklen Nacht wieder heim. Aber er ging nicht allein, wie er meinte; der kleine Elf begleitete ihn. Er saß in einem vertrockneten, zusammengerollten Lindenblatte, das dem bösen Manne beim Aufwerfen des Grabes auf das Haar gefallen war. Da derselbe darauf den Hut wieder aufgesetzt hatte, war es nun so dunkel darunter, daß der Elf vor Furcht und Zorn über die schlechte Tat zitterte und bebte.

Erst in der Morgenstunde kam der böse Mann nach Hause. Er nahm den Hut ab und ging in die Schlafkammer seiner Schwester hinein. Da lag das hübsche, blühende Mädchen und träumte von ihm, den sie so liebhatte und den sie nun auf der Wanderung über Berge und durch Wälder wähnte. Der böse Bruder beugte sich über sie und lachte hämisch, wie nur ein Teufel lachen kann. Da fiel das welke Blatt von seinem Haar auf die Bettdecke hinab, er aber bemerkte es nicht und ging, um selbst noch in der Morgenstunde ein wenig zu schlafen. Aber der Elf schlüpfte aus dem Blatte hervor, schmiegte sich in das Ohr des schlafenden Mädchens und erzählte ihr, wie in einem Traume, den schrecklichen Mord, beschrieb ihr die Stelle, wo der Bruder ihn getötet und seine Leiche vergraben hatte, erzählte von dem blühenden Lindenbaume dicht daneben und fügte hinzu: »Damit du nicht glaubst, es wäre nur ein Traum, was ich dir erzählt habe, so wirst du ein welkes Blatt auf deinem Bette finden!« und sie fand es, als sie erwachte.

Oh, wie bittere Tränen weinte sie doch und durfte dabei niemand ihren Kummer anvertrauen. Das Fenster war den ganzen Tag geöffnet, so daß der kleine Elf leicht in den Garten zu den Rosen und all den anderen Blumen hätte hinausgelangen können, aber er konnte es nicht über das Herz bringen, die Betrübte zu verlassen. Im ersten Fenster stand ein Stock mit Monatsrosen; in eine derselben setzte er sich und beobachtete von dort das arme Mädchen. Ihr Bruder kam manchmal zu ihr in das Zimmer; bald war er munter, bald übellaunisch, aber sie wagte kein Wort über ihren Herzenskummer zu sagen.

Sobald es Nacht wurde, schlich sie sich aus dem Hause

hinaus, suchte im Walde die Stelle auf, wo der Lindenbaum stand, entfernte die Blätter von der Erde, grub nach und fand sogleich den Erschlagenen. Sie weinte bitterlich und bat den lieben Gott, auch sie bald zu sich zu nehmen.

Gern hätte sie die Leiche mit sich nach Hause genommen, aber das war unmöglich. Deshalb nahm sie wenigstens das bleiche Haupt mit den geschlossenen Augen, küßte den kalten Mund und schüttelte die Erde aus dem schönen Haare. »Das soll mein bleiben!« sagte sie, und als sie auf den toten Körper wieder Erde und Blätter gelegt hatte, nahm sie das Haupt und einen kleinen Zweig des Jasminstrauches, der in dem Walde blühte, wo er erschlagen war, mit sich nach Hause.

In ihr Zimmer zurückgekehrt, holte sie den größten Blumentopf, der zu finden war. In diesen legte sie des Toten Kopf, bedeckte ihn mit Erde und pflanzte dann den Jasminzweig in den Topf.

»Lebe wohl! Lebe wohl!« flüsterte der kleine Elf. Er konnte den Anblick dieser Trauer nicht länger ertragen, und flog deshalb zu seiner Rose im Garten hinaus. Aber diese war abgeblüht; an der grünen Hagebutte hingen nur noch wenige erblaßte Blätter.

»Ach wie bald ist es doch mit all dem Schönen und Guten vorbei!« seufzte der Elf. Endlich fand er wieder eine Rose, die er nun zu seinem Hause erwählte und hinter deren feinen, duftenden Blättern er von nun an wohnte.

Jeden Morgen flog er nach dem Fenster des armen Mädchens hin, und die stand immer bei dem Blumentopfe und weinte. Ihre bitteren Tränen fielen auf den Jasminzweig, und je mehr sie erbleichte, desto frischer und grüner stand ihr Zweig. Ein Schößling nach dem anderen sproßte hervor, kleine weiße Knospen entfalteten sich zu Blumen, und sie bedeckte sie mit Küssen. Der böse Bruder aber schalt und fragte, ob sie närrisch geworden wäre? Er konnte es nicht ausstehen und nicht begreifen, weshalb sie immer über den Blumentopf weinte. Er wußte ja nicht, welche Augen darin geschlossen und welche rote Lippen darin zu Erde geworden waren. Sie neigte ihr Haupt über den Blumentopf, und der kleine Elf von der Rose fand sie so schlummern. Da schlüpfte er in ihr Ohr hinein, erzählte von dem Abend in der Laube, vom Dufte der Rose und der Liebe der Elfen. Sie träumte so süß, und während sie träumte, entschwand das Leben. Ein sanfter Tod hatte sie ereilt, sie war im Himmel bei ihm, den sie liebhatte.

Und die Jasminblüten öffneten ihre großen weißen Glokken; sie dufteten wunderbar süß; anders vermochten sie die Tote nicht zu beweinen.

Aber dem bösen Bruder gefiel der schöne, blühende Strauch, er nahm ihn als ein Erbgut an sich und setzte ihn in seine Schlafkammer dicht neben sein Bett, denn er gewährte einen schönen Anblick und sein Duft war süß und angenehm. Der kleine Rosenelf folgte und flog von Blüte zu Blüte. In jeder wohnte ja eine kleine Seele, und dieser erzählte er von dem gemordeten jungen Manne, dessen Kopf nun Erde unter der Erde wäre, erzählte von dem bösen Bruder und der armen Schwester.

»Wir wissen es!« sagte jede Blütenseele, »wir wissen es. Sind wir nicht aus den Augen und Lippen des Erschlagenen herausgewachsen?« Und dann nickten sie so seltsam mit dem Kopfe.

Der Rosenelf konnte ihre scheinbare Ruhe nicht begreifen und flog hinaus zu den Bienen, die Honig sammelten, erzählte ihnen die Geschichte von dem bösen Bruder. Und die Bienen berichteten es ihrer Königin, die befahl, daß sie alle am nächsten Morgen den Mörder töten sollten.

Doch die Nacht vorher, es war die erste Nacht nach dem Tode der Schwester, als der Bruder dicht neben dem duftenden Jasminstrauche in seinem Bette schlief, öffnete sich jeder Blumenkelch. Unsichtbar, aber mit giftigen Spießen stiegen die Blumenseelen empor, setzten sich zuerst neben sein Ohr und erzählten ihm böse Träume, und darauf flogen sie über seine Lippen und bohrten ihre giftigen Spieße in seine Zunge. »Nun haben wir den Toten gerächt!« sagten sie und zogen sich wieder in die weißen Glocken des Jasmin zurück.

Als es Morgen wurde und das Fenster der Schlafkammer plötzlich aufgerissen wurde, stürmte der Rosenelf mit der Bienenkönigin und dem ganzen Bienenschwarme herein, um ihn zu ermorden.

Aber er war schon tot. Rings um sein Bett standen Leute, die behaupteten: »Der Jasminduft hat ihn getötet!«

Nun begriff der Rosenelf der Blumen Rache und erzählte es der Bienenkönigin, und sie summte mit ihrem ganzen Schwarme um den Blumentopf. Die Bienen waren nicht zu verjagen. Da nahm ein Mann den Blumentopf fort, aber eine der Bienen stach ihn in die Hand, daß er den Topf fallen ließ, welcher zerbrach.

Da gewahrten sie den bleichen Totenkopf und merkten, daß der Tote im Bette ein Mörder war.

Und die Bienenkönigin summte in der Luft und sang von der Rache der Blumen und von dem Rosenelf, und daß auch hinter dem kleinsten Blatte jemand wohnt, der das Böse erzählen und rächen kann.

Der Schweinehirt

Es war einmal ein Prinz, er hatte nur ein ganz kleines Königreich, aber es war doch immer groß genug, sich darauf zu verheiraten, und verheiraten wollte er sich.

Nun war das freilich etwas keck von ihm, daß er sich herausnahm, zu des Kaisers Tochter zu sagen: »Willst du mich haben?« Aber er durfte es wohl, denn sein Name war

weit und breit berühmt. Hunderte von Prinzessinnen gab es, die seine Bewerbung mit Freuden angenommen hätten. Aber laßt uns sehen, ob sie es tat.
Nun, wir werden ja hören!
Auf dem Grabe des Vaters des Prinzen wuchs ein Rosenstock, ein wahrhaft herrlicher Rosenstock! Nur alle fünf Jahre blühte er und trieb dann auch nur eine einzige Rose, aber diese duftete auch so herrlich, daß man bei ihrem Geruche alle seine Sorgen und Bekümmernisse vergaß. Auch hatte er eine Nachtigall, die zu singen verstand, als ob alle liebliche Melodien in ihrer kleinen Kehle wohnten. Diese Rose und diese Nachtigall sollte die Prinzessin bekommen. Deshalb wurden sie beide in große silberne Behälter gesetzt und dann der Prinzessin übersandt.
Der Kaiser ließ sie vor sich her in den großen Saal tragen, in den die Prinzessin gegangen war, um mit ihren Hofdamen »Es kommt Besuch« zu spielen. Weiter hatten sie nichts. Als sie nun die großen Behälter mit den Geschenken gewahrte, klatschte sie vor Freude in die Hände.
»Wenn es doch ein Miesekätzchen wäre!« sagte sie – aber da kam die herrliche Rose zum Vorschein.
»Nein, wie niedlich sie gemacht ist!« sagten alle Hofdamen.
»Sie ist mehr als niedlich«, entgegnete der Kaiser, »sie ist wunderschön!«
Aber die Prinzessin befühlte sie und wäre fast in Tränen ausgebrochen.
»Pfui, Papa!« rief sie aus, »es ist keine künstliche Rose, sondern eine natürliche!«
»Pfui!« stimmten alle Hofleute ein, »es ist eine natürliche!«
»Laßt uns erst nachsehen, was sich in dem anderen Behälter befindet, ehe wir uns erzürnen!« meinte der Kaiser, und da zeigte sich die Nachtigall. Sie sang so herrlich, daß man nicht gleich etwas Böses gegen sie vorzubringen wußte.

»Superbe! Charmant!« riefen alle Hofdamen, denn sie plauderten sämtlich französisch, eine immer schlechter als die andere.

»Wie mich dieser Vogel an die Spieldose der hochseligen Kaiserin erinnert!« versetzte ein alter Kavalier. »Ach ja, es ist genau derselbe Ton, derselbe Vortrag!«

»Ja!« erwiderte der Kaiser, und dann weinte er wie ein kleines Kind.

»Das wird doch wohl kein natürlicher sein!« rief die Prinzessin aus.

»Ja, es ist ein natürlicher Vogel!« sagten die Überbringer.

»Nun, dann laßt den Vogel fliegen!« sagte die Prinzessin und wollte unter keiner Bedingung gestatten, daß der Prinz käme.

Dieser ließ sich jedoch nicht einschüchtern. Er rieb sich das Angesicht mit brauner und schwarzer Farbe, zog die Mütze weit hinunter und klopfte an.

»Guten Tag, Kaiser!« sagte er. »Könnte ich nicht hier auf dem Schlosse in Dienst treten?«

»Ach, hier gibt es so viele, die eine Stelle suchen!« entgegnete der Kaiser. »Aber laß einmal sehen! – Ich brauche wirklich im Augenblick jemand, der die Schweine hüten kann, denn wir besitzen davon eine große Herde!«

So wurde denn der Prinz zum kaiserlichen Schweinehirten ernannt. Er erhielt ein elendes Kämmerchen unten neben dem Koben, und hier mußte er bleiben. Aber den ganzen Tag saß er und arbeitete, und als es Abend war, hatte er einen niedlichen kleinen Topf vollendet. Oben auf demselben hatte er ringsherum Schellen angebracht, die, sobald der Topf kochte, gar prächtig klingelten und die alte Melodie spielten:

»Ach du lieber Augustin,
Alles ist weg, weg, weg!«

Aber das Allerkünstlichste war doch, daß man, sobald man den Finger in den aus dem Topfe emporsteigenden Dampf hielt, sofort riechen konnte, was für Speisen auf jedem Herde in der Stadt zubereitet wurden. Das war freilich etwas anderes als eine Rose!

Nun spazierte die Prinzessin mit allen ihren Hofdamen vorüber, und als sie die Melodie hörte, blieb sie stehen und sah sehr heiter aus, denn sie konnte auch »Ach, du lieber Augustin« spielen. Das war das einzige, was sie konnte, aber sie spielte es mit einem Finger.

»Das kann ich auch!« rief sie aus. »Das muß wirklich ein gebildeter Schweinehirt sein. Höre, gehe hin und frage ihn, wie viel das Instrument kostet!«

So mußte denn eine der Hofdamen hinspringen, doch zog sie zuvor Holzpantoffeln über. –

»Wie viel verlangst du für den Topf?« fragte die Hofdame.

»Ich verlange zehn Küsse von der Prinzessin!« antwortete der Schweinehirt.

»Gott bewahre uns!« rief die Hofdame.

»Ja, weniger kann ich nicht nehmen!« entgegnete der Schweinehirt. –

»Nun, was sagte er?« fragte die Prinzessin.

»Das kann ich wirklich nicht sagen!« erwiderte die Hofdame; »es ist zu entsetzlich!«

»Dann kannst du es mir zuflüstern!« Und sie flüsterte es ihr nun zu.

»Er ist ja unartig!« sagte die Prinzessin und ging schnell weiter. Aber kaum war sie eine kurze Strecke gegangen, da spielten die Schellen so lieblich:

»Ach, du lieber Augustin,
Alles ist weg, weg, weg!«

»Höre!« begann die Prinzessin von neuem, »frage ihn, ob er zehn Küsse von meinen Hofdamen will!«

»O nein!« sagte der Schweinehirt, »zehn Küsse von der Prinzessin, oder ich behalte meinen Topf!«
»Was das für eine ärgerliche Sache ist!« meinte die Prinzessin, »aber dann müßt ihr euch wenigstens vorstellen, damit es niemand zu sehen bekommt!«
Und die Hofdamen stellten sich vor sie hin, breiteten ihre Kleider aus, und dann erhielt der Schweinehirt die zehn Küsse und sie den Topf.
Nun, das war eine Glückseligkeit! Den ganzen Abend und den ganzen Tag mußte der Topf kochen. Nicht ein Herd war in der ganzen Stadt, von dem sie nicht gewußt hätten, was darauf gekocht wurde, sowohl beim Kammerherrn als beim Schuhmacher. Die Hofdamen tanzten und klatschten in die Hände.
»Wir wissen, wer süße Suppe und Pfannkuchen haben wird! Wir wissen, wem Grütze und Karbonade aufgetragen wird! Wie reizend! wie herrlich!«
»Wahrhaft reizend!« stimmte die Oberhofmeisterin ein.
»Haltet aber ja reinen Mund, denn ich bin des Kaisers Tochter!«
»Kein Sterbenswort kommt über unsere Lippen!« beteuerten sie sämtlich.
Der Schweinehirt, das heißt der Prinz, aber sie wußten ja nicht anders, als daß er ein wirklicher Schweinehirt wäre, ließ den Tag nicht vorübergehen, ohne etwas Neues zu arbeiten, und da verfertigte er eine Knarre. Wenn man diese drehte, so erklangen alle Walzer, Hopser und Polkas, die man seit der Schöpfung der Welt kannte.
»Aber das ist süperb!« sagte die Prinzessin beim Vorübergehen. »Nie habe ich ein schöneres Kunstwerk spielen hören. Geh hin und frage ihn, was das Instrument kostet. Aber Küsse gebe ich nicht!«
»Er will hundert Küsse von der Prinzessin haben!« sagte die Hofdame, die sich erkundigt hatte.
»Ich glaube, er ist närrisch!« sagte die Prinzessin und ging weiter. Aber kaum war sie eine Strecke gegangen, als sie

stehenblieb. »Man muß die Kunst aufmuntern«, sagte sie; »dazu bin ich des Kaisers Tochter! Sag ihm, ich will ihm wie gestern zehn Küsse geben, den Rest kann er sich bei meinen Hofdamen holen!«

»Aber wir tun es so ungern!« sagten die Hofdamen.

»Schnickschnack!« versetzte die Prinzessin, »wenn ich ihn küssen kann, dann könnt ihr es ebenfalls. Denkt daran, daß ich euch Kost und Lohn gebe!« Es half nichts, die Hofdame mußte wieder zu ihm hin.

»Hundert Küsse von der Prinzessin!« sagte er, »oder jedes behält das Seinige.«

»Stellt euch vor!« sagte sie; und da stellten sich alle Hofdamen vor, und nun küßte er.

»Was mag nur der Auflauf dort unten beim Schweinekoben zu bedeuten haben!« sagte der Kaiser, der auf den Altan hinausgetreten war. Er rieb sich die Augen und setzte sich die Brille auf. »Da haben ja die Hofdamen ihre Hand mit im Spiele. Ich will einmal zu ihnen hinunter!« Schnell zog er seine Pantoffeln hinten in die Höhe, denn es waren Schuhe, die er niedergetreten hatte.

Potztausend, wie eilig er es hatte!

Als er in den Hof hinunterkam, trat er ganz leise auf, und die Hofdamen hatten so viel damit zu tun, die Küsse zu zählen, damit es hübsch ehrlich dabei zuginge und er nicht zu viele, aber auch nicht zu wenige erhielte, daß sie den Kaiser gar nicht bemerkten. Er stellte sich auf die Fußspitzen.

»Was ist denn das?« sagte er, als er sah, wie sie sich küßten, und dann schlug er mit dem Pantoffel auf sie los, gerade als der Schweinehirt den sechsundachtzigsten Kuß empfing.

»Hinaus!« rief der Kaiser, denn er war sehr zornig, und sowohl der Schweinehirt wie die Prinzessin wurden aus seinem Kaiserreiche vertrieben.

Da stand sie nun und weinte, der Schweinehirt schalt und der Regen floß stromweise hernieder.

»Ach, ich elendes Menschenkind!« seufzte die Prinzessin, »hätte ich doch den hübschen Prinzen genommen! Ach, wie unglücklich ich bin!«

Und der Schweinehirt ging hinter einen Baum, wischte sich das Schwarze und das Braune aus dem Angesicht, warf die garstigen Kleider von sich und trat nun in seiner Prinzentracht hervor, so schön, daß sich die Prinzessin unwillkürlich vor ihm verneigen mußte.

»Du hast mich so weit gebracht, dich zu verachten!« begann er. »Du wolltest keinen ehrlichen Prinzen haben! Du verstandest dich nicht auf Rosen und Nachtigallen, aber den Schweinehirten konntest du um eines Spielwerks willen küssen. Was du jetzt erduldest, hast du verdient.«

Und dann ging er in sein Königreich, machte die Tür zu und legte einen Riegel vor, so daß sie draußen stehen und singen konnte:

»Ach, du lieber Augustin,
Alles ist weg, weg, weg!«

Der Buchweizen

Wenn man nach einem Gewitter an einem Buchweizenfelde vorübergeht, nimmt man oft wahr, daß es schwarz und wie versengt aussieht. Es ist gerade, als ob eine Feuerflamme über dasselbe hinweggegangen wäre, und der Landmann sagt dann: »Das hat der Buchweizen vom Blitzstrahl bekommen!« Aber weshalb hat er das bekommen? – Ich will erzählen, was mir der Sperling gesagt hat, und der Sperling hat es von einer alten Weide, die neben einem Buchweizenfelde stand und noch daselbst steht. Es ist eine gar ehrwürdige, hohe Weide, aber knorrig und alt, in der Mitte ist sie gespalten und Gras und Brombeerranken wachsen aus der Höhlung hervor. Der Baum neigt sich vornüber, und die Zweige hängen auf die Erde hinunter, wie wenn sie grünes, langes Haar vorstellten.

Auf allen Feldern ringsumher wuchs Korn, Roggen, Gerste und Hafer. Oh, der köstliche Hafer! Wenn er reif ist, nimmt er sich wie eine ganze Menge kleiner, gelber Kanarienvögel auf einem Zweige aus. Das Korn versprach einen reichen Erntesegen, und je schwerer es war, desto tiefer neigte es sich in frommer Demut.

Aber da war auch ein Buchweizenfeld, und dies lag der alten Weide gerade gegenüber. Dem Buchweizen fiel es nicht ein, sich wie das andere Korn zu neigen; er trug den Kopf hoch und stand stolz und steif da.

»Ich bin wohl ebenso reich wie die Ähre«, sagte er, »und bin überdies weit hübscher. Meine Blüten gleichen an Schönheit den Apfelblüten. Es ist eine Lust, mich und die Meinigen zu betrachten. Kennst du jemand, der sich prächtiger ausnimmt als wir, du alter Weidenbaum?«

Und die Weide nickte mit dem Kopfe, als wollte sie sagen: »Freilich kenne ich welche!« Doch der Buchweizen blähte sich vor lauter Hochmut und sagte: »Der dumme Baum, er ist so alt, daß ihm schon Gras im Leibe wächst!«

Plötzlich zog sich ein entsetzliches Unwetter zusammen. Alle Feldblumen falteten ihre Blätter zusammen oder neigten ihre feinen Köpfe hernieder, während der Sturm über sie dahinfuhr. Nur der Buchweizen brüstete sich in seinem Stolze.

»Neige dein Haupt wie wir!« sagten die Blumen.

»Das habe ich gar nicht nötig!« versetzte der Buchweizen.

»Neige dein Haupt wie wir!« rief das Korn. »Jetzt kommt der Sturmengel geflogen! Er hat Flügel, die von den Wolken bis zur Erde herunterreichen. Er zerschlägt dich, ehe du ihn um Gnade anflehen kannst!«

»Ich will mich aber nicht neigen!« sagte der Buchweizen.

»Schließe deine Blüten und neige deine Blätter!« ermahnte auch die alte Weide. »Sieh nicht in den Blitz, wenn die Wolke bricht! Selbst die Menschen dürfen das nicht, denn in dem Blitze kann man bis in Gottes Himmel hineinschauen; doch vermag dieser Anblick sogar die Menschen zu blenden. Was würde da nicht erst uns, den Gewächsen der Erde, geschehen, wagten wir es, die wir doch weit geringer sind!«

»Weit geringer?« entgegnete der Buchweizen. »Nun will ich erst gerade in Gottes Himmel sehen!« Und er tat es in seinem Übermute und Stolz. Es war, als wenn die ganze Welt in Flammen stände, so blitzte es.

Als sich das Unwetter verzogen hatte, standen die Blumen und das Korn in der stillen, reinen Luft vom Regen erfrischt da, aber der Buchweizen war vom Blitz kohlschwarz gebrannt; er war nun ein totes, unnützes Gewächs auf dem Felde.

Der alte Weidenbaum bewegte seine Zweige im Winde, und große Wassertropfen träufelten von seinen grünen Blättern, gerade als ob der Baum weinte, und die Sperlinge fragten: »Weshalb weinst du? Hier ist es ja wunderbar erquickend! Sieh, wie die Sonne leuchtet, sieh, wie die Wolken eilen! Kannst du den Duft der Blumen und

Büsche empfinden? Weshalb weinst du also, du alte Weide?«
Und die Weide erzählte von dem Stolze, von dem Übermute und der Strafe des Buchweizens. Letztere folgt immer. Ich, der ich die Geschichte erzähle, habe sie von den Sperlingen gehört; sie erzählten sie mir eines Abends, als ich sie um ein Märchen bat.

Der Engel

Jedesmal, wenn ein gutes Kind stirbt, steigt ein Engel Gottes auf die Erde hernieder, nimmt das tote Kind auf seine Arme, breitet seine großen weißen Flügel aus, fliegt über alle Stätten hin, die das Kind liebgehabt hatte, und pflückt eine ganze Handvoll Blumen, die er zu Gott hinaufbringt, um dort noch schöner als auf Erden zu blühen. Der liebe Gott drückt alle Blumen an sein Herz, aber der Blume, die ihm am liebsten ist, gibt er einen Kuß, und dadurch erhält sie Stimme und vermag in der großen Glückseligkeit mitzusingen.
Sieh, dies alles erzählte ein Engel Gottes, als er ein totes Kind zum Himmel trug, und das Kind hörte es wie im Traume. Sie schwebten hin über die Stätten der Heimat, wo das Kind gespielt hatte, und kamen durch Gärten mit herrlichen Blumen.
»Welche wollen wir nun mitnehmen und in den Himmel pflanzen?« fragte der Engel.
Da stand ein schlanker, prächtiger Rosenstock, aber eine böse Hand hatte den Stamm umgebrochen, so daß alle Zweige voller großer, halbaufgebrochener Knospen verwelkt herabhingen.
»Der arme Rosenstock!« sagte das Kind, »nimm ihn, damit er oben bei Gott zur Blüte gelangen kann!«

Und der Engel nahm ihn, küßte aber das Kind dafür, und das Kleine öffnete seine Augen zur Hälfte. Sie pflückten von den reichen Prachtblumen, nahmen jedoch auch die verachtete Goldblume und das wilde Stiefmütterchen.

»Jetzt haben wir Blumen!« jubelte das Kind, und der Engel nickte, allein sie flogen noch nicht zu Gott empor. Es war Nacht und überall herrschte Stille. Sie blieben in der großen Stadt und schwebten in einer der engsten Straßen umher, wo ganze Haufen Stroh, Asche und Abgänge aller Art lagen. Es war Ziebtag gewesen. Da lagen Scher-

ben von Tellern, zerbrochene Gipsfiguren, Lumpen und alte Hüte, was sich alles nicht sehr gut ausnahm.
Der Engel zeigte unter diesem Kehricht auf einige Scherben eines Blumentopfes hinunter und auf einen Klumpen Erde, der herausgefallen war und durch die Wurzeln einer großen verwelkten Feldblume, die jetzt nichts mehr taugte und deshalb auf die Straße hinausgeworfen worden war, zusammengehalten wurde.
»Die nehmen wir mit!« sagte der Engel. »Während wir fliegen, will ich dir erzählen, weshalb!«
Und nun flogen sie und der Engel erzählte: »Dort unten in der engen Straße, in dem niedrigen Keller, wohnte ein armer, kranker Knabe. Von Kindesbeinen an war er immer bettlägerig gewesen. Wenn er sich am wohlsten fühlte, konnte er die kleine Stube auf Krücken ein paarmal auf und nieder gehen; das war das ganze. Während weniger Sommertage fielen die Sonnenstrahlen ein halbes Stündchen in den Kellerflur hinein. Wenn dann der arme Junge dasaß und die warme Sonne auf sich herniederscheinen ließ, und durch seine feinen Finger, die er sich vor das Gesicht hielt, das rote Blut hindurchschimmern sah, dann hieß es: »Heute ist er ausgewesen.« Den Wald in seinem herrlichen Frühlingsgrün kannte er nur dadurch, daß ihm des Nachbars Sohn den ersten Buchenzweig brachte. Den hielt er über den Kopf und träumte nun unter Buchen zu ruhen, wo die Sonne schiene und die Vögel sängen. An einem Lenztage brachte ihm der Sohn des Nachbars auch Feldblumen, worunter sich zufällig auch eine mit der Wurzel befand. Deshalb wurde sie in einen Blumentopf gepflanzt und an das Fenster dicht neben seinem Bette gestellt. Die Blume war mit einer glücklichen Hand gepflanzt, sie wuchs, trieb neue Schößlinge und trug jedes Jahr ihre Blumen. Sie ersetzte dem kranken Knaben den schönsten Garten, war sein kleiner Schatz auf dieser Erde. Er begoß und wartete sie und sorgte dafür, daß sie jeglichen Sonnenstrahl, der durch das niedrige Fenster herein-

glänzte, bis auf den letzten erhielt. Die Blume wuchs selbst in seine Träume hinein, denn für ihn allein wuchs sie, verbreitete sie ihren Duft und erfreute sie das Auge. Ihr wandte er im Tode sein Antlitz zu, als der Herr ihn rief. – Ein Jahr ist er nun bei Gott gewesen, ein Jahr hat die Blume vergessen im Fenster gestanden und ist verdorrt und deshalb beim Umzuge mit dem Kehricht auf die Straße hinausgeworfen worden. Und dies ist die Blume, die arme verdorrte Blume, die wir mit in unseren Strauß genommen haben, denn diese Blume hat mehr Freude gebracht als die reichste Blume in dem Garten einer Königin.«

»Aber woher weißt du dies alles?« fragte das Kind, welches der Engel zum Himmel emportrug.

»Ich weiß es!« sagte der Engel, »ich war ja selbst der kranke, kleine Knabe, der auf Krücken ging! Meine Blume kenne ich wohl.«

Und das Kind öffnete seine Augen nun ganz und schaute dem Engel in sein herrliches, freundliches Antlitz. In demselben Augenblicke waren sie in Gottes Himmel, wo Freude und Glückseligkeit war. Und Gott drückte das tote Kind an sein Herz, und da erhielt es Flügel wie der andere Engel und flog Hand in Hand mit ihm dahin. Gott drückte alle die Blumen an sein Herz, aber die arme vertrocknete Feldblume küßte er, und sie erhielt Stimme und sang mit all den Engeln, die um Gott schwebten, einige ganz nahe, andere in großen Kreisen um diese herum, immer weiter und weiter hinaus bis in die Unendlichkeit, alle aber gleich glücklich. Alle sangen sie, klein und groß, das gute, nun so gesegnete Kind, wie die arme Feldblume, die vertrocknet, im Kehricht mit hinausgeworfen, in der engen, dunklen Straße dagelegen hatte.

Die Nachtigall

In China, das wird dir wohl bekannt sein, ist der Kaiser ein Chinese, und alle, die ihn umgeben, sind auch Chinesen. Es sind nun schon viele Jahre her, aber gerade deshalb ist es der Mühe wert, die Geschichte zu hören, denn man vergißt sie sonst. Das Schloß des Kaisers war das prächtigste in der Welt, durch und durch von feinem Porzellan, so kostbar, aber auch so zerbrechlich, so gefährlich daran zu rühren, daß man sich ordentlich in acht nehmen mußte. Im Garten sah man die merkwürdigsten Blumen und an den allerprächtigsten waren silberne Glocken befestigt, die fortwährend tönten, damit man nicht vorüberginge, ohne die Blumen zu bemerken. Alles war im Garten des Kaisers auf das scharfsinnigste ausgegrübelt, und er erstreckte sich so weit, daß selbst der Gärtner das Ende desselben nicht kannte. Schritt man rüstig weiter, so gelangte man in den herrlichsten Wald mit hohen Bäumen und tiefen Seen. Der Wald stieß an das Meer, das blau und tief war. Große Schiffe konnten unter den überhängenden Zweigen hinsegeln, und in diesen wohnte eine Nachtigall, die so schmelzend sang, daß selbst der arme Fischer, der vollauf von seinem Geschäfte in Anspruch genommen war, still lag und lauschte, wenn er nachts ausgefahren war, sein Netz aufzuziehen und dann die Nachtigall hörte. »Mein Gott, wie ist das schön!« sagte er, dann aber mußte er seinem Gewerbe nachgehen und vergaß den Vogel. Doch wenn derselbe in der nächsten Nacht wieder sang und der Fischer dorthin kam, wiederholte er: »Mein Gott, wie ist das doch schön!«

Von allen Ländern der Welt kamen Reisende nach der Stadt des Kaisers und bewunderten dieselbe, das Schloß und den Garten, vernahmen sie aber die Nachtigall, dann sagten sie alle: »Das ist doch das Allerbeste!«

Die Reisenden erzählten davon nach ihrer Heimkunft,

und die Gelehrten schrieben Bücher über die Stadt, das Schloß und den Garten, aber die Nachtigall vergaßen sie nicht, der wurde das Hauptkapitel gewidmet; und die, welche dichten konnten, schrieben die herrlichsten Gedichte über die Nachtigall im Walde bei dem tiefen See.

Die Bücher wurden in alle Sprachen übersetzt, und einige gerieten dann auch einmal dem Kaiser in die Hände. Er saß in seinem goldenen Stuhl, las und las und nickte jeden Augenblick mit dem Kopfe, denn es freute ihn, diese prächtigen Beschreibungen von der Stadt, dem Schlosse und dem Garten zu vernehmen.

»Aber die Nachtigall ist doch das Allerbeste!« stand da geschrieben.

»Was soll das heißen?« sagte der Kaiser. »Die Nachtigall? Die kenne ich ja gar nicht. Gibt es einen solchen Vogel in meinem Kaiserreiche und sogar in meinem eigenen Garten? Davon habe ich nie gehört! So etwas muß man erst aus den Büchern erfahren!«

Darauf rief er seinen Kavalier, der so vornehm war, daß er, wenn ihn ein Geringerer anzureden begann oder um etwas zu fragen wagte, nichts als »P!« antwortete, und »P!« hat doch nichts zu bedeuten.

»Hier soll sich ja ein höchst merkwürdiger Vogel aufhalten, der Nachtigall genannt wird!« redete ihn der Kaiser an. »Man sagt, daß er das Allerbeste in meinem großen Reiche ist! Weshalb hat man mir nie etwas von demselben gesagt?«

»Ich habe ihn nie vorher nennen hören!« sagte der Kavalier; »er ist nie bei Hofe vorgestellt worden!«

»Ich will, daß er heute abend herkommt und vor mir singt!« fuhr der Kaiser fort. »Die ganze Welt weiß, was ich habe, und ich weiß es nicht.«

»Ich habe ihn nie vorher nennen hören!« entgegnete der Kavalier, »aber ich werde ihn suchen, ich werde ihn finden!«

Aber wo war er zu finden? Der Kavalier lief treppauf und treppab, durch Säle und Gänge, keiner von allen, die er traf, hatte von der Nachtigall je reden hören; und der Kavalier lief wieder zum Kaiser und behauptete, es müßte gewiß eine Fabel der Buchschreiber sein. »Eure kaiserliche Majestät können sich gar nicht vorstellen, was alles geschrieben wird. Das sind Erdichtungen und gehören zur sogenannten schwarzen Kunst!«

»Allein das Buch, in dem ich gelesen habe«, versetzte der Kaiser, »ist mir von dem großmächtigen Kaiser von Japan geschickt worden, und folglich kann es keine Unwahrheit sein. Ich will die Nachtigall hören! Sie soll heute abend hier sein! Sie steht in meiner allerhöchsten Gnade! Und kommt sie nicht, so lasse ich den ganzen Hof, wenn er Abendbrot gegessen hat, auf den Bauch treten!«

»Tsing-Pe!« sagte der Kavalier und lief wieder treppauf und treppab, durch alle Säle und Gänge. Der halbe Hof lief mit, denn sie wollten sich nicht gern auf den Bauch treten lassen. Da war ein Fragen nach der merkwürdigen Nachtigall, die alle Welt kannte, nur niemand bei Hofe.

Endlich trafen sie ein kleines, armes Küchenmädchen. Sie sagte: »O Gott, die Nachtigall! Die kenne ich gut! Ja, wie kann die singen! Jeden Abend darf ich meiner armen kranken Mutter einige Speisereste bringen. Sie wohnt unten am Meeresufer, und wenn ich zurückkehre, müde bin und im Walde ruhe, dann höre ich die Nachtigall singen. Die Tränen treten mir dabei in die Augen, es kommt mir geradeso vor, als ob mich meine Mutter küßte!«

»Kleines Küchenmädchen!« sagte der Kavalier, »ich will Ihr eine feste Anstellung in der Küche und die Erlaubnis, den Kaiser speisen zu sehen, verschaffen, falls Sie uns zur Nachtigall führen kann, denn sie ist heute abend zum Gesang befohlen!«

Darauf zogen sie alle nach dem Walde hinaus, wo die Nachtigall zu singen pflegte; der halbe Hof war mit. Als sie im besten Marsche waren, fing eine Kuh zu brüllen an.

»Oh!« sagte ein Hofjunker, »nun haben wir sie! Es steckt doch wirklich eine ganz außerordentliche Kraft in einem so kleinen Tierchen. Ich habe sie sicher schon früher einmal gehört!«

»Nein, das sind Kühe, welche brüllen!« sagte das kleine Küchenmädchen; »wir sind noch weit von der Stelle entfernt!«

Jetzt quakten Frösche im Sumpfe.

»Herrlich!« sagte der chinesische Schloßprediger. »Nun höre ich sie; es klingt gerade wie kleine Kirchenglocken!«

»Nein, das sind die Frösche!« versetzte das kleine Küchenmädchen. »Aber nun werden wir sie, denke ich, bald hören!«

Da begann die Nachtigall zu schlagen.

»Das ist sie!« rief das kleine Mädchen, »hört, hört, und dort sitzt sie!« und dabei zeigte sie auf einen kleinen, grauen Vogel oben in den Zweigen.

»Ist es möglich!« sagte der Kavalier, »so hätte ich sie mir nimmer vorgestellt! Wie einfach sie aussieht! Sie ist sicher erbleicht, weil sie so viele vornehme Leute um sich sieht!«

»Kleine Nachtigall!« rief das kleine Küchenmädchen ganz laut, »unser allergnädigster Kaiser wünscht, daß du vor ihm singst!«

»Mit größtem Vergnügen!« erwiderte die Nachtigall, und sang dann, daß es eine wahre Lust war.

»Es klingt gerade wie Glasglocken!« sagte der Kavalier, »und seht nur die kleine Kehle, wie die sich anstrengt! Es ist merkwürdig, daß wir sie früher nie gehört haben! Sie wird einen großen Erfolg bei Hofe haben!«

»Soll ich noch einmal vor dem Kaiser singen?« fragte die Nachtigall, welche glaubte, daß der Kaiser zugegen wäre.

»Meine vortreffliche, liebe Nachtigall!« sagte der Kavalier, »ich habe die große Freude, Sie zu einem Hoffeste heute abend zu befehlen, wo Sie Seine Kaiserliche Gnaden mit Ihrem reizenden Gesange bezaubern sollen!«

»Es nimmt sich im Grünen am besten aus!« entgegnete die Nachtigall, aber sie ging doch mit, als sie hörte, daß es der Kaiser wünschte.

Im Schlosse war alles im festlichen Staate. Wände und Fußboden, die von Porzellan waren, erglänzten im Scheine vieler tausend goldener Lampen. Die schönsten Blumen, die recht laut klingeln konnten, waren in den Gängen aufgestellt. Da war ein Laufen und machte sich ein gewaltiger Zugwind fühlbar, und alle Glocken klingelten so unaufhörlich, daß man sein eigenes Wort nicht verstehen konnte.

Mitten in dem Saale, in dem der Kaiser saß, war eine kleine goldene Säule aufgestellt, auf welcher die Nachtigall sitzen sollte. Der ganze Hof war dort versammelt, und das kleine Küchenmädchen hatte die Erlaubnis erhalten, hinter der Tür zu stehen, da ihr nun der Titel einer wirklichen Hofköchin beigelegt war. Alle hatten ihre Festgewänder angelegt, und alle sahen den kleinen, grauen Vogel an, dem der Kaiser zunickte.

Die Nachtigall sang so lieblich, daß dem Kaiser Tränen in die Augen traten; die Tränen liefen ihm über die Wangen hinab, und nun sang die Nachtigall noch schöner, daß es recht zu Herzen ging. Der Kaiser war so froh und zufrieden, daß er zu bestimmen geruhte, die Nachtigall sollte einen goldenen Pantoffel um den Hals tragen. Die Nachtigall aber dankte, sie hätte schon eine hinreichende Belohnung erhalten.

»Ich habe Tränen in den Augen des Kaisers gesehen, das ist mir der reichste Schatz! Eines Kaisers Tränen haben eine wunderbare Macht! Gott weiß, ich bin belohnt genug!« Dann sang sie wieder mit ihrer süßen bezaubernden Stimme.

»Das ist die liebenswürdigste Art, sich Gunst zu erwerben!« sagten die Damen ringsherum, und dann nahmen sie Wasser in den Mund, um zu schluchzen, wenn jemand mit ihnen spräche. Sie hielten sich dann ebenfalls für Nachtigallen. Ja selbst die Diener und Kammermädchen ließen ihre höchste Zufriedenheit melden, und das will viel sagen, denn gerade sie erheben die größten Ansprüche. Ja, die Nachtigall machte wirklich Glück.

Sie sollte nun bei Hofe bleiben, ihren eigenen Käfig haben und die Freiheit genießen, zweimal des Tages und einmal des Nachts sich im Freien zu ergehen. Zwölf Diener mußten sie begleiten, die sie alle an einem um das eine Bein geschlungenen Bande festhielten. Es war gerade kein Vergnügen bei dergleichen Ausgängen.

Die ganze Stadt sprach nur von dem merkwürdigen Vogel, und begegneten sich zwei, so seufzten sie und stellten sich so verzückt, als ob es mit ihnen nicht ganz richtig wäre. Ja, elf Hökerkinder wurden nach ihr benannt,

obwohl ihre Stimmittel keine große Anlage zur Gesangskunst verrieten.
Eines Tages wurde dem Kaiser eine große Kiste überreicht, auf der geschrieben stand: »Nachtigall!«
»Da haben wir nun ein neues Buch über unseren berühmten Vogel!« sagte der Kaiser; aber es war kein Buch, es war ein kleines Kunstwerk, das in einer Schachtel lag, eine künstliche Nachtigall, die der lebendigen ähneln sollte, aber überall mit Diamanten, Rubinen und Saphiren besetzt war. Sobald man den künstlichen Vogel aufzog, konnte er eins der Stücke singen, welche die wirkliche Nachtigall sang, und dabei bewegte er den Schwanz auf und nieder und glänzte von Silber und Gold. Um den Hals hing ihm ein Bändchen, auf dem geschrieben stand: »Die Nachtigall des Kaisers von Japan ist arm gegen die des Kaisers von China!«
»Das ist herrlich!« sagten sie sämtlich, und derjenige, der den künstlichen Vogel überbracht hatte, erhielt sofort den Titel eines kaiserlichen Oberhofnachtigallenüberbringers.
»Nun müssen sie zusammen singen! Was wird das für ein Duett werden!«
So mußten sie denn zusammen singen, aber es wollte nicht recht gehen, denn die wirkliche Nachtigall ging auf ihre Art und der Kunstvogel ging auf Walzen. »Der trägt nicht die Schuld!« sagte der Spielmeister, »der ist besonders taktfest und ganz aus meiner Schule!« Nun sollte der Kunstvogel allein singen. – Er machte ein ebenso großes Glück wie der wirkliche, und dann bot er auch einen viel niedlicheren Anblick dar; er funkelte wie Armbänder und Brustnadeln.
Dreiunddreißigmal sang er ein und dasselbe Stück und wurde doch nicht müde. Die Leute hätten ihn gern wieder von vorn gehört, doch meinte der Kaiser, daß nun auch die lebendige Nachtigall etwas vortragen sollte – – aber wo war diese? Niemand hatte bemerkt, daß sie zum offe-

nen Fenster hinausgeflogen war, fort zu ihren grünen Wäldern.

»Aber was ist denn das?« rief der Kaiser; und alle Hofleute schalten und meinten, die Nachtigall wäre ein höchst undankbares Tier. »Den besten Vogel haben wir doch!« trösteten sie sich, und so mußte der Kunstvogel wieder singen, und das war das vierunddreißigstemal, daß ihnen dasselbe Stück vorgespielt wurde, aber sie kannten es immer noch nicht vollkommen, denn es war gar schwer. Der Spielmeister lobte den Vogel über alle Maßen, ja, er versicherte, er wäre besser als die wirkliche Nachtigall, nicht nur was die Kleider und die vielen strahlenden Diamanten anlangte, sondern auch in Hinsicht des Inwendigen.

»Denn sehen Sie, meine Herrschaften, und vor allen Eure Kaiserliche Gnaden! bei der wirklichen Nachtigall kann man nie berechnen, was da kommen wird, aber bei dem Kunstvogel ist alles bestimmt. So wird es und nicht anders. Man kann Rechenschaft darüber ablegen, man kann ihn öffnen, kann die menschliche Berechnung nachweisen, zeigen, wie die Walzen liegen, wie sie gehen und wie sich eins aus dem anderen ergibt – – –!«

»Das sind ganz meine Gedanken!« behaupteten alle, und der Spielmeister erhielt Erlaubnis, den Vogel am nächsten Sonntage dem Volke vorzuweisen. »Sie sollen ihn auch singen hören!« sagte der Kaiser, und sie hörten ihn und wurden so aufgeräumt, als hätten sie sich im Tee berauscht, denn das ist echt chinesisch. Und alle riefen: »Oh!« und hielten nach ihrer Sitte einen Finger in die Höhe und nickten dabei. Aber die armen Fischer, welche die wirkliche Nachtigall gehört hatten, meinten: »Das klingt wohl ganz hübsch, es läßt sich auch eine Ähnlichkeit der Melodie nicht ableugnen, aber es fehlt etwas – etwas – ich weiß es nur nicht recht auszudrücken!«

Die wirkliche Nachtigall ward aus Land und Reich verwiesen.

Der Kunstvogel hatte seinen Platz auf einem seidenen Kissen, unmittelbar neben dem Bette des Kaisers. Alle Geschenke, die er erhalten hatte, Gold und Edelsteine, lagen rings um ihn her, und im Titel war er bereits bis zum »Hochkaiserlichen Nachttischsänger« mit dem Range eines Rates erster Klasse zur linken Seite aufgestiegen. Der Kaiser hielt nämlich die Seite für die vornehmste, auf welcher das Herz säße, und das Herz sitzt auch bei einem Kaiser auf der linken. Der Spielmeister aber schrieb fünfundzwanzig dicke Bände über den Kunstvogel. Es war dies Werk so gelehrt und so lang, wimmelte so sehr von den allerschwersten chinesischen Wörtern, daß alle Leute behaupteten, sie hätten es gelesen und verstanden, denn sonst wären sie ja dumm gewesen und auf den Bauch getreten worden.
So ging es ein ganzes Jahr: Der Kaiser, der Hof und alle anderen Chinesen kannten jeden Laut in dem Gesange des Kunstvogels auswendig, aber gerade deshalb hielten sie die größten Stücke auf ihn. Sie konnten selbst mitsingen und taten es. Die Gassenbuben sangen: »Zizizi! kluckkluckkluck!« und der Kaiser sang es. Oh, es war himmlisch!
Aber eines Abends, als der Kunstvogel gerade am besten sang, und der Kaiser im Bette lag und zuhörte, ging es inwendig im Vogel: »Schwupp!« Da sprang etwas: »Schnurrrrr!« Alle Räder liefen herum, und dann schwieg die Musik.
Der Kaiser sprang sogleich aus dem Bette und ließ seinen Leibarzt holen, aber was konnte der helfen? Dann schickte man nach dem Uhrmacher, und nach vielem Fragen und vielem Untersuchen setzte er den Vogel wenigstens einigermaßen wieder instand, erklärte aber, er müßte sehr geschont werden, denn die Zapfen wären abgenutzt, und es wäre unmöglich, neue dergestalt einzusetzen, daß die Musik sicher ginge. Da war nun große Trauer! Jährlich durfte man den Kunstvogel nur einmal

singen lassen, und schon das war ein großes Wagnis. Dann aber hielt der Spielmeister eine kleine Rede und versicherte, daß es noch ebensogut wäre wie früher, und dann war es ebensogut wie früher.
Nun waren fünf Jahre verstrichen, als das ganze Land plötzlich eine wirkliche Ursache zu großer Trauer bekam. Im Grunde hielten alle viel von ihrem Kaiser, und nun war er krank und konnte, wie man sagte, nicht länger leben. Ein neuer Kaiser war schon im voraus gewählt, und das Volk stand draußen auf der Straße und fragte den Kavalier, wie es mit ihrem Herrn stände.
»P!« sagte er und schüttelte den Kopf.
Kalt und bleich lag der Kaiser in seinem großen prächtigen Bette; der ganze Hof hielt ihn für tot, und jeder lief, dem neuen Kaiser seine Aufwartung zu machen; die Kammerdiener liefen hinaus, um darüber zu plaudern, und die Schloßmägde hielten große Kaffeegesellschaft. Ringsumher in allen Sälen und Gängen waren Tuchdecken gelegt, damit man keinen Tritt vernähme, und deshalb war es überall so still, so still. Aber der Kaiser war noch nicht tot. Steif und bleich lag er in dem prächtigen Bette mit den langen Samtvorhängen und den schweren Goldquasten. Hoch oben stand ein Fenster offen, und der Mond schien herein auf den Kaiser und den Kunstvogel.
Der arme Kaiser konnte kaum noch atmen, es war ihm, als ob etwas auf seiner Brust läge. Er schlug die Augen auf, und da sah er, daß es der Tod war, der auf seiner Brust saß. Er hatte sich seine goldene Krone aufgesetzt und hielt in der einen Hand den goldenen Säbel des Kaisers und in der anderen dessen prächtige Fahne. Aus den Falten der großen Samtvorhänge schauten ringsumher seltsame Köpfe hervor, einige sehr häßlich, andere Frieden verheißend und mild. Es waren alle böse und gute Taten des Kaisers, die ihn jetzt, wo der Tod auf seinem Herzen saß, anblickten.
»Erinnerst du dich dessen?« flüsterte eine nach der ande-

ren. »Erinnerst du dich dessen?« und dann erzählten sie ihm so viel, daß ihm der Schweiß von der Stirn lief.
»Das habe ich nie gewußt!« seufzte der Kaiser. »Musik, Musik, die große chinesische Trommel!« rief er, »damit ich nicht das alles höre, was sie sagen!«
Aber sie verstummten nicht, und der Tod nickte wie ein Chinese zu allem, was gesagt wurde.
»Musik, Musik!« schrie der Kaiser. »Du kleiner lieblicher Goldvogel, singe doch, singe! Ich habe dir Gold und Kostbarkeiten gegeben, ich habe dir selbst meinen goldenen Pantoffel um den Hals gehängt, singe doch, singe!«
Aber der Vogel schwieg, es war niemand da, ihn aufzuziehen, und sonst sang er nicht. Aber der Tod fuhr fort, ihn mit seinen großen, leeren Augenhöhlen anzuschauen, und es war so still, so erschrecklich still.
Da ertönte plötzlich, dicht neben dem Fenster, der herrlichste Gesang. Er rührte von der kleinen, lebenden Nachtigall her, die draußen auf einem Zweige saß. Sie hatte von ihres Kaisers Not gehört und war deshalb gekommen, ihm Trost und Hoffnung zuzusingen. Und wie sie sang, erbleichten die Spukgestalten mehr und mehr, immer rascher pulsierte das Blut in des Kaisers schwachem Körper und selbst der Tod lauschte und sagte: »Fahre fort, kleine Nachtigall, fahre fort!«
»Ja, wenn du mir den prächtigen goldenen Säbel geben willst; wenn du mir die reiche Fahne und des Kaisers Krone geben willst!«
Und der Tod gab jedes Kleinod für einen Gesang hin, und die Nachtigall war unermüdlich in ihrem Gesange. Sie sang von dem stillen Friedhofe, wo die weißen Rosen wachsen, wo der Flieder duftet und wo das frische Gras von den Tränen der Überlebenden benetzt wird. Da bekam der Tod Sehnsucht nach seinem Garten und schwebte wie ein kalter, weißer Nebel zum Fenster hinaus.
»Dank, Dank!« sagte der Kaiser, »du himmlischer kleiner

Vogel, ich kenne dich wohl! Dich habe ich aus meinem Lande und Reiche verwiesen, und doch hast du die bösen Geister von meinem Bette hinweggesungen, den Tod von meinem Herzen vertrieben! Wie soll ich dir lohnen?«
»Du hast mir gelohnt!« sagte die Nachtigall, »Tränen haben deine Augen vergossen, als ich das erstemal sang; das vergesse ich dir nie, das sind die Juwelen, die eines Sängers Herzen wohltun. Aber schlafe nun, werde frisch und gesund! Ich will dich einsingen.«
Sie sang – – und der Kaiser fiel in einen süßen Schlaf; sanft und wohltuend war der Schlaf!
Die Sonnenstrahlen fielen durch das Fenster auf ihn, als er gestärkt und gesund erwachte. Noch war keiner von seinen Dienern zurückgekommen, denn sie hielten ihn für tot, aber die Nachtigall saß noch da und sang.
»Immer mußt du bei mir bleiben!« sagte der Kaiser; »du sollst nur singen, wenn du willst, und den Kunstvogel schlage ich in tausend Stücke!«
»Tue es nicht!« sagte die Nachtigall; »das Gute, was er vermochte, hat er ja getan; behalte ihn nach wie vor! Ich kann in einem Schlosse nicht wohnen, aber laß mich kommen, wenn mich selbst die Lust dazu treibt! dann will ich des Abends dort auf dem Zweige bei dem Fenster sitzen und dir vorsingen, damit du froh aber auch zugleich nachdenklich wirst. Ich will singen von den Glücklichen und von denen, die leiden; ich will singen vom Bösen und Guten, was dir verhehlt wird. Der kleine Singvogel fliegt weit umher zu dem armen Fischer, zu des Landmannes Dach, zu jedem, der fern von dir und deinem Hofe ist. Dein Herz liebe ich mehr als deine Krone, und doch hat die Krone etwas von dem Dufte des Heiligen an sich. – Ich komme, ich singe dir vor! Aber eins mußt du mir versprechen!«
»Alles!« sagte der Kaiser und stand da in seiner kaiserlichen Tracht, die er sich selbst angelegt hatte, und legte den Säbel, der von Gold schwer war, gegen sein Herz.

»Um eins bitte ich dich! Erzähle niemand, daß du einen kleinen Vogel hast, der dir alles sagt, dann wird es noch besser gehen!«
Darauf flog die Nachtigall fort.
Die Diener kamen herein, um nach ihrem toten Kaiser zu sehen; – ja, da standen sie – und der Kaiser sagte: »Guten Morgen!«

Die Brautleute

Ein Kreisel und ein Ball lagen zwischen anderem Spielzeug zusammen in einem Schubkasten, und da sagte der Kreisel zum Balle: »Wollen wir nicht Brautleute sein, da wir doch in einem Schubfache beieinander liegen?« Doch der Ball, der aus Saffianleder genäht war und sich ebensoviel wie ein feines Fräulein einbildete, wollte auf dergleichen gar keine Antwort erteilen.
Am nächsten Tage kam der Besitzer des Spielzeuges, ein kleiner Knabe, und bemalte den Kreisel auf der Oberfläche rot und golden und schlug einen Messingnagel mitten hinein. Das nahm sich gerade sehr prächtig aus, wenn der Kreisel sich herumdrehte.
»Sehen Sie mich an!« sagte er zum Balle. »Was sagen Sie nun? Wollen wir nun nicht Brautleute sein? Wir passen gar gut zueinander, Sie springen und ich tanze. Glücklicher als wir beide könnten andere niemals werden!«
»So, meinen Sie wirklich?« entgegnete der Ball, »Sie wissen wohl nicht, daß mein Vater und meine Mutter Saffianpantoffeln gewesen sind, und daß ich einen Kork im Leibe habe?«
»Ja, aber ich bin von Mahagoniholz!« sagte der Kreisel, »und der Bürgermeister hat mich selbst gedreht, er besitzt

eine eigene Drehbank, und es hat ihm viel Vergnügen gewährt!«
»Kann ich mich darauf verlassen?« fragte der Ball.
»Nie will ich Peitsche bekommen, wenn ich lüge!« beteuerte der Kreisel.
»Sie verstehen für sich zu reden!« sagte der Ball, »aber ich kann gleichwohl nicht einwilligen. Ich bin mit einer Schwalbe so gut wie halb verlobt. So oft ich mich in die Luft erhebe, steckt sie den Kopf aus ihrem Neste und fragt: ›Wollen Sie? Wollen Sie?‹ Innerlich habe ich nun bereits ja gesagt, und es ist demnach so gut wie eine halbe Verlobung. Aber ich verspreche Ihnen, Sie nie zu vergessen!«
»Das wird mir großen Nutzen bringen!« meinte der Kreisel, und dann sprachen sie nicht mehr miteinander.
Am nächsten Tage wurde der Ball hervorgeholt. Der Kreisel sah, wie er gleich einem Vogel hoch in die Luft flog, bis er zuletzt dem Auge ganz entschwand. Er kehrte jedesmal wieder zurück, machte aber, sobald er die Erde berührte, immer von neuem einen Sprung, sei es nun, daß es aus Sehnsucht geschah, oder weil er einen Kork im Leibe hatte. Das neunte Mal blieb aber der Ball ganz fort und kam nicht mehr wieder. Der Knabe suchte und suchte, aber fort war er und blieb er.
»Ich weiß wohl, wo er ist!« seufzte der Kreisel, »er ist im Schwalbenneste und ist nun mit der Schwalbe verheiratet!«
Je mehr der Kreisel darüber nachdachte, desto mehr fühlte er sich zu dem Balle hingezogen. Gerade weil er ihn nicht bekommen konnte, darum wuchs seine Liebe. Daß er einen anderen vorgezogen hatte, das war das Eigentümliche dabei. Der Kreisel drehte sich fortwährend um sich selbst und schnurrte, aber immer gedachte er dabei des Balles, der in seinen Gedanken schöner und schöner wurde. Darüber verging manches Jahr – – und da war es eine alte Liebe.

Der Kreisel war nun nicht mehr jung – –! aber da wurde er eines Tages über und über vergoldet. Nie hatte er so herrlich ausgesehen! Es war nun ein richtiger Goldkreisel und sprang, daß es nur so schnurrte. Ja, das lasse ich mir gefallen! Aber auf einmal sprang er zu hoch und – – fort war er.

Man suchte und suchte, sogar unten im Keller, aber er war gleichwohl nicht zu finden. – Wo war er?

Er war in ein Kehrichtfaß gesprungen, in dem allerlei Abfälle lagen: Kohlstrünke, Kehricht, auch Moos und Schutt, die von der Dachrinne hinuntergefallen waren.

»Ein schöner Platz für mich! Hier wird meine Vergoldung bald abgehen. Welchem Lumpenpack muß ich hier Gesellschaft leisten!« Dabei schielte er nach einem Kohlstrunk, der ihm allzu nahe lag und nach einem seltsamen runden Dinge, das fast wie ein alter Apfel aussah. Aber es war kein Apfel, es war ein alter Ball, der viele Jahre oben in der Dachrinne gelegen hatte und von dem eingedrungenen Wasser halb aufgelöst war.

»Gott sei Dank, da kommt doch einer unsersgleichen, mit dem man reden kann!« sagte der Ball und betrachtete den vergoldeten Kreisel. »Ich bin eigentlich von Saffianleder, von den Händen einer zarten Jungfrau genäht und habe einen Kork im Leibe, aber das wird mir jetzt wohl niemand mehr ansehen. Ich stand im Begriff, mich mit einer Schwalbe zu verheiraten, allein da fiel ich leider in die Dachrinne, wo ich fünf Jahre gelegen habe und vom Wasser aufgeweicht bin! Das ist freilich eine lange Zeit für ein junges Mädchen!«

Aber der Kreisel sagte nichts, er gedachte seiner alten Braut, und je mehr er hörte, desto klarer wurde es, daß sie es war.

Da kam das Dienstmädchen und wollte das Faß umkehren. »Heisa!« rief sie, »da ist der Goldkreisel!«

Der Kreisel kam wieder in die Stube und zu hohen Ehren,

aber von dem Balle hörte man nichts weiter. Von seiner alten Liebe sprach der Kreisel nicht wieder. Die geht vorüber, wenn die Geliebte fünf Jahre in einer Dachrinne gelegen hat und aufgeweicht ist, ja, man erkennt sie nie wieder, wenn man ihr in dem Kehrichtfasse begegnet.

Das häßliche junge Entlein

Draußen auf dem Lande war es herrlich! Es war Sommer! Das Korn stand gelb, der Hafer grün. Das Heu war unten auf den grünen Wiesen in Schobern aufgestellt, und da spazierte der Storch auf seinen langen roten Beinen und klapperte ägyptisch, denn diese Sprache hatte er von seiner Mutter gelernt. Um den Acker und die Wiesen zogen sich große Wälder, und mitten in denselben befanden sich tiefe Seen. Oh, es war herrlich da draußen auf dem Lande! Mitten im warmen Sonnenscheine lag da ein altes Rittergut, von tiefen Kanälen umgeben, und von der Mauer an bis zum Wasser hinunter wuchsen dort große Klettenblätter, die so hoch waren, daß unter den größten kleine Kinder aufrechtstehen konnten. Darin war es geradeso wild wie im tiefsten Walde. Hier lag eine Ente auf ihrem Neste, um ihre Jungen auszubrüten, aber jetzt war sie dessen fast überdrüssig, weil es doch gar zu lange dauerte und sie dabei so selten Besuch bekam. Die anderen Enten zogen es vor, auf den Kanälen herumzuschwimmen, anstatt sie zu besuchen und unter einem Klettenblatte zu sitzen, um mit ihr zu plaudern.

Endlich platzte ein Ei nach dem anderen. »Piep, piep!« sagte es, alle Eidotter waren lebendig geworden und steckten den Kopf heraus.

»Rap, rap! Eilt, eilt!« riefen sie, und da rappelten und

beeilten sie sich nach Kräften und guckten unter den grünen Blättern nach allen Seiten umher. Die Mutter ließ sie sich auch umschauen, soviel sie wollten, denn das Grüne ist gut für die Augen.

»Wie groß ist doch die Welt!« sagten alle Jungen; denn freilich hatten sie jetzt ganz anders Platz als zu der Zeit, da sie noch drinnen im Ei lagen.

»Haltet ihr das schon für die ganze Welt?« sagte die Mutter. »Die erstreckt sich noch weit über die andere Seite des Gartens hinaus bis in das Feld des Pfarrers; da bin ich indes noch nie gewesen! –– Ihr seid doch alle hübsch beisammen!« setzte sie hinzu und erhob sich. »Nein, ich habe noch nicht alle! Das größte Ei liegt immer noch da! Wie lange soll denn das noch dauern? Nun habe ich es wirklich bald satt!« Und dann legte sie sich wieder.

»Nun, wie geht es?« fragte eine alte Ente, die auf Besuch gekommen war.

»Es dauert mit dem einen Ei so lange!« sagte die Ente, welche brütete. »Es zeigt sich noch kein Loch in demselben. Aber nun sollst du die anderen sehen. Es sind die hübschesten jungen Enten, die ich je gesehen habe. Sie sind sämtlich ihrem Vater wie aus den Augen geschnitten! Der Bösewicht, er besucht mich nicht einmal!«

»Laß mich doch das Ei sehen, das nicht platzen will«, erwiderte die Alte. »Verlaß dich darauf, es ist ein Putenei! So bin ich auch einmal angeführt worden und ich hatte meine liebe Not mit den Jungen, denn sie fürchten sich vor dem Wasser, kann ich dir sagen. Erst konnte ich sie gar nicht ausbekommen, soviel ich auch rappte und schnappte, ermahnte und nachhalf! – Laß mich doch das Ei sehen! Ja, das ist ein Putenei! Laß es liegen und lehre lieber deine anderen Kinder schwimmen!«

»Ich will doch noch ein wenig darauf liegenbleiben!« entgegnete die Ente. »Habe ich nun so lange gelegen, kommt es auf etwas länger auch nicht an!«

»Jeder nach seinem Geschmack!« sagte die alte Ente und nahm Abschied.

Endlich platzte das große Ei. »Piep, piep!« sagte das Junge und kroch heraus. Es war sehr groß und auffallend häßlich. Die Ente besah es sich. »Das ist ja ein entsetzlich großes Entlein!« sagte sie. »Keines von den anderen sieht so aus. Sollte es wirklich eine junge Pute sein? Nun, da wollen wir bald dahinterkommen! In das Wasser muß es, und sollte ich es selbst hineinstoßen!«

Am nächsten Tage war prächtiges herrliches Wetter! Die Sonne schien brennend heiß auf alle die grünen Kletten hernieder. Die Entleinmutter erschien mit ihrer ganzen Familie am Kanale. Platsch! sprang sie in das Wasser. »Rap, rap!« rief sie und ein Entlein nach dem anderen plumpste hinein. Das Wasser schlug ihnen über dem Kopf zusammen, aber sie tauchten gleich wieder empor und schwammen stolz dahin, die Beine bewegten sich von selbst, und alle waren sie in dem nassen Elemente, selbst das häßliche, graue Junge schwamm mit.

»Nein, das ist keine Pute!« sagte sie. »Sieh nur einer, wie hübsch es die Beine gebraucht, wie gerade es sich hält! Es ist mein eigenes Kind. Im Grunde ist es ganz niedlich, wenn man es nur genauer betrachtet. Rap, rap! Kommt nun mit, jetzt sollt ihr die Welt kennen lernen. Ich werde euch im Entenhofe vorstellen, aber haltet euch immer in meiner Nähe, damit euch niemand trete, und nehmt euch vor der Katze in acht!«

Und so kamen sie in den Entenhof hinein. Ein erschrecklicher Lärm herrschte drinnen, denn zwei Familien bekämpften sich um einen Aalkopf, und trotzdem bekam ihn die Katze.

»Seht, so geht es in der Welt zu!« sagte die Entleinmutter und schnappte mit dem Schnabel, denn sie wollte auch den Aalkopf haben. »Gebraucht nun eure Beine«, sagte sie, »seht zu, daß ihr euch etwas beeilt und neigt den Hals vor der alten Ente dort. Sie ist die vornehmste von allen hier. Spanisches Blut rollt in ihren Adern, deshalb ist sie so schwerfällig. Wie ihr seht, trägt sie einen roten Lappen um das Bein. Das ist etwas unvergleichlich Schönes und die höchste Auszeichnung, die je eine Ente erhalten kann. Es soll andeuten, daß man sie nicht verlieren will und daß sie Tieren und Menschen kenntlich sein soll. Rappelt euch! Sputet euch! Nicht die Beine einwärts! Ein wohlerzogenes Entlein setzt die Beine weit auseinander, gerade wie Vater und Mutter! Seht so! Neigt nun euren Hals und sagt: Rap!«

Und das taten sie. Aber die anderen Enten ringsumher betrachteten sie und sprachen: »Seht nur einmal! Nun sollen wir die Sippschaft auch noch bekommen, als ob wir nicht schon genug wären! Pfui, wie das eine Entlein aussieht! Das wollen wir nicht unter uns dulden!« Und sogleich flog eine Ente hin und biß es in den Nacken.

»Laß es zufrieden!« sagte die Mutter, »es tut ja niemand etwas!«

»Ja, aber es ist so groß und sonderbar!« sagte die Ente, welche es gebissen hatte, »und deshalb muß es weggejagt werden!«

»Das sind schöne Kinder, die Mütterchen hat!« sagte herablassend die alte Ente mit dem Lappen um den Fuß. »Sämtlich schön mit Ausnahme des einen, das mißglückt ist! Ich wünschte, sie könnte es umbrüten!«

»Das geht nicht, Ihro Gnaden!« sagte die Entleinmutter. »Es ist nicht hübsch, aber es hat ein sehr gutes Gemüt und schwimmt ebenso vortrefflich wie eines der anderen, ja ich darf sagen, fast noch etwas besser. Ich denke, es wird sich auswachsen oder mit der Zeit kleiner werden. Es hat zu lange im Ei gelegen und deshalb nicht die rechte Gestalt bekommen.« Darauf zupfte sie es im Nacken und fing an, es zu glätten. »Außerdem«, fuhr sie fort, »ist es ein Entrich, und da schadet es nicht so viel. Ich bilde mir ein, er wird tüchtige Kräfte bekommen, da schlägt er sich schon durch!«

»Die anderen Entlein sind ja ganz niedlich!« sagte die Alte. »Tut nun, als ob ihr zu Hause wäret, und findet ihr einen Aalkopf, so könnt ihr mir ihn bringen!«
Und so waren sie wie zu Hause.
Aber das arme Entlein, das zuletzt aus dem Ei gekrochen und so häßlich war, wurde gebissen, gepufft und gehänselt von den Enten wie von den Hühnern. »Es ist zu groß«, sagten sie allesamt, und der Puterhahn, der mit Sporen geboren war und deshalb in dem Wahne stand, daß er der Kaiser wäre, blies sich wie ein Schiff mit vollen Segeln auf, ging gerade auf dasselbe zu, kollerte und wurde ganz rot am Kopfe. Das arme Entlein wußte weder, wie es stehen, noch wie es gehen sollte. Es war betrübt, daß es so häßlich aussah und dem ganzen Entenhofe zum Gespötte diente.
So ging es den ersten Tag und später wurde es schlimmer und schlimmer. Das arme Entlein wurde von allen gejagt, selbst seine Geschwister waren recht unartig gegen dasselbe und sagten immer: »Wenn dich nur die Katze holen wollte, du garstiges Ding!« und die Mutter seufzte: »Wärest du nur weit fort!« Die Enten bissen es, die Hühner hackten auf dasselbe los, und die Futtermagd stieß es mit dem Fuße.
Da lief und flog es über den Zaun; die Vöglein in den Büschen erhoben sich erschrocken in die Luft. Daran ist meine Häßlichkeit schuld! dachte das Entlein und schloß die Augen, lief aber trotzdem weiter. So gelangte es bis zu dem großen Moore, in dem die wilden Enten wohnten. Hier lag es die ganze Nacht, denn es war sehr müde und traurig.
Am Morgen flogen die wilden Enten auf und erblickten den neuen Kameraden. »Was bist du denn für ein Landsmann?« fragten sie, und das Entlein drehte sich nach allen Seiten und grüßte, so gut es konnte.
»Du bist abschreckend häßlich!« sagten die wilden Enten, »aber das kann uns einerlei sein, wenn du nur nicht in

unsere Familie hineinheiratest!« Das Arme, es dachte wahrlich nicht ans Heiraten. Ihm war nur daran gelegen, die Erlaubnis zu erhalten, im Schilfe zu liegen und Moorwasser zu trinken.

Zwei ganze Tage lang hatte es dagelegen, als zwei wilde Gänse oder vielmehr Gänseriche dorthin kamen. Sie waren noch nicht gar lange aus dem Ei gekrochen und deshalb auch etwas vorschnell.

»Höre, Kamerad, du bist so häßlich, daß du förmlich hübsch bist und wir dich gut leiden können. Willst du zu uns halten und Zugvogel sein? Dicht nebenbei in einem anderen Moore wohnen einige süße liebliche wilde Gänschen, lauter Fräulein, die das Rap, rap! köstlich zu plaudern verstehen, du bist imstande dazu, dein Glück zu machen, so häßlich du auch bist!«

Piff, paff! knallte es da plötzlich, und beide wilde Gänseriche fielen tot in das Schilf hinab, und das Wasser wurde blutrot. Piff, paff! knallte es abermals, und ganze Scharen wilder Gänse flogen aus dem Schilfe auf, und dann knallte es wieder. Es war große Jagd; die Jäger lagen rings um das Moor herum, ja, einige saßen oben in den Baumzweigen, die sich weit über das Röhricht hinstreckten. Der blaue Pulverdampf zog wie Wolken durch die dunklen Bäume hindurch und ruhte weit über dem Wasser. In den Sumpf drangen die Jagdhunde hinein. Platsch, platsch! Schilf und Rohr neigten sich nach allen Seiten. Was war das für ein Schreck für das arme Entlein! Es drehte den Kopf, um ihn unter die Flügel zu stecken, als in demselben Augenblicke ein fürchterlich großer Hund dicht vor ihm stand; die Zunge hing dem Tiere ganz lang aus dem Halse und die Augen funkelten gräßlich. Er berührte das Entlein fast mit der Schnauze, wies die scharfen Zähne und – platsch! zog er sich zurück, ohne es zu packen.

»Gott sei Dank!« seufzte das Entlein, »ich bin so häßlich, daß mich selbst der Hund nicht beißen mag!«

So lag es denn ganz still, während die Schrotkörner in das Schilf sausten und Schuß auf Schuß knallte.
Erst am späten Nachmittage wurde es still, aber das arme Junge wagte noch nicht, sich zu erheben. Es wartete noch mehrere Stunden, ehe es sich umschaute, und dann eilte es, so schnell es konnte, aus dem Moore weiter. Es lief über Feld und Wiesen, und dabei war ein Sturm, daß es nur mit Mühe vorwärtskommen konnte.
Gegen Abend erreichte es ein erbärmliches Bauernhäuschen, das in so traurigem Zustande war, daß es selbst nicht wußte, nach welcher Seite es fallen sollte, und so blieb es stehen. Der Sturm brauste dermaßen um das wilde Entlein, daß es sich setzen mußte, um Widerstand zu leisten. Und es wurde immer schlimmer und schlimmer. Da bemerkte es, daß sich die Tür aus der einen Angel gehoben hatte und so schief hing, daß es durch die Spalte in die Stube hineinschlüpfen konnte, und das tat es.
Hier wohnte eine alte Frau mit ihrer Katze und ihrem Huhne; die Katze, welche sie Söhnchen nannte, konnte einen Buckel machen und spinnen. Selbst Funken konnte man ihr entlocken, wenn man sie im Dunkeln gegen die Haare strich. Das Huhn hatte sehr kleine niedrige Beine und wurde deshalb Kurzbeinchen genannt. Es legte goldene Eier und die Frau liebte es wie ihr eigenes Kind.
Am Morgen bemerkte man sogleich das fremde Entlein, und die Katze begann zu spinnen und das Huhn zu klucken.
»Was ist das?« rief die Frau und schaute sich um, da sie aber nicht gut sah, hielt sie das Entlein für eine fette Ente. »Das ist ja ein sonderbarer Fang!« sagte sie, »nun kann ich Enteneier bekommen. Wenn es nur kein Entrich ist! Das müssen wir erproben.«
So wurde denn das Entlein für drei Wochen auf Probe angenommen, aber Eier kamen nicht.
Nun war die Katze der Herr im Hause und das Huhn war die Frau, und immer sagten sie: »Wir und die Welt!« denn

sie glaubten, daß sie die eine Hälfte wären und zwar der allerbeste Teil. Dem Entlein wollte es bedünken, daß man auch wohl anderer Meinung sein könnte, aber das duldete das Huhn nicht.
»Kannst du Eier legen?« fragte es.
»Nein!«
»Nun gut, dann halte auch deinen Mund!«
Und die Katze sagte: »Kannst du einen Buckel machen, kannst du spinnen, kannst du Funken sprühen?«
»Nein!«
»Dann darfst du auch keine Meinung haben, wenn vernünftige Leute reden!«
Und das Entlein saß im Winkel und war schlechter Laune. Da dachte es unwillkürlich an die frische Luft und den Sonnenschein und bekam eine so eigentümliche Lust, auf dem Wasser zu schwimmen, daß es sich endlich nicht länger enthalten konnte, es dem Huhne anzuvertrauen.
»Was sprichst du da?« fragte dasselbe. »Du hast nichts zu tun, deshalb plagen dich so seltsame Launen. Lege Eier oder spinne, dann gehen sie vorüber!«
»Aber es ist köstlich, auf dem Wasser zu schwimmen!« entgegnete das Entlein, »köstlich, sich den Kopf in den Fluten zu kühlen oder auf den Grund niederzutauchen!«
»Ja, das muß wirklich ein prächtiges Vergnügen sein!« sagte das Huhn spöttisch, »bist du denn närrisch geworden! Frage einmal die Katze, sie ist die Klügste, die ich kenne, ob es ihr so angenehm vorkommt, auf dem Wasser zu schwimmen oder unterzutauchen! Ich will von mir gar nicht reden. – Frage selbst unsere Herrschaft, die alte Frau, klüger als sie ist niemand in der Welt. Meinst du, sie hätte Lust zu schwimmen oder sich das Wasser über dem Kopfe zusammenschlagen zu lassen?«
»Ihr versteht mich nicht!« sagte das Entlein.
»Wenn wir dich nicht verstehen, wer sollte dich dann wohl verstehen? Du wirst doch wohl nicht klüger sein

wollen als die Katze und die Frau, um meiner gar nicht zu erwähnen. Zier dich nicht, Kind, und setze dir keine Grillen in den Kopf! Danke deinem Schöpfer für all das Gute, das man dir erwiesen hat! Hat man dich nicht in eine warme Stube und in einen Umgangskreis aufgenommen, von dem du etwas lernen kannst? Aber du bist ein Faselhans, und es ist keineswegs erfreulich, mit dir umzugehen! Mir kannst du Glauben schenken, denn ich meine es gut mit dir, ich sage dir kränkende Wahrheiten, und daran kann man seine wirklichen Freunde erkennen! Sieh jetzt nur zu, daß du Eier legst und spinnen und Funken sprühen lernst!«

»Ich glaube, ich gehe in die weite Welt hinaus!« sagte das Entlein.

»Ja, tue das!« entgegnete das Huhn.

Da ging denn das Entlein. Es schwamm auf dem Wasser, es tauchte unter, aber von allen Tieren wurde es um seiner Häßlichkeit willen übersehen.

Jetzt erschien der Herbst; die Blätter im Walde wurden gelb und braun, der Sturm entführte sie und wirbelte sie umher, und oben in der Luft machte sich die Kälte bemerkbar. Die Wolken hingen schwer von Hagel und Schneeflocken, und auf dem Zaune stand ein Rabe und schrie: »Au, au!« vor lauter Kälte. Ja, man konnte schon ordentlich frieren, wenn man nur daran dachte. Das arme Entlein hatte es wahrlich nicht gut.

Eines Abends, die Sonne ging gerade wunderbar schön unter, kam ein ganzer Schwarm prächtiger, großer Vögel aus dem Gebüsch hervor, wie sie das Entlein noch nie so schön gesehen hatte. Sie waren blendend weiß und hatten lange geschmeidige Hälse: es waren Schwäne. Sie stießen einen merkwürdigen Ton aus, breiteten ihre prächtigen, großen Schwingen aus und flogen aus den kalten Gegenden fort nach wärmeren Ländern, nach offnen Seen. Sie stiegen so hoch, so hoch, daß dem häßlichen jungen Entlein ganz seltsam zumute wurde. Es drehte sich im Wasser wie ein Rad herum, streckte den Hals hoch nach ihnen aus und stieß einen so lauten und sonderbaren Schrei aus, daß es sich ordentlich vor sich selber fürchtete. Es konnte die prächtigen, die glücklichen Vögel nicht vergessen, und sobald es sie nicht mehr wahrnahm, tauchte es bis auf den Grund unter, und geriet, als es wieder emporkam, förmlich außer sich. Es wußte nicht, wie die Vögel hießen, noch wohin sie zogen, aber doch hatte es dieselben lieb wie nie jemand zuvor. Neid kam gleichwohl nicht in sein Herz. Wie hätte ihm auch nur in den Sinn kommen können, sich eine solche Schönheit zu wünschen. Es wäre schon froh gewesen, wenn nur die Enten es hätten unter sich dulden wollen; – das arme häßliche Tier.

Und der Winter wurde so kalt, so kalt! Das Entlein mußte unermüdlich umherschwimmen, um das Zufrieren zu verhindern. Aber jede Nacht wurde das Loch, in dem es schwamm, schmäler und schmäler. Es war eine Kälte, daß die Eisdecke krachte. Das Entlein mußte fortwährend die Beine gebrauchen, damit sich das Loch nicht völlig schloß. Endlich wurde es matt, lag ganz still und fror so im Eise fest.

In der Frühe des folgenden Morgens kam ein Bauer, der das arme Tier gewahrte. Er ging hin, zerschlug das Eis mit seinem Holzschuh, rettete es und trug es heim zu seiner Frau. Da lebte es wieder auf.

Die Kinder wollten mit demselben spielen. Da aber das Entlein glaubte, sie wollten ihm wehe tun, fuhr es in der Angst gerade in eine Milchschüssel, so daß die Milch in der Stube umherspritzte. Die Frau schlug entsetzt die Hände zusammen. Dann flog das Entlein auf das Gestell, auf dem die Butter aufbewahrt wurde, und von hier in die Mehltonne hinein und dann wieder in die Höhe. Da könnt ihr euch denken, wie es aussah! Die Frau schrie und schlug mit der Feuerzange nach demselben, die Kinder liefen einander über den Haufen und lachten und lärmten. Gut war es, daß die Tür offen stand; so konnte sich das Entlein zwischen die Sträucher in den frischgefallenen Schnee hinausretten, und da lag es nun bis auf den Tod erschöpft. Allein es würde wahrlich zu traurig sein, all die Not und das Elend zu erzählen, welche das Entlein in dem harten Winter auszustehen hatte. – Es lag zwischen dem Röhricht im Moor, als die Sonne wieder warm zu scheinen begann; die Lerchen sangen, es war ein herrlicher Lenz. Da entfaltete es mit einem Male seine Schwingen, stärker sausten sie als zuvor und trugen es kräftig vorwärts, und ehe dasselbe es recht wußte, befand es sich in einem großen Garten, wo die Äpfelbäume in voller Blüte standen, wo die Fliedersträucher dufteten und ihre langen, grünen Zweige zu den sich sanft dahinschlängelnden Bächen und Kanälen herniedersenkten. Oh, wie war es hier so köstlich, so frühlingsfrisch! Und gerade vor ihm kamen aus dem Dickicht drei schöne, weiße Schwäne angeschwommen; mit gekräuseltem Gefieder glitten sie leicht und majestätisch über das Wasser dahin. Das Entlein erkannte die prächtigen Tiere und wurde von einer eigentümlichen Schwermut ergriffen.

»Ich will hinfliegen zu ihnen, den königlichen Vögeln, und sie werden mich totbeißen, weil ich, der ich so häßlich bin, mich ihnen zu nähern wage. Aber meinetwegen! Besser von ihnen getötet, als von den Enten gezwackt, von den Hühnern gepickt, von der Hühnermagd gestoßen zu werden und im Winter alles mögliche Weh über sich ergehen zu lassen!« Und es flog auf das Wasser und schwamm den prächtigen Schwänen entgegen, die mit gesträubten Federn auf dasselbe losschossen. »Tötet mich nur!« sagte das arme Tier und neigte sein Haupt gegen den Wasserspiegel und erwartete den Tod – aber was sah es in dem klaren Wasser? Es sah unter sich sein eigenes Bild, aber es war nicht mehr ein plumper, schwarzgrauer Vogel, häßlich und Abscheu erweckend, es war selbst ein Schwan. Es tut nichts, in einem Entenhofe geboren zu sein, wenn man nur in einem Schwanenei gelegen hat!

Nun fühlte es sich förmlich glücklich über alle die Not und Widerwärtigkeit, die es ausgestanden hatte. Nun verstand es erst sein Glück, erst die Herrlichkeit recht zu würdigen, die es überall begrüßte. – Und die großen Schwäne umschwammen es und streichelten es mit ihrem Schnabel.

Da traten einige kleine Kinder in den Garten hinein! Sie warfen Brot und Korn in das Wasser, und das kleinste rief: »Da ist ein neuer!« Und die anderen Kinder jubelten mit: »Ja, es ist ein neuer angekommen!« Sie klatschten in die Hände, tanzten umher, holten Vater und Mutter herbei, und es wurde Brot und Kuchen in das Wasser geworfen, und sie sagten alle: »Der neue ist der schönste, so jung und majestätisch!« Und die alten Schwäne verneigten sich vor ihm.

Da überschlich ihn Schüchternheit und Verschämtheit, und er verbarg den Kopf unter den Flügeln; es war ihm so eigen zumute, er wußte fast selbst nicht wie. Er war allzu glücklich, aber durchaus nicht stolz, denn ein gutes Herz wird niemals stolz. Er dachte daran, wie er verfolgt und verhöhnt worden, und hörte nun alle sagen, er wäre der schönste von allen schönen Vögeln. Die Fliedersträuche neigten sich mit den Zweigen zu ihm in das Wasser hinunter, und die Sonne schien warm und erquickend. Da sträubte er sein Gefieder, der schlanke Hals erhob sich, und aus Herzensgrunde jubelte er: »So viel Glück habe ich mir nicht träumen lassen, als ich noch das garstige Entlein war!«

Der Tannenbaum

Draußen im Walde stand ein niedlicher Tannenbaum; er hatte einen guten Platz, die Sonne konnte zu ihm dringen, Luft war genug da, und rundumher wuchsen viele größere Kameraden, Tannen und Fichten. Aber der kleine Tannenbaum wollte nur immer wachsen und wachsen; er dachte nicht an den warmen Sonnenschein und die frische Luft, bekümmerte sich nicht um die Bauernkinder, die dort gingen und plauderten, wenn sie draußen im Walde umherschwärmten, um Erdbeeren und Himbeeren zu sammeln. Oftmals kamen sie mit einem ganzen Topfe voll oder hatten Erdbeeren auf Strohhalme gezogen. Dann setzten sie sich neben das Bäumchen und sagten: »Nein, wie niedlich klein ist der!« Das gefiel dem Baume durchaus nicht.

Im nächsten Jahre war er schon um einen langen Schuß größer, und das Jahr darauf war er wieder noch um einen länger; denn bei einem Tannenbaume kann man, sobald man zählt, wie oft er einen neuen Trieb angesetzt hat, genau die Jahre seines Wachstums berechnen.

»Oh, wäre ich doch ein so großer Baum wie die anderen!« seufzte das Bäumchen, »dann könnte ich meine Zweige weit ausbreiten und mit dem Gipfel in die weite Welt hinausschauen! Dann würden die Vögel ihre Nester zwischen meinen Zweigen bauen, und wenn es stürmte, könnte ich so vornehm nicken wie dort die anderen.« Weder der Sonnenschein noch die Vögel oder die roten Wolken, die morgens und abends über ihn hinsegelten, machten ihm Freude.

War es nun Winter und Schnee lag ringsherum blendend weiß, dann kam oft ein Hase angesprungen und setzte gerade über das Bäumchen fort. Oh, das war empörend! Aber zwei Winter verstrichen, und im dritten war der Baum schon so hoch, daß der Hase um ihn herumlaufen mußte. Oh, wachsen, wachsen, groß und alt werden, das ist doch das einzig Schöne in der Welt! dachte der Baum.

Im Spätherbst erschienen regelmäßig Holzhauer und fällten einige der größten Bäume. Das geschah jedes Jahr und den jungen Tannenbaum, der nun schon tüchtig in die Höhe geschossen war, befiel Zittern und Beben dabei, denn mit Gepolter und Krachen stürzten sie zur Erde, die Zweige wurden ihnen abgehauen, sie sahen nun ganz nackt, lang und schmal aus, sie waren kaum noch wiederzuerkennen. Dann aber wurden sie auf Wagen gelegt, und Pferde zogen sie von dannen zum Walde hinaus.
Wohin sollten sie? Was stand ihnen bevor?
Als im Frühjahr die Schwalbe und der Storch kamen, fragte sie der Baum: »Wißt ihr nicht, wohin sie geführt wurden? Seid ihr ihnen nicht begegnet?«
Die Schwalbe wußte nichts, doch der Storch sah sehr

nachdenklich aus, nickte mit dem Kopfe und sagte: »Ja, ich glaube fast; mir begegneten auf meiner Rückreise von Ägypten viele neue Schiffe. Auf denselben standen prächtige Mastbäume; ich darf wohl behaupten, daß sie es waren; sie verbreiteten Tannengeruch. Ich kann vielmals grüßen, sie überragen alles, sie überragen alles!«

»Oh, wäre ich doch auch groß genug, um über das Meer hinzufliegen! Wie ist es eigentlich, dieses Meer, und wem ähnelt es?«

»Ja, das ist etwas weitläufig zu erklären!« sagte der Storch und ging.

»Freue dich deiner Jugend!« sagten die Sonnenstrahlen, »freue dich deines Wachstums, des jungen Lebens, das dich erfüllt!«

Und der Wind küßte den Baum, und der Tau weinte Tränen über ihn, allein der Tannenbaum verstand es nicht.

In der Weihnachtszeit wurden ganz junge Bäume gefällt, Bäume, die nicht einmal so groß waren, noch in demselben Alter standen wie dieses Tannenbäumchen, das weder Ruh noch Rast hatte, sondern nur immer weiter wollte. Diese jungen Bäume, und es waren gerade die allerschönsten, behielten immer ihre Zweige, sie wurden auf Wagen gelegt, und Pferde zogen sie aus dem Walde.

»Wohin sollen sie?« fragte der Tannenbaum. »Sie sind nicht größer als ich, ja da war sogar einer, der noch weit kleiner war. Weshalb behielten sie alle ihre Zweige? Wo fahren sie hin?«

»Das wissen wir, das wissen wir!« zwitscherten die Sperlinge. »Unten in der Stadt haben wir zu den Fenstern hineingeschaut. Wir wissen, wohin sie fahren! Oh, sie gelangen zur größten Pracht und Herrlichkeit, die sich denken läßt. Wir haben zu den Fenstern hineingeschaut und gesehen, daß sie mitten in die warme Stube hineingepflanzt und mit den herrlichsten Sachen, mit vergoldeten Äpfeln, Honigkuchen, Spielzeug und vielen hundert Lichtern ausgeschmückt wurden!«

»Und dann?« fragte der Tannenbaum und bebte in allen Zweigen. »Und dann? Was geschieht dann?«

»Ja, mehr haben wir nicht gesehen, es war unvergleichlich!«

»Ob auch mir dieses Los zufallen wird, diesen strahlenden Weg zu gehen?« jubelte das Bäumchen. »Das ist noch besser, als über das Meer zu gehen. Wie mich die Sehnsucht verzehrt! Wäre es doch Weihnachten! Jetzt bin ich hoch und erwachsen wie die anderen, welche das letztemal fortgeführt wurden. Oh, wäre ich erst auf dem Wagen! Wäre ich erst in der warmen Stube mit all ihrer Pracht und Herrlichkeit! Und dann? Ja dann kommt noch etwas Besseres, noch Schöneres, weshalb würde man mich sonst so ausschmücken! Da muß noch etwas Größeres, noch etwas Herrlicheres kommen – –! Aber was? Oh, ich leide, mich verzehrt die Sehnsucht; ich weiß selber nicht, wie mir zumute ist!«

»Freue dich meiner!« sagten die Luft und der Sonnenschein; »freue dich deiner frischen Jugend draußen im Freien!«

Aber das Bäumchen freute sich gar nicht; es wuchs und wuchs, Winter und Sommer stand es grün; dunkelgrün stand es da! Die Leute, die es sahen, sagten: »Das ist ein hübscher Baum!«, und zur Weihnachtszeit wurde er zuerst von allen gefällt! Die Axt hieb tief durch das Mark; der Baum fiel mit einem Seufzer zu Boden. Er fühlte einen Schmerz, eine Ohnmacht, er vermochte an gar kein Glück zu denken. Er war betrübt, von der Heimat zu scheiden, von dem Flecke, auf dem er emporgeschossen war. Er wußte ja, daß er nie mehr die lieben, alten Kameraden, die kleinen Büsche und Blumen ringsumher, ja vielleicht nicht einmal die Vögel sehen würde. Die Abreise war durchaus mit keiner Behaglichkeit verbunden.

Der Baum kam erst wieder zu sich, als er im Hofe, mit den anderen Bäumen abgeladen, einen Mann sagen hörte: »Der ist prächtig! Wir brauchen keinen anderen!«

Nun kamen zwei Diener im vollen Staate und trugen den Tannenbaum in einen großen, prächtigen Saal. Ringsumher an den Wänden hingen Porträts, und neben dem großen Ofen standen chinesische Vasen mit Löwen auf den Deckeln. Da gab es Schaukelstühle, Sofas mit seidenen Überzügen, große Tische, bedeckt mit Bilderbüchern und Spielzeug für hundertmal hundert Taler – wenigstens behaupteten das die Kinder. Der Tannenbaum wurde in ein großes, mit Sand gefülltes Gefäß gestellt, doch konnte niemand bemerken, daß es ein Gefäß war, denn es wurde ringsherum mit grünem Zeug behängt und stand auf einem großen bunten Teppiche. Oh, wie der Baum bebte! Was sollte doch nun geschehen? Sowohl die Diener als auch die Fräulein kamen und putzten ihn aus. Über die Zweige hängten sie kleine, aus buntem Papier ausgeschnittene Netze; jedes Netz war mit Zuckerwerk gefüllt. Vergoldete Äpfel und Walnüsse hingen wie festgewachsen herab, und über hundert rote, blaue und weiße Lichterchen wurden an den Zweigen befestigt. Puppen, die wie leibhaftige Menschen aussahen – der Baum hatte solche nie zuvor gesehen – schwebten im Grünen, und ganz oben auf der Spitze strahlte ein Stern von Flittergold. Es war prächtig, ganz unvergleichlich prächtig!
»Heute abend«, sagten alle, »heute abend wird er strahlen!«
Oh! dachte der Baum, wäre es doch erst Abend! Würden doch nur die Lichter bald angezündet! Und was mag dann geschehen? Ob wohl die Bäume aus dem Walde kommen und mich anschauen? Ob die Sperlinge gegen die Fensterscheiben fliegen? Ob ich hier festwachsen und Winter und Sommer geschmückt dastehen werde?
Er wußte wirklich gut Bescheid! Aber er hatte aus lauter Sehnsucht förmlich Borkenweh, und Borkenweh ist für einen Baum ebenso schlimm, wie Kopfweh für uns andere.
Nun wurden die Lichter angezündet. Welcher Glanz!

Welche Pracht! Der Baum bebte in allen Zweigen dabei, so daß einige Nadeln an einem der Lichter Feuer fingen. Es sengte ordentlich.

»Gott bewahre uns!« schrien die Fräulein und löschten es schnell aus.

Nun durfte der Baum nicht einmal beben. Oh, das war ein Graus! Er war so besorgt, etwas von all seinem Staate zu verlieren; er war von all dem Glanze wie betäubt. – Und nun öffneten sich beide Flügeltüren, und eine Menge Kinder stürzten herein, als ob sie den ganzen Baum umrennen wollten. Die älteren Leute kamen bedächtig hinterher; die Kleinen standen ganz stumm, aber nur einen kurzen Augenblick, dann jubelten sie wieder so, daß es widerhallte. Sie tanzten um den Baum, und ein Geschenk nach dem anderen wurde abgepflückt.

Was haben sie nur vor? dachte der Baum. Was soll da geschehen? Die Lichter brannten bis auf die Zweige herunter, und darauf löschte man sie aus, und die Kinder erhielten Erlaubnis, den Baum zu plündern. Oh, die stürzten auf ihn los, daß es in allen Zweigen krachte. Wäre er nicht mit der Spitze und dem goldenen Stern an der Decke befestigt gewesen, so hätten sie ihn sicher umgeworfen.

Die Kinder tanzten nun mit ihrem prächtigen Spielzeuge umher. Niemand beachtete den Baum, mit Ausnahme der alten Kinderfrau, die aufmerksam zwischen die Zweige blickte, aber sie wollte nur nachsehen, ob nicht noch eine Feige oder ein Apfel vergessen war.

»Eine Geschichte, eine Geschichte!« riefen die Kinder und zerrten einen kleinen, dicken Mann nach dem Baume hin. Er setzte sich gerade unter denselben hin, »denn so«, meinte er, »sind wir im Grünen, und der Baum kann sich besonders eine Lehre daraus ziehen, wenn er gut aufmerkt. Aber ich erzähle nur eine Geschichte. Wollt ihr die von Ivede-Avede hören oder die von Klumpe-Dumpe,

der die Treppe hinabfiel und sich doch auf den Thron schwang und die Prinzessin erhielt?«
»Ivede-Avede!« schrien einige, »Klumpe-Dumpe!« schrien andere. Was war das für ein Rufen und Durcheinanderschreien! Nur der Tannenbaum schwieg still und dachte: Soll ich nicht mitraten, will ich auch nicht mittaten! Seine Rolle war vorüber, er hatte ja seine Schuldigkeit getan!
Der Mann erzählte von Klumpe-Dumpe, der die Treppe hinabfiel und sich doch auf den Thron schwang und die Prinzessin erhielt. Und die Kinder klatschten in die Hände und riefen: »Erzähle, erzähle!« Sie wollten auch noch die Geschichte von Ivede-Avede hören, mußten sich aber mit Klumpe-Dumpe begnügen. Der Tannenbaum stand ganz still und gedankenvoll, nie hatten die Vögel draußen im Walde dergleichen erzählt. Klumpe-Dumpe fiel die Treppe hinab und bekam doch die Prinzessin! Ja, ja, so geht es in der Welt zu! dachte der Tannenbaum und hielt es für Wahrheit, weil der Erzähler ein so netter Mann war. Ja, ja, wer kann wissen, vielleicht falle ich auch die Treppe hinab und bekomme eine Prinzessin! Und er freute sich darauf, den nächsten Tag wieder mit Lichtern und Spielzeug, mit Gold und Früchten bekleidet zu werden.
Morgen werde ich nicht zittern! dachte er. Ich werde eine recht herzliche Freude über alle meine Herrlichkeit empfinden. Morgen werde ich wieder die Geschichte von Klumpe-Dumpe hören und vielleicht auch die von Ivede-Avede. Und der Baum stand die ganze Nacht still und gedankenvoll da.
Am folgenden Morgen traten die Diener und Mägde herein.
Nun beginnt der Staat von neuem! dachte der Baum, aber sie schleppten ihn zum Zimmer hinaus, die Treppe hinauf bis auf den Boden, und dort stellten sie ihn in einen dunklen Winkel, wohin kein Tageslicht fiel. Was hat denn das

zu bedeuten? dachte der Baum. Was habe ich denn hier zu tun? Was mag ich denn hier hören sollen? Er lehnte sich gegen die Mauer und stand da und sann und sann. Und Zeit hatte er genug dazu, denn es verstrichen Tage und Nächte. Niemand kam herauf, und als endlich jemand kam, geschah es nur zu dem Zwecke, einige große Kasten in den Winkel zu stellen. Der Baum stand so versteckt, daß man hätte meinen können, er wäre rein in Vergessenheit geraten.

Nun ist draußen Winter! dachte der Baum. Die Erde ist hart und mit Schnee bedeckt, die Menschen können mich nicht pflanzen; deshalb soll ich wahrscheinlich bis zum Frühling hier im Schutze stehen! Wie fürsorglich das doch ist! Wie gut die Menschen doch sind! Wäre es hier nur nicht so dunkel und so erschrecklich einsam! Nicht einmal ein Häschen ist hier zu finden! Draußen im Walde war es doch lustig, wenn der Schnee lag und der Hase vorübersprang, ja selbst wenn er über mich hinwegsetzte; aber damals gefiel es mir freilich nicht. Hier oben ist es doch entsetzlich einsam!

»Piep, piep!« sagte plötzlich eine kleine Maus und schlüpfte hervor, und darauf kam noch eine kleine. Sie schnüffelten an dem Tannenbaume und schmiegten sich durch die Zweige desselben.

»Es herrscht eine furchtbare Kälte!« sagten die Mäuschen. »Sonst ist hier ein vortrefflicher Aufenthalt! Nicht wahr, du alter Tannenbaum?«

»Ich bin noch gar nicht alt!« versetzte der Tannenbaum, »es gibt viel ältere als ich bin!«

»Wo kommst du her?« fragten die Mäuse, »und was weißt du?« Sie waren gewaltig neugierig. »Erzähle uns doch von dem herrlichsten Plätzchen auf Erden! Bist du schon dort gewesen? Bist du schon in der Speisekammer gewesen, wo Käse auf den Brettern liegen und Schinken unter der Decke hängen, wo man auf Talglichtern tanzt, mager hineingeht und fett herauskommt?«

»Die kenne ich allerdings nicht«, sagte der Baum, »aber den Wald kenne ich, wo die Sonne scheint und die Vögel singen!« Darauf erzählte er ihnen alle Erlebnisse seiner Jugend, und die Mäuschen hatten dergleichen nie zuvor gehört, lauschten aufmerksam zu und sagten: »Wie viel du doch gesehen hast! Wie glücklich du gewesen bist!«

»Ich!« versetzte der Tannenbaum und dachte nun erst über seine eigene Erzählung nach. »Ja, im Grunde waren es recht lustige Zeiten!« Aber dann erzählte er vom Weihnachtsabend, wo er mit Kuchen und Lichtern aufgeputzt war.

»Oh!« sagten die Mäuschen, »wie glücklich du gewesen bist, du alter Tannenbaum!«

»Ich bin durchaus nicht alt!« erwiderte der Tannenbaum, »erst in diesem Winter bin ich ja aus dem Walde gekommen! Ich stehe in meinem allerbesten Alter, ich bin nur sehr gewachsen!«

»Wie schön du erzählst!« sagten die Mäuschen, und in der nächsten Nacht kamen sie mit vier anderen kleinen Mäusen wieder, die auch den Baum sollten erzählen hören, und je mehr er erzählte, desto lebhafter trat es ihm selbst vor die Augen, und er dachte: Es waren doch wirklich glückliche Zeiten! Aber sie können wiederkommen! sie können wiederkommen! Klumpe-Dumpe fiel die Treppe hinab und bekam doch die Prinzessin, vielleicht kann ich auch eine Prinzessin bekommen! Und dabei fiel dem Tannenbäumchen eine kleine Birke ein, die draußen im Walde wuchs und ihm wie eine leibhaftige schöne Prinzessin erschien.

»Wer ist Klumpe-Dumpe?« fragten die Mäuschen. Nun erzählte der Tannenbaum das ganze Märchen, dessen er sich Wort für Wort entsinnen konnte. Und die Mäuschen wären aus lauter Freude fast in die Spitze des Baumes gesprungen. In der folgenden Nacht versammelten sich noch weit mehr Mäuse, und am Sonntage kamen sogar zwei Ratten. Die behaupteten aber, die Geschichte sei nicht lustig, und das betrübte die Mäuschen, denn sie kam ihnen nun auch weniger schön vor.

»Können Sie nur die eine Geschichte erzählen?« fragten die Ratten.

»Nur die eine!« antwortete der Baum, »ich hörte sie an meinem glücklichsten Abend, aber damals dachte ich nicht daran, wie glücklich ich war!«

»Das ist eine höchst elende Geschichte! Wissen Sie keine von Speck und Talglichtern? Keine Speisekammergeschichten?«

»Nein!« sagte der Baum.

»Nun, dann danken wir dafür!« erwiderten die Ratten und kehrten zu den Ihrigen zurück.

Zuletzt blieben die Mäuschen auch fort, und da seufzte der Baum: »Es war doch ganz hübsch, als sie um mich saßen, die muntern Mäuschen und auf meine Erzählungen lauschten! Nun ist das gleichfalls vorbei. Aber meine Freude soll von neuem beginnen, wenn ich wieder hervorgeholt werde!«

Aber wann ereignete sich das? – Ja, es war eines Morgens, da kamen Leute herauf und kramten auf dem Boden umher. Die Kasten erhielten einen anderen Platz, und der Baum wurde hervorgezogen. Sie warfen ihn allerdings etwas unsanft auf den Fußboden, aber sofort schleppte ihn ein Hausknecht nach der Treppe hin, wo das Tageslicht schimmerte.

Nun beginnt das Leben wieder! dachte der Baum. Er fühlte die frische Luft, den ersten Sonnenstrahl – und nun war er draußen auf dem Hofe. Alles ging so schnell, daß der Baum völlig vergaß, sich selbst zu betrachten; zu viel Neues war ringsumher anzustaunen. Der Hof stieß an einen Garten, und alles stand darin in voller Blüte. Die Rosen hingen frisch und duftend über den kleinen Staketenzaun hinüber, die Lindenbäume blühten, und die Schwalben flogen umher und zwitscherten: »Quirre virrevit, mein Mann ist gekommen!« Aber den Tannenbaum meinten sie damit nicht.

»Nun will ich leben!« jubelte dieser und breitete seine Zweige weit aus. Ach, sie waren alle vertrocknet und gelb, und zwischen Unkraut und Nesseln lag er in einem Winkel da. Der Goldpapierstern saß noch oben auf der Spitze und leuchtete im hellsten Sonnenscheine.

Auf dem Hofe selbst spielten ein paar von den lustigen Kindern, die am Weihnachtsabend um den Baum getanzt hatten und dabei so fröhlich gewesen waren. Eines der kleinsten lief hin und riß den Goldstern ab.

»Sieh, was da noch an dem alten häßlichen Tannenbaume sitzt!« rief er und trat auf die Zweige, daß sie unter seinen Stiefeln knackten.

Und der Baum betrachtete all die Blumenpracht und Frische im Garten, betrachtete dann sich selbst und wünschte, daß er in seinem finstern Winkel auf dem Boden geblieben wäre. Er gedachte seiner frischen Jugend im Walde, des lustigen Weihnachtsabends und der kleinen Mäuse, die so fröhlich der Geschichte von Klumpe-Dumpe zugelauscht hatten.

»Vorbei, vorbei!« seufzte der arme Baum. »Hätte ich mich doch gefreut, als ich es noch konnte! Vorbei, vorbei!«

Der Hausknecht kam und hieb den Baum in kleine Stücke, ein ganzes Bund lag da; hell loderte es auf unter dem großen Braukessel. Er seufzte tief, jeder Seufzer ertönte wie ein kleiner Schuß. Deshalb liefen die Kinder, die draußen spielten, herbei, setzten sich vor das Feuer, schauten hinein und riefen: »Piff, paff!« Aber bei jedem Knalle, der ein tiefer Seufzer war, gedachte der Baum eines Sommertages im Walde, einer Winternacht draußen, wenn die Sterne glänzten. Er gedachte des Weihnachtsabends und des Klumpe-Dumpe, des einzigen Märchens, das er gehört hatte und zu erzählen wußte – und dann war der Baum verbrannt.

Die Knaben spielten im Hofe, und der kleinste hatte auf der Brust den Goldstern, den der Baum an seinem glücklichsten Abend getragen hatte. Nun war dieser vorüber und mit diesem auch der Baum nebst seiner Geschichte. Vorbei, vorbei – und so geht es mit allen Geschichten.

Die Schneekönigin

Ein Märchen in sieben Geschichten

ERSTE GESCHICHTE

die von dem Spiegel und den Scherben handelt

Nun seht, jetzt geht es los. Wenn wir am Ende der Geschichte sind, wissen wir mehr als beim Beginn, denn es war ein böser Zauberer, es war einer der allerschlimmsten, es war der leibhaftige Teufel. Eines Tages war er in der köstlichsten Laune, denn er hatte einen Spiegel vollendet, der die Eigenschaft besaß, alles Gute und Schöne, das sich darin spiegelte, fast zu nichts zusammenschrumpfen zu lassen, während das, was nichts taugte und sich schlecht ausnahm, recht deutlich hervortrat und noch schlimmer wurde. Die herrlichsten Landschaften sahen darin wie gekochter Spinat aus, und die besten Menschen wurden häßlich oder standen ohne Körper auf dem Kopfe. Die Gesichtszüge wurden so verdreht, daß sie unkenntlich waren, und hatte man Sommersprossen, so konnte man mit Sicherheit darauf rechnen, daß sie einem über Nase und Mund gingen. Das wäre außerordentlich lustig, meinte der Teufel. Zog nun ein guter, frommer Gedanke durch eines Menschen Seele, dann nahm man ein Grinsen im Spiegel wahr, das dem Zauberteufel selbst ein Lächeln über seine kunstreiche Erfindung entlockte. Alle, welche die Zauberschule besuchten – denn er hielt eine Zauberschule –, erzählten weit und breit, es wäre ein Wunder geschehen. Nun erst meinten sie, könnte man erkennen, wie die Welt und die Menschen wirklich aussähen. Sie liefen mit dem Spiegel umher, und zuletzt war weder ein Land noch ein Mensch, die nicht ihr verdrehtes Bild gesehen hätten. Nun wollten sie zuletzt sogar auch noch zum Himmel emporfliegen, um mit den Engeln und dem lieben Gott ihren Spott zu treiben. Je höher sie mit dem Spiegel flogen, desto stärker grinste er, daß sie ihn kaum festhalten konnten. Höher und höher flogen sie, Gott und den Engeln immer näher. Da erbebte der Spiegel in seinem Grinsen so furchtbar, daß er ihren Händen entglitt und auf die Erde hinunterstürzte, wo er in hundert Millionen, Billionen und noch mehr Stücke zerbrach. Aber gerade hienieden richtete er weit größeres Unglück an als zuvor, denn einige Stücke waren kaum so groß als ein Sandkorn, und diese verbreiteten sich über die ganze weite Welt. Wo sie den Leuten in die Augen kamen, da blieben sie sitzen, und dann sahen die Menschen alles verkehrt oder hatten nur Auge für das Verkehrte bei einer Sache, denn jedes Spiegelsplitterchen hatte dieselben Kräfte behalten, die dem ganzen Spiegel eigen waren. Einigen Menschen drang ein solcher Spiegelsplitter sogar in das Herz, und dann war es entsetzlich, das Herz wurde förmlich ein Eisklumpen. Einige Scherben waren so groß, daß sie zu Fensterscheiben benutzt wurden, aber durch solche Scheiben verlohnte es nicht, seine Freunde zu betrachten. Andere Stücke dienten als Brillengläser, und dann ging es erst recht erbärmlich zu, wenn Leute solche Brillen aufsetzten, um richtig zu sehen und gerecht zu urteilen. Der Böse lachte, daß ihm schier der Bauch hätte platzen mögen, und das kitzelte ihn so behaglich. Aber noch jetzt flogen kleine Glasscherben draußen in der Luft umher. Nun werden wir es hören!

ZWEITE GESCHICHTE

Ein kleiner Knabe und ein kleines Mädchen

In der großen Stadt, wo es so viele Häuser und Menschen gibt, daß nicht alle Leute hinreichenden Platz für ein Gärtchen haben, und wo sich deshalb die meisten mit Blumen in Blumentöpfen begnügen müssen, da waren doch zwei arme Kinder, die einen etwas größeren Garten als einen Blumentopf besaßen. Sie waren nicht Bruder und Schwester, hatten einander aber ebenso lieb, als ob sie es wären. Ihre Eltern wohnten in unmittelbarster Nachbarschaft. Sie bewohnten zwei Dachkammern, da, wo das Dach des einen Nachbarhauses das des anderen berührte und die Wasserrinne zwischen den Dächern entlang lief. Dort hinaus blickte aus jedem Hause ein Fenster. Man brauchte nur über die Rinne zu schreiten, um von dem einen Fenster nach dem andern zu gelangen.

Jedes Elternpaar hatte draußen einen hölzernen Kasten angebracht, in dem die nötigsten Küchenkräuter gezogen wurden. Auch befand sich in jedem Kästchen ein kleiner Rosenstock, und beide wuchsen und gediehen herrlich. Nun gerieten die Eltern auf den Gedanken, die Kästen quer über die Rinne so aufzustellen, daß sie fast von dem einen Fenster bis zu dem anderen reichten und sich völlig wie zwei Blumenwälle ausnahmen. Erbsenranken hingen über die Kästen hinunter, und die Rosenstöcke trieben lange Zweige, rankten sich um die Fenster, neigten sich einander zu; es glich fast einer Ehrenpforte von Blumen und grünem Laube. Da die Kästen sehr hoch waren und die Kinder wußten, daß sie nicht hinaufklettern durften, so erhielten sie oftmals die Erlaubnis, zueinander hinauszusteigen, auf ihren kleinen Hutschen unter den Rosen zu sitzen, und dort spielten sie dann prächtig.

Im Winter war ja dies Vergnügen vorüber. Die Fenster waren dann oft ganz zugefroren. Doch dann wärmten sie Kupferdreier auf dem Ofen, hielten sie gegen die gefrorne

Scheibe, und dann bildete sich dort ein prächtiges Guckloch, so rund, oh, so rund, dahinter strahlte ein glückliches sanftes Auge, eines hinter jedem Fenster. Das war der kleine Knabe und das kleine Mädchen. Er hieß Kay und sie hieß Gerda. Im Sommer konnten sie mit einem

Sprunge beieinander sein, im Winter mußten sie dagegen die vielen Treppen hinunter und die vielen Treppen hinauf. Draußen wirbelte der Schnee.

»Jetzt schwärmen die weißen Bienen!« sagte die alte Großmutter.

»Haben sie auch eine Bienenkönigin?« fragte der kleine Knabe, denn er wußte, daß sich unter den wirklichen Bienen eine solche befindet.

»Die haben sie!« sagte die Großmutter, »sie fliegt immer

dort, wo sie am dichtesten schwärmen. Sie ist die größte von allen Schneeflocken, und nie ist sie ruhig auf Erden, sie fliegt gleich wieder zu der schwarzen Wolke empor. Manche Winternacht fliegt sie durch die Straßen der Stadt und guckt zu den Fenstern hinein, und dann gefrieren diese so wunderbar, als wären sie mit Blumen besät.«

»Ja, das habe ich gesehen!« riefen beide Kinder, und nun wußten sie, daß es die Wahrheit wäre.

»Kann die Schneekönigin hereinkommen?« fragte das kleine Mädchen.

»Laß sie nur kommen«, sagte der Knabe, »dann setze ich sie auf den warmen Kachelofen und sie muß zerschmelzen!«

Aber die Großmutter strich ihm das Haar glatt und erzählte andere Geschichten.

Des Abends, als der kleine Kay zu Hause und halb ausgezogen war, kletterte er auf die Stühle am Fenster und guckte zu dem kleinen Loche heraus. Ein paar Schneeflocken fielen draußen, und eine derselben, die allergrößte, blieb auf dem Rande des einen Blumenkastens hängen. Die Schneeflocke wuchs und wuchs, bis sie sich zuletzt in eine vollständige Frau verwandelte, in den feinsten weißen Flor gehüllt, der wie von Millionen sternartiger Flocken zusammengesetzt war. Sie war schön und fein, aber von Eis, dem blendenden, blinkenden Eis, doch war sie lebendig. Die Augen funkelten wie zwei helle Sterne, aber unstet rollten sie umher ohne Ruh und Rast. Sie nickte nach dem Fenster zu und winkte mit der Hand. Der kleine Knabe erschrak und sprang vom Stuhle hinunter. Da war es, als flöge ein großer Vogel draußen an dem Fenster vorüber.

Am folgenden Tage wurde klares Frostwetter – – und dann begann es zu tauen, der Lenz hielt seinen Einzug, die Sonne schien, die Spitzen der Grashälmchen sproßten hervor, die Schwalben bauten Nester, die Fenster wurden geöffnet, und die kleinen Kinder saßen wieder in ihrem

Gärtchen hoch oben in der Dachrinne über allen Stockwerken.
Die Rosen blühten in diesem Sommer unvergleichlich schön. Das kleine Mädchen hatte ein Lied gelernt, in dem auch der Rosen gedacht wurde, und bei den Rosen kamen ihr ihre eigenen in den Sinn; und sie sang es dem kleinen Knaben vor und er sang mit:

»Ich liebe die Rosen in all ihrer Pracht,
Doch mehr noch den Heiland, der selig uns macht!«

Und die Kleinen hielten einander bei den Händen, küßten die Rosen und schauten in Gottes klaren Sonnenschein hinein und redeten ihn an, als ob das Jesuskind da wäre. Wie herrliche Sommertage das waren, wie erquickend das war, draußen zu sein bei den frischen Rosenstöcken, die mit dem Blühen schienen nie aufhören zu wollen.
Kay und Gerda saßen und sahen sich das Bilderbuch mit den vielen Tieren und Vögeln an, da war es – die Uhr auf dem großen Kirchturme schlug gerade fünf – daß Kay sagte: »Au! es ging mir wie ein Stich durch das Herz! Und jetzt ist mir etwas ins Auge geflogen!«
Das kleine Mädchen faßte ihn um den Hals; er blinzelte mit den Augen: nein, es war durchaus nichts zu sehen.
»Ich denke, es ist fort!« sagte er, aber fort war es nicht. Es war gerade einer von diesen Glassplittern, die von dem Spiegel abgesprungen waren, dem Zauberspiegel, wir entsinnen uns desselben wohl noch, der bewirkte, daß alles Große und Gute, das sich darin abspiegelte, klein und häßlich wurde, und jeder Fehler an einer Sache sich sofort bemerkbar machte. Der arme Kay, ihm war ein solches Splitterchen auch gerade in das Herz eingedrungen. Das sollte nun bald wie ein Eisklumpen werden. Nun tat es zwar nicht mehr wehe, aber da war es.
»Weshalb weinst du?« fragte er. »So siehst du häßlich aus. Mir fehlt ja durchaus nichts! Pfui!« rief er plötzlich aus, »die Rose da ist ja vom Wurme angefressen! Und sieh,

jene ist gar nicht gerade gewachsen. Das sind eigentlich recht häßliche Rosen. Sie sind ebenso garstig wie die Kasten, in denen sie stehen!« Und dann stieß er heftig mit dem Fuße gegen den Kasten und riß die beiden Rosen ab.

»Kay, was tust du?« rief das kleine Mädchen; und als er ihr heftiges Erschrecken bemerkte, riß er noch eine Rose ab und sprang dann in sein Fenster hinein und verließ die kleine freundliche Gerda.

Wenn sie später mit dem Bilderbuche kam, meinte er, das wäre nur für Säuglinge; und erzählte die Großmutter Geschichten, so kam er regelmäßig mit einem Aber dazwischen: ja konnte er es heimlich bewerkstelligen, dann schlich er sich hinter ihr her, setzte eine Brille auf und ahmte ihre Stimme nach. Das machte er so täuschend, daß die Leute über ihn lachten. Er konnte bald allen Leuten in der ganzen Straße ihre Redeweise und Gangart nachahmen. Alles Sonderbare und Unschöne wußte Kay treffend zu kopieren, und die Leute sagten dann: »Der Junge hat sicher vorzügliche Anlagen!« Aber daran war das Glas schuld, das ihm in die Augen geflogen war, das Glas, das ihm in dem Herzen saß. Daher kam es, daß er sogar die kleine Gerda neckte, die ihn von ganzer Seele liebhatte.

Seine Spiele nahmen jetzt einen ganz anderen Charakter an, sie wurden mehr verständig. An einem Wintertage, als Schneegestöber eingetreten war, kam er mit einem Vergrößerungsglase, hielt seinen blauen Rockzipfel hinaus und ließ die Schneeflocken darauf fallen.

»Sieh nun einmal in das Glas, Gerda!« sagte er, und jede Schneeflocke wurde ungleich größer und nahm sich wie eine prächtige Blume oder ein zehnzackiger Stern aus. Es gewährte einen herrlichen Anblick.

»Siehst du, wie kunstreich!« rief Kay aus; »das bietet weit mehr Vergnügen und Stoff zum Nachdenken dar als die wirklichen Blumen! Auch ist kein einziger Fehler an ihnen, sie sind ganz regelmäßig; wenn sie nur nicht schmelzen würden!«

Nicht lange darauf kam Kay mit großen Fausthandschuhen und seinem Schlitten auf dem Rücken. Er flüsterte Gerda in die Ohren: »Ich habe Erlaubnis bekommen, auf den großen Platz zu fahren, wo die anderen spielen!« und fort war er.

Dort auf dem Platze banden mitunter die kecksten Knaben ihre Schlitten an die Bauernwagen und fuhren dann eine tüchtige Strecke mit. Das ging gerade recht lustig. Als das Spiel im vollen Gange war, kam ein großer, weißangestrichener Schlitten. Eine Person saß in demselben, die in einem weißen rauhen Pelz eingehüllt und mit einer weißen Pelzmütze bedeckt war. Der Schlitten fuhr zweimal um den Platz, und Kay gelang es, seinen kleinen Schlitten an denselben festzubinden, und nun fuhr er mit. Rascher und immer rascher ging es gerade in die nächste Straße hinein. Der Führer des Schlittens wandte den Kopf und nickte ihm so freundlich zu, als ob sie miteinander bekannt wären. So oft Kay seinen kleinen Schlitten abbinden wollte, nickte die Person abermals, und dann blieb Kay sitzen; sie fuhren gerade zum Stadttore hinaus. Da wurde das Schneegestöber so heftig, daß der kleine Knabe nicht die Hand vor den Augen mehr erkennen konnte, während er gleichwohl weiterfuhr. Da ließ er endlich den Strick fallen, um sich von dem großen Schlitten loszumachen, aber es half nichts, sein kleines Fuhrwerk hing fest, und es ging mit Windeseile. Da rief er ganz laut, aber niemand hörte ihn, und der Schnee wirbelte, und der Schlitten flog vorwärts. Mitunter gab es einen Stoß, als ob man über Gräben und Hecken führe. Er war ganz entsetzt, wollte sein Vaterunser beten, konnte sich aber nur auf das Große Einmaleins besinnen.

Die Schneeflocken wurden größer und größer, zuletzt sahen sie wie große weiße Hühner aus. Plötzlich sprangen die Pferde zur Seite, der Schlitten hielt, und die Person,

die ihn fuhr, erhob sich; Pelz und Mütze waren von lauter Schnee. Es war eine Dame, hoch und schlank, blendend weiß, es war die Schneekönigin.
»Wir sind wacker vorwärtsgekommen«, sagte sie. »Aber ist das etwa ein Wetter zum Frieren? Komm, krieche mit in meinen Bärenpelz hinein!« und sie setzte ihn in den Schlitten an ihre Seite und schlug den Pelz um ihn, daß es ihm vorkam, als versänke er in einen Schneehaufen.
»Frierst du noch?« fragte sie und küßte ihn dann auf die Stirn. Hu, das war noch kälter als Eis, das ging ihm gleich bis ans Herz, das ja so schon halb und halb ein Eisklumpen war. Ihm war zumute, als sollte er sterben; – aber nur einen Augenblick, dann tat es ihm gerade gut. Er empfand nichts mehr von der Kälte um sich.
»Meinen Schlitten! Vergiß meinen Schlitten nicht!« Dessen erinnerte er sich zuerst. Er wurde auch auf eins der weißen Hühner gebunden, das mit dem Schlitten auf dem Rücken hinterher flog. Die Schneekönigin küßte Kay noch einmal, und dann hatte er die kleine Gerda und die Großmutter und alle daheim vergessen.
»Nun bekommst du keine Küsse mehr!« sagte sie, »denn sonst küßte ich dich tot!«
Kay betrachtete sie, sie war schön, ein klügeres, anmutigeres Antlitz konnte er sich nicht vorstellen. Jetzt kam sie ihm nicht wie ein Gebilde von Eis vor wie damals, als sie draußen vor dem Fenster saß und ihm winkte. In seinen Augen war sie ein vollkommenes Wesen. Er fühlte durchaus keine Furcht vor ihr, erzählte ihr, daß er im Kopfe rechnen könnte und sogar mit Brüchen, er wüßte die Quadratmeilen und die Einwohnerzahl des Landes, und sie lächelte zu allem. Da schien es ihm, als wäre, was er wüßte, doch noch nicht hinlänglich, und er schaute empor zu dem großen, großen Luftraum, und sie flog mit ihm, flog hoch hinauf zu der schwarzen Wolke, und der Sturm sauste und brauste, als sänge er alte Lieder. Sie flogen über Wälder und Seen, über Meere und Länder. Unten in der

Tiefe sauste der kalte Wind, heulten die Wölfe, flimmerte der Schnee, und über denselben flogen die schwarzen schreienden Krähen hinweg, aber über ihnen glänzte der Mond groß und klar, und zu ihm schaute Kay auf die lange, lange Winternacht hindurch. Am Tage schlief er zu den Füßen der Schneekönigin.

DRITTE GESCHICHTE

Der Blumengarten der Frau, die zaubern konnte

Aber was wurde aus der kleinen Gerda, als Kay nicht wiederkam? Wo in aller Welt befand er sich doch? – Niemand wußte es, niemand konnte Auskunft erteilen. Die Knaben erzählten nur, daß sie gesehen, wie er seinen kleinen Schlitten an einen großen und prächtigen angebunden hätte, der in die Straßen hinein und dann zum Stadttore hinausgefahren wäre. Niemand wußte, wo er war; viele Tränen flossen, die kleine Gerda weinte bitterlich und lange. Dann hieß es, er wäre tot, er wäre in dem Flusse ertrunken, der nahe bei der Stadt vorbeifloß. Oh, es waren recht lange dunkle Wintertage.

Jetzt erschien der Lenz mit wärmerem Sonnenscheine.

»Kay ist tot und fort!« sagte die kleine Gerda.

»Das glaube ich nicht!« sagte der Sonnenschein.

»Er ist tot und fort!« sagte sie zu den Schwalben.

»Das glauben wir nicht!« entgegneten dieselben, und endlich glaubte die kleine Gerda es auch nicht mehr.

»Ich will meine neuen roten Schuhe anziehen!« sagte sie eines Morgens, »diejenigen, die Kay noch nie gesehen hat, und dann will ich zum Flusse hinuntergehen und mich bei diesem erkundigen!«

Noch war es ganz früh, als sie sich erhob, die alte Großmutter, die noch schlummerte, küßte, die roten Schuhe anzog und dann ganz allein zum Tore hinaus nach dem Flusse ging.

»Ist es wahr, daß du mir meinen kleinen Spielkameraden genommen hast? Ich will dir meine roten Schuhe schenken, wenn du mir ihn wiedergeben willst!«
Es kam ihr vor, als ob die Wellen ihr so eigentümlich zunickten. Dann nahm sie ihre roten Schuhe, das Liebste, was sie besaß, und warf sie beide in den Fluß, aber sie fielen dicht an das Ufer, und die kleinen Wellen trugen sie wieder zu ihr an das Land, als wollte der Fluß sie ihres liebsten Eigentums nicht berauben, zumal er ja den kleinen Kay nicht hatte. Nun aber glaubte sie, daß sie die Schuhe nicht weit genug hinausgeworfen hätte, und kletterte deshalb in ein Boot, das im Schilfe lag. Sie ging bis an das äußerste Ende und warf die Schuhe von neuem in die Wellen. Das Boot war jedoch nicht befestigt, und bei der Bewegung, die sie machte, glitt es vom Lande ab. Sie bemerkte es zwar und beeilte sich zurückzukommen, aber ehe es ihr gelang, war das Boot schon über eine Elle vom Ufer, und nun glitt es rascher den Fluß abwärts.
Da erschrak die kleine Gerda gewaltig und begann zu weinen, allein nur die Sperlinge hörten sie, und diese konnten sie nicht an das Land tragen, aber sie flogen das Ufer entlang und zwitscherten, als wollten sie sie trösten: »Hier sind wir! Hier sind wir!« Das Boot trieb mit dem Strome; die kleine Gerda saß ganz still in bloßen Strümpfen. Ihre kleinen roten Schuhe schwammen hinterher, konnten das Boot jedoch nicht erreichen, da dasselbe schneller vom Strome fortgerissen wurde. Lieblich war es an beiden Ufern; prächtige Blumen, alte Bäume und die Abhänge mit Schafen und Kühen belebt, aber nicht ein Mensch war zu sehen.
Vielleicht trägt mich der Fluß zum kleinen Kay hin! dachte Gerda, und da wurde sie besserer Laune, sie erhob sich und betrachtete viele Stunden lang die schönen grünen Ufer. Dann fuhr sie an einem großen Kirschgarten vorüber, in dem ein Häuschen mit merkwürdig roten und blauen Fenstern stand; übrigens war es mit Stroh gedeckt

und draußen standen zwei hölzerne Soldaten, die vor den Vorübersegelnden das Gewehr schulterten.
Gerda rief sie an; sie hielt sie für lebendig, aber sie antworteten natürlich nicht; sie kam ihnen ganz nahe, die Strömung trieb das Boot gerade auf das Land zu.
Gerda rief noch lauter, und da trat aus dem Hause eine alte, alte Frau, die sich auf einen Krückstock stützte. Um sich gegen die Sonne zu schützen, hatte sie einen großen Hut auf, der mit den schönsten Blumen bemalt war.
»Du liebes armes Kind!« sagte die alte Frau, »wie bist du auf den großen starken Strom gekommen und so fern in die weite Welt hinausgetrieben!« Darauf ging die alte Frau bis an den Rand des Wassers, zog das Boot mit ihrem Krückstock an das Land und hob die kleine Gerda heraus.
Obgleich Gerda froh war, auf das Trockene zu kommen, fürchtete sie sich doch ein wenig vor der fremden alten Frau.
»Komme doch und erzähle mir, wer du bist und wie du hierher kommst?« sagte sie.
Gerda erzählte ihr alles, und die Alte schüttelte den Kopf und sagte: »Hm, hm!« Und als ihr Gerda alles gesagt und sie gefragt hatte, ob sie nicht den kleinen Kay gesehen hätte, erwiderte die Frau, er wäre nicht vorübergekommen, doch käme er wohl noch, sie möchte nur nicht betrübt sein, sondern ihre Kirschen kosten, sich ihre Blumen ansehen, die schöner als irgendein Bilderbuch wären, da jede eine ganze Geschichte erzählen könnte. Dann nahm sie Gerda bei der Hand, ging mit ihr in das kleine Häuschen und schloß die Tür zu.
Die Fenster waren sehr hoch angebracht und die Scheiben waren rot, blau und gelb. Das Tageslicht fiel ganz eigentümlich herein, aber auf dem Tische standen die köstlichsten Kirschen, und Gerda aß nach Herzenslust davon, weil sie die Erlaubnis dazu erhalten hatte. Während sie aß, kämmte ihr die alte Frau das Haar mit einem goldenen

Kamme, und das Haar ringelte sich und schimmerte goldig um ihr liebes freundliches Gesichtchen, das rund war und wie eine Rose blühte.
»Nach einem so holden kleinen Mädchen habe ich mich schon lange gesehnt!« sagte die Alte. »Du wirst nun sehen, wie gut wir uns gegenseitig gefallen werden!« Und je länger sie das Haar der kleinen Gerda kämmte, desto mehr vergaß dieselbe ihren Pflegebruder Kay, denn die alte Frau konnte zaubern, aber eine böse Zauberin war sie nicht. Sie zauberte nur ein wenig zu ihrem Vergnügen und wollte die kleine Gerda gern behalten. Deshalb ging sie in den Garten hinaus, streckte ihren Krückstock über alle Rosenstöcke aus, und wie herrlich sie auch noch soeben blühten, versanken sie doch alle in die schwarze Erde, ohne daß man wahrnehmen konnte, wo sie gestanden hatten. Die Alte befürchtete, daß Gerda beim Anblick der Rosen ihrer eigenen gedenken, sich dadurch des kleinen Kay erinnern und dann davonlaufen würde.
Jetzt führte sie Gerda in den Blumengarten hinaus. Welch ein Duft, welch eine Pracht herrschte hier! Alle erdenkliche Blumen, und zwar für jede Jahreszeit, standen hier in üppigstem Flor. Kein Bilderbuch konnte farbenreicher und schöner sein. Gerda hüpfte vor Freude und spielte, bis die Sonne hinter den hohen Kirschbäumen unterging. Dann bekam sie ein hübsches Bett mit rotseidenen Kissen, die mit blauen Veilchen gestopft waren, und schlief und träumte so herrlich, wie eine Königin an ihrem Hochzeitstage.
Am nächsten Tage durfte sie wieder mit den Blumen in dem warmen Sonnenscheine spielen – und so ging es viele Tage. Gerda kannte jede Blume, aber wie viele auch vorhanden waren, so kam es ihr doch vor, als ob eine darunter fehlte, nur wußte sie nicht welche. Da sitzt sie eines Tages und betrachtete den Sonnenhut der alten Frau mit den gemalten Blumen, und gerade die schönste darunter war eine Rose. Die Alte hatte vergessen, diese von dem Hute

zu entfernen, als sie die anderen in die Erde versinken ließ. So geht es aber, wenn man seine Gedanken nicht immer beisammen hat! – »Was!« sagte Gerda, »gibt es hier keine Rosen?« und sprang zwischen die Beete, suchte und suchte, aber da waren keine zu finden. Da setzte sie sich hin und weinte; aber ihre heißen Tränen fielen gerade auf eine Stelle, wo ein Rosenstock versunken war, und als die warmen Tränen die Erde benetzten, da schoß plötzlich der Stock ebenso blühend wie er versunken war, empor, und Gerda umarmte ihn, küßte die Rosen und gedachte der hübschen Rosen daheim, und dabei kam ihr auch der kleine Kay wieder in den Sinn.

»Oh, wie viel Zeit habe ich durch diese Verzögerung verloren!« sagte das kleine Mädchen. »Ich wollte ja Kay suchen! – Wißt ihr nicht, wo er ist?« fragte sie die Rosen. »Glaubt ihr, daß er tot und fort ist?«

»Tot ist er nicht!« sagten die Rosen. »Wir sind ja in der Erde gewesen, wo alle Toten sind, aber dort war Kay nicht!«

»Dank, tausend Dank!« erwiderte die kleine Gerda und ging zu den anderen Blumen, schaute in ihren Kelch und fragte: »Wißt ihr nicht, wo der kleine Kay ist?«

Aber jede Blume stand in der Sonne und träumte ihr eigenes Märchen oder Geschichtchen. Von diesen vernahm die kleine Gerda viele, viele, aber keine wußte etwas von Kay.

Und was sagte denn die Feuerlilie?

»Hörst du die Trommel: Bum, bum! Es sind nur zwei Töne, immer Bum, bum! Höre der Weiber Trauergesang! Höre den Ruf der Priester! – In seinem langen, roten Gewande steht das Hinduweib auf dem Scheiterhaufen, gierig züngeln die Flammen um die Frau und ihren toten Mann in die Höhe. Aber die Hindufrau denkt an den Lebenden hier im Kreise, an ihn, dessen Augen heißer als die Flammen brannten, an ihn, dessen Augenfeuer näher an ihr Herz dringt als die Flammen, die bald ihren Körper in Asche verwandeln werden. Kann die Flamme des Herzens in den Flammen des Scheiterhaufens ersterben?«

»Das ist mir ganz unverständlich!« sagte die kleine Gerda.

»So lautet mein Märchen!« sagte die Feuerlilie.

Was sagt die Winde?

»Hinaus über den schmalen Feldweg hängt eine alte Ritterburg. Dichtes Immergrün rankt sich um die alten roten Mauern in die Höhe, Blatt an Blatt, über den Altan hin, und auf demselben steht ein schönes Mädchen. Sie beugt sich über das Geländer hinüber und schaut auf den Weg hinunter. Keine Rose hängt frischer an den Zweigen als sie; keine Apfelblüte, die der Wind dem Baume entführt, schwebt leichter dahin als sie. Wie rauscht ihr kostbares Seidengewand! Kommt er noch nicht?«

»Meinst du Kay?« fragte die kleine Gerda.

»Ich rede nur von meinem Märchen, von meinem Traume«, entgegnete die Winde.

Was sagt das Schneeglöckchen?

»Zwischen den Bäumen hängt an Seilen ein langes Brett, es ist eine Schaukel; zwei niedliche kleine Mädchen – ihre Kleider sind weiß wie Schnee, lange grüne seidene Bänder flattern von den Hüten – sitzen darauf und schaukeln sich. Der Bruder, der größer ist als sie, steht auf der Schaukel, er hat den Arm um das eine Seil geschlungen, um sich zu halten, denn in der einen Hand trägt er eine kleine Schale, in der anderen eine Tonpfeife, er macht Seifenblasen. Die Schaukel geht und die Blasen fliegen mit hübschen wechselnden Farben. Die letzte hängt noch am Pfeifenstiele und wiegt sich im Winde; die Schaukel geht. Das schwarze Hündchen, leicht wie die Blasen, richtet sich auf den Hinterfüßen in die Höhe und will mit auf die Schaukel. Sie fliegt zurück, der Hund fällt, bellt und ist ärgerlich. Er wird geneckt, die Blasen platzen – ein schaukelndes Brett, ein zerspringendes Schaumbild ist mein Gesang!«

»Das mag wohl hübsch sein, was du erzählst, aber du sagst es so traurig und erwähnst auch des kleinen Kay gar nicht!«

Was berichten die Hyazinthen?

»Es waren drei schöne Schwestern, durchsichtig und fein; das Gewand der einen war rot, das der anderen blau und das der dritten ganz weiß. Hand in Hand tanzten sie an dem stillen See im klaren Mondscheine. Es waren nicht Elfen, es waren Menschenkinder. Dort duftete es so süß und die Mädchen verschwanden im Walde. Der Duft wurde stärker – drei Särge, in denen die schönen Mädchen lagen, glitten aus dem Dickicht des Waldes hin über den See. Glühwürmchen flogen leuchtend ringsumher, wie kleine schwebende Lichter. Schlafen die tanzenden Mädchen oder sind sie tot? – Der Blumenduft sagt, es seien Leichen. Die Abendglocke läutet über Tote!«

»Du machst mich ganz traurig!« sagte die kleine Gerda. »Du duftest so stark; ich muß an die toten Mädchen denken! Ach, ist denn wirklich der kleine Kay tot? Die Rosen sind unten in der Erde gewesen und sie sagen: nein!«

»Klingklang!« läuteten die Hyazinthenglocken. »Wir läuten nicht über den kleinen Kay, den wir gar nicht kennen! Wir singen nur unser Lied, das einzige, das wir wissen!«

Und Gerda ging zur Butterblume, die zwischen ihren grünen Blättern hervorleuchtete.

»Du bist eine kleine strahlende Sonne!« redete Gerda dieselbe an. »Sage mir, ob du weißt, wo ich meinen Schulkameraden finden kann?«

Und die Butterblume leuchtete so schön und sah Gerda wieder an. Welches Lied konnte die Butterblume wohl singen? Auch ihr Gesang ertönte nicht für Kay.

»In einen kleinen Hof schien am ersten Frühlingstage die liebe Sonne gar warm hinein; die Strahlen glitten an des Nachbarhauses weißen Wänden hinunter, dicht dabei entfaltete sich die erste gelbe Blume und leuchtete goldig in den warmen Sonnenstrahlen. Die alte Großmutter saß draußen in ihrem Stuhle; die Enkelin, eine arme schöne Dienstmagd, kam von einem kurzen Besuche nach Hause zurück. Sie küßte die Großmutter. Da war Gold, Herzensgold in diesem glücklichen, seligen Kusse, Gold im Munde, Gold im Grunde, Gold hier in der Morgenstunde. Sieh, das ist meine kleine Geschichte!« sagte die Butterblume.

»Meine alte arme Großmutter!« seufzte Gerda. »Ja, sie sehnt sich gewiß nach mir, ist betrübt um meinetwillen, wie sie es über den kleinen Kay war. Aber ich komme wieder heim und dann bringe ich Kay mit. Es ist vergebens, daß ich die Blumen frage, sie wissen nur ihr eigenes Lied, sie erteilen mir keine Auskunft!« Und dann schürzte sie ihr Röckchen auf, um schneller laufen zu können. Aber die Narzisse schlug ihr über das Bein, während sie über dieselbe hinwegsprang. Da blieb sie stehen, betrachtete die leere Blume und fragte: »Weißt du vielleicht etwas?« und sie neigte sich ganz zu derselben hinab. Und was sagte sie?

»Ich kann mich selbst sehen, ich kann mich selbst sehen!« plauderte die Narzisse. »Oh, oh, wie ich dufte! Oben in dem Dachkämmerlein steht halb angekleidet eine kleine Tänzerin; bald steht sie auf einem Beine, bald auf beiden, die ganze Welt stößt sie mit Füßen fort, aber es ist nichts als Blendwerk. Sie gießt Wasser aus der Teekanne auf ein Stückchen Zeug, das sie hält: es ist ihr Schnürleibchen! Ja, ja, Reinlichkeit ist das halbe Leben! Das weiße Kleid, das dort am Haken hängt, ist auch in der Teekanne gewaschen und auf dem Dache getrocknet. Wenn sie es anzieht, bindet sie das safrangelbe Tuch um den Hals, dann scheint das Kleid weißer. Hoch das Bein! Sieh, wie sie sich auf einem Stiele bläht! Ich kann mich selbst sehen! Ich kann mich selbst sehen!«

»Das ist mir ganz gleichgültig!« sagte Gerda, »das ist wohl keine passende Erzählung für mich!« Und dann lief sie bis an den Rand des Gartens.

Die Tür war zwar verschlossen, doch drückte sie auf die verrostete Klinke, bis sie nachgab und die Tür aufsprang, und nun lief die kleine Gerda barfuß in die weite Welt hinaus. Dreimal schaute sie zurück, aber niemand verfolgte sie. Endlich konnte sie nicht mehr gehen und setzte sich auf einen großen Stein. Als sie nun um sich schaute, war der Sommer vorbei; es war Spätherbst, was man in dem schönen Garten, wo fortwährend Sonnenschein herrschte und Blumen aller Jahreszeiten standen, gar nicht hatte wahrnehmen können.

»Gott, wie viel Zeit habe ich versäumt!« sagte die kleine Gerda. »Es ist ja Herbst geworden, da darf ich nicht rasten!« und sie erhob sich, um weiterzugehen.

Oh, wie wund und müde ihre kleinen Füße waren, und wie kalt und rauh es ringsumher aussah! Die langen Weidenblätter waren gelb, und in großen Tropfen träufelte der Tau herab. Ein Blatt nach dem anderen fiel ab, nur der Schlehendorn trug noch Früchte, die freilich herb genug waren und den Mund zusammenzogen. Oh, wie grau und schwer es in der weiten Welt doch war!

VIERTE GESCHICHTE
Prinz und Prinzessin

Gerda mußte sich wieder ausruhen. Da hüpfte dort auf dem Schnee, ihrem Ruheplätzchen unmittelbar gegenüber, eine große Krähe, die schon dagesessen, sie aufmerksam angeschaut und mit dem Kopfe gewackelt hatte. Nun sagte sie: »Kra, kra! – Gut' Tag, gut' Tag!« Besser konnte sie es nicht aussprechen, aber trotzdem meinte sie es mit dem kleinen Mädchen sehr gut und fragte, wohin sie so allein in die weite Welt hinausginge. Das Wort »allein« verstand Gerda nur zu wohl und fühlte den ganzen Inhalt desselben gar tief, und dann erzählte sie der

Krähe ihr ganzes Leben und Schicksal und fragte, ob sie Kay nicht gesehen hätte.

Und die Krähe nickte ganz bedächtig und sagte: »Es könnte sein, es könnte sein!«

»Wie? Glaubst du?« rief das kleine Mädchen und küßte die Krähe so ungestüm, daß sie dieselbe fast totgedrückt hätte.

»Vernünftig, vernünftig!« entgegnete die Krähe. »Ich denke, es wird der kleine Kay sein! Aber jetzt hat er dich gewiß über die Prinzessin vergessen!«

»Wohnt er bei einer Prinzessin?« fragte Gerda.

»Ja, höre!« versetzte die Krähe, »aber es macht mir Mühe, deine Sprache zu reden. Allein wenn du die Krähensprache verstehst, dann kann ich besser erzählen!«

»Nein, die habe ich nicht gelernt!« sagte Gerda, »doch die Großmutter konnte sie ebenso geläufig wie die Räubersprache der Kinder reden! Hätte ich sie nur gelernt!«

»Tut nichts!« sagte die Krähe, »ich werde erzählen, so gut ich kann, aber schlimm wird es freilich werden«, und dann erzählte sie, was sie wußte.

»In dem Königreiche, in dem wir hier sitzen, wohnt eine ungeheuer kluge Prinzessin; sie hat dafür aber auch alle Zeitungen, die es in der Welt gibt, gelesen und wieder vergessen, so klug ist sie. Jüngst sitzt sie auf dem Throne, was bekanntermaßen gar nicht so unterhaltend ist, als sie unwillkürlich das Lied vor sich hersummt: ›Warum sollt' ich mich denn nicht vermählen?‹ – Höre, da liegt viel Wahrheit darin! denkt sie, und sofort ist sie entschlossen, sich zu verheiraten. Sie wollte jedoch einen Mann haben, der zu antworten verstand, wenn man ihn anredete, einen, der nicht nur dastand und vornehm aussah, denn das ist höchst langweilig. Nun ließ sie alle Hofdamen zusammentrommeln, und als diese ihre Willensmeinung vernahmen, wurden sie sehr froh. So hab ich's gern! rief eine jede, daran hab ich neulich auch schon gedacht! – Du kannst glauben, daß jedes Wort, was ich sage, die lautere

Wahrheit ist!« unterbrach die Krähe ihre Erzählung. »Ich habe eine zahme Geliebte, die frei im Schlosse umhergeht, und sie hat mir alles erzählt!«
Selbstverständlich war seine Geliebte auch eine Krähe, denn jede Krähe sucht ihresgleichen, und das ist immer eine Krähe.
»Die Zeitungen erschienen sofort mit einem Rande von Herzen und den Namenszügen der Prinzessin. Männiglich konnte darin schwarz auf weiß lesen, daß es einem jeden jungen Manne von hübschem Äußeren freistände, auf das Schloß zu kommen und mit der Prinzessin zu sprechen, und den, der so zu reden verstände, daß er sich trotz des ihn umgebenden Glanzes unbefangen äußerte und zugleich am besten spräche, den wollte die Prinzessin zum Manne nehmen! – Ja, ja!« sagte die Krähe, »du kannst es mir glauben, es ist so wahr, wie ich hier sitze. Die Leute strömten herzu, da war ein Gedränge und Gelaufe, aber dennoch glückte es niemand, weder den ersten noch den zweiten Tag. Wenn sie draußen auf der Straße waren, konnten alle vortrefflich plaudern, sobald sie aber zum Schloßportale hereintraten und die silberstrotzenden Leibwächter und die Treppen hinauf die Diener in Gold und die großen erleuchteten Säle erblickten, dann wurden sie verwirrt. Standen sie nun vor dem Throne, auf dem die Prinzessin saß, so vermochten sie nur ihr letztes Wort nachzusprechen, und diese bloße Wiederholung flößte ihr keine Teilnahme ein. Die Leute waren so befangen, daß sie fast eine Ohnmacht anwandelte, bis sie wieder auf die Straße hinauskamen; dann begann das Geplapper von neuem. In ganzen Reihen standen sie vom Stadttore bis zum Schlosse. Ich war selbst drinnen, um es mit anzusehen!« versicherte die Krähe. »Sie wurden hungrig und durstig, doch wurde ihnen im Schlosse nicht einmal ein Trunk abgestandenen Wassers gereicht. Zwar hatten sich einige der Klügsten mit Butterbrot versehen, aber sie teilten es mit ihrem Nachbar nicht. Sie dachten: Laßt ihn

nur hungrig aussehen, dann nimmt ihn die Prinzessin nicht!«
»Aber Kay, der kleine Kay!« fragte Gerda. »Wann kam er? Befand er sich unter der Menge?«
»Eile mit Weile! nun sind wir gerade bei ihm! Am dritten Tage kam eine kleine Person, ohne Pferde oder Wagen, ganz lustig und guter Dinge gerade auf das Schloß hinaufspaziert. Seine Augen blitzten wie deine, er hatte prächtiges langes Haar, aber sonst ärmliche Kleider.«
»Das war Kay!« jubelte Gerda. »Oh, dann habe ich ihn gefunden!« und dabei klatschte sie in die Hände.
»Er hatte einen kleinen Ranzen auf seinem Rücken!« sagte die Krähe.
»Nein, das war sicherlich sein Schlitten!« sagte Gerda, »denn mit seinem Schlitten ging er fort!«
»Das ist wohl möglich!« entgegnete die Krähe; »ich sah nicht so genau hin! Aber so viel weiß ich von meiner zahmen Geliebten, daß er, als er in das Schloßtor hineintrat und die silberstrotzenden Leibwachen und die Treppen hinauf die Diener in Gold erblickte, nicht im geringsten in Verlegenheit geriet. Er nickte ihnen flüchtig zu und sagte: Das muß langweilig sein, auf der Treppe zu stehen. Ich gehe lieber hinein! Drinnen erglänzten die Säle in hellem Kerzenscheine. Geheimräte und Exzellenzen gingen auf bloßen Füßen und trugen goldene Gefäße; man konnte wohl beklommen werden. Seine Stiefel knarrten entsetzlich laut, doch schien er sich darüber gar nicht zu beunruhigen.«
»Das ist ganz gewiß Kay!« rief Gerda, »ich weiß, er hatte neue Stiefel; ich habe sie in der Stube der Großmutter knarren hören!«
»Ja, geknarrt haben sie!« versetzte die Krähe, »und munter und guter Dinge ging er gerade zur Prinzessin hinein; dieselbe saß auf einer Perle, die so groß wie ein Spinnrad war. Alle Hofdamen mit ihren Zofen und den Zofen ihrer Zofen und alle Kavaliere mit ihren Dienern und den Die-

nern ihrer Diener, die sich auch einen Burschen hielten, standen ringsherum aufgestellt. Je näher sie der Tür standen, desto stolzer sahen sie aus. Vor dem Burschen des Dieners seines Dieners, der immer in Pantoffeln geht, mußte man fast vor Ehrfurcht die Blicke zu Boden schlagen, so stolz stand er in der Tür!«

»Das muß fürchterlich sein!« sagte die kleine Gerda. »Und Kay hat die Prinzessin doch bekommen?«

»Wäre ich nicht eine Krähe gewesen, so hätte ich sie bekommen, trotzdem ich schon verlobt bin. Er soll ebensogut gesprochen haben, wie ich spreche, wenn ich mich der Krähensprache bediene, das habe ich von meiner zahmen Geliebten vernommen. Er war heiter und allerliebst. Er hatte übrigens gar keine Heiratsabsichten, er war lediglich gekommen, um die Klugheit der Prinzessin zu hören, und die fand er gut, und sie fand ihn wieder gut!«

»Ja, sicher! das war Kay!« sagte Gerda, »er war so klug, er konnte mit Brüchen im Kopfe rechnen! – Oh, willst du mich nicht auf dem Schlosse einführen!«

»Ja, das ist leicht gesagt!« meinte die Krähe. »Aber wie machen wir das? Ich will darüber mit meiner zahmen Geliebten Rücksprache nehmen; sie kann uns wohl Rat geben. Denn das will ich dir nur sagen, so ein kleines Mädchen, wie du bist, erhält nie Erlaubnis zum Eintritt!«

»Ja, die bekomme ich!« rief Gerda aus. »Wenn Kay von meiner Ankunft hört, kommt er gleich heraus und holt mich!«

»Erwarte mich dort am Zaune!« erwiderte die Krähe, wackelte mit dem Kopfe und flog davon.

Es war schon dunkel, als die Krähe zurückkehrte. »Rar, rar!« sagte sie. »Ich soll dich vielmal von ihr grüßen! Hier ist ein kleines Brot für dich, das sie aus der Küche nahm, wo Brot genug ist, und du bist gewiß hungrig! – Es ist für dich unmöglich, in das Schloß zu gelangen, weil du barfuß bist. Die silberstrotzenden Leibwachen und Diener in Gold würden es nicht gestatten. Weine jedoch nicht, du sollst doch schon hinaufkommen. Meine Geliebte kennt eine kleine Hintertreppe, die zum Schlafzimmer hinaufführt, und sie weiß, wo sie den Schlüssel holen kann!«

Sie gingen in den Garten hinein, in den großen Baumgang, wo schon ein Blatt nach dem anderen abfiel, und als auf dem Schlosse nach und nach die Lichter ausgelöscht wurden, führte die Krähe die kleine Gerda zu einer Hintertür, die nur angelehnt war.

Oh, wie Gerdas Herz vor Angst und Sehnsucht klopfte! Ihr war zumute, als ob sie etwas Böses tun wollte, und sie wollte doch nur erfahren, ob der kleine Kay da wäre. Ja, er mußte es sein! Sie stellte sich ganz lebendig seine klugen Augen, sein langes Haar vor; sie sah ihn ordentlich lächeln, wie damals, als sie daheim unter den Rosen saßen. Er würde sich gewiß freuen, sie zu sehen, zu hören, einen wie weiten Weg sie um seinetwegen zurückgelegt hätte, und zu vernehmen, wie betrübt sie alle zu Hause gewesen wären, als er nicht wieder heimkehrte. Oh, das war eine Furcht und eine Freude!

Nun waren sie auf der Treppe. Dort brannte eine kleine Lampe auf einem Schranke. Mitten auf dem Fußboden stand die zahme Krähe und drehte das Köpfchen nach allen Seiten und betrachtete Gerda, die sich verneigte, wie die Großmutter sie gelehrt hatte.

»Mein Verlobter hat mir von Ihnen, mein kleines Fräulein, recht viel Freundliches erzählt!« begann die zahme Krähe. »Ihr Schicksal ist auch in der Tat sehr rührend! Wollen Sie gefälligst die Lampe nehmen, ich werde Ihnen dann vorangehen. Wir gehen hier den geraden Weg, denn da begegnen wir niemand!«

»Mir ist, als ob jemand hinter uns kommt!« sagte Gerda, und es sauste wirklich etwas an ihr vorüber. Es war, als ob Schatten über die Wand hinglitten, Pferde mit flatternden

Mähnen und schlanken Beinen, Jägerburschen, Herren und Damen zu Pferde.

»Das sind nur Träume!« sagte die Krähe, »sie kommen und holen die Gedanken der hohen Herrschaft zur Jagd ab. Das ist für unseren Zweck gut, Sie können sie dann im Bette besser betrachten. Aber darauf rechne ich, daß Sie, wenn Sie zu Ehren und Würden gelangen, dann ein dankbares Herz zeigen werden!«

»Wozu darüber erst Worte verlieren!« versetzte die Waldkrähe.

Nun traten sie in den ersten Saal hinein; er war mit rosenrotem Atlas behängt und künstliche Blumen zogen sich an allen Wänden hinauf. Hier sausten die Träume schon an ihnen vorüber, flogen aber so schnell, daß Gerda die hohe Herrschaft nicht zu sehen bekam. Ein Saal war immer prächtiger als der andere; der Anblick der vielen Kostbarkeiten konnte einen förmlich betäuben. Jetzt waren sie in dem Schlafzimmer. Die Decke desselben glich einer großen Palme mit Blättern von Glas, herrlichem Glase, und mitten auf dem Fußboden hingen an einem dicken Stengel von Gold zwei Betten, deren jedes die Gestalt einer Lilie hatte. Das eine, in dem die Prinzessin lag, war weiß; das andere war rot, und in diesem sollte Gerda den kleinen Kay suchen. Sie bog eines der roten Blätter zur Seite und da erblickte sie einen braunen Nacken. Ja, das war Kay! Sie rief ganz laut seinen Namen, hielt die Lampe, daß das Licht auf ihn fiel – die Träume sausten zu Pferde wieder in die Stube hinein – er erwachte, wandte das Haupt und – – – es war nicht der kleine Kay.

Der Prinz ähnelte ihm nur im Nacken, war aber jung und schön. Und aus dem weißen Lilienbette guckte die Prinzessin hervor und fragte, was das wäre. Da weinte die kleine Gerda und erzählte ihre ganze Geschichte und alles, was die Krähen für sie getan hätten.

»Du arme Kleine!« sagten der Prinz und die Prinzessin und lobten die Krähen und sagten, sie wären gar nicht

böse auf sie, sie sollten es aber doch nicht öfter tun. Indes sollten sie eine Belohnung erhalten.
»Wollt ihr frei fliegen?« sagte die Prinzessin, »oder wollt ihr eine feste Anstellung als Hofkrähen haben mit allem, was aus der Küche abfällt?«
Und beide Krähen verneigten sich und baten um feste Anstellung, denn sie dachten an ihr Alter und sagten, es wäre so schön, im Alter sorgenfrei leben zu können.
Der Prinz erhob sich aus seinem Bette und ließ Gerda in demselben schlafen, und mehr konnte er doch nicht tun. Sie faltete ihre kleinen Händchen und dachte: Wie gut Menschen und Tiere doch sind! und dann schloß sie ihre Augen und entschlummerte sanft. Alle Träume kamen wieder hereingeschwebt, und da sahen sie wie Gottes Engel aus. Sie zogen einen kleinen Schlitten, auf dem Kay saß und nickte. Aber das Ganze war nur ein Gebilde des Traumreichs, und deshalb war es bei ihrem Erwachen auch wieder fort.
Am nächsten Tage wurde sie von Kopf bis zu Fuß in Samt und Seide gekleidet. Sie wurde freundlich aufgefordert, auf dem Schlosse zu bleiben und herrlich und in Freuden zu leben, aber sie bat lediglich um einen kleinen Wagen mit einem Pferde und ein Paar Stiefelchen, dann wollte sie wieder in die weite Welt fahren und Kay suchen.
Sie erhielt sowohl Stiefelchen als auch einen Muff und wurde niedlich gekleidet. Als sie fort wollte, hielt vor der Tür ein neues Wägelchen aus reinem Golde, das Wappen des Prinzen und der Prinzessin leuchtete wie ein Stern auf demselben. Kutscher, Diener und Vorreiter – ja, ja, Vorreiter waren auch da – saßen da mit goldenen Kronen auf dem Kopfe. Der Prinz und die Prinzessin halfen ihr selbst in den Wagen und wünschten ihr alles Glück. Die Waldkrähe, die sich inzwischen schon verheiratet hatte, begleitete sie die ersten drei Meilen; sie saß ihr zur Seite, weil sie das Fahren auf dem Rücksitze nicht vertragen konnte. Die andere Krähe stand in der Nähe und schlug mit den Flü-

geln; sie begleitete sie nicht, weil sie seit der festen Anstellung und dem reichlichen Essen an häufigem Kopfweh litt. Inwendig war der Wagen mit Zuckerbrezeln gefüttert, und die Sitzkasten waren mit Früchten und Pfeffernüssen angefüllt.

»Lebe wohl, lebe wohl!« riefen der Prinz und die Prinzessin, und die kleine Gerda weinte und die Krähe weinte auch. – So ging es die ersten Meilen, dann sagte auch die Krähe Lebewohl, und das war der schwerste Abschied. Sie flog auf einen Baum und schlug mit ihren schwarzen Flügeln, solange sie noch den Wagen, der wie der warme Sonnenschein glänzte, sehen konnte.

FÜNFTE GESCHICHTE

Das kleine Räubermädchen

Sie fuhren durch den dunklen Wald, aber der Wagen leuchtete weithin. Das beleidigte die Augen der Räuber, das durften sie unmöglich dulden.

»Das ist Gold, das ist Gold!« riefen sie, stürzten hervor, fielen den Pferden in die Zügel, erschlugen die kleinen Vorreiter, den Kutscher und die Diener und zogen nun die kleine Gerda aus dem Wagen.

»Sie ist fett, sie ist reizend, sie ist mit Nußkernen gemästet!« sagte das alte Räuberweib, das einen langen struppigen Bart und Augenbrauen hatte, die ihr bis über die Augen herabhingen. »Das ist ebensogut wie ein kleines fettes Lamm! Nun, wie soll sie schmecken!« Bei diesen Worten zog sie ihr blankes Messer heraus, und das blitzte, daß es Angst einjagen konnte!

»Au!« schrie das Weib zu gleicher Zeit. Kein Wunder! Der Frau wilde und ungebärdige Tochter, die auf ihrem Rücken hing, hatte ihr in das Ohr gebissen. »Du abscheuliche Range!« sagte die Mutter und konnte nicht dazu kommen, Gerda zu schlachten.

»Sie soll mit mir spielen!« sagte das kleine Räubermädchen. »Sie soll mir ihren Muff, ihr schönes Kleid geben, sie soll neben mir in meinem Bette schlafen!« und dabei biß sie abermals zu, daß das Räuberweib in die Höhe sprang und sich rings herumdrehte, daß alle Räuber lachten und sagten: »Seht, wie sie mit ihrem Balge tanzt!«
»Ich will in den Wagen hinein!« sagte das kleine Räubermädchen, und es mußte und wollte seinen Willen haben, denn es war gar verhätschelt und gar halsstarrig. Es setzte sich mit Gerda hinein und dann fuhren sie über Stock und Stein immer tiefer in den Wald. Das kleine Räubermädchen war ebenso groß wie Gerda, aber kräftiger, breitschultriger und gebräunter. Seine Augen waren ganz schwarz, sie sahen fast traurig aus. Es faßte die kleine Gerda um den Leib und sagte: »Sie sollen dich nicht schlachten, solange ich nicht böse auf dich werde! Du bist gewiß eine Prinzessin?«
»Nein«, erwiderte die kleine Gerda und erzählte ihr alles, was sie erlebt hatte und wie lieb sie den kleinen Kay hätte.
Das Räubermädchen schaute sie ganz ernsthaft an, nickte ein wenig mit dem Kopfe und sagte: »Sie sollen dich nicht schlachten, selbst wenn ich böse auf dich werde, dann werde ich es schon selbst tun!« und dann trocknete sie Gerdas Augen und steckte ihre beiden Hände in den hübschen Muff, der so warm und so weich war.
Jetzt hielt der Wagen still; sie befanden sich mitten auf dem Hofe eines Räuberschlosses. Von oben bis unten war es geborsten, Raben und Krähen flogen aus den offnen Löchern, und die großen Bullenbeißer, die aussahen, als könnte jeder einen Menschen verschlingen, sprangen hoch empor, aber ohne zu bellen, denn das war verboten.
Mitten auf dem steinernen Fußboden des großen alten verräucherten Saales brannte ein großes Feuer. Der Rauch zog unter der Decke hin und drang durch die zahlreichen

Risse und Sprünge ins Freie. In einem großen Braukessel wurde Suppe gekocht, und Hasen wie Kaninchen wurden am Spieße gedreht.
»Du sollst diese Nacht mit mir bei allen meinen lieben Tierchen schlafen!« sagte das Räubermädchen. Sie erhielten zu essen und zu trinken und gingen dann nach einer Ecke, wo Stroh und Decken lagen. Oben drüber saßen auf Latten und Stangen wohl an hundert Tauben, die alle zu schlafen schienen, sich aber doch ein wenig bewegten, als die kleinen Mädchen kamen.
»Die gehören samt und sonders mir!« sagte das kleine Räubermädchen und ergriff schnell eine der nächsten, hielt sie an den Beinen und schüttelte sie, bis sie mit den Flügeln schlug. »Küsse sie!« rief sie und hielt sie Gerda vor das Gesicht.
»Dort sitzt das Waldgesindel!« fuhr sie fort und deutete auf eine Menge Stäbe, die hoch oben vor einem Loche in die Mauer eingeschlagen waren. »Das ist mein Waldgesindel, die beiden dort! Sie fliegen augenblicklich fort, wenn man sie nicht fest einschließt, und hier steht mein altes liebstes Bä!« Dabei zog sie ein Rentier am Geweihe hervor, das einen blanken Kupferring um den Hals hatte und angebunden war. »Das müssen wir ebenfalls in ewiger Furcht erhalten, sonst entspringt es uns auch. Jeden Abend kitzle ich es mit meinem scharfen Messer am Halse, wovor es sich sehr fürchtet!« Das kleine Mädchen zog ein langes Messer aus einer Spalte in der Mauer und ließ es über den Hals des Rentieres hingleiten. Das arme Tier schlug mit den Beinen aus, und das Räubermädchen lachte und zog dann Gerda mit auf die Lagerstelle.
»Willst du das Messer während des Schlafes bei dir behalten?« fragte Gerda und sah sie etwas ängstlich an.
»Ich schlafe immer mit dem Messer!« sagte das kleine Räubermädchen. »Man weiß nicht, was sich ereignen kann. Aber nun erzähle mir noch einmal, was du mir vorhin von dem kleinen Kay erzähltest, und weshalb du in

die weite Welt hinausgegangen bist.« Und Gerda begann ihre Geschichte wieder von vorn, und die Waldtauben girrten oben in ihrem Käfig, die anderen Tauben aber schliefen. Das kleine Räubermädchen legte seinen Arm um Gerdas Hals, hielt das Messer in der anderen Hand und schnarchte, daß man es hören konnte. Gerda jedoch war nicht imstande, ein Auge zu schließen, wußte sie doch nicht, ob sie leben bleiben oder sterben sollte. Die Räuber saßen rund um das Feuer, sangen und tranken und das Räuberweib schlug Purzelbäume. Oh, es war dem kleinen Mädchen wahrhaft entsetzlich, dies mit ansehen zu müssen.

Da sagten die Waldtauben: »Kurre, kurre! Wir haben den kleinen Kay gesehen. Ein weißes Huhn trug seinen Schlitten, er saß auf dem Wagen der Schneekönigin, die unmittelbar über den Wald hinfuhr, als wir im Neste lagen. Sie blies uns junge Tauben an und mit Ausnahme von uns beiden starben alle; kurre, kurre!«

»Was sagt ihr dort oben?« rief Gerda. »Wohin reiste die Schneekönigin? Ist euch etwas davon bekannt?«

»Sie reiste vermutlich nach Lappland, denn dort ist immer Schnee und Eis! Frage nur das Rentier, das dort angebunden steht!«

»Dort ist Eis und Schnee, dort ist ein gesegnetes und herrliches Land!« versetzte das Rentier. »Dort springt man in den großen glitzendern Tälern frei umher. Dort hat die Schneekönigin ihr Sommerzelt, aber ihr festes Schloß hat sie oben nach dem Nordpole zu, auf der Insel, die Spitzbergen genannt wird!«

»O Kay, lieber Kay!« seufzte Gerda.

»Nun mußt du stilliegen!« sagte das Räubermädchen, »sonst stoße ich dir das Messer in den Leib!«

Am Morgen erzählte Gerda ihr alles, was die Waldtauben gesagt hatten, und das kleine Räubermädchen sah ganz ernsthaft aus, nickte jedoch mit dem Kopfe und sagte:

»Das ist ganz gleich! – Weißt du, wo Lappland liegt?« fragte sie das Rentier.

»Wer sollte es wohl besser wissen als ich«, sagte das Tier, und die Augen leuchteten ihm im Kopfe. »Dort bin ich geboren und aufgewachsen, dort habe ich mich auf den Schneefeldern umhergetummelt.«

»Höre!« sagte das Räubermädchen zu Gerda. »Wie du siehst, sind unsere Mannsleute sämtlich fort, aber Mutter ist noch hier und bleibt auch zu Hause. Zum Frühstück trinkt sie jedoch aus der großen Flasche und entschlummert bald darauf; – dann will ich etwas für dich tun.« Nun sprang sie stürmisch von ihrer Lagerstätte auf, fiel ihrer Mutter um den Hals, zauste ihr den Schnauzbart und sagte: »Mein liebes süßes Ziegenböckchen, guten Morgen!« Und Mütterchen versetzte ihr einen Nasenstüber, daß die Nase rot und blau auflief, aber das geschah alles nur aus Zärtlichkeit.

Als nun die Mutter aus ihrer Flasche getrunken hatte und einen kleinen Nickkopf machte, ging das Räubermädchen zum Rentiere und sagte: »Ich hätte zwar ganz besondere Lust, dich noch manchmal mit dem scharfen Messer zu kitzeln, denn das ist außerordentlich belustigend, aber gleichviel, ich will trotzdem deinen Strick lösen und dir hinaushelfen, daß du nach Lappland laufen kannst, aber du mußt laufen wie noch nie und mir dieses Mädchen nach dem Schlosse der Schneekönigin bringen, wo sich ihr Spielkamerad aufhält. Du hast wohl gehört, was sie erzählte, denn sie schwatzte laut genug, und du pflegst zu lauschen!«

Das Rentier sprang vor Freude hoch auf. Das Räubermädchen hob die kleine Gerda hinauf und war vorsichtig genug, sie festzubinden und ihr sogar ein kleines Sitzkissen zu geben. »Das ist einerlei!« sagte sie, »da hast du deine Pelzstiefelchen wieder, denn es wird kalt werden, den Muff behalte ich aber, er ist doch gar zu niedlich! Gleichwohl sollst du nicht frieren. Hier hast du meiner

Mutter große Fausthandschuhe, sie reichen dir gerade bis an die Ellbogen! Zieh sie an! – Nun siehst du an den Händen gerade wie meine häßliche Mutter aus.«
Gerda weinte vor Freude.
»Solch Gejammer kann ich nicht ausstehen!« sagte das kleine Räubermädchen. »Nun mußt du gerade vergnügt aussehen! Hier hast du noch zwei Brote und einen Schinken, damit du nicht zu hungern brauchst!« Beides wurde hinten auf das Rentier gebunden; das kleine Räubermädchen öffnete die Tür, lockte alle die großen Hunde herein, zerschnitt dann den Strick mit ihrem Messer und sagte zum Rentiere: »Lauf nun, aber gib wohl auf das kleine Mädchen acht!«
Und Gerda streckte die Hände mit den großen Fausthandschuhen gegen das Räubermädchen aus, sagte Lebewohl und dann flog das Rentier vorwärts über Gebüsch und Gestrüpp, durch den großen Wald, über Sümpfe und Steppen, so schnell es vermochte. Die Wölfe heulten und die Raben schrien. Schwaches Knistern ließ sich aus weiter Ferne vernehmen und starkes Wetterleuchten zeigte sich auf allen Seiten.
»Das sind meine alten Nordlichter!« sagte das Rentier, »sieh, wie sie leuchten!« und dann lief es noch hurtiger vorwärts, Tag und Nacht. Die Brote wurden verzehrt, der Schinken dazu, und dann waren sie in Lappland.

SECHSTE GESCHICHTE

Die Lappin und die Finnin

Vor einem kleinen, unansehnlichen Häuschen machten sie halt. Das Dach ging bis zur Erde hinunter, und die Tür war so niedrig, daß die Bewohner nur auf dem Bauche kriechend sich durch den Eingang zwängen konnten. Mit Ausnahme einer Lappin, die neben einer Tranlampe stand und Fische briet, war niemand daheim. Das Rentier erzählte ihr Gerdas ganze Geschichte, zuerst jedoch seine eigene, die ihm ungleich wichtiger erschien, und Gerda war vor Kälte so erstarrt, daß sie nicht zu reden vermochte.

»Ach, ihr Armen!« sagte die Lappin, »da habt ihr noch weit zu laufen! Ihr müßt über hundert Meilen weit in das Innere der Finnmark hinein, denn dort hat die Schneekönigin ihre Sommerwohnung und läßt jeden Abend blaue Flammen auflodern. Ich werde in Ermangelung des Papiers ein paar Worte auf einen trocknen Stockfisch schreiben, den werde ich euch an die Finnin dort oben mitgeben, die euch bessere Auskunft erteilen kann als ich!«

Als sich Gerda nun wieder erwärmt und zu essen und zu trinken bekommen hatte, schrieb die Lappin ein paar Worte auf einen trocknen Klippfisch, bat Gerda, denselben wohl zu verwahren, band sie wieder auf das Rentier und dieses sprang davon. Oben in der Luft knisterte es und die ganze Nacht brannten die schönsten blauen Nordlichter; und dann kamen sie nach Finnmark und klopften an den Schornstein der Finnin, denn sie hatte nicht einmal eine Tür.

Es herrschte eine Hitze darin, daß sogar die Finnin fast ganz nackend ging. Sie war klein und starrte von Schmutz. Sie löste sofort die Kleider der kleinen Gerda auf, zog ihr die Fausthandschuhe und Stiefel aus, weil sie die Hitze sonst nicht hätte ertragen können, legte dem Rentiere ein Stück Eis auf den Kopf und las dann, was auf dem Klippfische geschrieben stand. Sie las es dreimal, und als sie es nun auswendig wußte, steckte sie den Fisch in den Fleischtopf, denn er konnte ja recht wohl gegessen werden, und Hang zur Verschwendung konnte ihr niemand nachsagen.

Nun erzählte das Rentier erst seine Geschichte, dann die der kleinen Gerda, und die Finnin blinzelte mit den klugen Augen, sagte aber kein Wort.

»Du bist sehr klug«, sagte das Rentier; »ich weiß, du kannst alle Winde der Welt mit einem Zwirnfaden zusammenbinden. Wenn der Schiffer den einen Knoten löst, erhält er guten Wind, löst er den anderen, dann bläst ein scharfer Wind, und löst er den dritten und vierten, dann stürmt es, daß die Wälder niederstürzen. Willst du dem kleinen Mädchen nicht einen Trank geben, daß sie die Kraft von zwölf Männern erhält und die Schneekönigin überwindet?«

»Die Kraft von zwölf Männern!« sagte die Finnin, »die würde sicher nicht ausreichen!« Dann ging sie nach einem Gestell, holte ein großes zusammengerolltes Fell hervor und entrollte es. Seltsame Buchstaben waren daraufgeschrieben, und die Finnin las, daß ihr dicke Schweißtropfen von der Stirn rieselten.

Aber das Rentier bat so beweglich für die kleine Gerda, und diese schaute die Finnin mit so bittenden, tränenfeuchten Augen an, daß dieselbe wieder zu blinzeln begann und das Rentier in eine Ecke zog, wo sie demselben zuflüsterte, während sie ihm frisches Eis auf den Kopf legte: »Der kleine Kay ist wirklich bei der Schneekönigin, findet dort alles nach seinem Wunsche und Behagen und meint, ihm sei das beste Los in der Welt zugefallen. Das rührt aber davon her, daß ihm ein Glassplitter in das Herz und ein Glaskörnchen in das Auge gedrungen ist. Sie müssen erst heraus, sonst wird er nie wieder ein tüchtiger Mensch, und die Schneekönigin behält Gewalt über ihn.«

»Aber kannst du der kleinen Gerda nichts eingeben, daß sie Macht über das Ganze erhält?«

»Ich kann ihr keine größere Macht geben, als sie schon besitzt! Siehst du nicht, wie groß diese ist? Siehst du nicht, wie Menschen und Tiere ihr dienen müssen, wie sie auf bloßen Füßen so wohl in der Welt vorwärtsgekommen ist? Von uns darf sie ihre Macht nicht erfahren, die sitzt in ihrem Herzen und besteht darin, daß sie ein süßes, unschuldiges Kind ist. Kann sie nicht selbst in das Schloß der Schneekönigin eindringen und den kleinen Kay von dem Glase befreien, dann können wir nicht helfen! Zwei Meilen von hier beginnt der Garten der Schneekönigin; dorthin kannst du das kleine Mädchen bringen; setze sie neben dem großen Busche ab, der mit roten Beeren bedeckt im Schnee steht. Halte dich nicht mit langem Geschwätz auf und beeile dich, hierher zurückzukommen!« Dann hob die Finnin die kleine Gerda aufs Rentier, das aus Leibeskräften davoneilte.

»Oh, ich bekam meine Stiefelchen nicht! Ich bekam meine Fausthandschuhe nicht!« rief die kleine Gerda, der sich die schneidende Kälte fühlbar machte. Aber das Rentier wagte nicht anzuhalten, es lief, bis es den großen Busch mit den roten Beeren erreichte. Dort setzte es Gerda ab, küßte sie auf den Mund, wobei dem Tiere große heiße Tränen über die Backen hinabrollten, und dann lief es, so schnell es konnte, wieder zurück. Da stand nun die arme Gerda ohne Stiefelchen, ohne Handschuhe, mitten in der unwirtbaren, kalten Finnmark.

Sie lief vorwärts, so schnell sie vermochte. Da zeigte sich plötzlich ein ganzes Regiment Schneeflocken. Sie fielen aber nicht etwa vom Himmel herab, der war ganz klar und strahlte von Nordlichtern, die Schneeflocken flogen vielmehr gerade über die Oberfläche der Erde hin und nahmen, je näher sie kamen, an Größe zu. Gerda erinnerte sich noch, wie groß und kunstvoll sie unter dem Brennglase ausgesehen hatten. Aber hier zeigten sie sich wahrlich noch in ganz anderer Größe und Schreckensgestalt; es waren lebendige Wesen, es waren die Vorposten der Schneekönigin. Sie hatten die seltsamsten Gestalten; einige sahen aus wie häßliche, große Stachelschweine, andere wie ganze Schlangenknäuel, aus denen die Köpfe hervorragten, und andere wie kleine dicke Bären, auf denen sich die Haare sträubten; alle aber schimmerten weiß, alle aber waren lebendige Schneeflocken.

Da betete die kleine Gerda ihr Vaterunser. Die Kälte war so stark, daß sie ihren eigenen Atem sehen konnte, der ihr wie Rauch vor dem Munde stand. Der Atem wurde dichter und dichter und bildete sich zu kleinen klaren Engeln, die, sobald sie die Erde berührten, mehr und mehr wuchsen, und alle Helme auf dem Kopfe und Spieß und Schild in den Händen hatten. Ihre Anzahl vermehrte sich, und als Gerda ihr Vaterunser beendet hatte, war eine ganze Legion um sie versammelt. Sie stachen mit ihren Spießen nach den schrecklichen Schneeflocken, daß dieselben in hundert Stücke zersprangen und die kleine Gerda sicher und fröhlich vorwärtsschreiten konnte. Die Engel streichelten ihre Füße und Hände, und da fühlte sie die Kälte weniger und ging rasch auf das Schloß der Schneekönigin zu.

Aber nun müssen wir erst sehen, wie es Kay geht. Er dachte wahrlich nicht an die kleine Gerda und am allerwenigsten, daß sie draußen vor dem Schlosse stände.

SIEBENTE GESCHICHTE

Was sich im Schlosse der Schneekönigin und was sich später ereignete

Die Mauern des Schlosses waren von dem wirbelnden Schnee aufgetürmt und schneidende Winde hatten die Türen und Fenster gebildet. Über hundert Säle reihten sich aneinander, wie sie gerade ein Schneetreiben zusammengeweht hatte; der größte erstreckte sich viele Meilen weit. Alle aber waren von starken Nordlichtern erleuchtet und waren groß, leer, eisig kalt und schimmernd. Nie herrschte hier eine Lustbarkeit, nicht einmal ein kleiner Bärenball, wobei der Sturm hätte die Blasinstrumente spielen und die Eisbären hätten auf den Hinterfüßen gehen und ihre feinen Sitten hätten zeigen können; nie fand eine Spielgesellschaft statt mit Schlägen auf Maul und

Tatzen, nie ein kleiner Kaffeeklatsch von den weißen Fuchsfräulein; leer, weit und kalt war es in den Sälen der Schneekönigin. Die Nordlichter flammten so regelmäßig, daß man berechnen konnte, wann sie am höchsten und wann sie am niedrigsten standen. Mitten in dem leeren und unendlichen Schneesaale war ein gefrorener See. Er war in tausend Stücke geborsten, aber jedes Stück glich dem anderen auf das genaueste, so daß es ein wahres Kunstwerk war. Mitten auf demselben saß die Schneekönigin, so oft sie zu Hause war, und dann sagte sie, sie säße im Spiegel des Verstandes, und dieser wäre der beste in dieser Welt.

Der kleine Kay war ganz blau vor Kälte, ja fast schwarz, aber er merkte es doch nicht, denn sie hatte ihm den Frostschauer weggeküßt, und sein Herz war so gut wie ein Eisklumpen. Er ging und schleppte einige scharfe, flache Eisstücke herbei, die er auf alle mögliche Weise zusammenlegte, um ein gegebenes Muster nachzubilden, geradeso wie wenn wir kleine Holzstückchen zu bestimmten Figuren zusammenpassen, was das chinesische Spiel genannt wird. Kay ging auch und legte Figuren, es waren die allerkunstreichsten, es war das Eisspiel des Verstandes. In seinen Augen waren diese Figuren ganz ausgezeichnet und von der allerhöchsten Wichtigkeit; das bewirkte das Glaskörnchen, das ihm im Auge saß; er legte ganze Figuren, die ein geschriebenes Wort bildeten, aber immer scheiterte er an der Zusammensetzung des Wortes, das er gerade wünschte, des Wortes: »Ewigkeit«, und die Schneekönigin hatte gesagt: »Kannst du mir diese Figur zustande bringen, dann sollst du dein eigener Herr sein, und ich schenke dir die ganze Welt und noch ein Paar neue Schlittschuhe!« Aber er konnte es nicht.

»Nun sause ich fort nach den warmen Ländern!« sagte die Schneekönigin. »Ich will in meine schwarzen Töpfe hineingucken!« Das waren die feuerspeienden Berge Ätna und Vesuv, wie man sie nennt. »Ich werde sie ein wenig mit Weiß überziehen; das gehört dazu und tut den Zitronen und Weintrauben gut!« Darauf flog die Schneekönigin fort, und Kay saß ganz allein in dem viele Meilen weiten, leeren Eissaale und betrachtete die Eisstücke und dachte und dachte, daß es in ihm ordentlich knackte. Ganz steif und still saß er da, man hätte glauben können, er wäre erfroren.

In diesem Augenblicke trat die kleine Gerda durch die große Eingangspforte in das Schloß. Schneidende Winde wehten ihr entgegen, aber sie betete ihr Abendgebet, und da legten sich die Winde, als ob sie schlafen wollten. Sie trat in die großen leeren, kalten Säle – da gewahrte sie Kay, sie erkannte ihn, sie flog ihm um den Hals, hielt ihn fest umschlungen und rief: »Kay! süßer, lieber Kay! so habe ich dich endlich gefunden!«

Er aber saß ganz still, steif und kalt; – da weinte die kleine Gerda heiße Tränen, sie fielen auf seine Brust, sie drangen in sein Herz, sie tauten den Eisklumpen auf und verzehrten das kleine Spiegelsplitterchen in demselben. Er blickte sie an und sie sang:

»Ich liebe die Rosen in all ihrer Pracht,
Doch mehr noch den Heiland, der selig uns macht!«

Da brach Kay in Tränen aus; er weinte so, daß ihm das Spiegelkörnchen aus den Augen geschwemmt wurde, er erkannte sie und jubelte: »Gerda! süße, liebe Gerda! – Wo bist du doch so lange gewesen, und wo bin ich gewesen?« Und er schaute rings um sich her. »Wie kalt es hier ist! Wie leer und weit es hier ist!« Und er umfaßte Gerda, und sie lachte und weinte vor Freude. Das war ein so lieblicher Anblick, daß sogar die Eisstücke vor Freude ringsumher tanzten. Als sie nun müde waren, legten sie sich gerade auf die Buchstaben, von denen die Schneekönigin gesagt hatte, wenn er sie ausfindig machen könnte, sollte er sein eigener Herr sein, und sie wollte ihm die ganze Welt und noch ein Paar neue Schlittschuhe schenken.

Gerda küßte ihm die Wangen, und sie wurden blühend; sie küßte ihn auf die Augen, und sie glänzten wie die ihrigen, sie küßte ihn auf Hände und Füße, und er war gesund und munter. Nun mochte die Schneekönigin dreist nach Hause kommen, sein Freibrief stand mit flimmernden Eisstücken geschrieben da.

Sie reichten einander die Hände und wanderten aus dem großen Schlosse hinaus. Sie sprachen von der Großmutter und von den Rosen oben auf dem Dache, und wo sie gingen, legten sich die Winde, und die Sonne brach hervor. Als sie den Busch mit den roten Beeren erreichten, stand das Rentier da und wartete. Es hatte ein anderes junges Rentier bei sich, dessen Euter voll war und den Kleinen seine warme Milch gab und sie auf den Mund küßte. Dann trugen sie Gerda und Kay erst zu der Finnin, in deren heißer Stube sie sich erwärmten und über die Heimreise Bescheid erhielten, und dann zur Lappin, die ihnen neue Kleider genäht und ihren Schlitten instand gesetzt hatte.

Das Rentier und das Junge sprangen nebenher und begleiteten sie bis zur Landesgrenze; dort, wo das erste Grün hervorlugte, nahmen sie von dem Rentiere und der Lappin Abschied.

»Lebt wohl!« sagten sie sämtlich. Die ersten kleinen Vögel begannen zu zwitschern, der Wald trieb grüne Knospen und aus demselben heraus kam auf einem prächtigen Pferde, das Gerda kannte (es war vor den goldenen Wagen gespannt gewesen), ein junges Mädchen angeritten mit einer weithin leuchtenden roten Mütze auf dem Kopfe und Pistolen im Gürtel. Es war das kleine Räubermädchen, das es überdrüssig hatte, zu Hause zu sitzen, und nun zuerst nach Norden und später, je wie die Laune sie trieb, nach einer anderen Richtung wollte. Sie erkannte Gerda sofort, und Gerda erkannte sie, das war eine Freude.

»Höre, Bursche, du hast ein besonderes Talent zum Um-

herschweifen!« sagte sie zum kleinen Kay. »Ich möchte wohl wissen, ob du verdienst, daß man deinetwegen bis an der Welt Ende läuft!«
Aber Gerda streichelte ihr die Wangen und fragte nach dem Prinzen und der Prinzessin.
»Die sind nach fremden Ländern gereist!« sagte das Räubermädchen.
»Aber die Krähe?« fragte die kleine Gerda.
»Ach die Krähe ist tot!« antwortete sie. »Seine zahme Geliebte ist Witwe geworden und geht mit einem schwarzwollenen Lappen um das Bein. Sie klagt erbärmiglich, aber das Ganze kommt doch nur auf bloßes Geschwätz hinaus! – Doch nun erzähle mir, wie es dir ergangen ist und wie du seiner habhaft geworden bist!«
Und Gerda und Kay erzählten alle beide.
»Und Schnippschnappschnurrbaselurr!« sagte das Räubermädchen, reichte beiden die Hand und versprach, daß, sofern sie je durch ihre Stadt käme, sie zu ihnen auf Besuch kommen wollte, und dann ritt sie in die weite Welt hinaus. Aber Kay und Gerda gingen Hand in Hand, und während sie dahinschritten, war es ein herrliches Frühlingswetter mit Blumen und Grünem. Die Kirchenglocken läuteten, und sie erkannten die hohen Türme, die große Stadt, es war ihre Geburtsstätte, und sie gingen in dieselbe hinein und hin zu der Tür der Großmutter, die Treppe hinauf, in die Stube hinein, wo noch alles auf derselben Stelle wie früher stand. Die Uhr sagte: »Tick, tack!« und die Zeiger drehten sich. Während sie aber durch die Tür schritten, bemerkten sie, daß sie erwachsene Menschen geworden waren. Die Rosen blühten von der Dachrinne her zu den offnen Fenstern herein, und da standen die kleinen Kinderstühlchen, und Kay und Gerda setzten sich, ein jedes auf den seinigen, und hielten einander bei den Händen. Wie einen schweren Traum hatten sie die kalte leere Herrlichkeit bei der Schneekönigin vergessen. Großmutter saß in Gottes klarem Sonnenscheine und las laut aus der Bibel:

»Es sei denn, daß ihr umkehrt und werdet wie die Kinder, so könnt ihr nicht in das Reich Gottes kommen!«
Und Kay und Gerda schauten einander in die Augen und verstanden auf einmal das alte Lied:

»Ich liebe die Rosen in all ihrer Pracht,
Doch mehr noch den Heiland, der selig uns macht!«

Da saßen die beiden, Erwachsene und doch Kinder, Kinder im Herzen; und es war Sommer, warmer, erquickender Sommer.

Fliedermütterchen

Es war einmal ein kleiner Knabe, der hatte sich erkältet. Er war ausgegangen und hatte nasse Füße bekommen; niemand konnte begreifen, woher er sie bekommen hatte, denn es war ganz trocknes Wetter. Nun zog ihn seine Mutter aus, brachte ihn zu Bett und ließ die Teemaschine hereinbringen, um ihm eine gute Tasse Fliedertee zu kochen, denn der wärmt. Zu gleicher Zeit trat auch der alte, muntere Mann zur Tür herein, der ganz oben im Hause wohnte und völlig für sich allein lebte, denn er hatte weder Weib noch Kind, hatte aber die Kinder gar lieb und wußte so viele Märchen und Geschichten zu erzählen, daß es eine Lust war, ihm zuzuhören.
»Jetzt trinke deinen Tee!« sagte die Mutter, »dann erzählt dir der Onkel vielleicht auch ein Märchen.«
»Ja, wenn man nur immer gleich ein neues wüßte!« versetzte der alte Mann und nickte gutmütig. »Aber wo hat denn der Kleine die nassen Füße herbekommen?« fragte er dann.
»Ja, wo er sie her hat«, entgegnete die Mutter, »ist eben das Unbegreifliche!«

»Erzählen Sie mir ein Märchen?« fragte der Knabe.
»Ja, wenn du mir genau angeben kannst, denn das muß ich zuerst wissen, wie tief der Rinnstein da drüben in der Gasse ist, in der deine Schule liegt?«
»Gerade bis mitten an die Schäfte«, sagte der Knabe, »aber dann muß ich in das tiefe Loch treten!«
»Sieh, sieh! also da stammen die nassen Füße her!« sagte der Alte. »Nun müßte ich freilich ein Märchen erzählen, aber ich kenne keins mehr.«
»Oh, Sie können sich gleich eins ausdenken!« sagte der kleine Knabe. »Mama sagt, daß Ihnen alles, was Sie nur anblicken, zum Märchen wird, und daß Ihnen alles, was Sie berühren, Stoff zu einer Geschichte gibt.«
»Ja, aber solche Märchen und Geschichten taugen nichts. Nein, die echten kommen ganz von selbst, die klopfen mir an die Stirn und sagen: Hier bin ich!«
»Klopft es nicht bald?« fragte der kleine Knabe. Die Mutter lächelte, warf Fliedertee in die Kanne und goß siedendes Wasser darüber.
»Erzählen Sie, erzählen Sie!«
»Ja, wenn ein Märchen von selbst kommen wollte, aber solch echtes ist gar vornehm, das kommt nur, wenn es selbst Lust hat – –! Doch halt!« sagte er plötzlich. »Da haben wir eins! Gib acht, jetzt ist eins dort in der Teekanne!«
Der kleine Knabe blickte nach der Teekanne hinüber, der Deckel hob sich mehr und mehr, und die Fliederblumen kamen frisch und weiß heraus, trieben große lange Zweige, sogar aus der Tülle breiteten sie sich nach allen Seiten aus und wurden größer und größer. Es war der prächtigste Fliederbusch, ein ganzer Baum, der bis in das Bett hineinragte und die Vorhänge zur Seite schob. Wie das blühte und duftete! Mitten im Baume saß eine alte freundliche Frau in einem seltsamen Gewande, das grün wie die Blätter des Fliederbaumes war und einen Besatz von großen weißen Fliederblüten hatte. Man konnte nicht

sogleich unterscheiden, ob es Zeug oder lebendiges Grün oder Blumen waren.
»Wie heißt die Frau?« sagte der Knabe.
»Die Römer und Griechen«, entgegnete der alte Mann, »nannten sie eine Dryade, aber das verstehen wir nicht. Draußen in den neuen Anlagen haben wir einen bessern Namen für sie, dort heißt sie Fliedermütterchen, und sie ist es nun, der du deine Aufmerksamkeit schenken mußt. Höre nun zu und betrachte dir den herrlichen Fliederbaum!
Gerade ein ebenso großer blühender Baum stand dort draußen in den neuen Anlagen. Er wuchs in der Ecke eines kleinen ärmlichen Hofes. Unter diesem Baume saßen eines Nachmittags im herrlichsten Sonnenscheine zwei alte Leute. Es war ein alter, alter Seemann und seine alte, alte Frau. Sie waren Urgroßeltern und sollten bald ihre goldene Hochzeit feiern, konnten sich aber nicht genau des Datums erinnern. Fliedermütterchen saß in dem Baume und sah ebenso vergnügt aus wie hier. – Ich weiß wohl, wann eure goldene Hochzeit ist! sagte sie, doch hörten jene es nicht, sie sprachen von den alten Tagen.
– Erinnerst du dich dessen wohl noch, sagte der alte Seemann, wie wir ganz klein waren und umherliefen und spielten? Es war gerade in diesem nämlichen Hofe, wo wir jetzt sitzen. Wir steckten Stöckchen in die Erde und machten uns einen Garten.
– Ja, erwiderte die alte Frau, dessen erinnere ich mich sehr wohl, und wir begossen die Stöckchen, und eines derselben, ein Fliederzweig, schlug Wurzeln, trieb grüne Schößlinge und ist nun zu dem großen Baume herangewachsen, unter dem wir alten Leute hier sitzen.
– So ist's! sagte er, und dort in jener Ecke stand eine Wasserkufe; dort schwamm mein Kahn, ich hatte ihn mir selbst geschnitzt. Wie er segeln konnte! Ich sollte freilich das Segeln bald in anderer Weise erlernen!
– Ja, aber erst gingen wir in die Schule und lernten etwas!

sagte sie, und dann wurden wir eingesegnet. Wir weinten alle beide; des Nachmittags erstiegen wir aber Hand in Hand den runden Turm und schauten über Kopenhagen und den Meeresspiegel hin. Dann gingen wir nach Friedrichsberg hinaus, wo der König und die Königin in ihrem prächtigen Boote in den Kanälen umherfuhren.

– Aber mir war es freilich bald beschieden, in anderer Weise umherzusegeln, und das so manches Jahr, weit hinaus auf langen Reisen.

– Ja, ich weinte oft deinetwegen! unterbrach sie ihn, ich glaubte, du wärest tot und ruhtest in der Tiefe des Wassers! Manche, manche Nacht stand ich auf und sah nach, ob die Wetterfahne sich drehte. Sie drehte sich wohl, doch du kamst nicht. Ich entsinne mich noch deutlich, wie eines Tages ein heftiger Platzregen herniederrauschte, der Kehrichtkärrner machte vor der Tür meiner Dienstherrschaft halt, ich ging mit dem Kehrichtfasse hinunter und blieb an der Tür stehen. Es war ein Wetter, daß man keinen Hund hinausjagen mochte! Gerade wie ich so dastand, war plötzlich der Postbote mir zur Seite und gab mir einen Brief. Er war von dir. Oh, wie der umhergereist war! Ich brach ihn in Hast auf und las ihn. Ich lachte und weinte, ich war so froh! Da stand, daß du in den warmen Ländern wärest, wo die Kaffeebohnen wachsen. Was für ein glückliches, gesegnetes Land muß das sein! Du erzähltest so viel und ich sah es alles im Geiste, während der Regen fort und fort herniederrauschte und ich noch immer mit dem Kehrichtfasse dastand. Plötzlich tauchte jemand neben mir auf, der mich um den Leib faßte – – –

– Und dem du zur Belohnung eine klatschende Ohrfeige versetztest!

– Wußte ich doch nicht, daß du es warst!! Du warst mit deinem Briefe zugleich angekommen; und du warst so schön – doch das bist du noch. Du machtest mit einem langen gelbseidenen Taschentuche Staat, trugest einen weißen, funkelnagelneuen Hut und warst so fein. Gott, was war es doch für ein Wetter, und wie sah die Straße aus!

– Dann ließen wir uns trauen! fuhr er fort. Denkst du noch daran? Und wie wir dann unsern ersten Jungen und darauf die kleine Marie und Niels und Peter und Hans Christian bekamen?

– Ja, und wie sie sämtlich herangewachsen und brave Menschen geworden sind, die jedermann leiden mag.

– Und auch ihre Kinder haben wieder schon etwas Kleines bekommen! sagte der alte Matrose. Das sind Kindeskindeskinder; da steckt Kern darin. Wie mich dünkt, haben wir gerade in dieser Jahreszeit unsere Hochzeit gefeiert!

– Ja, just heute ist der goldene Hochzeitstag! sagte Fliedermütterchen und steckte den Kopf gerade zwischen die beiden Alten; diese aber hielten sie für die Nachbarin, die ihnen zunickte. Sie schauten sich einander an und hielten die Hände verschlungen. Bald darauf erschienen die Kinder und Kindeskinder, die sehr wohl wußten, daß es der goldene Hochzeitstag war und auch schon am Morgen gratuliert hatten; aber während sich die Alten der Ereignisse in längstvergangenen Jahren so gut erinnerten, war ihnen dies wieder entfallen. Der Fliederbaum duftete stark, und die Sonne, die sich ihrem Untergange zuneigte, schien dem greisen Ehepaare gerade ins Antlitz. Beide sahen rotwangig aus, und das kleinste der Kindeskinder tanzte um sie herum und rief voller Glückseligkeit, daß es heute abend hoch hergehen sollte, sie würden warme Kartoffeln bekommen. Fliedermütterchen nickte in ihrem Baume und rief mit allen anderen hurra.«

»Aber das war ja kein Märchen!« unterbrach der kleine Knabe den Erzähler.

»Ja, das mußt du freilich verstehen!« entgegnete der Alte. »Aber laß uns das Fliedermütterchen danach fragen!«

»Es war kein Märchen!« sagte Fliedermütterchen; »nun aber kommt es. Aus der Wirklichkeit wächst gerade das seltsamste Märchen heraus; sonst könnte ja mein prächtiger Fliederbusch auch nicht aus der Teekanne emporgesproßt sein!« Darauf nahm es den kleinen Knaben aus seinem Bette, legte ihn an seine Brust, und die von unten bis oben mit Blüten bedeckten Fliederzweige schlugen um sie zusammen, so daß sie wie in der dichtesten Laube saßen. Diese flog mit ihnen durch die Luft, es war unvergleichlich schön. Fliedermütterchen hatte sich plötzlich in ein kleines niedliches Mädchen verwandelt, doch war der Rock noch von demselben grünen, weißgeblümten Zeuge, das Fliedermütterchen getragen hatte. Am Busen hatte es eine wirkliche Fliederblüte und um sein aschblondes, lockiges Haar einen ganzen Kranz von Fliederblüten. Seine Augen waren groß und blau, oh, es war eine Freude, dasselbe anzusehen! Das Mädchen und der Knabe küßten sich, standen sie doch in dem gleichen Alter und wurden von gleicher Lust erfüllt.

Hand in Hand gingen sie aus der Laube und standen nun in dem schönen Blumengarten der Heimat. Bei dem frischen Rasenplatze lag der Stock des Vaters an einen Pflock angebunden. Für die Kleinen war Leben in dem Stocke; sobald sie sich quer über denselben setzten, verwandelte sich der blanke Knopf in einen stolz wiehernden Kopf; die lange schwarze Mähne flatterte, vier schlanke kräftige Beine wuchsen hervor: das Tier war stark und feurig. Im Galopp ritten sie um den Rasenplatz herum, hussa! – »Jetzt reiten wir viele Meilen weit fort!« sagte der Knabe; »wir reiten nach dem Rittergute, wo wir im vorigen Jahre waren!« Und sie ritten und ritten um den Rasenplatz herum und fortwährend rief das kleine Mädchen, das, wie wir wissen, niemand anderes als Fliedermütterchen war: »Nun sind wir auf dem Lande! Siehst du das Bauernhaus mit dem großen Backofen, der wie ein riesengroßes, in der Mauer befindliches Ei auf den Weg herausguckt? Der Fliederbaum läßt seine Zweige über ihn herabhängen und der Hahn schreitet stolz einher und scharrt nach Futter für seine Hühner; sieh, wie er sich brüstet! – Nun sind wir bei der Kirche! Sie liegt hoch auf dem Berge unter den mächtigen Eichen, von denen die eine halb vertrocknet ist. – Jetzt sind wir vor der Schmiede, wo das Feuer brennt und die halbnackten Männer mit den Hämmern schlagen, daß die Funken weit umhersprühen. Doch nun vorwärts, vorwärts nach dem prächtigen Rittergute!« Und alles, was das kleine Mädchen, das hinten auf dem Stocke saß, sagte, das flog auch an ihnen vorüber; der Knabe sah es, und doch kamen sie nur um den Rasenplatz herum. Dann spielten sie in dem Seitengange und steckten auf dem Boden einen kleinen Garten ab. Das Mädchen nahm die Fliederblüte aus seinem Haar, pflanzte sie und sie wuchs ganz ebenso wie bei jenen Alten in die Höhe, als dieselben noch als Kinder, wie früher erzählt ist, in den neuen Anlagen miteinander spielten. Wie jene wandelten sie Hand in Hand, doch erstiegen sie nicht den roten Turm, ergingen sich nicht im Friedrichsberger Parke, nein, das kleine Mädchen faßte den Knaben um den Leib und dann flogen sie weit in ganz Dänemark umher, und es war Frühling und wurde Sommer, es war Herbst und wurde Winter, und tausend Bilder spiegelten sich in den Augen und in dem Herzen des Knaben ab, und immer sang das kleine Mädchen ihm vor: »Das darfst du nie vergessen!« Während des ganzen Fluges duftete der Fliederbaum gar süß und herrlich. Der Knabe nahm wohl die Rosen und die Blumen wahr, aber der Fliederbaum duftete noch balsamischer, denn seine Blüten hingen an des kleinen Mädchens Herzen, und an dieses lehnte das kranke Knäblein während des Fluges oft das Haupt.

»Hier ist es herrlich im Frühling!« sagte das kleine Mädchen, und sie standen in einem soeben ausgeschlagenen Buchenwalde, wo grüner Waldmeister zu ihren Füßen duftete und blaßrote Anemonen sich in dem Grünen prächtig ausnahmen. »Oh, wäre es immer Frühling im duftenden dänischen Buchenwalde!«

»Hier ist es herrlich im Sommer!« sagte sie und sie fuhren an alten Burgen aus der Ritterzeit vorüber, wo sich die roten Mauern und zackigen Giebel in den Gräben spiegelten, in denen Schwäne schwammen und in die alten kühlen Baumgänge hinaufschauten. Auf dem Felde wogte das Korn gleich der bewegten See, rote und gelbe Blumen wiegten sich in den Gräben, an den Gehegen rankten sich wilder Hopfen und blühende Winden empor, und des Abends ging der Mond groß und voll auf, und die Heu-

schober auf den Wiesen dufteten süß. »Das vergißt sich nie!«
»Hier ist es herrlich im Herbste!« sagte das kleine Mädchen, und die Luft wurde doppelt so hoch und blau, der Wald nahm die schönsten Farben von Rot, Gelb und Grün an, die Jagdhunde stürmten vorwärts, ganze Scharen wilder Vögel flogen kreischend über die Hünengräber hin, auf denen sich Brombeerranken über die alten Steine hinzogen. Auf dem tiefblauen Meere zeigten sich überall weiße Segler, und in der Tenne saßen alte Frauen, Mädchen und Kinder und pflückten Hopfen in ein großes Gefäß. Die Jungen sangen Lieder, aber die Alten erzählten Märchen von Kobolden und Zauberern. »Besseres ließ sich nicht denken!«
»Hier ist es herrlich im Winter!« sagte das kleine Mädchen, und alle Bäume standen mit Reif bedeckt da, als wären sie in weiße Korallen verwandelt. Der Schnee knirschte unter den Füßen, als ob man immer neue Stiefel anhätte, und vom Himmel fiel eine Sternschnuppe nach der anderen. Im Zimmer wurde der Weihnachtsbaum angezündet, da gab es Geschenke und fröhliche Laune. In der Bauernstube auf dem Lande ertönte lustiger Fidelklang, unter Jauchzen und Lachen haschte man nach Äpfelschnitten, und selbst das ärmste Kind bekannte: »Es ist doch herrlich im Winter!«
Ja, es war herrlich, und das kleine Mädchen zeigte dem Knaben alles, und immer duftete der Fliederbaum, und immer wehte die rote Flagge mit dem weißen Kreuze, die Flagge, unter welcher der alte Seemann aus den neuen Anlagen gesegelt war. Und aus dem Knaben wurde ein Jüngling und er sollte hinaus in die weite Welt, weit fort nach den warmen Ländern, wo der Kaffee wächst. Aber beim Abschied nahm das kleine Mädchen eine Fliederblüte von der Brust und gab sie ihm zum Aufbewahren. Er legte sie in sein Gesangbuch, und so oft er es im fremden Lande öffnete, fiel sein Blick zuerst auf die Stelle, wo die

Blüte der Erinnerung lag. Je länger er sie anblickte, desto frischer wurde sie; er fühlte gleichsam einen Duft aus den heimischen Wäldern und deutlich sah er zwischen den Blütenblättern das kleine Mädchen mit seinen klaren Augen hervorschauen und hörte, wie sie ihm zuflüsterte: »Hier ist es herrlich im Frühling, Sommer, Herbst und Winter!« Und Hunderte von Bildern glitten dann durch seine Gedanken.

So verstrichen viele Jahre, und er war nun ein alter Mann und saß mit seiner alten Frau unter einem blühenden Baume. Sie hielten einander an den Händen, genau so wie es der Urgroßvater und die Urgroßmutter draußen in den neuen Anlagen getan hatten, und sie sprachen gleichfalls von den alten Tagen und von der goldenen Hochzeit. Das kleine Mädchen mit den blauen Augen und den Fliederblüten im Haare saß oben im Baume, nickte ihnen beiden zu und sagte: »Heute ist der goldne Hochzeitstag!« Darauf nahm es zwei Blumen aus seinem Kranze, küßte dieselben und nun leuchteten sie zuerst wie Silber, dann wie Gold, und als es diese auf die Häupter der Alten legte, verwandelte sich jede Blüte in eine goldene Krone. Da saßen sie beide wie ein König und eine Königin unter dem duftenden Baume, der völlig wie ein Fliederbaum aussah, und er erzählte seiner alten Gattin die Geschichte von dem Fliedermütterchen, so wie sie ihm als kleinem Knaben erzählt worden war, und beiden deuchte, daß darin gar vieles vorkäme, was ihrer eigenen ähnelte, und gerade dieses gefiel ihnen am besten.

»Ja, so ist es!« sagte das kleine Mädchen im Baume. »Einige nannten mich Fliedermütterchen, andere Dryade, aber eigentlich heiße ich Erinnerung. Ich bin es, die im Baume sitzt, der wächst und wächst. Ich kann weit zurückdenken, ich kann erzählen! Laß mich sehen, ob du deine Blüte noch hast?«

Und der alte Mann öffnete sein Gesangbuch; da lag die Fliederblüte, so frisch, als wäre sie erst vor kurzem hineingelegt worden, und Fliedermütterchen, oder vielmehr die Erinnerung, nickte, und die beiden Alten mit den goldenen Kronen saßen in der glühenden Abendsonne. Sie schlossen die Augen, und – und – ja da war das Märchen aus.

Der kleine Knabe lag in seinem Bettchen, er wußte nicht, ob er es geträumt oder hatte erzählen hören. Die Teekanne stand auf dem Tische, aber kein Fliederbaum wuchs daraus hervor, und der alte Mann, welcher erzählt hatte, stand eben im Begriff, aus der Tür zu gehen, und er tat es.

»Wie schön war das!« sagte der kleine Knabe. »Mutter, bin ich in den warmen Ländern gewesen?«

»Ja, das glaube ich wohl!« sagte die Mutter, »wenn man zwei bis an den Rand gefüllte Tassen Fliedertee trinkt, dann kommt man schon nach den fremden Ländern!« Und sie deckte ihn gut zu, damit er sich nicht von neuem erkältete. »Du hast wohl geschlafen, während ich saß und mit unserem alten Freunde darüber stritt, ob es eine Geschichte oder ein Märchen wäre.«

»Und wo ist Fliedermütterchen?« fragte der Knabe.

»Das steckt in der Teekanne!« sagte die Mutter, »und da kann es bleiben!«

Die Stopfnadel

Es war einmal eine Stopfnadel, die so fein und spitz war, daß sie sich einbildete, eine Nähnadel zu sein.

»Seht jetzt nur darauf, daß ihr mich ordentlich festhaltet!« sagte die Stopfnadel zu den Fingern, die sie hervorholten. »Laßt mich nicht los! Falle ich auf den Boden, wird es kaum möglich sein, mich wiederzufinden, so fein bin ich!«

»Nun, nun, nur nicht zuviel des Eigenlobes!« sagten die Finger und faßten sie dann fest um den Leib.
»Seht ihr, ich komme mit Gefolge!« rief die Stopfnadel und zog einen langen Faden hinter sich her, der aber doch keinen Knoten hatte.
Die Finger lenkten die Stopfnadel gerade gegen den Pantoffel der Köchin, dessen Oberleder einen Riß bekommen hatte und jetzt zusammengenäht werden sollte.
»Das ist eine niedrige Arbeit!« sagte die Stopfnadel, »ich komme nie hindurch, ich zerbreche, ich zerbreche!« – und da zerbrach sie. »Habe ich nicht oft genug wiederholt!« jammerte sie, »daß ich zu fein bin!«
»Nun taugt sie zu nichts mehr!« meinten die Finger, mußten sie aber doch festhalten, die Köchin machte ihr einen Kopf aus Siegellack und steckte sie dann vorn in ihr Tuch.
»Sieh, jetzt bin ich eine Busennadel!« sagte die Stopfnadel; »ich wußte wohl, daß ich zu Ehren kommen würde; aus Was wird Was!« und dabei lachte sie innerlich, denn äußerlich kann man es einer Stopfnadel nie ansehen, daß sie lacht. Da saß sie nun so stolz, als führe sie in einer Kutsche und blickte nach allen Seiten.
»Darf ich mir wohl erlauben, Sie zu fragen, ob Sie von Gold sind?« fragte sie die Stecknadel, die ihre Nachbarin war. »Sie haben ein vortreffliches Äußeres und ihren eigenen Kopf, wenn derselbe auch nur klein ist. Sie müssen dafür Sorge tragen, daß sich derselbe auswächst, denn man kann nicht allen das Ende mit Siegellack versehen!« Dabei richtete sich die Stopfnadel so stolz in die Höhe, daß sie sich aus dem Tuche löste und in die Gosse fiel, gerade als die Köchin das Spülicht ausgoß.
»Nun gehen wir auf Reisen!« sagte die Stopfnadel; »wenn ich nur nicht dabei fortkomme!« Aber sie kam fort.
»Ich bin zu fein für diese Welt!« sagte sie, als sie im Rinnsteine saß. »Ich habe ein gutes Bewußtsein und das ist

immer ein nicht geringer Trost!« Und darum hielt sich die Stopfnadel aufrecht und verlor ihre gute Laune nicht. Allerlei segelte über sie dahin, Holzstückchen, Stroh und Zeitungspapier. »Sieh, wie sie dahinsegeln!« sagte die Stopfnadel. »Sie wissen nicht, was unter ihnen steckt! Ich stecke und sitze hier. Sieh, da treibt jetzt ein Holzpflock, der denkt an nichts in der Welt als an Pflöcke und Klötze und er ist selbst einer. Dort schwimmt ein Strohhalm; sieh, wie er sich schwenkt, wie er sich dreht! Denke nicht so viel an dich selbst, du könntest dich sonst an einem Steine stoßen! Dort schwimmt eine Zeitung! Vergessen ist ihr Inhalt und doch macht sie sich breit! – Ich sitze geduldig und still; ich weiß, was ich bin und das bleibe ich!«

Eines Tages gewahrte sie dicht an ihrer Seite einen glänzenden Gegenstand, weswegen die Stopfnadel vermutete, daß es ein Diamant wäre; aber es war nur ein gewöhnlicher Glasscherben. Da derselbe flimmerte, redete ihn die Stopfnadel an und gab sich ihm als Busennadel zu erkennen. »Sie sind wohl ein Diamant?« – »Ja, ich bin etwas dergleichen!« Und so hielten sie sich denn gegenseitig für sehr kostbare Gegenstände und unterhielten sich dann über den jetzigen Hochmut der Welt.

»Ich habe meine Wohnung in der Schachtel einer Jungfrau gehabt, die Köchin war«, begann die Stopfnadel ihre Erzählung. »Sie hatte an jeder Hand fünf Finger; aber so etwas Eingebildetes wie diese fünf Finger habe ich nicht wieder kennengelernt, und gleichwohl waren sie nur dazu da, mich zu halten, mich aus der Schachtel zu nehmen und in die Schachtel zu legen!«

»Zeichneten sie sich denn durch Glanz aus?« fragte der Glasscherben.

»Durch Glanz?« rief die Stecknadel aus, »nein, durch eitel Hochmut! Es waren fünf Brüder, alle geborne ›Finger‹; in aufrechter Haltung hielten sie sich stolz nebeneinander, obwohl ihre Länge sehr verschieden war. Der äußerste von ihnen, der Däumerling, war kurz und dick; er stand nicht mit in Reih und Glied, sondern vor demselben und dann hatte er nur ein Gelenk im Rücken, er konnte sich nur in einer Richtung verbeugen, aber er behauptete, daß der Mensch, dem er abgehauen worden, vom Kriegsdienste befreit bliebe. Der Topflecker fuhr in Süßes und Saures, zeigte nach Sonne und Mond und drückte auf die Feder, wenn sie schrieben; der Langemann überragte die anderen um Hauptеslänge; der Ringhalter ging mit goldenen Streifen um den Leib einher und der kleine Peter Spielmann tat gar nichts und war darauf noch stolz. Prahlerei war es und Prahlerei blieb es, und darum warf ich mich in die Gosse.«

»Und nun sitzen wir beisammen und glänzen!« sagte der Glasscherben. Plötzlich strömte mehr Wasser in den Rinnstein, das nun über den Rand trat und den Glasscherben mit sich riß.

»Sieh, nun wurde der befördert!« sagte die Stopfnadel. »Ich bleibe sitzen, ich bin zu fein, aber das ist mein Stolz und der ist achtungswert!« So saß sie in aufrechter Haltung da und machte sich viele Gedanken.

»Ich möchte fast annehmen, daß ich von einem Sonnenstrahl geboren bin, so fein bin ich. Mich dünkt sogar, daß mich die Sonne fortwährend unter dem Wasser sucht. Ach, ich bin so fein, daß mich die eigene Mutter nicht finden kann. Hätte ich mein altes Auge noch, welches abbrach, ich glaube, ich könnte Tränen vergießen. – Nein, ich würde es doch nicht tun, Weinen ist nicht fein.«

Eines Tages lagerten sich einige Gassenbuben neben dem Rinnsteine und wühlten in demselben umher, wo sie alte Nägel, Kupferdreier und dergleichen fanden. Reinlich war das Geschäft nicht, aber es bereitete ihnen nun einmal Vergnügen.

»Au!« schrie der eine, indem er sich an der Stopfnadel stach. »Das ist ja ein schlimmer Bursche!«

»Ich bin kein Bursche, ich bin ein Fräulein!« erwiderte die Stopfnadel, aber niemand hörte es. Der Siegellack hatte

sich abgelöst, deshalb hielt sie sich für noch feiner als zuvor.
»Da kommt eine Eierschale angesegelt!« sagten die Knaben und steckten dann die Stopfnadel fest in die Schale.
»Weiße Wände und selbst schwarz!« sagte die Stopfnadel, »das kleidet gut; nun kann man mich doch sehen! – Wenn ich nur nicht seekrank werde, denn sonst breche ich noch mehr!« Aber sie wurde nicht seekrank und brach nicht weiter.
»Es ist gegen die Seekrankheit doch gut, wenn man einen stählernen Magen hat und dabei immer eingedenk bleibt, daß man etwas mehr als ein Mensch ist! Bei mir ist es nun vorüber; je feiner man ist, desto mehr kann man aushalten!« – »Krach!« stöhnte die Eierschale, während ein Lastwagen über sie hinging. »Ach, wie das drückt!« seufzte die Stopfnadel. »Nun werde ich doch seekrank; ich breche, ich breche!« Aber sie brach nicht, trotzdem sie von einem Lastwagen überfahren wurde, sie lag der Länge nach da – und da mag sie liegenbleiben.

Die Glocke

In den engen Straßen der großen Stadt hörte des Abends, wenn die Sonne unterging und die Wolken oben zwischen den Schornsteinen goldig leuchteten, oft bald der eine, bald der andere einen seltsamen Ton, ähnlich dem Klange einer Kirchenglocke, aber vor dem Wagenrasseln und geräuschvollen Treiben ließ er sich nur auf kurze Augenblicke unterscheiden. »Jetzt läutet die Abendglocke!« sagte man, »jetzt geht die Sonne unter!«
Außerhalb der Stadt, wo die Häuser mit ihren Gärten und kleinen Feldstücken weitläufiger lagen, sahen die Spazier-

gänger den Abendhimmel noch prächtiger und hörten den Glockenklang noch stärker. Es war, als schallte der Ton von einer Kirche tief innen in dem stillen, duftenden Walde herüber, und die Leute blickten nach der Gegend und wurden feierlich gestimmt.

Lange Zeiten gingen darüber hin. Der eine sagte zum anderen: »Ob sich wohl draußen im Walde eine Kirche befindet? Die Glocke hat doch einen wunderbaren, herrlichen Klang? Wollen wir nicht hinausgehen und sie uns näher ansehen?« Und die reichen Leute fuhren und die armen gingen, aber der Weg wurde ihnen merkwürdig lang, und als sie eine Gruppe Weidenbäume erreichten, die am Saume des Waldes wuchsen, setzten sie sich nieder, sahen zu den langen Zweigen empor und glaubten nun recht eigentlich im Waldesgrün zu ruhen. Der Konditor kam aus der Stadt und schlug sein Zelt auf, und dann kam noch ein Konditor und hing zum Wahrzeichen eine Glocke gerade über seinem Zelte auf, eine Glocke, die zum Schutz gegen den Regen geteert war und des Klöppels ermangelte. Wenn dann die Leute wieder heimzogen, meinten sie, es wäre sehr romantisch gewesen. Drei Personen versicherten, daß sie bis zum Ende des Waldes vorgedrungen wären und fortwährend den wunderbaren Glockenklang vernommen hätten, aber es wäre ihnen vorgekommen, als ob er aus der Stadt herüberschallte. Der eine schrieb ein langes Gedicht und sagte, die Glocke klänge wie die Stimme einer Mutter im Ohre ihres lieben, klugen Kindes; keine Melodie wäre herrlicher als der Klang der Glocke.

Auch der Kaiser des Landes wurde darauf aufmerksam und gelobte demjenigen, der nachzuweisen vermöchte, woher der Schall käme, den Titel eines »Weltglöckners« zu verleihen, und selbst dann, wenn er von keiner Glocke herrührte.

Das Versprechen eines so fetten Ämtchens lockte nun viele nach dem Walde, aber nur einer fand sich, der mit

einer Art Erklärung heimkehrte. Niemand wäre bis jetzt tief genug eingedrungen, er selbst nicht ausgenommen, indes behauptete er gleichwohl, der Glockenton rührte von einer ungewöhnlich großen Eule in einem hohlen Baum her; es wäre eine Weisheitseule, die ihren Kopf

ununterbrochen gegen den Baum schlüge, ob aber der Ton aus ihrem Kopfe oder aus dem hohlen Stamme käme, könnte er noch nicht mit Bestimmtheit feststellen; und auf diese Erklärung hin wurde er als Weltglöckner angestellt und schrieb jedes Jahr eine kleine Abhandlung über die Eule. Aber man wußte trotzdem nicht mehr wie früher.
Nun war es gerade Einsegnung; der Geistliche hatte schön und innig gesprochen; die Konfirmanden waren bewegt gewesen. Es war ja ein wichtiger Tag für sie, aus Kindern wurden sie plötzlich zu erwachsenen Menschen, die Kinderseele sollte nun gleichsam in eine verständigere Person hinüberfliegen. Es war der herrlichste Sonnenschein, die Konfirmanden wandelten aus der Stadt hinaus und vom Walde herüber schallte merkwürdig stark die große unbekannte Glocke. Sie bekamen sofort Lust, sie aufzusuchen, und nur drei schlossen sich aus; ein Mädchen mußte nach Hause und ihr Ballkleid anprobieren, denn gerade das Kleid und der Ball trugen die Schuld, daß sie schon diesmal eingesegnet war, sonst hätte sie den Unterricht noch ein Jahr länger besucht. Der zweite, der seine Teilnahme an dem Unternehmen verweigerte, war ein armer Knabe, der sich den Konfirmationsrock und die Stiefel vom Sohne seines Wirts geliehen hatte und sie zur bestimmten Stunde zurückliefern mußte. Der dritte sagte, daß er einen fremden Ort nur in Begleitung seiner Eltern besuchte, daß er stets ein artiges Kind gewesen wäre und es auch nach seiner Einsegnung bleiben wollte, und darüber müßte man sich gar nicht lustig machen; – aber sie taten es doch.
Drei von ihnen gingen also nicht mit; die anderen trabten vorwärts. Die Sonne schien, und die Vögel sangen, und die Konfirmanden sangen mit und hielten einander bei den Händen, denn noch drückten sie ja keine Berufssorgen und sie waren gerade heute in ganz besonderem Sinne Kinder Gottes.
Aber bald wurden zwei der kleinsten müde und kehrten deshalb nach der Stadt zurück. Zwei kleine Mädchen setz-

ten sich und wanden Kränze. Sie kamen auch nicht mit, und als die anderen die Weiden erreichten, in deren Schatten sich der Konditor niedergelassen hatte, sagten sie: »Nun sind wir hier draußen; die Glocke ist ja eigentlich nicht vorhanden, sie existiert nur in der Einbildung!«
In demselben Augenblicke ertönte tief im Walde die Glocke so hehr und feierlich, daß vier oder fünf den Entschluß faßten, noch tiefer in den Wald einzudringen. Er war außerordentlich dicht und schattig, nur mit Mühe konnte man vorwärtskommen, Waldmeister und Anemonen wucherten fast allzu üppig, blühende Winden und Brombeerranken hingen in langen Girlanden von Baum zu Baum, in denen die Nachtigallen sangen und die Sonnenstrahlen spielten. Oh, es war prachtvoll, aber für Mädchen war es kein gangbarer Pfad, sie würden sich die Kleider zerrissen haben. Da lagen große Felsenblöcke mit Moos von allen Farben bewachsen, das frische Quellwasser rauschte hervor und seltsam tönte das gleichmäßige »Kluck, kluck!«
»Sollte das etwa die Glocke sein?« sagte einer der Konfirmanden und legte sich nieder und lauschte aufmerksam. »Das muß man gründlich studieren!« und darauf blieb er und ließ die anderen weiterziehen.
Sie kamen nach einem Hause, von Rinde und Zweigen errichtet; ein großer Baum mit wilden Äpfeln lehnte sich über dasselbe, als wollte er seinen Segen auf das Dach herabschütteln, auf dem Rosen in voller Blüte standen. Die langen Zweige zogen sich um den ganzen Giebel herum, an dem eine kleine Glocke hing. Sollte man diese vielleicht gehört haben? Mit Ausnahme eines einzigen waren sie alle darüber einig. Dieser behauptete aber, die Glocke wäre viel zu klein und fein, um sich so weithin vernehmbar zu machen, und es wären ganz andere Töne, die in solcher Weise ein Menschenherz zu rühren vermöchten. Der junge Redner war ein Königssohn, und die

anderen sagten deshalb, solche wollten immer klüger sein.

Dann ließen sie ihn allein gehen, und je weiter er vorwärtsschritt, desto mehr und mehr wurde seine Brust von dem Gefühle der Waldeinsamkeit erfüllt. Aber noch hörte er die kleine Glocke, mit der die anderen sich belustigten, und bisweilen, wenn der Wind die Töne vom Konditor herübertrug, konnte er auch hören, wie dort die Städter bei ihrem Glase sangen. Aber die tiefen Glockentöne schallten doch stärker, und es war fast, als spielte eine Orgel dazu, die Töne kamen von der linken Seite, der Herzensseite.

Da raschelte es im Gebüsch, und auf einmal stand ein kleiner Knabe vor dem Königssohne, ein Knabe in Holzschuhen und mit einer so kurzen Jacke, daß man die Länge seiner Handgelenke sehr wohl sehen konnte. Sie kannten beide einander; der Knabe war eben der von den Konfirmanden, der nicht mitkommen konnte, weil er nach Hause zurückkehren und seinem Wirtssohne Rock und Stiefel zurückgeben mußte. Das hatte er getan und war nun in Holzschuhen und seinen ärmlichen Kleidern allein fortgegangen, denn die Glocke klang so stark, so tief, er konnte nicht widerstehen.

»Da können wir ja zusammen gehen!« sagte der Königssohn. Aber der arme Konfirmand mit den Holzschuhen war sehr verlegen, er zupfte an den kurzen Jackenärmeln und sagte, er befürchtete, er könnte nicht so schnell nachfolgen, außerdem wäre er der Ansicht, daß die Glocke zur Rechten gesucht werden müßte, denn dieser Platz enthielte ja alles Große und Herrliche.

»Ja, dann treffen wir uns freilich nicht!« sagte der Königssohn und nickte dem armen Knaben zu. Dieser drang in den dunkelsten und dichtesten Teil des Waldes ein, wo ihm die Dornen seine Kleider entzwei und Gesicht, Hände und Füße blutig rissen. Der Königssohn empfing auch einige tüchtige Risse, aber die Sonne beschien doch

seinen Pfad, und ihm wollen wir nun folgen, denn er war ein rascher Bursche.
»Die Glocke will und muß ich finden!« sagte er, »und sollte ich bis zum Ende der Welt gehen müssen!«
Häßliche Affen saßen oben in den Bäumen und fletschten die Zähne. »Wollen wir ihn prügeln? Wollen wir ihn prügeln?« riefen sie einander zu, »es ist ein Königssohn!«
Aber er ging unverdrossen tiefer und tiefer in den Wald hinein, wo die seltsamsten Blumen wuchsen. Da standen weiße Sternlilien mit blutroten Staubfäden, himmelblaue Tulpen, die im Winde glitzerten, und Äpfelbäume, deren Äpfel völlig großen glänzenden Seifenblasen glichen. Denket nur, wie diese Bäume im Sonnenlichte strahlen mußten. Rings um die saftigsten, grünen Wiesen, wo Hirsch und Hindin im Grase spielten, wuchsen prächtige Eichen und Buchen, und war die Rinde eines der Bäume gesprungen, dann wuchsen aus dem Risse Gras und lange Ranken hervor. Sogar große Waldstrecken mit stillen Binnenseen gab es da, auf denen weiße Schwäne schwammen und mit den Flügeln schlugen. Der Königssohn stand oft still und lauschte, oft glaubte er, daß die Glocke von einem dieser tiefen Seen zu ihm heraufklänge, aber dann bemerkte er doch wieder, daß die Töne nicht von dort, sondern noch tiefer aus dem Walde hervordrängen.
Jetzt ging die Sonne unter, die Luft glänzte feuerrot, eine heilige Stille breitete sich über den Wald, und der Königssohn sank auf seine Knie, sang sein Abendlied und sprach: »Nie finde ich, was ich suche! Jetzt geht die Sonne unter, jetzt kommt die Nacht, die finstere Nacht; doch einmal kann ich vielleicht noch die runde, feurige Sonnenscheibe erblicken, bevor sie sich ganz hinter der Erde verbirgt! Ich will dort auf jene Felsen steigen, die sich da, wo die größten Bäume stehen, majestätisch in die Luft erheben.«
Und er klammerte sich an Ranken und Wurzeln fest und kletterte zu den feuchten Steinen empor, wo sich Wasserschlangen schlängelten, wo die Kröten ihn gleichsam

anbellten; – aber hinauf gelangte er, bevor die Sonne, von dieser Höhe gesehen, ganz niedergesunken war. Oh, welche Pracht! Das Meer, das unermeßliche, herrliche Meer, das sich brandend mit seinen langen Wellen an der Küste brach, dehnte sich vor ihm aus, und die Sonne stand wie ein großer leuchtender Altar weit draußen, wo Himmel und Erde sich die Hände reichten. Alles schmolz in glühenden Farben zusammen, der Wald sang, und das Meer sang, und sein Herz sang mit. Die ganze Natur war eine große heilige Kirche, deren Pfeiler Bäume und schwebende Wolken, deren Samtdecke Blumen und Gräser bildeten, und der Himmel selbst die große Kuppel. Dort oben erloschen die roten Farben, während die Sonne allmählich verschwand, aber Millionen Sterne leuchteten auf, Millionen Diamantlampen strahlten, und der Königssohn breitete seine Arme aus gegen den Himmel, gegen den Wald und das Meer – und in demselben Augenblicke nahte, von dem Seitengange zur Rechten her, der arme Konfirmand mit den kurzen Ärmeln und den Holzschuhen; er war ebenso zeitig angekommen, auf seinem Wege dahingekommen, und sie liefen einander entgegen und hielten sich bei den Händen in der großen Kirche der Natur und Dichtkunst, und über ihnen erklang die unsichtbare heilige Glocke, umschwebt von seligen Geistern zu einem jubelnden Halleluja!

Großmutter

Großmutter ist sehr alt, sie hat gar viele Runzeln und völlig weißes Haar, aber ihre Augen leuchten noch wie zwei Sterne, ja sie sind viel schöner, sie sind so sanft, und es ist eine Lust, in sie hineinzuschauen. Auch weiß sie die herrlichsten Geschichten und hat ein Kleid mit großen, großen Blumen, es ist von solchem schweren Seidenzeuge, daß es ordentlich rauscht. Großmutter weiß viele, viele Dinge, denn sie hat lange vor Vater und Mutter gelebt, das ist ganz gewiß! Großmutter hat ein Gesangbuch mit dicken Silberbeschlägen, und in diesem liest sie häufig. Mitten in demselben liegt eine Rose, gepreßt und vertrocknet, sie ist nicht so schön wie die Rosen, die im Glase vor ihr stehen, und doch lächelt sie dieselbe am allerfreundlichsten an, ja, es treten ihr dabei Tränen in die Augen. Weshalb mag die Großmutter die welke Rose in dem alten Buche wohl in solcher Weise anblicken? Weißt du es? So oft Großmutters Tränen auf die Blume fallen, dann wird ihre Farbe frischer, dann schwillt die Rose, und die ganze Stube wird mit ihrem Dufte erfüllt, die Wände sinken, als wären es nur Nebelgebilde, und ringsumher steht nun da der grüne, herrliche Wald, wo die Sonne zwischen den Blättern leuchtet, und Großmutter – ja, sie ist ganz jung, sie ist ein schönes Mädchen mit blonden Locken, mit roten runden Wangen, schmuck und anmutig, keine Rose ist frischer, doch die Augen, die sanften, strahlenden Augen, ja, das sind noch immer die der Großmutter. Ihr zur Seite sitzt ein Mann, jung, kräftig und schön. Er reicht ihr die Rose und sie lächelt – so lächelt Großmutter doch nicht! – ja, das Lächeln umspielt ihren Mund. Nun ist er fort; da gehen viele Gedanken und viele Gestalten an ihr vorüber; der hübsche Mann ist fort, die Rose liegt im Gesangbuche, und Großmutter – ja, sie sitzt wieder da als alte Frau und betrachtet die verwelkte Rose, die im Buche liegt.

Jetzt ist Großmutter tot. – Sie saß im Lehnstuhle und erzählte eine lange herrliche Geschichte. »Und nun ist sie zu Ende«, sagte sie, »und ich bin sehr müde, laßt mich nun ein wenig schlummern.« Sie lehnte sich zurück und atmete sanft, sie schlief, aber es wurde stiller und stiller, ihr Antlitz war voller Glück und Frieden, es war, als glitte

Sonnenschein über dasselbe, und dann sagte man, sie wäre tot.

Sie wurde in den schwarzen Sarg gelegt, sie lag in weißes Linnen gehüllt, sie war schön, und doch waren die Augen geschlossen, aber alle Falten waren fort; sie lag mit Lächeln um den Mund. Ihr Haar war silberweiß und ehrwürdig, und der Anblick der Toten flößte keine Furcht ein, war es doch die liebe, seelengute Großmutter. Das Gesangbuch wurde ihr unter den Kopf gelegt, das hatte sie selbst verlangt, und die Rose lag in dem alten Buche. So begrub man Großmutter.

Auf das Grab, dicht unter der Friedhofsmauer, pflanzten sie einen Rosenstrauch, und er stand in voller Blüte, und die Nachtigall sang über ihm, und von der Kirche herüber hörte man die Orgel die schönsten Lieder spielen, die in dem Buche unter dem Haupte der Toten standen. Der Mond schien gerade auf das Grab hernieder, aber die Tote saß nicht auf demselben; jedes Kind konnte bei Nacht unbesorgt hingehen und eine Rose dort an der Kirchhofsmauer pflücken. Ein Toter weiß mehr als alle wir Lebenden wissen, er kennt die Angst, die uns seine Erscheinung einjagen würde. Die Toten sind besser als wir alle, und deshalb kommen sie nicht. Es liegt Erde über dem Sarge und Erde in demselben. Das Gesangbuch mit all seinen Blättern ist Staub, die Rose mit all ihren Erinnerungen ist zu Staub zerfallen. Aber darüber blühen neue Rosen, darüber singt die Nachtigall und spielt die Orgel; man denkt viel an die Großmutter mit den sanften, ewig jungen Augen. Augen können nie sterben. Die unsrigen werden Großmutter einmal sehen, jung und schön wie damals, als sie die frische rote Rose, die jetzt Staub im Grabe ist, zum erstenmal küßte.

Elfenhügel

Ja, ja, da liefen schnell und gewandt einige Eidechsen in den Spalten eines alten Baumes; sie konnten einander recht wohl verstehen, denn sie redeten die Eidechsensprache.

»Nein, wie das in dem alten Elfenhügel poltert und wirtschaftet!« sagte die eine Eidechse; »vor dem Lärm habe ich seit zwei Nächten kein Auge schließen können; ich könnte ebensogut daliegen und Zahnschmerzen haben, denn dann kann ich auch nicht schlafen!«

»Da ist etwas los!« sagte die andere Eidechse. »Den Hügel lassen sie bis zum ersten Hahnenschrei auf vier roten Pfählen stehen, es wird gründlich gelüftet, und wie der Schall der Fußtritte verrät, haben die Elfenmädchen neue Tänze eingeübt. Da ist etwas los!«

»Ja, ich habe mit einem Regenwurm meiner Bekanntschaft gesprochen«, erzählte die dritte Eidechse; »er kam direkt vom Hügel, wo er Tag und Nacht in der Erde gewühlt hatte. Er hatte gar vieles erlauscht, sehen kann das arme Tier ja nicht, aber vor sich her fühlen und horchen, das versteht er. Sie erwarten Fremde im Elfenhügel, vornehme Fremde, aber wen wollte der Regenwurm nicht sagen oder wußte es auch wohl nicht. Alle Irrlichter sind zu einem Fackelzuge, wie man es nennt, befohlen, und Silber und Gold, wovon es im Hügel die Hülle und Fülle gibt, wird geputzt und in den Mondschein gestellt.«

»Wer können wohl die Fremden sein?« sagten alle Eidechsen. »Was mag nur los sein? Hört, wie es summt! Hört, wie es brummt!«

Plötzlich öffnete sich der Elfenhügel, und ein ältliches Elfenmädchen, mit Ausnahme des entblößten Rückens sehr anständig gekleidet, kam herausgetrippelt. Es war die Haushälterin des alten Elfenkönigs, sie war eine weitläufige Verwandte der Familie und trug ein Bernsteinherz vor der Stirn. Flink setzte sie ihre Füßchen: tripp, tripp! Ei, wie sie trippeln konnte und gerade hinunter in den Sumpf zum Nachtraben.

»Sie werden auf heute nacht zum Elfenhügel eingeladen!« sagte sie, »aber wollen Sie uns nicht zuvor einen großen Dienst erweisen und die Einladungen freundlichst übernehmen. Sie müssen auch etwas tun, da Sie selber kein Haus machen. Wir bekommen einige äußerst vornehme Fremde, Zauberer, die eine große Rolle spielen, und deshalb will der alte Elfenkönig sich zeigen.«

»Wer soll eingeladen werden?« fragte der Nachtrabe.

»Zu dem großen Balle kann jedermann kommen, selbst Menschen, wenn sie nur im Schlafe sprechen oder irgend etwas unserem Wesen Entsprechendes tun können. Aber für das Hauptfest muß strengste Auswahl beobachtet werden; wir wollen nur die Allervornehmsten unter uns haben. Ich habe darüber mit dem Elfenkönige einen förmlichen Streit gehabt, denn ich bin der Ansicht, daß wir nicht einmal Gespenstern den Zutritt gestatten dürfen. In erster Stelle muß das Meermännchen mit seiner Tochter eingeladen werden; es gewährt ihnen freilich wenig Freude, auf das Trockene zu kommen, aber man wird dafür Sorge tragen, daß jeder von ihnen einen nassen Stein zum Sitzen oder vielleicht noch etwas Besseres erhält, und deshalb hoffe ich, daß sie diesmal nicht werden absagen lassen. Alle alten Kobolde der ersten geschwänzten Klasse, die Nixen und Heinzelmännchen müssen wir haben, auch dürfen wir meiner Meinung nach den Werwolf, das Höllenpferd und die Kirchengeister nicht übergehen. Freilich gehören sie mit zur Geistlichkeit, die nicht völlig zu unseren Leuten gerechnet werden kann, aber es ist doch nun einmal ihr Amt, sie stehen in naher Verwandtschaft mit uns und statten uns häufig Besuche ab.«

»Gut!« sagte der Nachtrabe und flog von dannen, um die Einladungen zu überbringen.

Die Elfenmädchen tanzten bereits auf dem Elfenhügel, wobei sie sich anmutig ihrer Schals bedienten, die aus Tau und Mondschein gewebt waren, ein Tanz, der sich für Liebhaber von dergleichen Vergnügungen sehr hübsch ausnimmt. Mitten im Elfenhügel war der große Festsaal glänzend ausgeputzt, der Fußboden war mit Mondschein gewaschen und die Wände hatte man mit Hexenfett überzogen, so daß sie vom Lichterglanze wie Tulpenblätter leuchteten. In der Küche gab es reichlichen Vorrat von Fröschen am Spieße, Schneckenhäusern mit einem Füllsel von Kinderfingern und Salaten aus Pilzsamen, feuchten Mäuseschnauzen und Schierling. Ein erquickendes Getränk gab das Gebräu der Sumpffrau und funkelnder Salpeterwein aus Grabgewölben. Alles verriet Wohlhabenheit und guten Geschmack; verrostete Nägel und Kirchenfensterglas bildeten die Näschereien des Nachtisches.

Der alte König ließ seine goldene Krone mit dem Staube von zerstoßenem Griffel aufpolieren; es war Tuffsteingriffel, und es kostet dem Elfenkönig viel Mühe, Tuffsteingriffel zu erhalten. Im Schlafzimmer hing man Vorhänge auf und befestigte sie mit Schneckenhörnern. Ja, es war ein ordentliches Summen und Brummen.

»Nun muß hier nur noch mit Pferdehaaren und Schweineborsten geräuchert werden, dann kann ich mich damit trösten, das Meinige getan zu haben!« sagte das ältliche Elfenmädchen.

»Lieber, guter Vater!« bat die kleinste seiner Töchter, »darf ich nun endlich erfahren, wer die vornehmen Fremden sind?«

»Nun, nun!« versetzte er, »dann muß ich es wohl sagen! Zwei meiner Töchter müssen sich zur Hochzeit bereithalten. Zwei werden gewiß verheiratet. Der alte Gnome oben von Norwegen, der in dem alten Dovrefelsen wohnt und viele Felsenschlösser von Wackersteinen und ein Goldbergwerk besitzt, das weit besser ist als man glaubt, kommt mit seinen beiden Söhnen herunter, die sich eine Frau aussuchen sollen. Der alte Gnome ist durch und durch ein grundehrlicher norwegischer Greis, lustig, einfach und bieder. Ich kenne ihn seit langer Zeit, seit den Tagen unserer Jugend, wo wir Brüderschaft miteinander tranken. Er war damals hier unten bei uns, um seine Frau zu holen. Sie ist jetzt schon tot, sie war eine Tochter des Felsenkönigs auf Möen. Er nahm seine Frau wirklich auf Kreide,* wie man zu sagen pflegt. Oh, wie ich mich nach dem nordischen Gnomengreise sehne! Seine Söhne, sagte man, sollen etwas unartige, hochnäsige Jungen sein, aber möglicherweise tut man ihnen auch unrecht, und mit den Jahren werden sie schon gesetzt werden. Zeigt nun, daß ihr es versteht, ihnen Lebensart beizubringen.«

»Und wann kommen sie?« fragte die eine Tochter.

»Das hängt von Wind und Wetter ab!« entgegnete der Elfenkönig. »Wie genau sie sind, beweist ihre Reise, sie bedienen sich einer Schiffsgelegenheit. Ich wünschte, sie sollten über Schweden gehen, aber der Alte schenkt diesem Lande noch immer keine Neigung. Er schreitet mit der Zeit nicht fort, und das kann ich nicht leiden.«

Plötzlich kamen zwei Irrlichter hereingehüpft; das eine schneller als das andere, und deshalb kam das eine zuerst.

»Sie kommen! sie kommen!« riefen sie.

»Gebt mir meine Krone und laßt mich im Mondscheine stehen!« sagte der Elfenkönig.

Die Töchter erhoben ihre Schals und verneigten sich bis zur Erde.

Da stand der greise Gnom von Dovre mit einer Krone von gehärteten Eis- und polierten Tannenzapfen auf dem Haupte, sonst trug er einen Bärenpelz und Wasserstiefel, die Söhne dagegen gingen mit bloßem Halse und in schottischer Tracht, denn es waren Kraftmänner.

* Die Insel Möen ist wegen ihrer Kreidefelsen berühmt.

»Ist das ein Hügel?« fragte der kleinste der Jungen und wies auf den Elfenhügel. »Oben in Norwegen nennen wir das ein Loch!«

»Jungens!« sagte der Alte. »Loch geht einwärts, Hügel geht aufwärts! Habt ihr denn keine Augen im Kopfe?«

Das einzige, was sie ihrer Aussage nach in Verwunderung setzte, war, daß sie die Sprache ohne weiteres verstanden.

»Ziert euch nur nicht so!« sagte der Greis; »man möchte glauben, daß ihr noch nicht trocken hinter den Ohren seid!«

Darauf gingen sie in den Elfenhügel hinein, wo sich inzwischen die wirklich feine Gesellschaft versammelt hatte, und zwar in einer Eile, wie wenn sie wären zusammengeweht worden, und für jeden war eine besondere niedliche und nette Einrichtung getroffen. Die Nixen saßen in Wasserkufen zu Tische, sie sagten, sie befänden sich gerade wie zu Hause. Alle hielten sich streng an die Tischetikette, mit Ausnahme der beiden kleinen nordischen Gnomen, welche die Beine auf den Tisch legten, weil sie der Ansicht huldigten, alles stände ihnen gut.

»Die Füße von der Schüssel!« befahl der alte Gnom, und wirklich gehorchten sie, wenn auch mit einigem Zögern. Ihre Tischdame kitzelten sie mit Tannenzapfen, die sie bei sich führten, und zogen, um bequem zu sitzen, ihre Stiefel aus, und gaben ihr die Stiefel zu halten. Ganz anders war freilich der Vater, der alte Dovregnom. Er erzählte in der fesselndsten Weise von den stolzen norwegischen Felsen und von Wasserfällen, die schäumend mit einem Getöse wie Donnerschlag und Orgelklang herniederstürzten; er erzählte vom Lachse, der selbst gegen den Wassersturz anspränge, wenn die Nixe auf goldener Harfe spielte. Er erzählte von den hellen Winternächten, wenn die Schlittenschellen klingelten und die Burschen mit brennenden Fackeln über das blanke Eis hinliefen, das so durchsichtig wäre, daß sie sehen könnten, wie die Fische unter ihren

Füßen erschräken. Ja, er verstand zu erzählen, daß man die beschriebenen Gegenstände wie lebendig vor sich sah. Man hörte ordentlich die Mühlen klappern, die Knechte und Mägde singen und sah ihre ländlichen Tänze. Heisa! Plötzlich gab der Gnomengreis dem alten Elfenmädchen einen lauten Schmatz, so einen Kuß, wie man ihn sich schon gefallen läßt, und doch standen sie in keinem verwandtschaftlichen Verhältnisse.

Nun mußten die Elfenmädchen tanzen, erst einfach, dann mit Aufstampfen, was ihnen wirklich allerliebst stand. Daran reihte sich der Kunsttanz oder, wie sie es nannten, »das aus dem Tanze treten«. Potztausend, wie konnten sie die Beine strecken! Man konnte nicht unterscheiden, wo Anfang oder Ende war, nicht unterscheiden, was Arme und was Beine waren; wie Schneeflocken wirbelte alles untereinander, und dann schwenkten sie sich im Kreise umher, daß es dem Höllenpferde unwohl wurde und es den Tisch verlassen mußte.

»Prrrr!« sagte der Gnomengreis, »was ist das für ein Wirtschaften mit dem Beinwerk! Aber was können sie noch mehr als tanzen, die Beine verrenken und einen Wirbelwind erregen?«

»Davon sollst du dich gleich selbst überzeugen!« sagte der Elfenkönig und rief darauf die jüngste seiner Töchter hervor. Sie war so zart und klar wie Mondschein, sie war die feinste von allen Schwestern. Sie nahm einen weißen Stab in den Mund, und dann war sie verschwunden; darin bestand ihre Kunst.

Aber der Gnomengreis meinte, solche Kunst könnte er bei seiner Frau nicht leiden, und er glaubte auch nicht, daß seine Söhne Liebhaber von dergleichen wären.

Die zweite konnte sich selbst zur Seite gehen, als hätte sie einen Schatten, der bekanntermaßen den Elfen fehlt.

Die dritte war ganz anderer Art; sie hatte in der Brauerei der Sumpffrau gelernt, und sie war es, die Elfenknorren mit Leuchtkäfern zu spicken verstand.

»Sie wird einmal eine gute Hausfrau!« sagte der Gnomengreis, und anstatt mit ihr anzustoßen, blinzelte er ihr nur zu, da er nicht so viel trinken wollte.

Nun kam das vierte Elfenmädchen an die Reihe; dasselbe hatte zum Spielen eine große goldene Harfe. Kaum hatte sie die erste Saite angeschlagen, so erhoben alle das linke Bein, denn die Gnomen sind linksbeinig, und sobald sie die andere Saite anschlug, so mußten sie alle tun, was sie wollte.

»Das ist ein gefährliches Frauenzimmer!« sagte der alte Gnom, aber die beiden Söhne gingen zum Hügel hinaus, denn nun war es ihnen langweilig geworden.

»Und was kann die nächste Tochter?« fragte der Gnomengreis.

»Ich habe die Norweger lieben gelernt!« entgegnete sie, »und ich werde mich nur verheiraten, wenn ich nach Norwegen kommen kann!«

Aber die kleinste der Töchter flüsterte dem Gnomengreise zu: »Der Grund ist, weil sie aus einem nordischen Liede vernommen hat, beim Untergange der Welt würden doch die norwegischen Felsen als Denksäulen stehenbleiben, und deswegen will sie dort hinauf, denn vor dem Untergange fürchtet sie sich sehr.«

»Ha, ha!« sagte der Gnomengreis, »schaut das dahinaus! Aber was kann die siebente und letzte?«

»Die sechste kommt vor der siebenten!« sagte der Elfenkönig, denn er konnte rechnen; aber die sechste wollte nicht recht zum Vorschein kommen.

»Ich kann nur den Leuten die Wahrheit sagen!« meinte sie. »Um mich bekümmert sich niemand, und ich habe genug damit zu tun, mir mein Leichenhemd zu nähen!«

Nun kam die siebente und letzte, und was verstand diese? Ja, sie konnte in einem fort Märchen erzählen.

»Hier sind alle meine fünf Finger!« sagte der Gnomengreis, »erzähle mir eins von jedem derselben!«

Das Elfenmädchen faßte ihn um das Handgelenk und er

lachte so, daß ihm der Bauch wackelte, und als sie zum Goldfinger kam, der, als wenn er wüßte, daß Verlobung sein sollte, sich mit einem goldenen Ringe geschmückt hatte, rief der Gnomengreis: »Halte fest, was du hast, die Hand ist dein; ich will dich selbst zur Frau haben!«
Das Elfenmädchen erwiderte, sie müßte erst noch die Märchen von dem Goldfinger und dem kleinen Peter Spielmann erzählen.
»Die wollen wir im Winter anhören!« entgegnete der Gnomengreis, »und von der Tanne wollen wir hören und von der Birke und von den Gaben der Waldnymphen und von dem klingenden Froste! Dir wird genug Gelegenheit zum Erzählen geboten werden, denn dort oben wird diese Kunst noch wenig geübt. Dann wollen wir in der steinernen Stube sitzen, wo der Kienspan brennt, und Met aus den goldenen Hörnern der alten nordischen Könige trinken. Der Nix hat mir einige geschenkt. Wenn wir so beieinander sitzen, dann kommt der Hausgeist zu Besuch, er singt dir alle Lieder der Sennerinnen. Das soll eine Lust werden! Der Lachs wird gegen den Wasserfall ankämpfen und sich gegen die Steinwände schlagen, aber er kommt doch nicht herein! Sei versichert, es ist gut sein in dem lieben alten Norwegen! Aber wo stecken die Jungen?«
Ja, wo waren die Jungen? Sie liefen auf dem Felde umher und bliesen die Irrlichter aus, die der Aufforderung zum Fackelzuge gutmütig nachgekommen waren.
»Ist das anständig, sich umherzutreiben!« bewillkommnete sie der Gnomengreis. »Ich habe jetzt eine Mutter für euch gewählt, nun könnt ihr euch eine Schwester eurer Mutter aussuchen.«
Aber die Jungen erklärten, sie hätten Lust, Reden zu halten und Brüderschaft zu trinken, aber nicht die mindeste zum Heiraten. So hielten sie denn Reden, tranken Brüderschaft und machten die Nagelprobe, um ihre Trinkkunst zu zeigen. Darauf zogen sie die Röcke aus und legten sich mir nichts dir nichts auf den Tisch schlafen. Der Gnomen-

greis aber tanzte mit seiner jungen Braut in der Stube herum und wechselte Stiefel mit ihr, denn das ist feiner als Ringe wechseln.
»Jetzt kräht der Hahn!« sagte das ältliche Gnomenmädchen, die dem Hauswesen vorstand. »Nun müssen wir die Fensterläden schließen, damit die Sonne nicht versengend hereinscheint!«
Und dann schloß sich der Hügel.
Draußen aber liefen die Eidechsen in dem geborstenen Baume auf und nieder, und die eine sagte zur anderen: »Oh, wie gut ich doch den norwegischen Gnomengreis leiden kann!«
»Mir gefallen die Jungen besser!« versetzte der Regenwurm, aber das arme, elende Tier konnte ja auch nicht sehen!

Die roten Schuhe

Es war einmal ein kleines Mädchen, gar fein und niedlich, aber im Sommer mußte es stets barfuß gehen, denn es war arm, und im Winter mit großen Holzschuhen, so daß der Spann an seinem kleinen Füßchen ganz rot wurde, was recht jämmerlich aussah.
Mitten im Dorfe wohnte die alte Mutter Schuhmacherin. Sie saß und nähte, so gut sie vermochte, von roten alten Tuchlappen ein Paar kleine Schuhe. Plump genug waren sie, aber nichtsdestoweniger hatte die Alte es sehr gut gemeint, als sie die Arbeit für das kleine Mädchen unternahm. Die Kleine hieß Karen.
Gerade am Begräbnistage ihrer Mutter erhielt sie die roten Schuhe und trug sie zum erstenmal. Zum Trauern waren sie freilich nicht recht geeignet, aber sie hatte ja keine

anderen, und darum zog sie dieselben über ihre nackten Füßchen und schritt so hinter dem ärmlichen Sarge her.
Da kam auf einmal ein großer altmodischer Wagen angefahren, in dem eine hohe alte Frau saß. Sie betrachtete das kleine Mädchen und fühlte Mitleid mit demselben. Deshalb sagte sie zu dem Geistlichen: »Hört, gebt mir das kleine Mädchen, dann will ich getreulich für dasselbe sorgen!«
Karen bildete sich ein, sie hätte das alles nur den roten Schuhen zu verdanken, aber die alte Frau sagte, sie wären schrecklich, und ließ sie verbrennen. Karen selbst wurde rein und kleidsam angezogen; sie mußte den Unterricht besuchen und Nähen lernen, und die Leute sagten, sie wäre niedlich, aber der Spiegel sagte: »Du bist mehr als niedlich, du bist schön!«
Da reiste einmal die Königin durch das Land und hatte ihre kleine Tochter, die eine Prinzessin war, bei sich. Die Leute strömten vor das Schloß und auch Karen fand sich da ein. Die kleine Prinzessin stand weißgekleidet an einer Balkontür und ließ sich bewundern; Schleppe oder Goldkrone hatte sie nicht, aber herrliche rote Saffianschuhe, die freilich weit zierlicher waren als die, welche Mutter Schuhmacherin der kleinen Karen genäht hatte. Nichts in der Welt kann doch den Vergleich mit roten Schuhen aufnehmen!
Jetzt war Karen so alt, daß sie eingesegnet werden sollte; sie erhielt neue Kleider, und neue Schuhe sollte sie auch haben. Der reiche Schuhmacher in der Stadt nahm zu ihrem kleinen Fuße Maß. Es geschah zu Hause in seinem eigenen Zimmer, in dem große Glasschränke mit prächtigen Schuhen und glanzledernen Stiefeln standen. Schön nahm es sich aus, aber die alte Frau sah leider nicht gut und hatte darum auch kein Vergnügen daran. Mitten unter den Schuhen standen ein Paar rote, genau wie sie die Prinzessin getragen hatte; wie schön waren die! Der Schuhmacher

sagte auch, sie wären für ein Grafenkind gearbeitet, hätten aber nicht gepaßt.
»Das ist wohl Glanzleder?« fragte die alte Frau, »sie glänzen so!«
»Ja, sie glänzen!« sagte Karen; und sie paßten und wurden gekauft; aber die alte Frau wußte nicht, daß sie rot waren, denn nie würde sie sonst Karen erlaubt haben, mit roten Schuhen zur Einsegnung zu gehen, aber nun tat sie es. Alle Menschen sahen ihr nach den Füßen, und als sie über die Kirchenschwelle zur Chortür hineintrat, kam es ihr vor, als ob selbst die alten Bilder auf den Grabsteinen, die Porträts der Prediger und Predigerfrauen, mit steifen Kragen und langen schwarzen Kleidern, die Augen auf ihre roten Schuhe hefteten; und nur an diese dachte sie auch, als ihr der Prediger die Hand auf das Haupt legte und von der heiligen Taufe redete, vom Bunde mit Gott, und daß sie sich nun wie eine erwachsene Christin aufführen sollte. Die Orgel spielte so feierlich, die lieblichen Kinderstimmen sangen, und der alte Kantor sang, aber Karen dachte nur an die roten Schuhe.
Am Nachmittage erfuhr dann die alte Frau von allen Seiten, daß die Schuhe rot gewesen wären, und sie sagte, das wäre häßlich, es schickte sich nicht, und in Zukunft sollte Karen, so oft sie zur Kirche ginge, stets schwarze Schuhe anziehen, selbst wenn sie alt wären.
Am folgenden Sonntage war die erste Abendmahlsfeier der Konfirmanden; Karen sah erst die schwarzen Schuhe an, dann sah sie die roten an – und dann sah sie noch einmal die roten an und zog sie an. Es war herrlicher Sonnenschein; Karen und die alte Frau schlugen einen Fußsteig durch das Korn ein, auf dem es etwas stäubte.
An der Kirchtür stand ein alter Soldat mit einem Krückstock und mit einem merkwürdig langen Barte, der mehr rot als weiß war; ja, rot war er sicher. Er verneigte sich bis zur Erde und fragte die alte Frau, ob er ihr vielleicht die Schuhe abstäuben sollte. Karen streckte gleichfalls ihren

kleinen Fuß vor. »Sieh, welch prächtige Tanzschuhe!« sagte der Soldat. »Sitzt fest, wenn ihr tanzt!« und dann schlug er mit der Hand gegen die Sohlen.
Die alte Frau reichte dem Soldaten ein Geldstück und trat dann mit Karen in die Kirche ein.
Alle Menschen drinnen sahen nach Karens roten Schuhen, und alle Bilder sahen nach ihnen, und als Karen vor dem Altare niederkniete und den goldenen Kelch an die Lippen setzte, dachte sie nur an die roten Schuhe. Es war, als ob sie vor ihr im Kelche schwämmen; und sie vergaß das Lied mitzusingen, sie vergaß ihr Vaterunser zu beten.
Alle Leute verließen jetzt die Kirche, und die alte Frau stieg in ihren Wagen. Schon erhob Karen den Fuß, um hinter ihr einzusteigen, als der alte Soldat, der dicht dabeistand, sagte: »Sieh, welch herrliche Tanzschuhe!« Karen konnte sich nicht enthalten, einige Tanzschritte zu tun, sowie sie aber begann, tanzten die Beine unaufhaltsam fort. Es war, als hätten die Schuhe Macht über sie erhalten. Sie tanzte um die Kirchenecke, denn sie vermochte nicht innezuhalten. Der Kutscher mußte hinterherlaufen und sie greifen; er hob sie in den Wagen, aber auch jetzt setzten die Füße ihren Tanz rastlos fort, daß sie die alte gute Frau empfindlich trat. Erst als sie die Schuhe auszog, erhielten die Beine Ruhe.
Daheim wurden die Schuhe in einen Schrank gestellt, aber Karen wurde nicht müde, sie immer wieder zu betrachten.
Nun erkrankte die alte Frau, und wie das Gerücht sagte, lebensgefährlich. Pflege und Wartung war unumgänglich nötig und niemand stand ihr näher als Karen. Aber in der Stadt war ein großer Ball, zu dem Karen eingeladen war. Sie sah die alte Frau an, die ja doch rettungslos verloren war, sie sah die roten Schuhe an, und es kam ihr vor, als ob keine Sünde dabei wäre. – Sie zog die roten Schuhe an, und das konnte sie ja auch wohl – aber dann ging sie auf

den Ball und begann zu tanzen, und das mußte sie nicht tun.

Als sie aber nach rechts wollte, tanzten die Schuhe nach links, und als sie den Saal hinauf wollte, tanzten die Schuhe den Saal hinunter, die Treppe hinab, durch die Straße und zum Stadttore hinaus. Tanzen tat sie, und tanzen mußte sie, gerade hinaus in den finstren Wald.

Da leuchtete es zwischen den Bäumen, und sie glaubte, es wäre der Mond, denn es war ein Gesicht, aber es war der alte Soldat mit dem roten Barte; er saß und nickte und sagte: »Sieh, welch herrliche Tanzschuhe!«

Da erschrak sie und wollte die roten Schuhe abwerfen, aber sie hingen fest, sie schleuderte ihre Strümpfe von sich, aber die Schuhe waren an den Füßen festgewachsen, und tanzen tat sie, und tanzen mußte sie über Feld und Wiese, in Regen und Sonnenschein, bei Tag und bei Nacht, aber nachts war es am entsetzlichsten.

Sie tanzte auf den offenen Kirchhof hinauf, aber die Toten, die dort ruhten, tanzten nicht, sie hatten viel Besseres zu tun als zu tanzen. Sie wollte sich auf das Grab des Armen setzen, wo das bittre Wurmkraut blühte, aber für sie war keine Ruh noch Rast, und als sie auf die offene Kirchtür zutanzte, erblickte sie neben derselben einen Engel in langen weißen Kleidern, mit Flügeln, die von den Schultern bis auf die Erde hinabreichten; sein Antlitz war streng und ernst, und in der Hand hielt er ein breites und leuchtendes Schwert.

»Tanzen sollst du!« sagte er, »tanzen auf deinen roten Schuhen, bis du bleich und kalt wirst, bis deine Haut nur noch ein Knochengerippe umgibt! Tanzen sollst du von Tür zu Tür, und wo stolze, eitle Kinder wohnen, sollst du anklopfen, daß sie dich hören und sich vor dir fürchten! Tanzen sollst du, tanzen – – – –«

»Gnade!« rief Karen. Aber sie vernahm nicht, was der Engel antwortete, denn die Schuhe trugen sie durch die

Pforte auf das Feld hinaus, über Weg und Steg, und immer mußte sie tanzen.
Eines Morgens tanzte sie vor einer Tür vorüber, die ihr sehr wohl bekannt war. Drinnen tönte Choralgesang, man trug einen blumenbekränzten Sarg hinaus. Da wußte sie, daß die alte Frau gestorben war, und es überschlich sie das Gefühl, als ob sie von allen verlassen und von Gottes Engel verdammt wäre.
Tanzen tat sie, und tanzen mußte sie, tanzen in der dunklen Nacht. Die Schuhe trugen sie über Dornen und Baumstümpfe, und sie riß sich bis aufs Blut; sie tanzte über die Heide nach einem kleinen einsamen Hause. Hier wohnte, wie sie wußte, der Scharfrichter, und sie klopfte an die Scheiben und sagte: »Kommt heraus! Kommt heraus! Ich kann nicht hineinkommen, denn ich muß tanzen!«
Der Scharfrichter entgegnete: »Du weißt wahrscheinlich nicht, wer ich bin! Ich schlage den bösen Menschen den Kopf ab, und jetzt höre ich, daß meine Axt klirrt!«
»Schlagt mir nicht den Kopf ab!« sagte Karen, »denn sonst kann ich meine Sünde nicht bereuen! Aber schlagt mir meine Füße mit den roten Schuhen ab.«
Darauf beichtete sie ihre schwere Verschuldung, und der Scharfrichter schlug ihr die Füße mit den roten Schuhen ab, aber die Schuhe tanzten mit den kleinen Füßen hin über das Feld in den tiefen Wald hinein.
Er verfertigte ihr Stelzfüße und Krücken, lehrte sie ein Sterbelied, das die armen Sünder zu singen pflegen, und sie küßte die Hand, welche die Axt geführt hatte, und schritt weiter über die Heide.
»Nun habe ich genug um der roten Schuhe willen gelitten!« sagte sie, »nun will ich in die Kirche gehen, damit man mich sehen kann!« Schnell ging sie auf die Kirchentür zu, als sie sich ihr aber näherte, tanzten die roten Schuhe vor ihr her, und sie erschrak und kehrte um.
Die ganze Woche hindurch war sie traurig und weinte viele heiße Tränen, als aber der Sonntag erschien, sagte

sie: »Fürwahr, nun habe ich genug gelitten und gestritten! Jetzt möchte ich glauben, daß ich ebensogut bin wie viele von denen, die in der Kirche sitzen und hochmütig auf die anderen herabschauen.« Mutig trat sie den Weg an; aber sie war erst bis zur Eingangstür zum Friedhofe gelangt, als sie plötzlich die roten Schuhe vor sich hertanzen sah. Sie erschrak, wandte um und bereute von ganzem Herzen ihre Sünde.

Sie ging zur Pfarre und bot sich als Magd an, sie versprach fleißig zu sein und alles zu tun, was in ihren Kräften stände, auf Lohn sähe sie nicht, sie wünschte nur, wieder ein Obdach zu erhalten und bei guten Menschen zu sein. Die Frau Pfarrerin fühlte Mitleid mit ihr und nahm sie in Dienst. Sie war stets fleißig und in sich gekehrt. Still saß sie da und lauschte aufmerksam zu, wenn der Pfarrer des Abends laut aus der Bibel vorlas. Alle Kinder gewannen sie lieb, sobald dieselben aber von Putz und Staat und davon sprachen, wie schön es sein müßte, eine Prinzessin zu sein, schüttelte sie den Kopf.

Am folgenden Sonntage gingen alle zur Kirche und fragten sie, ob sie sie begleiten wollte, aber traurig und mit Tränen in den Augen sah sie auf ihre Krücken, und nun gingen die anderen hin, Gottes Wort zu hören, sie aber ging allein in ihr kleines Kämmerlein, das nur so groß war, um einem Bette und einem Stuhle Platz zu gewähren. Hier setzte sie sich mit ihrem Gesangbuche hin, und während sie frommen Sinnes darin las, trug der Wind die Orgeltöne von der Kirche zu ihr herüber, und sie erhob ihr mit Tränen benetztes Antlitz und sagte: »Gott sei mir Sünderin gnädig!«

Da schien die Sonne hell und klar, und dicht vor ihr stand der Engel Gottes in den weißen Kleidern, derselbe, den sie in jener verhängnisvollen Nacht an der Kirchtür gesehen hatte, aber er hielt nicht länger das scharfe Schwert, sondern einen herrlichen grünen Zweig voller Rosen. Er berührte mit demselben die Decke, die sich höher und höher dehnte und dort, wo sie berührt war, einen goldenen Stern hervorleuchten ließ, und er berührte die Wände, und sie erweiterten sich, bis sie die Orgel erblickte, die

gespielt wurde, und die alten Bilder der früheren Pfarrer und Pfarrfrauen sah. Die Gemeinde saß in den festlich geschmückten Stühlen und sang aus dem Gesangbuche. So war die Kirche selbst zu der armen Magd in ihre kleine, enge Kammer gekommen; oder auch war sie dahingekommen. Sie saß in dem Kirchstuhle bei den übrigen Leuten des Pfarrers, und als sie nach Beendigung des Chorals

aufblickte, nickten sie ihr zu und sagten: »Das war recht, daß du kamst, Karen!«
»Das war Gnade!« erwiderte sie.
Und die Orgel klang, und der Chor der Kinderstimmen tönte mild und lieblich. Der klare Sonnenschein strömte warm durch das Fenster in den Kirchenstuhl, in dem Karen saß, hinein. Ihr Herz ward so voller Sonnenschein, Friede und Freude, daß es brach. Auf den Sonnenstrahlen flog ihre Seele zu Gott, und vor seinem Thron war niemand, der nach den roten Schuhen fragte.

Die Springprobe

Der Floh, die Heuschrecke und der Holzbock wollten einmal sehen, wer von ihnen am höchsten springen könnte, und luden deshalb die ganze Welt, und wer sonst noch kommen wollte, ein, sich diese Kunstleistung anzusehen. Drei erprobte Springer, das mußte man zugeben, hatten sich da im Zimmer versammelt.
»Ich gebe dem, der am höchsten springt, meine Tochter zur Frau!« sagte der König, »denn es wäre wahrlich zu armselig, sollten diese Personen umsonst springen!«
Der Floh trat zuerst auf; er bewies feine Lebensart, indem er nach allen Seiten grüßte, kein Wunder, denn Fräuleinblut rollte in seinen Adern, und er war, was gar viel ausmacht, an den Umgang mit Menschen gewöhnt.
Nun trat die Heuschrecke hervor; sie war allerdings ungleich schwerer, aber sie hatte gleichwohl einen geschmeidigen Wuchs und erschien in grüner Uniform, die ihr angeboren war, außerdem rühmte sie sich, von einer uralten Familie im Lande Ägypten zu stammen, die dort in hohen Ehren stände. Man hatte sie vom freien Felde ge-

nommen und in ein Kartenhaus gesetzt, dessen drei Stockwerke sämtlich aus Kartenbildern, welche die bunte Seite einwärts kehrten, gebildet waren. Darin gab es Türen und Fenster, und man hatte sie nur in solche Karten geschnitten, welche Herzdame vorstellten. »Ich singe so«, prahlte sie, »daß sechzehn einheimische Grillen, die von Kindesbeinen an gepfiffen und doch kein Kartenhaus bekommen haben, sich bei dem Anhören meines Gesanges noch dünner ärgerten, als sie schon waren.«

Beide, der Floh wie die Heuschrecke, taten solcherweise männiglich ihren Wert kund und daß sie sich wohl für berechtigt halten könnten, die Hand einer Prinzessin zu erwerben.

Der Holzbock sagte nichts, aber man behauptete von ihm, daß er desto mehr dächte, und als ihn der Hofhund nur beschnüffelt hatte, verbürgte er sich dafür, daß der Holzbock von guter Familie wäre. Der alte Rat, der für beharrliches Stillschweigen drei Orden bekommen hatte, behauptete bestimmt zu wissen, daß der Holzbock mit Weissagungskraft begabt wäre; an seinem Rücken ließe sich erkennen, ob man einen milden oder strengen Winter bekommen würde, und das kann man nicht einmal an dem Rücken des Kalendermachers sehen.

»Ich sage gar nichts!« sagte der alte König, »aber ich gehe meinen eigenen Weg und denke mir mein Teil!«

Jetzt galt es, die Probe abzulegen. Der Floh sprang so hoch, daß es niemand sehen konnte, und deshalb behaupteten sie, er wäre gar nicht gesprungen, und das war doch eine erbärmliche Verleumdung.

Die Heuschrecke sprang nur halb so hoch, sprang aber leider dem Könige gerade ins Gesicht, und da sagte dieser, das wäre unartig.

Der Holzbock stand lange still und überlegte, so daß man zuletzt glaubte, er könnte gar nicht springen.

»Wenn ihm nur nicht unwohl geworden ist!« sagte der Hofhund und beschnüffelte ihn dabei abermals. Rutsch!

sprang er da plötzlich in einem kleinen schiefen Satz der Prinzessin, die auf einem niedrigen goldnen Schemel saß, gerade in den Schoß.

Da sagte der König: »Der höchste Sprung ist, sich im Sprunge bis zu meiner Tochter zu erheben, denn darin besteht die wahre Feinheit, aber zu einem solchen Einfalle gehört viel Kopf, und der Holzbock hat bewiesen, daß er Kopf hat. Ihm steht der Kopf auf dem rechten Flecke.«

Und deshalb erhielt er die Prinzessin.

»Ich sprang doch am höchsten!« tröstete sich der Floh. »Aber das ist einerlei. Mag sie den hölzernen Patron nur immerhin nehmen! Ich sprang doch am höchsten, aber um sich in der Welt sehen zu lassen, muß man freilich den Körper dazu haben!«

Darauf ging der Floh in fremde Kriegsdienste, wo er einem Gerüchte zufolge erschlagen worden sein soll.

Die Heuschrecke setzte sich draußen in den Graben und dachte darüber nach, wie es doch eigentlich in der Welt zuginge, und sagte ebenfalls: »Körper gehört dazu, Körper gehört dazu!« und darauf sang sie ihr eigentümlich trauriges Lied, aus dem wir unsere Geschichte entnommen haben, die, wenn sie nicht gedruckt wäre, ebensogut eine Lüge sein könnte.

Die Hirtin und der Schornsteinfeger

Hast du schon je ein recht altmodisches Holzspind gesehen, ganz schwarz vor Alter und mit ausgeschnitzten Schnörkeln und Laubwerk? Genau ein solches stand in einer Wohnstube. Es war ein Erbstück aus den Zeiten der Urgroßmutter, und das Schnitzwerk, mit dem es von oben bis unten bedeckt war, bildete Rosen und Tulpen.

Die seltsamsten Schnörkel befanden sich daran, und aus denselben ragten kleine Hirschköpfe mit vielendigen Geweihen hervor. Aber mitten auf dem Spinde stand ein ganzer Mann ausgeschnitzt; er bot allerdings einen lächerlichen Anblick dar, und er lachte wirklich, oder vielmehr er grinste, denn lachen konnte man es unmöglich nennen. Dazu hatte er Bocksbeine, kleine Hörner vor der Stirn und einen langen Bart. Die Kinder, die im Zimmer zu spielen pflegten, nannten ihn immer den bocksbeinigen Ober- und Untergeneralkriegsbefehlshaber. Sein Name entsprach seiner Gestalt; war diese schwer auszuschnitzen gewesen, so war dafür auch sein Name schwer auszusprechen, und es gibt nicht viele, die sich dieses Titels rühmen können. Nach vielem Aufwand von Kunst und Mühe stand er nun aber da. Fortwährend starrte er auf den Spiegeltisch hinab, denn dort stand eine anmutige kleine Hirtin von Porzellan. Ihre Schuhe waren vergoldet, ihr Rock mit einer Rose niedlich aufgesteckt, und außerdem hatte sie einen goldenen Hut und einen Hirtenstab; sie war eine reizende Erscheinung. Dicht neben ihr stand ein kleiner Schornsteinfeger, kohlschwarz, aber ebenfalls von Porzellan. Er war ebenso fein und rein wie jeder andere; daß er einen Schornsteinfeger vorstellte, kam nur aus einer Laune des Porzellanfabrikanten; derselbe hätte ebensogut einen Prinzen aus ihm machen können, denn das war einerlei.

Gar niedlich stand er mit seiner Leiter da und mit einem wahren Mädchenantlitz wie Milch und Blut, und das war eigentlich ein Fehler, denn etwas schwarz hätte er doch wohl sein können. Er stand der Hirtin am allernächsten. Beide waren sie hingestellt, wo sie standen, und da sie doch einmal dahingestellt waren, hatten sie sich verlobt. Auch war es in der Tat eine ganz passende Partie, beide waren junge Leute, beide waren von demselben Porzellan und gleich zerbrechlich.

Dicht neben ihnen stand noch eine andere Figur von dreifacher Größe. Sie stellte einen alten Chinesen vor, der nicken konnte; er war gleichfalls von Porzellan und gab sich für den Großvater der kleinen Hirtin aus, was er freilich nicht beweisen konnte. Er behauptete, daß er Gewalt über sie besäße, und deshalb hatte er dem bocksbeinigen Ober- und Untergeneralkriegsbefehlshaber, der sich um die kleine Hirtin bewarb, sein Jawort zugenickt.

»Da bekommst du einen Mann«, sagte der alte Chinese, »einen Mann, der, wie ich beinahe glaube, von Mahagoniholz ist; er kann dich zur bocksbeinigen Ober- und Untergeneralkriegsbefehlshaberin machen. Er hat das ganze Spind voll Silberzeug, ohne den Inhalt der geheimen Fächer in Anschlag zu bringen.«

»Ich will aber nicht in das finstre Spind hinein!« sagte die kleine Hirtin, »ich habe mir sagen lassen, daß er darin elf Porzellanfrauen hat!«

»Dann sollst du die zwölfte sein!« sagte der Chinese. »Sobald es heute nacht in dem alten Spind knackt, sollt ihr Hochzeit feiern, so wahr wie ich ein Chinese bin!« Darauf nickte er mit dem Kopfe und schlief ein.

Aber die Hirtin weinte und sah ihren Herzallerliebsten, den Porzellanschornsteinfeger, an.

»Ich bitte dich inständigst«, sagte sie, »geh mit mir in die weite Welt, denn hier können wir nicht bleiben!«

»Ich will alles, was du willst!« sagte der kleine Schornsteinfeger. »Laß uns gleich gehen; ich bin überzeugt, daß ich dich mit meiner Profession ernähren kann!«

»Wären wir nur erst von dem Tische hinunter!« versetzte sie, »ich werde nicht eher froh, bis wir draußen in der weiten Welt sind!«

Er tröstete sie und zeigte ihr, wie sie ihr Füßchen auf die ausgeschnitzen Kanten und das vergoldete Laubwerk rings um den Tischfuß hinabsetzen sollte; seine Leiter nahm er gleichfalls zu Hilfe, und so waren sie bald unten auf dem Fußboden. Als sie aber nach dem alten Spinde

hinblickten, gewahrten sie darin eine eigentümliche Unruhe. Alle die ausgeschnitzten Hirsche reckten ihre Köpfe weiter vor, erhoben die Geweihe und drehten die Hälse. Der bocksbeinige Ober- und Untergeneralkriegsbefehlshaber sprang ungestüm in die Höhe und rief zu dem alten Chinesen hinüber: »Da laufen sie! Da laufen sie!«

Ein gewaltiger Schreck bemächtigte sich ihrer, und hurtig sprangen sie in das Schubfach des Fenstertritts.

Hier lagen drei oder vier Spiele Karten, die unvollständig waren, und ein kleines Puppentheater, das, so gut es die Umstände erlaubten, aufgebaut war. Da wurde gerade Komödie gespielt, und alle Damen, Karo- wie Herz-, Treff- und Pikdame, saßen in der ersten Reihe und fächelten sich mit ihren Tulpen, und hinter ihnen standen alle Buben und zeigten, daß sie Kopf hätten und gleich oben und unten, wie die Spielkarten es ja haben. Das Stück handelte von zwei Liebenden, die sich nicht bekommen sollten, und die Hirtin weinte darüber, denn es war wie ihre eigene Geschichte.

»Das kann ich nicht aushalten!« rief sie aus. »Ich muß aus dem Schubfache hinaus.« Als sie aber wieder auf dem Boden standen und nach dem Tische hinaufschauten, da war der alte Chinese erwacht und schwankte mit dem ganzen Körper, unten war er ja nur ein Klumpen.

»Nun kommt der alte Chinese!« schrie die kleine Hirtin und sank vor Gram auf ihre Porzellanknie.

»Mir kommt ein Gedanke!« sagte der Schornsteinfeger; »wir wollen in das Gefäß kriechen, das in jener Ecke steht; dort können wir auf Rosen und Lavendel liegen und ihm, sobald er naht, Salz in die Augen streuen!«

»Das kann uns nicht für immer retten!« entgegnete sie, »außerdem weiß ich, daß der alte Chinese und jenes Gefäß einmal miteinander verlobt gewesen sind, und alte Liebe, sagt man, rostet nicht. Nein, es bleibt kein anderes Mittel übrig, als in die weite Welt zu gehen!«

»Hast du wirklich Mut, mit mir in die weite Welt zu gehen?« fragte der Schornsteinfeger. »Hast du bedacht, wie groß sie ist und daß wir nie mehr hierher zurückkommen können?«
»Das habe ich!« sagte sie bestimmt.
Der Schornsteinfeger fixierte sie und sagte dann: »Mein Weg geht durch den Schornstein! Hast du wirklich Mut, mit mir durch den Kachelofen, sowohl durch das Innere als auch durch die Röhre, zu kriechen? Auf diesem Wege gelangen wir in den Schornstein hinaus, und dort bin ich in meinem Elemente. Wir steigen so hoch, daß sie uns nicht erreichen können, und ganz oben führt uns dort ein Loch in die weite Welt hinaus.«
Und er führt sie an die Ofentür.
»Hu, wie schwarz es dort aussieht!« sagte sie, ging aber doch mit ihm durch das Innere wie durch die Röhre, wo stockpechfinstre Nacht sie umgab.
»Jetzt sind wir im Schornsteine!« sagte er, »und sieh, über uns funkelt der herrlichste Stern!«
Und wirklich war es ein Stern am Himmel, der gerade auf sie herabschien, als ob er ihnen den Weg zeigen wollte. Und sie krochen und krochen auf einem abscheulichen Wege so hoch, so hoch. Aber er hob und schob, er hielt sie und zeigte ihr die besten Stellen, wohin sie ihre Porzellanfüßchen setzen sollte. So arbeiteten sie sich allmählich bis zum Schornsteinrande empor und setzten sich auf denselben, denn sie waren gründlich müde, worüber sich wohl niemand wundern wird.
Hoch über ihnen wölbte sich der Himmel mit allen seinen Sternen, und unter ihnen ragten die Dächer der Stadt empor. Ein weiter Rundblick bot sich ihnen dar, ein weiter Blick in die große Welt. So hatte es sich die arme Hirtin nie gedacht; sie legte ihr Köpfchen gegen ihren Schornsteinfeger und weinte dann so bitterlich, daß ihr das Gold vom Gürtel absprang.
»Das ist allzuviel!« sagte sie. »Das kann ich nicht aushal-

ten! Die Welt ist allzu groß! Oh, wäre ich doch wieder auf dem kleinen Tische unter dem Spiegel. Nie werde ich wieder froh, ehe ich dort bin. Bin ich dir jetzt in die weite Welt hinausgefolgt, so kannst du mir nun wohl wieder nach Hause folgen, falls du mich wirklich liebhast.«

Der Schornsteinfeger redete ihr vernünftig zu, lenkte das Gespräch auf den alten Chinesen und den bockbeinigen Ober- und Untergeneralkriegsbefehlshaber, aber sie schluchzte zum Stein- oder vielmehr Porzellanerweichen und küßte ihren kleinen Schornsteinfeger so innig, daß er nicht umhin konnte, sich ihr zu fügen, so töricht es auch war.

So kletterten sie denn wieder mit vieler Beschwerde den Schornstein hinunter und krochen durch das Innere und das Rohr, was fürwahr nichts Angenehmes an sich hatte, und dann standen sie in dem finstren Kachelofen. Dort lauschten sie hinter der Tür, um zu erfahren, wie es in der Stube stände. Es war in derselben ganz still; sie guckten heraus – ach, da lag der Chinese mitten auf dem Fußboden, er war vom Tische hinuntergefallen, als er ihnen nachsetzen wollte, und lag in drei Stücke zerschlagen da. Der ganze Rücken hatte sich in einem einzigen Stücke abgelöst, und der Kopf war in eine Ecke gerollt; der bockbeinige Ober- und Untergeneralkriegsbefehlshaber stand, wo er immer gestanden hatte, und dachte nach.

»Das ist gräßlich!« sagte die kleine Hirtin, »der alte Großvater ist in Stücke zerschlagen, und wir tragen die Schuld daran. Das kann ich nicht überleben!« Und dabei rang sie ihre kleinen Händchen.

»Er läßt sich wohl noch zusammennieten!« sagte der Schornsteinfeger. »O ja, er kann sehr gut genietet werden. – Sei nur nicht gleich so heftig. Wenn sie ihn im Rücken kitten und ihm eine tüchtige Niete im Nacken geben, dann wird er wieder so gut wie neu sein, und kann uns noch genug ausschelten.«

»Meinst du?« fragte sie. Und dann kletterten sie wieder

auf den Tisch hinauf und stellten sich an ihren früheren Platz.

»So weit sind wir also gekommen!« sprach spöttisch der Schornsteinfeger. »Die Mühe hätten wir uns ersparen können!«

»Hätten wir den alten Großvater nur erst genietet!« sagte die Hirtin. »Wird es wohl sehr teuer sein?«

Und genietet wurde er. Die Eigentümer ließen ihn im Rücken kitten, eine gute Niete wurde ihm durch den Hals gezogen, und er war wieder so gut wie neu, nur konnte er nicht mehr nicken.

»Sie sind wohl hochmütig geworden, seitdem Sie zerschlagen sind?« sagte der bocksbeinige Ober- und Untergeneralkriegsbefehlshaber. »Das scheint mir gerade keine geeignete Ursache zur Überhebung zu sein! Soll ich sie haben, oder soll ich sie nicht haben?«

Der Schornsteinfeger und die kleine Hirtin sahen den alten Chinesen flehend an; sie befürchteten, er möchte nicken, allein er konnte nicht, und es verdroß ihn, einem Fremden zu erzählen, daß er beständig eine Niete im Nacken hätte. Deshalb blieben die Porzellanleute beisammen, segneten des Großvaters Niete und liebten einander, bis sie in Stücke gingen.

Der Däne Holger

Da ragt in Dänemark ein altes Schloß, Kronburg mit Namen, das unmittelbar am Sunde liegt, wo die großen Schiffe Tag für Tag hundertweise vorübersegeln, englische sowohl als russische und preußische. Sie begrüßen das alte Schloß mit Kanonen: »Bum!« und das alte Schloß antwortet wieder mit Kanonen: »Bum!« Denn das ist die Sprache der Kanonen, mit denen sie »Guten Tag« und »Schönen Dank« sagen. – Im Winter segeln da keine Schiffe, alsdann ist der ganze Sund bis zur schwedischen Küste hinüber mit Eis bedeckt. Eine förmliche Landstraße führt hinüber, auf der die dänische und die schwedische Flagge weht und die Brüdervölker Dänemarks und Schwedens einander begrüßen, nicht mit Kanonen, nein, mit freundschaftlichem Handschlag, und gegenseitig holen sie Weißbrot und Brezeln voneinander, denn fremde Kost schmeckt am besten. Aber das Prächtigste und das Anziehendste ist doch das alte Kronburg, unter dem im tiefen, finstern Keller, zu dem niemand Eintritt erhält, der Däne Holger sitzt. Er ist in Eisen und Stahl gekleidet und stützt sein Haupt auf die starken Arme; sein langer Bart hängt über den Marmortisch hinaus, durch den er gewachsen ist. Er schläft und träumt, aber im Traume sieht er alles, was sich oben in Dänemark ereignet. Jeden Weihnachtsabend kommt ein Engel Gottes und sagt ihm, daß seine Träume auf Wirklichkeit beruhen und daß er ruhig weiterschlafen könne, weil sich Dänemark noch in keiner bedeutenden Gefahr befinde. Aber gerät es in eine solche, ja, dann wird sich der alte Däne Holger erheben, daß der Tisch birst, sobald er seinen Bart loslöst. Alsdann tritt er wieder an das Licht hervor und schlägt auf die Feinde los, daß das Waffengetös sich in aller Welt Landen vernehmen läßt.

Alles dies über den Dänen Holger erzählte einst ein alter Großvater seinem kleinen Enkel, und der Kleine wußte: was der Großvater erzählte, war die reine Wahrheit. Während er so dasaß und erzählte, schnitzte er an einem großen Holzbilde. Es sollte den Dänen Holger vorstellen und war bestimmt, den Schnabel eines Schiffes zu zieren, denn der alte Großvater war seines Zeichens ein Bildschnitzer, und das ist ein solcher Mann, der die Gallionfiguren ausschneidet, nach denen jedes Schiff benannt wird. Hier hatte er nun den Dänen Holger ausgeschnitten, der gerade und stolz dastand und in der einen Hand das breite Schlachtschwert hielt, während sich die andere auf das dänische Wappen stützte.

Der alte Großvater erzählte so viel von berühmten dänischen Männern und Frauen, daß der kleine Enkel sich schließlich einbildete, er wüßte nun ebensoviel wie der Däne Holger wissen könnte, der ja doch nur davon träumte. Als der Kleine zu Bette gebracht war, dachte er so viel daran, daß er ordentlich sein Kinn in die Bettdecke vergrub und es ihm vorkam, als hätte er einen langen Bart, der daran festgewachsen wäre.

Der alte Großvater blieb indes noch bei seiner Arbeit sitzen und schnitzte an dem letzten Teile derselben, dem dänischen Wappen. Als sie beendet war, überschaute er das ganze Werk und dachte an alles, was er gelesen und gehört und was er heute abend dem kleinen Knaben erzählt hatte. Er nickte, wischte seine Brille ab, setzte sie wieder auf und sagte: »In meiner Zeit kommt der Däne Holger wohl nicht wieder; aber der Knabe dort im Bette kann ihn vielleicht zu sehen bekommen und mit dabei sein, wenn es in Wahrheit gilt.« Der alte Großvater nickte abermals, und je länger er seinen Dänen Holger anschaute, desto klarer wurde es ihm, daß er ein gutes Bild vollendet hätte. Es war ihm fast, als ob ein Lebenshauch dasselbe durchströmte, als ob es Farbe bekäme und der Harnisch wie Stahl und Eisen erglänzte. Die Herzen im dänischen Wappen wurden sichtlich röter und röter, und die Löwen mit den goldnen Kronen machten sich zum Sprung bereit.

»Das ist doch das schönste aller Wappen in der Welt!« sagte der Alte. »Die Löwen bedeuten die Stärke und die Herzen Milde und Liebe!« Er betrachtete den obersten Löwen und gedachte dabei des Königs Knut, der das große England an Dänemarks Thron kettete; und er blickte den zweiten Löwen an und gedachte Waldemars, der Dänemark einte und die wendischen Lande bezwang.

Er sah den dritten Löwen an und weilte mit seiner Erinnerung bei Margarete, welche die skandinavischen Reiche unter einem Zepter vereinigte. Während er jedoch die roten Herzen betrachtete, leuchteten sie noch glänzender als zuvor, sie verwandelten sich in Flammen, die sich bewegten, und im Geiste folgte er jeder derselben.
Die erste Flamme versetzte ihn in ein enges, finstres Gefängnis. Darin saß eine Gefangene, ein herrliches Weib, Christian des Vierten Tochter: Eleonore Ulfeldt; und die Flamme setzte sich ihr wie eine Rose auf den Busen und vermählte sich mit ihrem Herzen zu einer einzigen Liebesglut, mit dem Herzen des edelsten und besten aller dänischen Weiber.
»O welch ein Herz in Dänemarks Wappen!« sagte der alte Großvater.
Und sein Geist folgte der zweiten Flamme, die ihn hinaus auf das Meer führte, wo die Kanonen donnerten, wo die Schiffe in Pulverdampf eingehüllt lagen; und die Flamme heftete sich als Ordensband auf Hvitfeldts Brust, als er sich und sein Schiff zur Rettung der Flotte in die Luft sprengte.
Die dritte Flamme versetzte ihn nach Grönlands traurigen Hütten, wo der Missionär Hans Egede mit Liebe in Worten und Werken wirkte; die Flamme war ein Stern auf seiner Brust, ein Herz zum dänischen Wappen.
Und des alten Großvaters Erinnerung eilte der schwebenden Flamme voran, denn er wußte, nach welchem Ziele die Flamme strebte. In der ärmlichen Stube der Bäuerin stand Friedrich der Sechste und schrieb seinen Namen mit Kreide an den Balken. Die Flamme bebte auf seiner Brust, bebte in seinem Herzen; in dieser Bauernstube wurde sein Herz ein Herz in Dänemarks Wappen. Der alte Großvater trocknete seine Augen, denn er hatte König Friedrich mit dem silberweißen Haar und den ehrlichen blauen Augen gekannt und für ihn gelebt, und er faltete seine Hände und sah still vor sich hin. Da trat des alten Großva-

ters Schwiegertochter an ihn heran und erinnerte ihn, daß es schon spät wäre; er möchte Feierabend machen und an dem gedeckten Abendtische Platz nehmen.

»Aber schön ist doch das Werk, das du vollendet hast, Großvater!« sagte sie. »Der dänische Holger und unser ganzes altes Wappen! – Mir ist, als hätte ich dies Gesicht schon einmal gesehen!«

»Nein, das hast du wohl nicht gesehen!« erwiderte der alte Großvater, »aber ich habe es gesehen und mich bestrebt, es so in Holz zu schnitzen, wie es mir in der Erinnerung noch vor der Seele schwebt. Damals war es, als die Engländer auf der Reede lagen, an dem in den dänischen Annalen berühmten zweiten April, wo wir zeigten, daß wir noch die alten Dänen waren. Auf der Fregatte »Dänemark«, auf der ich in Steen Billes Flottenabteilung diente, kämpfte ein Mann mir zur Seite. Es war, als wichen ihm die Kugeln ängstlich aus! Lustig sang er alte Melodien und schoß und kämpfte, als wäre er mehr als ein Mensch. Ich erinnere mich noch deutlich seines Gesichtes, aber woher er kam, wohin er ging, weiß ich nicht, weiß niemand. Ich habe oft gedacht, das müßte am Ende der alte dänische Holger selbst gewesen sein, der von Kronburg heruntergeschwommen war, um uns in der Stunde der Gefahr zu helfen. Das war so mein Gedanke, und dort steht sein Bild.«

Dasselbe warf einen langen Schatten die Wand hinauf, der sich teilweise sogar noch über die Decke erstreckte. Es sah aus, als ob er von dem leibhaftigen dänischen Holger herrührte, denn der Schatten bewegte sich, eine Erscheinung, die aber auch von dem unregelmäßigen Hin- und Herflakkern der Lichtflamme hervorgerufen sein konnte, und die Schwiegertochter küßte den alten Großvater und führte ihn nach dem großen Lehnstuhl vor dem Tische, und sie und ihr Mann, der ja des alten Großvaters Sohn und der Vater des kleinen Knaben war, der im Bette lag, saßen und speisten ihr Abendbrot. Der alte Großvater erzählte von den dänischen Löwen und den dänischen Herzen, von der Stärke und der Milde, und erklärte auf die anschaulichste Weise, daß es noch eine andere Stärke außer der, die im Schwerte läge, gäbe. Darauf deutete er auf das Bücherbrett hin, auf dem alte Bücher lagen, auf dem Holbergs sämtliche Lustspiele lagen, die er ihrer Ergötzlichkeit halber so oft gelesen hatte, daß er vermeinte, darin alle Personen seiner alten Tage wiederzuerkennen.

»Seht, der hat auch dreinzuschlagen verstanden!« sagte der alte Großvater; »er hat auf alle Torheiten und Roheiten des Volkes, solange es ihm vergönnt war, losgeschlagen.« Und der alte Großvater nickte nach dem Spiegel hin, auf dessen Untersatze der Kalender mit dem »runden Turme«, der Sternwarte als Titelvignette, stand und sagte: »Tycho Brahe, er war auch einer, welcher das Schwert zu brauchen verstand, nicht um in Fleisch und Bein zu hauen, sondern um einen deutlicheren Weg zwischen die Sterne des Firmaments hineinzuhauen! Und dann er vor allen, dessen Vater mein Standesgenosse war, des alten Bildschnitzers Sohn, er, den wir selbst mit dem weißen Haar und den breiten Schultern gesehen haben, er, dessen Namen in aller Welt Landen widertönt! Ja, er kann hauen, ich kann nur schnitzen! O wohl, der dänische Holger kann in vielen Gestalten erscheinen, so daß das Lob der dänischen Kraft und Stärke auf dem ganzen Erdenrund vernommen wird! Laßt uns ein Glas zur Erinnerung Bartel Thorwaldsens trinken!«

Aber der kleine Knabe im Bette sah deutlich das alte Kronburg am Sunde, den leibhaftigen dänischen Holger, wie er tief unten mit im Marmortische eingewachsenem Barte dasaß und von allem, was hier oben geschieht, träumte. Holger aber träumte auch von der kleinen ärmlichen Stube, in welcher der Bildschnitzer saß. Er hörte alles, was dort erzählt wurde, er nickte im Traume und sagte: »Ja, ihr Dänen, erinnert euch meiner nur, behal-

tet mich im Andenken! Ich komme in der Stunde der Not!«
Draußen vor Kronburg schien der helle lichte Tag, und der Wind trug die Töne des Waldhorns vom Nachbarlande herüber, die Schiffe segelten vorüber und grüßten: »Bum! Bum!« und von Kronberg antwortete es: »Bum! Bum!« Aber so stark sie auch schossen, der dänische Holger erwachte doch nicht, denn es war ja nur: »Guten Tag!« – »Besten Dank!« Um ihn zu erwecken, muß anders geschossen werden; aber er erwacht sicher einmal, denn in dem dänischen Holger ist Mark.

Das kleine Mädchen mit den Schwefelhölzern

Es war entsetzlich kalt; es schneite, und der Abend dunkelte bereits; es war der letzte Abend im Jahre, Silvesterabend. In dieser Kälte und in dieser Finsternis ging auf der Straße ein kleines armes Mädchen mit bloßem Kopfe und nackten Füßen. Es hatte wohl freilich Pantoffel angehabt, als es von Hause fortging, aber was konnte das helfen! Es waren sehr große Pantoffeln, sie waren früher von seiner Mutter gebraucht worden, so groß waren sie, und diese hatte die Kleine verloren, als sie über die Straße eilte, während zwei Wagen in rasender Eile vorüberjagten; der eine Pantoffel war nicht wiederaufzufinden und mit dem anderen machte sich ein Knabe aus dem Staube, welcher versprach, ihn als Wiege zu benutzen, wenn er einmal Kinder bekäme.
Da ging nun das kleine Mädchen auf den nackten zierlichen Füßchen, die vor Kälte ganz rot und blau waren. In ihrer alten Schürze trug sie eine Menge Schwefelhölzer und ein Bund hielt sie in der Hand. Während des ganzen

Tages hatte ihr niemand etwas abgekauft, niemand ein Almosen gereicht. Hungrig und frostig schleppte sich die arme Kleine weiter und sah schon ganz verzagt und eingeschüchtert aus. Die Schneeflocken fielen auf ihr langes blondes Haar, das schön gelockt über ihren Nacken hinabfloß, aber bei diesem Schmucke weilten ihre Gedanken wahrlich nicht. Aus allen Fenstern strahlte heller Lichterglanz und über alle Straßen verbreitete sich der Geruch von köstlichem Gänsebraten. Es war ja Silvesterabend, und dieser Gedanke erfüllte alle Sinne des kleinen Mädchens.

In einem Winkel zwischen zwei Häusern, von denen das eine etwas weiter in die Straße vorsprang als das andere, kauerte es sich nieder. Seine kleinen Beinchen hatte es unter sich gezogen, aber es fror nur noch mehr und wagte es trotzdem nicht, nach Hause zu gehen, da es noch kein Schächtelchen mit Streichhölzern verkauft, noch keinen Heller erhalten hatte. Es hätte gewiß vom Vater Schläge bekommen, und kalt war es zu Hause ja auch; sie hatten das bloße Dach gerade über sich, und der Wind pfiff schneidend hinein, obgleich Stroh und Lumpen in die größten Ritzen gestopft waren. Ach, wie gut mußte ein Schwefelhölzchen tun! Wenn es nur wagen dürfte, eins aus dem Schächtelchen herauszunehmen, es gegen die Wand zu streichen und die Finger daran zu wärmen! Endlich zog das Kind eins heraus. Ritsch! wie sprühte es, wie brannte es. Das Schwefelholz strahlte eine warme helle Flamme aus, wie ein kleines Licht, als es das Händchen um dasselbe hielt. Es war ein merkwürdiges Licht; es kam dem kleinen Mädchen vor, als säße es vor einem großen eisernen Ofen mit Messingbeschlägen und Messingverzierungen; das Feuer brannte so schön und wärmte so wohltuend! Die Kleine streckte schon die Füße aus, um auch diese zu wärmen – da erlosch die Flamme. Der Ofen verschwand – sie saß mit einem Stümpfchen des ausgebrannten Schwefelholzes in der Hand da.

Ein neues wurde angestrichen, es brannte, es leuchtete, und an der Stelle der Mauer, auf welche der Schein fiel, wurde sie durchsichtig wie ein Flor. Die Kleine sah gerade in die Stube hinein, wo der Tisch mit einem blendend weißen Tischtuch und feinem Porzellan gedeckt stand, und köstlich dampfte die mit Pflaumen und Äpfeln gefüllte, gebratene Gans darauf. Und was noch herrlicher war, die Gans sprang aus der Schüssel und watschelte mit Gabel und Messer im Rücken über den Fußboden hin; gerade die Richtung auf das arme Mädchen schlug sie ein. Da erlosch das Schwefelholz, und nur die dicke kalte Mauer war zu sehen.
Sie zündete ein neues an. Da saß die Kleine unter dem herrlichsten Weihnachtsbaum; er war noch größer und weit reicher ausgeputzt als der, den sie am Heiligabend bei dem reichen Kaufmann durch die Glastür gesehen hatte. Tausende von Lichtern brannten auf den grünen Zweigen, und bunte Bilder, wie die, welche in den Ladenfenstern ausgestellt werden, schauten auf sie hernieder, die Kleine streckte beide Hände nach ihnen in die Höhe – da erlosch das Schwefelholz. Die vielen Weihnachtslichter stiegen höher und höher, und sie sah jetzt erst, daß es die hellen Sterne waren. Einer von ihnen fiel herab und zog einen langen Feuerstreifen über den Himmel.
»Jetzt stirbt jemand!« sagte die Kleine, denn die alte Großmutter, die sie allein freundlich behandelt hatte, jetzt aber längst tot war, hatte gesagt: »Wenn ein Stern fällt, steigt eine Seele zu Gott empor!«
Sie strich wieder ein Schwefelholz gegen die Mauer; es warf einen weiten Lichtschein ringsumher, und im Glanze desselben stand die alte Großmutter hell beleuchtet mild und freundlich da.
»Großmutter!« rief die Kleine, »oh, nimm mich mit dir! Ich weiß, daß du verschwindest, sobald das Schwefelholz ausgeht, verschwindest, wie der warme Kachelofen, der köstliche Gänsebraten und der große flimmernde Weih-

nachtsbaum!« Schnell strich sie den ganzen Rest der Schwefelhölzer an, die sich noch im Schächtelchen befanden, sie wollte die Großmutter festhalten; und die Schwefelhölzer verbreiteten einen solchen Glanz, daß es heller war als am lichten Tage. So schön, so groß war die Großmutter nie gewesen; sie nahm das kleine Mädchen auf ihren Arm, und hoch schwebten sie empor in Glanz und Freude; Kälte, Hunger und Angst wichen von ihm – sie waren bei Gott.

Aber im Winkel am Hause saß in der kalten Morgenstunde das kleine Mädchen mit roten Wangen, mit Lächeln um den Mund – tot, erfroren am letzten Tage des alten Jahres. Der Morgen des neuen Jahres ging über der kleinen Leiche auf, die mit den Schwefelhölzern, wovon fast ein Schächtelchen verbrannt war, dasaß. »Sie hat sich wärmen wollen!« sagte man. Niemand wußte, was sie Schönes gesehen hatte, in welchem Glanze sie mit der alten Großmutter zur Neujahrsfreude eingegangen war.

Die Geschichte einer Mutter

Eine Mutter saß bei ihrem kleinen Kinde; sie war von Furcht und Bangen erfüllt, daß es sterben möchte. Bleich lag es da, die kleinen Augen hatten sich geschlossen, leise atmete es, bisweilen nur von einem tiefen Zuge unterbrochen, der einem Seufzer glich; und die Mutter blickte dann noch schmerzerfüllter auf ihren Liebling.

Da klopfte es an die Tür, und herein trat ein armer alter Mann, der dem Anschein nach in eine große Pferdedecke gehüllt war, denn die wärmt, und Wärme tat ihm not, da draußen kalter Winter herrschte. Alles lag in Eis und Schnee begraben, und ein rauher Wind schnitt einem ins Gesicht.

Da der alte Mann vor Kälte bebte und das Kind gerade einen Augenblick schlief, so stellte die Mutter Bier in einem kleinen Topfe in den Ofen, um es für ihn zu wärmen. Der alte Mann saß und wiegte, und die Mutter setzte sich auf den Stuhl dicht an seiner Seite, beobachtete ihr krankes Kind, das tief Atem holte, und hob die kleine Hand empor.

»Glaubst du nicht auch, daß ich meinen Sohn behalten werde?« fragte sie. »Der liebe Gott wird ihn mir nicht nehmen wollen!«

Und der alte Mann, welcher der Tod selbst war, nickte so eigentümlich, es konnte ebensogut ja wie nein bedeuten. Die Mutter saß mit gesenkten Blicken da, und die Tränen rollten ihr über die Wangen. Das Haupt wurde ihr schwer, drei Nächte und Tage lang hatte sie kein Auge geschlossen, und nun schlief sie ein, aber nur auf einen Augenblick, dann fuhr sie, bebend vor Kälte, empor. »Was ist das!« rief sie und schaute sich nach allen Seiten um. Aber der alte Mann war fort, und ihr kleines Kind war fort, er hatte es mit sich genommen. Und in der Ecke schnurrte und schnurrte die alte Uhr, das große Bleigewicht lief gerade bis auf den Fußboden, und bum! da stand auch die Uhr still.

Aber die arme Mutter lief zum Hause hinaus und rief nach ihrem Kinde.

Draußen, mitten im Schnee, saß eine Frau in langen schwarzen Kleidern, welche sagte: »Der Tod ist drinnen in deiner Stube gewesen, ich sah ihn mit deinem kleinen Kinde davoneilen; er bewegt sich schneller als der Wind und nie bringt er wieder, was er nahm!«

»Sage mir nur, welchen Weg er einschlug!« versetzte die Mutter, »sage mir den Weg und ich werde ihn finden!«

»Ich kenne ihn!« sagte die Frau in den schwarzen Kleidern, »aber ehe ich ihn dir angebe, mußt du mir alle Lieder singen, die du deinem Kinde vorgesungen hast. Ich liebe

sie, ich habe sie schon früher gehört. Ich bin die Nacht. Ich sah deine Tränen, während du sie sangst.«
»Ich will sie alle, alle singen!« erwiderte die Mutter, »aber halte mich nicht auf, damit ich ihn erreichen, damit ich mein Kind finden kann!«
Aber die Nacht saß stumm und still, da rang die Mutter ihre Hände, sang und weinte, und das waren viele Lieder, aber noch weit mehr Tränen; und dann sagte die Nacht: »Halte dich rechter Hand und gehe in den dunklen Tannenwald hinein, dorthin sah ich den Tod mit deinem kleinen Kinde ziehen!«
Tief im Walde kreuzten sich die Wege, und sie wußte nicht weiter, wohin sie sich wenden sollte. Ein Dornenbusch stand dort, er trug weder Blätter noch Blüten, aber es war ja auch kalte Winterzeit, und Reif lag auf seinen Zweigen.
»Hast du nicht den Tod mit meinem lieben Kinde vorübergehen sehen?«
»Ja!« sagte der Dornbusch, »aber ich sage dir nicht, welchen Weg er einschlug, wenn du mich nicht vorher an deinem Herzen erwärmen willst; ich erfriere, ich werde zu lauter Eis.«
Und fest drückte sie den Dornbusch an ihr Herz, damit er recht erwärmt werden könnte, und die Dornen drangen ihr in das Fleisch, daß das Blut in großen Tropfen hervorquoll, aber der Dornbusch trieb frische grüne Blätter, und Blüten entfalteten sich in der kalten Winternacht, so warm war es an dem Herzen der betrübten Mutter, und der Dornbusch beschrieb ihr den Weg, den sie einschlagen sollte.
Darauf kam sie an einen großen See, wo weder ein Schiff noch ein Boot zu sehen war. Das Eis auf demselben war noch nicht fest genug, um sie hinüberzutragen, auch war das Wasser nicht offen und flach genug, als daß sie hätte wagen können, ihn zu durchwaten, und hinüber mußte sie, wollte sie ihr Kind finden. In der Verzweiflung legte

sie sich nieder, um den See auszutrinken, und das ist einem Menschen ja doch unmöglich. Aber die betrübte Mutter dachte, es könnte sich vielleicht ein Wunder ereignen.

»Nein, das geht nicht!« sagte der See, »laß uns beide lieber zusehen, ob wir einig werden können. Perlen zu sammeln ist meine Leidenschaft, und deine Augen sind die beiden hellsten, die ich bisher gesehen habe. Willst du sie in mich ausweinen, dann will ich dich nach dem großen Treibhause hinübertragen, in dem der Tod wohnt und Blumen und Bäume zieht; jedes von ihnen ist ein Menschenleben!«

»Oh, was gäbe ich nicht hin, um zu meinem Kinde zu gelangen!« entgegnete die arme Mutter unter Tränen, und noch reichlicher flossen sie hernieder, bis ihre Augen auf den Grund des Sees sanken und zwei kostbare Perlen wurden; der See aber erhob sie, als ob sie in einer Schaukel säße, und in einer einzigen Schwingung flog sie auf das jenseitige Ufer, auf dem ein meilenbreites, wunderbares Haus emporragte. Man wußte nicht, ob es einen Berg mit Wäldern und Höhlen vorstellte oder ob es ein Werk von Menschenhand war, allein die arme Mutter konnte es nicht sehen, sie hatte sich ja die Augen ausgeweint.

»Wo werde ich den Tod finden, der mit meinem lieben Kinde fortging!« seufzte sie.

»Hier ist er noch nicht angekommen!« sagte die alte Grabfrau, welcher die Aufsicht über das große Treibhaus des Todes anvertraut war. »Wie hast du dich hierher finden können und wer hat dir geholfen?«

»Der liebe Gott hat mir geholfen!« erwiderte sie, »er ist barmherzig und das wirst du auch sein! Wo kann ich mein liebes Kind finden?«

»Ja, ich kenne es nicht!« entgegnete die Frau, »und du vermagst nicht zu sehen! – Viele Blumen und Bäume sind in dieser Nacht verwelkt, der Tod wird bald kommen und sie verpflanzen! Du weißt gewiß, daß jeder Mensch, je nach seiner Beschaffenheit, seinen Lebensbaum oder seine Lebensblume hat; sie sehen wie andere Gewächse aus, haben aber Herzschlag. Auch Kinderherzen können schon klopfen! Lausche auf die Schläge der Herzen, vielleicht kannst du das deines Kindes erkennen. Was gibst du mir aber, wenn ich dir sage, was du noch außerdem tun sollst!«

»Ich habe nichts mehr zu geben!« sagte die betrübte Mutter, »aber ich will für dich bis an das Ende der Welt gehen.«

»Da habe ich nichts zu tun«, versetzte die Frau, »aber du kannst mir dein langes schwarzes Haar geben; du wirst wohl selbst wissen, daß es schön ist, und mir gefällt es! Du sollst mein weißes dafür bekommen und das ist doch immer etwas!«

»Verlangst du weiter nichts«, sagte sie, »das gebe ich dir mit Freuden!« Und sie gab derselben ihr schönes schwarzes Haar und erhielt das schneeweiße der Alten dafür.

Darauf gingen sie in das große Treibhaus des Todes, wo Blumen und Bäume seltsam durcheinander wuchsen. Da standen unter Glasglocken feine Hyazinthen und große baumstarke Päonien; da wuchsen Wasserpflanzen, einige frisch, andere halbwelk, Wasserschlangen lagerten sich auf denselben, und schwarze Krebse klammerten sich am Stengel fest. Da standen herrliche Palmen, Eichen und Platanen und dann wieder Petersilie und blühender Thymian, jeder Baum und jede Blume führte einen besonderen Namen, jedes war ein Menschenleben, der Mensch lebte noch, einer in China, ein anderer in Grönland, auf der ganzen Erde ringsumher. Da waren große Bäume in kleinen Töpfen, so daß sie verkrüppelt dastanden und fast die Töpfe schon zersprengten; an manchen Stellen sah man auch eine kleine zarte Blume in fettem Boden, auf allen Seiten mit Moos bedeckt und wohlgepflegt. – Die betrübte Mutter beugte sich über die kleinsten Pflanzen

und hörte, wie in ihnen das Menschenherz klopfte, und unter Millionen erkannte sie das ihres Kindes.
»Das ist es!« rief sie und streckte die Hand über eine kleine blaue Krokusblüte aus, die sich ganz welk auf eine Seite neigte.
»Rühre die Blume nicht an!« warnte die alte Frau, »stelle dich aber hierher und sobald der Tod, den ich schon längst erwarte, erscheint, dann laß ihn die Pflanze nicht ausreißen. Drohe ihm damit, daß du es mit den anderen Pflanzen ebenso machen würdest, so wird er besorgt werden. Er trägt dem lieben Gott gegenüber die Verantwortung, daß ohne dessen Erlaubnis keine ausgerissen wird!«
Plötzlich ging ein eiskaltes Sausen durch den Saal, und die blinde Mutter konnte merken, daß der Tod nahte.
»Wie hast du den Weg hierher finden können?« fragte er, »wie konntest du geschwinder als ich hier ankommen?«
»Ich bin eine Mutter!« antwortete sie.
Und der Tod streckte seine lange Hand nach der kleinen feinen Blume aus, sie aber hielt schützend ihre Hände fest über dieselbe, dicht darüber und doch voller Furcht, eines der Blätter zu berühren. Da blies der Tod ihr auf die Hände, und sie fühlte, daß sein Hauch kälter war als der kalte Wind, und ihre Hände sanken matt hernieder.
»Du vermagst doch nichts gegen mich!« sagte der Tod.
»Aber Gott vermag es!« entgegnete sie.
»Ich tue nur, was er will!« sagte der Tod. »Ich bin sein Gärtner! Ich nehme alle seine Blumen und Bäume und verpflanze sie in den großen Garten des Paradieses, in das unbekannte Land; wie sie aber dort wachsen und wie es dort ist, darf ich dir nicht sagen!«
»Gib mir mein Kind zurück!« sagte die Mutter und weinte und bat. Doch plötzlich ergriff sie mit jeder Hand zwei schöne Blumen an ihrer Seite und rief dem Tode zu: »Ich reiße alle deine Blumen aus, denn ich bin in Verzweiflung!«
»Rühre sie nicht an!« rief der Tod. »Du sagst, daß du

unglücklich bist, und nun willst du eine andere Mutter ebenso unglücklich machen –!«

»Eine andere Mutter!« sagte die arme Frau und ließ die Blumen sogleich los.

»Da hast du deine Augen!« sagte der Tod, »ich habe sie aus dem See aufgefischt, sie leuchteten so glänzend. Ich wußte es nicht, daß es die deinigen waren. Nimm sie wieder, sie sind jetzt klarer als zuvor; sieh damit in den tiefen Brunnen nicht weit von dir hinab. Ich werde dir die Namen der beiden Blumen nennen, die du ausreißen wolltest, und du wirst ihre ganze Zukunft, ihr ganzes Menschenleben sehen, wirst sehen, was du zerstören und vernichten wolltest!«

Und sie sah in den Brunnen hinab. Selige Freude durch-

zuckte sie, als sie sah, wie der eine ein Segen für die Welt ward, als sie sah, wie viel Glück und Freude von ihm ausging. Sie sah das Leben des anderen, und es war eine Kette von Sorge und Not, Jammer und Elend.
»Beides ist Gottes Wille!« sagte der Tod.
»Welche von ihnen ist die Blume des Unglücks und welche die des Segens?« fragte sie.
»Das sage ich dir nicht!« sagte der Tod, »aber das wenigstens sollst du erfahren, daß die eine Blume die deines eigenen Kindes war, es war das Schicksal deines Kindes, das du sahst, die Zukunft deines eigenen Kindes.«
Da schrie die Mutter voll Entsetzen: »Welches von ihnen war mein Kind! Sage mir es, erlöse das unschuldige! Erlöse mein Kind von all dem Elend! Trage es lieber fort! Trage es in Gottes Reich! Vergiß meine Tränen, vergiß meine Bitten und alles, was ich gesagt und getan habe!«
»Ich verstehe dich nicht!« sagte der Tod. »Willst du dein Kind zurückhaben, oder soll ich mit demselben dorthin gehen, von wo es keine Wiederkehr gibt?«
Da rang die Mutter ihre Hände, fiel auf ihre Knie und betete zu Gott: »Nicht mein, sondern dein Wille geschehe, der allein der beste ist! Erhöre mich nicht! Erhöre mich nicht!«
Und sie neigte ihr Haupt auf ihre Brust.
Der Tod aber ging mit ihrem Kinde in das unbekannte Land.

Es ist ganz gewiß

»Es ist eine ganz entsetzliche Geschichte!« sagte eine Henne, und zwar auf der entgegengesetzten Seite des Dorfes, wo sich die Geschichte gar nicht zugetragen hatte. »Es ist eine entsetzliche Geschichte dort im Hühnerhause! Ich würde mich fürchten, heute nach allein zu schlafen. Es ist nur gut, daß wir unsrer viele im Stalle sind.« Und nun erzählte sie, so daß sich den anderen Hühnern die Federn sträubten und der Hahn den Kamm sinken ließ. Es ist ganz gewiß!

Aber wir wollen vom Anfang anfangen, und der spielte in einem Hühnerhause auf der anderen Seite des Dorfes. Die Sonne ging unter, und die Hühner flogen auf; eine der Hennen, sie war weißgefiedert und kurzbeinig, legte ihre vorschriftsmäßigen Eier und war als Henne in jeder Beziehung respektabel. Als sie ihre Sprosse eingenommen hatte, putzte sie sich mit dem Schnabel und verlor dabei eine Feder.

»Da ging sie hin!« sagte sie, »je mehr ich mich putze, desto schöner werde ich noch!« Das hatte sie im Scherz so hingesagt, denn unter den Hühnern war sie ihres muntern Sinnes wegen bekannt, übrigens war sie, wie gesagt, sehr respektabel; und darauf schlief sie ein.

Dunkelheit herrschte ringsum, Henne saß neben Henne, und diejenige, die ihr zunächst saß, schlief nicht. Sie hörte und hörte nicht, wie man ja in dieser Welt tun muß, wenn man in seiner behaglichen Ruhe bleiben will. Gleichwohl konnte sie nicht unterlassen, zu ihrer anderen Nachbarin zu sagen: »Hörtest du, was hier gesagt wurde? Ich nenne niemanden, aber hier ist eine Henne, die sich rupfen will, um schön auszusehen; wäre ich Hahn, würde ich sie verachten.« Gerade über den Hühnern saß die Eule und der Mann der Eule und die Eulenkinder; alle Glieder dieser Familie hatten scharfe Ohren, sie hörten jedes Wort, welches die Nachbarhenne sagte, und rollten mit den Augen, und die Eulenmutter fächelte sich mit ihren Flügeln. »Hört nur nicht hin; aber ihr hörtet doch wohl, was dort gesagt wurde? Ich hörte es mit meinen eigenen Ohren, und man muß fürwahr viel hören, ehe sie abfallen. Dort gibt es eine Henne, die in dem Grade vergessen hat, was sich für eine Henne schickt, daß sie dasitzt und sich alle Federn auszupft und es den Hahn mit ansehen läßt!«

»Prenez garde aux enfants!« sagte der Eulenvater, »das ist nichts für die Kinder!«

»Ich will es doch der gegenüberwohnenden Eule erzählen! Sie ist eine so achtungswürdige Eule im Verkehr!« und damit flog Mutter fort.

»Huhu! Uhu!« tuteten die beiden und das gerade zu den Tauben in den Schlag hinein. »Habt ihr es gehört? Habt ihr es gehört? Uhu! Da ist eine Henne, die sich um des Hahnes willen alle Federn ausgezupft hat! Sie friert tot, wenn sie es nicht schon ist, uhu!«

»Wo? Wo?« kurrten die Tauben.

»In dem gegenüberliegenden Gehöft! Ich habe es so gut wie selbst gesehen. Es ist zwar unpassend zu erzählen, aber es ist ganz gewiß!«

»Glaubet, glaubet jedem einzigen Worte!« sagten die Tauben und kurrten in ihren Hühnerstall hinab. »Da ist eine Henne, ja einige behaupten, es sind zwei, die haben sich alle Federn ausgezupft, um nicht wie die anderen auszusehen und dadurch die Aufmerksamkeit des Hahnes zu erregen. Es ist ein gewagtes Spiel, man kann sich erkälten und am Fieber sterben, und sie sind beide gestorben!«

»Wachet auf! Wachet auf!« krähte der Hahn und flog auf den Bretterzaun hinauf, der Schlaf saß ihm noch in den Augen, aber er krähte demungeachtet: »Da sind drei Hennen aus unglücklicher Liebe zu einem Hahn gestorben; sie haben sich alle Federn ausgezupft. Es ist eine häßliche Geschichte, ich will sie nicht für mich behalten, laßt sie weitergehen!«

»Laßt sie weitergehen!« pfiffen die Fledermäuse, und die Hühner gackerten und die Hähne krähten: »Laßt sie weitergehen! Laßt sie weitergehen!« Und so machte die Geschichte die Runde von Hühnerhaus zu Hühnerhaus und gelangte endlich bis zu der Stelle, von der sie eigentlich ausgegangen war.

»Da sind fünf Hühner«, hieß es, »die sich alle Federn ausgezupft haben, um zu zeigen, wer aus Liebeskummer um den Hahn am meisten abgemagert wäre, und dann hackten sie einander blutig und fielen tot nieder, zu Schimpf und Schande für ihre Familie und zum großen Verlust für den Besitzer.«

Die Henne, welche die losgegangene kleine Feder verloren hatte, erkannte darin ihre eigene Geschichte natürlich nicht wieder, und da sie eine respektable Henne war, sagte sie: »Ich verachte diese Henne, aber es gibt leider genug von der Art! Dergleichen darf man nicht verschweigen, und ich will das Meinige dazu tun, daß die Geschichte in die Zeitung kommt, damit sie das ganze Land erfährt. Das haben die Hennen verdient und ihre Familie dazu!«

Und es kam in die Zeitung und es wurde gedruckt und es ist ganz gewiß: Aus einer kleinen Feder können wohl fünf Hühner werden.

Tölpelhans

Draußen auf dem Lande war ein alter Herrensitz und in demselben lebte ein Gutsbesitzer, der hatte zwei Söhne, die so witzig waren, daß es an der Hälfte genug war. Sie wollten um die Tochter des Königs freien, und das durften sie, denn dieselbe hatte bekanntmachen lassen, daß sie denjenigen zum Gemahl nehmen wollte, der sich am gewandtesten und klügsten mit ihr unterhalten könnte.

Die beiden bereiteten sich nun acht Tage lang vor, das war die längste Zeit, die ihnen dazu gewährt wurde, sie war aber auch hinreichend, denn sie hatten Vorkenntnisse und die sind immer nützlich. Der eine wußte das ganze lateinische Lexikon und drei Jahrgänge der städtischen Zeitung auswendig und zwar rückwärts wie vorwärts. Der andere hatte sich mit sämtlichen Paragraphen aller Zunftgesetze und mit dem, was jeder Zunftmeister wissen mußte, bekanntgemacht. Auf diese Weise, meinte er, könnte er über Staats- und gelehrte Sachen mitsprechen. Außerdem verstand er Tragbänder zu sticken, denn er war fein und fingerfertig.

»Ich bekomme die Königstochter!« sagten sie alle beide, und deshalb gab ihr Vater jedem von ihnen ein schönes Pferd; der, welcher das Lexikon und die Zeitungen auswendig wußte, bekam ein kohlschwarzes, und der, welcher sich zunftmeisterlich gebaren und sticken konnte, erhielt ein milchweißes, und darauf schmierten sie sich die Mundwinkel mit Lebertran ein, damit sie geschmeidiger würden. Alle Dienstleute waren unten im Hofe, um zuzusehen, wie sie zu Pferde stiegen. In demselben Augenblicke erschien der dritte Bruder, denn es waren ihrer drei, aber niemand zählte ihn als Bruder mit, weil er nicht die gleiche erstaunliche Gelehrsamkeit besaß wie die beiden anderen, und alle Welt nannte ihn nur Tölpelhans.

»Wo wollt ihr hin, daß ihr euch in den Bratenrock geworfen habt?« fragte er.

»An den Hof, um mit der Königstochter zu plaudern! Hast du nicht gehört, was im ganzen Lande ausgetrommelt wird?« und darauf erzählten sie es ihm.

»Potztausend, da muß ich mit dabei sein!« sagte Tölpelhans, und die Brüder lachten ihn aus und ritten von dannen.

»Vater, gibt mir ein Pferd!« rief Tölpelhans. »Ich bekomme solche Lust, mich zu verheiraten. Nimmt sie mich, so nimmt sie mich, und nimmt sie mich nicht, so nehme ich sie doch!«

»Was ist das für ein Geschwätz!« sagte der Vater. »Dir gebe ich kein Pferd. Du kannst ja nicht sprechen! Deine Brüder, das ist etwas anderes, das sind Prachtjungen!«

»Soll ich kein Pferd bekommen«, sagte Tölpelhans, »so nehme ich den Ziegenbock, der gehört mir und ist imstande, mich zu tragen!« Damit setzte er sich rittlings auf den Ziegenbock, stieß ihm die Hacken in die Seite und sprengte die Landstraße entlang. Hui, wie das ging! »Hier komme ich!« rief Tölpelhans, und darauf sang er, daß es widerhallte.

Die Brüder ritten aber ganz still voran; sie sprachen kein einziges Wort, sie mußten alle die guten Einfälle, die sie vorbringen wollten, noch einmal überlegen.

»Hallo! Hallo!« rief Tölpelhans, »hier komme ich! Seht, was ich auf der Landstraße fand!« Mit diesen Worten zeigte er ihnen eine tote Krähe, die er gefunden hatte.

»Tölpel!« fuhren sie ihn an, »was willst du mit derselben?«

»Ich will sie der Königstochter schenken!«

»Ja, tue es!« sagten sie, lachten und ritten weiter.

»Hallo! Hallo! Hier komme ich! Seht, was ich jetzt gefunden habe! Das findet man nicht alle Tage auf der Landstraße!«

Die Brüder wandten sich wieder um, sich den seltenen Schatz anzusehen. »Tölpel!« sagten sie, »das ist ja ein alter Holzschuh, von dem der obere Teil abgegangen ist! Soll die Königstochter den etwa auch haben?«

»Das soll sie!« sagte Tölpelhans, und die Brüder lachten, ritten weiter und kamen ihm eine große Strecke voraus.

»Hallo! Hallo! Hier bin ich!« rief Tölpelhans. »Nein, nun wird es immer ärger! Hallo! Hallo! Das ist unvergleichlich!«

»Was hast du jetzt wieder gefunden?« fragten die Brüder.

»Oh!« sagte Tölpelhans, »es ist eigentlich kein Gesprächsgegenstand! Wie sie sich aber freuen wird, die Königstochter!«

»Pfui!« sagten die Brüder, »das ist ja Schlamm, der aus dem Straßengraben ausgeworfen ist.«

»Das stimmt!« sagte Tölpelhans, »und er ist von der allerfeinsten Art, daß man ihn gar nicht festhalten kann!« und darauf füllte er sich die Tasche damit an.

Aber die Brüder ritten, was das Zeug halten wollte, und überholten ihn eine ganze Stunde. Sie hielten an dem Stadttore, an dem die Freier je nach ihrer Ankunft numeriert und in Reihe gestellt wurden, je sechs in jedem Gliede und so dicht, daß sie die Arme nicht rühren konnten. Das war nun sehr gut, denn sonst hätten sie sich gegenseitig das Zeug vom Leibe reißen müssen.

Alle übrigen Bewohner des Landes standen rings um das Schloß, bis zu den Fenstern hinauf, um mit anzusehen, wie die Königstochter die Freier empfing. Merkwürdig! Sobald einer derselben die Schwelle ihres Zimmers überschritt, verließ ihn sein Rednertalent.

»Taugt nichts!« sagte die Königstochter. »Weg!«

Jetzt kam derjenige der Brüder, der das Lexikon auswendig wußte, aber bei dem langen Stehen in Reihe und Glied hatte er es völlig vergessen. Dazu knarrte der Fußboden, und die Decke war von Spiegelglas, so daß er sich selbst auf dem Kopfe sah, und nun standen sogar an jedem Fenster drei Schreiber und ein Stadtältester, die alles, was gesprochen wurde, aufschrieben, damit es sofort in die Zeitung kommen und an jeder Ecke für zwei Dreier verkauft werden konnte. Es war entsetzlich, es war furchtbar! Und zum Überfluß war im Ofen eingefeuert worden, daß er rotglühend war.

»Hier herrscht eine drückende Hitze!« begann der Freier das Gespräch.

»Das kommt daher, weil mein Vater heute junge Hähne brät!« sagte die Königstochter.

Bäh! – da stand er, die Erwiderung hatte er nicht erwartet; nicht ein Wort wußte er zu sagen, denn er glaubte eine äußerst tiefsinnige Ansicht geäußert zu haben. Bäh.
»Taugt nichts!« sagte die Königstochter. »Weg!« und so mußte er seiner Wege ziehen. Nun kam der zweite Bruder.
»Hier ist eine entsetzliche Hitze!« sagte er.
»Ja, wir braten heute junge Hähne!« versetzte die Königstochter.
»Wie belie– –« fragte er, und alle Schreiber schrieben: »Wie belie– –?«
»Taugt nichts!« sagte die Königstochter. »Weg!«
Nun kam Tölpelhans, er ritt auf seinem Ziegenbocke gerade in das Zimmer hinein. »Das ist denn doch eine glühende Hitze!« sagte er.
»Das rührt davon her, daß ich junge Hähne brate!« entgegnete die Königstochter.
»Das wäre ja herrlich!« sagte Tölpelhans, »dann kann ich wohl auch eine Krähe gebraten bekommen?«
»Den Gefallen will ich Ihnen gern erweisen!« erwiderte die Königstochter, »aber haben Sie auch etwas, worin sie gebraten werden kann, denn ich habe hier weder Topf noch Pfanne!«
»Aber mir fehlt es nicht daran!« rief fröhlich Tölpelhans. »Hier ist ein vortreffliches Kochgeschirr!« und dabei zog er den alten Holzschuh hervor und legte die Krähe mitten hinein.
»Das reicht zu einer ganzen Mahlzeit!« meinte die Königstochter. »Aber wo bekommen wir die Sauce her?«
»Die habe ich in der Tasche!« sagte Tölpelhans neckisch. »Ich habe so viel, daß ich verschwenderisch damit umgehen kann!« und darauf schüttete er etwas Schlamm aus der Tasche.
»Das kann mir gefallen!« sagte die Königstochter, »du kannst doch antworten, und du kannst reden, und dich

will ich zu meinem Gemahle erheben! Aber weißt du wohl, daß jedes Wort, das wir sagen und gesagt haben, aufgeschrieben wird und morgen in die Zeitung kommt? An jedem Fenster siehst du drei Schreiber und einen Stadtältesten stehen, und der Stadtälteste ist der schlimmste, denn er kann nicht gut hören!« Das sagte sie nur, um ihm Furcht einzujagen. Und alle Schreiber lachten und machten einen Tintenklecks auf den Fußboden.

»Das sind wohl die Herrschaften da!« versetzte Tölpelhans. »Dann muß ich dem Stadtältesten schon mein Bestes schenken!« Zugleich wandte er seine Taschen um und warf ihm den ganzen Schlamm gerade ins Gesicht.

»Da hast du dir gut zu helfen gewußt!« sagte die Königstochter. »Das hätte ich nicht zu tun vermocht! Aber ich werde es wohl noch lernen!« –

Und so wurde Tölpelhans denn König, bekam eine Frau und eine Krone und saß auf einem Throne, und das alles haben wir der Zeitung des Stadtältesten entnommen – auf die freilich auch kein rechter Verlaß ist.

Was Vater tut, das ist immer recht

Jetzt will ich dir eine Geschichte erzählen, die ich gehört habe, als ich noch ein kleiner Junge war, und so oft ich mich ihrer seitdem erinnerte, kam sie mir jedesmal schöner vor. Es geht mit den Geschichten geradeso wie mit manchen Menschen; sie werden mit dem Alter schöner und schöner, und das ist so erfreulich.

Du bist ja schon draußen auf dem Lande gewesen, hast ein richtiges altes Bauernhaus mit Strohdach gesehen! Moos wächst auf demselben; ein Storchnest ist auf dem Dachfirst. Der Storch darf nicht fehlen; die Wände sind schief,

die Fenster niedrig, und nur ein einziges derselben läßt sich öffnen. Der Backofen ragt wie ein kleiner dicker Bauch hervor, und der Fliederbusch neigt sich über den Zaun, neben dem sich eine Wasserpfütze mit einer Ente oder jungen Entlein gerade unter dem verkrüppelten Weidenbaume befindet. Ja, und dann ist auch ein Kettenhund da, der all und jeden anbellt.
Genau ein solches Bauernhaus stand draußen auf dem Lande, und in demselben wohnten ein Paar alte Leute, ein Bäuerlein und eine Bauernfrau. Wie wenig sie auch besaßen, konnten sie doch noch ein Stück entbehren, und das war ein Pferd, das an den Grabenborden der Landstraße zu grasen pflegte. Vater ritt auf demselben nach der Stadt, die Nachbarn liehen es und leisteten dafür Gegendienste, aber es war wohl noch zweckmäßiger für sie, das Pferd zu verkaufen oder gegen das eine oder das andere zu vertauschen, was ihnen noch größeren Gewinn abwarf. Aber was sollte das sein?
»Das wirst du, Väterchen, schon am besten verstehen!« sagte die Frau. »Es ist jetzt gerade Markt im nächsten Flecken, reite hin, laß dir Geld für das Pferd bezahlen oder mache einen guten Tausch. Was du tust, das ist immer recht. Reit auf den Markt!«
Darauf band sie ihm das Halstuch um, denn das verstand sie doch besser als er; sie band ihm eine Doppelschleife, was ihm ein ganz unternehmendes Äußeres verlieh, bürstete ihm den Hut mit der flachen Hand, küßte ihn auf den warmen Mund, und dann ritt er auf dem Pferde, das verkauft oder vertauscht werden sollte, munter von dannen. Ja, Vater verstand es.
Die Sonne brannte, kein Wölkchen stand am Himmel. Es staubte auf dem Wege. Zahlreiche Marktleute zu Wagen, zu Pferde und auf ihren eigenen Beinen belebten die sonst so einsame Landstraße. Es herrschte eine glühende Sonnenhitze und nirgends war ein schattiger Punkt auf dem ganzen Wege zu gewahren.

Unser alter Freund traf mit einem Landmanne zusammen, der eine Kuh trieb, eine Kuh, so niedlich, wie nur eine Kuh sein kann. Die gibt gewiß schöne Milch! dachte er, da ließe sich vielleicht ein ganz guter Tausch machen! »Höre einmal, du mit der Kuh!« sagte er, »wollen wir nicht ein wenig miteinander plaudern? Siehst du, ein Pferd, sollte ich denken, kostet mehr als eine Kuh; aber das ist einerlei! Von einer Kuh habe ich mehr Gewinn. Wollen wir tauschen?«

»Recht gern!« sagte der Mann mit der Kuh, und darauf tauschten sie.

Das Geschäft war abgeschlossen, und nun hätte das Bäuerlein umkehren können, hatte es ja den Zweck seiner Reise erreicht, aber da es doch einmal seine Absicht gewesen war, auf den Jahrmarkt zu kommen, so wollte es nun auch auf den Jahrmarkt kommen, nur um ihn sich anzusehen; und so trieb denn unser Freund seine Kuh weiter. Er schritt rasch zu, und die Kuh schritt rasch zu, und deshalb erreichten sie bald einen Mann, der ein Schaf führte. Es war ein gutes Schaf, gut im Stande und gut mit Wolle versehen.

Das möchte ich wohl haben! dachte der Bauer. »Auf unserem Grabenbord würde es ihm nicht an Gras fehlen, und im Winter könnte man es zu sich in die Stube nehmen. Im Grunde wäre es für uns richtiger, ein Schaf als eine Kuh zu halten. Wollen wir tauschen?«

Nun, das wollte der Mann, dem das Schaf gehörte, natürlich, und so wurde der Tausch abgeschlossen, und der Bauer ging mit seinem Schafe die Landstraße entlang. Auf einem Fußpfade, der die Straße kreuzte, sah er einen Mann mit einer großen Gans unter dem Arme.

»Potztausend, das ist eine schwere Gans, die du da trägst!« redete ihn der Bauer an. »Was für Fett und was für Federn sie hat! Die würde sich an einem Stricke in unserer Wasserpfütze gut ausnehmen! Da hätte Mutter doch etwas, wofür sie ihre Schalen sammeln könnte! Sie hat oft

gesagt: Hätten wir nur eine Gans! Nun kann sie sie bekommen – und sie soll sie bekommen! Willst du tauschen? Ich gebe dir für deine Gans das Schaf und noch schönen Dank dazu!«
I nun, das wollte denn der andere natürlich, und so tauschten sie; der Bauer erhielt die Gans. Er befand sich in der Nähe der Stadt, das Gedränge auf dem Wege nahm zu, es wimmelte von Menschen und Tieren. Alles zog die Landstraße neben dem Kartoffelacker des Chaussee-Einnehmers entlang, in dem die Henne desselben angebunden stand, um sich nicht in dem allgemeinen Wirrwarr zu verlaufen und für immer zu verschwinden. Es war eine ohnschwänzige Henne, die mit dem einen Auge blinzelte und recht hübsch aussah. »Kluck, kluck!« rief sie; was sie sich dabei dachte, kann ich nicht sagen, aber der Bauer dachte, als er sie sah: es ist die schönste Henne, die ich je gesehen habe, sie ist schöner als des Pfarrers Bruthenne; die möchte ich wohl haben. Ein Huhn findet immer ein Korn, es kann beinahe für sich selber sorgen! Ich glaube, daß es ein guter Tausch wäre, wenn ich sie für die Gans erhielte. »Wollen wir tauschen?« fragte er. »Tauschen?« erwiderte der andere. »I, das wäre nicht so übel!« und dann tauschten sie. Der Chaussee-Einnehmer bekam die Gans und er die Henne.
Er hatte auf der Reise zur Stadt wahrlich nicht wenig ausgerichtet. Dazu war es warm, und er war müde. Ein Schluck Branntwein und ein Bissen Brot war ein Bedürfnis für ihn. Da er sich gerade vor dem Kruge befand, wollte er hinein, aber der Schenkwirt wollte in demselben Augenblicke heraus; er traf mit demselben, der einen bis obenheran vollgestopften Sack trug, gerade in der Tür zusammen.
»Was hast du darin?« fragte der Bauer.
»Verfaulte Äpfel!« sagte der Mann, »einen ganzen Sack voll für die Schweine.«
»Das ist ja eine erschreckliche Menge! Den Anblick

gönnte ich Muttern. Wir hatten im vorigen Jahre nur einen einzigen Apfel auf dem alten Baume am Torfschuppen. Der Apfel mußte aufbewahrt werden und stand auf der Kommode, bis er verdarb. Es ist immer ein gewisser Wohlstand! sagte unsere Mutter. Hier könnte sie aber einmal einen ordentlichen Wohlstand zu sehen bekommen! Ja, ich möchte es ihr gönnen.«

»Nun, was wollt Ihr dafür geben?« fragte der Mann.

»Geben? Ich gebe meine Henne zum Tausch!« und dann gab er die Henne zum Tausch, bekam die Äpfel und trat in den Krug hinein gerade an den Schenktisch heran. Seinen Sack mit den Äpfeln stellte er gegen den Kachelofen; daß aber tüchtig eingefeuert war, bedachte er nicht. Viele Fremde befanden sich in der Stube, Pferdehändler, Ochsenhändler und auch zwei Engländer, und die sind alle so reich, daß ihnen die Taschen von den Goldstücken reißen. Auf das Wetten verstehen sie sich, und das wirst du gleich hören.

»Suss! Suss!« Was war das für ein eigentümlicher Ton am Kachelofen? Die Äpfel begannen zu braten.

»Was ist das?« Das erfuhren sie nun bald, die ganze Geschichte vom Pferde, das gegen eine Kuh und so immer abwärts bis zu den verfaulten Äpfeln vertauscht worden war.

»Warte nur, da wird es Püffe von Muttern setzen, wenn du nach Hause kommst«, sagten die Engländer.

»Ich bekomme Küsse und nicht Püffe!« entgegnete der Bauer. »Unsere Mutter wird sagen: Was Vater tut, das ist immer recht!«

»Wollen wir wetten?« fragten sie. »Tonnen voll Goldstücke! Hundert Pfund sind ein Schiffspfund!«

»Ich bin schon mit einem Scheffel voll zufrieden!« erwiderte der Bauer, »ich kann aber nur einen Scheffel voll Äpfel und mich selbst und auch Muttern dagegen setzen, aber das ist ja mehr als gestrichenes Maß, das ist schon gehäuftes Maß!«

»Topp, topp!« riefen sie, und die Wette war damit abgeschlossen.
Der Wagen des Krügers fuhr vor, die Engländer stiegen ein, das Bäuerlein stieg ein, die verfaulten Äpfel wurden aufgepackt, und endlich fuhren sie vor dem Hause des Bauern vor.
»Guten Abend, Mutter!«
»Dank, Väterchen!«
»Ich habe unser Pferd richtig vertauscht!«
»Ja, du verstehst es!« sagte die Frau, faßte ihn um den Leib und vergaß sowohl den Sack wie die Fremden.
»Ich habe das Pferd gegen eine Kuh vertauscht!«
»Gott sei Dank für die Milch!« sagte die Frau. »Nun sollen wieder Milchspeisen, Butter und Käse auf unseren Tisch kommen. Das war ein schöner Tausch!«
»Ja, aber die Kuh tauschte ich wieder gegen ein Schaf ein!«
»Das ist bestimmt auch besser!« sagte die Frau. »Du handelst immer besonnen. Für ein Schaf haben wir Gras vollauf. Nun können wir wieder Schafmilch und Schafkäse und wollene Strümpfe, ja wollene Nachtjacken bekommen. Die gibt die Kuh nicht; sie verliert die Haare! Du bist ein recht überlegender und besonnener Mann!«
»Aber für das Schaf habe ich eine Gans eingetauscht!«
»Sollen wir wirklich in diesem Jahre eine Martinsgans haben, Väterchen? Du sinnst immer darauf, mir eine Freude zu machen! Das ist ein reizender Gedanke von dir! Die Gans können wir draußen auf dem Grase anbinden, und sie wird dann bis Martini noch fetter werden!«
»Aber die Gans habe ich wieder gegen eine Henne vertauscht!« versetzte der Mann.
»Eine Henne! Das heißt ein guter Tausch«, sagte die Frau, »die Henne legt Eier, sie brütet sie aus, wir bekommen Küchlein, wir bekommen einen Hühnerhof! Das habe ich mir gerade heimlich gewünscht!«

»Ja, aber für die Henne tauschte ich einen Sack verfaulter Äpfel ein!«

»Nun muß ich dich küssen!« rief die Frau voller Freude. »Dank, du lieber Mann! Ich will dir etwas erzählen. Als du fort warst, gedachte ich dir ein recht gutes Essen zu bereiten: Eierkuchen mit Schnittlauch. Die Eier hatte ich, der Schnittlauch fehlte mir. Deshalb ging ich zu Schullehrers hinüber. Sie haben, wie ich bestimmt weiß, Schnittlauch, aber die Frau ist ein Geizhals, der alte Esel der! Ich bat, mir welchen zu leihen –! Leihen? versetzte sie. Nichts wächst in unserem Garten, nicht einmal ein verfaulter Apfel. Selbst den vermag ich nicht zu leihen! Nun kann ich ihr zehn, ja einen ganzen Sack voll leihen! Das ist eine Freude, Vater!« Und dabei küßte sie ihn mitten auf den Mund.

»Das gefällt mir!« sagte einer der Engländer. »Immer den Berg hinab und immer gleich froh! Das ist wirklich Geld wert!« Darauf zahlten sie dem Bauer, der Küsse und nicht Püffe erhielt, ein Schiffspfund Goldstücke.

Ja, es belohnt sich immer, wenn die Frau einsieht und erklärt, daß Vater der Klügste ist, und was er tut, immer recht ist.

Sieh, das ist nun eine Geschichte! Ich habe sie als kleiner Knabe gehört, und nun hast du sie auch gehört und weißt, daß, was Vater tut, immer recht ist.

Tante

Du hättest Tanten kennen sollen! Sie war reizend, das heißt sie war gar nicht reizend, was man so unter Reizendsein versteht, aber sie war süß und gut, drollig auf ihre Weise, so recht geeignet, um über sie zu schwatzen, wenn man Lust hat, einen durchzuhecheln und sich über ihn lustig zu machen. Sie hätte eine köstliche Person in einem Lustspiele abgeben können, und das einzig und allein schon deshalb, weil sie für das Theater und alles, was sich in demselben bewegte, lebte und webte. Sie war kreuzbrav, aber Agent Fab, welchen Tante Flaps nannte, behauptete, sie wäre theatertoll.

»Das Theater ist mein Schulbesuch«, sagte sie, »die Quelle meines Wissens; in ihm habe ich meine Biblische Geschichte wieder aufgefrischt: ›Moses‹, ›Joseph und seine Brüder‹, welch herrliche Opern! Aus dem Theater habe ich meine Weltgeschichte, meine Geographie und Menschenkenntnis geholt! Aus den französischen Stükken kenne ich das Pariser Leben – schlüpfrig, aber höchst interessant! Wie habe ich über die ›Familie Riquebourg‹ geweint, daß der Mann sich tottrinken muß, damit sie ihren jungen Verehrer heiraten kann! – Ja, wie viel Tränen habe ich doch in den fünfzig Jahren geweint, in denen ich abonniert bin!«

Tante kannte jedes Theaterstück, jede Kulisse, jede Person, die auftrat oder aufgetreten war. Ein wirkliches Leben führte sie nur in den neun Theatermonaten. Die Sommerzeit ohne Sommerschauspiel war eine Zeit, die sie alt machte, während ein Theaterabend, der sich bis über Mitternacht hinzog, eine Verlängerung ihres Lebens war. Sie sprach nicht wie andere Leute: »Jetzt ist bald Frühjahr, der Storch ist gekommen!« – »Die Zeitungen berichten, daß die ersten Erdbeeren auf dem Markte feilgeboten wurden«, nein, sie verkündigte im Gegenteil das Nahen des Herbstes. »Haben Sie gesehen, das neue Abonnement wird eröffnet? Jetzt beginnen die Vorstellungen.« Den Wert und die gute Lage einer Wohnung berechnete sie lediglich nach der Entfernung vom Theater. Es war für sie ein schwerer Kummer, das Gäßchen hinter dem Theater verlassen und nach einer nur wenig entfernteren großen Straße ziehen und daselbst ein Haus bewohnen zu müssen, das kein Gegenüber hatte.

»Zu Hause muß mein Fenster meine Theaterloge sein. Man kann doch nicht sitzen und in sich selbst aufgehen, Menschen muß man sehen! Aber jetzt wohne ich, als ob ich auf das Land hinausgezogen wäre. Will ich Menschen sehen, muß ich in meine Küche gehen und mich auf den Gußstein setzen, nur dort habe ich ein Gegenüber. Nein, als ich in meiner Gasse wohnte, konnte ich gerade in die Wohnung des Flachshändlers sehen, und außerdem hatte ich nur drei Schritte bis zum Theater; jetzt habe ich dreitausend Grenadierschritte.«
Tante konnte krank sein, aber wie unwohl sie sich auch befand, das Theater versäumte sie doch nicht. Ihr Arzt verordnete ihr einmal, sie sollte am Abend Sauerteig unter den Füßen tragen. Sie tat, wie er sagte, fuhr aber gleichwohl in das Theater und saß dort mit Sauerteig unter den Füßen. Wäre sie in demselben gestorben, hätte sie der Gedanke glücklich gemacht. Thorwaldsen starb im Theater, das nannte sie einen seligen Tod. Sie konnte sich selbst das Himmelreich nicht ohne Theater denken. Es wäre uns freilich nicht verheißen, aber es ließe sich doch denken, daß die vielen ausgezeichneten Schauspieler und Schauspielerinnen, die uns vorausgegangen wären, einen fortgesetzten Wirkungskreis haben müßten.
Tante hatte ihren elektrischen Draht vom Theater bis nach ihrem Zimmer; das Telegramm kam jeden Sonntag zum Kaffee. Ihr elektrischer Draht war »Herr Sivertsen bei der Theatermaschinerie«, er, der die Signale zum Auf- und Niederlassen des Vorhangs und zum Wechseln der Kulissen gab.
Von ihm erhielt sie vorher eine kurze und bündige Übersicht der nächsten Stücke. Shakespeares »Sturm« nannte er »verfluchtes Zeug! Es gibt so viel dabei aufzustellen, und dann beginnt es mit Wasser an der ersten Kulisse!« Das sollte heißen, im Vordergrunde sah man rollende Wogen. Stand dagegen durch alle fünf Akte ein und dieselbe Zimmerdekoration, dann sagte er, es wäre vernünf-

tig und wohl geschrieben, es wäre ein Ruhestück, das von selbst ohne Kulissenwechsel ginge.
In früherer Zeit, wie Tante die Zeit vor einigen und dreißig Jahren nannte, war sie und der soeben erwähnte Herr Sivertsen jünger. Er war schon damals bei der Maschinerie und nach ihrer Anschauung ihr »Wohltäter«. Es war nämlich zu jener Zeit Sitte, daß bei der Abendvorstellung in dem einzigen und großen Theater der Stadt auch Zuschauer auf den Schnürboden zugelassen wurden; jeder Maschinist hatte über einen oder zwei Plätze zu verfügen. Es war oft stickend voll, und zwar von der feinsten Gesellschaft. Man erzählte sich, daß dort Generalinnen und Kommerzienrätinnen zu finden wären; es wäre so interessant, hinter die Kulissen hinabzuschauen und zu wissen, wie die Menschen gingen und ständen, sobald der Vorhang hinabgelassen wäre.
Tante war mehrmals sowohl bei Trauerspielen als bei Balletten dort oben gewesen, denn die Stücke, in denen das größte Personal aufträte, nähmen sich vom Schnürboden herab am interessantesten aus. Man saß dort oben in ziemlicher Finsternis, die meisten hatten ihr Abendbrot bei sich. Einmal fielen drei Äpfel und eine Schnitte Butterbrot mit Schlackwurst gerade in Ugolinos Gefängnis hinab, dessen Insassen den Hungertod sterben sollten, und deshalb entstand im Zuschauerraum ein allgemeines Gelächter. Diese Schlackwurst war einer der schwerwiegendsten Gründe, weshalb die hohe Direktion die Zuschauerplätze auf dem Schnürboden gänzlich eingehen ließ.
»Aber ich war siebenunddreißigmal dort oben«, sagte Tante, »und das vergesse ich Herrn Sivertsen nie.«
Es war gerade am letzten Abend, daß der Schnürboden dem Publikum geöffnet stand, als »Salomos Urteil«, wie sich Tante noch ganz gut erinnern konnte, gespielt wurde. Sie hatte durch ihren Wohltäter, Herrn Sivertsen, dem Agenten Fab ein Eintrittsbillett verschafft, obwohl es derselbe keineswegs verdiente, da er im Theater stets Narren-

possen trieb; gleichwohl hatte sie ihm ein Billett für den Schnürboden verschafft. Er wollte das Komödienzeug auch einmal von der verkehrten Seite sehen, das waren seine eigenen Worte, und die sähen ihm ähnlich, sagte Tante.

Und er sah »Salomos Urteil« von oben und fiel dabei in Schlaf; man hätte in Wahrheit glauben sollen, er wäre von einem großen Mittage gekommen, wo man viele Gesundheiten ausgebracht hatte. Er schlief und wurde eingeschlossen, saß und schlief in der dunkeln Nacht auf dem Schnürboden, und als er erwachte, erzählte er, aber Tante traute ihm nicht: Salomos Urteil war aus, alle Lampen und Lichter waren aus, alle Menschen hinaus, oben und unten, aber nun erst begann die eigentliche Komödie, das Nachspiel, das artigste und reizendste, wie der Agent behauptete. Es kam Leben in das Zeug! Es wurde nicht Salomos Urteil gegeben, nein, es war das Jüngste Gericht selbst. Und alles das hatte Agent Fab die Frechheit, der Tante weismachen zu wollen, das war der Dank dafür, daß sie ihm den Zutritt zum Schnürboden erwirkt hatte.

Was nun noch der Agent erzählte, das war freilich lächerlich genug anzuhören, wenn nur nicht so viele Bosheit zugrunde gelegen hätte.

»Es sah finster dort oben aus«, sagte der Agent, »aber nun begann der Spuk, große Vorstellung, das ›Jüngste Gericht auf dem Theater‹. Die Billetteinnehmer standen an den Türen, und jeder Zuschauer mußte sein geistliches Zeugnisbuch vorzeigen, nach dessen Befund entschieden wurde, ob er mit losen oder gebundenen Händen, mit Maulkorb oder ohne Maulkorb eintreten durfte. Herrschaften, die zu spät, nachdem die Vorstellung bereits begonnen hatte, ankamen, sowie junge Leute, die ja unmöglich immer die Zeit innehalten können, wurden draußen angebunden, mußten auf Filzsohlen vor Beginn des nächsten Aktes eintreten und erhielten außerdem einen Maulkorb. Und nun begann das Jüngste Gericht auf dem Theater.«

»Die reine Bosheit, die ihm der Herr nicht anrechnen wolle!« sagte Tante.

Der Maler müßte, wollte er anders in den Himmel, eine Treppe hinaufgehen, die er selbst gemalt hatte, die aber kein Mensch zu erklimmen vermochte. Es war ja nur eine Versündigung gegen die Perspektive. Alle Pflanzen und Gebäude, welche der Maschinenmeister mit großer Mühe in Länder gestellt hatte, wohin sie nicht gehörten, müßte der arme Mensch, wollte er in den Himmel, vor dem Hahnenschrei auf ihre rechten Plätze versetzen. Herr Fab sollte nur lieber zusehen, daß er selbst hineinkäme. Und was er nun gar erst vom Personale sowohl im Lustspiel als im Trauerspiel, in Oper und Ballett erzählte, das war in der Tat das Schwärzeste, was Herr Fab, nein Herr Flaps, leistete! Er verdiente gar nicht, auf den Schnürboden zu kommen; Tante konnte es nicht über sich gewinnen, seine Worte in den Mund zu nehmen. Das Ganze wäre zu Papier gebracht, hatte er gesagt, der Flaps, es würde im Druck erscheinen, sobald er tot und fort wäre, eher nicht; er wollte sich nicht bei lebendigem Leibe schinden lassen.

Einmal war Tante in ihrem Tempel der Glückseligkeit, im Theater, in großer Angst und Not gewesen. Es war an einem Wintertage, einem der Tage, wo der trübe Tag nur zwei Stunden hat. Es war bitterkalt und starker Schneefall, aber ins Theater mußte Tante doch. Man gab »Hermann von Unna«, dazu eine kleine Oper und ein großes Ballett, einen Prolog und einen Epilog; sicherlich dauerte die Vorstellung sehr lange. Hin mußte Tante; ihre Hauswirtin hatte ihr ein Paar Pelzstiefel geliehen, die ihr bis an die Waden reichten.

Sie trat in das Theater, sie trat in die Loge; die Stiefel waren warm, sie behielt sie an. Plötzlich ertönte der Ruf: »Feuer!« Rauch stieg hinter einer Kulisse hervor, Rauch senkte sich vom Schnürboden herab. Eine ungeheure Bestürzung bemächtigte sich der Zuschauer. Alles stürmte hinaus; Tante war die letzte in der Loge. »Vom zweiten Range links nehmen sich die Dekorationen am besten aus«, sagte sie, »die Aufstellung geschieht stets mit Rücksicht auf die königliche Loge –« Tante wollte hinaus, in der Angst und Übereilung hatten aber die, welche vor ihr hinausgeeilt waren, die Tür in das Schloß fallen lassen. Da saß nun Tante, hinaus konnte sie nicht kommen, hinein ebenfalls nicht, das heißt sie konnte nicht in die Nachbarloge gelangen, die Scheidewand war zu hoch. Sie rief, niemand hörte; sie sah in die Rangloge unter sich, sie war leer, sie war niedrig, sie war ganz nah. Tante fühlte sich in ihrer Angst jung und leicht; sie wollte hinabspringen, es gelang ihr auch wirklich, das eine Bein über das Geländer zu heben, das andere ruhte noch auf der Bank. Da saß sie nun rittlings, wohl drapiert, in ihrem geblümten Kleide, ein langes Bein hinabbaumelnd, ein Bein mit einem ungeheuren Pelzstiefel; ein köstlicher Anblick. Und als es bemerkt wurde, wurde Tante auch gehört und von der Gefahr zu verbrennen gerettet, denn das Theater brannte nicht.

Das war der denkwürdigste Abend ihres Lebens, sagte sie und freute sich darüber, daß sie sich nicht selbst hatte sehen können, denn sonst hätte sie sich zu Tode geschämt.

Ihr Wohltäter bei der Maschinerie, Herr Sivertsen, kam regelmäßig jeden Sonntag zu ihr, aber zwischen Sonntag und Sonntag lag doch ein langer Zeitraum; in der letzten Zeit hielt sie sich deshalb während der Woche ein kleines Kind für »die Reste«, das heißt welches jeden Tag die Überreste des Mittagsbrotes verzehren mußte. Es war ein kleines Mädchen vom Ballett, das auch der Nahrung sehr bedurfte. Die Kleine spielte Elfen- und Pagenrollen, ihre schwierigste Partie war aber als Hinterbein des Löwen in der Zauberflöte; mit der Zeit wuchs sie aber bis zum Vorderbein des Löwen heran. Dafür erhielt sie freilich nur zwei Mark, während die Hinterbeine einen ganzen Taler abwarfen, dafür mußte sie aber in letzterer Partie gebückt gehen und der frischen Luft entbehren. Es wäre höchst interessant, das zu wissen, meinte Tante.

Sie hätte zu leben verdient, solange das Theater stand, das hielt sie aber doch nicht aus; auch starb sie nicht in demselben, sondern wie es schicklich und anständig ist, in ihrem Bette. Ihre letzten Worte waren übrigens sehr charakteristisch; sie fragte: »Was wird morgen gespielt?«

Sie hinterließ noch ungefähr fünfhundert Taler; wir schließen das aus den Zinsen, die zwanzig Taler betragen. Diese hatte Tante zu einem Legat für eine würdige alte Jungfer ohne Familie bestimmt. Sie sollten jährlich für das Abonnement eines Platzes im zweiten Range linker Seite, und zwar am Sonnabend, verwandt werden, weil man an diesem Tage die besten Stücke gäbe. Nur eine Verpflichtung legte sie der Nutznießerin des Legates auf, sie sollte jeden Sonnabend im Theater der Stifterin, die im Grabe ruhte, gedenken.

Das war Tantens Religion.

Nachwort

Über die Märchen des Dänen Hans Christian Andersen wußte der *Große Brockhaus* in seiner Ausgabe von 1952 zu berichten, sie seien »tröstlich für groß und klein, weil sie immer dem Guten zum Siege verhelfen und der Tapfere, Ausdauernde schließlich doch ans Ziel kommt«. In der darauffolgenden Ausgabe desselben Lexikons von 1966 heißt es dagegen: »In einem bewußt und raffiniert naiven Stil schaffen sie eine Märchenwelt für Erwachsene, die das Polemisch-Didaktische mit seelischen Tiefenschichten und Sehnsüchten verbindet.« Mit diesen so heterogenen Urteilen wird eigentlich etwas Wesentliches über jeden Klassiker der Weltliteratur bezeugt: seine Fähigkeit, wechselnde Empfängerschichten und wechselnde Epochen anzusprechen, immer neue und bisher unbeachtete Seiten aufzuweisen und nie ausgeschöpft zu sein.

Die traditionelle Vorstellung der Deutschen von »ihrem« Andersen, wie sie sich am ehesten in der älteren brockhausschen Charakteristik spiegelt, ist somit eine unter mehreren, was aber nicht heißen muß, daß sie falsch und abzulehnen wäre. Es ist durchaus legitim, mit der Literatur naiv umzugehen, auch, wenn sie daneben den Kritischen und den Formbewußten anderes zu bieten hat. Entsprechend naiv gingen die Illiterarischen unter Goethes Zeitgenossen mit seinen Liedern um; eine Kunst, die nicht auch eine solche volkhafte Rezeption erlaubt und diesen Verschleiß verträgt, muß man bemitleiden. Aber Leser eines Nachworts mögen trotzdem ein Interesse daran haben, Andersens so berühmte Mythen in ihrer Form und als Dichtungen zu betrachten.

H. C. Andersen (dies die von ihm selber bevorzugte Form seines Namens) wurde 1805 in Odense geboren; er stammte aus ärmsten Verhältnissen, hatte aber als Kind das Glück, hinter den Kulissen das Odenseer Nationaltheater kennenzulernen. Als Vierzehnjähriger wagte er es, allein nach Kopenhagen zu ziehen, um ein Leben in der Kunst zu finden, und wurde dort von Mäzenen gefördert, denen dieser *homo novus* fast wie ein Kaspar Hauser vorkam. Andersen sprach die für dörperhaft geachtete Mundart der Insel Fünen; ihm fehlte akademische und bürgerliche Bildung, all das, was man damals Welt nannte. Dafür aber sprach er, wenn es um höhere Materien ging, mit dem gestelzten Vokabular und in der Syntax der Tragödienhelden aus seiner Kindheit. Diese ungewöhnlichen Voraussetzungen ermöglichten es ihm später, die traditionelle, gepflegte Literatursprache zu sprengen und vor allem in seinen Märchen eine plastische Plaudersprache zu entwickeln, deren Ironismen und formale Raffinements vielen erst spät klarwurden.

Er verfaßte Lieder und Romane, mit weniger Erfolg auch Dramen. Sein Märchenton entfaltete sich zu voller Blüte im Jahre 1835. Diese Gattung pflegte er als die Basis seines immer größeren, internationalen Ruhms bis zu seinem Tod im Jahre 1875.

Seine Märchen wurden früh, in den vierziger Jahren des 19. Jahrhunderts wiederholt, ins Deutsche übersetzt. So blieben in Deutschland seine frühen Märchen weitgehend die bekanntesten auch, weil nach 1848 die Beziehungen zwischen Dänemark und Deutschland problematischer wurden. In Deutschland beachtete man aber weniger das Moderne und das Witzige an Andersen als den kindlichen Aspekt. Andersens Märchen wurden in ihrer Parallelität zu den Grimmschen verstanden und also in eine anerkannte, z. T. archaisierende und poetisch gepflegte Märchensprache übersetzt. Es wäre ungerecht, dabei von einer bewußten Manipulation zu sprechen; Übersetzer haben eben selten den Mut, im vollen Maße die Exotismen des Originals, die von seinen anderen kulturellen Voraussetzungen, von der andersartigen Struktur der betreffenden Sprache und vom ungefügen Autor selber herrühren, vor einem Publikum aufrechtzuerhalten, das zunächst einmal überredet sein will, überhaupt den fremden Namen aufzunehmen.

Das gilt für alle Weltliteratur. Homer, die Bibel und Shakespeare erscheinen und wirken im Deutschen auch anders als im Original, auch und vielleicht zumal, wo begabte Übersetzer am Werk waren. Im Polnischen wurde Andersen aufgrund einer frühen Übersetzung ein Muster für gepflegte literarische Schriftsprache, also das Gegenteil von dem, was er war. Im Russischen ist eine vollständige Übersetzung aus den neunziger Jahren als die klassische stehengeblieben, was Vorteile hat für den Umgang mit der Dichtung als geflügelten Worten. Im Deutschen blieben die Übersetzungen Legion, und das Andersenbild gründete sich entsprechend weniger auf seinem Wortlaut als auf seinen Fabeln bzw. Mythen.
Es ist dabei Andersen gelungen, Gestalten zu prägen, die neben Hamlet, Faust, Josef K. usw. zum festen Arsenal europäischer Mythen gehören: den *Tannenbaum*, den *Schweinehirten*, das *Kleine Mädchen mit den Schwefelhölzern* u. a. m. Mit thematischen Neuansätzen hat er darüberhinaus weitere Literatur angeregt; z. B. wirkte die Kindererotik der *Schneekönigin* in Storms *Immensee* nach.
Ein festes Mythenarsenal braucht jede Kultur; es darf nicht umfassender sein, als daß sich problemlos daraus zitieren und darauf anspielen läßt (so wie etwa entsprechend ein religiöser Kult kein allzu dickes Gesangbuch haben darf), und die Mythen müssen polyvalent und zugleich prägnant genug sein, um anregend, unerschöpflich zu bleiben. Bei Andersen verknüpfen sie gelegentlich (wie die *Nachtigall*) eine fast vulgärsentimentale Ich- und Zeitbedingtheit mit einer verallgemeinernden Perspektive, und so drangen sie in alle Weltteile und z. T. in fremdere Sozialsysteme als etwa die Bibel. Ein besonderer Respekt vor der ursprünglichen textlichen Form war aber damit natürlich keineswegs gewährleistet.

Ursprünglich erschienen Andersens Märchen oder, wie sie sich alsbald mit richtigerem Gattungsbewußtsein nannten: Märchen und Geschichten, in laufenden Sammlungen. Die ersten dänischen und deutschen Ausgaben von Altem und

Neuem schufen hieraus eine zufällige Ordnung, wogegen spätere dänische und die besten deutschen Ausgaben (wie die vorliegende) eine chronologische Reihenfolge der Texte einführten, die heute als kanonisch gilt. Sie hat für den Leser den Vorteil, daß gleich zu Beginn einige der beliebtesten Texte stehen, die am unbekümmertsten Elemente einheimischer und fremder Volksmärchen fabulierend neu formen. Zugleich ermöglicht diese traditonelle Reihenfolge der Märchen (wie wir im folgenden, deutscher Tradition gemäß, die Märchen und Geschichten unterschiedslos nennen wollen), gewissermaßen die dichterische Entwicklung durch die Jahrzehnte hindurch zu verfolgen, so den Umgang mit Symbolen, Leitmotiven und Lieblingsbegriffen wie den Adjektiven »wahr« und »wirklich« (bzw. »echt«, »richtig«).
All dies aber nur gewissermaßen, denn die Märchen erscheinen heute grundsätzlich in einer Ausgabe letzter Hand, was heißt, daß Märchen, die früh entstanden und in der Sammlung einen frühen Platz behaupten, gelegentlich in einer späteren Überarbeitung dastehen. Oft hat Andersen vor und nach der Erstveröffentlichung vor allem an den Märchenschlüssen geändert. *Die kleine Seejungfrau* weist gleichsam einen zweiten, angehängten, palinodiehaften Schluß auf; *Die Geschichte einer Mutter* ging ursprünglich glücklich aus. Man mag finden, daß das Nichtvorhandensein eines und nur eines einleuchtenden Schlusses der Gesamtkonzeption seriöser Dichtung zuwiderlaufe. Eben im 19. Jahrhundert, in dem manche Gattungen wie z. B. die Tragödie oder die Novelle immer stringenter, immer unfreier wurden im Aufbau wie im Ausgang, findet sich aber das Experiment mit dem Schluß, um das dichterische Kunstwerk über die zu eindeutige Moral möglichst emporzuheben, wiederholt und auch und eben im künstlerisch bewußten Zusammenhang; erinnert sei z. B. an die vielen Schlußfassungen von Wagners *Götterdämmerung*.
Eine besondere Variante liegt dort vor, wo Andersen erst nachträglich für die Schlußpointe das unsterbliche geflügelte

Wort fand; dies gilt für *Des Kaisers neue Kleider*, in casu für die Bemerkung des kleinen Kindes »Aber er hat ja gar nichts an!«

Als Kuriosum wäre zu nennen, daß der variable bzw. geradezu diskutierbare Schluß für die Märchen mancher anderer Kulturen, so des afrikanischen Kontinents, ein Teil der Gattungskonvention ist, wie die mündliche Tradierung sie nahelegt. Man berichtet dort ein Märchen zunächst nach einer der Fassungen, bemerkt dann aber, andere hätten behauptet, es gehe vielmehr so und so aus. Bei der Umpflanzung Andersens in afrikanische Schulbücher ist es gelungen, diese Möglichkeit auszunutzen.

In Europa aber erwarten wir trotz der vielen Fassungen und gar der vielen unter sich nicht immer stimmigen Übersetzungen eines Textes dennoch seine möglichste Integrität. Wir möchten »den« Andersen. Im Deutschen erfüllt diesen Wunsch nicht zuletzt der Denhardt-Andersen.

Die Übersetzung angeblich sämtlicher Märchen Andersens ins Deutsche durch Heinrich Denhardt erschien in Reclams Universal-Bibliothek im Sterbejahr Andersens 1875 und mit leichten Abänderungen, auf die noch einzugehen ist, bis 1943. Die Sammlung enthielt in der kanonischen Reihenfolge sämtliche bis zum Jahre 1866 erschienene Märchen unter völliger Auslassung der Produktion aus dem letzten Jahrzehnt. Wenn man sich heute entschließt, eine erneute, aber kleinere Ausgabe der Märchen Andersens in der Universal-Bibliothek erscheinen zu lassen, bietet sich daher die Denhardtsche nicht nur deshalb an, weil sie vermutlich die beste zeitgenössische ist, sondern auch, weil sie von Anfang an sämtliche Märchen in der kanonischen Reihenfolge, wohlgemerkt aber nur bis zu einem bestimmten Jahr, brachte. Entsprechend bringt der gegenwärtige Band sämtliche Märchen bis zum Jahr 1846, d. h. einschließlich des *Kleinen Mädchens mit den Schwefelhölzern*, dann aber als Ausblick ein paar Proben aus den folgenden Jahrzehnten.

Durch Denhardt werden wir in jenes deutsche 19. Jahrhundert versetzt, das eine Symbiose von Andersens antiliterarischen Stilmodernitäten und einem gewissen Dichterschmelz anstrebte, zu dem der Gebrauch von gepflegter Sprache, hierunter von Nebensätzen gehört. Ein Beispiel; Denhardt: »so erblickst du mitten auf dem Fußboden eine große Kiste, auf welcher ein Hund sitzt« (dänisches Original stilgetreu übersetzt: »so siehst du mitten auf dem Fußboden eine große Kiste, – auf der sitzt ein Hund«).

Heute übersetzt man Andersen anders. Aber die möglichst unretouchierte Wiedergabe einer (eben sehr guten) Übersetzung aus dem Jahrhundert des Originals spiegelt andere und ebenfalls legitime literarhistorische Interessen wieder, indem sie den Deutschen jenen Andersen vergegenwärtigt, der bei ihnen Epoche machte.

Wir werden anhand des ersten Märchens der Sammlung, des *Feuerzeugs*, aus dem auch das soeben gebrachte Beispiel stammte, nachzuweisen versuchen, wie sich Andersens Stil ausnimmt und wie Denhardt mit ihm umgeht (in den Parenthesen stehen immer die wörtlichen Übersetzungen aus dem dänischen Original).

In jeder konventionellen Literatursprache wird ein variiertes *inquit* gefordert, d. h. man schreibt nicht fortwährend »sagte er«, »sagte sie«, sondern besser »seufzte er, erwiderte sie lächelnd« (usw.). Andersen reduziert sehr bewußt solche und entsprechende Literarizitäten; hierin folgt ihm Denhardt. Andersen setzt ganz unliterarisch an, und Denhardt weiß diesen überraschenden Ansatz zu respektieren auch in Sätzen wie »Den nächsten Tag bekam er aber Stiefel, die sich sehen lassen konnten und extrafeine Kleider«. Hingewiesen sei auch das sehr andersensch fehlende Komma, das spätere Editionen freilich ergänzt haben.

Denhardts Sinn für den unkonventionellen Andersen kommt auch in anderen nur bei Denhardt fehlenden Kommata zum Ausdruck. Was durch die fehlende Interpunktion erreicht wird, ist ein betonter ironischer Konnex: Der Soldat »mußte

sich seine Stiefel selbst bürsten und mit einer Stopfnadel zusammennähen und keiner seiner Freunde kam zu ihm«; der Soldat »zeigte sich in guten Kleidern und da erkannten ihn gleich alle seine guten Freunde«.
Um das spezifisch Andersensche herauszukehren erlaubt sich Denhardt also fast eine Parodie. Im Deutschen haben einige Präpositionen, z. B. »in« zwei Rektionen. Der Akkusativ bedeutet die Richtung: »in das Bett«, während der Dativ den Zustand bezeichnet: »in dem (im) Bett«. Im Dänischen und also bei Andersen wird dieser Unterschied ganz normal und ohne stilistischen Ausdruck durch Adverbien ausgedrückt (»hinein in Bett« bzw. »drinnen in Bett«). Denhardt übernimmt dieses Spezifikon der dänischen Sprache, als wäre es ein Teil des Andersenschen Stils, und schreibt pleonastisch »Den Hund setzte er auf die Kiste hinauf, Die Prinzessin kam aus dem kupfernen Schlosse heraus« usw.
Auch die keineswegs subliterarische Identität zwischen Singular- und Pluralformen in dänischen Verben nutzt Denhardt zum Ausdruck Andersenscher Naivität in Sätzen wie »Frühmorgens kam der König und die Königin, die alte Hofdame und alle Offiziere ...«.
Sogar an Stellen, wo die Vorlage nicht eindeutig ist, weiß Denhardt das Original in Richtung Andersenstil zu biegen, so im ersten Wort der Märchensammlung überhaupt: »Dort kam ein Soldat auf der Landstraße ...« (aus: »Es kam ein Soldat ...«). Wie oben angeführt und von der heutigen Übersetzungswissenschaft systematisiert, ist es durchaus nicht nur legitim, sondern geradezu erwünscht, durch derlei Hyperstilistika exotischer Art für die Fälle zu kompensieren, wo sich die Intentionen des Originals nicht wiedergeben lassen.
In diesem Sinne ist Denhardts Übersetzung eine kongeniale Nachdichtung, weil sie das schafft, was man heute Äquivalenz nennt: Ersatz für das, was leider verloren gehen muß, in diesem Fall z. B. das stilistische Spiel um die direkte Rede, von dem unten gehandelt wird.
Generell gilt für Andersen, wie es bereits deutlich geworden

sein mag, daß er das Realistische mindestens ebenso hoch einschätzt wie die literarische Konvention, vielleicht sogar höher. Er ist ein Liebhaber der Schockeffekte à la Hoffmann, zu denen gehört, daß man trivialiter am hellichten Nachmittag auf der Hauptstraße der bekannten Residenzstadt flaniert und dort auf eine Hexe stößt.

Den realistischen Effekt erweckt bei Andersen z. B. die blaukarierte Schürze der Hexe. (In anderem Zusammenhang hört man von einer Hexe, die ihren Küchentisch mit der Katze trocknet.)

Die Stellen, an denen Andersen betont kindlich spricht, mußten freilich häufig in eine schwungvollere Sprache übersetzt werden, um beim deutschen Publikum des 19. Jahrhunderts kein Naserümpfen zu verursachen. Bei Andersen dürfen Erwachsene so naiv subjektiv urteilen wie die Kleinkinder: dies mag ich, das mag ich nicht (»es wurde geweissagt, daß sie einen ganz gemeinen Soldaten heiraten wird, und das mag der König nicht; alle sagten, er sei nett . . . und das mochte der Soldat gern!«). Denhardt: »das kann der König nicht dulden, das behagte dem Soldaten gar sehr.« So lernen deutsche Kinder schön gouvernantenhaft dazu, daß Erwachsene differenzierter zu urteilen sich den oratorischen Schein geben. Diese Literarisierung der Sprache durchzieht den ganzen Text: »Wenn du ihn bis zum Gipfel ersteigst, erblickst du ein Loch, durch welches du hinabgleiten und bis tief in den Baum hinunter kommen kannst« (aus: »Dort kraxelst du hoch, dann siehst du ein Loch, durch das . . .«). Ergänzt wird diese Stilverschiebung durch eigentliche Archaismen wie das gelegentliche »dürfen« in der heute und schon damals kaum ohne weiteres verständlichen Bedeutung »brauchen«: »darum darfst du dich nicht kümmern!« Als gegen Ende des Märchens die Hunde mit allen bisherigen Rechts- und Machtinstanzen kurzen Prozeß machen, werfen sie sie hoch in die Luft, »so daß sie beim Niederfallen in Granatstücke zerschlagen wurden«. Das klingt dramatisch und bei seiner fehlenden Verständlichkeit geradezu poetisch, es beeindruckt sicher auch den kleinen Hörer. Andersen verwendet die plastischere Metapher des alltäglichen Zerbrechens (»so daß sie herunterfielen und ganz kaputt gingen«). Dadurch erreicht er nicht nur, daß das Kind die Katastrophe begreift und bejubelt, sondern auch und vor allem, daß dem Erwachsenen signalisiert wird, jene zerbrochenen Instanzen seien äußerlich, mechanisch, unorganische Pseudomenschen gewesen. An solchen Stellen wie (im selben und in den folgenden Märchen) auch in Sachen Erotik ist Andersen deutlich um eine doppelte Sprechebene bemüht, die man gern gewahrt sähe.

Eine andere interessante Frage ist die nach der sogenannten kulturellen Adaption. Was in der einen Kultur plastische Assoziationen mit sich führt, muß in der anderen exotisch klingen oder eben, weil eigentlich unübersetzbar, durch anderes ersetzt werden.

Deutlich gilt das für die Details, durch die das Märchen einem Kopenhagener Publikum nahegebracht und damit revolutionärer gemacht wird. Die Augen des dritten Hundes sind so groß wie der lokale runde Turm aus dem 17. Jahrhundert, den jeder kennt, und der Soldat in seinem Reichtum fährt durch den Königlichen Garten, d. h. den lokalen Stadtpark. Denhardt steht vor einem Dilemma. Statt, was eine Möglichkeit wäre, exotisch den »Runden Turm von Kopenhagen« zu beschwören, den kein deutsches Kind gesehen hat, spricht er allgemein von einem »runden Turm«, der ja aber beliebig groß oder klein sein mag, und den Königlichen Garten läßt er in seinen unkommentierten und daher vielleicht zu groß angewachsenen Rechten. Der deutsche Leser mag glauben, daß der Soldat zu nicht öffentlichen Gehegen den Zutritt erhält. Aber die Probleme um das kulturell Unübersetzbare kennt jeder Übersetzer (was sagt z. B. dem Ausländer der Begriff »Alexanderplatz«?)

Von ebensolcher Schwere sind die Unübersetzbarkeiten aufgrund der verschiedenen Struktur der beiden Sprachen. Für die Hintergründigkeit der Andersenschen Sprache sei ein abschließendes Beispiel gebracht, das die letztlich weitge-

hende Gebundenheit jeder seriöseren Dichtung an ihre eigene Sprache und Kultur exemplifizieren mag.
Im Dänischen werden nicht wie im heutigen Deutschen konsequent Anführungsstriche gesetzt. Das heißt, daß ein Dichter, wenn er das will, unvermerkt aus der direkten Rede in die erlebte, aus dem unformuliert Gedachten in die eigentliche Formulierung hinein- und aus ihr wieder hinaussteigen kann. Andersen entwickelt diesen Zug derart, daß die Personen in seinen Märchen gelegentlich am Rande ihrer Persönlichkeit, als Karikatur oder als der Verfasserkommentar zu ihrem eigenen Denkvermögen zu argumentieren scheinen. Bei Andersen wie bei seinem stilistischen Jünger Hans Scherfig (1905–79) spricht die Stilkunde gelegentlich von einer »falschen Solidarität«, nämlich des Autors mit seinen Personen. Sobald man Anführungsstriche setzt, wird dieser Stilzug unmöglich. Denhardt entschließt sich, überall dort Anführungsstriche zu setzen, wo deutlich Gesagtes oder Gedachtes in direkter Rede dasteht. In späteren Überarbeitungen der Denhardtschen Übersetzung blieben die Anführungsstriche beim Gesprochenen stehen, beim nur Gedachten aber nicht. Das führt bereits zu lustigen Grenzfällen, so durchgehend im Märchen *Der kleine Klaus und der große Klaus*, wo immer wieder laut gedacht oder ohne Worte gesprochen wird. Der heutige Deutsche weiß andere Mittel, diese nur gelegentlich fertig formulierten Gedankenströme und die falsche Solidarität des Autors mit seinem Helden auszudrücken. Aber es mag ihm schwerfallen, diesen modernen Ton aus der Sprache Andersens herauszuhören, zu deren grundsätzlicher Ironie er gehört.
Was im übrigen die sehr behutsame Modernisierung und Normalisierung anbelangt, die die Denhardtsche Übersetzung in den Jahren 1875–1943 erfuhr, handelt es sich um die Tilgung des Relativpronomens »welcher« außer in Fällen, wo ein »der« zu kakophonischen Anhäufungen von Homonymen führen würde, weiter um orthographische und grammatikalische Modernisierungen wie »Kavalier« für »Cavalier«,

»Tür« für »Thüre«, »mit einem Kreuz« für »mit einem Kreuze«, letzteres ohne Konsequenz. Der Danismus »vips« wurde glücklich durch den Ausruf »fips« (nach »fipsen«: mit Daumen und Zeigefinger schnippen) ersetzt. Es handelt sich also um Änderungen, die nicht viel auffallender sind als die, welche auch in sogenannten wissenschaftlichen Neuausgaben deutscher klassischer Texte manchmal festzustellen sind. Solche Änderungen sind ein Teil der deutschen semiphilologischen Praxis. Die heutige Ausgabe folgt der von 1943 bis auf ganz geringe Ausnahmen. So wurde vor allem der Märchentitel *Das Meerweibchen* durch den heute üblichen *Die kleine Seejungfrau* ersetzt.

Andersen selber wäre mit einer Übersetzung von dieser Qualität und mit dem weiteren Schicksal seiner Märchen in den deutschen Ausgaben bestimmt einverstanden gewesen.

Denn Andersen suchte den märchenhaften Ruhm und ließ dabei durchaus zu, daß ihn andere mitformten. In seinem Drang, sein eigenes Leben möglichst im photogenen Schimmer eines amerikanischen Erfolgmärchens erscheinen zu lassen, billigte er z. B. und fügte er darauf in seine Erinnerungen die Anekdote eines erfindungsreichen Journalisten, nach der eine Wahrsagerin dem Vierzehnjährigen bei der Abreise aus Odense eine große Zukunft vorhergesagt habe. Entsprechend schwollen die Äußerungen an, die der alte Dichter Baggesen im Jahre 1819 an den jungen gemacht haben will. Es geht Andersen nicht um die Akribie, sondern um den Effekt. Eben in diesem Sinne feilte er selber wiederholt an seinen Texten: nicht einem weltfremd ästhetischen Ideal zuliebe, sondern um eine Wirkung in der Umwelt zu erzielen.

In der Mitte des 19. Jahrhunderts, als sein Ruhm bereits europäisch war, fürchtete er keinen anderen Konkurrenten als Dickens, den er maßlos bewunderte, besuchte und in sozialen Themen kopierte. Er reiste von Land zu Land, von Fürstenschloß zu Fürstenschloß und ließ sich überall huldigen, kleidete sich überelegant und achtete sehr darauf, daß er als

sensible Künstlernatur behandelt wurde. Noch erinnern sich biedere gräfliche Familien an die Ansprüche, die Andersen an seidenes Bettzeug u. dgl. stellte.
Seine nervöse Sensibilität trug hypochondrische Züge; allenfalls seine Zahnschmerzen waren fortwährend konkreter Art. Sein Liebesleben, das eifrig durchforscht worden ist, basierte auf einer unreifen, leidenschaftlichen, aber unerfüllten Heterosexualität. Seine Religion war ein angeblich christliches, direktes Vertrauen in Gott, der seinem geheimen Liebling helfen wird. Heldenhaft war Andersen nicht. Fern lag ihm, wie es auch seine Märchen bezeugen, die hehre germanische »Verachtung« des schnöden Mammons, die es in der romantischen Tradition oder in einem Grimmschen Märchen wie *Der Jud im Dorn* gibt. Geld muß bei Andersen nicht Gold heißen, um schön zu sein. Man hat ihm denn auch eine bürgerliche Moral des Mittelmaßes vorgeworfen und die weitere Fortdauer seines globalen Ruhms angezweifelt.
Die Erfahrung lehrt es anders. Sehr viele Sprachen und Kulturen erfreuen sich seit Generationen ihres Fonds an Andersenmärchen; weitere kamen in unserer Zeit hinzu.
Der deutsche Andersen ist weitgehend von seiner frühen Form der Übersetzung geprägt, wie sie im 19. Jahrhundert entstehen mußte. Daß sie eine gute unter mehreren möglichen bleibt, wollten diese Bemerkungen hervorheben.

Leif Ludwig Albertsen

Textsammlungen zur Kinderliteratur

IN RECLAMS UNIVERSAL-BIBLIOTHEK

Kinder- und Jugendliteratur der Aufklärung

Hrsg. von Hans-Heino Ewers. 504 S. 25 Abb. UB 9992

Kinder- und Jugendliteratur der Romantik

Hrsg. von Hans-Heino Ewers. 640 S. 25 Abb. UB 8026

Kinder- und Jugendliteratur von der Gründerzeit bis zum Ersten Weltkrieg

In Zusammenarbeit mit Myriam Mieles hrsg. von Hans-Heino Ewers. 527 S. 24 Abb. UB 9328

Kinder- und Jugendliteratur. Mädchenliteratur vom 18. Jahrhundert bis zum Zweiten Weltkrieg

Hrsg. von Gisela Wilkending. 550 S. 28 Abb. UB 8985

– *Klein Zaches genannt Zinnober.* 150 S. UB 306 – *Nußknacker und Mausekönig.* 72 S. UB 1400

Jacobus de Voragine, *Legenda aurea.* (Zweispr.) 280 S. UB 8464

Gottfried Keller, *Sieben Legenden.* 117 S. UB 6186 – *Spiegel, das Kätzchen.* 63 S. UB 7709

Kinder-Märchen. Von C. W. Contessa, F. de la Motte Fouqué, E. T. A. Hoffmann. 351 S. UB 8377

Selma Lagerlöf, *Abenteuer des kleinen Nils Holgersson mit den Wildgänsen.* Auswahl. 83 S. UB 7669 – *Nils Holgerssons wunderbare Reise durch Schweden.* 504 S. UB 3983

Legenden. 472 S. 15 Abb. (geb.)

Eduard Mörike, *Das Stuttgarter Hutzelmännlein.* 111 S. UB 4755

Charles Perrault, *Sämtliche Märchen.* 141 S. 10 Ill. UB 8355

Russische Volksmärchen. 152 S. 9 Abb. UB 8514

Sindbad der Seefahrer. 100 S. UB 3617

Theodor Storm, *Auf dem Staatshof / Bulemanns Haus.* 80 S. UB 6146 – *Die Regentrude und andere Märchen.* 79 S. UB 7668

Ludwig Tieck, *Der blonde Eckbert. Der Runenberg. Die Elfen.* 80 S. UB 7732

Leo Tolstoi, *Volkserzählungen.* 232 S. UB 2556

Richard von Volkmann-Leander, *Träumereien an französischen Kaminen.* 120 S. UB 6091

Oscar Wilde, *Der Glückliche Prinz und andere Märchen.* 71 S. UB 6865

Philipp Reclam jun. Stuttgart

